三國志 첩보전 諜報戰

3. 화소연영 火燒連營

허무(何慕) 지음 | 홍민경 옮김

三國志 첩보전 諜報戰

3. 화소연영 火燒連營

허무(何慕) 지음 | 홍민경 옮김

살림

위·촉·오 삼국시대의 세력도(2세기 말~3세기 중반)

『삼국지 첩보전』 제3권

형주성 함락 후 오왕 손권은 가일에게 단독 수사권을 준다. 이때 오나라 도읍 무창성 안에서는 시신이 여러 구 발견되었다. 무창성 밖에서는 유비가 형주를 되찾고 관우의 복수를 하기 위해 직접 대군을 이끌고 오나라 변경을 압박했다. 무창성의 민심이 흉흉해지고, 성안에 숨어 있던 첩자들이 조직적으로 발빠르게 움직이며 사방에 동오가 곧 망할 거라고 유언비어를 퍼뜨린다. 안팎으로 위기에 직면했지만 손권은 전혀 개의치 않고 가일과 손몽에게 사건 조사를 지시했다. 하지만 이 일로 인해 두 사람은 사지로 내몰리고 만다.

위기와 혼란이 이들을 휘몰아치는 가운데, 삼국 최고 권력자들의 치열한 두뇌 싸움이 시작된다.

삼국 첩보 기구

위 魏

진주조(進奏曹)

수장[主官]: 사마의(司馬懿)

동조연(東曹掾): 만총(滿寵)

서조연(西曹掾): 곽회(郭淮)

촉 蜀

군의사(軍議司)

수장[主官]: 제갈량(諸葛亮)

좌도호(左都護): 장익(張翼)

우도호(右都護): 장완(蔣琬)

오 吳

해번영(解煩營)

수장[主官]: 공석(空席)

좌부독(左部督): 우청(虞靑)

우부독(右部督): 여일(呂壹)

익운교위(翊云校尉): 가일(賈逸)

도위(都尉): 육연(陸延)

Ⅲ.화소연영 火燒連營

제1장

◆

괴이한 살인 사건

가일(賈逸)은 팔짱을 낀 채 자신의 눈앞에 있는 집을 바라보며 깊은 생각에 잠겼다.

섬돌은 3촌(寸) 정도 되고, 사방 벽은 항토(夯土: 다진 흙)와 나무 기둥으로 둘러져 있으며, 바깥쪽으로 푸른 벽돌을 쌓아 올렸다. 지붕은 맞배지붕으로 만들어 석회를 칠한 수키와로 덮었다. 이것은 여느 관리들의 집에서 흔히 볼 수 있는 곁채였다. 다만 다른 점이 있다면 이 곁채의 벽과 기둥 위에 붉은빛 부적이 빼곡히 붙어 있고, 창문 위에도 여러 개의 청동 거울이 매달려 있다는 것뿐이었다. 모두 다 악귀를 물리치는 데 쓰이는 것들이다. 일반적으로 사람들의 발길이 거의 닿지 않는 대흉지에서나 볼 수 있는 이런 물건들이 놀랍게도 지금 무창성(武昌城) 도위부(都尉府)에 둘러쳐져 있으니, 섬뜩한 한기마저 느껴질 정도였다.

오늘 밤 이경(二更)에 해번영(解煩營) 서좌(書佐)가, 무창성 도위 부인이 비명횡사한 내용이 담긴 문첩을 가일에게 건네며 조사를 나가라는 명을 전했다. 서좌는 평소 가일과 친분이 있던 사이라, 문첩을 건넨 후 그에게 한 가지 사실을 은근슬쩍 알려주었다. 이 사건이 가일에게 넘어오기 전에 이미 해번영의 좌·우 부독(部督)이 먼저 현장 조사를 내보냈지만, 무슨 연유인지 다들 핑계를 대며 이 일을 맡을 수 없다고 발을 뺐다. 결국 그 덕에 이 사건이 가일에게까지 오게 된 셈이었다. 가일은 더 자세히 물어보고 싶었지만, 서좌는 한사코 대답을 피했다. 그는 가일에게 몸조심하라고 신신당부를 한 후 서둘러 자리를 떴다. 가일은 서좌가 떠날 때의 눈빛이 자꾸 마음에 걸렸다. 그것은 분명 두려움에 가득 찬 눈빛이었다.

공안성(公安城)에서 돌아온 후 손상향(孫尙香)과 손권(孫權)을 연이어 만났지만, 누구 하나 그에게 두터운 신임을 드러내지 않았다. 그렇다 해도 오왕(吳王)이 친히 명을 내려 그를 해번영 익운교위(翊雲校尉)로 임명했고, 손상향 군주(郡主)의 직접 관할하에 직무를 수행하게 되었으니 시작부터 남다르기는 했다. 게다가 그는 지난날 진주조(進奏曹)에서 한자리를 차지했고, 공안성에서도 형주(荊州) 사족을 주멸한 일등공신이었던 만큼, 남다른 후광을 안고 이곳으로 온 셈이었다.

하지만 그는 해번영 안에서 누구의 인정도 받지 못한 채 여전히 주변을 맴돌 뿐이었다. 해번영은 좌·우 부독 휘하로 나뉘어 있고, 이들이 평소 서로 공을 다투며 각자의 일 속에서 이익을 취해왔다. 가일은 손 군주 직속이었다. 이것은 그가 좌·우 부독 어느 누구의 통제도 받지 않는다는 것을 의미한다. 아무도 그를 상관하지 않으니 자유롭기야 했지만, 파벌이 없다는 것이 그리 속 편한 일만은 아니었다. 해번영에서 파벌이 없는 사람은 그야말로 따돌림의 대상이었다.

어쩌면 이 모든 것이 한선(寒蟬)의 뜻일지도 모른다. 그들은 가일이 지나치게 주목받기를 결코 바라지 않기 때문이다. 가일도 출세와 영달에 목을 맬 생각은 전혀 없었다. 지난 2년 동안 그는 제대로 된 사건을 맡아 처리해본 적이 없었다. 하지만 가일은 그런 일에 연연하지 않았고, 대신 사건 일지를 읽으며 시간을 보냈다. 그 덕에 그의 성격은 더 노련하고 차분해질 수 있었다. 그는 한선의 정탐꾼으로 사는 이상, 이렇게 한가한 날이 오래지 않아 끝날 것을 누구보다 잘 알고 있었다. 아마도 조만간 피비린내 나는 사건 속으로 휘말려 들어가게 될 것을 그는 또한 예감하고 있었다.

가일은 사건을 인계 받을 때만 해도 의외라는 생각을 지울 수 없었다. 도위 부인의 이름은 오민(吳敏)이었는데, 손권의 외숙인 오경(吳景)의 종손녀이니 명문 세도가 출신이자 왕의 인척이었다. 평소 이런 사건이라면 해번영에서 신중하게 다뤄질 법한데, 마치 뜨거운 감자처럼 서로 손을 대려 하지 않으니 무언가 수상한 낌새가 느껴졌다. 그런데 이곳 현장을 보는 순간 그 이유를 조금은 알 듯싶었다. 청동 거울과 부적만 봐도 이곳에 악귀의 원혼이 들끓고 있는 것이 분명했다. 제아무리 해번영이라 해도, 이런 사건은 가능하면 멀리하는 편이 나았을 것이다.

가일은 콧등을 문지르며 앞으로 성큼성큼 걸어가 방문을 밀쳐 열었다. 그런데 뜻밖에도 방 안에 누군가 서 있었다. 머리에 관을 쓴 진홍색 도포 차림의 사내는 허리춤에 단양(丹陽) 철검을 차고 있었다. 차림새로 보아 해번영의 도위가 분명했다. 나이는 스물을 갓 넘긴 듯하고, 세도가 자제의 오만한 기세가 얼굴 표정에 그대로 드러나 있었다.

그가 먼저 공수(拱手)를 하며 인사를 했다.

"가 교위가 오기만 기다리고 있었소이다."

가일도 예를 갖춰 인사를 나눴다.

"처음 보는 얼굴인 듯한데, 이름이 어찌 되는가?"

"육(陸)씨 성을 가진 연(延)이라 하오. 해번영 우청(虞青) 좌부독 휘하에 있지요. 원래 이 사건은 내가 먼저 맡아 조사 중이었는데, 갑자기 가 교위에게 수사권을 넘기라는 명을 받았소. 내가 해번영에 들어온 지 1년이 넘었는데, 그사이 가 교위에 관한 이야기를 여기저기서 듣기는 했어도 직접 보는 것은 이번이 처음이군요."

"나에게 사람을 붙여준 줄 알았는데, 그건 아니었나 보군."

가일이 실망한 듯 말했다.

"좀 전에 한 말을 이해하지 못한 건 아니겠죠? 나는 우청 부독에게 소속되어 있는 사람이오."

육연의 얼굴에 옅은 비웃음이 떠올랐다.

"가 교위와 우 부독의 관계를 모르는 것도 아닌데, 설마 그분의 부하가 교위를 도와주러 왔을 거라고 생각한 건가요?"

이 젊은이는 정말이지 오만하기 이를 데 없었다. 예전의 가일이었다면 외면한 채 가버렸겠지만, 지난 2년 동안 온갖 종류의 사람과 세상 풍파를 다 겪다 보니 이 정도쯤은 습관이 되어 아무렇지도 않았다.

"백문이 불여일견이라더니, 그 말이 딱 맞는 것 같소."

육연이 말을 이어갔다.

"가 교위는 한제(漢帝)의 야반도주를 막고, 안개에 휩싸인 듯 혼란스러웠던 형주의 난국을 타파하는 데 큰 공을 세운 영웅이 아니시오? 그야말로 시정의 아녀자들은 물론 아이들까지 모르는 이가 없는 영웅이죠. 가 교위를 만나기 전에는 내 사건을 가로채 간 이가 머리와 팔이 세 개 달린 험상궂은 괴물처럼 위협적이고 대단할 거라고 생각했었소. 그런데 막상 이렇게 만나고 보니 그런 생각이 다 민망해지는군요."

"육 도위는 나를 화나게 만들어 여기서 쫓아내고 싶은 건가? 그런데 이를 어쩐다? 그런 말에 일희일비하기에는 내 얼굴이 너무 두꺼운걸? 그보다 백배 천배 심한 말을 듣는다 해도 나는 꿈쩍도 하지 않을 테니, 괜한 말로 힘 뺄 필요 없네. 게다가 나에게 이 사건을 맡겼다는 건, 우청 부독이 자네의 능력을 믿지 못한다는 의미이기도 하겠지. 그러니 일찌감치 돌아가서 쉬도록 하게."

가일이 하품을 하며 곁눈질로 힐끗 육연을 쳐다보았다.

이 세도가 자제는 미간만 찡그릴 뿐, 아무런 반박도 하지 않았다. 그는 오른손을 내려뜨려 허리춤에 찬 옥 사남패(司南佩)를 만지작거렸다. 이 옥 사남패는 반질반질 윤이 나고, 붉은 끈의 색이 선명했다. 딱 봐도 몸에 지니고 다닌 지 얼마 안 된 것이었다. 옥 사남패는 사악한 기운을 물리치는 데 흔히 쓰이는 물건이었다. 아무래도 이 공자는 겉으로만 강한 척을 할 뿐, 이미 겁을 집어먹고 있는 것이 분명했다. 가일은 그와 더 이상 상대하지 않은 채, 나무 침상 위에 누워 있는 시체를 보기 위해 걸음을 옮겼다.

그가 오기 전에 이미 탈의를 시킨 듯, 실오라기 하나 걸치지 않은 시체가 그곳에 누워 있었다. 가일은 탁자 위에 놓인 등불을 들어 시체를 비추며 자세히 들여다보았다. 시체의 몸 구석구석을 살펴봐도, 날카로운 흉기에 찔린 상처나 둔기에 맞아 생긴 멍 자국이 전혀 보이지 않았다. 귀 뒤, 뒤통수, 정수리 등 어디에서도 바늘구멍 같은 작은 상처조차 찾을 수 없었고, 눈·코·입·귀 등 일곱 구멍에서도 피가 새어 나온 흔적이 없었다. 가일은 있는 힘껏 시체를 뒤집었다. 하지만 하얗고 비단결처럼 매끈한 피부 어디에서도 타살을 의심할 만한 증거는 전혀 발견할 수 없었다.

가일은 여자의 시체에서 시선을 돌려 방 안을 위아래로 쭉 훑어보았다. 사방 벽은 깨진 곳 하나 없이 멀쩡했고, 바닥에 깔린 돌과 천장은 평소와 다름없이 온전한 모습을 갖추고 있었다. 문과 창문에도 침입의 흔적조차 없이 걸쇠와 쇠고리가 그대로 달려 있고, 창호지에 구멍 하나 뚫려 있지 않았다. 방 안 위쪽에 나 있는 아주 작은 통기창을 통해 어슴푸레한 달빛이 스며들어왔다. 가일이 아래로 시선을 옮겨봤지만, 반들거리는 돌바닥 이음새 어디에도 균열의 흔적이 보이지 않았다. 그런데 그때 벽과 이어진 바닥 위에 놓인 황갈색 털이 눈에 들어왔다. 가일이 빠른 걸음으로 다가가 손가락으로 그 털을 집어 들었다.

그가 뒤로 몇 발자국 물러서며 혼잣말로 중얼거렸다.

"이상하군……."

"가 교위, 시체를 눈으로만 몇 번 봤을 뿐인데, 바로 이상한 점을 발견한 것이오? 뭘 알아낸 건지 말해줄 수 없겠소?"

가일이 소리 나는 곳을 향해 시선을 돌리자, 아직 떠나지 않고 서 있는 육연이 눈에 들어왔다. 오만방자한 세도가의 자제가, 먼저 맡았던 사건을 남에게 빼앗겼으니 억울할 만도 했다. 당연히 쉽게 포기가 되지 않았을 것이다. 심지어 그는 가일의 무시를 참아가며 남아 있는 것도 모자라, 먼저 나서서 가르침까지 청하고 있었다. 이것만 봐도 그는 주변에서 흔히 볼 수 있는 여느 세도가 자제들과 확실히 달랐다. 어쩌면 이 젊은이는 지나친 자긍심의 소유자일지도 모른다. 어쨌든 그가 절대 만만한 인물이 아니라는 것만큼은 확실했다.

"사람이 외부의 힘에 의해 죽든 질병으로 죽든, 숨이 끊어지고 나서 한 시진이 지나면 몸에 시반(屍斑)이 나타나게 되네. 자네 쪽에서 이 사건을 인계 받은 게 해가 지기 전이라고 들었네. 그때부터 이미 세 시진 가까이 시간이 흐른 셈이지. 그런데 이 시체 어디에도 시반이 보이지 않네. 그 이유가 무엇이라고 생각하나?"

"그걸 단번에 알아내시다니, 나와 함께 왔던 멍청한 동료들보다 능력은 좀 낫군요."

육연의 표정이 조금은 누그러졌다.

"그들은 이곳에 와서 현장을 보고 난 후, 오민이 남에게 말 못할 병으로 죽었다고 입을 모았소. 만약 내가 그 자리에서 이 문제를 제기하지 않았다면 아마 다들 병으로 죽은 거라고 보고한 후 대충 사건을 마무리 지었을 테지요."

육연은 치기 어렸던 자신의 지난 시절 모습을 쏙 빼닮아 있었다. 다른 사람보다 좀 더 뛰어난 능력을 과시하며 오만이 하늘을 찔렀지만, 처세와 처신은 한없이 부족했다. 아마도 육연은 동료들과의 관계도 분명 좋지 않을 것이다.

가일이 손가락을 뻗어 시체를 눌러보자 약간의 부기가 느껴졌다. 그는 한 발자국 앞으로 나가 시체의 눈꺼풀을 들추어본 후 자기도 모르게 흠칫했다. 시체의 안구가 선홍색 구슬로 변해 있는 것으로 보아, 안구의 혈액이 이미 완전히 응고한 듯했다.

"육 도위, 시체에 시반이 없고 안구가 응고된 것으로 보아, 분명 희귀한 독에 중독되어 죽은 듯하네."

"정말 그렇게 생각하시오? 이 시체의 상태를 보면 절대 중독 때문이 아니오."

"중독이 아니라면 뭐란 말인가?"

육연이 목소리를 낮추어 말했다.

"주술이오."

그의 말이 떨어지기 무섭게, 가일의 손에 들려 있던 등불이 '휘익' 바람소리를 내며 꺼졌다. 두 사람 다 놀란 눈을 치켜떴다. 가일은 주변을 둘러본 후 이상한 기미가 없다고 판단되자, 품 안을 더듬어 화절자를 꺼낸 뒤 다시 불을 붙였다.

"주술로 사람을 죽였다는 건가? 왜 그렇게 생각하지?"

"단지 시체에 시반이 없고 안구가 응고되었다는 두 가지 증좌만으로 해번영 좌·우 부독이 이런저런 핑계를 대며 이 사건을 떠넘겼을 거라고 봅니까? 그럼 이 방 밖에 부적과 청동 거울이 왜 저렇게 많이 붙어 있다고 생각하시오?"

"미심쩍은 부분이 많은 사건이긴 하군. 무창성 도위의 직책은 도적을 잡아들이고 살인 사건을 수사하는 것인데, 도위라는 자가 부인이 죽었는데도 직접 수사하지 않고 해번영에 수사권을 넘겼네. 게다가 좌부독 우청과 우부독 여일(呂壹)은 평상시에 서로 공을 다투느라, 살인 사건을 포함한 모든 사건의 수사권을 빼앗기지 않기 위해 혈안이 되어 있는 자들이 아닌가? 그런데도 이번 사건만큼은 지난 2년 동안 하는 일 없이 자리만 차지하고 있던 눈엣가시 같은 존재에게 떠넘겨버렸네. 그렇다면 그들은 이 사건을 감히 수사할 수 없거나, 수사가 불가능하다는 것을 미리 알아채고 나를 사지로 몰아넣은 것이겠지. 대체 그들이 이 집에서 무엇을 발견했기에 그렇게까지 몸을 사리게 된 거지?"

육연의 표정이 불빛 아래서 흐렸다 개기를 반복했다.

"시체가 발견되었을 때 오른손에 부적을 한 장 쥐고 있었소. 부적에 붉은색으로 '천하대길(天下大吉)'이라 쓰여 있더군요."

"천하대길?"

가일의 표정이 순간 경직되었다.

"우길(于吉)?"

우길이라면 가일도 아는 사람이었다. 그는 순제(順帝) 연간에 득도해 신선이 되었고, 『태평경(太平經)』을 저술해 태평도 제자들에게 상선(上仙)으로 추앙받고 있었다. 그는 강동(江東) 일대에서 포교 활동을 하며 부적수(符籍水)로 병을 치료하고, 바람과 비를 부르는 신묘한 재주를 여러 번 부려 사람들을 현혹했다. 그렇게 끌어모은 신도만 해도 수만 명이었다. 그러다 보니 강동의 패주 손책(孫策)마저 그가 큰 환난의 불씨가 될 거라고 판단해, 그럴싸한 명분을 찾아 그를 죽여버렸다. 그러나 얼마 후 손책은 허공(許貢)의 문객이 휘두른 칼에 찔려 결국 치명상을 입어 죽고 말았다. 그의 뒤를 이어 권좌에 오른 손권은 회유책으로 선회했고, 우길의 신도들은 처벌을 받기는커녕 도리어 더 위세를 떨치며 그 세력을 확장해나갔다.

"이 살인 사건이 설마 우길과 연관이 있다는 건가? 하지만 우길은 죽은 지 20년이 넘은 자가 아닌가? 그의 제자들이라고 해봤자 다들 어중이떠중이들이고, 재물이나 긁어모으고 여자들이나 농락하며 사는 소인배들인데, 그런 배포로 어떻게 도위 부인을 주술로 저주해 죽일 수 있단 말인가?"

가일이 물었다.

"맞는 말이오. 우길의 제자들이라면 당연히 그런 일을 할 깜냥이 못 되지요. 하지만 이 사건 속에는 우길과 떨어뜨려 생각하기 힘든 무언가가 확실히 존재하오."

육연이 잠시 뜸을 들이다 다시 말을 꺼냈다.

"사실 내가 해번영에 들어오기 전에, 각 조서(曹署)에서 다년간 모아온 기이한 중대 사건 기록을 쭉 훑어본 적이 있소. 그런데 이런 괴이한 죽음이 예전에도 이곳 무창성에서 딱 한 번 일어난 적이 있더군요."

가일은 자신이 읽었던 해번영의 사건 기록을 떠올려봤지만, 그런 사건을 본 기억이 전혀 없었다. 그렇다면 그것은 도위부에서 취급했던 사건 기록이 분명했다. 그 순간 가일의 눈에 육연이 다시 보였다. 조서의 사건 기록을 꼼꼼히 살펴보고, 여러 해 전에 벌어진 사건까지 세세히 기억하고 있을 정도라면, 자리만 차지하고 앉아 출세에 눈먼 그런 부류의 인간은 분명 아니었다.

가일이 공수를 하며 물었다.

"이런 비슷한 사건이 있었다고 하니, 해결의 실마리를 찾을 수도 있겠군. 그 사건이 어떤 내용이었는지 들려줄 수 있겠는가?"

"물론입니다."

가일이 거듭 예를 갖춰 사건에 관심을 보이자 육연의 말투도 어느새 변해 있었다.

"건안(建安) 5년에 거상(巨商) 진적(陳籍)이 성안에서 선인 우길을 함부로 욕하며 다닌 적이 있었죠. 당시 우길은 10여 년 동안 포교 활동을 하며 엄청난 신도들을 거느리게 되었고, 그중에는 왕후·중신들도 포함되어 있었습니다. 진적이 술집에서 큰 소리로 우길을 욕해 많은 신도의 불만을 샀고, 누군가는 상선을 계속 모욕하고 다니면 자기 손에 곱게 죽지 못할 거라고 경고를 하기도 했고요. 진적은 진짜 그런 재주가 있으면 사흘 안에 자기를 죽여보라고 그들을 맘껏 비웃어주었죠. 만약 사흘 안에 자기를 죽이지 못하면 사람들을 데리고 그를 찾아가 가만두지 않겠다고 선전포고까지 했습니다. 주변에서 구경을 하던 사람들도 다들 그를 욕하며 뿔뿔이 흩어졌소. 그런데 그날 밤 진적이 집에서 비명횡사할 줄 누가 알았겠습니까? 그 당시 사건 기록을 보니, 안구는 붉게 변하고 온몸의 피가 응고되었다고 적혀 있더군요. 여기 있는 시신처럼 말이죠."

"안구뿐 아니라 온몸의 피까지 응고되었다고? 지금 이 시체도 그렇단 말인가?"

가일이 물었다.

"이 시체는 아직 검시를 못 해봤습니다."

육연이 살짝 난처해하며 말했다.

"우 부독이 사건을 가 교위에게 넘겨버리는 바람에 아직 검시를 해보지 못했소."

가일이 허리춤의 장검을 뽑아 시체 앞으로 빠르게 걸어갔다.

육연이 그를 말렸다.

"가 교위, 오작(作: 검시관)을 불러 부검을 명하는 편이 낫겠소."

가일이 고개를 돌리자, 육연은 여전히 침착해 보이는 표정으로 허리춤의 옥 사남패를 꽉 움켜쥐고 있었다. 가일이 웃으며 검을 뽑아 시체의 팔위를 살짝 찔렀다. 검 끝이 피부를 뚫고 살 속으로 들어갔지만 피가 흘러나오지 않았다. 가일이 손에 힘을 주며 긴 검이 팔을 뚫고 나올 정도로 눌렀는데도 피 한 방울 새어 나오지 않기는 마찬가지였다. 그가 검을 빼내고 그

자리에 등불을 비춰보니, 상처 표면이 딱딱했고 절단된 혈관 속에 검은 가루의 흔적이 보였다. 과연 온몸의 혈액이 응고되었군. 설마 주술 때문에 죽었다는 말이 정말 사실일까?

가일이 검을 다시 칼집에 넣으며 물었다.

"건안 5년에 일어난 그 사건의 수사 결과는 어떻게 나왔는가?"

"수사 결과라고 할 게 있겠소? 당시 우길의 명성이 워낙 높다 보니 다들 진적이 화를 자초한 거라고 입을 모았고, 성의 도위도 가족들에게 시신을 수습해 얼른 묻으라고 명을 내린 후 수사를 종결해버렸죠. 듣자 하니 가 교위는 귀신도 두려워하지 않는다던데, 지금 이 사건을 어떻게 생각하시오?"

"방 안에 외부인이 침입한 흔적이 없고 시신에 뚜렷한 상처가 없으니, 아무래도 독살된 것 같네. 다만 희귀한 독약을 사용해 피를 응고시킬 수 있었던 거겠지. 거상 진적을 죽일 때 사용된 독약도 같은 것이 아니었을까 싶네. 어쩌면 너무 오래전 일이라, 사람의 기억이라는 게 왜곡되거나 와전될 수도 있고……."

가일이 갑자기 말을 뚝 끊더니, 새파랗게 질려 앞을 바라봤다. 나무 침상에 누워 있던 여자의 시체가 어느새 스스로 일어나 앉아 있었다! 그가 팽팽하게 긴장한 채 뒤로 두어 걸음 물러서며 검을 뽑아 들었다. 시체가 나무 침대 위에 뻣뻣하게 앉아 이를 악물고 두 눈을 부릅뜬 채 서늘한 미소를 짓고 있었다.

"혹 진적의 사건이 일어났을 때도 시체가 다시 살아났다는 소문이 있었는가?"

가일이 나지막하게 물었다.

육연이 의아하게 생각하며 고개를 가로저었다.

어슴푸레한 달빛에 비친 시체의 얼굴에서 웃을 듯 말 듯 소름 끼치는 표정이 드러났다. 분명 초여름 날씨인데도 가일은 뼛속 깊이 파고드는 한기가 느껴졌다. 그리고 얼마 안 가 그 한기가 착각이 아니라는 것을 깨달았다. 움켜쥐고 있는 칼자루도 어느새 얼음처럼 차가워져 뼈를 에는 듯한 통증이 느껴졌고, 숨을 쉴 때마다 하얀 입김이 뿜어져 나왔다. 육연은 옆에서 사시나무처럼 떨고 있었고, 그의 머리 위에 어느새 하얀 서리가 내려앉아 있었다.

두 사람의 시선이 허공에서 부딪치자마자 육연이 얼른 허리춤에 찬 장검을 뽑아보려 해봤지만 꿈쩍도 하지 않았다. 장검이 눈 깜짝할 사이에 얼어붙어버린 것이다!

가일이 그의 앞을 가로막고 서서 속삭였다.

"일단 이곳을 빠져나가세."

두 사람이 한 걸음 한 걸음 문 쪽으로 물러서다 방문에 거의 닿으려는 찰나, 육연이 실수로 도자기 접시를 밟으면서 우지끈 깨지는 소리가 났다. 그 순간 침상에 있던 시체가 갑자기 고개를 홱 돌리더니, 시뻘건 눈을 부릅뜨고 그들을 똑바로 쳐다봤다. 육연이 식겁한 듯 얼른 돌아서 방문 밖으로 뛰쳐나가려 했다. '쿵' 소리와 함께 방문이 흔들리는가 싶더니, 얼음 부스러기만 우두둑 떨어지고 문은 꽉 닫힌 채 조금도 열리지 않았다.

"이거 골치 아프게 생겼군."

가일이 쓴웃음을 지었다.

시체가 그 소리에 놀라 몸을 가누며 침대 아래로 기어 내려와 빠른 속도로 두 사람을 향해 돌진해 왔다. 가일의 검이 차가운 공기를 가르며 시체를 내리쳤었다. 그러자 시체의 두 손이 검을 잡았고, 그 순간 날카로운 칼날이 몇 동강이가 나며 잘려나가는 것이 아닌가! 가일이 왼손을 들어 소맷자락을 힘껏 털어 올리며 수노(袖弩)에 장착된 화살을 번개처럼 빠른 속도로 발사했다. 이 정도로 가까운 거리에서 순식간에 발사된 화살이라면 시체를 관통하기에 충분했다. 예상대로 화살이 한 치의 오차도 없이 시체를 관통했고, 엄청난 충격파 때문인지 시체가 비틀거리다 잠시 움직임을 멈췄다.

육연은 여전히 문을 부수고 나가기 위해 안간힘을 쓰고 있었고, 시체는 바닥에 엎드려 핏빛 가득한 눈을 부릅뜨고 그들을 노려보았다. 가일은 그저 황당할 뿐이었다. 이제까지 귀신의 존재를 믿어본 적도 없는데, 여기서 귀신의 손에 죽었다고 하면 이보다 더 터무니없는 일이 또 있을까? 그는 숨을 죽이고 자세를 낮춰 시체의 공격을 기다렸다. 하지만 시체는 개처럼 머리를 몇 차례 흔들며 으르렁거리는 소리만 낼 뿐, 다시 공격할 의사가 없어 보였다. 사람과 시체가 이렇게 대치하니, 숨을 몇 번 들이마시고 내뱉을 정도의 짧은 시간조차 한없이 길게 느껴졌다.

바로 그때 등 뒤에서 둔탁한 소리가 들려왔다. 육연이 드디어 나무 문을 여는 데 성공한 듯했다. 이와 동시에 여자 시체도 타다닥 소리를 내며 달려들었다. 가일이 하얀 입김을 뿜어내며 발을 뻗어 올려, 있는 힘껏 시체의 머리를 가격했다. 그런데 마치 철판을 찬 것처럼 발꿈치에 통증이 전해졌다. 가일은 다리를 굽히며 다시 그 반동을 이용해 공격을 하려 했지만, 시체의 엄청난 힘에 밀려 저 멀리 한 장 남짓 떨어진 곳까지 튕겨져 나갔다. 가일은 얼른 일어나 다시 반격을 가하려 했지만, 시체가 이미 솟구쳐 올라 허공에서 그를 내리찍으려 했다. 가일은 어쩔 수 없이 왼손으로 땅을 짚고 옆으로 몸을 돌리며 오른손으로 시체의 옆구리 쪽을 향해 '한성(寒星)'을 날렸다. 이 한성은 한선의 공객(工客)들이 고안해 만든 암기(暗器)로, 상당히 예리할 뿐 아니라 약초에 달구어 만들었기 때문에 찔리면 극심한 통증을 유발했다. 그렇지만 시체는 한성에 찔리고도 아무런 반응을 보이지 않았다.

나무 문에 이미 가까워졌으니, 이 방을 나가기만 하면 살아 돌아갈 희망이 있었다. 하지만 지금은 이 지척의 거리조차 한없이 멀게만 느껴졌다. 가일은 온몸이 욱신거리고 머리가 어지러우며 눈앞이 아른거려 제대로 서 있기조차 힘들 지경이었다. 시체는 바닥을 빙빙 돌며 날카로운 비명을 지르는가 싶더니, 다시 몸을 날려 가일을 덮치려 했다. 가일은 어쩔 수 없이 마음을 다잡고 두 팔을 들어 방어 자세를 취했다. 바로 이때 문 밖에서 시커먼 공이 날아 들어와 시체에 부딪히며 '펑' 소리를 냈다. 그 순간 괴이한 푸른색 화염이 피어올랐다. 시체가 미친 듯이 포효하며 쓰러지더니 계속해서 이리저리 뒹굴며 괴로워했다. 눈 깜짝할 사이에 푸른색 화염이 시체를 집어삼키더니 불길이 활활 피어올랐고, 사방에 탄내가 진동을 했다.

가일은 그 틈을 이용해 죽을힘을 다해 문 밖으로 몸을 날렸다. 그의 시선 끝에 육연의 손에 들린 검은색 공이 보였다. 육연은 화절자로 뇌관에 불을 붙이고 있었다.

화유탄(火油彈)?

이런 무기는 하나당 가격이 2천 냥은 족히 되는 데다, 화기 근처에만 가도 폭발하는 탓에 위험 부담이 너무 컸다. 육연이 여기까지 이 무기를 무사히 가져온 것만 봐도 상당히 신중을 기했을 터였다. 가일은 그를 보며, 자신이 얼마나 오만하고 부주의했는지 깨닫게 되었다.

화유탄이 점화되자 육연이 그것을 힘껏 던졌다. 시체가 또 한 번 뜨거운 화염에 휩싸여 바닥을 뒹굴며 발버둥을 쳤다. 불꽃이 사방으로 튀며 문과 창문은 물론 가구마저도 불길에 휩싸였고, 눈 깜짝할 사이에 곁채가 불바다로 변해버렸다.

가일은 사시나무처럼 떨리는 두 다리를 지탱하지 못한 채 그대로 바닥에 주저앉았다. 육연도 하얗게 질린 얼굴로 거친 숨을 몰아쉬었고, 이마에는 땀방울이 맺혀 있었다. 고작 몇 초식을 썼을 뿐인데, 어떻게 체력이 이렇게까지 바닥이 날 수 있단 말인가?

육연의 목소리가 마치 저 멀리서 들리는 것처럼 아득했다.

"어떻게 온몸에 힘이 하나도 없는 거죠? 설마 아까 시체의 팔을 찔렀을 때 우리도 주술의 저주에 걸린 건가요?"

가일이 반박을 하려는데, 입이 떨어지기는커녕 목소리조차 나오지 않았다. 손발은 이미 마비가 되었고, 뼈를 에는 듯한 한기와 함께 하늘이 기울어지는 것처럼 짙은 어둠이 덮쳐왔다.

눈앞의 광경이 언뜻언뜻 보이다 사라지기를 반복하더니, 그는 이내 어둠과 정적 속으로 빠져들어갔다.

제2장

◆

태평도

　석양이 저 멀리서부터 서서히 물들어가니 시선이 닿는 것마다 온통 황금빛으로 변하고, 마치 이곳이 신선이 사는 세상인 듯한 착각마저 불러일으켰다.

　가일은 창가에 기대 눈앞에 펼쳐진 아름다운 풍경을 바라보고 있었지만, 마음속은 걱정 근심으로 한없이 무거웠다. 위험한 상황에서 벗어났다 해도, 그때의 일을 생각하면 여전히 섬뜩한 기분과 두려움이 밀려왔다. 숨이 끊어진 지 한참 된 시체가 갑자기 벌떡 일어나 사람을 해치는 일이 정말 눈앞에서 펼쳐졌으니, 한바탕 악몽을 꾼 듯 지금도 믿기지 않았다. 깨어나자마자 그가 가장 먼저 한 생각은, 다시 그곳으로 가서 철저히 조사를 하는 것이었다. 하지만 그곳이 이미 모두 불타 없어지고 폐허가 되었다는 말에 마음을 접어야 했다.

　그들을 구한 사람은 무창 도위 위림(魏臨)이었다. 그는 저택이 불길에 휩싸이는 것을 보자 무작정 백여 명의 병사들을 이끌고 집안으로 달려 들어갔고, 그곳에서 정신을 잃고 쓰러져 있던 가일과 육연을 발견해 해번영으로 옮겼다. 육씨 집안에서도 그 소식을 듣자마자 바로 마차와 하인들을 보내 육연을 집으로 데리고 갔다. 들리는 소문에 의하면 무창성의 명의들을 다 불러 모아 치료를 했다고 한다. 반면에 가일은 해번영에 누워 꼬박 이틀을 혼수상태에 빠져 있었다. 그사이 손몽(孫夢)이 매일 찾아와 그에게 약을 먹였을 뿐, 아무도 그를 찾지 않았다.

가일은 그런 일로 화가 나거나 억울한 감정조차 들지 않았다. 지난 2년여 동안 해번영에서 주변부로 밀려나 지내다 보니, 그는 자신의 처지를 누구보다 잘 알고 있었다. 그의 정신이 혼미한 틈을 타 독살을 당하지 않은 것만으로도 감지덕지할 일이었다. 손몽과도 지난 2년 동안 사이가 많이 가까워졌지만, 여전히 미궁에 빠져 있는 그녀의 과거 때문에 얼마나 믿어야 할지 확신이 서지 않았다.

일찍이 공안성에 있을 때 장제(蔣濟)가 그에게 손몽의 신분 기록에 기재된 고향을 알려준 적이 있지만, 그녀가 그곳에 살았던 흔적은 발견되지 않았다. 무창으로 돌아온 후 가일은 궁금증을 참지 못해 몰래 그곳에 다녀왔다. 그런데 이상하리만치 마을 사람들 중 누구 하나 손몽을 모르는 사람이 없었다. 심지어 그녀의 어릴 적 친구들까지 나타나 고향 집으로 그를 데려가더니 멀찍이서 그녀의 부모를 보여주기까지 했다.

다들 손몽이 그곳에 살았다는 사실을 믿게 하려고 애를 쓰는 것처럼 보였다. 그런데 그에게 왜 손몽에 대해 물어보고 다니는지, 그의 신분이 무엇인지 물어보는 사람은 그중 단 한 명도 없었다. 연극도 이 정도면 티가 안 날래야 안 날 수 없을 정도였다. 그렇다면 이 판을 짠 사람은 가일이 눈치를 챌까 걱정하기보다, 스스로 알아서 조사를 멈추라고 무언의 압력을 넣고 있는 것이 분명했다. 그래서 가일은 그의 뜻을 받아들이기로 마음먹었다. 그의 능력만으로 진실을 밝힐 수 없고, 하물며 손몽이 전천(田川)이 아니라고 한들 그에게 아무 의미도 없었다.

게다가 지난 2년 동안 일어난 일들이 너무 많다 보니, 가일은 정말이지 다른 일에 신경 쓸 겨를조차 없었다. 작년에 조조(曹操)가 병으로 죽고 난 후 위왕(魏王) 자리에 오른 조비(曹丕)는 두 아우 조창(曹彰)과 조식(曹植)에게 즉각 봉지(封地)로 돌아가라고 명을 내렸다. 두 사람이 각자의 봉지로 떠나자마자 조비는 견락(甄洛)에게 사약을 내려 죽였으며, 쌀겨로 입을 막고 풀어헤친 머리카락으로 얼굴을 감싸 매장했다. 입추에 접어들자 조비는 한제의 양위를 종용하고 낙양(洛陽)에서 스스로 황제를 칭하며 위 제국을 세웠다. 한중왕(漢中王) 유비(劉備)는 한제가 이미 죽었다는 말에 속아 성도(成都)에서 제위에 오르고 대한(大漢)의 정통을 계승하겠노라 선언했다.

이때 유비가 대군을 직접 이끌고 북쪽 기산(岐山)에서 출발해 조위(曹魏)를 공격할 거라는 소문이 퍼지기 시작했다. 그러나 곧이어 촉한(蜀漢)의 장수 장달(張達)과 범강(范彊)이 모의해 장비(張飛)를 죽인 후 그 수급을 들고 오나라로 가 투항을 했다. 동오(東吳)의 대도독 육손(陸遜)은 이것이 늑대를 몰아내고 호랑이를 삼키려는 조위의 계략이라는 것을 간파했다. 그래서 그는 손권에게, 장달과 범강을 죽이고 사신을 보내 유비와 강화를 맺을 것을 청했다. 그러나 진노한 유비는 촉한의 군사력을 총결집시켜 오나라를 쳤고, 한 달 만에 80여 리를 공격해 들어갔다. 손권은 어쩔 수 없이 육손을 보내 공격을 막는 한편, 위나라에 스스로를 번(藩)이라 칭하며 조비에게 출병을 청했다. 조비는 손권의 청을 받아들여 양양(襄陽)·번성(樊城) 등지에 대군을 이동시키고 위-촉 변경에 포진시켰다. 유비는 앞뒤로 적의 공격을 받아 고립될 것을 염려해 더 이상 진군하지 못했고, 대군을 이릉(夷陵) 일대에 주둔시켜 육손과 1년 가까이 대치했다.

천하의 대세가 이러하니, 해번영도 쉴 틈 없이 움직이고 있었다. 군사 상황 정탐, 첩자 숙청, 관리 감찰, 살인 사건 처리에 매달리느라 새로 부임한 좌부독 우청은 물론 우부독 여일까지 정신없이 바쁘기는 매한가지였다. 유독 가일만이 지난 2년 동안 시시한 사건 몇 건을 처리했을 뿐, 사람들의 기억 속에서 거의 잊히기 일보 직전이었다.

등 뒤에서 홀연 은은한 향기가 전해져 왔다. 금화연지(金花燕支) 향이 코끝을 스치니 손몽이 온 것이 분명했다. 가일은 뒤돌아보지 않았다. 그는 지난 2년 동안 어떤 태도로 손몽을 대해야 할지 늘 고민해왔다. 손몽이 전천을 너무 닮아 알 수 없는 호감이 생겼거나, 그녀를 볼 때면 붉은 피로 물들었던 그 골목이 자꾸 떠올라서 그랬을 수도 있다.

손몽이 가일의 곁에 바싹 붙어 앉자 가늘고 긴 머리카락이 바람에 날리며 그의 목덜미를 간질간질 자극했다. 가일이 옆으로 살짝 자리를 옮기자 손몽이 그를 힐긋 째려보며 기분이 상한 듯 옆으로 멀찍이 떨어졌다.

가일이 난감한 듯 변명을 했다.

"손 낭자, 남녀가 유별한데, 행여 오해를 사서 다른 사람 입에 오르내리기라도 하면 낭자에게 누가 될 수도 있어 그런 것이오."

손몽이 눈을 치켜뜨며 그를 쳐다봤다.

"남녀가 유별하다고 했나요? 해번영에서 혼수상태로 누워 있을 때 내가 입을 벌려 탕약을 먹여준 건 생각 못 하나 보죠? 그때는 남녀가 유별하지 않았나요?"

"손 낭자 덕에 이리 살아났으니, 그 고마운 마음을 어찌 말로 다 하겠소? 정말 나 때문에 고생이 많았소."

"그렇게 미안한 마음이 있는 사람이, 깨어났는데도 아무 인사조차 안 하는군요."

"그러니까…… 그게 왜 그런가 하면……."

"또 남녀가 유별하다는 말을 하고 싶으신 건가요?"

손몽이 손사래를 쳤다.

"됐어요. 그 얘기는 그만하는 게 좋겠어요. 그건 그렇고, 지금은 기분이 어때요? 어디 크게 불편하거나 그런 데는 없는 거죠?"

"그럭저럭 괜찮소."

가일이 다시 입을 열었다.

"그런데 나와 육연이 주술에 걸렸다는 소문이 파다하게 퍼졌다 들었소. 그럼 도사를 불러다 악귀를 쫓아버려야 하는 것 아니었소? 왜 당신이 탕약을 먹이며 날 보살펴준 거요?"

"내가 도사를 부르지 않았을 거 같아요? 천사(天師) · 법사(法師) · 우객(羽客) · 진인(眞人)에 이르기까지, 무창성에 사는 유명한 도술사들은 죄다 불러들였다고요. 근데 다들 우길과 관련이 있다는 말을 듣자마자 하나같이 외면하며 눈길 한 번 주려 하지 않았어요. 그 탕약은 육연의 집에서 보내온 거예요."

"육연 쪽에서 보냈다고?"

가일이 눈살을 찌푸리며 물었다.

"육씨 집안에서 육연을 데려간 후, 소문이 퍼지기 전에 얼른 명의들을 불러들여 치료를 했어요. 그들이 육연의 상태를 살펴본 후 습독(濕毒)이 오장육부에 침입해 생긴 병이라며, 습한 기운을 제거하고 원기를 회복시켜주는 처방을 내렸어요. 육연은 그 약을 세 번 복용하고 나서 깨어났죠. 그가 정신을 차리고 난 후 당신이 여전히 혼수상태라는 말을 전해 들었는지, 바로 남은 탕약을 당신에게 보냈어요."

"그 말은, 우리가 그 집에서 정신을 잃고 쓰러진 게 무슨 주술 때문이 아니라는 거군."

가일이 혼잣말처럼 중얼거렸다.

"꼭 그렇지만은 않아요. 나중에 그 의원들이 사건 경위를 알고 나자, 다들 육씨 집안에서 정도에 어긋난 일을 했다며 불쾌한 감정을 드러냈거든요. 아마 우길과 관련된 줄 알았다면 절대 왕진을 가지 않았을 거예요. 그들은 주술에 걸린 증상이 습독이 몸에 퍼지는 증상과 흡사해 그런 처방을 내렸다고 말했다더군요. 그렇다면 당시 처방한 약은 병증을 치료하는 데 도움이 전혀 안 됐어야 해요. 그런데 그 약을 먹고 두 사람이 깨어난 거예요. 이 문제에 대해 그들도 명확한 설명을 하지 못했어요. 그저 두 사람이 아직 죽을 운명이 아니어서 그렇다고 말할 뿐이죠."

"육연은 육씨 중 누구의 자식이오?"

손몽의 눈이 휘둥그레졌다.

"정말 몰라서 묻는 거예요?"

가일이 이해할 수 없다는 표정을 지었다.

"육씨 가문은 강동의 호족이고 벼슬길에 오른 이만 해도 족히 백 명은 넘는데, 내가 무슨 수로 그들의 출신을 모두 알 수 있겠소?"

"그자의 아버지와 당신 사이가 좋다고 소문이 파다하던데, 자기 아들을 보살펴달라는 부탁 같은 거 안 받았어요?"

"그자의 아버지?"

가일이 깜짝 놀라 되물었다.

"그 말은, 육연이 육손의 아들이라는 거요?"

"맞아요. 다 알고 있는 줄 알았는데 의외네요. 육손과 잘 알고 지내는 사이가 정말 아니었어요?"

"아니오."

가일이 고개를 가로저었다. 그가 육손과 사이가 좋다는 말은 아마도 회사파(淮泗派)에서 퍼뜨린 소문일 것이다. 육손이 가끔 그를 배려해줄 때도 있지만, 대부분 공적인 일에 국한되었다. 그는 자신보다 신분이 낮은 사람과 절대 사적인 교류를 하지 않을 정도로 신분 차이를 따졌다. 동오 땅에 발을 들인 후부터 자신을 진심으로 대해준 사람은 손몽뿐이었다. 설사 그녀의 과거가 미궁에 빠져 있다 해도, 자신에게 보여준 마음은 진심이었다.

가일이 한숨을 내쉬며 말했다.

"지난 2년 동안 동오 땅에서 사적으로 가장 가깝게 지낸 사람은 손 낭자 한 사람뿐이었소. 나머지 사람들은 겉으로만 알고 지낼 뿐, 누구도 나와 너무 가까워지는 것을 꺼리더군. 이번 일만 해도, 손 낭자가 돌봐주지 않았다면 그사이 무슨 일을 당했을 수도 있었겠지. 정말 고마운 마음뿐이오."

손몽이 장난스레 싱긋 웃으며 물었다.

"설마 말로만 하고 끝내려는 건 아니죠?"

"내가 어떻게 하면 되겠소?"

"그건 일단 고민 좀 해보고 나중에 말해줄게요. 아, 맞다! 이 사건이 우길과 연관되어 있는 이상, 계속 수사할 생각은 아니죠?"

가일이 의아한 눈빛을 보냈다.

"왜 그렇게 생각하오? 당신들 동오 사람들은 왜 그렇게 우길을 두려워하는 거요?"

손몽이 코웃음을 쳤다.

"지금 당신들 동오 사람이라고 했나요? 이곳에 온 지 두 해나 되었는데도 여전히 말끝마다 너희 동오 사람들이라고 말하며 선을 그으니, 따돌림을 당해도 싸네요."

가일은 반박도 하지 않은 채 미소만 지을 뿐이었다.

"우길은 강동에서 포교를 하며 20여 년 동안 병자를 고치며 살았어요. 위로는 왕후장상부터 시작해서 장사치들에 이르기까지 신도들이 족히 10만 명은 넘을 거예요. 당초 선주(先主) 손책이 그를 죽이지 않았다면 아마 황건적(黃巾賊)의 난이 또 일어났을지도 모르죠. 근데 선주가 그를 죽였다 해서 신도들의 믿음이 변하는 건 아니었어요. 지금까지도 그의 신도들이 활발하게 포교 활동을 하고 있으니까요. 군주부 근처에 도단(道壇)이 하나 있는데, 매달 초하룻날과 보름날이 되면 수많은 신도들이 그리로 모여

산수유나무를 태워 삶고 부적수로 병을 고치고 그런대요."

"그런 일을 하는데도 관가에서 그냥 둔다는 거요?"

"관에도 신도들이 많으니까요. 지존의 본처인 반(潘) 부인도 자주 도단에 가서 복을 빈다는 소문이 있는데, 관에서 어떻게 단속을 하겠어요?"

손몽이 눈을 깜박거렸다.

"이번 일은 도위 부인이 죽은 사건에 불과해요. 그리 대단한 인물이 아니니, 아마 조사하지 말라는 명이 내려올 수도 있어요."

"육연은? 그는 내가 자신의 사건을 가로챘다고 생각해 불만을 좀 품고 있는 듯했소. 그가 나보다 하루 먼저 깨어났는데, 아직 별말이 없었소?"

"그 오만방자한 공자도 이번 일로 많이 놀란 듯해요. 병문안을 온 세도가 자제들에게 당시 무용담을 들려줬다는데, 여자 시체가 다시 살아났다는 둥, 칼로 찌르려 해도 칼끝조차 들어가지 않을 만큼 온몸이 꽁꽁 얼어붙은 귀신이었다는 둥, 그런 소리를 했대요. 광풍이 몰아치더니 그 귀신이 기괴한 소리를 지르며 달려들었고, 주변에 셀 수 없이 많은 원혼과 원령들이 떠다녔다던데요? 아, 자기가 화유탄을 써서 당신을 구하지 않았다면 당신이 그곳에서 죽었을 거라고도 했어요."

가일이 고개를 끄덕였다. 비록 과장된 면이 없지 않았지만, 육연이 그를 구한 것만큼은 엄연한 사실이었다.

손몽은 그가 별다른 호응을 하지 않자 더 이상 아무 말도 하지 않았다. 어느새 사방에 어둠이 내려앉아 별이 드문드문 보이고, 상현달 달빛이 눈처럼 하얗게 밤하늘을 비추었다. 사방에 정적이 흐르는 가운데 귀뚜라미 울음소리가 간간이 들리니, 그야말로 운치가 넘치는 전원의 밤 풍경이었다. 가일이 고개를 돌려 가만히 손몽을 바라보았다. 달빛 아래서 손몽의 피부는 더 하얗고 투명해 보였다. 흑단처럼 검고 윤기 나는 머리카락은 예쁜 어깨 위에 늘어져 있고, 금비녀에 장식된 술이 바람을 타고 흔들리니 그 모습이 무척이나 청아하면서도 아름다웠다.

그의 시선이 민망한 듯, 손몽이 고개를 돌려 짐짓 화난 척을 했다.

"뭘 자꾸 보고 그래요! 내 얼굴에 뭐 묻었어요? 그건 그렇고, 좀 전에 나한테 빚 갚겠다고 하지 않았어요? 말 나온 김에 송학루(松鶴樓)로 맥적(貊炙)이나 먹으러 가요!"

"돼지고기 구이가 뭐가 맛있다고……."

손몽이 눈을 치켜뜨자 가일이 얼른 말을 바꿨다.

"그래도 당신이 먹고 싶다고 하니, 다음에 같이 가서 먹읍시다."

"다음은 무슨! 지금 당장 가요! 얼른요!"

손몽이 그를 재촉하며 자리에서 일어섰다.

가일은 못 이기는 척 일어나 손몽의 뒤를 따라 송학루로 향했다. 송학루는 무창성 동쪽 저잣거리에 있는 가장 유명한 술집 중 하나로, 지체 높거나 돈 있는 사람들이 자주 가는 곳이었다. 가일은 동오에 들어와 살면서 다른 사람의 대접을 받을 때 딱 한 번 가본 것이 전부였다. 송학루의 간판 요리가 바로 맥적이었다. 손몽과 가일 두 사람만 먹는 데도 한 달 치 녹봉이 드는 비싼 요리였다.

가일이 비록 한선의 객경(客卿)이라 해도, 수중에 돈이 넉넉하게 있는 것이 아니었다. 한선은 가일에게 무슨 큰돈이나 땅을 주지 않았다. 물론 가일도 그런 것을 요구하지 않았다. 한선의 객경으로 살면서 갖게 되는 모든 것은 표면적으로 드러난 신분과 맞아떨어져야 한다. 하루아침에 벼락부자가 된다면 세상 사람들의 의심을 사기 쉽고, 가진 것을 과시하며 남의 이목을 끌고 살게 되면 시기와 증오심을 불러일으킬 수 있다.

대로변에는 행인이 그리 많은 편이 아니었다. 아무래도 이곳으로 도읍을 옮긴 지 1년밖에 안 된 터라, 성안이 번화하기보다 아직은 한산한 편이었다. 무창성은 원래 악주(鄂州)라 불리던 곳인데, 적벽대전(赤壁大戰) 당시 주유(周瑜)가 이곳에서 조조의 대군을 무찌르고 승리를 거두었다. 재작년에 형주를 수복한 후 오왕 손권이 건업(建業)을 떠나 공안성에 1년 동안 주둔했고, 작년에 이곳으로 천도했다. 그러나 그는 '악(鄂)'과 '악(噩)'의 발음이 똑같은 것이 길하지 않다고 여겨 도읍의 이름을 아예 무창으로 바꿨고, 그 안에 무(武)로써 창성(昌盛)한다는 의미를 담았다.

등불을 켜야 할 시간이 지난 지 얼마 안 됐는데도 대부분의 점포가 이미 장사를 접고 문을 닫았다. 동쪽 저잣거리를 쭉 둘러보니 술집과 찻집 몇 군데에만 아직 불이 켜져 있고, 입구에서 심부름꾼이 행인들을 상대로 호객 행위를 하고 있었다.

가일과 손몽이 송학루에 도착해 보니, 1층에는 손님들로 이미 자리가 꽉 차 있었다. 두 사람은 어쩔 수 없이 하인이 안내하는 대로 2층에 추가로 만든 자리에 앉아야 했다. 말이 추가석이지, 별실 밖에 있는 빈 공간에 임시로 긴 탁자 몇 개를 가져다놓고 구색만 맞춘 자리에 불과했다. 조금 협소하기는 했지만, 그나마 1층보다 덜 북적거리고 한산한 편이었다.

가일은 좀 누추하다는 생각이 들었지만, 손몽은 별로 개의치 않는다는 듯 편하게 자리에 앉았다. 가일은 어쩔 수 없이 따라 앉으며 손몽이 음식을 주문하는 모습을 쳐다봤다. 그때 어디선가 자신의 이름이 자꾸 들리는 듯했다. 하지만 고개를 돌려 주위를 둘러봐도 아무도 눈에 들어오지 않았다. 이상한 느낌이 들어 다시 귀를 기울여보자, 그제야 그 목소리가 별실 쪽에서 들려온다는 것을 알아챌 수 있었다.

어쨌든 무창은 새로 생긴 도읍이라, 허도(許都)나 건업 같은 커다란 성과 여러모로 비교가 되지 않았다. 이 송학루 안의 별실 역시 대로 엮은 돗자리로 벽을 만들고 그 겉면에 비단 천을 둘러 창가 쪽으로 빙 둘러 만든 공간에 불과했다. 비록 타인의 시선은 피할 수 있을지 몰라도, 목소리가 조금이라도 커지면 그 소리가 밖에까지 다 들렸다.

"쳇! 다들 가일이 저번에 형주 사족을 무너뜨린 일등공신이라고 하더군. 그자가 영리하고 수완이 악랄해서 일 하나는 기가 막히게 처리한다고 난리들이네. 근데 그자가 지난 2년 동안 해번영에서 한 일이 뭔지 아나? 아무것도 없었네! 이번에 도위부에서 일어난 그 기괴한 사건만 해도, 육 형이 나서서 돕지 않았다면 벌써 그곳에서 죽었을 테지!"

"그러게 말일세. 우리 집 영감도 그자 이야기만 나오면 정색을 하면서, 절대 얽히지 말라고 신신당부를 하신다네. 그자가 뭐 그리 대단하다고 난리인지 알다가도 모르겠네. 참으로 별거 아닌 자처럼 보이는데 말일세!"

"조위를 배신하고 도망쳐 온 반역자를 지존께서 무슨 생각으로 해번영에 배치한 것인지 도무지 이해가 안 되네. 그자가 아직도 북쪽과 연결되어 있을지 어찌 알겠나? 결정적인 순간에 다시 배신하지 않을 거라고 누가 장담할 수 있겠어?"

"자네가 모르는 게 있네. 가일이 해번영에 들어가 무슨 익운교위에 봉해지기는 했지만, 수하에 병사를 단 한 명도 거느리고 있지 않다네. 지존께서 그를 완전히 신임하지 않는다는 뜻이지! 좌부독 우청과 우부독 여일도 그를 아주 싫어해서, 일이 있으나 없으나 개무시를 한다더군. 여기서 사는 게 아주 구질구질하고 분통 터질 일일 걸세!"

"하하, 속이 다 시원하네! 위나라 개는 당연히 그리 대해야 마땅하지! 우리 육 형이야 해번영에 들어간 지 1년밖에 안 됐는데 강동 세도가 자제들의 콧대를 확 눌러주지 않았는가? 그자는 겉만 번지르르하고 실속이 없는 게지!"

뒤이어 서로 술잔을 주고받는 소리가 들리는 것으로 보아, 세도가 자제들이 육연을 축하하기 위해 모인 자리가 분명했다.

손몽이 입술을 실쭉거리며 굳은 표정으로 자리에서 일어섰다. 가일이 손을 뻗어 그녀를 잡아당겼다.

"맥적이 곧 나올 텐데, 안 먹을 생각이오?"

손몽이 그를 힐끗 쳐다보더니 이내 자리에 앉았다.

"공안성에 있을 때 당신 성질대로라면 당장 가서 저자들의 술자리를 둘러엎고 따끔하게 몇 마디 해줘야 정상이잖아요? 그런데 지금은 저런 말을 듣고도 들은 체 만 체 할 수 있다니, 갈수록 노인네처럼 변해가는 것 같아 재미가 없네요."

"공안성이라……."

가일의 얼굴에 희미한 미소가 떠올랐다. 그는 앞뒤 재지 않고 덤벼들며 잘 웃고 떠들던 젊은이를 떠올렸다. 만약 그처럼 10년을 꾹 참고 견뎠다면 아마도 지금쯤 공안성에서 또 다른 모습으로 살고 있을지 모를 일이었다. 적어도 집 잃은 개처럼 떠돌며 언제 죽을지 모르는 두려움 속에서 살다가 결국 자신이 그동안 얼마나 하찮은 일에 목숨 걸며 살아왔는지 깨닫게 되는 일 따위는 겪지 않아도 됐을 것이다. 헤어진 지 2년이 되도록 감감무소식이니, 부진(傅塵)이 강(姜)씨로 성을 바꾼 후 천수군(天水郡)에서 어떻게 살고 있는지 알 길이 없었다.

"좀 웃어봐요. 웃으면 복이 온다잖아요?"

손몽이 투덜거리더니, 김이 모락모락 피어오르는 맥적이 상에 올라오자마자 젓가락을 집어 들었다. 송학루의 맥적은 아주 유명했다. 우선 태어난 지 한 달도 안 된 새끼 돼지를 골라, 은으로 만든 칼로 손가락 하나도 안 되는 길이와 두 손가락 정도의 너비로 얇게 썰어 콩기름과 꿀을 바른다. 그런 후에 그것을 서산(西山)에서 나온 숯에 굽고 마지막에 참깨를 뿌려 상에 올린다. 염부추절임·아욱무침·옹채찜과 같이 곁들여 먹으면 채소와 고기의 맛이 잘 어우러져 느끼한 맛이 사라진다.

손몽은 윤기가 흐르는 맥적을 한 점 집어 혀끝으로 뜨거운지 확인해본 후 한입 베어 물었다. 그녀는 그 맛을 음미하기라도 하듯 입을 다물고 오물

거리며 천천히 씹었다. 가일은 그런 그녀를 보자 불현듯 전천이 또 떠올랐다. 만약 전천이라면 이렇게 양갓집 규수처럼 얌전하게 음식을 먹을 리 없겠지. 그녀라면 입가에 기름이 흐르든 말든 우적우적 씹어대며 쉴 새 없이 떠들어댔을 테지.

가일은 염부추절임을 집어 한입 베어 물었다. 그 순간 진한 식초 맛이 진저리를 칠 만큼 알싸하게 입안을 자극했다. 그는 얼른 아욱무침을 집어 신맛을 가라앉혔다.

바로 이때 옆에서 이상한 소리가 들려왔다. 가일과 손몽이 동시에 고개를 들자, 육연과 세도가 자제 두 명이 별실에서 나와 그들 곁에 서 있었다. 육연은 가일과 손몽을 번갈아 쳐다보며 살짝 난처한 기색을 드러냈다. 비록 그가 직접 가일을 폄하한 것은 아니었지만, 같이 있던 이들이 그를 추켜세우며 가일을 깔볼 때 아무런 반박도 하지 않은 것이 마음에 걸렸다.

과연 세도가 자제답게 육연의 대처는 아주 재빨랐다. 그는 콧등을 만지작거리다 아예 더 당당하게 목소리를 높였다.

"이런! 가 교위가 손 낭자와 여기 있을 줄은 몰랐군요. 아무래도 자리가 협소해 보이는데, 자리를 옮겨 우리와 합석하면 어떻겠소?"

그가 목소리를 높이는 것으로 보아, 안에 있는 사람들에게 가일과 손몽의 존재를 알리려는 것이 분명했다. 과연 이 말과 동시에 별실 쪽이 바로 잠잠해지더니, 옷차림이 화려한 공자 두세 명이 걸어 나왔다. 그러고는 이쪽을 쳐다봤다.

손몽이 고개를 가로저었다.

"아뇨. 그쪽에 있는 고기는 썩었어요."

육연의 눈이 휘둥그레졌다.

"손 낭자, 어찌 그런 말을 하시오?"

손몽이 이죽거리며 말했다.

"다들 그럴싸하게 차려입었지만 입만 벌렸다 하면 더럽고 추악한 말을 쏟아냈으니, 고기에도 썩은 내가 진동할 거예요. 내가 그런 걸 어떻게 먹겠어요?"

그 말을 듣는 순간, 별실 앞에 서 있던 사내들의 안색이 싹 바뀌었다. 육연이 억지웃음을 지으며 말했다.

"손 낭자, 좋은 마음으로 합석을 청한 것인데, 어찌 그리 날을 세우고 그러시오?"

"가서 이 자리의 음식 값을 대신 계산해준다면 그 말이 호의로 생각될 것 같기도 하네요."

"그런 거라면 당연히 해드리겠소. 손 낭자, 더 먹고 싶은 게 있으면 마음껏 시켜도 좋소."

육연이 호탕하게 승낙했다.

가일은 두 사람 사이가 애매하게 느껴졌지만, 딱히 물어볼 상황도 아니고 해서 먹는 둥 마는 둥 젓가락질만 할 뿐이었다. 손몽이 맘대로 하라는 듯 손을 내젓자, 육연이 공수를 한 후 일행을 데리고 곧장 아래층으로 내려갔다.

가일이 무심한 척 물었다.

"육연과 그의 일행이 당신을 꽤나 신경 쓰는 것 같소?"

손몽이 혀를 쏙 내밀었다.

"그럴 리가요? 믿는 구석이 있으니 허세를 좀 부려본 것뿐이에요."

"저들이 손상향 군주 때문에 함부로 대하지 못한 것이오?"

"저자들이 두려워하는 건 당신이에요."

손몽이 맥적을 또 한 점 집어 오물오물 씹어 먹었다.

"나를?"

가일이 미간을 찡그리며 그 이유를 물으려 했다. 찰나의 순간에 이것이 단지 평계에 불과하다는 생각이 머릿속을 스쳐 지나갔고, 그가 물어본다 한들 손몽이 대답해줄 리 없어 보였다. 그녀는 전천을 쪽 빼닮은 얼굴을 한 채 너무나 많은 비밀을 숨기고 있었다. 하지만 그는 이미 진실을 속속들이 파헤치고 싶은 생각조차 버린 지 오래였다.

전천과 함께했던 지난날을 되돌아보면, 뼈에 사무칠 만큼 그립거나 절절한 시간은 아니었다. 두 사람은 서로 호감을 갖기 시작한 사이에 불과했다. 하지만 남녀 사이에 가장 설레는 감정은 애매하고 불확실한 단계일 때 만들어진다. 모든 것이 막 시작되고 확신이 서지 않지만 또 모든 것이 좋은 방향으로 흘러가는 그 시간 속에서 다툼이나 불만은 존재하지 않는다. 오로지 앞으로 일어날 일들에 대한 기대와 설렘만이 있을 뿐이다. 그와 전천은 바로 이 단계에서 서로 영원한 이별을 하게 되었다. 가일은 전천에 대한 자신의 감정이 도대체 사랑인지 아니면 애석함이나 양심의 가책인지 확신이 서지 않았다. 어쩌면 이 모든 감정이 다 뒤섞여 있는 것 같기도 했다. 전천은 그의 삶 속에서 너무 일찍 스치듯 떠나갔지만, 이미 그의 가슴속에 깊이 새겨져버리고 말았다.

"무슨 생각을 그렇게 해요?"

손몽이 가일의 얼굴 앞으로 손을 흔들어댔다.

"맥적은 내가 다 먹어버렸으니, 하나 더 시킬까요?"

"아!"

가일이 놀란 듯 깊은 생각에서 깨어났다.

"난 더 먹을 생각이 없소."

"정말 더 안 시켜도 돼요? 고작 한입밖에 안 먹었잖아요? 어차피 육연이 사기로 한 거니까, 돈 걱정 말고 실컷 먹어둬요."

가일이 고개를 가로저었다.

"됐소. 갑자기 입맛이 없어져서 그러오."

"어휴, 그 사건 때문에 그러는 거라면, 더 이상 수사하지 않을 테니까 걱정할 거 없어요."

손몽이 자리에서 일어났다.

"가요. 숙소로 가서 술 몇 잔 마시고 한숨 푹 자고 일어나면 그런 걱정 따위 싹 가실 거예요."

아무리 생각해도 기괴하고 섬뜩한 사건이지만, 가일은 그런 일로 겁을 먹거나 그럴 성격이 아니었다. 아무래도 손몽이 그의 마음을 오해한 듯했지만, 가일도 굳이 해명할 필요성을 느끼지 못했다. 그는 손몽과 송학루를 나와 큰길을 따라 걸어갔다. 이미 밤이 깊어 길가의 가게들은 모두 문을 닫았고, 오가는 사람도 거의 없었다. 그의 거처로 돌아가는 길은 손몽이 사는 군주부와 정반대 방향이었다. 그럼에도 불구하고 가일은 너무나 자연스럽게 손몽과 나란히 길을 걸어갔다.

이것은 그의 습관이었다. 손몽과 친하게 지낸 후부터 그는 늘 그녀를 바래다주었다.

두 사람이 달빛 아래서 간간이 이런저런 말을 나누며 걸어가는데, 앞쪽에서 갑자기 이상한 소리가 들려왔다. 가일이 손몽을 잡아당기며 멈춰 섰다. 그 소리는 마치 작은 짐승이 우는 소리와 녹슨 청동 그릇이 부딪치는 소리가 한데 섞인 듯 기괴했다. 가일은 허리춤에 찬 검에 손을 얹고 굳은 표정으로 전방을 경계했다. 그 여자 시체의 공격을 받은 후부터 그는 이런 기괴한 징조에 촉각을 곤두세웠다.

길 끝자락에 언뜻 사람의 형체가 보였다. 어렴풋하지만 키가 크고 마른, 도사의 행색을 한 자였다. 가일은 손몽을 자신의 등 뒤로 끌어당기며 이 불청객에게서 눈을 떼지 않았다. 이 도사는 음침한 기운을 온몸으로 풍기며 걸어왔다. 머리에 쓴 옥 월관(月冠)은 거무스름해졌고, 입고 있는 도포는 누더기가 되어 원래 색이 무엇이었는지 짐작조차 되지 않았다. 신발에는 진

흙이 잔뜩 묻어, 무덤에서 기어 나왔다고 해도 믿을 판이었다. 그의 어깨에 피골이 상접한 원숭이 한 마리가 웅크리고 앉아 있고, 그 원숭이의 목에 녹이 잔뜩 슨 종 모양의 삼청령(三淸鈴)이 달려 있었다.

도사가 걸음을 옮길 때마다 원숭이가 울고 삼청령도 따라서 흔들리면서 기괴한 소리가 만들어졌다.

손몽은 그 모습을 보자 왠지 더 불안해졌다.

"저 사람…… 아무래도 좀……."

가일이 검을 뽑아 들고, 다가오는 도사를 경계하며 주시했다. 일고여덟 명이 나란히 서서 걸을 수 있을 만큼 충분히 넓은 길이었지만, 도사는 피해 갈 마음이 전혀 없는 듯 그들을 향해 정면으로 다가왔다.

가일이 장검을 겨누며 소리쳤다.

"멈춰라!"

도사는 검 끝에서 한 걸음 떨어진 곳까지 와서야 걸음을 멈췄다. 그가 고개를 들자 동공이 없는 눈동자가 가장 먼저 눈에 들어왔고, 입꼬리를 서서히 말아 올리며 짓는 미소와 부릅뜬 눈이 괴기스러운 느낌마저 자아냈다. 가일이 한 발자국 앞으로 나서자 날카로운 검 끝이 도사의 목구멍에 닿을 기세였다.

"큰 화가 닥쳤는데도 깨닫지 못하고, 구원 베푸는 사람을 상대로 위세를 부리다니, 참으로 어리석소."

도사의 목소리는 마치 손톱으로 구리 그릇을 긁는 것처럼 귀에 거슬렸다. 그는 먼저 겁을 잔뜩 줘 마음을 현혹시킨 후, 자신만이 그 문제에서 벗어나게 해줄 수 있다고 말하는 듯했다. 그야말로 점쟁이들의 전형적인 수법이었다.

"무슨 큰 화가 닥쳤다는 거죠?"

손몽이 호기심이 생겨 물었다.

"도위 부인의 사망 사건은 단지 시작에 불과하오. 살고 싶으면 당장 이곳을 떠나 남쪽으로 멀리 도망쳐야 할 것이오."

가일이 검 끝을 좀 더 앞으로 뻗으며 도사의 목구멍을 눌렀다. 그는 더들을 가치도 없다는 듯 차갑게 대꾸했다.

"네놈의 말투를 듣자 하니, 길흉을 미리 점치는 재주가 있나 보구나. 그럼 이것도 한번 맞혀보거라. 내가 지금 이 검으로 너의 목을 찌를 것 같으냐, 아니면 다시 거둘 것 같으냐?"

도사가 피골이 상접한 팔을 내밀어 가차 없이 검을 밀쳐냈다.

"내 황천에서 왔거늘, 어찌 속세의 칼날을 두려워한단 말이오? 다만 그대와 이리 만난 것도 인연이니, 그 기구한 운명과 처지가 안타까워 몇 마디 살길을 알려준 것뿐이오. 그대가 밤새 무창성을 떠난다면 그나마 살길이 열릴 것이고, 그러지 않으면 커다란 재앙 속으로 휘말려 들어갈 것이오."

손몽이 가일 뒤에서 걸어 나와 어이가 없다는 듯 따져 물었다.

"진짜 고수라면 번개처럼 나타났다 구름처럼 사라져야 하는 거 아닌가요? 그쪽처럼 주저리주저리 말만 많은 사람을 누가 믿겠어요? 게다가 여기이 사람이야 늘 목숨이 위태로운 처지인데, 고작 그런 허무맹랑한 말을 믿고 어떻게 무작정 무창을 떠나겠어요?"

도사가 뿌옇고 혼탁한 눈을 희번덕거리며 손몽을 쳐다봤다.

"지금 내 앞에 있는 낭자는 이미 죽은 사람이거늘, 왜 여기 이렇게 있는 것이오?"

이 말을 듣는 순간 손몽의 안색이 싹 바뀌더니 불같이 화를 냈다.

"어디서 감히 허튼소리를 지껄이느냐!"

가일은 손몽이 바로 전천이라고 암시하는 듯한 이 말에 심장이 철렁 내려앉았다. 게다가 아무리 어중이떠중이 같은 도사의 말에 불과하다 해도, 손몽의 반응이 영 미심쩍었다. 그녀는 마치 거짓말이 들통이라도 나 제 발저런 사람처럼 파르르 화를 냈다. 가일의 시선이 저절로 손몽에게 향했다. 그 순간 손몽도 그를 힐긋 쳐다보다 시선이 마주치자 얼른 고개를 돌려버렸다.

손몽이 정말 전천일까? 만약 전천이 아니라면 그녀와 대체 무슨 관계지? 가일은 손몽에게 물어보고 싶은 마음이 간절했지만, 원하는 답을 들을 수 없다는 것도 잘 알고 있었다. 그가 주저하고 있는 사이에 눈앞이 번쩍이는가 싶더니 '쿵' 하고 둔탁한 소리가 들려왔다. 두 사람의 시선이 그 소리를 따라가 보니, 멀지 않은 곳의 밤하늘이 활활 타오르고 있었다. 길이는 석 장(丈), 높이는 한 장은 족히 되어 보였다. 불빛이 점점 눈부시게 빛을 내며 주위를 대낮처럼 환하게 밝혔고, 불꽃이 타다닥 소리를 내며 떨어져 내렸다.

이런 광경은 일찍이 태평도 안에서 전해져 내려오는 천화(天火)와 흡사해, 마치 장각(張角)이 살아 있을 때 부린 신통한 능력을 다시 보는 듯했다. 가일은 귀신을 부리는 술수를 그저 세간에 떠도는 우스갯소리로 줄곧 치부해왔다. 그런데 귀신의 농간이 아니라면, 지금 눈앞에 펼쳐지는 이 광경을 과연 무슨 수로 설명할 수 있을까? 화염이 밤하늘을 환히 밝히자 사방 백성들이 창과 문을 열고 밖을 내다봤고, 어떤 사람들은 속옷 차림으로 거리로 뛰쳐나와 하늘을 가리키며 소란을 떨었다.

가일이 정신을 차리고 주위를 둘러봤지만, 그 도사는 이미 흔적도 없이 사라진 뒤였다. 지금 이 시각에 그를 여기서 우연히 만난 것부터 시작해서 수상한 점이 한두 가지가 아니었다. 종잡을 수 없는 말 같지만 구구절절 그의 처지를 꿰뚫고 있으니, 마치 자신을 겨냥해 일부러 찾아온 사람처럼 느껴질 정도였다. 그는 도위부에 잔뜩 붙어 있던 부적과 청동 거울, 그리고 그 기괴한 여인의 시체를 떠올리며 이 사건의 심상치 않은 기운을 느꼈다.

밤하늘은 여전히 활활 타오르고 있고, 점점 많은 사람이 거리로 몰려나왔다. 보통 사람이라면 이 일련의 일들에 일찌감치 겁을 집어먹었겠지만, 가일의 입가에는 회심의 미소가 떠올랐다. 해번영에서 2년 동안 하는 일 없이 지내다가 비로소 제대로 된 사건을 인계 받았는데, 고작 이런 눈속임 장난질 따위에 쉽게 물러설 그가 아니었다. 그는 이 사건의 배후에 있는 자가 사람인지 귀신인지 그의 두 눈으로 확인해봐야 직성이 풀릴 것 같았다.

주위에 모여든 백성들의 떠들썩한 소리가 더 커질 때쯤, 손몽이 가일의 소매를 잡아당기며 위를 좀 보라고 눈짓을 보냈다. 하늘을 올려다보니, 불길이 대부분 사그라지고 남아 있는 불씨만이 드문드문한 가운데 몇 개의 커다란 글자 모양이 어렴풋이 드러났다.

손몽이 눈을 가늘게 뜨고 글자를 확인해가며 작은 소리로 읊어나갔다.

"손권(孫權)…… 필사(必死), 황천(黃天)…… 당립(當立)."

이 여덟 글자가 드러나자, 소란스럽게 들끓던 거리가 순식간에 쥐 죽은 듯이 조용해졌다. 백성들은 서로의 얼굴만 빤히 쳐다보다, 마치 귀신이라도 본 것처럼 화들짝 놀라 각자의 집으로 도망쳐 들어가 모든 문을 단단히 걸어 잠갔다.

이 여덟 글자는 '창천이사 황천당립 세재갑자 천하대길(蒼天已死, 黃天當立: 歲在甲子, 天下大吉)'에서 나온 말이 분명했다. '푸른 하늘은 이미 죽었으니 황금빛 하늘이 일어서고, 갑자년에 천하가 크게 길해질 것이다'라는 의미를 담고 있었다. 이 말은 중평(中平) 원년에 장각이 태평도 신도 수십만 명을 호령해 난을 일으켰을 때 예언처럼 퍼진 말이었다. 당시 장각은 중상시(中常侍) 봉서(封諝)와 서봉(徐奉) 두 사람과 결탁해 스스로를 '천공장군(天公將軍)'이라 부르며 기주(冀州) 일대에서 '황건군'의 이름으로 난을 일으켰다. 그들은 관청을 불태우며 관리를 살해했고 사방에서 약탈을 일삼았으니, 이 전쟁의 불길이 7주 28군에까지 미쳤다. 영제(靈帝)는 하진(何進)을 대장군으로 봉하고 황보숭(皇甫嵩)·주준(朱儁) 등을 보내 반란을 진압하도록 명했다. 각지의 호걸들도 앞다투어 의군을 결성해 황건군을 토벌하는 대열에 합류했고, 조조·손견(孫堅)·유비 등이 바로 그때부터 두각을 나타내기 시작했다.

황건적의 난은 곧 가라앉았지만, 태평도의 악영향은 좀처럼 그 기세가 꺾이지 않았다. 훗날 촉에서 온 장로(張魯), 위나라의 좌자(左慈), 오나라의 우길이 잇달아 모습을 드러낸 것도 태평도와 크고 작게 연관이 되어 있었다. 지금까지도 여전히 많은 태평도 신도들이 구주에 두루 포진해 있고, 관에서도 그들의 활동을 알면서도 보고도 못 본 척 눈감아주며 크게 간섭하지 않았다.

손몽이 한숨을 내쉬며 말했다.

"골치 아프게 생겼네요. 아무래도 당신이 오민 사건에서 손 떼긴 그른 거 같아요."

손몽의 말이 맞았다. 좀 전에 우연히 맞닥뜨린 그 도사부터 시작해서 하늘에 나타난 저 글자들은 우길과 황건적의 난을 연관시키기에 충분했다. 도위 부인 한 명의 죽음이야 손권에게 별거 아닐 테지만, 만약 누군가 우길의 이름에 기대 민심을 현혹하고 반란을 꾀하고 있다면 가만히 두고 볼 수 없는 문제였다.

"귀찮은 건 질색이지만, 그렇다고 마다할 생각은 없소."

가일이 거리 저편을 응시하며 말했다.

"저길 보시오. 귀찮은 일도 마다하지 않을 사람이 저기 또 오고 있소."

경주마 한 필이 빠른 속도로 오는 것이 보였다. 말을 탄 기수는 두 사람과 저만치 떨어진 곳에서 말을 멈추고 몸을 훌쩍 솟구치더니 멋진 공중제비로 그들 앞에 착지했다. 바로 육연이었다. 이런 식의 착지법이 멋져 보이기는 해도, 지금 상황에 어울리지는 않아 보였다.

손몽이 눈살을 찌푸리며 말했다.

"공중제비를 한다고 누가 상 주는 것도 아닌데, 이 상황에 참 할 일도 없네요."

육연이 민망해하며 말했다.

"손 낭자, 뭘 또 그리 정색을 하고 그러오? 좀 웃어보시오."

가일이 분위기를 무마하기 위해 나섰다.

"육 도위, 이리 급히 말을 달려 온 걸 보니, 무슨 급한 일이라도 있는 것인가?"

"그럴 리가요? 방금 벗과 함께 술잔을 기울이다 하늘에서 이상한 일이 벌어진 것을 보고 손 낭자가 좀 걱정이 돼서…… 물론 가 교위도 걱정이 돼서 이리 달려 온 것이오."

손몽이 걱정되었다는 말은 진심이 분명했지만 자신은 그저 핑계에 불과하다는 것을 가일도 눈치 챌 수 있었다.

그 순간 이 육씨 가문의 자제가 손몽의 환심을 사려고 계속 애를 쓰는 이유가 뭔지 궁금해졌다. 손씨 가문의 권세에 빌붙기 위해서일까? 아니면 단순히 그녀를 연모해서일까?

손몽이 아무 말도 하지 않자 가일이 먼저 말을 꺼냈다.

"육 도위가 그리 마음을 써주다니 고맙네. 나와 손 낭자는 형주 공안성에서부터 이미 손발을 맞춰온 터라, 설사 눈앞에서 산이 무너진다 해도 아무 일 없을 것이네."

손몽이 눈을 깜빡거리더니 가일의 말 속에 담긴 뜻을 금세 알아챘다.

반면에 육연은 한 귀로 듣고 한 귀로 흘리며 말했다.

"그럼 다행이군요. 근데 좀 전에 무슨 일이 있었던 건가요? 왜 하늘에서 갑자기 불길이 일어난 거죠? 게다가 그 글자들은 어떻게 나타난 건가요?"

지금은 밤하늘의 화염도 완전히 꺼지고 도사도 종적을 감춘 뒤였다. 가일이 잠시 생각에 잠기더니, 이내 일의 전후 상황을 들려주었다. 가일의 말을 듣고 난 후 육연이 긴장한 기색을 드러내며 자기도 모르게 오른손으로 허리춤의 옥 사남패를 움켜쥐었다.

손몽이 그를 얕잡아 보며 말했다.

"지금 겁먹은 거예요? 그 거지 같은 도사가 큰 화를 당할 거라고 말한 사람은 가 교위지 그쪽도 아니잖아요?"

육연의 안색이 창백해졌다.

"예전에 우길이 천하에 이름을 떨칠 때 그를 직접 본 적이 있는 사람들한테 그에 대해 들어본 적이 있소. 근데 방금 나타난 그 도사의 옷차림과 생김새가 그때의 우길과 똑같소."

손몽이 헛웃음을 터뜨렸다.

"그게 말이 돼요? 우길은 죽은 지 이미 20년이 넘었어요."

"아까 그자가, 자신이 황천에서 왔거늘 어찌 속세의 칼날을 두려워하겠느냐고 말하기야 했지."

"그러니까…… 우길이 다시 살아나기라도 했다는 거예요?"

손몽이 경악하며 물었다.

육연이 주저하다 말을 꺼냈다.

"그 여자 시체도 다시 살아난 마당에, 우길처럼 상선이라 불리던 자가 다시 살아나는 게 불가능할 것도 없지 싶소."

한바탕 불어온 밤바람이 길 양쪽에 굳게 닫힌 문과 창문을 휘이익 스치며 소리를 냈고, 그것이 마치 죽은 원혼의 속삭임처럼 들려왔다.

육연과 손몽은 둘 다 깜짝 놀란 듯 검을 뽑아 들고 잔뜩 경계하는 표정으로 주위를 살폈다. 그 와중에도 가일은 깊은 생각에 빠져 있었다. 만약 오민 사건이 우연의 일치로 그의 손에 넘어왔다면, 그 도사의 출현은 그를 상대로 치밀하게 설계된 함정이었다. 그 도사는 그에게 무창에서 멀리 도망치라고 경고했다. 하지만 그 속내를 들여다보면 그를 소용돌이의 중심으로 끌어들인 셈이었다.

가일은 이미 사건을 수사하던 입장에서 사건 속 인물로 변해 있었다. 도사가 왜 그를 찾아내 경고를 하려 한 것인지, 하늘에 나타난 그 여덟 글자는 또 무엇을 전하고자 한 것인지, 모든 것이 풀리지 않는 의문이었다. 짐작컨대 그가 이 사건을 수사하지 않는다는 것은 오왕 손권 쪽에서 볼 때 말도 안 되는 일이었다. 사건을 수사한다고 해서 문제 될 것은 없었다. 어쨌든 가일은 귀신 따위 믿지 않으니 겁먹고 물러설 마음이 생길 리 없었다. 가일이 신경 쓰이는 부분은, 지금 자신의 처지가 변두리나 배회하는 보잘 것없는 인물에 불과하다는 것이었다. 대체 누가 어떤 목적으로 그를 이 사건 속으로 휘말려 들게 하려는 것일까? 그 사람은 대체 무엇을 노리고 있는 것일까?

무창성에 있는 크고 작은 도단은 적어도 백 곳 가까이 되고, 초하루와 보름이 되면 이 도단들은 모두 중황태일(中黃太一)에게 복을 빌고 구해 온 부적수를 신도들에게 나누어주었다. 백로(百露) 도단은 무창성에서 가장 유명한 곳 중 하나였다. 도단에 주재하는 소(蕭) 선사(仙師)는 머리카락과 수염에 하얀 서리가 내려앉아 다들 백 살이 이미 넘었을 거라고 입을 모았지만, 그의 얼굴에는 주름 하나 보이지 않았다. 게다가 그가 나눠주는 부적수는 상당히 영험해서 거의 만병통치약으로 소문이 자자했다. 그러나 소 선사가 워낙 조용한 성품이라 그런지, 지난 수년 동안 포교 활동을 했는데도 이렇게 큰 백로 도단을 지키는 사람은 그와 금갑역사(金甲力士) 두 명뿐이었다. 다른 도단에는 적어도 대여섯 명의 선사가 있고, 백로 도단 다음으로 유명한 상길(祥吉) 도단만 해도 주재하는 사람 수가 백 명이 넘었다.

날이 밝으려면 아직 한 시진이 넘게 남았지만, 백로 도단 뜰 안은 이미 무릎을 꿇고 기다리는 신도들로 가득 차 있었다. 모두 부적수를 얻기 위해 온 사람들이었다. 백로 도단의 부수는 병자만 받을 수 있기 때문에, 오늘

온 신도들은 아주 일부에 불과했다. 그런데 바로 이때 몸집이 거대한 도사가 느닷없이 나타나 남녀노소 가리지 않고 밀치며 곧장 내실로 뛰어 들어갔다. 신도들은 그 힘에 밀려 이리저리 쓰러지면서도 누구도 불평 한 마디 하지 않았다. 그들은 이 도사가 바로 소 선사 곁을 지키는 금갑역사 진전(陳全)이라는 것을 다 알고 있었다.

진전이 문을 밀치고 내실로 뛰어 들어가 고래고래 소리를 질렀다.

"상선! 상선! 큰일 났습니다. 큰일요!"

호상(胡床: 접이용 걸상)에 누워 잠을 자던 소 선사는 연이은 외침에 놀라 깨어나며 짜증 섞인 말투로 물었다.

"형님, 왜 이리 호들갑을 떨고 그러시오?"

진전이 목소리를 낮추며 말했다.

"우길이 나타났단다."

소 선사가 그 말에 정신이 번쩍 들어 물었다.

"말도 안 되오. 그자라면 아주 오래전에 이미 죽지 않았소?"

진전이 침을 꿀꺽 삼켰다.

"어젯밤에 성 동쪽에서 본 사람들이 아주 많아. 하늘에 글자 몇 개가 활활 타올랐는데, 무슨 '손권필사, 황천당립'이라고 쓰여 있었다는구나. 게다가 어떤 자는 우길 도사랑 닮은 자가 해번영 쪽 사람이랑 이야기 나누는 것을 보고 너무 놀라 오줌을 지릴 뻔했다지 뭐냐?"

소 선사가 호상 옆에 앉아 턱수염을 비비 꼬았다.

"하늘에서 글자가 타오르고 있었다? 지난날 장각이 난을 일으켰을 때 그런 신통한 재주를 부린 적이 있었소. 그런 재주를 가진 자가 지금도 있을 줄은 몰랐군."

"그럼 어젯밤 그런 일을 벌인 게 우길이 확실하겠구나. 그런 대단한 능력을 가진 이가 그 말고 또 누가 있겠느냐?"

소 선사가 한참을 고심하다 물었다.

"며칠 전 도위 부인 살인 사건에 대해 알아보라고 했던 건 알아보았소?"

"물론이지. 도위 부인은 온몸의 피가 굳고, 손에 우길의 부적을 쥐고 있었다더구나. 정말 기괴하기 짝이 없지 않느냐? 그 사건을 조사하러 간 사람 역시 해번영 소속의 교위라고 했다. 이름이 가일이라는 자인데, 조위 쪽에서 도망쳐 나온 반역자라고 하더구나. 또 한 명은 육연이라고 불리는 도위인데, 대도독 육손의 장자. 그 두 사람이 방에 들어가서 다시 살아난 도위 부인과 맞서 싸우다 거의 죽기 직전까지 갔는데, 결국 육연이 화유탄을 사용하고 나서야……."

소 선사가 그의 말을 끊었다.

"그러니까 우길을 닮은 그 도사가 해번영 사람과 말을 나누었다는 것이오?"

"그렇다니까! 정말 우연치고는 너무 기가 막히지 않느냐? 참, 근데 그 두 사람 말고도 손몽이라는 여자가 있었는데, 손상향 군주의 친척이었다."

소 선사가 무슨 생각에 잠긴 듯 손가락으로 침대 옆을 계속 톡톡 두드려 댔다. 일각 정도의 시간이 흘렀는데도 아무런 변화가 없자 진전이 보다 못해 먼저 물었다.

"상선, 우리가 상위(上位: 더 높은 지위로 올라가다)해야 하지 않겠느냐?"

소 선사가 그를 힐끗 쳐다보았다.

"상위?"

"생각해보거라. 너는 지금 성안에서 가장 유명한 태평도 선사가 아니냐? 만약 우길이 정말 다시 살아났다면 우리가 그자 밑으로……."

진전이 말을 하다 말고 눈이 휘둥그레져서 소 선사를 바라보았다. 맞은편에 있는 소 선사가 돌연 손을 뻗어 얼굴에 있던 수염과 백발을 잡아당겨 벗겨냈다.

얼마 지나지 않아 흰 수염과 백발이 모두 사라지자, 세속을 초월한 선인의 풍격을 지녔던 소 선사가 스무 살 안팎의 젊은이로 변해 있었다. 그는 몸에 걸친 도포도 벗어버리고 구름신의 먼지를 툭툭 털어 한쪽으로 치웠다. 그러고 난 후 장락관(長樂冠)을 쓰고 촉나라 비단으로 만든 평상복으로 갈아입은 다음 허리춤에 장검을 차자, 영락없이 풍류를 즐기는 공자의 모습이었다.

진전이 주저하며 말했다.

"상선, 젊어지는 도술이라도 부렸다고 할 작정인 것이냐? 도포를 입고 구름신을 신는 편이 더 낫지 않겠느냐?"

"형님, 이제부터는 사람들 앞에서 저를 더 이상 상선이라고 부르지 않아도 됩니다. 이제부터는 호형호제하는 사이처럼 불러도 좋소."

"그럼 너를 존중하지 않는 것처럼 보여 위엄을 해칠 수 있다고 그러지 않았느냐?"

소한(蕭閑)이 웃어 보였다.

"더 이상 선사인 체하며 살 필요 없다는 말입니다. 형님, 우리가 지난 몇 년 동안 번 돈은 잘 처리해두었소?"

"물론이지. 네 말대로 9할은 금괴로 바꿔서 성 밖에 있는 저택 후원에 잘 묻어두었다. 남은 1할은 동전으로 바꿔서 나무 상자 몇 개에 나눠 담아 이곳에 잘 모셔두었지."

"그 나무 상자를 다 옮겨와서 밖에 있는 신도들에게 나눠줍시다."

소한이 수염을 쓸어내리며 말했다.

진전은 그제야 상황 파악이 된 듯 놀라 되물었다.

"왜? 도사 짓을 더 이상 안 하겠다는 것이냐? 우길이 살아났으니, 이제 좋은 날이……"

"형님, 우길은 이미 여러 해 전에 죽었고, 죽은 자가 다시 살아나는 일 따위는 없소. 도위 부인 사건은 누군가 우길의 이름을 빌려 사람들을 현혹한 것에 불과하오. 지금 그들은 '손권필사, 황천당립'조차 전면에 부각시키고 있소. 하지만 손권은 형주·양주(揚州)·교주(交州)를 점거하고 휘하의 용맹한 장병만 수십만 명이거늘, 어찌 태평도 사람 몇 명의 손에 무너질 수 있겠소? 그들 스스로 죽음을 자초했으니, 우리까지 덩달아 동조할 필요 없다고 보오."

진전이 걱정스러운 듯 물었다.

"그러니까 네 말은…… 밖에 있는 신도들에게 돈을 나눠주고 우리는 손권의 칼을 피해 깊은 산속으로 도망치자는 것이냐?"

"깊은 산속 같이 험하고 힘든 곳은 벼랑 끝에 몰리기 전까지 절대로 들어갈 곳이 못 되오."

소한의 입가에 교활한 미소가 그어졌다.

"일단 태평도부터 벗어나고 나서 다시 기회를 보는 게 좋겠소."

그는 진전에게 나무 상자들을 모두 문 밖으로 옮기라고 시킨 다음, 옷매무새를 가다듬고 밖으로 걸어 나갔다. 그새 시간이 흘러 날이 이미 밝아 있었다. 신도들은 소 선사가 나오기만을 기다리고 있었지만, 문을 열고 나온 것은 한 젊은이였다. 다들 고개를 들고 몸을 곧추세우며 어리둥절한 표정으로 이 젊은이를 바라보았다. 그런데 그의 얼굴이 어딘지 낯이 익은 것 같았다.

소한이 뒷짐을 지고 쩌렁쩌렁한 목소리로 소리쳤다.

"여러분! 내가 바로 소 선사요. 내 말 잘 들으시오! 무슨 부적수로 병을 고치고 도를 닦아 신선이 된다는 말은 다 거짓말이오!"

신도들이 웅성거리며 동요하기 시작했다. 그들 중에는 자리에서 벌떡 일어서는 이도 있고, 여전히 무릎을 꿇은 채 앉아 있는 이도 있고, 망연자실한 채 어찌할 바를 모르는 이도 있었다. 지금까지 그들은 마음속으로 이

소 선사를 우러르며 신처럼 섬겨왔다. 그런데 지금 선사와 닮은 젊은이가 나타나 모든 것이 거짓이었다고 말하니, 이 마른하늘에 날벼락 같은 말을 어떻게 받아들일 수 있겠는가?

소한이 계속해서 큰 소리로 말을 이어갔다.

"부적수로 병을 고친다는 것은 다 거짓이었소. 나는 그저 그대들의 병증에 근거해 약초를 달인 것뿐이오. 고칠 수 있는 병은 약을 먹었으니 살아난 것이고, 고칠 수 없는 병은 그대들의 신심이 부족해 그런 것이라 말하면 그만이었소. 이렇게 어설픈 수작질로 그토록 오랫동안 사기를 칠 수 있었던 것만 봐도 그대들이 얼마나 우매한지 보여주는 것이오! 일찍이 나의 양친이 태평도를 맹신하다 병을 고치는 데 실패하여 황천길로 떠난 적이 있었소. 지난 몇 년 동안 내가 태평도의 이름을 내걸고 사기 행각을 벌였던 건 태평도의 추악한 진실을 낱낱이 폭로하기 위해서였소!"

진전이 이마를 짚으며 남몰래 한숨을 내쉬었다. 지금껏 늘 봐오기야 했지만, 거짓말을 저리 눈 하나 깜빡하지 않고 하니 아우라도 정말 존경스러울 정도였다. 두 사람은 고아 출신이고, 부모의 존재는 기억 속에 남아 있지도 않았다. 그런데 부모가 태평도를 맹신해? 그는 고개를 가로저으며 나무 상자를 앞으로 밀친 후 자물쇠를 부수고 뚜껑을 열었다.

소한이 나무 상자를 가리키며 말했다.

"이 나무 상자들 안에 내가 지난 몇 년 동안 거둬들인 그대들의 돈이 들어 있소. 내 오늘 이 돈을 그대들에게 다시 돌려줄 것이오. 그러니 이 돈을 가지고 가서 다른 사람들에게도 다시는 태평도에 현혹되지 말라고 전해주시오!"

진전이 상자를 발로 차 엎어버리자 번쩍거리는 동전들이 우르르 쏟아져 나왔다. 신도들은 서로를 쳐다보며 눈치를 보기 시작했고, 그중 담이 큰 자 몇 명이 먼저 뛰쳐나가 동전을 한 움큼 집어 들었다. 그것을 시작으로 뒤에 있던 사람들이 서로 먼저 나가겠다고 몸싸움을 벌이며 한바탕 아수라장이 펼쳐졌다.

소한은 자신의 몇 마디 말로 이들의 생각이 바뀔 리 없다는 것을 잘 알고 있었다. 그가 없어진다 해도 이곳에는 장(張) 선사도 있고 이(李) 선사도 있었다. 어쨌든 태평도는 이미 몇십 년 동안 명맥을 유지해왔고, 그사이 그들의 교리가 사람들 마음속 깊이 파고들었다. 그러니 신도들은 소한을 사기꾼으로 몰지언정, 태평도는 절대 그럴 리 없다고 맹신할 것이다.

그러나 소한의 이 몇 마디는 누군가 믿고 안 믿고를 떠나서 이미 태평도와의 결별을 의미했다. 받은 돈을 돌려주는 것도 결국 구실에 불과했다. 그는 사방이 소란한 틈을 타 진전에게 눈짓을 보낸 후 뒷문으로 유유히 빠져나갔다.

아침 해가 떠올라 거리에는 이미 행인들이 오가고 있었다. 두 사람이 아직 멀리 도망치지 못했을 때쯤, 말을 타고 온 관군이 살기등등하게 길가의 한 도단으로 쳐들어가 안에 있던 도사 몇 명을 끌고 나왔다. 신도들이 몰려나와 그들을 막아섰지만 병사들의 발길질에 뒤로 나자빠졌고, 결국 도사와 함께 죄수를 호송하는 수레에 실려 갔다.

그 모습을 지켜보던 진전이 안도의 한숨을 내쉬었다.

"아우, 역시 네가 선견지명이 있었어. 손권이 태평도 조직을 치기 시작하나 보구나."

소한은 성안에서 가장 유명한 선사였으니, 그들이 백로 도단에 계속 머물러 있었다면 일찌감치 병사들에게 붙잡히고 말았을 것이다.

"지금 저들을 붙잡아 들이는 건 보여주기 위한 것에 불과하오. 태평도가 이미 문제를 일으키고 있는 마당에, 관에서 마냥 손 놓고 있으면 누가 봐도 무능하고 체면이 서지 않을 것 아니오?"

소한이 다시 입을 열었다.

"하지만 지금은 손권도 태평도를 완전히 뿌리 뽑기는 힘들 것이오. 어쨌든 신도가 너무 많으니 시기상조인 셈이지."

"지금이 절호의 기회가 아니라는 것이냐?"

"하늘에 불길을 일으켜 글자를 만들고 도위 부인이 살해된 사건만으로 태평도를 철저히 뿌리 뽑으려 든다면, 사소한 문제를 크게 확대시켜 태평도 탄압의 명분으로 삼았다며 신도들의 반발을 사기 십상이오. 그는 태평도가 계속해서 문제를 일으켜주기만 기다리고 있을 것이오. 설사 태평도가 작전상 후퇴를 한다 해도 그가 이런 좋은 기회를 놓칠 리 없으니, 반드시 태평도에 죄를 뒤집어씌우고 다시 문제를 크게 만들지 않겠소?"

"그럼 우리는 이제 어찌 해야 하느냐?"

진전이 노점에서 전병 두 개를 사서 하나를 소한에게 건네고 자기 것을 한입 크게 베어 먹었다.

"가일을 찾아갑시다."

"가일? 그 해번영의 교위 말이냐? 그자는 왜?"

"그자를 만나 우리가 도와줄 만한 자인지 봐야지요."

도와? 생면부지의 사람을 우리가 왜? 진전은 의아한 눈빛으로 소한을 쳐다봤다. 소한을 알고 지낸 지 꽤 오래되었지만, 지금처럼 진지한 모습은 또 처음이었다.

가일은 크게 재채기를 한 후 옆에 있는 우림위(羽林衛)를 향해 어색하게 웃어 보였다. 그가 왕부의 편청 밖에서 한 시진이 넘게 앉아 기다리는 사이 문무 대신들이 수도 없이 들락거렸지만, 그의 차례는 끝내 오지 않았다. 그는 마치 입정(入定)한 노승처럼 시선을 내리고 정좌를 한 채 계속 앉아 있는 수밖에 달리 방도가 없었다. 가끔 알고 지내던 문신과 무장들이 지나갈 때도 있었지만, 그의 무표정한 얼굴을 보는 순간 다들 다가가기를 포기했다.

사람들은 가일을 알든 모르든 한 번쯤 그를 힐끗 쳐다보며 길을 지나갔다. 밖에서 알현을 기다리는 사람은 많이 봐왔지만, 가일처럼 앉아서 계속 기다리는 사람은 흔치 않았다. 게다가 가일이 깔고 앉은 비단 자수 방석이 유난히 눈에 띄었다. 그것은 오왕 손권이 늘 앉던 방석과 흡사해 보였다. 오왕을 만날 수 있는 사람은 대부분 중신과 명장들이었으니, 자연히 그 뜻을 미루어 짐작하고도 남았다. 오왕이 그에게 이 방석을 내준 것은 가일이라는 이 젊은이를 장차 중용할 것임을 암시했다. 그러니 다들 앞으로 이 해번영 익운교위와 마주칠 일이 생기면 좀 더 예를 갖춰 대할 수밖에 없게 되었다.

어젯밤에 하늘에서 타오르던 그 여덟 글자를 두고 우길이 다시 살아났고, 손가(孫家)의 운이 다해 머잖아 성안에 비바람이 휘몰아칠 거라는 소문이 파다하게 퍼졌다. 이것은 누군가 뒤에서 의도적으로 흘린 소문이 분명했다. 그렇지 않다면 소문이 이렇게 삽시간에 퍼질 리 만무했다. 오왕의 대응도 무척 빨랐다. 그는 날이 밝자마자 태평도 도단들을 봉쇄하고 유명한 선사들을 대거 붙잡아 들였다. 그러나 이런 유언비어는 자취를 감추기는커녕 갈수록 더 멀리 퍼져 나갔다. 사실 태평도는 이미 오랜 세월 동안 포교 활동을 해온 만큼 많은 신도를 거느리고 있는 집단이라, 고작 몇 가지 정령만으로 그들을 탄압하기 힘들었다. 일찍이 손권이 불교를 암암리에 뒷받침해주며 태평도와 필적할 만한 세력으로 만들고자 했지만, 지금까지도 그 뜻을 이루지 못했다. 이번에 하늘의 불로 글자를 내린 '천화강자(天火降字)' 사건은 태평도가 손가를 도발한 것이자, 손씨 집안이 태평도와 대적할 수 있는 가장 좋은 기회였다. 그러나 태평도가 강동 땅에 뿌리를 내린 지 이미 사오십 년이 흘러 신도 수가 많고, 그 신도들이 권문세가는 물론 관부 조서에 이르기까지 파고들어가 있었다. 어쩌면 오왕이 이곳 강동에 전혀 연고가 없는 가일을 이 일의 적임자로 뽑은 것이 더할 나위 없이 잘한 선택인 셈이었다.

가일도 이런 이치를 모르지 않았다. 천화강자가 펼쳐지던 그날 밤부터 그는 이미, 어떤 것부터 착수해 들어가야 할지를 고민하기 시작했다. 그는 오늘 날이 밝자마자 오왕의 부름을 받아 밥도 한술 제대로 뜨지 못한 채 왕부로 달려왔다. 하지만 손권이 또 수완을 부려, 가일은 어쩔 수 없이 밖에서 계속 기다릴 수밖에 없었다. 또 한 시진 가까이 지나 정오에 가까워져서야 시위가 그를 불렀다. 가일은 오래 앉아 있느라 마비가 된 다리를 움직여 피를 통하게 한 후 고개를 숙인 채 종종걸음으로 그를 따라 들어갔다.

가일은 이미 오왕을 여러 차례 만난 적이 있었다. 그전까지만 해도 그는 손권이 보통 사람들과 다르게 푸른 눈에 자주색 수염을 가지고 있다고 알고 있었다. 그런데 막상 만나보니 그것은 그저 헛소문에 불과했다. 실제로 보니 손권은 혈색이 좋으며 자애롭고 인자한 얼굴을 하고 있어, 얼핏 보면 후덕하고 돈 많은 노인 같은 인상을 주었다. 그러나 이것은 단지 겉모습이 주는 인상일 뿐이었다. 형주 공안성에 있을 때 가일이 이미 겪어본 오왕의 악랄한 면모는 조비보다 더하면 더했지 결코 덜하지 않았다.

손권은 옷매무새를 바로 하고 점잖게 앉아 가일을 향해 웃어 보였다.

"오전 내내 밖에서 기다렸을 텐데, 많이 시장하지 않은가? 양고기를 삶아 내오라고 했으니, 음식이 나오면 같이 먹도록 하세."

가일이 몸을 숙여 감사의 인사를 올린 후 아랫자리로 가서 앉았다. 손권이 시위를 불러 서안 위에 놓인 목간 하나를 가일에게 건네도록 했다. 가일이 목간을 펼치자, 무창성 안에 있는 태평도 선사와 태평도를 신봉하는 문무 관리들의 명단이 쭉 쓰여 있었다. 그는 그 내용을 휙 훑어본 후 목간을 덮었다.

"오늘 오전에 누군가 이 명단을 보내왔네. 그가 불시에 태평도를 급습해 일거에 그 뿌리를 뽑아버릴 것을 청하더군. 자네 생각은 어떤가? 이것이 타당하다고 보는가?"

가일은 고개를 숙인 채 아무런 대답이 없었다. 둘 사이에 짧은 침묵이 흘렀다.

손권이 불쾌한 듯 물었다.

"내가 묻는 말에 왜 답이 없는 것이냐?"

"방금 예전 일 하나가 문득 떠올랐습니다. 관도대전(官渡大戰)이 끝난 후에 원소(袁紹)의 군영에서 나무 상자 하나를 찾아낸 적이 있는데, 그 안에 조조군 진영의 문신과 무장들이 원소와 주고받았던 서신이 가득 들어 있었지요. 그때 누군가 나서서 그 서신에 적힌 자들을 하나하나 처벌할 것을 제안했지만, 조조는 그것들을 보지도 않은 채 몽땅 불태워버렸습니다. 그러고 난 후, 원소의 세력이 커져 어쩔 수 없이 상황에 밀려 쓴 서신이 많을 테니 지난 죄를 더는 묻지 않겠다고 했습니다."

손권이 수염을 쓸어내리며 미소를 지었다.

"그 말은, 자네 역시 이 명부를 모른 체하라고 제안하는 것인가?"

"소신이 보기에 태평도 내부 세력은 그 뿌리가 워낙 깊고 복잡하게 얽혀 있습니다. 만약 지금 마구잡이로 수사를 진행하고 체포를 한다면 궁지에 몰린 자들이 도리어 대역무도한 생각을 품을 것입니다. 지금 육손 장군이 이릉에서 유비와 대치를 하고 있는 상황에서, 이 소식이 촉한의 귀에 들어가면 이 틈을 이용해 난을 일으킬지도 모를 일입니다."

오늘은 태평도 선사 몇 명만 잡아들여 일부 도단을 봉쇄하는 선에서 일이 마무리되었다. 아직까지 문신과 무장, 권문세가까지 그 수사 범위가 확대되지 않은 상황이었다. 이것만 봐도 손권은 이미 생각을 정한 것이 분명했다. 그럼에도 가일에게 계책을 묻는 이유는 그의 대처 능력을 시험해보기 위함이었다.

"자네의 말도 일리가 있군."

손권이 잠시 코를 킁킁거리며 냄새를 맡았다.

"냄새가 나는 걸 보니, 양고기 요리가 다 되었나 보군."

그가 몸을 돌려 병풍 뒤를 향해 소리쳤다.

"어서 상을 들여오너라. 식으면 무슨 맛으로 먹겠느냐?"

시종 두 명이 병풍 뒤에서 걸음을 옮기며 그릇이 담긴 쟁반을 손권과 가일 앞에 따로 놓았다. 언뜻 보니 시루 안에 양고기가 몇 조각 담겨 있고, 옆에 놓인 접시들에 곁들여 먹을 만한 채소 몇 종류가 담겨 있었다. 오왕과 식사를 하는 것은 이번이 처음이라 기대할 만도 했지만, 그가 무척 검소하다는 말을 익히 들어온 터라 그리 놀랍지도 않았다.

가일이 젓가락을 들자마자 손권의 말소리가 들려왔다.

"어찌 된 일인지 말해보거라. 여기 있는 양고기가 왜 가일의 것보다 훨씬 많아 보이는 것이냐?"

옆에 있던 시종이 목소리를 낮춰 아뢰었다.

"지존께 아뢰옵니다. 예법에 따라……."

"함께 먹는 식사 자리에 어찌 예법을 따진단 말이더냐? 당장 가져가서 가일의 것과 바꿔 오너라. 어서!"

시종이 쟁반을 들고 가 가일의 것과 바꿔 갔다. 가일이 일어나서 예를 갖춰 감사의 인사를 올렸다. 바꿔놓고 보니 시루에 담긴 양고기가 확실히 두세 조각 더 많은 것 같았다. 가일은 이 애매한 상황에서 어떤 반응을 보여야 할지 난감해졌다. 그는 일단 아무렇지도 않은 척 감정을 숨기고 나무 수저를 들어 국을 한 숟가락 떠먹으며 연신 고개를 끄덕였다.

"어떤가? 맛이 괜찮은가?"

손권이 웃으며 반응을 살폈다.

"주방장이 다른 음식은 다 잘한다네. 이 삶은 양고기 요리만 빼면 말일세……."

가일이 삶은 양고기를 한 점 집어 입에 넣었다. 삶은 시간이 너무 길어서인지 고기가 푸석푸석하고 맛도 그저 그런 데다 약간 짜기도 했다. 가일은 고기를 씹으며 맛있는 척 꿀꺽 삼켰다.

"자네와 손몽이 송학루에서 먹었던 맥적과 비교해서 맛이 어떤가?"

가일이 고개를 번쩍 들었다. 그 순간 그의 시선이 무표정하게 자신을 보고 있는 손권과 마주쳤다.

그는 주저하지 않고 바로 대답을 올렸다.

"그것은 구운 고기라 기름지고 짠맛이 강합니다. 이 삶은 양고기와는 요리법부터 다르니, 어찌 맛을 비교할 수 있을는지요?"

"자네들처럼 젊은 사람은 간이 센 음식을 좋아하는 법이지. 나처럼 사십 줄을 넘긴 늙은이는 싱겁고 심심한 요리만 좋아한다네."

손권이 눈을 치켜뜨며 물었다.

"그날 먹은 음식은 육연이 계산을 하고 갔는가?"

"네. 손몽 낭자와 잘 아는 사이라, 먼저 계산을 하겠다고 자청을 한 것 같습니다."

"육연은 한 번 마음먹으면 반드시 해야 하는 성격인 데다 겁이 없고 대범하니, 꽤 괜찮은 인재임에 틀림없네. 함께 사건을 수사하는 거야 괜찮겠지만, 너무 가까이하지는 말게."

"명심하겠습니다."

형주 전투에서 손권은 육손을 필두로 하는 강동 사족에 힘을 실어주며, 제멋대로 날뛰는 회사파와 맞섰다. 그러나 일세 영웅으로 불리는 손권이 강동파에 힘을 실어주었던 것은 권세의 균형을 고려한 것일 뿐, 그들을 신임해서가 절대 아니었다. 특히 강동파의 우두머리였던 육씨 가문의 가주(家主) 육강(陸康)은 손책이 강동을 칠 때 군대를 이끌고 나와 저항하며 여강성(廬江城)을 2년 가까이 굳게 지켰다. 육씨 가문의 절반에 가까운 백여 명이 이 전쟁에서 목숨을 잃었다. 그 후 손책과 육강이 잇따라 사망했고, 손권은 상황에 밀려 어쩔 수 없이 육손을 등용했지만 늘 그에 대한 경계심을 늦추지 않았다.

가일이 손권에게 중용된 것은 그의 신분이 강동파와 회사파 그 어느 쪽에도 속해 있지 않았기 때문이다. 일단 그가 강동파나 회사파 중 어느 한쪽과 더 가까웠다면 이용할 가치가 전혀 없었을 것이다. 가일도 이 점을 모르지 않았기에, 자신이 어떻게 해야 할지도 잘 알고 있었다. 무창성에서 지낸 2년 동안 그는 강동파나 회사파의 고관대작들과 친분을 쌓기 위해 먼저 손을 쓴 적이 단 한 번도 없었다. 물론 그들 역시 그를 거들떠보지도 않았다.

손권이 옥패를 집어 시종을 통해 가일에게 건넸다. 옥패를 가까이서 보니 옥의 질감이 부드럽고 광이 났으며, 그 위에 '손(孫)' 자가 정교하게 새겨져 있었다. 가일은 이런 옥패를 딱 한 번 본 적이 있었다. 이것은 손권이 그의 최측근 대신들에게 하사하는 증표로, 어디를 가든 손권을 대신할 만큼의 위력을 가지고 있었다.

가일이 또 일어나 감사의 말을 하려 하자 손권이 손사래를 치며 그를 다시 앉게 했다.

"공안성에서 돌아온 후 지난 2년 동안 해번영에서 하릴없이 지내는 것도 힘들었을 텐데, 별 탈 없이 잘 견뎌주었다. 진중하게 때를 기다리고 외로움과 청빈한 생활을 견뎌냈지. 그건 보통의 젊은이가 해낼 수 있는 일이 아니었네. 당초 상향이 내게 자네를 추천할 때만 해도 조금 주저했던 것이 사실이네. 하지만 지금 와 생각해보니, 내 사람 하나는 제대로 골랐다는 생각이 드는군."

손권이 말했다.

"좋은 검으로 금을 자르고 쇠를 깎는 것쯤이야, 재주를 드러내는 일이니 뭐가 어렵겠는가? 하나 자신의 뛰어난 재능과 예기를 감추는 것은 말처럼 쉬운 일이 결코 아니라네. 이런 점에서 볼 때 육연은 자네를 따라가려면 한참 멀었어."

왜 또 육연을 끌어들이는 거지? 설마 아까 그 명부를 올리고 그 안에 적힌 자들을 소탕하자고 제안한 자가 육연이었단 말인가?

"조비는 아마 다음 달에 무창으로 사신을 보내 내게 구석(九錫)을 주고 오왕으로 책봉하려 들 것이네."

손권이 계속 말을 이어갔다.

"내가 스스로를 오왕이라 칭한 지가 어언 1년이 다 되어가거늘 군이 이렇게까지 하는 걸 보면, 자신이 구오지존(九五之尊)의 황제라는 것을 만천하에 드러내고 싶어서일 테지. 당분간 우리는 위나라와 손을 잡고 촉에 대항해야 하니, 그자가 하자는 대로 모양새를 맞춰주는 것이 좋겠네. 하나 우청과 여일이 보내온 소식에 따르면, 촉한 군의사(軍議司)가 책봉식에 맞춰 무언가를 꾸미고 있는 듯하더군. 그러니 자네 역시 이 문제에 대해 절대 경계를 소홀히 해서는 안 될 것이네. 위나라와 연합해 촉에 항거하는 일에 실수가 생기는 것보다 더 큰 문제는, 위나라가 우리를 만만하게 보고 위급한 틈을 타 이득을 취하려 드는 것이지. 그리되면 대처하기가 쉽지 않아지네."

가일이 형식적인 대답을 했다. 책봉식의 호위와 경계 업무는 모두 무창도위 혹은 해번영 좌·우 부독의 책임이었다. 가일처럼 권력도 사람도 없이 그저 변두리로 밀려나 배척당하고 있는 교위에게 그런 걱정을 할 자격이 주어질 리 만무했다. 손권도 이 점을 눈치 챈 듯 더 이상 아무 말도 하지 않은 채 젓가락을 들었다.

가일이 양고기를 한 점 집었다. 그사이 고기는 이미 다 식어 삼키기조차 힘들 만큼 맛이 없었다. 그는 눈을 들어 손권을 힐긋 쳐다보았다. 그와는 달리 손권은 산해진미라도 먹는 듯 너무나 맛있게 고기를 먹고 있었다. 그 모습을 보며 가일은 어쩔 수 없이 눈 딱 감고 고기를 씹어 삼켰다.

마음이 편하지만은 않았던 점심 식사가 끝나고 가일이 자리에서 일어나 물러가려고 하자, 오왕이 느닷없이 아까 했던 말을 다시 꺼내 들었다.

"그러니까…… 관도 전쟁에서 조조가 그 서신들을 모두 불태워버렸다는 거로군."

가일이 고개를 들자 손권의 중후한 얼굴에 얼핏 조소가 떠오르는 것이 보였다.

"그가 서신들을 다 태워버리기 전에 그 내용을 보지 않았을 거라고 보는가?"

이 세상에서 가장 짐작하기 어려운 것이 바로 제왕의 마음이라고 했다. 위세 등등한 제왕들은 평생 신하에게 정확한 의중을 드러내는 적이 없다. 그들은 권력을 분산해 서로 견제하도록 만들고, 시도 때도 없이 변덕을 부려 신하들이 제왕의 위엄을 감히 넘보지 못하도록 만든다. 이것은 제왕의 숙명과도 같다. 신하들 앞에서 그 속을 쉽게 헤아릴 수 없도록 만들어야 절대적 권위를 세울 수 있기 때문이다. 그러지 않으면 간신들이 그의 마음을 간파하고 아첨을 일삼으니, 그로 인해 눈이 멀고 귀가 먹어 쉽게 이용당할 수밖에 없다. 그토록 영명한 진 시황(始皇) 영정(嬴政), 한 무제(武帝) 유철(劉徹)도 신하에게 그 마음을 들키는 바람에 말년에 어리석게도 큰 실수를 저지르고 말았다.

가일은 감히 손권의 속내를 함부로 추측할 수 없었다. 일찍이 진주조에 있을 때도 조비를 잘못 믿어 하마터면 목이 달아날 뻔했다. 그때부터 그는 제왕들이 얼마나 변덕이 죽 끓듯 하고, 손바닥 뒤집듯 쉽게 말을 바꾸는지 알게 되었다. 그들에게 보통 사람들의 감정은 존재하지 않는다. 그들은 오로지 천하만을 염두에 둔 채 사람을 대하고 일을 추진하기 때문에, 그들과 마음을 나누는 일 자체가 절대 불가능했다.

그가 편청을 나와 회랑을 돌자 뜻밖에도 손몽이 눈에 들어왔다. 그녀는 검은색 자루를 손에 들고 회랑 기둥에 기대 환한 미소를 지으며 가일을 바라보고 있었다. 가일이 앞으로 두세 발자국 걸어가 자연스럽게 검은 자루를 받아 들며 안을 슬쩍 들여다보니 작은 금괴들이 가득했다.

"손 군주가 준 것이오?"

"어떻게 알았어요?"

손몽이 호기심 어린 눈빛으로 물었다.

"지존께서 나를 불러들여 태평도 사건을 철저히 조사하라고 시키셨소. 비록 상으로 음식을 내주시고 옥패도 주셨지만, 가장 중요한 것을 언급하지 않으시더군. 지존께서야 줄곧 검소하게 사시던 분이니 돈과 관련된 문제는 당연히 씀씀이가 넉넉한 군주께서 해결할 것이라 생각했소."

"언니가 왜 당신에게 이렇게 많은 돈을 주려고 하는지 정말 이해가 안돼요. 사건을 조사하는 것뿐이잖아요? 게다가 당신 손에 지존의 옥패도 있고 또 해번영 교위 신분까지 가지고 있는데, 돈이 들 일이 뭐가 있겠어요?"

가일이 대답했다.

"권력이 돈보다 쓸모없을 때가 훨씬 많다오. 손 군주께서 다른 말씀은 없으셨소?"

"사건을 수사하는 건 당신 몫이니 더는 신경 쓰고 싶지 않으신지, 아침일찍 사냥을 나가셨어요. 그건 그렇고, 이제 어떻게 할 거예요? 지존의 지시를 받았다 해도, 해번영 사람들을 동원할 수 있을까요? 좌부독 우청은 당신을 죽이지 못해 안달이고, 우부독 여일도 지존의 심복이라 교만이 하늘을 찌르잖아요? 그런 자들이 당신의 체면을 세워줄 리도 없고, 설사 사람을 보내준다 해도 제대로 일을 할 리 없을 거예요."

"그래서 그들을 찾아가지 않을 생각이오."

가일이 묵직한 돈주머니를 손바닥 위로 당겨 올렸다. 여기 든 금괴가 적어도 만 냥은 될 터였다. 손상향은 그의 오라버니와는 다르게 확실히 손이 컸다.

"그들을 찾아가지 않으면 해번영 안에 부릴 사람이 누가 있기는 해요? 도와주는 사람이 없으면 무슨 수로 사건을 수사하려고요?"

"궁하면 궁한 대로 길이 열리는 법이지."

가일이 물었다.

"시간 있소? 일단 전장(錢莊)에 가서 이걸 동전으로 좀 바꿔야겠소."

"그런 다음엔요?"

"동전이랑 제수용품을 사 들고 도위부로 가서 오민의 제사를 지내줄 생각이오."

"시체마저 불에 타서 재가 되었는데, 거길 또 들어갈 수 있겠어요?"

손몽이 의외라는 듯 웃으며 물었다.

"못 들어갈 것도 없지 않소? 육연이 화유탄으로 나를 구했고, 내가 그녀에게 아무 짓도 하지 않았다는 것을 세상 사람들이 다 알고 있소."

가일이 담담하게 말했다.

"정말 겁을 상실한 데다 뻔뻔하기까지 하네요."

손몽이 혀를 내둘렀다.

"만약 다른 사람이 이런 귀신 들린 사건을 맡으면 어떻게든 피하려고 들 텐데, 당신은 어째서 전혀 신경을 안 쓰는 것 같죠? 정말 이 세상에 귀신이 없다고 믿는 거예요?"

"이 세상에 귀신이 있을 만한 곳은 딱 한 군데뿐이오."

"거기가 어딘데요?"

가일이 자신의 가슴을 가리키며 말했다.

"사람의 마음."

무창성 도위 위림은 서주(徐州) 하비(下邳) 출신이었다. 그는 해번영에 들어온 지 20여 년이 흘러서야 도위가 되었고, 앞으로 승진이 불투명해지자 무창 도위로 자리를 옮겼다. 당시 무창성은 군성(郡城)조차 아니어서 딱히 좋은 선택 축에 들지 않았다. 그때까지만 해도 오왕이 이곳으로 천도를 하리라고 아무도 생각하지 못했지만, 오왕이 온 후부터 무창성 도위 자리도 덩달아 빛을 보기 시작했다. 위림은 힘들이지 않고 좋은 기회를 잡은 셈이었다. 그러나 많은 사람이 위림의 지나치게 좋은 운을 부러워할 때 그의 부인 오민이 급사했으니, 길흉화복은 늘 같이 붙어 다닌다는 말이 틀리지 않았다.

가일이 물가 정자에 놓인 돌 의자에 앉아 무릎에 목간을 펼쳐놓고 한 글자씩 꼼꼼히 읽어 내려갔다. 위림은 낡고 해진 관복 차림으로 정자의 돌계단 아래 구부정하게 서서 가일의 질문을 기다렸다. 그는 곱사등이처럼 등이 좀 굽어 있고 안색이 별로 좋지 않았다. 아무래도 부인을 잃은 고통에서 아직 벗어나지 못한 듯했다.

손몽은 위림이 불쌍하게 느껴졌다. 부인이 죽은 것도 모자라 시체마저 까맣게 타버렸으니, 그 고통이 얼마나 클까 상상조차 되지 않았다. 지금도 괴로운 마음을 다잡고 사건을 수사하러 온 상관을 만나고 있지만, 그 상관이 또 하필 그의 부인 시신을 훼손한 장본인이었다.

가일이 목간을 다시 접었다. 그 목간은 위림이 해번영에 올린 보고서였다. 그 내용에 따르면 그의 부인은 성 밖에 있는 백운관(白雲觀)에 가서 복을 기원하고 돌아온 후 몸이 좀 안 좋았는데 돌연 급사를 했다. 사건이 터진 후 그는 이 사건을 도저히 직접 수사할 수 없어 해번영에서 대신 조사해줄 것을 청했다. 이 보고서는 아주 격식을 갖춰 쓰여 있었고, 귀신에 관한 이야기는 그 어디에도 없었다. 그래서 우청과 여일은 별생각 없이 앞다투어 사람을 보냈을 것이다.

가일이 물었다.

"좌·우 부독이 사람을 보내 부인의 시신을 살피게 한 후 둘 다 이 사건을 못 맡겠다고 했다는 건가?"

위림이 고개를 숙인 채 말했다.

"그렇습니다. 당시 육씨 성을 가진 도위도 있었는데, 그가 시체에 시반이 없다며 의문을 제기했고, 또 나에게 이것저것 자세히 물어보더니 이 사건이 태평도와 관련이 있다고 단정 짓더군요. 우 부독과 여 부독은 귀신이라는 말에 황당함을 감추지 못하며 더 이상 이 사건과 엮이고 싶어 하지 않는 듯했습니다. 그래서……."

"그래서 나에게 이 사건이 떨어진 거로군."

태평도와 관련 있는 사건인 데다 우길이 끼어 있으니, 서로 끊임없이 공을 다투던 우청과 여일도 이번만큼은 이런 골칫거리에 발을 담그고 싶지 않았을 것이다.

"자네 부인이 평소 태평도와 무슨 원한 관계라도 있었는가? 혹시라도 예전에 우길에게 불손한 말을 한 적은 없는가?"

가일이 물었다.

"없습니다. 안사람이 줄곧 태평도를 믿어왔고, 이제까지 우길을 비방하거나 폄하하는 말을 들어본 적이 없습니다."

손몽이 끼어들었다.

"육연이 어떤 질문을 했죠? 대체 무슨 대답을 들었기에 이 사건이 태평도와 관련이 있다고 단정 지은 건가요?"

"안사람이 백운관에 가서 무엇을 했느냐고 묻더군요. 안사람 말로는 그날 백운관 안에서 어떤 선사가 포교를 했는데, 스스로를 우길의 적통 제자라고 했다더군요. 원래 안사람은 줄곧 아이를 갖고 싶어 했던 터라, 그래서……."

"우길의 적통 제자? 그자가 지금도 백운관에 있는가?"

가일이 물었다.

"없습니다. 안사람이 죽고 난 후 백운관으로 사람을 보내 그자를 찾았지만, 이미 무창 땅을 떠났다고 하더군요."

"위 도위, 부인께서 당신에게 그 적통 제자에 대해 말했을 때 뭔가 특별한 점을 발견하지 못했나요?"

손몽이 물었다.

"없었습니다. 태평도의 그 선사들이 안사람을 속여가며 부적수 같은 것을 준 것밖에 별다른 것이 없었다고 들었습니다."

위림이 한숨을 내쉬었다.

"내 누누이 미신을 믿지 말라고 말했지만 전혀 듣지를 않더군요. 그동안 돈과 재물을 수없이 갖다 바치더니, 결국 이렇게 죽을 줄 누가 알았겠습니까? 지금 생각해보니, 태평도가 안사람을 이용해 우길의 신적인 능력을 과시하고 그가 다시 살아났다는 유언비어를 퍼뜨린 것 같습니다."

"부인이 부적수를 가지고 왔나요?"

손몽이 물었다.

"아니오. 도관에서 다 마셨을 겁니다."

위림이 조심스레 물었다.

"손 낭자, 그 부적수에 문제가 있다고 의심하는 겁니까?"

손몽이 고개를 가로저었다.

"그건 아닐 거예요. 선사가 직접 부적수를 그 많은 신도에게 나눠주었을 텐데, 정말 부적수에 문제가 있었다면 다른 사람에게도 이상 증세가 나타났을 거예요."

가일이 말했다.

"둘 다 어떻게 이렇게 된 건지를 고민하고 있군. 하지만 지금 우리는 왜 이렇게 됐는지를 알아내야 하네."

위림은 선뜻 이해가 가지 않았다.

"가 교위의 말뜻은……."

"태평도는 이미 수십 년 동안 관가와 아무 탈 없이 관계를 잘 유지해왔네. 그런 자들이 왜 갑자기 이런 기괴한 수법으로 관원의 식구를 모해했을거라 생각하는가?"

가일이 말했다.

"게다가 부인이 죽을 때까지 손에 쥐고 있던 부적은 우길이 늘 사용하던 것과 같은 모양이었네."

위림이 잠시 침묵했다.

"소관이 우둔해서 그런지 아직 이해가 잘 안 됩니다."

이쯤 되면 위림이 왜 지난 20년 동안 중용되지 못했는지 그 이유를 알 듯도 했다.

손몽이 그의 말을 이어받았다.

"우리가 며칠 전에 큰길에서 도사를 한 명 만났는데, 하늘에 불길이 일고 글자가 나타나는 그런 도술을 부렸어요. 만약 그자들이 우길이 다시 살아났다는 소문을 퍼뜨려 무슨 일을 도모하려 했다면, 이 천화강자가 사람을 죽이는 것보다 훨씬 강력한 두려움을 불러일으킬 수 있어요. 그런 의미에서 볼 때 부인을 군이 죽일 필요가 없어 보인단 말이죠."

가일이 말했다.

"그래서 말인데, 자네 부인의 죽음은 우길의 부활을 알리려는 의도와 크게 관련이 없어 보이네. 그렇다면 자네 부인을 꼭 죽여야만 할 다른 이유가 있었을 테지. 그 부적 역시 고의로 교활한 술수를 부린 것에 불과하네. 위도위, 부인이 집에 온 후 무슨 이상한 행동을 한 적이 없었는가?"

위림이 눈을 감고 기억을 되짚어보려 애를 썼다.

"별다른 건 없었습니다. 저녁 식사 때 주방에서 그녀가 가장 좋아하는 생선찜을 내왔는데, 너무 비리다며 젓가락도 대지 않더군요."

"그게 뭐 대수인가요?"

손몽이 눈살을 찌푸리며 말했다.

"아무래도 우리가 백운관에 한번 다녀와야 할 것 같소."

가일이 말했다.

"그 적통 제자도 거기 없는데, 다시 가볼 필요가 있을까요?"

위림이 물었다.

"그거야 가보면 알겠죠."

손몽이 위림에게 물었다.

"함께 갈래요?"

위림이 잠시 주저했다.

"사실 소관이 두 분을 모시고 가야 하지만, 공무가 너무 바빠 이곳을 떠날 수가 없습니다."

"공무요?"

손몽이 눈살을 찌푸렸다. 자기 부인이 살해당한 사건의 진상을 밝히는 일보다 더 중요한 일이 뭐지?

"위나라 사신단이 곧 우리 무창에 올 예정이라, 지존께서 이 기간에 무창성의 치안 유지에 특히 더 신경을 쓰라 하명하셨습니다. 이쪽 일손이 부족해 제가 도저히 자리를 비울 수가 없습니다."

위림은 손몽의 언짢은 기분을 눈치 챈 듯 얼른 변명을 했다.

두 사람은 날이 거의 저물 때가 되어서야 도위부를 나섰다.

손몽이 투덜거렸다.

"저 위림이라는 자가 계속 울상을 짓고 있어서 아내의 죽음을 슬퍼하는 줄 알았더니, 저렇게 인정머리 없는 놈일 줄 누가 알았겠어요?"

"그가 그리 말했다고 해서 죽은 이를 그리워하는 마음이 없다고 단정 지을 수야 없겠지. 갈 사람은 가고 산 사람은 또 살아야 하니 말이오. 망자만 그리워하며 매일매일을 살아가기에는 그가 해야 할 다른 일들이 있고, 또 그 일을 해야 그 또한 이승에서 살아갈 수 있지 않겠소?"

손몽이 코웃음을 쳤다.

"그러니까, 부인의 사인을 밝힐 수 있는 기회가 생겼는데도 공무를 핑계로 포기하는 게 당연하다는 거예요?"

손몽은 그 말을 하자마자 아니다 싶었는지 얼른 한마디를 보탰다.

"당신한테 하는 말은 아니에요."

그러더니 그 말 때문에 분위기가 더 난감해진 것을 알았는지 한숨을 내쉬었다. 그녀는 가일의 표정에 아무런 변화가 없는 것을 보며 입술을 깨물었다.

"알았어요! 뭐 먹고 싶은지 말해봐요. 오늘 저녁은 내가 살 테니."

"취선거(醉仙居)의 무창어(武昌魚)가 기가 막히게 맛있다던데, 가서 먹어보겠소?"

손몽이 눈을 껌뻑이며 물었다.

"화난 거 아니었어요?"

"일부러 나 들으라고 한 말이었소?"

"당연히 아니죠."

"그럼 내가 왜 화를 내야 하오?"

손몽은 고개를 끄덕이다 다시 세차게 흔들며 석연치 않은 표정을 지었다. 그녀는 손등을 이마에 대며 말했다.

"그래요. 그 얘기는 이제 그만해요. 일단 생선을 먹으러 가고, 그런 다음 백운관으로 가는 게 좋겠어요."

"취선거는 오늘 주인이 바뀌어 내부 수리를 새로 하고 있으니, 두 분이 지금 가면 아마 허탕을 치실 듯합니다."

두 사람 뒤에 서 있던 공자가 빙그레 웃으며 말했다. 이 공자는 어두운 색의 꽃이 수놓인 촉나라 비단으로 만든 저고리를 입고, 허리춤에는 비취옥대를 매고 있었다. 그는 인상이 온화하고 예의가 바른 듯 보였지만, 뼛속 깊이 박힌 경박함을 은연중에 드러냈다.

"그걸 어떻게 알죠?"

손몽이 물었다.

비단옷 차림의 공자가 손가락을 뻗어 자신을 가리켰다.

"취선거의 새 주인이 바로 접니다."

"와, 정말 기막힌 우연이네요."

"그럴 리가요? 가 교위와 손 낭자께서 길을 가는 내내 쫓아다니다 도위부 밖에서 한 시진을 넘게 기다린걸요? 그러다 방금 취선거에 생선 요리를 먹으러 간다는 말을 하시기에 저도 모르게 끼어든 것이지요."

손몽이 재미있다는 듯 물었다.

"설마 취선거에 생선이 없다는 걸 알려주려고 우리를 계속 따라다니고 그렇게 오랫동안 기다린 건 아닐 테죠?"

"물론 아닙니다. 제가 두 분을 따라온 건 가 교위와 벗이 되고 싶어서입니다."

비단옷의 공자가 아주 진지하게 대답했다.

손몽이 입을 가리고 웃으며 말했다.

"이 사람과 벗이 되고 싶다고요? 지난 2년 동안 그와 벗이 되고 싶어 하는 사람이 단 한 명도 없었다는 걸 알고나 하는 말인가요?"

"가 교위께서는 저를 아시는지요?"

비단옷 공자가 가일을 보며 조심스럽게 웃어보였다.

가일이 미간을 찡그리며 물었다.

"공자께서는 성이 어찌 되시오? 왜 나와 벗이 되려 하는 것이오?"

"소인의 성은 소(蕭), 이름은 한(閑)입니다."

비단옷 공자가 대답했다.

"가 교위께서도 성에서 가장 유명한 백로 도단의 이름을 들어보셨을 겁니다. 그곳 주지 선사였던 소 선사가 바로 접니다."

손몽이 참지 못하고 웃음을 터뜨렸다.

"백로 도단의 그 백 살이 넘었다는 선사가 고작 스물몇 살짜리 사기꾼이었다는 말은 들어서 알고 있는데, 그게 바로 그쪽이었군요. 근데 성안을 이리 자유롭게 휘젓고 다녀도 되나요? 도위부에서 붙잡으려고 혈안이 되어 있을 텐데?"

소한은 화를 내기는커녕 여전히 여유롭게 웃고 있었다.

"이미 도단에서 신도들에게, 그들을 속인 것은 태평도지 내가 아니라고 진실을 알렸습니다. 게다가 위림 도위도 만나 그간의 연유를 낱낱이 고했지요. 위 도위도 내 태도를 마음에 들어하며, 다른 도단의 신도들에게도 태평도의 정체를 낱낱이 폭로해줄 것을 요구하시더군요."

"위림이 그쪽을 마음에 들어했다고요? 대체 얼마를 찔러준 거죠?"

손몽이 의심의 눈초리를 보냈다.

"군자의 만남에 어찌 돈을 거론할 수 있겠습니까? 그저 약간의 성의 표시 정도라고 해두죠."

소한이 능청스럽게 대꾸했다.

"가 교위, 내 과거 신분이 마음에 걸리십니까? 그럼에도 나와 벗이 되어주지 않으시렵니까?"

"그러세. 내 자네의 벗이 되어주지. 말을 편히 하도록 하게."

손몽의 예상을 깨고 가일은 흔쾌히 그의 청을 받아주었다.

소한이 잠시 멈칫하다 물었다.

"가 교위, 내가 자네와 왜 벗이 되려 했는지 아는가?"

"태평도는 이미 기반이 흔들리고 있고, 자네는 성안에서 유명한 선사였네. 비록 그 거짓된 가면을 벗고 진실을 폭로해 당장 체포되는 것만은 운 좋게 피할 수 있었겠지만, 앞으로 태평도가 다시 문제를 일으키거나 관가에서 대대적인 체포령을 내리기라도 한다면 자네 역시 화를 피하기 어려울 것이네. 그래서 지금 자네한테 가장 중요한 일은 태평도 사건을 수사하고 있는 사람을 친구로 삼는 것이겠지. 그래야 나중에 죄를 물을 때 태평도를 섬멸한 공을 인정받아 관부에서도 자네를 어찌할 수 없을 테니 말일세."

남의 입을 통해 이런 말을 들으면 심기가 불편해질 법도 한데, 소한은 체면 따위 전혀 연연하지 않는 듯 자신의 속을 꿰뚫어 본 가일의 통찰력에 도리어 고개를 끄덕였다.

"하나 해번영 안에서 가 교위는 실권이 전혀 없다 해도 과언이 아니네. 그럼에도 내가 왜 우청과 여일을 찾아가지 않고 자네를 선택했는지도 아는가?"

손몽이 끼어들어 대신 대답을 했다.

"그거라면 이제 그 답을 알 것 같네요. 우청과 여일이 권세가 있다 하나 태평도 사건에 전혀 관심이 없는 게 문제죠. 그러니 당신이 찾아가봐야 그 자리에서 잡아다 가두어버릴 거예요. 하지만 가 교위라면 상황이 달라지겠죠? 교위는 당신이 태평도 인맥을 이용해 정보를 알아내고 수사에 도움 주기를 원할 테니까요. 벗을 사귀는 건 상대의 지위가 높을수록 좋은 게 아니라, 서로에게 필요한 존재인지에 따라 결정되는 거죠. 두 사람처럼 일면식도 없는 낯선 사이일수록 서로 얻을 게 있어야 친구가 될 수 있지 않겠어요?"

소한이 안심이 되는 듯 말했다.

"가 교위만 예리한 게 아니라 손 낭자도 머리 회전이 빠르오. 내가 친구를 제대로 고른 것 같소이다.”

그가 손을 들어 손뼉을 두 번 치자, 길모퉁이에서 마차 한 대가 돌아 나와 그들 옆에 멈춰 섰다.

이 마차는 아주 평범해 보이지만, 말 두 필의 털에서 윤기가 흐르고 골격과 근육이 예사롭지 않았다. 딱 봐도 달리기에 최적화된 좋은 말이었다. 마부는 몸집이 마르고 두 팔이 길고 굵어 말을 몰기에 더할 나위 없이 좋은 조건을 갖추고 있었다.

“아까 두 사람이 백운관으로 간다는 말을 들었네. 이 마차를 내줄 테니, 사양하지 말고 타고 가시게.”

소한이 손짓으로 가일에게 마차에 오를 것을 청했다.

가일이 고개를 끄덕이며 마차에 오르자 손몽도 그 뒤를 따랐다.

뒤에 있던 우람한 덩치의 사내가 들고 온 찬합을 소한에게 건네자, 그가 대신 마차에 그것을 올려놓았다.

“이것은 방금 사 온 구운 닭고기와 전병인데, 출출할 테니 가는 길에 좀 들게.”

가일이 얼른 주머니 안을 더듬어 작은 금괴 하나를 꺼냈다. 소한이 어리둥절한 표정으로 그것을 쳐다보다 이내 미소를 지으며 금괴를 받아 들었다. 친구도 여러 종류가 있다. 어떤 친구는 상대방에게 빚을 지거나 신세를 지려 하지 않고, 또 어떤 친구 사이에서는 서로 허물없이 마음을 주고받는다. 가일이 돈을 건넸다는 것은 아직까지는 그를 형식적인 친구로만 받아들인다는 의미였다.

소한이 공수를 하며 말 한마디 속에 두 가지 의미를 담아 건넸다.

“가 교위, 취선거 수리가 마무리되면 내가 무창어 요리를 한번 대접하겠네. 그때는 우리 사이에 너무 선을 긋지 않으셨으면 좋겠네.”

가일도 공수를 한 후 안쪽으로 들어가 앉았다.

마차가 멀어지자 덩치가 우람한 사내가 투덜거렸다.

"뭘 저리 뻣뻣하게 구는지, 참! 저게 다 우리를 깔봐서 그러는 것이 아니겠느냐?"

소한이 음흉한 웃음을 터뜨렸다.

"지난 몇 년 동안 그렇게 많은 돈을 등쳐 먹고 수배령까지 떨어진 주제에 무슨 기대를 할 수 있겠소? 저자가 태평도 잔당과 결탁한 죄명을 감수하면서까지 우리를 받아준 것만도 쉬운 일이 아닐 것이오."

우람한 덩치의 사내는 바로 소한의 의형제 진전이었다.

"역시 아우는 난놈이야. 나라면 저자의 재수 없는 낯짝만 봐도 말 한마디 섞고 싶지 않았을 것인데."

소한이 느긋하게 말했다.

"형님, 이 세상 살면서 어찌 자기 성질 꼴리는 대로만 살 수 있겠소? 자, 일단 앞으로 우리가 장사할 곳이나 둘러보러 갑시다. 가일이라는 자가 우리의 뒷배가 되어줄 수 있다면 앞으로 우리가 부자 되는 것도 훨씬 수월해질 것이오."

백운관 산문(山門)에 들어서자 날이 이미 저물어 사방에 어둠이 내려앉아 있었다.

오늘은 길일이 아니라 그런지 지객(知客: 손님맞이를 담당하는 사람)은 물론 오가는 사람조차 보이지 않았다. 가일이 앞으로 걸어가 굳게 닫힌 대문을 힘껏 두드렸다. 손몽은 그의 뒤에 바싹 붙어 사방을 둘러보았다. 돌계단 양옆으로 소나무와 잣나무가 울창하게 서 있고, 그곳에서 뻗어 나온 가지가 달빛 아래서 여러 가지 기괴하고 흉측한 모양의 그림자를 만들어냈다.

도관 벽 뒤쪽에 자리 잡은 오래된 회화나무에서 뻗어 나온 누렇고 마른 가지도 이를 드러내고 발톱을 치켜세운 듯 괴기스러운 모습을 드러내니,

왠지 모를 불안감이 엄습해 왔다. 갑자기 근처에서 까마귀 울음소리가 들려오자 손몽은 화들짝 놀라 가일 뒤로 바싹 붙으려다 실수로 그와 부딪히고 말았다.

가일이 고개를 돌리며 말했다.

"왜 그러오? 무섭소?"

손몽은 언제 그랬느냐는 듯 발뺌을 했다.

"내가요? 그냥 좀 추워서 그런 것뿐이에요. 참, 아까부터 계속 두드렸는데 왜 아무도 안 나오는 거죠? 이곳 도사들이 다 잠든 건 아니겠죠?"

"도사들도 저녁 강론과 참선이 있을 테니, 이리 일찍 잘 리 없소."

가일이 뒤로 두 걸음 물러서 두 장 높이의 담벼락을 올려다보았다. 그라면 가까스로 넘을 수 있을지 몰라도 손몽은 장담할 수 없었다. 그는 잠시 망설이다 허리춤에 찬 검을 뽑아 들고 문 앞으로 걸어갔다.

"왜요? 문을 부수고 들어가려고요?"

손몽이 놀라서 물었다.

가일이 아무 말 없이 검을 문틈에 찔러 넣고 위아래로 한 번 움직이자 빗장이 검에 걸렸다. 그가 검날을 빗장에 꽂아 넣고 조금씩 위로 밀어제쳤다. 이 수법은 그가 석양성(石陽城)에 있을 때 서좌에게서 배웠는데, 이제야 제대로 한번 써먹는 것이었다. 빗장이 완전히 벗겨지자 가일은 나무 문을 밀치고 안으로 들어갔다.

도관 안에 등불이 모두 꺼져 있고, 사방이 쥐 죽은 듯 고요했다. 오로지 곁채 한 곳에서만 희미한 불빛이 새어 나왔다. 가일이 검을 쥐고 손몽과 그쪽으로 향했다. 곁채 문 앞에 이르자마자 갑자기 끼익 소리와 함께 문이 열리면서 먼지떨이를 든 도사와 정면으로 맞닥뜨리고 말았다. 도사는 그들을 보는 순간 너무 놀란 나머지 성난 목소리로 소리를 쳤다.

"이런 겁대가리 없는 도적놈들을 봤나! 감히 이 신성한 곳으로 도둑질을 하러 왔단 말이냐!"

가일이 공수를 했다.

"우리는 해번영 소속 관원들입니다. 아까 문을 두드렸는데도 오랫동안 대답이 없더이다. 다행히 문이 덜 잠겼는지 그냥 열리기에 이리 염치 불고 하고 들어온 것이니, 너그러이 양해해주십시오."

"관가에 계시는 분들이셨구려."

도사가 먼지떨이를 세워놓고 물었다.

"두 분이 이리 늦은 밤에 무슨 일로 찾아오셨습니까?"

"살인 사건 하나를 수사 중입니다. 이곳 감원(監院: 사찰의 살림을 총괄하는 직책) 이 어디 계신지 알 수 있겠습니까?"

도사가 왼손을 가슴 앞에 세우고 염불을 한 후 말했다.

"빈도(貧道)의 도호(道號)는 능소자(凌霄子)라고 합니다. 제가 바로 두 분이 찾는 감원이지요."

손몽이 어깨를 움츠리며 말했다.

"도사님, 일단 안으로 들어가서 계속 얘기를 나누면 어떨까요? 이곳 공기가 차서 그런지, 몸도 으스스 떨리고 안 좋네요."

능소자가 어리둥절한 눈으로 손몽을 쳐다보다 이내 몸을 옆으로 돌려 두 사람을 방으로 들게 했다.

"빈도가 무례를 범했나 봅니다. 안으로 드시지요."

방 안의 배치는 아주 단순했다. 서쪽에 평상이 하나 있고, 동쪽에 있는 찻상 양옆으로 부들방석 몇 개가 놓여 있었다. 가일과 손몽은 그곳으로 가서 앉았다. 능소자는 질흙 시루를 화로 위에 올려놓고 찻잔을 늘어놓았다. 그러고 난 후 찻잎을 찾기 위해 방 안을 이리저리 두어 번 돌아다녔다.

그가 끝내 찻잎을 찾아내지 못하자, 가일이 보다 못해 그를 말렸다.

"도장(道長), 너무 신경 쓰지 마십시오. 저희는 몇 가지만 물어보고 바로 가봐야 합니다."

능소자가 난감한 표정으로 자리에 앉았다.

"빈도가 하루 종일 『태평청령도(太平淸領道)』 연구에 정진하느라 이런 자질구레한 일들을 제대로 돌볼 틈이 없답니다. 참으로 부끄럽소이다."

가일이 웃으며 돈주머니에서 금괴 하나를 꺼내 찻상 위에 올려놓았다.

"도장께서 경전을 읽고 수행에 정진하기도 모자란 시간에 이곳의 잡다한 사무까지 신경 쓰느라 정말 고생이 많으십니다. 이것은 소인의 작은 성의이니, 향을 피우는 값이라 생각해주십시오."

능소자가 연신 손을 내저었다.

"아닙니다. 별말씀을요."

"무창 도위 부인 살인 사건을 들어보셨지요?"

가일이 물었다.

능소자의 표정에 불안한 기색이 언뜻 비치고, 쉽게 입을 떼지 못했다.

"사실 그 일은 이 도관과 무관하고, 이매(離昧) 선사가 혼자 저지른 짓입니다."

가일과 손몽의 시선이 허공에서 부딪혔다.

"이매 선사라면, 그 우길의 적통 제자를 말씀하시는 겁니까?"

"그럴 겁니다. 사실 우리 백운관은 산 좋고 물 맑은 곳에 위치해 있어, 선사들이 이곳을 포교와 복을 기원하는 신성한 땅으로 여겨 자주 왕래합니다. 본관도 그런 선사들의 내력을 일일이 확인할 길이 없고, 그저 신자들에게서 평판을 듣는 것이 전부지요. 이매 선사는 몇 개월 전에 신통한 능력을 몇 가지 드러낸 후부터 수많은 신도들을 거느리게 된 분이라 들었습니다. 이번에 그가 또 찾아왔기에 우리 역시 그를 상사(上師)로 대우하고 복을 비는 법사를 정성껏 준비했지요. 그런데 그분이 그런 일을 일으킬 줄 누가 알았겠소?"

도사는 하필 중요한 대목에서 말을 멈췄다.

가일이 다시 돈주머니에 손을 넣어 금괴를 하나 꺼내 찻상 위에 올려놓았다.

능소자의 얼굴이 환해졌다.

"이런! 이리도 성심성의껏 도를 행하시니, 정말이지 황송할 따름이외다. 이 이매 선사로 말할 것 같으면, 몇 개월 전에 포교를 할 때 여러 관리나 상인의 부인과 사통을 했던 자입니다. 그런 자가 이번에 우리 백운관에 왔다가, 그때 사통했던 부인 중 한 명이 임신한 사실을 알고 몰래 도망을 치려고 했다지 뭡니까?"

손몽이 끼어들었다.

"그러니까 그 부인이 바로 무창성 도위 부인 오민이라는 건가요?"

"그렇소이다."

능소자가 한숨을 내쉬었다.

"그자가 이런 일을 벌이고 말았으니, 본관이 정말 얼굴을 들고 다닐 수가 없소이다."

손몽이 혼잣말을 했다.

"어쩐지, 그녀가 평소 즐겨 먹던 생선찜도 비린내가 난다고 꺼렸다더니, 그게 다 임신을 해서 그런 거였네."

가일이 물었다.

"도장은 이런 일들을 어찌 알게 된 겁니까?"

능소자가 대답했다.

"두 사람이 뒷방에서 몰래 만나 싸우는 소리를 직접 보고 들었습니다. 그때 도위 부인이 자기를 데려가지 않으면 관아에 신고하겠다며 큰 소리를 치고, 두 사람이 돼지우리에 빠지느니 차라리 도망쳐서 부부로 사는 편이 낫다고 하더군요. 내 더는 참고 볼 수가 없어 직접 나서서 두 사람을 호되게 꾸짖자 도위 부인이 그제야 황급히 자리를 떴습니다.”

손몽이 더 깊이 캐물었다.

“그다음에는 어떻게 됐나요?”

“정오에 재회(齋會)가 열렸는데, 그때 도위 부인도 있었소이다. 그곳에서 이매 선사가 그녀에게 작은 병을 주는 걸 봤는데, 그때는 낙태약 같은 거라고만 생각해 별다른 신경을 쓰지 않았지요. 그런데 도위 부인이 집으로 간 후 독살되었을 줄 누가 감히 상상이나 했겠소!”

“도장께서는 그 작은 병에 무슨 약이 담겨 있었는지 아십니까?”

가일은 지난번에 여인의 시체가 갑자기 벌떡 일어났던 광경을 떠올리며 물었다.

“선사들이 줄곧 지니고 다니는 그런 물건을 내가 무슨 수로 알 수 있겠소? 하나 나중에 도위 부인의 시체가 갑자기 벌떡 일어나는 기이한 현상이 있었다는 말을 듣고 나서 이매 선사의 표정이 굳더니, 볼일이 있다며 황급히 도관을 떠났습니다.”

손몽이 물었다.

“어디로 갔나요?”

“그건 모르지요. 선사들이야 늘 온 세상을 구름처럼 정처 없이 떠돌며 사니, 한번 떠나면 어디로 갔는지 알 길이 없답니다.”

“흥, 그자의 얼굴을 그려서 사방에 수배령을 내려도 과연 안 잡히고 배길지 어디 두고 보라죠.”

손몽이 투지를 불태우며 말했다.

“그리 장담하기 어렵습니다. 그가 도망치려는 곳이 위와 촉의 변경 지대나 요동(遼東)·경주(瓊州: 해남도[海南島])·야마대(邪馬臺: 일본) 등지라면 아마 찾기 힘들지도 모르지요.”

가일이 무거운 표정으로 자리에서 일어섰다.

"오늘은 밤이 늦었으니, 더 폐를 끼치기 전에 그만 가는 게 좋겠습니다. 다음에 다시 찾아뵙죠."

손몽은 내키지 않는 듯 물었다.

"온 지 얼마나 됐다고 벌써 가요? 여기에 다른 도인들도 있을 거 아니에요? 그 사람들한테는 안 물어봐요?"

능소자가 입을 열었다.

"이런, 공교롭게도 오늘은 무창성의 한 대갓집에서 법사(法事)가 열리는 날이라 다들 성안으로 들어갔고, 여기는 나 혼자 남아 지키고 있소이다."

가일이 공수를 했다.

"그럼 우리는 그만 가보겠습니다."

능소자도 만류하지 않았다.

"그러시지요. 오늘은 일단 돌아가 쉬세요. 무언가 생각나는 게 있으면 내가 해번영으로 직접 찾아가 알려드리리다."

세 사람이 함께 곁채를 나서니, 달빛은 여전히 어슴푸레했다. 어둠 속에서 찬바람이 불자 손몽이 몸서리를 쳤다.

가일이 웃으며 말했다.

"도장, 아무래도 이 백운관의 입지가 좋지 않은 것 같습니다. 풍수라는 것이 늘 변화무쌍한 듯해도 그 기본은 변함이 없으니, 물을 얻는 것이 먼저고 바람을 갈무리하는 것이 그다음이지요. 그런데 이곳은 두 봉우리 사이의 평지에 지어져 물과 바람이 모두 새니, 실로 명당자리라 할 수 없군요."

능소자가 물었다.

"풍수도 볼 줄 아십니까?"

"조금 들어서 아는 정도입니다. 이곳의 지세를 보아하니 가까운 시일 안에 피를 보게 될 형상인데, 부디 조심하셔야 할 것 같습니다."

능소자의 입가가 움찔했다.

"그리 위험을 알려주시니 고맙습니다. 내 사람을 시켜 주위를 단단히 경계하도록 하리다."

두 사람이 도관 문을 나서는 것을 보며 능소자의 눈빛이 매섭게 바뀌었다. 그는 급히 돌아서서 후원 쪽으로 발걸음을 옮겼다. 그러나 가일과 손몽은 문 밖에서 몸을 날려 들어와, 늙은 회화나무 아래 숨어 이 도사를 멀리서 지켜봤다.

능소자의 뒷모습이 사라지고 나서야 손몽이 나지막이 물었다.

"따라가야 하나요?"

"너무 가까워지면 눈치를 챌 수 있으니, 좀 기다립시다."

"언제부터 낌새가 이상하다고 느꼈어요?"

"문에 들어서자마자."

가일이 그 말을 끝으로 아무 말도 하지 않았다. 두 사람 모두 주도면밀한 성격답게, 좀 전에 능소자와 몇 마디 말을 나누면서 이미 이상한 낌새를 채고 있었다. 가일이 일부러 가봐야 한다는 핑계를 대고 밖으로 나온 것도, 어둠 속에서 몰래 능소자를 추적해 백운관 안에서 도대체 무슨 일이 일어나고 있는지 알아보기 위한 작전이었다.

"이곳에 들어서자마자 알아챘다고요?"

손몽의 얼굴에 믿을 수 없다는 표정이 떠올랐다.

"태평도 도인들은 보통 구절장(九節杖: 마디가 아홉 개인 지팡이)을 들고 있고, 오직 황로도인(黃老道人)만이 불진(拂塵: 중이나 도사가 번뇌 따위를 물리치는 표지로 쓰는 먼지떨이)을 들고 있소. 이 백운관은 태평도 도단이고 능소자는 감원에 불과한 자인데 황로도인의 법기(法器)를 들고 있었으니, 누가 봐도 의심스러운 상황이오. 게다가……."

"게다가 우리가 해번영 소속 관원이라고 말했는데도 이름을 묻기는커녕 요패도 보지 않은 채 곧바로 곁채로 데리고 들어갔잖아요? 감원이라면서 찻잎을 어디에 뒀는지도 모르고요. 그리고 요 며칠 무창성 안에서 태평도에 대한 단속이 심해서 도인들의 출입을 엄격히 금하고 있는데도 이곳 도사들이 모두 무창성에 갔다니 말도 안 되죠. 저자의 입에서 나오는 말이 하나같이 다 미심쩍었어요. 그런데도 당신이 저자를 추궁하기는커녕 그만 가봐야겠다고 했을 때 무언가 다른 계획이 있을 거라고 생각했어요."

손몽의 말투는 비록 차분했지만, 의기양양한 속내가 그대로 눈빛으로 드러났다.

"그 많은 걸 알아챘다니, 머리는 좋은 것 같소."

가일도 그녀의 능력을 인정했다.

"아니에요."

손몽의 얼굴이 살짝 홍조를 띠었다.

여자는 늘 이렇다. 멍청하다는 말을 들으면 무슨 수를 써서라도 자신이 똑똑하다는 것을 증명하려 든다. 반대로 똑똑하다는 말을 들으면 괜히 아닌 척 손사래를 친다.

가일이 손몽을 향해 고갯짓을 하며 회화나무 뒤에서 걸어 나와 조심스럽게 어둠 속을 더듬어 뒤뜰로 걸어갔다. 능소자는 뒤뜰에서 한동안 머물러 있었지만, 여전히 아무 소리도 들리지 않았다. 이 도관의 도사들이 도대체 모두 어디로 간 것일까? 두 사람은 눈 깜짝할 사이에 뒤뜰 월문(月門: 정원 담에 뚫은 둥근 문)에 다다랐고, 어슴푸레한 나무 그늘 너머로 방 안에 불이 켜지는 것을 보았다. 가일이 손몽에게 그 자리에서 기다리라고 한 후 혼자 허리를 숙인 채 그곳으로 접근했다.

방에서 몇 걸음 떨어진 곳까지 오자 불빛이 번쩍이더니 곧바로 버럭 호통 치는 소리가 터져 나왔다. 가일이 허리를 펴고 검을 뽑아 방 안으로 뛰어 들어갔다. 바로 이때 방문이 우당탕 부서지며 파편이 사방으로 튀고 검은 그림자 하나가 뒤로 쓰러지며 튀어 나왔다.

가일은 달빛에 의지해 그자가 능소자라는 것을 알 수 있었다. 그는 두 눈을 부릅뜨고 오른손에 비수를 움켜쥔 채 분노와 원망을 고스란히 얼굴에 드러냈다. 가일은 허리를 숙여 가까이 들여다보고 나서야 그의 목에 난 칼자국에서 피가 뿜어져 나오고 있는 것을 알아챘다. 능소자는 가일을 보자마자 가까스로 몸을 일으켜 세우며 오른손에 쥔 비수를 한두 번 휘두르는가 싶더니 돌연 맥없이 쓰러졌다.

가일이 몸을 돌려 방 쪽으로 검을 뻗으며 나지막이 소리쳤다.

"나오너라!"

"가 교위, 내 진즉에 말하지 않았소? 이건 내 사건이라고."

당당한 목소리와 함께 육연이 피가 뚝뚝 떨어지는 검을 들고 오만하게 걸어 나왔다.

"어떻게 된 일이죠?"

손몽이 눈살을 찌푸리며 물었다.

"손 낭자."

육연이 손을 모아 인사를 했다.

"나 역시 사건을 조사하러 온 것뿐이오."

"이걸 우연이라고 해야 하나요?"

"두 사람이 위림의 집을 나선 후 내가 그곳에 당도했소. 그자와 얘기를 나눠보니 백운관이란 곳이 수상한 점이 한두 가지가 아니더군. 그래서 바로 천리마를 타고 이곳에 온 것이오. 산문에 도착하니 마침 두 사람이 들어가는 것이 보였소."

육연이 잠시 말을 멈췄다 다시 입을 열었다.

"그런데 도관 안에 인기척이 하나도 없는 게 이상해서, 뒤뜰로 와 담을 넘어 이곳으로 들어왔소."

"그래서 뭘 알아냈죠?"

손몽이 추궁했다.

"뒤쪽에 있는 이 방 안에 온통 시체뿐이었소."

육연이 방 쪽으로 고갯짓을 하며 가일에게 말했다.

"들어가서 한번 보겠소?"

가일이 방 안으로 들어가자, 손몽도 그 뒤를 따라 들어가 화절자를 꺼내 탁자 위에 있는 기름등에 불을 붙였다. 방의 길이는 석 장이고, 너비는 두 장 정도 되었다. 안을 둘러보니 그야말로 아무것도 없는 텅 빈 방이었다. 바닥에 일고여덟 구의 시체가 널브러져 있고, 노인은 물론 아이까지 뒤섞여 있었다. 하나같이 같은 색의 도복을 입고 있었는데, 짙고 옅은 색깔의 차이만 있을 뿐이었다. 시체는 모두 피부색이 검게 변했고, 몸의 모든 구멍에서 피가 흘러나온 것으로 보아 중독이 되어 사망한 것이 분명했다. 가일이 가장 나이가 많아 보이는 도사의 옷섶을 들추자 검은색 실로 아주 작게 '능(凌)' 자가 수놓여 있었다. 보아하니 이 도사가 바로 감원 능소자인 듯했다. 가일이 일어서며 등불을 비춰 사방을 훑으니, 벽 구석에 장작더미와 송명(松明: 송진이 많이 엉긴 소나무의 가지나 옹이) 한 통이 보였다.

가일은 여러 가능성을 떠올려보았고, 어쩌면 자신을 능소자라고 속인 그 도사가 바로 이매 선사일지도 모른다는 생각이 들었다. 가일이 머릿속으로 오늘 밤 이곳에서 벌어진 일을 추적해보았다. 감원이 도위 부인에 관해 추궁하자 그자가 충동적으로 저녁 식사에 독을 풀어 이곳에 있는 모든 사람을 죽였다. 그가 시체를 다 옮기고 불을 질러 증거를 없애려고 할 때 가일과 손몽이 찾아왔고, 어쩔 수 없이 그가 손님을 접대하러 나올 수밖에 없었다. 가까스로 가일을 돌려보내고 서둘러 뒤뜰로 돌아갔는데, 이번에는 육연이 그의 앞에 나타났다.

"왜 그를 죽였는가?"

가일이 육연을 보며 물었다.

"내가 시체를 살펴보느라 정신이 팔려 그가 방에 들어오는 것을 알아채지 못했소. 그자가 갑자기 괴성을 지르며 비수를 들고 나를 찌르려 달려드는 바람에 나도 어쩔 수 없이 칼을 뽑아 맞섰을 뿐이오."

육연이 헛웃음을 터뜨렸다.

"그런데 시시하게, 뭐 한 것도 없는데 단칼에 목숨이 끊어져버렸소."

손몽이 코웃음을 쳤다.

"방이 너무 어두운 탓이었겠죠. 들어오자마자 눈이 빛에 적응을 하기도 전에 공격을 받았으니. 그런 걸 가지고 자기 자랑이 과하네요. 고작 그 정도로 사람을 죽게 만드는 실력이 부끄럽지도 않아요?"

육연이 헛기침을 했다.

"흐흠……. 손 낭자의 말도 일리는 있어 보이오."

본래 이 단서를 따라 추적을 할 생각이었는데, 애석하게도 이 이매 선사라는 자가 너무 운이 없었다.

가일은 아쉬운 마음이 들었다.

"육 도위가 이매 선사를 죽게 만든 바람에 이 단서는 소용이 없어진 셈이고……."

"가 교위, 입은 삐뚤어져도 말은 똑바로 하라 했소이다."

육연이 가일의 말을 끊었다.

"이매 선사는 내가 죽인 것이 아니오."

가일의 눈빛이 순간적으로 변했다. 그의 시선이 방 밖에서 다시 육연에게 옮겨 가며 한 가지 생각이 뇌리를 스치고 지나갔다.

설마 밖에 있는 저 시체가 이매 선사가 아닐 수도 있다고? 그럼 진짜 이매 선사는 어디에 있는 거지?

"가 교위, 무슨 일이든 단정을 지으면 안 되는 것이오."

손몽 앞에서 가일의 잘못을 지적할 수 있게 되자 육연의 얼굴이 더 득의

양양해졌다. 그는 방 안에 있는 어느 시체 옆으로 다가가 한쪽 무릎을 꿇고 앉았다.

"몇 달 전에 이매 선사가 백운관에서 법사를 열었는데, 나도 그때 그곳에 있었소. 그래서 이매 선사의 얼굴을 정확히 기억하오. 자, 이자가 바로 이매 선사요."

"그렇다면 진짜 이매 선사도 죽은 거 아닌가?"

일이 점점 재밌게 흘러가고 있었다. 그럼 밖에 있는 저자는 누구지? 어떻게 백운관과 이매 선사의 일을 속속들이 알고 있는 거지? 왜 이곳에 있는 도사를 모두 죽인 거지?

손몽이 기름등 옆으로 가서 물었다.

"우리가 밖에 있는 저자에게 들은 바로는 이매 선사와 도위 부인이 사통해서 아이가 생겼고, 그래서 그자가 도위 부인을 죽였다고……."

육연이 말도 안 된다는 듯한 표정을 지었다.

"절대 그럴 리 없소."

"왜 그렇게 생각하죠?"

자신이 들은 말이 거짓일 수 있다는 것을 알면서도 손몽은 억지스럽게 반박을 했다.

"위림도 자기 부인이 평소 즐겨 먹던 생선찜조차 비리다며 안 먹었다고 했어요. 그건 누가 봐도 입덧 증상인데 임신이 아니라고요?"

"그건 나도 잘 모르겠소. 하나 한 가지 확실한 건, 도위 부인이 임신을 했다면 절대 이매 선사의 아이가 아니오."

육연이 확신에 차서 말했다.

"나 역시 좀 전에 알게 된 사실인데, 이매 선사는 남장 여자였소."

"여자?"

손몽이 소스라치게 놀라며 시체 옆으로 달려갔다. 그의 말대로 이 시체는 남장 여자가 맞는지 얼굴이 청초했고, 옷깃에 '이(離)' 자가 아주 작게 수놓여 있었다. 손몽이 내키지 않는 표정으로 손을 뻗어 시체를 몇 번 더듬거리더니 경악을 금치 못했다.

"이, 이게 말이 돼요?"

그녀는 놀란 듯 말까지 더듬거렸다.

"저기 죽은 선사의 말이 다 거짓말이었어?"

스물몇 살짜리 소한도 백 세 노인으로 분장해 소 선사 행세를 한 마당에, 청초한 얼굴의 저 이매 선사가 남장 여자 노릇을 못 할 이유도 없었다. 태평도 무리 중에 원체 농간을 부리는 자들이 많으니, 변장술로 눈속임을 했다고 해서 놀랄 만한 일도 아니었다.

"그러고 보니 처음부터 끝까지 우리가 다 속아 넘어갔군."

가일이 한숨을 내쉬었다.

"만약 육 도위 자네가 저 도사의 정체를 밝히지 못했다면 우리는 끝까지 그의 거짓말에 속았을 거네."

이것은 거짓 정보로 적을 혼란에 빠뜨리는 사간계(死間計)였다. 그 도사는 태평관의 도사들을 모두 죽이고, 가일과 손몽에게 이매 선사에 관한 거짓 정보를 흘렸다. 또한 일부러 허점을 드러내 의심을 사는 수법으로 가일과 손몽이 다시 돌아오도록 유도했다. 증거를 모두 불태워버린 후 기회를 엿봐 두 사람 손에 죽을 작정을 한 것이다. 이런 식으로 단서는 물론 도관에 있는 사람들까지 모두 없애버리면, 그는 오민과 사통한 죄를 숨기기 위해 이 모든 일을 꾸민 이매 선사로 보일 수밖에 없을 것이다. 비록 도위 부인의 시체가 다시 살아난 사건은 여전히 의문으로 남지만 결국 이매 선사의 약 때문이라고 대충 결론이 날 것이고, 더 이상 아무도 이의를 제기하거나 재수사를 요구하지 않을 것이다.

그럼 이런 식으로 모든 사건은 종결이 나는 셈이다.

가일의 마음속에 한기가 내려앉았다. 이런 포석을 둔 사람이라면 사람의 심리를 손에 쥐고 맘대로 주무를 만큼 심리전에 뛰어난 인물이 분명했다. 게다가 자신과 손몽의 성격까지도 정확히 간파하고 있었다. 만약 육연이 때맞춰 나타나 도사의 계획을 망치지 않고, 시체에 남은 단서를 근거로 그의 거짓말을 뒤집지 않았다면, 이 작전은 상당히 완벽하게 마무리될 수 있었다.

가일이 잰걸음으로 방을 나와 도사의 시체 옆으로 가서 한쪽 무릎을 꿇고 앉았다. 그는 약간의 실마리라도 건질 수 있기를 바라며 도사의 옷을 풀어헤쳤다. 왜 상대는 이 사건을 이렇게 마무리 지으려고 한 걸까? 설마 오민의 죽음 뒤에 또 다른 속사정이 숨어 있는 건가? 해번영의 수사를 기필코 막아야 할 만큼? 가일은 도사의 팔오금에서 희미한 문신 자국을 찾아냈다. 그것은 마치 문신을 한 후 씻어낸 듯한 자국이었다.

옆에 있던 육연이 놀란 듯 자기도 모르게 '어?' 소리를 내다 이내 입을 다물었다.

가일이 고개를 들어 그를 힐긋 쳐다보며 가라앉은 목소리로 물었다.

"육 도위, 이 표시를 아시오?"

육연은 꿀 먹은 벙어리처럼 아무 대답도 하지 않았다.

손몽이 그를 흘겨보았다.

"왜 아무 말도 못 하는 거죠? 좀 전까지 거들먹거리던 사람 맞아요?"

육연이 잠시 주저하다 의심스러운 듯 말했다.

"이건 우리 육씨 가문 사병(私兵)들의 문신과 모양이 똑같은 것 같소."

난세일수록 세도가에서 사병을 거느리는 것은 지극히 정상적인 일이었다. 그 수는 적게는 수십 명, 많게는 만 명이 넘었다. 지방 관아에서도 사병을 육성하는 일을 허락하거나 심지어 장려했고, 때로는 이런 사병들을 동원해 전쟁에 참여하기도 했다. 물론 이 세도가 사병들도 질적으로 차이가 존재했다. 인원은 많지만 일격도 견디지 못할 만큼의 오합지졸도 있고, 훈련도 제대로 받지 못해 실력은 형편없지만 용맹함은 그 누구에게도 뒤지지 않는 사병 집단도 있었다. 강동 땅에서 사병의 전투력이 가장 강한 곳은 바로 주(朱)씨와 육(陸)씨 가문이었다.

죽은 도사의 몸에서 육씨 가문의 사병들 몸에 새겨진 문신이 나왔고, 이것은 육연이 직접 인정한 사실이기도 하다. 이게 사실이라면 육씨 가문이 오민 사건에 관여해왔고, 백운관 도사들을 모조리 죽였다는 결론이 나온다. 그러나 육연은 이 사건을 계속 추적해왔고, 또 백운관에서 벌어진 사간계를 깨뜨린 일등공신이기도 했다. 그러니 이런 추측은 앞뒤가 맞지 않는다. 만약 육씨 가문이 이런 일을 벌였다면 육연이 스스로 화를 자초하도록 내버려둘 이유가 과연 있을까?

육연의 말대로라면 육씨 가문의 사병은 그 수만 해도 무려 3천 명이 넘으니, 그가 그 사람들을 모두 알아보는 것도 불가능하다. 또한 이 사병이 도대체 어느 세도가 소속인지 알 방도도 없다. 어쩔 수 없이 시체를 육씨 집안으로 보내 신원을 확인해보는 수밖에 없었다. 손몽은 육연을 시켜 시체를 업고 산을 내려갈 작정이었지만, 가일이 문짝을 하나 떼어내 그 위에 시체를 올리고 육연과 함께 들것처럼 들어 산을 내려갔다. 마차가 성으로 들어갈 무렵이 되자 하늘에 동이 트고 있었다. 육연과 두 사람은 밤에 다시 송학루에서 만나기로 약조를 하고 헤어졌다.

마차에 시체를 실은 탓에 손몽은 단 한 순간도 더 마차에 타고 싶어 하지 않았다. 가일은 어쩔 수 없이 그녀와 함께 걸어서 군주부로 돌아갈 수밖에 없었다. 묵묵히 길을 따라 한참을 걸어가는데 손몽이 별안간 이런 질문을 했다.

"당신은 육연한테 그 일을 맡겨놓고도 마음이 놓여요?"

"그 시체에 관해서라면, 우리가 조사해봤자 아무것도 알아낼 수 없으니 차라리 그에게 맡기는 편이 낫소. 게다가 육손은 내게 은인이나 마찬가지 아니오? 육씨 집안이 정말 이 일에 연루되어 있다면 나로서도 어찌 대처해야 할지 아직 결심이 서지 않소."

"육씨 집안이 어떻게 나오는지 떠보려고 그렇게 한 거라 생각했어요. 만약 이 사병의 소행이 육씨 집안의 지시에 따른 거였다면 육연이 돌아가서 단단히 입단속을 시키겠죠. 아니면 태연하게 인정하거나. 둘 중 하나일 거예요."

손몽이 고개를 갸우뚱거리며 가일을 쳐다봤다.

"혹시, 정말 이렇게 생각한 거 아니었어요?"

가일은 가타부타 말이 없었다.

"왜 내가 그럴 거라 생각했소?"

"진주조와 해번영에는 인정과 의리를 가진 자들이 거의 없죠."

손몽이 웃으며 말했다.

"어쨌든 이런 곳에서 인정과 의리를 가진 사람은 오래 살아남지 못하니까요."

"지금 나한테 충고를 하는 거요, 아니면 비아냥거리는 거요?"

가일이 물었다.

"육손이 당신을 구해줬던 건 단지 당신이 이용 가치가 있어서였을 테죠. 그자는 높은 자리에 오른 지 얼마 안 된 터라, 당신을 끌어들여 해번영에 협력자를 두고 싶었을 거예요. 하지만 당신은 똑똑한 사람이니 누가 당신을 그 자리에 앉혀줬는지, 어떤 사람과 거리를 두어야 하는지 잘 알고 있을 거라 생각해요."

"지금 그 충고는 손상향 군주가 전하는 것이오?"

"그게 누구든 그런 건 중요하지 않아요. 당신이 그 충고를 받아들이느냐

마느냐, 바로 그게 관건이죠."

"지존께서도 그런 암시를 하신 적이 있고, 나 역시 그런 분별력 정도는 있소."

"그런 분별력이 있는 사람이 육연과 함께 시체를 들고 산을 내려왔다고요? 육연은 도위고, 당신은 교위예요. 그런데 관직이 당신보다 낮은 자가 마치 동료처럼 굴고 있잖아요? 이런 말이 지존의 귀에 들어가면 의심을 피하기 어려워져요."

"그 말을 듣고 있자니, 왜 당신이 육연을 싫어한다는 생각이 자꾸 드는지 모르겠소?"

가일이 손몽의 속내를 은근히 떠보았다.

"두 사람 사이에 무슨 일이 있었소?"

"내가 그를 싫어하는 게 당신이 바라는 바 아니었어요?"

손몽이 눈을 흘겼다.

가일이 콧방울을 만지작거리며 딴청을 부렸다.

"그게 나랑 무슨 상관이라 그러시오? 별소릴 다 들어보겠네."

"상관없다니 잘됐네요. 그가 몇 번이나 밥을 사겠다고 했는데 내가 면박을 줘서 돌려보냈거든요. 다음번에는 그러지 말아야겠네요."

가일이 쓴웃음을 지으며 대답을 하려는 찰나, 창을 들고 철갑을 두른 무장 병사 한 무리가 걸어오는 것이 보였다. 그들 중 대장인 듯한 이가 빠른 걸음으로 두 사람 앞으로 다가왔다.

"신분첩을 보여주십시오."

가일은 해번영의 요패를 꺼내 건넸다. 그가 요패를 확인하고 정중하게 돌려준 후 이번에는 손몽에게 신분첩을 요구했다.

"낭자의 것도 주십시오."

손몽은 가일과 시선을 마주친 후 이내 신분첩을 꺼내 보여주었다. 그는 신분첩을 확인한 후 조금 전보다 태도가 더 공손해졌다.

"군주부의 귀척이신 걸 몰라뵙고 소인이 무례를 범했습니다."

손몽이 물었다.

"갑자기 야간 순찰이 왜 이리 삼엄해진 것이냐? 성안에 무슨 일이라도 생겼느냐?"

대장이 주저하는 기색을 보였다.

"규정상 말씀드릴 수가 없습니다만, 가 교위도 계시니 말씀드려도 무방할 듯하옵니다. 오늘 오후 날이 저물 무렵에 객조연(客曹掾) 장순(張洵)이 태평도의 주술에 걸려 죽었습니다."

"주술에 걸려 죽어?"

손몽이 가일을 힐끗 쳐다보았다.

"그렇습니다. 도위 부인이 죽었을 때처럼 그의 손에도 '천하대길'이라고 쓰인 종이가 쥐여 있었습니다. 태평도의 손에 연이어 두 사람이 목숨을 잃었으니, 지존께서 위림 도위를 질책하시며 성 전체에 경계 태세를 강화하라 명하셨습니다. 그래서 소인이 어쩔 수 없이 두 분의 신분첩을 확인해야만 했습니다."

"그 사건의 수사를 누가 맡았느냐?"

손몽이 물었다.

그 대장이 가일의 눈치를 보며 선뜻 말을 꺼내지 못했다. 그 순간 가일은 객조연 사건의 수사 역시 자신에게 맡겨졌음을 알아챘다. 어쨌든 장순과 도위 부인의 죽음은 서로 통하는 부분이 있으니, 그에게 다 맡기는 것도 합리적인 조치였다. 다만 자신이 백운관에 갔다 오느라 아직 명을 받들지 못했을 뿐이었다.

"정말 일복이 터졌네요. 우리 쪽으로 가서 한숨 푹 자두는 건 어때요? 내일부터 엄청 바빠질 텐데."

그 말을 듣고 있던 대장이 두 사람을 힐긋 쳐다보다 얼른 고개를 숙인 채 공수를 하고 황급히 자리를 떴다.

"지금 나한테 군주부에 가서 자고 가라는 것이오? 그러다 소문이라도 퍼지면 어쩌려고……."

"그럼 어때서요? 차라리 그렇게 소문이라도 났으면 좋겠네요."

손몽이 미소를 지으며 말했다.

"언니가 틈만 나면, 나이도 과년한데 얼른 시집이나 가라고 성화인걸요. 요즘 들어 세도가 자제들이 자꾸 주변에 꼬이는 것이 영 귀찮아 죽을 맛이에요. 이런 소문이라도 좀 나야 떨어져나가죠."

가일이 잠시 주저하다 대답했다.

"그래도 됐소. 내가 그곳에 유숙하면 손 군주한테도 폐가 될지 모르오."

손몽이 장난스럽게 웃었다.

"왜요? 언니가 질투라도 할까봐요?"

가일이 발걸음을 뚝 멈췄다.

"지금 손 군주를 상대로 감히 농을 하는 것이오?"

손몽은 그의 말에 전혀 개의치 않았다.

"어차피 우리끼리 하는 얘긴데, 뭐 어때요? 설사 들었다 한들, 한소리 들기밖에 더 하겠어요? 솔직히 좀 이상하기는 해요. 당신은 진주조에 있을 때만 해도 언니랑 아무런 친분이 없었잖아요? 근데 왜 여기로 온 후부터 언니가 당신을 유난히 총애하는 것처럼 보이는 걸까요? 두 사람 사이에 밝힐 수 없는 비밀이라도 있는 거예요?"

한선이 관련된 탓이었지만, 손몽이 그 사실을 알 리 없었다. 비록 손상향을 몇 번 봤다 해도 그녀의 정체와 속내는 늘 안개에 휩싸여 있는 듯 모호했고, 그렇다고 함부로 떠볼 수도 없는 문제였다. 지금 손상향이 한가로이 칩거하고 있다 한들, 결국 해번영의 초대 도독이니 얕잡아 볼 상대가 아니었다.

손몽은 가일이 아무 대답이 없자 다시 물었다.

"왜 또 얼굴 표정이 굳은 건데요? 설마 내가 정말 정곡을 찌른 거예요?"

"말도 안 되는 소리! 당신의 친척 언니가 날 왜 그리 마음에 들어하는지 낸들 어찌 알겠소? 그리 궁금하면 당신이 내 대신 물어보든지."

그는 대충 얼버무리며 걸음을 옮겼고, 얼마 안 가 군주부에 도착했다. 손몽은 가일과 간단하게 몇 마디 인사를 나누고 들어갔고, 가일도 한적한 길을 따라 서둘러 거처로 발걸음을 옮겼다.

오민, 백운 도관, 객조연, 그리고 하늘에 나타난 글자에 이르기까지, 최근 일어난 일련의 사건은 표면적으로 태평도가 음모를 꾸민 것처럼 보이지만 수상쩍은 구석이 한두 가지가 아니었다. 도대체 어디에 문제가 있는 건지 가일도 감을 잡지 못한 채 그저 이치에 맞지 않는다고 느낄 뿐이었다. 황건적의 난을 평정한 지 이미 30여 년의 세월이 흘렀다. 태평도의 영향력이 아직 크고, 아무리 신도 수가 많다 해도 여전히 오합지졸에 불과했다. 북으로 유주(幽州), 남으로 교주에 이르기까지 스스로를 '대현량사(大賢良師)'라고 부르는 태평도 선사의 수만 해도 무려 백 명이 넘는다. 이들은 자신이 적을 둔 현과 군에서만 약간의 영향력을 행사할 뿐이지 인근 군현의 신도들까지 호령할 정도는 아니었다.

지난날 장각이 봉기를 일으키는 데 성공할 수 있었던 것은 해마다 큰 가뭄이 닥쳐 백성의 삶이 도탄에 빠졌던 기회를 제대로 이용한 덕이었다. 그러나 지금의 동오 땅은 바람이 고르고 비가 적당히 내려 의식주가 풍족해졌고, 적어도 굶어 죽는 사람의 수는 이미 그리 많지 않았다. 이렇게 직접적으로 관가를 도발하고, '손권필사, 황천당립'의 참언을 퍼뜨린다고 해서 그 신도들 외에 누구에게 얼마나 영향을 줄 수 있을까? 그 수가 얼마 안 되는 신도들을 이용해 군(郡)의 무장 병사들에 대항한다는 것 자체가 죽음을 자초하는 길이 아닐까? 설사 우길이 다시 살아났다고 술수를 부린다 한들 무엇이 달라질 수 있을까? 지난날 손책이 우길을 참수했을 때도 민란을 격발시키지 못했는데, 지금에 와서 단순히 우길이 다시 살아났다는 소문만으로 천하를 호령할 수 있을까?

이 일련의 사건을 배후 조종하는 자 역시 이런 중요한 이치를 모를 리 없었다. 다시 말해서 이 사건들은 일부러 관가를 혼란에 빠뜨리고 또 다른 음모를 도모하기 위한 미끼에 불과하다는 결론이 나온다. 가일은 백운관에서 보았던 그 도사의 팔오금에 새겨진 문신을 다시 떠올렸다. 육손은 지금 병권을 쥐고 있고, 이릉에서 유비와 대치 중이다. 만약 육씨 가문이 정말 이 사건에 연루되어 있다면 손권이 과연 어떻게 대처할 것인가?

귓가에서 갑자기 푸드득 소리가 들려오자 가일이 가던 길을 멈추고 하늘을 바라봤다. 검은 비둘기 한 마리가 날아오는 것이 보이자 가일은 얼른 길가 으슥한 곳으로 걸어 들어갔다. 그가 오른팔을 뻗자 비둘기가 그의 손목 위에 날아와 앉았다. 가일은 주위에 사람이 없는 것을 확인한 후 비둘기 발에 묶인 가늘고 긴 죽통의 끈을 풀고 팔을 저어 비둘기를 날려 보냈다. 한선이 보낸 반수(礬水: 명반을 녹인 물)로 쓴 밀령이었다.

지난 2년 동안 가일은 적잖은 밀령을 받아왔고, 그중 대다수가 어떤 일이나 사람을 조사하라는 내용이었다. 가일은 자신이 왜 그런 사람과 일을 조사해야 하는지 전혀 알지 못했고, 한선이 그 조사 내용을 어디에 쓰려고 하는지도 알 길이 없었다. 그는 단지 반서(礬書)에 쓰인 밀령을 착실히 따를 뿐이었다. 진주조·해번영에 있을 때와 다른 점이 있다면, 한선의 테두리 안에서 그는 지시 받은 자신의 몫만 잘 처리하면 그만이었고, 나머지 일은 참견할 필요도 없고 참견할 수도 없었다.

가일은 죽통을 품 안에 집어넣고 다시 주위를 살핀 후 어둠 속에서 잽싸게 빠져나왔다. 이제 곧 동이 틀 시각이라, 숙소로 돌아가봤자 기껏해야 한 시진 정도 자고 바로 객조에 가서 수사를 해야 했다. 가일은 일단 계획을 세워봤다. 우선 소한을 찾아가 태평도 소식을 알아보라고 하고, 군(軍) 안의 아는 인맥을 동원해 육씨 가문의 사병에 관한 정보를 좀 알아봐야겠지. 어차피 육연은 아무것도 알려주지 않을 테니. 아, 한선의 밀령에 무슨 임무가 쓰여 있는지, 그것도 확인해봐야겠지.

선향 한 대가 거의 타 들어갈 만큼의 시간을 걷고 나자 이미 숙소가 눈에 들어왔다. 바로 이때 창을 들고 무장을 한 병사들이 골목 어귀를 돌아 나왔다. 그들의 대장이 가일을 보자마자 멀리서 소리쳤다.

"가 교위님, 번거로우시겠지만 요패를 보여주셔야겠습니다."

가일이 짧게 한숨을 내쉬며 다가갔다.

"좀 전에 확인을 해놓고 왜 또 이리 귀찮게 구는 것이냐?"

"죄송합니다. 이것이 규정이라 저희도 어쩔 수가 없습니다."

그가 고개를 숙이며 큰 소리로 대답했다.

가일이 발걸음을 멈추고 허리춤에서 요패를 꺼냈다. 대장이 빠른 걸음으로 다가와 요패를 받아 들었다. 눈 깜짝할 사이에 가일이 그의 팔을 잡아당기며 종아리를 세게 걷어찼다. 그는 갑작스러운 공격에 중심을 잃고 다리가 꺾인 채 바닥에 주저앉았다. 가일이 팔을 뒤틀어 그의 몸을 돌리는 동시에 오른손으로 그의 환수도를 뽑아 목에 가져다 댔다.

그가 버럭 소리를 질렀다.

"가 교위! 지존의 명에 불만이 있다 해도, 이리 동료들을 곤란하게 해서야 되겠소?"

가일이 가소롭다는 듯 차갑게 대꾸했다.

"누가 네놈들의 동료라는 것이냐? 야간 순찰을 하는 병사들이 지닌 월아극(月牙戟)의 창끝은 평평해야 마땅하거늘, 너희들의 것은 둥그렇다. 내가 눈 뜬 장님인 줄 알았더냐?"

그가 말문이 막혀 아무 말도 못 하자, 뒤에 있던 병사들이 일제히 긴 창을 겨누며 서서히 가일을 포위하기 시작했다. 가일이 손목을 흔들자 칼날이 그의 목으로 파고들며 피가 한 줄기 흘러내렸다.

"이자를 죽이고 싶다면 마음대로 와보거라."

잠깐 방심한 사이에 그 대장이 목덜미를 휙 돌리자 칼날이 목을 그으며 새빨간 피가 뿜어져 나왔다. 그 순간 병사들이 일제히 소리를 지르며 덤벼들었다. 그 수가 열일고여덟 명은 되어 보였다. 만약 이들도 죽기를 각오하고 나선 사사(死士)라면 가일은 혼전 속에서 온전히 살아남을 자신이 없었다. 그는 있는 힘껏 뒤로 뛰어올라, 죽기를 각오하고 달려드는 병사들의 공격을 피해 몸을 돌려 도망쳤다. 그 병사들은 묵직한 철갑을 입고 있어 가일을 따라잡을 만큼의 속도를 내지 못했다. 싸워서 이길 자신이 없는 상대를 만나게 되면 피하는 게 상책이었다. 이것은 가일이 지난 2년 동안 깨우친 나름의 생존법이었다. 그의 무공이 아무리 뛰어나다 해도, 대검사 왕월(王越)처럼 일당백의 경지에 오를 정도는 아니었다. 그러니 살아남으려면 어쩔 수 없었다.

귀 뒤로 '획' 소리가 들리자 가일은 앞으로 훌쩍 뛰어올랐고, 몸이 내려앉기도 전에 창이 허리춤을 스치듯 지나가 땅에 박혔다. 비록 적의 신분은 모르지만, 그들이 얼마나 철저히 준비했는지 의심의 여지가 없었다. 만약 그들이 사용하는 무기의 차이를 간파하지 못했다면 가일은 지금쯤 이미 죽고 없을지 모른다. 또다시 바람을 가르는 소리가 연이어 들리며 더 많은 창이 날아왔다. 가일은 바닥에 엎드려 옆으로 몸을 굴렸다. 그의 옆에서 흙이 사방으로 튀고, 창이 옷자락을 찢으며 지나간 순간 선혈이 배어 나왔다. 그는 몸을 굴려 자리에서 일어나 환수도를 등 뒤로 던진 후 몸을 날려 좁은 골목으로 숨어들어 갔다. 그가 던진 칼이 가장 앞까지 달려든 병사의 가슴을 뚫고 지나갔다.

야간 통행금지가 해제되려면 적어도 반 시진을 더 기다려야 했다. 이 반 시진 안에 거리를 순찰하는 병사를 만나 구조를 청하는 것 자체가 불가능에 가까웠다. 이런 요행을 바라느니 차라리 어떻게 해서든 혼자 힘으로 위기를 헤쳐 나가야 했다. 다행히 골목이 좁아 병사들은 줄을 지어 추격할 수밖에 없고, 창도 한 방향으로만 던져야 했다. 가일은 뒤로 물러서며 몇 걸음을 뛰어 모퉁이를 돌았다.

병사들이 바싹 추격해 오자 갑자기 가일이 모퉁이에서 튀어나와 가장 앞장서 쫓아오던 병사를 발로 차 쓰러뜨렸다. 두 번째 병사도 미처 반격할 틈도 없이 바람 소리를 내며 날아온 가일의 주먹에 당하고 말았다. 그 병사는 휘청거리며 뒷걸음질을 쳤고, 가일은 그 틈을 놓치지 않고 앞으로 뛰어올라 그의 손에서 환수도를 빼앗았다. 칼끝이 이 병사의 어깨를 스치고 지나가 곧장 세 번째 병사의 목에 가서 박히며 피가 사방으로 흩뿌려졌다. 뒤이어 가일이 손목을 움직여 칼을 빼내더니 손을 뒤로 뻗쳐 두 번째 병사의 목을 베고, 다시 손을 뒤집어 틀어쥔 칼로 바닥에 쓰러져 있던 병사의 가슴을 찔러 관통시켰다.

순식간에 네 명이 죽었지만, 가일의 호흡이나 표정에는 전혀 흐트러짐이 없었다. 그가 냉혹한 목소리로 소리쳤다.

"누가 나를 죽이라고 보냈는지 모르겠으나, 이렇게 온 이상 누구도 살아 돌아가지 못할 것이다!"

지금처럼 수적으로 열세인 상황이라면 이런 말로라도 적의 사기를 꺾고 기선을 제압할 필요가 있었다. 뒤에 있던 병사들의 안색이 굳어지는 것이 보였다. 그들은 가일 하나 처리하는 일이 이렇게 골치 아플 줄 예상조차 못한 듯했다. 앞쪽에 있던 병사 몇 명이 다시 몸을 날리며 창을 내리찍자, 가일이 몸을 옆으로 비껴 가까스로 공격을 피하는 동시에 창대를 잡고 그 힘에 기대 날려차기를 했다. 가장 앞에 있던 병사가 뒤로 넘어가며 동료의 몸

위로 쓰러졌다. 이와 동시에 가일은 이미 긴 창을 내리꽂았고, 초승달 모양의 날이 이 병사의 머리통을 쪼갰다. 뒤에 있던 병사가 황급히 창을 세워 다시 가일을 찌르려 했다. 가일이 오른손을 들자 쇠뇌의 화살이 바람 소리를 내며 날아가 그의 이마에 박혔다.

"고작 일이십 명을 보내 나를 죽일 수 있을 거라 생각했다면……."

가일이 옷에 묻은 흙먼지를 툭툭 털어냈다.

"나를 너무 쉽게 본 것이겠지."

선향이 절반도 타 들어가지 않을 만큼의 시간 동안, 가일은 터럭 하나도 다치지 않은 채, 대오를 이끌고 온 대장을 죽이고 병사들 중 절반을 해치웠다. 이 정도면 설사 사사라 할지라도 저절로 두려움이 생길 판이었다. 남은 병사들이 서서히 뒤로 물러섰다. 가일은 어둠 속에서 자기도 모르게 남몰래 안도의 한숨을 내쉬었다. 그렇지만 이렇게 마무리 될 거라고 생각했던 것은 그의 착각에 불과했다. 뜻밖에도 이 병사들은 골목 입구까지 물러난 후 그중 절반만 떠나고 나머지 절반이 남아 있었다. 돌아가는 상황을 보아하니, 둘로 갈라져서 골목 양끝의 퇴로를 막고 협공을 펼치려는 작전이 분명했다. 가일은 등 뒤를 힐끗 보며 재빠르게 상황을 파악했다. 만약 이 좁은 골목에서 앞뒤로 공격을 받으면 문제가 심각해진다.

가일은 몸을 곧추세우고 품 안에서 금빛을 띠는 작고 정교한 공을 하나 꺼내들며 혼잣말처럼 경고를 했다.

"이건 너희들이 죽음을 자초한 것이니, 나를 악랄하다 탓하지 말거라."

병사들은 방패 뒤로 몸을 움츠리고 아무 소리도 내지 않았다. 가일은 한숨을 내쉬며 금빛 공에 달린 둥근 고리를 힘껏 잡아당겨 그들 위쪽을 향해 힘껏 던졌다. 공이 허공에서 날카롭게 바람을 가르는 소리를 내며 날아가다 돌연 쪼개지며 폭발했다. 이어 무수히 많은 비늘 조각 같은 파편이 빗발치듯 쏟아져 내리고 사방에서 비명이 터져 나왔다. 가일은 그 틈을 타 앞으로 돌진해 나무 방패를 밟고 번개처럼 빠른 속도로 창을 휘두르며 지나갔다. 그의 발이 땅에 닿았을 때 그 골목 안에서 살아남은 자는 단 한 명도 없었다. 그는 다시 창을 바로 잡고 숨을 죽인 채 그곳에서 나머지 병사들을 기다렸다.

잠시 후 다급한 발자국 소리가 귓가에 들려왔다. 가일이 오른손을 위로 올리며 힘껏 창을 던졌다. 골목 모퉁이에서 한 병사의 몸이 반쯤 나왔을 때 창이 그의 철갑을 뚫고 들어갔고, 그는 그대로 벽에 가서 꽂혀버렸다. 그 뒤를 따라오던 병사들이 미처 멈추지 못한 채 한꺼번에 몰려나왔다. 가일은 연속으로 창을 던지며 그들을 단숨에 맞혀 쓰러뜨리는 동시에, 앞으로 달려나가 왼쪽 팔을 들어 한성을 한 움큼 뿌리고 마지막으로 남은 병사 두 명의 얼굴을 가격했다. 이들은 얼굴을 감싸 쥐고 쓰러지며 고통스러운 비명을 질러댔지만, 뒤이어 긴 창이 그들의 가슴을 뚫고 지나가는 순간 더 이상 아무 소리도 들리지 않았다.

가일은 거친 숨을 몰아쉬며 시체로 가득한 좁은 골목에 한참을 서 있었다. 그는 아무도 없다는 것을 확인하고 나서야 피곤에 지친 몸을 이끌고 그 골목을 빠져나왔다. 가일은 골목 입구에 앉아 죽은 병사의 소매를 걷어 올리고 팔오금을 자세히 들여다보았다. 과연 똑같은 문신이 그곳에도 있었다. 설마 이들도 육씨 가문의 사병이란 말인가? 이들이 미치지 않고서야 무창성에서 이 익운교위를 죽이려 든다는 게 말이 되는가?

"그쪽이 바로 가일인가? 솜씨가 보통이 아니군."

등 뒤에서 걸걸한 목소리가 들려왔다.

가일이 몸을 일으키며 고개를 돌렸다. 그곳에 간편한 차림새를 한 우람한 체구의 사내가 서 있었다. 드러난 양팔 위로 핏대가 솟아올라 도드라지고 살집이 단단해 보였으며, 허리춤에 날이 아주 넓은 검을 차고 있었다. 그가 눈살을 찌푸리며 이곳을 바라보고 있었다.

가일이 숨을 죽이며 그에게 물었다.

"그래서, 네놈도 나를 죽이러 온 것이냐?"

사내가 고개를 끄덕였다.

가일의 마음이 무겁게 가라앉았다. 지금은 체력이 따라주지 못할 뿐 아니라 지니고 있던 암기와 수노도 더 이상 남아 있지 않았다. 이런 상태에서 이 힘센 거구의 사내와 붙는다면 승산이 크지 않을 듯했다. 어슴푸레한 하늘빛을 보아하니 날이 밝기까지 차 한잔을 마실 정도의 시간밖에 남아 있지 않았다. 통금 시간이 해제될 때까지만 버틴다면 백성들이 하나둘씩 거리로 나올 것이고…….

"걱정할 것 없네. 내 지금은 그쪽을 공격하지 않을 것이니."

사내가 가슴을 내밀며 호탕하게 말했다.

"나 진풍(秦風)은 12년 동안 강동을 종횡무진하며 사는 동안 단 한 번도 남의 위기를 틈타 이기려 한 적이 없네. 자네의 체력이 회복되면 그때 가서 다시 겨루도록 하세."

가일이 의혹에 찬 눈빛으로 물었다.

"왜 나와 겨루려 하느냐? 내게 무슨 원한이라도 있는 것이냐?"

진풍이 말했다.

"듣자 하니 자네가 한빈(韓彬) 형님을 죽였다고 하더군. 그분은 내게 은인이었으니, 내 당연히 그 원수를 갚아 은혜에 보답을 하려 하네."

"한빈?"

가일은 그제야 한 사내를 떠올렸다. 한빈은 하북(河北) 4정주(庭柱) 한영(韓榮)의 조카였다. 진주조에 있을 때 곽홍(郭鴻)을 위협하기 위해 가일은 한빈이 진주조의 밀서를 훔치려다 살해당했다고 거짓말을 했다.

"네놈 역시 유협(遊俠)인가?"

가일이 낮게 가라앉은 목소리로 물었다.

"물론."

"누구에게서 그 말을 들었지?"

"예전에 곽 형이 내게 보낸 친서에 우연히 언급되어 있었네. 신중을 기하려고 곽 형에게 회신을 보내 물었더니, 자네를 찾아가 복수하지 말라고 거듭 당부를 하더군. 하하, 곽 형이야 자네 같은 관가의 개들이 무서워 벌벌 떠는지 몰라도, 나는 아니네."

곽홍이 왜 진풍에게 편지를 보내 한빈의 일을 언급한 것일까? 그리고 왜 자신이 한빈을 죽였다고 말한 걸까? 가일은 진주조에 있을 때 곽홍을 협박해 자신과 공조하도록 만들었지만, 두 사람의 관계는 결코 원수지간이 아니었다. 게다가 형주에 있을 때도 장제가 곽홍의 제자를 이용해 자신에게 소식을 전달하기까지 했다. 곽홍이 왜 이런 일을 벌인 거지?

가일은 풀리지 않는 의혹을 품은 채 물었다.

"만약 내가 절대 한빈을 죽이지 않았다고 말하면 믿겠느냐?"

"그럴 리 없다."

진풍이 단호하게 말하며 웃음을 터뜨렸다.

"나 진풍은 네놈을 죽일 수 있든 없든 끝까지 가볼 것이다. 가일, 설마 겁이 나서 그러느냐?"

"잠깐, 내가 왜 한빈을 죽였는지 곽홍이 말해주었느냐?"

가일은 살짝 골치가 아파왔다. 3년 전에 입에서 나오는 대로 한 거짓말이 지금 와서 이런 골칫거리를 안겨줄 거라고 누가 생각이나 했겠는가?

"곽 형에게 물어보니, 한빈 형님이 네놈들 편에 서지 않겠다고 하자 입을 막아버린 거라 했다."

이 사내는 자신이 들은 말을 철석같이 믿고 있었다.

"사실 진짜 원흉은 진주조라 할 수 있겠지. 하나 나는 통행증이 없어 강을 건널 수 없으니, 먼저 너부터 찾은 것이다."

"네 말도 일리가 있구나."

가일이 잠시 고심하다 말을 꺼냈다.

"내가 좀 전까지 이 사사들을 상대하느라 뼈와 근육이 성치 않으니, 회복이 되려면 적어도 열흘은 걸릴 것이다. 다음 달 보름에 남망산(南望山) 정상에 있는 월권사(月倦寺)에서 보는 것이 어떻겠느냐?"

사내가 버럭 화를 냈다.

"누구를 바보로 아느냐? 네놈이 기력을 소진했다 해도 고작 찰과상에 불과하다는 걸 내 모를 줄 아느냐? 지금 네놈의 몸 상태는 닷새면 기력을 회복하고도 남으니, 닷새 후 남망산 월권사에서 기다리겠다. 그곳에서 서로 똑같은 무기로 정정당당하게 승부를 가릴 것이다!"

가일은 그와 더 이상 입씨름하기도 귀찮아 공수를 했다.

"그러지. 진 대협의 말대로 닷새 후 월권사에서 기다리겠네."

진풍이 바닥에 박힌 투창을 뽑아 우렁찬 기합 소리와 함께 두 동강이를 내버렸다. 정말이지 괴물 같은 완력이었다. 이런 투창의 창대는 모두 무쇠로 만들어져 반석처럼 단단하거늘, 그것을 온전히 팔의 힘만으로 부러뜨린 것이다. 그는 두 동강이 난 투창을 바닥에 내던지고 나서야 돌아서 호탕하게 웃으며 떠나갔다.

가일은 고개를 가로저으며 저 멀리 동쪽 하늘을 바라보았다. 마침내 동이 트고 하늘에 어둠이 걷혔다. 그는 골목 입구에 서서 잠시 주저하다 몸을 돌려 군주부 방향으로 걸어갔다. 지금 안심할 수 있는 사람은 손몽 쪽뿐이었다.

앞에 한 줄로 서 있는 처자들이 하나같이 어깨와 허리를 드러내는 옷을 입고 짙은 화장을 한 모습으로 소한을 향해 계속해서 추파를 던지고 있었다. 소한은 뒷짐을 지고 앞에서 뒤로, 또 뒤에서 앞으로 몇 번이나 왔다 갔다 하며 그 여자들을 꼼꼼히 살펴보았다.

그가 고개를 가로저으며 옆에 있는 진전에게 물었다.

"형님, 저 여자들 중 누가 제일 예쁘오?"

진전이 여자들을 힐긋 쳐다보았다.

"하나같이 다 별로구나."

소한이 물었다.

"왜 그러시오? 저 중 눈에 차는 여자가 하나도 없단 것이오?"

진전이 얼굴을 붉히며 말했다.

"다들 저리 차려입고 있으니, 내 보고 있기도 민망하구나."

소한이 옆에 있는 중년의 여인에게 말했다.

"석류(石榴) 누님, 우리 형님이 하는 말 들으셨소? 이 처자들을 모두 집으로 돌려보내시구려."

석류가 눈을 휘둥그레 뜨고 물었다.

"나리, 그리 쉽게 말할 문제가 아닙니다. 이 아이들은 모두 우리 응향각(凝香閣)의 돈줄이에요! 그런 아이들을 돌려보내고 무슨 장사를 하려고 그러세요?"

석류는 아침에 자다 일어나서야 가게 주인이 바뀌었다는 것을 알게 되었다. 앞에 있는 이 우둔한 놈이 두 배의 값을 주고 원래 주인한테서 응향각을 사들였다. 그러더니 여기서 일하고 있던 모든 여자들을 불러 모아 한 번 쓱 보고 나더니 전부 쫓아내려 했다. 그녀는 이 일을 30년이 넘게 하면서 온갖 종류의 주인을 겪어봤지만, 이런 미친놈은 또 처음이었다.

"저 여인들의 매매 문서는 몽땅 불태워버리시오. 지금부터 저 여인들은 응향각과 아무 관계도 없을 것이오."

소한이 히죽 웃으며 말했다.

석류의 마음이 다급해져 진전을 설득하기 시작했다.

"나리, 둘째 나리를 좀 말려보세요. 이 장사라는 게 기분 내키는 대로 함부로 하다 큰코다치십니다. 저 아이들을 모두 내보내면 여기 정말 파리만 날릴 겁니다."

진전이 무뚝뚝하게 말했다.

"난 아우의 말대로 할 것이네."

소한이 여인들을 향해 눈을 부라리며 말했다.

"뭐 하느냐? 가고 싶지 않은 것이냐?"

이들 중 가장 늦게 들어온 처자는 3, 4년 정도 되었지만 대부분 그사이 꽤 많은 돈을 모았고, 평소 속량될 수 있는 기회만 기다리고 있었다. 지금 새로 온 주인이 몸값도 받지 않고 풀어주겠다고 하자 눈 깜짝할 사이에 모두 그곳을 빠져나가버렸다. 석류는 너무 기가 막힌 나머지 도리어 헛웃음이 터져 나왔다.

"나리, 그럼 저도 이제 그만 떠나야 합니까?"

소한이 손을 내저었다.

"서두를 것 없소. 누님은 예외이니. 내가 왜 응향각을 사들였는지 아오?"

석류가 물었다.

"응향각의 장사가 가장 잘돼서 그런 거 아니겠습니까?"

"그동안 장사가 잘된 건 누님의 능력 덕이 크오. 게다가 이곳은 오고 가는 사람이 많은 데다 도처에서 사람이 모여드는 곳이라, 이제껏 단 한 번도 문제 될 것이 없었을 거요. 하나 이런 생각은 안 해보았소? 이곳을 중심으로 동쪽에는 세도가들이 살고, 남쪽에는 고관대작들이 모여 살고 있소. 그런데 그들이 왜 좀처럼 이곳을 찾아오지 않았을까?"

"나리께서 잘 모르시나 본데, 그런 세도가와 고관대작들이야 즐기고자 한다면 방법이 아주 많아요. 이런 기방 따위는 그들 눈에 차지도 않을 테니 당연히 올 리가 없죠."

"그들이 오고 싶어 하지 않는 건 이곳의 평판이 좋지 않고, 저런 흔해빠진 여자들이 그들의 눈에 들 리 없기 때문이오."

소한이 턱을 만지작거리며 말했다.

"하나 내 곰곰이 따져보니, 그들을 이곳으로 불러들이면 지난 5년 치 벌이를 1년 안에 다 벌어들일 수 있지 뭐요?"

석류는 그 말에 귀가 솔깃해졌다.

"그렇다면 나리께서 생각해둔 방법이라도 있나요?"

"누님이 허도에 한번 갔다 와야겠소. 지난 2년 동안 조위가 한나라를 대신하며 한실의 적잖은 충신들을 죽여 재산을 몰수하고, 그들의 여식들도 노비로 팔아넘겼다 들었소. 누님이 그들을 찾아내서, 얼굴도 반반하고 몸매도 좋고 거문고와 서화는 물론 노래와 춤도 잘하는 여자들을 속량해 이리로 데려와주시오."

석류가 주저하며 말했다.

"하지만 그런 대가 댁 규수였던 여자들은 지조와 절개에 목숨을 걸죠. 노비로 살면 살았지, 기녀로 몸을 팔며 살지 않을 거예요."

"무슨 몸을 판다 그러시오? 그 여자들에게, 여기 오면 거문고와 서화 같은 예기(藝技)만 팔면 될 뿐 누구도 몸을 팔라 강요하지 않을 거라고 잘 말해서 데려와야 할 거요."

"예기만 팔고 몸을 안 판다고요?"

석류가 고개를 가로저었다.

"그럼 아무도 우리 응향각에 오려 하지 않을 거예요!"

"그것 때문에 여기 오는 자들은 다시는 오지 않겠지. 하나 내 장담하건대, 세도가들이나 관료·장군들의 발길은 끊이지 않을 것이오. 그런 자들이 가장 좋아하는 것이 바로 사연 있고 가련한 데다 예기까지 뛰어난 여인들이지. 게다가 그런 인간들은 처보다 첩이 낫고, 첩보다야 몰래 피우는 바람에 환장하고, 그것보다 더 사내를 미치게 만드는 것이 바로 가지지는 못한 채 바라만 봐야 하는 여자 아니겠소?"

소한이 골똘히 무언가를 생각하다 입을 열었다.

"이 응향각의 이름부터가 글러먹었군. 이렇게 싸구려 냄새가 나는 이름은 바꿔야겠지. 음…… 거울에 비친 꽃과 물에 비친 달처럼 바라만 볼 뿐 닿을 수 없다는 의미로 경화수월(鏡花水月)이 딱이오."

"경화수월?"

석류가 혀를 차며 물었다.

"나리, 이런 방법이 정말 먹힐 거라 생각하세요?"

"먹히고 안 먹히고는 일단 해보면 알겠지. 여자들을 구해 오기 전까지 장사는 접고, 내부를 새롭게 단장할 생각이오. 능라와 비단 가림막과 주렴, 옥 베개는 모두 바꾸는 게 낫겠소. 저런 물건은 아무리 봐도 너무 천박하고 싸구려처럼 보이니, 격조 있고 고급스럽게 분위기를 바꿔야겠소. 당장 목수와 일꾼들을 불러 이곳을 서원처럼 단장하고, 서화를 더 많이 걸어두고 거문고도 준비하라 이르시오. 일단 여기 일을 마무리 짓고 나면 서둘러 허도로 가서 여자들을 골라 오면 되오."

소한이 품에서 묵직한 돈주머니를 꺼내 석류의 품에 쑤셔 넣으며 경고했다.

"돈은 얼마든지 써도 좋지만, 내가 맡긴 일은 확실히 처리해야 한다는 걸 명심하시오."

석류의 얼굴에 웃음꽃이 만개했다. 이 계획이 성공하든 못 하든, 이자의 밑천이 두둑한 것만은 확실하니 지난번 주인과는 그야말로 하늘과 땅 차이였다. 그녀는 치맛자락을 살짝 들고 재빠르게 종종걸음을 치며 목수를 찾으러 문을 나섰다.

진전이 옆에서 불안한 눈빛으로 물었다.

"아우, 이렇게 해서 과연 돈을 벌 수 있겠어? 그 돈으로 밭이나 좀 사서 세나 받아먹고 사는 게 더 좋지 않을까?"

소한이 성질을 죽여가며 설명했다.

"형님, 우리가 밭을 사러 가면 친족과 이웃의 보증이 필요하고, 또 중개 업자가 도장을 찍은 문서를 관가에 가져가 매매 계약을 확인받고 보관을 해야 하오. 이렇게 되면 일이 커지지 않겠소? 전답을 조금 사면 돈이 안 되고, 그렇다고 많이 사면 사람들한테 우리 정체가 금세 들통이 날 거요. 하나 기방이나 도박장, 술집 같은 곳은 사고팔기가 쉽고 번거로운 절차도 없으니 눈에 띌 일도 없다 이 말이오. 게다가 전답을 세주고 버는 돈이 1년에 고작 얼마나 되겠소? 하지만 기방이나 술집, 도박장은 주인 외에는 얼마나 벌어들이는지 아무도 모르오. 자리만 잡히면 해번영의 가일을 끌어들여서 그자의 이름을 걸고 당당히 돈을 벌면 누가 감히 우리를 찾아와 귀찮게 하겠소?"

진전이 잠시 고심하다 입을 열었다.

"하지만 아우, 나는 아무리 생각해도 이 장사가 너무 위험해 보인단 말이지. 차라리 집과 밭을 사는 게 더 안정적이지 않을까?"

소한은 더 이상 이 문제로 언쟁을 벌이고 싶지 않아 말을 돌렸다.

"형님, 내가 각 도단에 가서 알아보라고 한 일은 어찌 됐소?"

"지금 성안에 감시가 너무 심해서 도단들이 거의 다 문을 닫았고, 선사들 대부분이 상길 도단에 모여 현호(玄皓) 선사에게 궐로 가서 중재를 서달라고 청했다더구나. 한데 그자가 계속 이리 빼고 저리 빼며 나서려 하질 않고 있지."

소한의 백로 도단이 문을 닫은 후 상길 도단은 무창성에서 가장 큰 도단이 되었다. 그동안 관부에서 선사를 체포하고 도단을 폐쇄하면서도 상길 도단을 건드리지 못한 것은 오왕의 본처 반 부인이 바로 그곳의 신도이기 때문이었다.

"그 말은, 현호가 반 부인 쪽에서 소식을 듣고 이 일의 내막을 미리 알고 있었단 것이오?"

소한이 물었다.

"그런 말은 들리지 않더구나. 근데 다들 나를 잡아먹을 듯 노려보며, 네가 멋대로 굴어 태평도의 명성에 먹칠을 했다고 난리도 아니었다. 현호 선사가 나서서 몇 마디 해주지 않았다면 내 거기서 하마터면 몰매를 맞고 쫓겨날 뻔했지 뭐냐?"

진전이 투덜거렸다.

"아우, 우리가 좀 지나친 거 아니었을까?"

"일단 그 얘긴 나중에 합시다. 현호에게 물건은 전했소? 그가 뭐라 하더이까?"

"요동의 인삼과 녹천마(綠天麻)를 모두 잘 전달했다. 그자 말로는 상길 도단이 당분간 문을 닫아야 해서 손님을 만날 수 없으니 이해해달라고 하더구나. 그리고 자기와 우리 사부님의 오랜 친분을 생각해서 하는 말인데, 우리가 얼른 무창성을 떠나야 목숨을 지킬 수 있을 거라고도 했다."

"그 늙은이가 그냥 하는 말은 아닐 게요. 내가 형님에게 물어보라고 했던 말은 어찌 됐소?"

"물었지. 그자도 도위 부인이 다시 살아나고 하늘에 글자가 나타난 흉계에 대해 아는 게 없다고 그러더구나. 근데 그 일이 일어나기 전에 낯선 도인 한 명이 부적을 들고 그를 찾아왔다고 했어. 그 도인이 자신을 우길 선사의 적통 제자라고 말하며 현호 선사에게 함께 대사를 도모하자고 하고, 또 우길 선사가 이미 다시 살아났으니 이제 태평도의 세상이 올 거라고도 했단다."

진전이 여기서 말을 멈췄다.

"그리고 또 뭐랬소?"

소한이 다급히 물었다.

"그게 끝이야. 현호 선사가 그 말을 듣자마자 하인들을 시켜 그를 내쫓아 버렸다더구나."

진전이 뒤통수를 긁적이며 말했다.

"그자가 그러는데, 자신이 상길 도단을 세운 건 빈곤을 구제하고 중생을 제도하기 위함이고, 속세의 권세에 눈곱만큼도 관심이 없다고 했다."

"늙은 영감탱이가 두꺼운 낯짝으로 세 치 혀를 잘도 놀리는군."

소한이 고개를 절레절레 흔들며 기가 막힌 듯 웃었다. 현호 선사가 머리 하나는 잘 돌아가는군. 남의 눈을 속이고 재물을 빼앗는 일은 물불을 안 가리고 하지만, 재산을 몰수당하는 것은 물론 멸족까지 당할지 모르는 일에는 처음부터 발을 담그지 않는 것이 상책이지. 어쨌든 그를 찾아간 그 도인은 도위 부인이나 하늘에 나타난 글자들과 관련이 있는 것이 분명하다. 며칠 전에 죽은 객조연 역시 그들이 죽였겠지. 이자들은 무창성 사람일 리 없다. 그들이 현호를 찾아갔다는 것은 무창성을 잘 아는 신자가 있어야 일을 벌이기 훨씬 쉬워지기 때문일 것이다. 다만 상길 도단의 명성이 백로 도단만 못한데, 왜 그 도인이 나를 찾아오지 않고 현호를 찾아간 거지?

소한이 턱을 문지르며 말했다.

"형님, 도위 부인 사건이 일어나기 전에 형님을 찾아와 그런 이야기를 꺼낸 자가 있었소?"

진전이 고개를 저었다.

"아니. 있었다면 내 너에게 말했겠지."

소한은 속으로 대충 짐작이 갔다. 명성만 놓고 보자만 백로 도단이 최고지만, 사람 수로 따지자면 상길 도단을 따라갈 수 없었다. 그가 도단 몇 곳의 이름이 적힌 목간을 집어 진전에게 건넸다.

"형님, 다시 가서 이들 도단에 움직임이 없는지 알아봐주어야겠소."

진전이 목간을 받아 들었다.

"아우야, 우리가 이런 일을 하는 게 그 가씨 성을 가진 자 때문인 게냐?"

"아니오, 우리 자신을 위해서 하는 일이오."

소한이 말했다.

"형님이 가일을 마음에 들어하지 않는 걸 내 어찌 모르겠소? 하나 지금 우리가 비빌 언덕은 그자밖에 없소."

"하지만 그자가 우리를 얕잡아 보고 이용만 하고 있잖느냐?"

진전이 불만을 터뜨렸다.

"사실 우리도 그자를 이용하고 있는 것이오. 형님, 이 세상에 우리 둘처럼 간과 쓸개를 다 내보일 정도로 가까운 형제가 몇이나 되겠소? 우리는 그자와 낯선 사이에 불과하니, 그나마 서로 이용 가치가 있어야 친구가 될 수 있는 거요."

진전이 고개를 끄덕였다.

"알지. 하나 이 일이 너무 위험한 것 같아 그러는 것이다. 우리가 이 돈을 가지고 다른 데 가서 부자처럼 떵떵거리며 살면 더 좋지 않겠느냐?"

소한이 고개를 가로저었다.

"지금 천하는 위·촉·오 삼자 대결 구도가 되었고, 앞으로 세력 판도가 어떻게 갈릴지 아무도 모르오. 앞으로 전란이 다시 일어나면 우리는 돈만 있고 권력이 없으니, 마치 어린아이가 황금 보따리를 안고 허허벌판으로 가는 것이나 다름없소. 이제 우리한테 권세에 줄을 댈 기회가 왔는데 어째서 부딪쳐보지도 않고 겁부터 집어먹고 그러오? 나 역시 권세나 공명에 연연하지 않소. 그저 든든한 뒷배를 가지고 우리 형제가 편안하고 행복하게 살 수 있다면 그것으로 충분하오."

진전은 말없이 고개를 끄덕이며 돌아서 나갔다. 소한은 기지개를 켜며 길게 한숨을 내쉬었다. 요 며칠 무창성에 있는 도박장·술집·기루를 한 집도 빼놓지 않고 돌아보았다. 그렇게 적당한 곳을 물색하다 응향각으로 마음을 정한 후 그는 가일의 이름으로 그곳을 계약했다. 그래야 어느 쪽 세력도 함부로 찾아와 문제를 일으키지 않을 것이다. 가일은 회사파나 강동파 어느 곳에도 속하지 않은 채 독단적으로 움직이는 인물이지만, 나름의 지위와 명성을 가지고 있었다. 그가 공안성에서 형주 사족을 도륙했던 그 일만 놓고 봐도 아무나 할 수 있는 일이 아니었다. 비록 지난 2년 동안 무창성에서 하는 일 없이 자리만 지키며 지냈다 해도, 결국 그는 오왕의 직속인 해번영의 교위였다. 게다가 여일과 우청도 감히 손대려 하지 않던 태평도 사건조차 오왕이 그에게 전적으로 수사권을 맡겼다.

소한은 자신의 구레나룻을 살짝 누르며 한 가지 결심을 굳혔다. 만약 가일의 줄을 잡는 것이 제대로 된 선택이라면, 어느 정도 자리를 잡고 나서 이 장사는 형님에게 전적으로 맡기는 게 좋겠어. 장사는 돈을 벌어서 떵떵거리며 살게 해주는 수단일 뿐, 영 재미가 없단 말이지.

가일은 한 시진 정도 자고 나서 깨어났다.

자리에서 내려와 탁자 위를 보니 콩죽과 반찬이 담긴 접시가 몇 개 놓여 있었다. 그는 시장기를 느끼며 염치 불고하고 차려진 음식을 먹기 시작했다. 손몽이 하인을 시켜 여기에 가져다놓은 게지. 그러고 보면 마음 씀씀이도 세심하고, 군주부에서도 꽤나 신임을 받는 여인이 맞기는 한 것 같군. 손상향이 자주 사냥을 나가 있는 동안 군주부의 대소사를 기본적으로 손몽이 처리하고 있는 것만 봐도 그렇고.

가일은 며칠 전 송학루에서 육연과 세도가 자제들이 그녀를 대하던 모습을 떠올렸다. 그들의 태도와 눈빛에는 두려움이 담겨 있지 않았고, 예를 갖춰 손몽을 대했다. 손몽에게는 손상향의 친척 그 이상의 무언가가 분명히 있었다.

그러나 가일은 더 이상 깊이 파고들지 않기로 이미 결심했다. 지난 2년 동안 그가 아무런 조사도 하지 않은 것은 아니었다. 다만 그가 어떤 식으로 접근하든 결과적으로 아무런 소득도 얻을 수 없었다. 손몽의 신분이 의혹 투성이라 해도 손씨 가문의 비호와 인정을 받고 있으니 그로서도 더는 어찌해볼 도리가 없었고, 괜한 일에 시간과 힘을 낭비하고 싶지 않았다.

아침 식사를 마친 후 가일은 발길 가는 대로 방을 나섰다. 군주부의 정원은 오왕부보다 훨씬 컸고, 미로처럼 복잡하게 길이 나 있었다. 비록 손상향이 사냥을 나가 돌아오지 않았지만, 가일조차 함부로 돌아다닐 엄두를 내지 못한 채 가까운 곳에 있는 정자로 가서 앉아만 있었다.

그는 손몽을 기다렸다.

아침에 군주부에 도착한 후 그는 모든 상황을 손몽에게 대충 설명하고 바로 잠자리에 들었다. 그러나 손몽은 해번영 익운교위가 대로변에서 공공연히 공격을 당했는데도 아무 일 없었던 듯 조용히 넘기는 것 자체가 말이 안 된다고 생각했다. 사실 그녀는 가일을 데리고 함께 위림을 찾아가 한바탕 소란을 피워줄 작정이었다. 하지만 가일의 지친 기색을 보자 어쩔 수 없이 혼자 가는 수밖에 없었다.

그곳에 간다 한들 별다른 성과가 있을 리 만무했다. 가일은 이미 야간 순찰을 돌던 그 병사들의 시체를 확인했다. 손아귀에는 굳은살이 잔뜩 박여 있고, 몸 곳곳에 칼에 베이고 찔린 오랜 상처가 남아 있었다. 이것만 봐도 모두 오랜 세월 동안 전쟁터에서 잔뼈가 굵은 이들이었다. 게다가 이들의 팔오금에도 백운관 도사와 똑같은 문신이 있었다. 만약 육연의 말대로라면 이들 역시 육씨 가문의 사병일지 모른다.

상황은 점점 더 미궁 속으로 빠져들었다. 도위 부인의 죽음과 하늘에 타오른 글자가 모두 태평도의 소행이라면, 육씨 가문이 왜 나서서 상황을 더 혼탁하게 만들려 하는 것일까? 태평도가 민심을 현혹해 풍파를 일으키려는 이유는 손씨 천하를 손에 넣고 싶기 때문이다. 육씨 가문은 지금 이미 조정의 신흥 귀족이고, 벼슬길에 오른 자제의 수만 해도 백 명이 넘는다. 그들이 전혀 가망 없는 이런 역모에 가담해서 어떤 이득을 취할 수 있단 말인가?

또한 오늘 이른 아침부터 해번영 우부독 여일이 사람을 보내 객조연 장순 사건의 수사를 정식으로 나에게 맡겼다. 장순의 사인은 도위 부인과 한 치도 틀리지 않았으니, 이 사건 역시 태평도의 소행이 분명하다.

그러나 도위 부인과 객조연의 죽음은 전혀 연관성이 없어 보였다. 만약 민심을 어지럽히려면 평범한 백성을 상대로 사건을 일으켜야 마땅하고, 난을 일으키려면 순찰이나 치안을 담당하는 관원을 희생 제물로 삼았어야 한다. 고작 여인과 문관 한 명의 죽음으로 그들은 도대체 무슨 모의를 꾸미고 있는 거지?

그는 어젯밤 받은 한선의 반서를 떠올렸다. 군주부에 와서 그 반서를 확인해보니, 아주 간단한 지시만 적혀 있었다. 그것은 바로 머지않아 방문할 조위 사신단의 안전을 위해 최선을 다하라는 내용이었다. 한선의 목적은 위·촉·오 삼국의 세력 균형이 분명했다. 조위 사신의 안전을 보장해야 위·오가 연합해 유비의 공세를 막을 수 있기 때문이다. 조위 사신단은 다음 달이나 되어야 오니, 우선은 이 사건에 집중해야 할 때였다.

가일이 발자국 소리가 들리는 쪽으로 고개를 돌렸다. 그의 시선이 향한 곳에서 손몽이 효위(驍衛)를 이끌고 빠른 걸음으로 걸어오고 있었다.

군주부의 백여 명에 이르는 친위병은 모두 여자였다. 지난날 손상향이 유비에게 시집갈 때 그녀들은 갑옷을 입고 활과 검으로 완전 무장을 한 채 함께 촉중(蜀中)으로 떠났다. 처음에 이들은 촉나라 사람들의 비웃음 거리가 되었다. 그러나 얼마 후 사소한 일로 이 친위병과 성을 지키는 병사들간에 한 차례 충돌이 빚어졌고, 백여 명의 친위병이 3백여 명의 군병을 단번에 물리쳤다. 이 일을 계기로 촉나라 사람들은 이 여군의 실력이 촉한의 정예 부대 무당비군(無當飛軍)과 필적한다는 것을 알게 되었다. 이때부터 손상향에게 '효희(梟姬)'라는 별명을 붙여주고, 그녀의 친위병을 '효위'라 불렀다. 게다가 바로 이 충돌 사건 때문에 유비가 손상향을 경계하기 시작하면서 성을 나눠 따로 기거하기 시작했다.

손몽이 혼자 정자로 걸어 들어와 한참 동안 가일을 바라만 볼 뿐 아무 말도 하지 않았다. 가일은 살짝 당황하며 더는 참지 못하고 물었다.

"왜 그러오? 위림이 또 핑계를 대며 함께 못 가겠다고 했소?"

손몽이 대답했다.

"가기는 갔죠. 근데 시체가 단 한 구도 남아 있지 않았어요."

"시체가 없었단 말이오?"

가일이 미간을 찌푸렸다.

"싸움이 벌어졌던 흔적은 아직 남아 있었어요. 발자국·칼자국·핏자국도 그대로 있고, 심지어 투창까지 땅에 꽂혀 있는데, 유독 시체만 보이지 않았어요."

손몽이 가일을 쳐다보았다.

"그 시체에도 백운 도관에서 본 똑같은 문신이 있었다고 했죠?"

"육씨 가문이 신분을 감추기 위해 시체를 옮겼다고 의심하는 거요?"

가일이 물었다.

"그게 아니면요? 이 습격을 감추려면 모든 증거를 없애는 게 맞지 않겠어요?"

"그건 말이 되지 않소. 그들에게 시체를 옮길 만한 시간과 인력이 있었다면 왜 계속 나를 공격하지 않고 도망가게 둔단 말이오?"

"어쩌면 당신이 거길 뜬 후에 그자들이 도착했을 수도 있어요."

손몽이 물었다.

"지존께서 이 사건들을 수사하라고 당신에게 명하시지 않았나요? 지금 상황을 그분께 보고할 건가요?"

"그들 몸에 육씨 가문 사병의 문신이 있었다 해도, 시체가 다 사라졌으니 증명할 길이 없소. 육씨 가문의 지금 지위를 감안해볼 때, 지존께서 우리 말만 듣고 그 집안을 조사할 리 없소. 아마도 육손의 눈치를 보며 우리 두 사람을 무고에 걸어 감옥에 가둘 테지."

"그럴 리가요? 내 신분…… 아니 언니의 신분이 있는데, 지존께서 우리 말을 믿어주시는 게 맞죠."

가일이 고개를 가로저었다.

"이건 믿고 안 믿고의 문제가 아니오. 육씨 가문의 자제들 중 벼슬길에 오른 이가 이미 백 명이 넘는 건 차치하고라도, 육손 혼자 동오의 병력 중 거의 절반을 장악한 채 이릉에서 유비와 맞서고 있소. 지금은 육씨 가문이 백운관 도사를 죽이고 나를 공격했다고 추측만 할 뿐이니, 이것이 천지가 요동칠 만한 큰 사건도 아닌 셈이오. 하물며 우리는 아직 뚜렷한 증거도 없지 않소? 이런 상황이라면 지존도 육씨 가문을 함부로 건드릴 수 없지 싶소. 더구나 육씨 가문을 몰아붙였다가 그들이 유비 편에라도 붙는다면 문제는 더 커지오. 그 틈을 타 촉한 대군이 강을 따라 내려와 동오 중심부로 곧장 들어올 테니, 지존의 입장에서 보면 걱정이 앞설 수밖에 없소. 육씨 가문을 건드릴 수 없는 이상 지존께서 이 사태를 무마하려면 희생양이 필요할 테고, 결국 우리 둘을 처벌하는 것 말고 달리 방법이 있겠소?"

"만약 우리가 사적으로 지존께 아뢰면……."

"그렇게 하면 우리만 무능해 보일 뿐이오."

가일이 그 이유를 설명했다.

"윗사람들은 아랫사람의 추측이나 의심 따위에 관심이 없소. 그건 그들에게 문제를 던져주는 꼴이 되기 때문이지. 그래서 그들은 일의 진상과 결과만 놓고 모든 걸 판단하려 하는 것이오."

"그 말은, 우리가 진실을 알아내기 전까지 지존께 이 일을 모두 숨겨야 한다는 거예요?"

"설사 우리가 나서서 알리지 않는다 해도, 지존께서도 조만간 알게 되실 거요. 지존께서 묻지 않으시면 우리도 말할 필요가 없고, 만약 물으신다면 그때 가서 사적으로 밝히면 될 것이오."

손몽이 그를 힐끗 쳐다보았다.

"그렇게 많은 이유를 구구절절 가져다 붙이는 게 좀 억지스럽다는 생각은 안 들어요? 정말 육씨 가문을 두둔하려는 건 아니죠?"

"이건 내가 진주조에서 지난 4, 5년 동안 피와 목숨으로 바꾼 교훈이오. 당신도 나중에 알게 될 것이오."

"알았으니 마음대로 하세요. 그럼 우리는 이제 어디로 가야 하죠? 지금 송학루로 가서 육연을 기다리기에는 너무 이른 시간이에요."

"공무가 중요하니, 먼저 객조 쪽으로 가봅시다."

제3장

◆

객조

객조는 오왕이 전 왕조의 관서를 본떠 설립한 곳으로, 주로 외국 사신을 접대하는 등의 일을 책임졌다. 이 관직은 실권도 별로 없고, 고작 5백 석의 녹봉을 받으며 눈코 뜰 새 없이 바쁘기만 한 자리였다. 양국의 국교와 관련된 미묘한 일이다 보니, 정신을 바싹 차리지 않으면 분쟁의 소지가 생길 수밖에 없었다. 객조연이 하는 일은 잘하면 당연한 본분을 다한 것이고 잘못하면 처벌을 받게 되니, 그리 선호할 만한 자리는 아니었다. 특히 다음 달에 위나라 사신단이 무창에 도착해 위제 조비를 대신해 책봉식을 거행할 예정이었다. 이렇게 전에 없이 큰 국사를 치르기 위해 객조 관서가 안팎으로 정신없이 바쁜 와중에 조연 장순의 갑작스러운 죽음은 불난 집에 부채질을 하는 꼴이 되어버렸다. 이 소식을 전해 들은 오왕 손권은 즉시 객조사(客曹史) 유순(劉淳)을 조연에 임명해 위나라 사신을 맞을 준비에 차질이 없도록 한 후, 장순의 죽음에 관한 수사를 가일에게 맡겼다. 일의 처리 순서로 볼 때, 손권이 책봉식과 태평도 사건 중 어느 것을 중히 여기는지 미루어 짐작할 만했다.

가일과 손몽이 앞장서고 그 뒤로 갑옷을 입고 검을 찬 효위 열 명이 뒤따르니, 길을 걷는 내내 사람들의 시선을 끌기에 충분했다. 무창성의 백성들은 누구나 효위의 존재를 알고 있기 때문에 이런 광경이 이상할 것도 없었다. 다만 오늘은 효위 대열에 뜻밖에 남자가 한 명 끼여 있는 것이 유독 눈에 띄었다. 그러다 보니 다들 곁눈질로 가일을 힐긋거리며 가일에 대해 이러쿵저러쿵 쑥덕거리기 시작했다. 그들은 가일이 입고 있는 관복을 보며 그의 정체를 추측하는 중이었다. 가일의 관복을 보아하니 해번영 소속이 분명한데, 마치 효위를 이끌고 가는 것처럼 앞장서서 걷고 있었다. 손 군주가 드디어 마음을 다잡고 군사와 정치에 본격적으로 개입하려는 건가? 이 해번영 사내는 손 군주와 대체 무슨 관계지?

가일은 주변에서 의론이 분분하든 말든 전혀 아랑곳하지 않았다. 그와 일행은 대로를 지나 객조의 문 앞에 당도했다. 그리 넓지 않은 입구 양옆으로 아직 풀지 않은 물품이 잔뜩 쌓여 있고, 다양한 옷차림의 사람들이 쉴 새 없이 들락거렸다. 언뜻 보면 화물 창고를 방불케 할 정도였다. 가일과 손몽은 대문을 지나 마당으로 들어갔다. 마당에도 화물 상자가 잔뜩 쌓여 있고, 한 무리의 서리·지게꾼·머슴·마부가 서로 주거니 받거니 소리를 치며 정신없이 움직이니, 그야말로 북새통이 따로 없었다. 두 사람이 중당으로 곧장 걸어 들어가자, 중년의 사내가 책상 앞에 앉아 무언가를 열심히 쓰고 있는 모습이 눈에 들어왔다.

손몽이 물었다.

"그쪽이 새로 부임한 조연인가?"

유순이 고개조차 들지 않은 채 일에 쫓기며 대답했다.

"볼일이 있으면 일단 밖에 나가서 기다리시게. 내가 지금 상대할 여력이 없네!"

손몽이 소리쳤다.

"무엄하다! 해번영에서 사건을 조사하러 나왔거늘, 어느 안전이라고 감히 불손한 태도를 보이느냐!"

유순이 깜짝 놀라 가일의 관복을 보더니 얼른 일어나 공수를 했다.

"소인의 불손을 용서하십시오. 일에 정신없이 바빠서 누군지 확인해볼 겨를도 없이 말이 불경하게 나가고 말았습니다. 부디 너그러이 용서해주십시오."

가일이 더는 개의치 않았다.

"그건 됐고! 이곳 객조는 늘 이리 정신없이 바쁜 것인가? 방금 여기까지 걸어 들어오는 동안 우리를 막아서거나 누구냐고 묻는 이도 없더군."

"면목이 없습니다."

유순이 조금은 억울한 듯 말을 이어갔다.

"요 며칠 조당과 연회장을 꾸밀 물건들이 속속 당도하다 보니, 객조에 있는 사람들이 너 나 할 것 없이 물건들을 점검하고 옮기느라 정신이 하나도 없습니다. 다들 며칠 동안 행여 실수라도 생길까봐 신경을 곤두세우며 밤낮없이 일하느라 어려움이 많습니다."

가일은 더 이상 유순을 난처하게 하지 않기 위해 곧바로 본론으로 들어갔다.

"장순이 살해당한 그날 밤에도 그가 이곳 중당에서 공무를 처리하고 있었는가?"

"그건 아닙니다. 장 조연은 동쪽 행랑채에 계셨죠. 그곳이 여기보다 좀 덜 어수선하기는 합니다."

유순이 다시 말을 이어갔다.

"어젯밤에 그곳에서 하룻밤을 보냈는데, 도저히 일에 집중할 수 없어 어쩔 수 없이 이곳으로 왔습니다."

"우리를 그리로 안내하게."

손몽이 말했다.

유순이 책상 위에 놓인 목간을 쳐다보며 잠시 주저하다 두 사람을 데리고 중당을 나섰다. 그는 문을 나서자마자 불같이 화를 내며 호통을 쳤다.

"촉나라에서 온 그 비단은 그곳에 놓지 말거라! 그것은 상석에 놓을 방석에 쓰일 물건인데, 행여 더러움이라도 타면 어쩌려고 그러느냐?"

유순은 한바탕 호통을 치고 나자 조금은 민망했던지 멋쩍게 웃으며 앞서서 길을 안내했다. 세 사람은 달처럼 둥근 모양의 월문을 지나 동쪽 행랑채 입구에 도착했다. 이곳의 마당은 훨씬 작았지만, 쌓여 있는 물건이 없어서인지 오히려 탁 트인 느낌마저 주었다. 행랑채의 문과 창은 모두 잠겨 있고, 사방에 부적이 붙어 있었으며, 대문 위로 구리거울까지 걸려 있었다. 손몽이 주위를 둘러본 후 가일의 곁으로 바싹 붙어 그의 소매를 잡아당겼다. 유순이 입구로 걸어가 들어가라는 손짓을 했다. 자신은 들어갈 생각이 없다는 무언의 의미가 담긴 손짓이었다.

우길이 무섭기는 한 모양이군. 가일은 눈살을 찌푸리며 행랑채로 걸어 들어갔다. 손몽도 잠시 주저하다 그를 따라 들어갔다.

"이게 무슨 냄새죠?"

문안으로 들어서자마자 손몽이 코를 막으며 투덜거렸다.

방 안에 짙은 탄내가 진동해 숨통이 턱 막혔다. 왠지 모르게 익숙한 냄새였다. 생각해보니 며칠 전 육연이 화유탄으로 여자 시체를 태울 때 나던 냄새와 똑같았다. 가일은 사방을 훑어보다 방 중앙 쪽에서 두 동강이 난 서안을 발견했다. 그 절단면이 완전히 검게 그을려 있고, 바닥에 검은색 가루 찌꺼기가 잔뜩 흩뿌려져 있었다. 이곳은 장순의 시체가 있던 장소였지만 시체는 이미 유족에게 넘겨진 후였다.

"보아하니 시체도 불에 탄 것 같은데, 왜죠? 저절로 불이 붙은 걸까요?"

손몽이 호기심에 물었다.

"여일 우부독 쪽 사람이 태운 것이오."

가일이 덧붙였다.

"시체가 변할까봐 두려웠던 게지."

여일이 보낸 사건 일지에 상세히 적힌 내용이었다. 객조 서좌가 장순을 발견했을 때, 시체는 이미 차갑게 식어 있었다. 서좌는 장순의 손에 있던 우길의 부적을 보았고, 그 순간 자연스럽게 도위 부인 사건을 떠올렸다. 그래서 그는 겁에 질려 허둥지둥 해번영으로 달려가 보고를 올렸다. 그날 밤은 여일이 당직을 서는 중이었고, 때마침 가일이 백운 도관에 가는 바람에 어쩔 수 없이 그가 도위를 보내 사건을 조사하도록 시켰다. 그러나 그 도위는 죽은 자가 다시 살아나는 일이 또 일어날까 두려워 객조에 도착하자마자 화유탄으로 장순의 시체를 아예 불태워버렸다. 상황이 이렇다 보니 장순의 시체는 도위 부인의 시체와 마찬가지로 부검조차 할 수 없게 되어버렸고, 독극물 검사도 물 건너가고 말았다.

가일이 서안을 돌아 사람 인(人) 자 모양 지붕의 양 측면에 있는 높은 벽을 올려다보았다. 그곳에 있는 나무 궤짝에도 약간의 탄 흔적이 있었지만, 거의 눈에 띄지 않는 것으로 보아 불똥이 적게 튄 게 분명했다. 나무로 짠 책꽂이에 놓여 있던 목간과 백서는 무언가를 찾기 위해 정신없이 들춰본 듯 흩어져 있고, 주위에 있는 가구들조차 모두 옮겨진 흔적이 남아 있었다.

가일이 물었다.

"장 조연의 시체가 발견되었을 때도 집안이 이런 상태였는가?"

"그건 아닙니다. 장 조연의 유족이 시체를 옮겨 간 후에, 위나라 사신단을 맞이할 일정을 상세히 기록해둔 문서가 보이질 않았습니다. 그래서 어쩔 수 없이 이 방에 다시 들어와 샅샅이 뒤져야 했지요."

유순이 웃는 낯으로 말했다.

"일정 문서? 그런 문서가 어찌 사라진단 말인가?"

"원래는 중당에 두었는데, 요 며칠 조서 안이 너무 어수선하다 보니 어디에 두었는지 찾을 길이 없지 뭡니까?"

손몽이 물었다.

"일정 문서를 찾지 못하면 다시 작성하면 그만 아닌가? 사건이 발생한 곳을 함부로 건드리면 안 된다는 걸 모르는가?"

유순이 쓴웃음을 지으며 말했다.

"그건 여기 사정을 잘 모르셔서 하시는 말씀입니다. 사신단을 영접하는 일은 크고 작은 4백여 개의 사안이 연관되어 있습니다. 그 문서를 수도 없이 검토하며 서른 번이 넘게 고치기를 반복하다 그저께가 되어서야 간신히 최종안을 확정 지었지요. 사신단이 다음 달이면 당도하니 우리에게는 고작 20여 일밖에 시간이 없고, 그 안에 일정에 맞춰 그 4백여 건의 일들을 처리해야 합니다. 만약 일정을 다시 짜게 되면 밤낮없이 매달려도 턱없이 부족한 시간이지요. 다행히 장 조연이 머물던 그곳에 예비 문서를 보관해 두고 있었던 터라, 어쩔 수 없이 들어가서 찾아야만 했습니다."

"찾았는가?"

가일이 물었다.

"찾았습니다. 어찌 된 일인지 그 문서가 나무 상자 사이에 떨어져 있더군요. 만약 서리가 발견하지 못했다면 아주 골치가 아플 뻔했습니다. 그 안에 기록된 세칙만 해도 천 개가 넘고……."

"그 문서가 떨어진 장소가 아무래도 미심쩍어요."

손몽이 끼어들었다.

가일이 고개를 끄덕였다. 비록 객조 안이 정신없이 어수선하다 해도, 일정을 적어둔 세부 문서가 무슨 값어치가 있는 것도 아니고 기밀이랄 것도 없는데, 아무 이유 없이 사라진 것 자체가 영 이상했다. 누군가 일부러 문서 두 개를 숨기고 객조의 서리가 장순의 방으로 그것을 찾으러 가게 유도

해 사건 현장의 흔적을 망가뜨리게 만든 것은 아닐까? 가일은 방 안을 이리저리 돌아다니며 무슨 흔적이라도 찾으려는 듯 바닥을 주시했다. 그는 방 안을 두 바퀴 정도 돌다 말고 방구석에 멈춰 서서 쭈그려 앉았다.

벽돌 두 개의 틈 사이로 황갈색 털이 하나 보였다. 가일은 조심스럽게 손으로 털을 집어 들어 손바닥에 올려놨다. 이것은 두 번째로 보는 털이었다. 이것을 처음 본 곳은 오민 사건을 수사하기 위해 찾아갔던 그 집의 행랑채 안이었다.

한 가지 생각이 어렴풋이 떠올랐다.

"사건이 발생했던 그날 밤 무슨 이상한 일은 없었는가?"

"없었습니다."

유순이 냉큼 대답을 했다.

"정말 없었는가?"

가일이 뒤돌아보며 물었다.

"음…… 별거 아닌 일이 있기는 했습니다. 서좌 말로는 구리 방울 소리랑 무슨 작은 짐승 소리 같은 게 들렸다고 하더군요. 그래서 소리 나는 쪽으로 다가갔는데, 더는 들리지 않았다고 합니다."

유순이 난처한 표정으로 대답했다.

가일은 뼈를 에는 듯한 한기를 느꼈다. 구리 방울 소리와 동물 울음소리라면 바로 그날 밤 마주쳤던 그 도인이 분명했다. 그 도인이 바로 장순을 죽인 흉수가 아닐까? 하지만 그렇게 눈에 띄는 차림새를 하고도 왜 아무한테도 발각되지 않은 거지? 설마 그 도인이 정말 다시 살아난 우길이고, 몸을 숨기거나 벽을 통과하는 도술을 부리기라도 하는 걸까?

가일이 고개를 가로저었다. 이런 생각을 한다는 것 자체가 황당하게 느껴졌다.

그는 잠시 고심하다 물었다.

"장순의 집은 어디인가?"

"성 동쪽에 있는 백민(百民) 골목 안에 있습니다."

유순이 안도의 한숨을 내쉬었다.

시체가 불에 타고 방 안도 난장판이 되었으니, 객조에서 쓸 만한 증거나 실마리를 찾기 힘들었다. 이제는 장순의 집으로 가서 운에 맡기는 수밖에 달리 방도가 없었다. 다행히 백민 골목은 객조에서 가까워 차 한잔 마실 정도의 시간 안에 바로 골목 입구에 도착할 수 있었다. 이곳은 길이 아주 좁은 골목이었다. 고작 3척 정도 너비의 길이 1리 정도 쭉 이어졌고, 골목 안에 사는 사람들은 모두 한직에 있는 하급 관리들이었다. 장순의 집은 골목 중간쯤에 있었다. 가일이 몇 발자국 걸어가다 갑자기 멈춰 섰다. 한 무리의 사람이 그를 향해 다가오고 있고, 가장 앞에서 무리를 이끌고 오는 자는 공안성에 있을 때 사사건건 그를 난처하게 만들었던 우청이었다.

가일이 잠시 주저하다 뒤로 한 발자국 물러서려는데, 손몽이 그의 어깨를 잡으며 막았다. 손몽은 가일을 잡아당기며 효위들을 이끌고 앞으로 걸어갔다. 우청은 갑옷을 입고 있었고, 오른손을 허리춤에 찬 검의 손잡이 위에 올린 채 싸늘한 분위기를 풍기고 있었다. 그녀 곁에는 비단옷 차림의 중년 사내가 뒤따르고 있었다. 그의 얼굴은 바싹 말라 살집이 거의 없었고, 아래턱에 나 있는 퍼석퍼석한 몇 가닥의 수염까지 합세해 말할 수 없이 옹졸해 보였다. 그의 뒤로 철갑을 두른 친위병들이 따랐다. 그들의 표정과 태도로 보아하니, 이 중년 사내의 부하인 듯했다. 가일은 이 중년 사내가 왠지 눈에 익었지만, 아무리 기억을 더듬어봐도 누구인지 떠오르지 않았다.

손몽이 앞으로 걸어가 웃으며 말을 걸었다.

"이런, 원수는 외나무다리에서 만난다더니, 우리를 두고 한 말인가 보네요. 우 부독, 우리가 장순의 집으로 가는 중이니 먼저 길을 좀 비켜주셔야겠어요."

우청이 말했다.

"손 낭자, 나는 해번영의 좌부독이고 가일은 익운교위이니, 관직으로 봐도 길을 양보해야 할 사람은 저자가 맞소."

손몽이 황당하다는 듯 눈을 깜빡였다.

"우 부독, 뭔가 착각하시나 본데, 가일이 나를 따라온 것이지 내가 가일을 따라온 것이 아닙니다. 해번영이 군주부 소속을 만나면 누가 길을 양보해야 할까요?"

우청이 대답하기도 전에 그 중년의 사내가 수염을 쓸어내리며 물었다.

"앞에 계신 낭자께서 말끝마다 군주부를 거론하시는군요. 그럼 손 군주께서 저기 계시기라도 한 것이오?"

"언니는 사냥을 나가 아직 돌아오지 않았소."

중년의 사내가 뻔뻔하게 말했다.

"본 장군이 생각하기에, 손 군주께서 여기 계시다면 예법에 따라 해번영이 길을 양보하는 것이 맞소. 하나 손 군주께서 여기 안 계시다면 그대들이 먼저 길을 양보해야 하지 않겠소?"

손몽이 코웃음을 쳤다.

"미방(糜芳) 장군, 그대는 유비를 버리고 성을 바쳐 관우(關羽)를 죽음으로 몰아넣었으니 불충과 불의를 저지른 자가 아니오? 그 입으로 자신을 '본 장군'이라 부르는 것도 모자라 예법까지 논하다니, 부끄럽지도 않소?"

미방이 분노해 호통을 쳤다.

"무엄하다! 관직도 없는 평민 주제에 본 장군에게 어찌 이리 무례하게 군단 말이냐!"

손몽이 그의 말을 비웃으며 대꾸했다.

"내 지존의 친척이니, 왕실의 귀척이 아니면 무어란 말이오? 그대가 나를 평민이라 말하다니, 감히 지존의 위상을 부정하는 것이오?"

미방의 안색이 창백해졌다.

"본 장군은 그런 뜻이 전혀 아니었거늘, 공연한 말로 중상모략하지 마시게."

"그런 뜻이 전혀 아니었다?"

손몽이 그의 말을 비웃으며 말했다.

"가일은 지존께서 하사하신 옥패를 지니고 있으니, 어디를 가든 지존이 친히 왕림하는 것과 같은 존재라 할 수 있소. 여기서 이 사실을 모르는 이가 없거늘, 미 장군은 여전히 그에게 길을 비키라고 몰아붙이고 있으니 감히 지존을 안중에 두지 않는 것으로밖에 보이지 않소!"

이자가 바로 미방이었군. 어쩐지 눈에 익더라니. 2년 전 형주에서 돌아온 후에 이자와 몇 차례 스쳐 지나갔을 뿐 말을 나눠본 적은 없었다. 솔직히 가일은 미방에게 전혀 호감이 가지 않았다. 일찍이 서주 전투에서 미방은 형 미축(麋竺)과 함께 유비에게 투항해 그 휘하로 들어갔고, 그의 여동생 미정(麋貞)을 유비에게 시집보냈으니, 가장 먼저 유비를 따른 무리 중 한 명이라 할 수 있었다. 장판파(長坂坡) 전투가 벌어졌을 때 미정은 아두(阿斗: 유비 아들 유선[劉禪]의 아명)를 조운(趙雲)에게 맡긴 후 스스로 결백을 지키기 위해 우물에 뛰어들어 죽었다. 몇 년 후 유비는 미정과의 옛정을 생각해 미축과 미방을 고위 관직에 봉하고 후한 녹봉을 하사했다. 그러나 재작년에 미방은 죽음이 두려워, 대군을 손에 쥐고 난공불락의 성을 지키고 있는 상황에서도 성문을 열어 여몽(呂蒙)에게 투항했다. 이로 인해 관우는 앞뒤로 적의 공격을 받아 맥성(麥城)으로 퇴각했고, 결국 죽음을 맞이하고 말았다.

난세를 맞아 문신과 무장이 주인을 바꾸는 경우는 흔하지만, 미방처럼 주공과 인친 관계로 맺어진 자가 그 은혜를 원수로 갚고 적의 무장에게 너무나 쉽게 투항하는 경우는 흔하지 않았다. 게다가 미방은 동오로 온 후에도, 장판파 전투에서 유비가 조운에게 그의 여동생 미정을 죽이라고 명했고, 그가 관우를 팔고 성문을 열어 투항한 것 역시 유비에게 복수를 하기 위해서였다고 유언비어를 퍼뜨렸다. 그러나 누군가 증거가 있느냐고 묻자 우물쭈물하며 말을 잇지 못했다. 멀리 촉에 남아 있던 그의 형 미축은 그가 한 짓을 한없이 부끄러워하다 중병에 걸려 작년에 세상을 떠났다. 그의 만행은 여기서 그치지 않았다. 그는 형의 죽음마저 이용해, 유비가 미축을 죽음으로 몰아넣었다고 사방에 떠벌리고 다녔다. 그의 소인배와 다름없는 이런 행보는 사람들의 비웃음과 멸시로 이어졌고, 당초 그에게 투항을 권했던 제갈근(諸葛瑾)조차 그를 무시하기에 이르렀다.

손몽은 여전히 미방과 입씨름을 하는 중이었고, 정황상 미방이 밀리는 듯 보였다. 어쨌든 그는 투항한 장수고, 동오에 뿌리가 전혀 없는 데다 대단한 인재라고도 할 수 없었다. 이런 상황에서 손상향은 상대의 과실과 단점을 감싸는 인물로 정평이 나 있었고, 어떻게 해서든 그녀의 눈에 드는 것이 중요했다. 만약 지금 그녀의 친척 여동생의 미움을 사기라도 한다면 앞으로 이곳에서의 나날이 편치 못할지도 모를 일이었다.

"본 장군은 정말 모르고 잠시 말실수를 한 것이니, 부디 마음에 담아두지 말아주시오."

미방의 이마에 식은땀이 스며 나오고 목소리도 쉬어 갈라졌다. 그는 본래 우청을 위해 길을 터주려 한 것뿐이었는데, 말주변이 뛰어난 저 여인이 군주의 친척 여동생일 줄 누가 알았겠는가? 정말이지 본전도 못 찾고 체면마저 구긴 꼴이 되고 말았다.

"좋은 개는 사람이 다니는 길을 막지 않는다 했소. 다들 우리 갈 길을 가로막지 말고 어서 물러나시오."

손몽은 여전히 웃고 있었다.

가일은 우청의 행보가 오늘따라 좀 이상하다는 생각이 들었다. 게다가 그녀는 지금까지 단 한 마디도 하지 않고 있었다. 가일이 잠시 고심하다 입을 열었다.

"손 낭자, 우리가 우 부독에게 길을 양보하도록 합시다."

손몽이 고개를 홱 돌리며 화가 난 듯 가일을 노려보았다. 가일은 그녀의 소매를 잡아당기며 뒤로 물러서라는 뜻을 전했다. 손몽은 불만에 가득 찬 표정으로 효위를 이끌고 골목 끝으로 물러났다. 미방은 고개를 숙이며 사과의 말을 전한 후 대오를 이끌고 서둘러 골목을 빠져나갔다. 그러나 우청은 가일의 옆에 잠깐 멈춰 서며 의미심장한 웃음을 보였다. 그러고는 유유히 지나갔다.

손몽이 혀를 차며 말했다.

"왜 저들에게 길을 양보하고 그래요? 우리가 먼저 갈 수 있었잖아요?"

"이렇게 사소한 일로 서로 얼굴 붉히며 싸우지 맙시다."

가일이 대답했다.

"내가 동오에서 이미 사방에 적을 심어둔 상태라, 좀 저자세로 나가는 게 아무래도 신상에 좋소. 불필요한 대립이나 분쟁은 피할 수 있으면 피하는 게 상책이지."

"그렇게 몸을 사리는 모습을 보니 기운이 확 빠지네요."

가일은 더 이상 아무 말도 하지 않은 채 골목으로 들어갔고, 금세 장순의 집 앞에 당도했다. 문 옆에 대나무로 만든 효장(孝杖: 상을 당했을 때 사용하는 지팡이)이 꽂혀 있었다.

열 살 남짓의 소년이 효장 옆에 무릎을 꿇고 앉아 있다 가일이 다가오는 것을 보자마자 바로 머리를 세 번 조아리며 절을 했다. 가일이 앞으로 걸어가 소년을 부축해 일으켜 세웠다. 그는 손몽에게 문 밖에서 기다리라는 눈짓을 한 후 소년과 함께 안으로 들어갔다.

그리 넓지 않은 마당 한가운데 소나무 관이 하나 놓여 있었다. 관 양옆으로 상복을 입고 상장을 단 유족들이 무릎을 꿇고 앉아 있어, 그 주위로 남은 공간이 별로 없었다.

가일이 앞으로 나가 절을 올린 후 소년에게 조용히 물었다.

"나는 해번영에서 왔느니라. 영당(令堂: 모친)은 어디 계시느냐?"

소년은 아무 말 없이 가일을 한 부인이 있는 곳으로 안내한 후 다시 대문을 나가 효장 앞에 무릎을 꿇었다. 그 부인은 초췌한 얼굴로 가일에게 일언반구도 없이 자리에서 일어나 방 안으로 들어갔다. 가일은 그녀를 따라 들어가며 품 안에서 조의금을 꺼내 부인에게 건넸다.

"부인, 군주부에서 보낸 작은 성의이니 받아주십시오."

그 부인은 주머니가 묵직하니 적지 않은 돈이 들었을 거라 짐작한 듯, 그제야 안색이 조금씩 나아지기 시작했다. 그녀가 자리에서 일어나 차를 따르려 하자 가일이 얼른 거절을 했다.

"솔직히 말씀드리자면, 저는 해번영 소속 익운교위 가일이라고 합니다. 장 조연과는 일면식도 없지요. 오늘 이리 찾아온 것은 공무 때문이니, 폐가 되더라도 양해해주십시오."

"폐를 끼치다니요? 부군의 벼슬이 낮다 보니 조문을 오는 사람도 그리 많지 않아, 무슨 폐랄 것조차 없습니다."

부인의 말 속에 약간의 원망이 담겨 있었다.

"저는 진(陳)가이고, 이름은 예(叡)라고 합니다. 서주 진씨 가문 출신이지요. 해번영에서 무슨 일로 찾아오셨는지요?"

서주 진씨라면 명망 높은 가문이라 할 수 있었다. 최근 몇 년 동안 진규(陳珪)·진등(陳登)이 천하에 이름을 날렸고, 이 부인이 자신의 가문을 굳이 밝힌 것만 봐도 자신의 출신에 상당히 자부심을 가지고 있는 것이 틀림없었다. 명문가 규수가 평범한 사내에게 시집와 모진 세파를 다 겪다 보니 세상에 대한 불만이 차곡차곡 쌓였을 것이다.

가일은 그녀의 마음을 꿰뚫어 보며 더 예의를 갖춰 물었다.

"부인, 장 조연께서 생전에 태평도와 문제를 일으킨 적이 있었나요? 아니면 태평도 사람과 알고 지냈나요?"

"아뇨. 제 남편은 평소 신중한 성격이에요. 성실하고 관대한 성품이었죠. 귀신과 관련된 말 따위는 늘 멀리해왔어요."

"그럼 장 조연이 살해당하기 전에 뭔가 심상치 않은 일은 없었나요?"

"하루는 집에 돌아왔는데, 무슨 고민이라도 있는지 안색이 좀 안 좋았어요. 제가 무슨 일이 있었느냐고 자꾸 물어보니, 그제야 옛 친구가 찾아와 어떤 일을 도와달라고 했다더군요. 근데 그 일이 영 마음에 걸렸는지 거절했다고 했어요. 지금 와서 생각해보니 그 일이란 게 조금 이상했고, 그 친구 말처럼 그리 간단해 보이지 않았어요."

"그 친구가 누굽니까? 장 조연에게 부탁한 일은 뭐였죠? 알고 계신 게 있습니까?"

진예가 고개를 가로저었다.

"나도 궁금해서 물어봤죠. 근데 그 친구에게 마음의 빚이 있고, 절대 누설하지 말아달라고 부탁을 받았다며 말해줄 수 없다더군요."

"그날 이후 며칠 만에 장 조연이 사고를 당한 건가요?"

"하루 만에요."

진예가 주저하며 말했다.

"가 교위께서는 제 남편의 죽음이 이 일과 관련이 있다고 의심하는 건가요? 객조 사람들은 하나같이 제 남편이 태평도를 건드리는 바람에 우길 선인의 주술에 걸려 죽었다고 하더군요."

"그냥 물어봤을 뿐입니다. 여기 오는 길에 우청과 미방을 봤는데, 혹시 그들도 여기 와서 사건에 대해 물었습니까?"

"그건 아니에요."

진예가 냉소적으로 말했다.

"그들은 제 남편이 조연 직에 있을 때 위나라 사신단을 영접하기 위해 일정을 작성했는데 그 문서가 사라졌다며 수색을 나왔다고 했어요."

일정 문서? 객조 중당에서 잃어버린 그 문서를? 우청과 미방이 어떻게 그걸 안 거지? 설사 그들이 알았다 해도, 왜 여기까지 와서 수색을 하려 한 걸까? 오왕이 이미 사건을 나에게 맡겼고, 하물며 앞서 이 사건을 맡았던 자는 우부독 여일이다. 우청은 그자와 사이도 좋지 않은데, 굳이 끼어든 목적이 뭐지?

"부인, 일정 문서를 그들에게 넘겼습니까?"

가일이 물었다.

"남편은 이제껏 공문서를 집으로 가지고 온 적이 없어요. 그러니 제가 넘겨줄 문서라는 게 있을 수 없죠. 그들이 잠시 이것저것 캐묻다 제가 아무것도 모른다는 걸 눈치 챘는지, 그제야 화를 내며 수색을 멈추더군요. 제가 남편의 사인을 캐물었지만, 그들도 제대로 알려주지 않은 채 그저 저주를 받아 죽었다고만 했어요."

진예가 분통을 터뜨렸다.

"특히 그 미방이라는 자는 무례하기 이를 데 없었죠. 만약 도위부의 명이 없었다면, 심지어 관 뚜껑을 열고 시신을 검사하려 들었을 거예요!"

"망자를 모독하려 들다니, 부인께서 충격이 크셨겠습니다."

가일은 머릿속에 방금 부인이 한 말 중 하나가 떠올랐다.

"위림 도위가 조문을 왔었나요?"

"네, 위림은 저와 한 고향 사람이고, 남편과도 교분이 좀 있어요. 그래서 그에게 관부의 명령을 하나 내려달라고 청했어요. 주변 이웃들은 이미 소문을 들었는지, 제 남편이 우길의 저주에 걸려 죽었다며 우리 모자에게 당장 이사를 가라고 위협을 하고 있거든요."

"다들 어리석은 자들일 뿐입니다. 도위부의 명이 내려진 이상, 그들도 감히 함부로 행동하지 못할 겁니다."

가일이 잠시 후 다시 물었다.

"부인, 외람되지만 한 가지만 더 묻겠습니다. 혹 장 조연의 시신을 보셨습니까?"

그 순간 진예의 눈빛이 돌연 흔들렸다.

"아뇨. 오늘 오전에 객조의 통보를 받자마자 바로 객조서로 달려갔어요. 그때 남편의 시신은 이미 문 밖에 있는 저 관에 안치되어 있더군요. 내가 남편의 마지막 모습을 보고 싶다고 했지만, 해번영 우부독 여일이 시체가 이미 까맣게 타버렸다고 했어요. 게다가 관을 다시 여는 것이 대흉을 부르는 일이라며 절대 안 된다고 하더군요."

"부인, 오늘 오전에야 통보를 받으셨습니까? 장 조연은 어젯밤에 사고를 당한 걸로 알고 있습니다만."

"남편이 어젯밤에 죽었다는 건가요? 어쩐지 내가 달려갔을 때 이미 입관을 마쳤다 했어요."

진예가 이맛살을 찌푸렸다.

"남편이 요 며칠 공무가 너무 바빠 계속 조서에서 지냈어요. 그래서 어제도 밤을 새우느라 집에 오지 않았고, 나도 별로 개의치 않았죠."

"객조에서 장 조연의 부고를 제때 알리지 않은 건 우부독 여일의 지시가 있었기 때문일 겁니다."

가일이 말을 이어갔다.

"우길과 관련된 사건이다 보니 여일도 신경이 쓰였을 겁니다."

진예가 목소리를 낮췄다.

"가 교위께서도 제 남편이 주술에 걸려 죽었다고 믿나요?"

"저는 귀신을 믿지 않습니다."

"그럼 가 교위께서는 제 남편의 죽음을 살인 사건으로 보고 수사하고 있는 건가요?"

가일이 고개를 끄덕였다.

"일단 장 조연을 살해한 자가 도위 부인 오민을 살해한 자와 동일 인물이라고 의심하고 있습니다. 지금은 단서가 부족하지만 이 사건의 진상을 파헤치기 전까지 수사를 중단하는 일은 절대 없을 테니, 그 점은 염려 안 하셔도 됩니다."

진예는 그 말을 듣자마자 돌연 무릎을 꿇더니 가일에게 엎드려 절을 올렸다.

가일이 한 걸음 물러서며 물었다.

"부인, 왜 이러십니까?"

고개를 든 진예의 눈시울이 붉어졌다.

"제가 비록 책을 많이 읽지는 못했으나, '자불어괴력난신(子不語怪力亂神)' 이란 말은 알고 있답니다. 공자께서도 괴이한 일, 힘쓰는 일, 난동 부리는 일, 귀신에 관하여는 말하지 않는다고 하셨지요. 지금 제 남편이 교활한 자들의 모함을 받고 있고, 해변영의 여일과 우청은 모두 우길의 주술에 걸려 죽었다며 사건을 맡으려고 하지 않습니다. 가 교위께서 수사를 인계 받으셨다니, 남편이 부탁한 물건을 건네려 합니다. 부디 가 교위께서 그 흉수를 찾아내 제 남편이 편히 눈을 감을 수 있게 해주세요."

"그 말은……."

진예가 일어나 거문고 받침대 앞으로 걸어가더니 거문고 아래서 목함 하나를 꺼내 가일에게 건넸다. 목함은 손바닥 크기로, 위에 꽃무늬가 새겨져 있는 것으로 보아 장신구를 넣어두는 용도처럼 보였다. 가일이 뚜껑을 열자 노란색 밀랍 환(丸)이 하나 보였다.

"남편이 그 친구의 청을 거절한 후 계속 불안해했어요. 그 사람이 밀랍 환을 하나 주면서, 만에 하나 무슨 변고가 생기면 이걸 지존께 꼭 전해달라고 했어요."

가일이 그 밀랍 환을 집어 들어 빛을 비춰보았지만, 무슨 실마리가 될 만한 것이 전혀 보이지 않았다.

그가 물었다.

"장 조연이 그런 말을 남겼다고 하니, 이 물건을 지존께 전하겠습니다. 그런데 왜 제게 이걸 알리시는 겁니까?"

"남편은 성실하지만 고리타분하고 완고한 사람이라, 세상과 인심이 얼마나 험악한지 잘 몰라요. 애당초 그 친구가 누구인지만 내게 말해줬어도 지금쯤 이 사건의 진상이 밝혀졌을 거예요."

진예가 한숨을 내쉬었다.

"저 같은 사람이 무슨 수로 지존을 뵐 수 있겠어요? 만약 그가 이 물건 때문에 죽었다면 이걸 들고 도와줄 사람을 백방으로 찾아다녀야 하는데, 그건 자칫 죽음을 자초하는 길이 될 수도 있겠죠. 가 교위께서는 주도면밀하고 사람됨이 정직하다고 들었어요. 이 물건을 가 교위께 맡겨 진짜 범인을 찾아낼 수 있다면 우리 모자가 연루되는 일은 벌어지지 않을 거라고 생각해요."

이 부인은 과연 명문가 출신답게 세상살이를 제대로 꿰뚫고 있었다. 그녀는 오왕을 찾아가지 않았을 뿐 아니라, 우청과 여일조차 믿지 않았다. 만약 가일이 오늘 보여준 태도가 그녀의 마음을 움직이지 못했다면 이 밀랍 환은 아마도 그녀의 손에 몰래 버려졌을 것이다. 가일은 목함을 품에 넣고 진예에게 몇 마디 위로의 말을 남긴 채 그 집을 나섰다.

손몽이 효위들과 문 밖에 서 있다 그가 나오자 말을 걸었다.

"장순이라는 사람도 어쨌든 5백 석을 받는 조연이잖아요? 근데 어째서 오전 내내 우리랑 우청 일행 말고 아무도 조문을 안 오는 걸까요? 장순이 사람들과의 관계가 나빠서일까요? 아니면 우길이 두려워서일까요?"

가일은 아무런 대답도 하지 않은 채 효장 앞에 앉아 있는 그 소년에게 말을 걸었다.

"조문 오는 사람이 적다고 해서 네 부친이 훌륭한 관원이 아니었다고 단정 지어서는 아니 된다. 그건 별개의 문제니라. 좋은 아버지였다고 해서 좋은 관원이라고 단언할 수 없는 것처럼 말이다."

소년은 고개만 까딱거릴 뿐 여전히 아무 말이 없었다.

사마의(司馬懿)는 가일의 부친에게 부정부패의 죄목을 뒤집어씌워 두 동강이를 내 죽게 만들었다. 가일은 지난 세월 동안 쌓아온 그 마음의 응어리를 여전히 풀지 못하고 있었다. 이 소년을 보니 다시금 그때의 일이 떠올라 가일의 마음이 잠시 착잡해졌다. 그는 손을 뻗어 소년의 어깨를 토닥인 후 골목을 빠져나갔다. 손몽도 효위를 이끌고 서둘러 그를 쫓아갔다.

골목 어귀에 다다르자 육연이 말과 함께 그곳에 서 있는 것이 보였다. 보아하니 꽤 오랫동안 그곳에 서 있었던 듯했다.

"아직 날도 저물지 않았는데, 뭐죠?"

손몽이 물었다.

"뭐가 그리 급해서 송학루에서 기다리지 않고 여기까지 달려온 거죠?"

육연이 목소리를 깔며 말했다.

"손 낭자, 가 교위, 집안의 어르신들께서 시체의 문신을 확인하셨는데, 내가 잘못 본 것이었소. 확인해보니 그건 육씨 가문의 사병을 상징하는 문신이 아니었소."

이미 오시(午時: 11시에서 1시 사이)에 가까워진 시각이라 초여름의 태양이 어깨 위에 따사로이 내려앉고, 산들바람에 나뭇가지들이 살랑거려 사락사락 소리를 내며 따사로운 풍경을 자아냈다. 세 사람은 아무 말도 하지 않은 채 그저 묵묵히 서 있기만 했다. 육연의 눈동자는 가일을 보는 것 같기도 하고, 또 어찌 보면 가일을 지나 더 먼 곳을 바라보는 듯도 했다.

"그럼 오늘 아침에 나타난 살수들도 육씨 가문의 사병이 아니겠군요?"

손몽이 비웃듯 물었다.

"아니오."

육연이 대답했다.

"정말 아닌가요?"

손몽이 힐책하듯 물었다.

육연이 고개를 숙이고 공수를 하더니 말에 올라, 먼지를 일으키며 떠나갔다.

가일은 코를 비비며, 떠나가는 육연을 바라본 채 아무 말도 하지 않았다.

손몽이 물었다.

"육씨 가문 사병의 문신과 똑같다고 먼저 말한 게 저자잖아요? 그래놓고 지금 와서 아니라고 발뺌을 하네요. 그쪽 집안으로 찾아가서 그 시신을 다시 수습해 와야 할까요?"

가일이 말을 돌렸다.

"시간이 벌써 이렇게 됐는데 시장하지 않소?"

손몽이 그를 노려보았다.

"지금 밥 먹을 생각이 들어요?"

"누가 우리에게 무창어 요리를 대접하겠다고 했던 기억이 나는군."

가일이 딴청을 피웠다.

하늘이 희뿌옇게 밝아올 때쯤 진풍이 월권사 산문 옆에 당도했다.

요 닷새 동안 진풍은 줄곧 월권사에 묵으면서 스님들을 따라 아침저녁으로 정양과 원기 회복에 전념했다. 가일의 무술 실력은 진주조에 있을 때도 이미 나무랄 데가 없었다.

그 후 들리는 소문에 따르면, 그가 허도에서 상처(喪妻)의 고통을 겪고 괴로워하다 공안성에서 고수의 가르침을 받으며 큰 깨달음의 경지에 올랐다고 했다. 며칠 전 그가 스무 명에 달하는 정예 부대를 상대할 때 보니 공격과 수비, 전진과 후퇴가 흐르는 물처럼 막힘없이 자연스러웠다. 게다가 끝내 상처 하나 입지 않고 대오를 무찔렀으니, 과연 그 말이 헛소문만은 아니었다. 가일의 무공이 이미 그 깊이를 헤아릴 수 없을 만큼 고수의 경지에 도달했다는 것을 인정할 수밖에 없었다.

진풍이 연마한 무술은 소림파(少林派) 권법으로, 진을 굳게 치고 확실한 방법으로 싸우는 데 치중하기 때문에 기민하게 움직이며 상황에 대처하는 가일을 상대하기에 그리 유리하지 않았다. 그럼에도 진풍은 물러설 생각이 전혀 없었다. 이 싸움은 한빈의 복수를 위해 시작한 것이니, 생사와 승부는 중요하지 않았다. 유협이라면 은혜를 베푼 자를 위해 목숨 걸고 보답하는 것이 마땅했다. 원수의 무공과 지위가 아무리 높다 한들, 그런 것은 전혀 중요하지 않았다.

해가 떠오른 후 저 멀리 산길 위로 움직이는 사람의 그림자가 하나 보였다. 가일이 분명했다. 진풍은 허리띠를 단단히 조여 매고 몇 걸음 나아가다 으스대며 길 한가운데를 지켰다. 사람의 그림자가 점점 다가왔지만, 그의 기대와 달리 나이든 노파였다.

노파는 진풍이 있는 곳까지 걸어오더니 주름이 자글자글한 입으로 말을 걸었다.

"젊은이, 옆으로 좀 비켜 서주겠나? 좀 있으면 이곳 절로 향을 피우러 가려는 사람들이 잔뜩 올 것이네."

진풍이 팔짱을 끼고 하늘을 올려다보며 노파의 말을 외면했다.

노파가 그를 밀치며 말했다.

"네 이놈! 살기등등하게 길 한복판에 딱 버티고 서 있으면 향객(香客)들이 놀랄 것이다! 절의 산문을 가로막는 것은 음덕을 해치는 것이야!"

진풍은 눈을 부릅뜨고 노파를 노려보며 주먹을 움켜쥐다 이내 내키지 않는 듯 옆으로 비켜섰다. 그 노파는 연신 투덜거리며 느릿느릿 절 쪽으로 걸어갔다. 진풍은 노파와 똑같이 굴지 말자고 속으로 애써 마음을 다스리며 다시 산 아래쪽을 내려다보았다. 올라오는 사람들은 점점 많아졌지만 다들 절에 불공을 드리러 오는 남녀들일 뿐, 그중에 가일의 모습은 보이지 않았다.

진풍은 가일이 안 오는 것은 아닌지 잠시 의심이 들었지만, 이내 자신의 생각을 지워버렸다. 가일 정도의 자리에 있는 자가 약속을 어긴다는 것은 자기 명성에 오점을 남기는 일이 아닌가? 나중에 비겁한 자로 낙인찍힐 수도 있는 문제이니 안 오지는 않겠지. 그는 내심 자신을 탓했다. 그날 월권사에서 만나 담판을 짓자고만 말하고 구체적인 시각과 장소를 말하지 않았다. 그러니 가일이 늦은 오후에 나타날지도 모를 일이었다.

그는 참을 수 없을 만큼 배가 고파져 산길 옆에 좌판을 벌인 전병 장사치에게 다가가 한 번에 열 개를 샀다. 그런 다음 죽통을 반으로 잘라 우물물을 담은 후 잰걸음으로 산문 옆으로 돌아가 앉았다. 진풍은 먹는 동안에도 계속 산길에서 눈을 떼지 않았다. 그는 가일이 보이기만 하면 먹고 있던 것들을 저 멀리 던져버리고 언제라도 달려 나갈 태세를 갖추고 있었다. 결전을 앞두고 대협이라는 자가 길에 앉아 전병을 먹고 있었다고 소문이 퍼지기라도 하면 창피해서 얼굴을 들고 다니지 못할 것 같아서였다.

그렇지만 해가 지도록 가일의 그림자는 나타날 기미를 보이지 않았다. 하늘이 어둠으로 완전히 덮이고 나자 그의 의심은 이미 분노로 바뀌었다. 그는 그 즉시 산을 내려가 무창성으로 달려갔다. 가까스로 성문에 도착한 진풍이 노기충천해 안으로 들어가려 하자 수문장이 그를 막아섰다. 수문장이 횃불을 들고 진풍을 위아래로 훑어보더니 사병들을 불러 모아 그를 에워싸고 지시를 내렸다.

진풍은 상황이 심상치 않게 흘러가자 고함을 치며 위협을 가했다.

"내가 죄인도 아니거늘, 왜 가로막는 것이냐? 당장 나를 성안으로 들여보내거라! 내 가일이라는 겁쟁이를 찾아내 담판을 지을 것이다!"

도백(都伯)으로 보이는 자가 성루에서 나와 손에 든 초상화와 진풍을 번갈아 보더니 소리쳤다.

"게 여봐라! 바로 이놈이다. 이놈을 군주부로 압송해 현상금을 받아 오너라!"

그가 두 손을 흔들자 쇠사슬이 '차랑' 소리를 내며 진풍의 목을 휘감았다. 진풍이 쇠사슬을 잡아당기며 버럭 소리를 질렀다.

"내가 법을 어긴 것도 아닌데, 왜 나를 잡는단 말이냐?"

도백이 위협적으로 고함을 질렀다.

"네 이놈! 감히 군주부에 침입해? 색욕에 사로잡혀 하늘 무서운 줄을 모르는구나! 여봐라! 이자를 힘껏 쳐라!"

병사들이 몽둥이를 들고, 있는 힘껏 진풍을 치려고 달려들었다. 진풍은 어찌된 영문인지도 모른 채 주먹을 휘두르며 그들을 막았고, 눈 깜짝할 사이에 병사들을 모두 바닥에 때려눕혔다. 도백이 대나무 호각을 꺼내 힘껏 불었다. 진풍이 몇 발자국 앞으로 나가 도백을 발로 걷어차고 바닥에 떨어진 초상화를 집어 들었다. 무슨 영문인지 초상화에 그려진 사람의 얼굴이 그와 너무나 흡사했다. 진풍의 의심은 초상화 아래에 적힌 이름을 보고 나서야 저절로 풀렸다. 바로 그곳에 아주 작은 글씨로 쓰인 정보 제공자는 바로 해번영 가일 교위였다.

이 정도면, 바보가 아닌 이상 어찌 된 일인지 눈치 채지 못하는 게 더 이상했다. 진풍은 분을 참지 못한 채 미친 사람처럼 괴성을 질러댔고, 당장이라도 군주부로 쳐들어가 가일을 끌어내 두들겨 패 죽이고 싶은 마음뿐이었다. 그러나 그가 발을 옮기기도 전에, 멀지 않은 곳에서 그를 향해 달려오는 말 몇 필이 눈에 들어왔다. 호각 소리를 듣고 서둘러 달려오는 기병들이 분명했다. 진풍은 분통을 터뜨리며 초상화를 한쪽으로 던져버리고 몸을 돌려 어두운 밤을 이용해 도망을 쳤다. 바로 그때 칠흑 같은 어둠 속에서 '군자의 복수는 10년이 걸려도 늦은 것이 아니다'라고 말하는 소리가 희미하게 들려왔다.

제4장

◆

이릉 전선

하늘에 짙게 드리운 구름이 밝은 달과 무수히 많은 별을 가리니, 먹빛 옥석처럼 짙은 밤하늘이 머리 위로 무겁게 걸려 있었다. 빛이 없는 어둠이 모든 것을 삼켜버려 맞은편 산등성이의 윤곽조차 제대로 알아볼 수 없었다. 육손은 부들방석 위에 앉아 낚싯대를 쥔 채 물끄러미 강물을 바라보고 있었다. 그의 양옆에 놓인 몇 개의 화로 위로 보이는 희미한 불씨가 사방을 간신히 비추고 있었다.

강물이 고요히 동쪽으로 흘러가고, 가끔 물보라가 일어났다가 잠깐 사이에 아무 일 없었다는 듯 잔잔한 강물 위로 사라졌다. 그렇지만 평온한 듯 보이는 강물 아래로는 암조(暗潮: 겉으로 드러나지 않은 조류)가 용솟음치고 소용돌이가 사방에 퍼져 있었다. 이곳은 효정(猇亭) 나루터로, 형주 땅 안에서 가장 험한 장강(長江)의 항로 중 하나였다. 물이 크게 불어났을 때 이곳에 빠지면 아무리 물길이 잔잔하다 해도 순식간에 강물에 빨려 들어가고 만다.

이곳에 주둔한 지 벌써 1년이 다 되어가고, 촉군과의 전투는 이길 때보다 질 때가 더 많았다. 휘하 장수들의 불만은 조금씩 쌓여가고 있었다. 일각에서는 육손이 대도독 자리에 오른 후부터 백 리를 퇴각했고 무산(巫山)·자귀(秭歸) 등 요충지를 모두 촉군에게 빼앗겼다고 수군거렸다. 지금 유비와 대치하고 있는 상황 역시 공격보다는 수비에 치중하고 있고, 심지어 이도(夷道)를 지키고 있던 손환(孫桓)이 촉군에 포위되었을 때 군대를 분산시켜 지원할 엄두조차 내지 못했으니, 여러모로 대군을 통솔하기에 전혀 적합하지 않다고 소문이 퍼져나갔다.

육손은 이런 소문에 대해 각 군영의 장수들이 회람을 하도록 서신으로 답변했다. 육손은 백 리를 퇴각한 것에 대해서, 촉군을 전진으로 깊숙이 끌어들여 적의 보급이 원활하지 못하도록 만들려는 작전이었다고 강조했다. 손환을 지원하지 않은 것에 대해서도, 오군의 병력을 분산시켜 각개격파하려는 유비의 계책을 간파했기 때문이라고 설명했다. 하지만 그 구구절절한 변명을 보며 장령들은 모두 실소를 머금을 뿐이었다. 주연(朱然)·한당(韓當)·서성(徐盛)·반장(潘璋)·손환은 모두 오랜 세월 전장에서 잔뼈가 굵은 명장들로, 전쟁의 승부는 시기·인심·군비·전력에 대한 정확한 파악과 비교에 의해 결정된다는 것을 누구보다 잘 알고 있었다. 전쟁에서 다른 이유나 이치는 아무짝에도 쓸모가 없었다.

그들은 촉한의 관우와 장비가 죽었으니 이제 촉군을 이끌 인재가 없다는 데 주목했다. 이번에 유비가 친히 정벌전에 나섰지만 위연(魏延)과 조운이 각각 한중(漢中)과 강주(江州)를 지키고 있어 출정한 장수들은 오반(吳班)·진식(陳式)·장남(張南) 정도에 불과했다. 이들은 경험은 물론 명성 면에서도 비교 상대가 되지 않았다. 비록 앞서 촉군에 밀려 백 리를 퇴각하기는 했지만, 그것은 병력의 차이가 너무 큰 탓이었다. 지금은 지원군이 이미 당도해 그들에게 필적할 만한 병력이 갖춰졌다. 좁은 길에서 적과 맞닥뜨리면 용감한 자가 승리한다는 말이 있듯이, 이럴 때 몸을 사린 채 싸우지 않으면 심리적으로 위축되어 적을 두려워하게 된다.

누군가 암암리에 편장 백여 명을 부추겨, 육손 앞에서 촉군을 향해 진격할 것을 청하기도 했다. 그러자 육손은 모든 편장에게 곤장 50대의 형벌을 내린 후 흐지부지 일을 마무리해버렸다. 이 소식이 무창성에 전해졌지만 손권은 도리어 조령(詔令)을 내려 군의 기강을 엄격히 다스렸다. 그는 전선에 있는 장령들에게 육손의 명을 엄격히 따르도록 요구했고, 이를 위반한 자는 지위 고하에 관계없이 모두 곤장 형에 처하도록 했다.

지금까지도 양군은 이릉 일대에서 대치 중이었지만, 여름에 접어들도록 여전히 큰 움직임은 없었다. 며칠 전에 조위에서 사신단을 무창으로 파견해 손권을 오왕으로 책봉한다는 소식이 들려오면서, 장령들의 생각이 다시 복잡해지기 시작했다. 책봉식이 끝나는 순간 오나라와 위나라는 동맹으로 엮이게 되니, 더 이상 뒷걱정을 할 필요가 없어질 것이다. 그때가 되면 오왕은 유비를 상대하는 일에 전력투구할 것이고, 육손은 더 이상 물러설 곳이 없으니 어떻게 해서든 나서서 결판을 지어야 한다.

손에 든 낚싯대가 가라앉자 육손은 물고기가 걸려들었다는 것을 직감했다. 그가 낚싯줄을 흔들며 들어 올리자 한 근가량의 청어가 낚싯바늘에 걸려 올라와 밤하늘 위로 포물선을 그리며 강기슭으로 떨어졌다. 물고기는 아가미를 가쁘게 뻐끔거리고 맹렬하게 땅을 치며 끊임없이 펄떡거렸다. 청어는 본래 기운이 아주 세고 교활한 어류로, 새우를 먹이로 삼으며 천적이 거의 없었다. 그렇지만 일단 물을 떠나면 결국 사람의 손에 운명이 결정될 뿐이었다. 육손은 바닥에서 펄떡이고 있는 청어를 무표정하게 바라보았다. 청어는 여전히 미친 듯이 몸부림쳤고, 낚싯바늘이 걸린 입이 자꾸 벌어지며 날카로운 이빨이 언뜻언뜻 드러났다. 친위병이 청어를 집어 낚싯바늘을 벗기고 대나무 광주리에 던져 넣은 후 다시 뒤로 물러섰다.

저 멀리서 발자국 소리가 들려오자 친위병들이 환수도를 뽑아 들며 소리쳤다.

"암호!"

"강은 동쪽으로 흐른다."

그 말이 떨어지기 무섭게, 야무져 보이는 젊은이가 어둠 속에서 걸어 나왔다. 육안(陸安)이었다. 그는 무창과 효정을 오고 가는 육씨 가문의 연락책이었다. 친위병들이 검을 다시 거둬들이고 계속해서 사방을 경계했다.

육안이 다가와 품에서 죽통을 하나 꺼냈다. 그는 밀랍으로 봉인된 곳을 확인한 후 공손하게 육손에게 건넸다. 육손은 낚싯대를 내려놓고 봉인된 밀랍을 비틀어 깬 후 죽통 안에서 가늘고 긴 백서를 꺼냈다. 육손은 화로 불빛에 기대 백서에 쓰인 깨알 같은 글자를 애써 읽어 내려갔다. 한참 후 그가 자리에서 일어나 백서를 화로에 던져 넣고, 그것이 화염 속에서 돌돌 말리며 타 들어가다 결국 재로 변해가는 모습을 지켜보았다.

육안이 물었다.

"나리, 회신을 보내실 건지요?"

육손이 한숨을 내쉬었다.

"백운관 시체에서 봤다던 그 문신이 우리 사병의 것과 확실히 똑같았단 말이냐?"

"네, 연(延) 공자가 직접 보았으니 틀림없습니다. 당시 별생각 없이 그 말을 내뱉는 바람에 가일과 손몽의 의심을 사게 된 듯합니다. 나중에 연 공자가 시신을 우리 쪽으로 가져와 둘째 나리께 상세히 여쭙고, 집안의 장로를 모셔와 시체와 문신을 확인해달라고까지 했습니다. 그 결과 문신은 우리 쪽 것이 확실했습니다. 그런데 우리 쪽 사람 중에 죽은 자를 아는 이가 아무도 없었습니다. 둘째 나리께서 일이 수상하게 돌아간다고 느끼셨는지 사람을 보내 밤낮으로 가일과 손몽을 감시하게 했는데, 한 무리의 병사들이 나타나 가일을 죽이려 하는 걸 목격하게 됐습니다."

육안은 더 이상 아무 말도 하지 않았다. 그 후에 벌어진 일은 백서에 이미 상세히 쓰여 있기 때문이었다.

육손의 아우 육모(陸瑁)의 일 처리 방식은 육씨 가문의 입장에서 보면 아주 합당한 것이었다. 그가 감시를 하기 위해 붙인 자들은 정체 모를 병사들의 몸에서 육씨 가문의 문신을 발견했고, 가일이 떠나자마자 신속하게 시체를 치워버렸다. 손몽이 위림을 데리고 현장으로 달려갔을 때, 싸움의 흔적은 남아 있었지만 육씨 가문의 물건이라고 할 만한 증거는 하나도 찾을 수 없었다. 시체가 보이지 않으니 위림조차 손몽의 말을 의심할 수밖에 없었다. 가일 역시 이해관계를 누구보다 잘 아는 명석한 자였기에 오왕에게 이 사실을 보고하지 않았다.

그 후 육모의 지시를 받은 육연은 가일을 찾아가, 자신이 착각해서 말이 잘못 나온 것뿐이며 도관에서 본 그 시체의 문신은 육씨 가문의 것과 전혀 다른 것이라고 말을 바꿨다. 이것은 진실을 은폐하려다 오히려 더 드러내는 것처럼 보일 수 있지만, 적어도 공식적으로 관계에 확실히 선을 긋는 효과가 있었다. 이렇게 해서 회사파든 다른 누구든 모두 육씨 가문의 말을 근거로 비방과 공격을 하기 어렵게 됐다. 물론 이것 역시 완벽한 계책은 아니었다. 육씨 가문의 문신을 가진 그자들이 계속 문제를 일으킨다면 의심의 눈초리를 피할 수 없어진다. 지금 가장 중요한 일은 그자들의 정체를 밝히는 것이었다.

문중 사람들 가운데 가일을 습격한 자들을 아는 이가 아무도 없었다. 시체를 살펴보니 다들 오랜 세월 전쟁터를 누빈 노병이라 군 쪽과 관련이 있었다. 어쩌면 회사파 쪽에서 병권을 되찾으려고, 오왕이 육씨 가문을 의심하게 만들도록 이 일련의 일을 꾸몄을지도 모른다. 또 하나의 가능성은 유비가 대치 국면을 깨기 위해 군의사를 출동시켜 화를 전가시키며 오군의 군심을 어지럽혔을 수도 있다. 그것도 아니라면 조비가 진주조와 태평도의 결탁을 도모해 동오의 내란을 부추기고 그 틈을 이용해 잇속을 차리려는 것일지도 모른다.

육손은 더는 생각하고 싶지 않다는 듯 고개를 내저었다. 확실한 증거에서 벗어난 추측은 스스로를 수렁 속에 밀어 넣을 뿐 아무런 쓸모가 없었다. 비록 배후 인물이 아무리 조심했다 해도 이미 약간의 허점을 드러냈으니, 바로 그들이 보낸 자들의 몸에 드러난 문신이었다. 육모의 서신에서도 드러났듯이 그 문신은 지나치게 흡사했다. 크기와 모양, 사용한 바늘까지 어느 것 하나 다른 것이 없었다. 당초 육씨 가문은 가짜를 방지하기 위해 영남(嶺南)에서만 나오는 특수한 염료를 선별해 사용했고, 내부에서도 그것을 아는 사람이 극소수에 불과한 만큼 외부 사람은 더욱 알기 힘들었다. 바꿔 말해서 이 일련의 사건을 계획한 배후 인물이 육씨 가문과 내통한 것이 분명했다. 게다가 이 내통자가 육씨 가문 안에서 꽤나 핵심 인물이 아닌 이상, 이렇게 정확한 정보를 제공할 수 없었을 것이다. 육모는 이미 암암리에 조사에 들어갔고, 최근 들어 누가 의심을 살 만한 행동을 했는지 살피고 있었다. 다만 관련된 사람 수가 너무 많다 보니 좀 더 시간이 지나봐야 윤곽이 드러날 듯싶었다.

"연 공자가 최근에야 가일을 알게 됐는데, 그에게 목숨 빚을 좀 놓았습니다. 나리께서 보시기에…… 연 공자가 일의 진상을 가일에게 솔직히 말해 그를 끌어들이는 것은 어떨까요?"

육안이 물었다.

"그것은 모(瑁)의 뜻이 아니구나."

육손이 미간을 찌푸렸다.

"연이가 네게 물어봐달라 했느냐?"

육안이 고개를 끄덕였다.

"연 공자 말로는, 가일이 반역을 저지르기는 했지만 지금까지 지켜본 바로는 꽤나 인정과 의리가 있는 자라고 합니다. 만약 그자를 끌어들이면 육씨 가문을 모함하는 자가 또 나타나도 해변영에 든든한 편이 생기는 셈이 될 거라고 하더군요."

"허튼소리. 연이에게 가일을 멀리하라고 일러주거라. 또한 오왕이 이미 가일에게 그 사건의 수사를 맡긴 이상, 더 이상 엮여서는 안 된다."

육손이 눈살을 찌푸리며 말했다.

"그 아이에게 시간이 날 때마다 병서를 많이 읽어두고, 괜히 밖에 나가 빈둥거리며 헛짓거리 하지 말라고 이르거라!"

육안이 난색을 표했다.

"나리, 연 공자는 영민하고 용맹하기까지 해서 강동 세도가 자제들 중에서도 눈에 띄는 인재가 아닙니까? 그런 인재를, 왜 밖에 나가 많은 경험을 두루 하게 하지 않으시고 자꾸 안에만 가둬두려 하십니까?"

육손이 화를 내며 말했다.

"그것 역시 연이가 대신 물어달라고 했느냐? 그 아이는 자신이 남들보다 잘났다고 생각해 기고만장해 있지만, 사실 포부만 크고 능력은 그에 미치지 못하니 자신을 과신하다 큰 화를 당하기 십상이다! 해변영에 들어간 지 1년이 넘도록 그걸 깨닫지 못했어. 사람들이 어린 나이에 뜻을 이뤘다고 치켜세운들, 그것 역시 육씨 가문의 체면을 생각해 하는 말이거늘! 사람이 가장 경계해야 하는 것이 무엇인지 아느냐? 바로 자신이 가장 잘났다고 생각하는 것이다. 내가 보기에 연이가 그걸 깨우치지 못한다면 가문을 흥하게 할 수 없을 뿐 아니라 멸문지화를 초래하고 말 것이다!"

육안은 감히 더 이상 아무 말도 못 한 채 속수무책으로 옆에 서 있을 수밖에 없었다.

육손이 마음을 가라앉히고 다시 말을 이어갔다.

"연이가 자존심이 세고 남에게 지려 하지 않는다는 걸 나도 잘 안다. 하지만 내가 아무리 야단을 친다 해도 들으려 하지 않을 게다. 요 며칠 서신을 한 통 써놨으니 모에게 전하고, 나를 대신해 이 불초자를 잘 가르치라고 이르거라."

육안이 대답을 한 후 목소리를 낮춰 말했다.

"한 가지 일이 또 있습니다. 둘째 나리께서 서신에 쓰기 곤란하니 제게 직접 전하라 하셨습니다."

"무슨 일이냐?"

육안이 조금은 이해가 안 된다는 듯 말했다.

"둘째 나리께서 도대체 적 족숙(族叔)께서 어떻게 돌아가셨는지 아시느냐고 물어보라 하셨습니다."

적 족숙은 바로 육적(陸績)을 가리켰다. 그는 육씨 가문의 전대 가주 육강의 차남이었다. 몇 년 전에 육적이 병으로 죽자 육모가 그의 자녀들을 모두 집으로 데려와 부양했다. 지금 육모가 갑자기 이런 질문을 했다는 것은 육적의 죽음에 숨겨진 비밀이 있고 육손이 그 진실을 알고 있다고 의심하고 있다는 반증이었다.

날이 이미 저물어 사방이 쥐 죽은 듯 고요한 가운데, 오로지 화로 속 장작만이 간혹 타닥타닥 소리를 내며 타 들어가고 있었다. 육손의 얼굴은 어둠 속에 가려 표정을 분간하기조차 힘들었다. 그는 한참 동안 침묵을 지키다 자리에서 일어나 광주리에 담겨 있던 물고기를 모두 강으로 돌려보냈다. 그런 후 그는 다시 자리에 앉아 낚싯대를 집어 들었다.

육안이 조심스레 물었다.

"나리, 둘째 나리께 어떻게 답을 드려야 할까요?"

어둠 속에서 육손의 지친 듯한 목소리가 들려왔다.

"족숙은 병으로 죽었다. 모에게, 족숙의 죽음에 병이 아닌 다른 이유가 있을 수 없다고 전해라."

150

가일이 몸을 살짝 일으키며 저린 두 다리를 조금씩 움직여보았다. 오왕이 우림위를 보내, 상의해야 할 일이 있으니 당장 달려오라는 명을 전해 왔다. 그는 지체 없이 말을 달려 왕부에 도착했고, 밖에서 한 시진 반을 기다렸지만 오왕은 여전히 대전 안에서 갈현(葛玄)과 도를 논하고 있었다.

갈현은 단양군 사람으로 『상청경(上淸經)』 『영보경(靈寶經)』 등 도가의 진경(眞經)에 정통하고 강동 땅 안에서 명성이 자자해 태극선옹(太極仙翁)이라 불리는 자였다. 몇 년 전에 오왕이 그를 위해 남악산(南嶽山)에 도관을 짓고, 그를 이용해 태평도를 탄압할 생각을 가졌었다. 하지만 갈현은 속세를 떠나 자유롭게 지내는 사람답게 종파를 만들거나 경전과 도를 가르칠 마음이 전혀 없었고, 자연히 오왕의 제의에 별다른 관심을 보이지 않았다. 그 후 도관은 건립되지 못했지만, 오왕은 여전히 갈현을 상객으로 대접하며 예를 갖춰 정중히 대했다. 오늘 갈현을 입궁시켜 소견하는 것을 보아하니 아마도 태평도의 일을 물어보기 위해서인 듯했다.

며칠 전 소한이 가일과 손몽에게 무창어 요리를 대접했고, 그 자리에서 가일은 태평도에 관한 적잖은 소식을 들을 수 있었다. 가일은 아직까지 소한을 온전히 믿기 힘들어, 그중 개인적으로 알아볼 수 있는 몇 가지 사안을 골라 직접 조사를 해보기까지 했다. 만약 쓸 만한 사람이 한 명이라도 있다면 가일은 소한과 얽히고 싶은 마음이 전혀 없었다. 지난날 진주조에 있을 때는 수하들에게 명령만 내리면 모든 정보를 가장 빠른 시간 안에 끌어 모을 수 있었다. 그러나 지금은 손몽이 가끔 도와주는 것 외에 모든 일을 직접 처리해야 했다. 소한은 바로 그의 이런 점을 먼저 간파하고 자발적으로 손을 내민 인물이다. 소한의 인맥과 신분에 기대 태평도와 관련된 정보를 조사한다면 일이 훨씬 수월해질 수 있었다.

가일은 소한의 내력에 대해 이미 뒷조사를 끝낸 상태였다. 그는 수춘(壽春) 출신으로 조실부모했고, 거지들을 따라다니며 구걸을 하고 살았다. 열

몇 살 때 진전과 의형제를 맺은 후 함께 무창성으로 흘러들어 왔다. 그때쯤 우연한 기회에 백로 도단 선사가 두 사람을 거둬들이면서 태평도에 발을 들여놓게 되었다. 백로 도단은 작은 규모였지만 먹고사는 데 문제가 없었고, 그 덕에 두 형제는 몇 년 동안 편안하게 살 수 있었다. 그러다 이 선사가 중병에 걸려 세상을 떠나기 전에 도단을 소한에게 물려주었다. 몇 년이 지나지 않아 소한은 백로 도단 선사로 명성을 떨치며 엄청난 수의 신도를 끌어모았다. 하지만 도위 부인의 죽음과 천화강자라는 두 가지 사건이 벌어지면서 상황이 점점 불리하게 흘러갔다. 그는 그 즉시 위험을 감지하고 단호하게 태평도와의 인연을 끊어버렸다.

소한은 약삭빠른 인물로 의리를 논할 만한 상대가 아니지만, 본바탕은 악한 자가 아니었다. 그가 선사로 일하던 몇 년 동안 탕약으로 만든 부적수로 병을 고친다고 속이고 재물을 모았지만, 잔인무도한 짓을 저지른 적은 없었다. 가일은 지금 당장 곁에 쓸 만한 사람이 없으니, 그와 손을 잡는 것도 어쩔 수 없는 선택이었다. 설사 반신반의하며 경계를 늦추지 말아야 할 상대라도 혼자보다 나았다.

소한은 천화강자와 피가 응고하게 만드는 이런 수법은 대현량사 장각만 부릴 수 있는 도술이고, 그 안에 감추어진 비법을 아는 이가 극히 드물다고 알려주었다. 다만 죽은 자가 다시 살아나 사람을 공격하는 도술은 그도 지금껏 들어본 적이 없다고 했다. 이런 일을 벌인 자들은 성안 어딘가에 있는 태평도단 사람이 분명하지만, 그들 역시 외부인에게서 그 도술을 전수받은 것이 틀림없다고 했다. 소한은 이미 사람을 시켜 조심스럽게 뒷조사를 하고 있으니, 그 가운데 의심 가는 곳이 보이면 바로 가일의 귀에 들어올 것이다.

이런 생각을 하는 사이에 대전 안에서 가일을 부르는 소리가 들려왔다. 가일이 자리에서 일어나 우림위를 따라 대전 안으로 들어갔다. 그의 예상을 깨고 갈현은 그때까지도 대전 안에 남아 있었다. 손권은 가일이 들어오는 것이 보이자 먼저 말을 꺼냈다.

"며칠 전에 이상한 꿈을 꾸었네. 다행히 태극선옹이 근방에 있어 해몽을 청했는데, 이야기에 너무 심취해 자네가 와 있다는 것을 깜빡했군."

갈현이 의미심장한 눈빛으로 아무 말 없이 가일을 주시했다.

가일은 그의 시선이 약간 거슬렸다. 그러다 불현듯 한 가지 생각이 번뜩 떠올랐다. 갈현은 그의 관상을 봐주고 있는 게 틀림없었다. 가일은 어쩔 수 없이 옷자락을 가지런히 하고 담담한 표정으로 앉아 있었다.

잠깐의 시간이 흐른 후 갈현이 고개를 끄덕이다 이내 가로저으며 여전히 아무 말도 꺼내지 않았다.

손권이 물었다.

"선옹, 왜 그러시오?"

갈현이 대답했다.

"이 젊은이의 관상이 비범해 함부로 단정해 말하기 어렵사옵니다."

손권이 웃으며 말했다.

"선옹이 유비와의 전쟁을 예언하며 우리가 대승할 거라 하지 않았소? 이런 중대사는 과감히 예측하시는 분이 어째서 가일의 관상 앞에 말하기를 주저하는 것이오?"

가일도 그 이유가 궁금해 자기도 모르게 자꾸 갈현에게 시선이 갔다. 이 선옹의 명성은 익히 알고 있었지만, 이렇게 마주 앉은 것은 처음이었다. 비단옷과 관대를 한 태평도 선사들과 다르게 갈현은 무척 소박한 옷차림이었다. 상투에 꽂은 장식은 나무 비녀였고, 도포는 하얗게 바랬으며, 구름신에는 기운 자국이 보였고, 심지어 맨발이었다. 만약 홀로 거리를 걷고 있었다면 태극선옹이라고 아무도 알아보지 못할 징도였다.

갈현이 대답했다.

"관상은 두 가지로 나눠 보게 되는데, 하나는 눈썹의 모양을 보고 또 하나는 그 사람의 얼굴에 나타나는 형상과 기색을 봅니다. 눈썹의 모양으로 보건대 가 교위는 부귀의 상이고 큰 탈 없이 살 팔자이옵니다. 한데 형상과 기색을 꼼꼼히 살펴보니 변화무쌍해 그 운명의 갈피를 잡을 수가 없더이다. 그런 이유로 빈도는 가 교위의 관상을 함부로 단정해 말하기가 어렵다 말씀드린 것이옵니다."

손권이 흥미로운 듯 물었다.

"선옹의 말은 가 교위의 운명이 늘 변화하는 상이라 한 마디로 단정할 수 없다는 것이오?"

갈현이 고개를 끄덕였다.

손권이 또 물었다.

"세상에 이런 기이하고 보기 드문 관상이 있단 말이오?"

갈현이 대답했다.

"이런 관상이 드물기는 하나, 아주 없는 것은 아닙니다. 천하의 관상가는 대부분 눈썹 모양만으로 관상을 볼 줄 알기 때문에 그 부분을 간과할 뿐이지요. 하나 빈도는 그들보다 조금 더 많은 이치를 알고 있고, 천하를 두루 돌아다니다 보니 자연히 보고 듣는 것이 더 많아졌을 뿐입니다."

"이런 관상을 가진 자는 다들 어떤 사람들이오?"

"위로는 왕공·귀족부터 아래로는 장사치까지 아주 다양하옵니다. 그런데 그들은 지위 고하와 상관없이 다들 가 교위와 마찬가지로 한 가지 공통점을 가지고 있습니다."

"무슨 특징이오?"

"평생을 고달프게 살고 갈등에 얽혀들어 자신의 의지와 상관없이 세파에 휩쓸리며 살게 됩니다. 그 운명에서 벗어나려고 백방으로 노력하며 발버둥 쳐도 소용이 없습니다."

대전 안에 잠시나마 무거운 침묵이 흘렀다. 그 침묵을 깨고 손권이 나지막이 말했다.

"가일, 선옹이 자네의 관상을 이렇게 말했는데, 어떤 기분이 드는가?"

가일이 일어나 갈현에게 읍을 올리며 말했다.

"괜찮습니다. 신은 관상이나 점괘를 믿지 않사옵니다."

"그렇다면 이릉에서 아군이 대승을 거둘 거라고 한 선옹의 말도 안 믿는다는 건가?"

가일이 대답했다.

"신은 군사에 대해 아는 바가 없으니, 전선의 승부에 대해 감히 함부로 말할 자격이 없나이다."

손권이 호탕하게 웃으며 갈현에게 말했다.

"이거 좀 보시오. 내 신하 된 자의 대답이 뻣뻣하기 이를 데 없으니, 물은 내가 다 민망해지오."

"전하의 곁에 간언을 올릴 수 있는 신하가 있다는 것만으로도 큰 복이라 할 수 있겠지요. 전하께서 속무에 바쁘시니, 빈도는 이만 폐를 끼치고 다른 날 다시 찾아뵙겠나이다."

손권이 얼른 자리에서 일어나 갈현을 대전 밖까지 배웅했다. 그는 갈현이 달구지에 올라타는 것을 보고 나서야 다시 대전 안으로 들어왔다.

그가 가일의 옆에 서서 꽃을 조각한 병풍을 바라보며 한참 동안 침묵을 지켰다. 오왕은 현인이나 학자를 예로써 대하는 것을 좋아하지만, 그들이 주제넘은 마음을 가지게 될까봐 때로는 고의로 그들을 시험해보기도 했다. 가일이 방금 한 몇 마디의 대답은 거칠고 무례해 보이지만, 손권의 마음에 든 것이 분명했다.

손권이 두어 걸음 앞으로 걸어가 무표정하게 물었다.

"백운관과 성안에서 육씨 가문의 문신을 한 자들을 만났느냐?"

가일이 뜨끔한 마음을 감춘 채 허리를 숙이며 말했다.

"그렇습니다."

손권은 더 이상 아무 말 없이 상석에 앉아, 서안 위에 놓인 목간을 펼쳐 봤다.

가일이 잠시 고심하다 입을 열었다.

"지존의 용서를 구하옵니다. 신은 이 일이 결코 단순하지 않다고 판단했기에 바로 보고를 올리지 못했나이다."

잠깐 동안의 무거운 침묵이 흐른 후에야 손권이 손에 쥔 목간을 접어 덮었다. 그가 미소를 지으며 물었다.

"어째서 단순한 문제가 아니라 판단했느냐? 그래 어디 한번 들어나 보자꾸나."

"문신이 있는 자들이 사건 수사를 막으려고 소신을 공격한 것으로 보아, 태평도가 저지른 두 사건과 관련이 있을 겁니다. 상식적으로 추리를 해보면, 그들의 문신이 육씨 가문의 것과 똑같으니 그 가문의 사병이라고 생각할 수밖에 없습니다. 하오나 시간이 지날수록 그걸 너무 당연하게 받아들였다는 생각이 들었습니다. 육씨 가문은 명문세가이고 그 가문에서 배출한 인재가 적지 않으며, 일 처리가 빈틈없고 늘 신중한 행보를 보여왔습니다. 문신을 한 사병을 보내 대대적으로 일을 벌이면서까지 사람을 죽여 입을 막으려 들 리 없지요. 이렇게 무모한 일 처리를 그들의 소행으로 볼 수 없는 점이 바로 여기에 있습니다."

손권이 물었다.

"그렇다면 육연의 말대로 그자들이 육씨 가문의 사병이 아니라고 생각하는 것이냐?"

"아닙니다. 음모라는 것은 거짓과 진실이 뒤섞여 있어 그 진위를 가리기 어려우니 단언을 내리기 힘듭니다. 어쩌면 육씨 가문에서 제가 이렇게 생각할 것을 염두에 두고 이번 일을 벌였을 수도 있습니다."

가일이 조심스럽게 고개를 들어 손권의 반응을 살핀 후 다시 말을 이어 갔다.

"하물며 육연이 이 문신을 단번에 알아본 것으로 보아, 모양·색깔 면에서 육씨 가문의 것과 매우 흡사하다는 것만은 확실한 것 같습니다. 다시 말해서, 배후 인물이 육씨 가문이 아니라 해도 그 가문과 밀접하게 연결된 자일 겁니다. 소신이 쥐고 있는 단서가 너무 적다 보니 육씨 가문이 이 일에 관여했다는 것을 증명할 방도가 없습니다. 함부로 보고를 올렸다가 말이 새어 나가기라도 한다면 지존께서 육씨 가문을 모함했다는 말이 나오기 쉽고, 결국 불필요한 문젯거리만 생길 거라 판단했습니다."

"예를 들면?"

가일이 안면몰수하고 대답했다.

"예를 들자면 회사파나 촉한이 이 기회를 틈타 함부로 유언비어를 퍼뜨릴 수 있습니다. 지존께서 행여 잘못 대처하시면 전선에 있는 군심에 영향을 미치고, 조정의 근간이 흔들릴 수도 있습니다."

"어찌 대처할지는 자네가 걱정할 문제가 아니네."

손권이 다시 물었다.

"결국 자네는 스스로 살길을 찾아 몸을 사린 것이로군. 일단 회사파 노신들이 들고 일어나면 내가 자네를 보내 사태를 무마하라 시킬 것을 아니, 일단 숨기고 보고하지 않은 것 아닌가?"

가일이 진땀을 흘리며 납작 엎드렸다.

"지존, 소신이 죽을죄를 지었나이다."

"인지상정일 뿐인데, 어찌 그걸 죄라 할 수 있겠느냐?"

손권의 말투가 약간 누그러졌다.

"자네는 상향이 추거한 사람이니 신분과 지위가 다른 이들과 같을 수 없는 만큼, 자네를 버리는 패로 쓸 수 없네. 앞으로도 이 점을 명심하게. 알겠는가?"

가일은 연신 고개를 숙이며 명심하겠노라 대답했지만, 그의 마음은 전혀 다른 생각을 하고 있었다. 만약 정말 손권의 이 말을 믿는다면 과연 몇 번을 죽어야 할지 모를 일이었다. 제왕의 눈에 바둑돌이 아닌 신하가 어디 있겠는가? 결국 그들의 필요에 따라 버려지는 것이 신하라는 존재였다. 아무리 그의 재주와 기량을 중히 여기고 총애해도, 이용 가치가 있으면 쓰고 언제라도 버리게 되어 있었다.

"지금 이 사실에 대해 아는 자는 자네와 손몽, 육씨 가문뿐이네. 몽이 쪽은 내가 이미 사람을 보내 분부를 내렸고, 육가 쪽은 외부로 발설할 리 없으니, 자네도 새어 나가지 않도록 각별히 주의하게."

손권이 한숨을 내쉬었다.

"비록 회사파의 장소(張昭)가 노환을 이유로 고향으로 돌아갔고 우번(虞翻)은 교주로 갔지만, 조정에 손소(孫邵)·설종(薛綜)·정병(程秉)의 무리가 여전히 남아 있네. 만약 그들의 귀에 이 소식이 들어가면 이때다 싶어 미쳐 날뛸 테니 조정이 평온할 날이 없을 테지."

가일은 고개를 숙이고 응수하며 떠보듯 물었다.

"지존께서는 육씨 가문을 조사할 생각이 없으신지요?"

손권이 대답을 하지 않은 채 물었다.

"자네는 누가 이런 정보를 알려주었는지 아는가?"

가일은 얼른 정황을 따져보았다. 신하를 통제하고 감시하는 것은 손권이 늘 해오던 수법이고, 가일도 이미 익숙해 놀랍지도 않았다. 다만 이번 정보를 아는 자가 몇 명 안 되니 가일은 그 안에서 밀고자를 추측해보았다. 설마 손몽이 참지 못하고 손권에게 아뢴 것인가?

"육연이네."

158

손권이 먼저 그 존재를 알려주었다.

"그가 상소를 올려 요 며칠 벌어졌던 일을 상세히 알려주었네. 그 내용 중에 문신에 관한 것도 언급되어 있었지. 육연은 육씨 가문이 이번 일에 관여한 적이 없고, 자네에게도 그 사실을 밝혔지만 오해가 있는 듯해 내게 먼저 보고를 올리게 됐다고 하더군."

가일이 고개를 드니, 손권의 입가에 장난스러운 미소가 어려 있는 것이 보였다. 육연의 이런 행동은 자기방어를 위한 것이지만 별로 잘한 일은 아니었다. 만약 가일이 손권에게 이 일들을 보고했다면 그는 이미 대응할 말을 준비해두었을 것이다. 가일이 지존에게 이 일을 보고하지 않았다는 것은 지존을 속이려던 마음을 드러내는 것이었다. 그러니 육연의 행동은 등 뒤에서 가일에게 칼을 꽂고도 그 자신은 떳떳하다고 말하는 것과 같았다.

가일은 아무런 감정도 드러내지 않은 채 물었다.

"지존께서는 육연의 말을 믿으시옵니까?"

"믿느냐고 물었느냐?"

손권이 웃으며 말했다.

"이 자리에 앉아서 믿는다는 말을 어찌 그리 쉽게 입 밖에 낼 수 있겠느냐? 육연이 상소를 올린 후 육모가 직접 시체 몇 구를 보내와 검시를 청했다. 한 시진 전에 사람을 보내 그 결과를 그들에게 알려주었지. 왕부 검시관의 검시를 거친 결과 그 문신은 새겨진 지 며칠밖에 되지 않았더군. 이를 근거로 짐작해보건대, 누군가 육가를 모함하고 있는 것이 분명하네."

"지존께서는 이미 모든 진상을 알고 계셨군요."

가일의 눈빛이 달라졌다.

"그렇지 않네."

손권의 목소리가 냉정해졌다.

"검시관이 그 시체들을 살펴보니 적어도 반년 전에 새겨진 것이 확실하다 하더군. 내가 그리 말한 것은 육가를 안심시키기 위한 것에 불과하네."

가일이 바로 물었다.

"지존께서 육씨 가문을 의심하고 계시다면, 가만히 장령을 파견해 육손을 무창으로 불러들인 후 진실을 가려내는 편이 낫지 않을는지요?"

손권이 탄식을 내뱉었다.

"강동에 명장이 많다 하나, 유비와 필적할 만한 사령관이 과연 몇이나 되겠는가?"

경륜으로 따지자면 육손은 주연·한당·서성보다 나이가 적었다. 그들만큼 전공을 세운 것도 아니었다. 손권이 육손의 어떤 점 때문에 그가 아니면 유비와 대적할 자가 없다고 판단했는지 도무지 이해가 되지 않았다. 굳이 그 이유를 따지고 들자면 강동파 세도가들이 조정 재정 중 4할에 달하는 몫을 바치고 있기 때문일 것이다. 만약 강동파의 수장인 육씨 가문을 건드린다면 돈줄이 끊기고, 이릉 전선의 군심도 요동칠 것이다.

손권이 갑자기 속삭이듯 무슨 말을 꺼냈다. 가일이 제대로 알아듣지를 못해 고개를 들고 그를 쳐다봤다.

"조비 쪽에서 서신을 보내왔네. 최근 들어 조정의 잡무로 정신없이 바빠 책봉식을 뒤로 미뤄야겠다고 하더군."

손권은 아무런 표정의 변화 없이 같은 말을 되풀이했다.

가일의 눈빛이 흔들렸다. 그는 이것이야말로 문제의 핵심임을 바로 알아챘다. 만약 위나라 사신단이 예정대로 도착한다면 위-오 동맹이 기정사실이 된다. 그때 가서 육손을 경질해 군심이 동요한다 해도, 위나라 대군이 측면에서 제압하고 있으니 유비 역시 함부로 동오 땅에 쳐들어올 수 없겠지. 하나 지금 조비의 태도가 애매하고 유비가 위나라를 크게 개의치 않으니, 이릉 전선은 여전히 안정이 최우선일 수밖에 없다. 그런데 조비가 왜 갑자기 책봉식을 미룬 거지? 잡무 때문에 바쁘다는 것은 핑계에 불과하다.

어쩌면 이것 역시 손권의 거짓말일 수 있다. 혹시 조비가 내건 어떤 조건을 손권이 받아들이지 않은 것일까?

가일이 이런 생각에 잠겨 있는 사이에 우림위가 잰걸음으로 들어와 손권에게 백서를 건넸다.

백서를 펼쳐 읽어 내려가던 손권의 표정이 점점 어두워졌다. 그가 백서를 접으며 고개를 가로저었다.

"육모의 상소네. 왕부 검시관의 검시가 잘못되었다고 하는군. 육가에서 이미 사람을 시켜 검시를 했을 때 문신의 모양과 안료가 육가의 것과 똑같았고, 문신을 새긴 지 반년이 넘은 것을 확인했다네. 비록 지금은 모든 증거가 육가를 겨냥하고 있지만 그자들은 육가의 사병이 절대 아니며, 그들도 어찌 된 일인지 조사 중이라고 하는군."

손권이 화제를 바꾼 이상 가일도 따를 수밖에 없었다.

"더 큰 이익을 위해 사소한 것을 양보하는 것이 아닐는지요? 육모가 이 사실을 전부 밝혔다는 것은, 그들이 지존께 숨기는 것이 없음을 증명하고 싶어서일 겁니다. 다만 스스로 결백을 증명하니 설득력이 전혀 없다는 것이 문제지요."

"음, 열 길 물속은 알아도 한 길 사람 속은 알 수 없으니, 고작 몇 마디 말로 충신과 간신을 단정 지을 수야 없겠지. 모든 일은 문제를 근본적으로 해결해야 마땅하네. 이리저리 들추며 떠보고 알아맞혀봐야 무슨 소용이 있겠는가? 육가가 관여를 했는지 분명히 알려면 그 두 가지 사건을 철저히 조사하면 될 것이네. 문신에 관해서는 일단 제쳐두는 걸로 하고, 그 두 사건의 수사는 진전이 있는 건가?"

"아무래도 태평도가 민심을 현혹해 모반을 꾀하는 것으로 보입니다. 소신이 이미 태평도단 몇 곳으로 수사망을 좁혀두었고, 좀 더 시간을 두고 조사하면 윤곽이 드러날 것으로 보입니다."

가일이 품에서 목함을 꺼내 건넸다.

"소신이 객조연 장순의 집으로 문상을 갔을 때 그의 부인 진예가 지존께 전해달라고 한 물건입니다."

내시가 목함을 건네받아 열어본 후 손권에게 건넸다. 손권은 목함에 담긴 밀랍 환을 집어 들어 빛을 비춰본 후 다시 내시에게 넘겼다. 내시가 밀랍 환을 으깨 안에 작게 말아 넣은 비단을 꺼내 손권의 앞에 펼쳐놓았다. 손권이 그것을 힐끗 본 후 고개를 들어 가일에게 물었다.

"이것은 무슨 뜻이냐?"

가일이 앞으로 나가 확인해보니, 비단 위에 아무 글자도 보이지 않았다.

"이 목함이 여기 오기 전에 다른 사람의 손을 탔느냐?"

손권이 눈을 가늘게 떴다.

"아닙니다. 진예 부인에게서 받은 후 늘 몸에 지니고 있었습니다."

가일이 남몰래 안도의 한숨을 내쉬었다. 사실 그동안 그는 그것을 깨서 안에 무엇이 있는지 보고 싶은 마음을 가까스로 참아야 했다. 행여 안에 무슨 장치라도 있어 원래 모양대로 복원이 불가능할까봐 감히 손을 댈 수 없었다. 그 안에 들어 있던 비단에 아무 글자도 쓰여 있지 않을 줄 생각조차 하지 못했다. 손권이 깨진 밀랍을 한 덩어리로 뭉쳐 꼼꼼히 살핀 후 다시 죽간으로 내리쳐 빻아보았지만 아무것도 발견할 수 없었다. 그가 내시를 시켜 비단에 불을 쬐고 물을 묻히는 등 여러 방법을 써봤지만 아무런 수확이 없었다.

손권이 미간을 좁히며 물었다.

"장순이라는 자가 무슨 수수께끼를 낸 것이지?"

장순이 단서를 남기면서 중간에 빼앗길 것을 염려해 나름 고심을 한 듯하니, 그 의도는 나무랄 데가 없었다. 하지만 너무 은밀하게 처리한 나머지 아무도 그 의중을 알아챌 수 없다면, 도리어 재주를 피우려다 일을 망치는 꼴이 될 수 있다. 도대체 밀랍 환과 비단에 무슨 비밀을 숨겨둔 것일까? 가일은 서안 위에 펼쳐진 비단을 바라보며 그 해답을 찾는 일에 골몰했다. 별안간 그의 시선이 밀랍 환을 담아둔 목함에 닿으며 무언가 이상하다는 느낌을 받았다.

상자는 소나무로 만들어졌고, 위에 아름다운 꽃무늬가 조각되어 있었다. 무창은 장강을 끼고 있어 날씨가 습하기 때문에 목기 표면에 동유(桐油)를 발라 습기를 방지하는 게 일반적이었다. 그런데 이 나무 상자에는 그런 칠이 되어 있지 않았다. 시간이 촉박해 빼먹은 것일까? 그럴 리 없다. 만약 정말 시간이 없었다면 꽃무늬를 조각할 틈도 없었어야 하지 않을까? 동유를 바르지 않은 탓에 목함은 나무 본연의 광택이 배어 나왔지만 조금 싸구려 같은 느낌을 주었다. 목함 바닥에 쓴 글자도 조금 커서 언뜻 보면 영 조화가 맞지 않았다.

가일의 머릿속에 한 가지 생각이 번뜩 스쳐 지나갔다.

"지존, 매독환주(買櫝還珠: 구슬 상자를 사고 구슬은 돌려주다)라는 말을 들어보셨는지요?"

손권이 목함을 들어 자세히 살펴보았다.

"장순이 물건을 목함에 숨긴 것인가? 하나 상자 사면이 이리 얇은데, 무슨 수로 끼워 넣는단 말인가?"

가일이 대답을 하기도 전에 손권의 손가락이 이미 밑바닥의 '건안 5년 제(制)'라고 쓰인 글자에 가서 머물렀다. 그가 그 문구를 뚫어지게 보며 혼잣말처럼 한 글자씩 읽어 내려갔다. 바로 그 순간 무언가를 깨달은 듯 그의 눈빛이 바뀌었다.

동유를 칠하지 않은 소나무는 습기에 금세 취약해져 색이 탁하고 어두워진다. 딱 봐도 이 목함은 최근에 만들어진 것이 확실했다. 다시 말해서 이 낙관의 시간이 틀렸거나, 아니면 일부러 그렇게 쓴 것이 분명했다.

가일이 말했다.

"장순이 지존께 알리고 싶었던 것은 건안 5년, 바로 이 시기가 분명합니다. 일전에 소신이 육연에게서 들은 바로는, 건안 5년에 무창성에 진적이라 불리는 거상이 살았는데 술집에서 우길을 욕한 후 급사했고, 그자의 죽은 모습이 도위 부인 오민과 똑같았다 하옵니다. 도위 부인과 장순 사건은 배후 인물의 일 처리가 철두철미해 추적할 만한 단서가 많지 않습니다. 진적 사건부터 수사를 착수해 들어간다면 뜻밖의 수확이 있을 듯합니다."

가일은 손권이 아무 말도 하지 않자 고개를 들어 그를 바라봤다. 손권은 무언가에 홀린 듯 그 글자들을 뚫어지게 쳐다보고 있었다. 그의 표정은 마치 옛 기억 속으로 빠져든 것처럼 보였다.

가일이 다시 한번 그의 의중을 물어보자, 손권이 그제야 깊은 생각에서 깨어난 듯 가일을 쳐다보며 물었다.

"진적이라고 했는가? 음, 건안 5년에 일어난 사건이란 게지?"

가일이 대답했다.

"그렇사옵니다. 지존, 소신이 진적 사건과 이 두 사건을 함께 수사하면서……."

"음, 그렇게 하게. 당장 조사를 시작하고, 그 과정에서 무슨 문제라도 생기면 나에게만 알리도록 하게."

손권이 더는 말하고 싶지 않은 듯 필요한 말만 하고 입을 다물었다.

가일은 오왕의 마음이 다른 데 가 있는 것을 보고 무언가 의심쩍은 생각이 들었다. 설마…… 이 건안 5년이 가리키는 것이 진적의 그 사건이 아니었던 건가? 곰곰이 생각해보니 장순이 오왕에게 물건을 전해달라고 한 것부터가 이상했다. 만약 자신의 생사와 관련이 있다면 왜 살아 있을 때 오왕을 만나거나, 의심 가는 점을 해변영에 알리지 않은 거지? 설사 말 못할 고충이 있었다 해도, 의심이 가는 사람을 직접 기록해놓을 수도 있었을 것이다. 그래야 그가 죽은 후라도 유족이 관에 보고를 올려 더 빨리 흉수를 잡을 수 있을 테니 말이다.

어쩌면 장순이 전달한 이 단서는 그를 죽인 흉수가 누구인지 밝히려는 것이 아니라, 오왕에게 무언가를 암시하려는 것이 아닐까? 장순은 무언가를 알아내고 위험을 감지했지만 확신할 수 없었고, 그래서 이 목함을 남겨 만일에 대비했을 것이다. 만약 그가 죽지 않았다면 그 모든 것이 그의 억측에 불과했을 것이다. 그러나 그가 피살되는 순간 그의 의심이 맞았다는 것이 증명되는 셈이다. 과연 오왕은 목함을 건네받아 '건안 5년' 네 글자를 보는 순간 무엇을 알아챘을까? 장순에게 일을 부탁했던 그 옛 친구는 도대체 이 사건의 장본인일까, 아니면 그 또한 이용당한 자일까?

가일은 짐짓 무심한 척 물었다.

"지존, 진적 사건 말고도 건안 5년에 무슨 이상한 일이 있었는지 기억이 나십니까?"

손권이 더는 말하고 싶지 않다는 듯 손을 내저었다.

"그건 자네가 조사해야 할 것들이거늘, 왜 내게 묻는 것인가? 나는 다른 일을 처리할 게 있으니 이만 물러가도록 하게."

가일이 절을 올리고 대전을 나와 잠시 태양 아래 묵묵히 서 있었다. 비록 의문이 꼬리에 꼬리를 문다 한들 더 이상 떠볼 방도가 없었다. 손권은 건안 5년에 있었던 일들을 숨긴 채 속내를 전혀 드러내지 않았다. 가일은 계단을 내려갔다. 눈앞의 사건들도 하나같이 별다른 단서가 없으니, 다른 일은 참견하지 않는 편이 나았다.

등불이 하나둘씩 켜질 시간을 맞아 거리는 사람들로 북적거렸다.

소한이 찻집 나무 창가에 서서 맞은편에 있는 자신의 주루를 바라보고 있었다. 5척 정도에 불과한 고풍스러운 문 위로 '경화수월'이라는 네 글자가 멋지게 적혀 있었다. 그 간판은 양옆에 있는 등잔불의 불빛을 받아 세속을 벗어난 듯 은은한 멋을 풍겼다. 입구에서 멀지 않은 곳에 깔끔하게 차려입은 서동(書童)이 서 있었다. 하지만 그는 호객 행위 따위는 하지 않은 채, 손님이 다가와 물으면 공손하게 대답만 할 뿐이었다.

주루를 개업하기에 앞서 석류가 나서서, 아가씨들을 2층 난간에 세워 왔다 갔다 걸어 다니게 하며 사람들의 이목을 끌어야 한다고 제안했지만 소한이 단칼에 무시했다. 그는 모든 사람을 불러 모아, 이곳을 찾아오는 손님들의 이름과 신분, 거주지에 절대 관심을 두지 말라고 단단히 교육을 시켰다. 게다가 아가씨들은 단지 가무·서화·시문 따위의 재주만 팔 뿐 몸을 팔지 못하게 했고, 심지어 손님과 장난을 치거나 웃음을 파는 행동을 일절 허용하지 않았다. 그는 오는 손님을 존중하며 깍듯이 대하도록 철저히 교육을 시켰다. 이것은 소한이 정한 규정이었다.

결국 개업한 후 열흘이 지나도록 찾아오는 손님이 턱없이 줄었고, 기예만 팔고 몸을 팔지 않는다는 말에, 왔다가 다시 돌아가는 사람도 적지 않았다. 석류는 이게 무슨 기루냐며 잔소리를 해댔고, 그럴 때마다 소한은 자신이 연 것은 기루가 아니라며 허허 웃어넘겼다. 지난 한 달 동안 그는 돈을 벌 생각이 전혀 없었다. 그는 입소문을 통해 무창성의 세도가 자제들에게 이곳의 존재를 알리는 데 더 의미를 두었다.

소한이 탁자 옆으로 돌아와 앉아 계화수(桂花酥)를 하나 집어 씹어 먹으며 차 한 잔을 단숨에 들이마셨다. 밖에서 발자국 소리가 들리는 것으로 보아 기다리는 사람이 드디어 도착한 모양이었다. 대나무 발을 걷어 올리며 도적같이 생긴 중년의 사내가 들어왔다. 소한이 웃으며 그에게 앉으라고 손짓을 했다.

중년의 사내가 무례하게 상석에 털썩 앉으며 물었다.

"이보게, 돈은 충분히 준비했는가?"

"장 도존(道尊), 뭐가 그리 급하시오? 일단 차나 좀 마시면서 이야기해도 늦지 않소."

소한이 미소를 지으며 말했다. 사내의 속명은 장청(張淸)이고, 삼원(三源) 도단의 선사 중 한 명이었다. 원래 그를 따르는 신도가 적지 않았지만, 도박에 중독되어 거액의 빚을 지고 몇 번이나 빚에 쫓기다 보니 지금은 선사 자리에서 물러난 상태였다.

"됐네. 자네나 나나 회포를 풀 사이도 아니고, 나한테 소식을 얻고 싶으면 차 따위는 필요 없고 돈만 충분히 주면 되네."

장청이 나무 창을 닫았다.

"이곳은 안전한가?"

"절대 안전하니 안심해도 되오."

소한이 탁자 위에 놓인 목함의 뚜껑을 열자 안에 여러 개의 금괴가 가지런히 담겨 있었다.

장청이 씩 웃으며 손을 뻗어 목함을 잡으려 하자 소한이 앞서 뚜껑을 덮어버렸다.

"장 도존, 소식은?"

장청이 아쉬운 듯 눈을 흘기며 자리로 돌아와 앉았다.

"이 정도로는 부족하네."

"부족하다?"

소한이 되물었다.

"금괴 닷 냥이면 좋은 전답으로 이삼십 묘는 너끈히 사고도 남소. 지금 고작 정보 하나 팔면서 이게 부족하다는 것이오?"

"금괴 열 냥."

장청이 마치 타협의 여지가 전혀 없다는 듯 눈을 부릅떴다.

"좋소!"

소한이 손뼉을 쳤다.

"부르는 게 값이라고 생각할 만큼 대단한 정보인가 보오? 하나 그 정보가 금괴 열 냥의 값어치가 있는지 여부는 장 도존이 결정하는 게 아니라 내가 하오."

"쳇! 내가 얼마나 큰 위험을 무릅썼는지 알고 하는 말인가? 만약 우길 선사한테 알려지는 날에는 어찌 될지 생각만 해도 끔찍하네."

"우길이 이미 죽었다는 걸 다 아는 마당에 별걱정을 다 하시오. 사람들이 신통력이라 믿는 것들이 사실은 속임수에 불과하다는 걸 우리야 다 아는 사실이고, 실패하면 그야말로 망신살이 뻗치는 잔재주가 아니오?"

장청은 여전히 두려워하는 눈빛으로 손사래를 쳤다.

"모르는 소리 말게. 하늘 위로 불길이 타오르면서 글자가 떠오르고 죽은 사람이 다시 살아나는 그런 신통력은 우길이 아니면 아무도 할 수 없네. 게다가 언젠가 밤중에 도단에서 그를 봤단 말일세. 그 순간 하마터면 너무 놀라 오줌을 다 지릴 뻔했지 뭔가?"

"우길을 봤단 말이오?"

소한의 눈썹이 치켜 올라갔다.

"열 냥! 그 이하는 절대 안 되네. 그렇지 않으면 내 단 한 마디도 하지 않을 것이니."

소한이 대답했다.

"좋소. 열 냥 드리리다."

소한이 목함을 탁자 위에 놓고 뚜껑을 열자 안에서 금빛이 번쩍거렸다.

"어떻소? 이제 됐소?"

장청이 금괴를 이로 깨물어 순도를 확인해본 후 다시 물었다.

"이보게, 혹시 지금 관을 도와 일하고 있는 건가?"

소한이 화가 난 것처럼 물었다.

"아니, 다 아는 사람들끼리 왜 이러시오? 그런 걸 묻는 것 자체가 상도덕에 어긋나는 걸 모르시오?"

"알지, 알아. 어쨌든 내 알 바 아니니, 괜한 참견 하지 않겠네."

그가 목소리를 낮추며 말했다.

"도위 부인과 장순 피살 사건은 우리 삼원 도단과 관련이 있는 게 확실하네. 두 달 전에 어떤 도사가 추천서를 가지고 우리 도단의 혜덕(惠德) 선사를 보러 왔어. 두 사람이 문을 닫고 두세 시진가량 비밀스럽게 이야기를 나누더군. 내가 벽 밑에 빠짝 붙어 몰래 들어보니, 작룡진(斫龍陣)이 어쩌고저쩌고 하는 그런 요상한 이야기들을 나누고 있었네."

"작룡진요?"

소한이 물었다.

"그게 뭐요?"

"나중에 누가 들어오는 바람에 계속 듣지 못했으니, 나도 알 수야 없지."

장청이 말을 이어갔다.

"그 당시에는 사람을 속이는 새로운 수법인가 보다, 그 정도로 생각했네. 어차피 내가 나서서 할 일도 아니니 신경 쓸 이유가 없었지. 그런데 며칠 후 도위부에서 사건이 터지고, 위림의 처가 기이하게 죽은 것도 모자라 다시 살아나 해번영의 두 사람과 싸우며 살기를 뿜어냈다더군. 그날 밤 도단에서 선사들과 이야기를 나누고 있는데 그 도사가 또 오는 것이 보였네. 근데 이번에는 잿빛 두봉(斗篷: 모자가 달린 망토 비슷한 겉옷)을 걸친 사내와 함께였네. 내가 또 벽 밑으로 기어가 손가락으로 창호지에 구멍을 뚫고 안을 몰래 훔쳐봤는데, 글쎄 혜덕 선사가 그 두봉을 걸친 자한테 무릎을 꿇지 뭔가! 그자가 두봉을 벗는 순간 내 두 다리가 후들거리고 이 두 눈을 의심했네. 그자가 우길 선사일 줄……."

소한이 그의 말을 끊었다.

"우길을 본 적이 있소? 왜 그자라고 생각하는 거요?"

"도사들이 입는 옷인 월피(月帔)·성건(星巾)·예상(霓裳)·하수(霞袖)를 입고 깃발인 십절영번(十絶靈幡)까지 들고 있었네. 우길 선사가 아니라면 누가 그런 행색을 하고 다닌단 말인가? 게다가 그자의 어깨 위에 피골이 상접한 원숭이 한 마리가 웅크리고 앉아 있었고, 원숭이 목에 삼청령이 달려 있었네. 그야말로 딱 봐도 우길 선사였네. 누가 감히 우길 선사를 사칭한단 말인가? 그랬다간 시체조차 온전히 남아 있지 않을 걸세."

소한이 멋쩍게 웃어 보였다. 사실 장청의 말이 틀린 것도 아니었다. 천하에 퍼져 있는 도사만 해도 10만 명이 족히 넘지만, 감히 우길처럼 옷을 입고 다닐 수 있는 자는 아마 아무도 없을 것이다.

"게다가 그의 몸에서 죽음의 기운이 느껴지는 게 영 불편하고 꺼림칙했네. 내가 그곳에서 숨죽인 채 웅크리고 앉아 우길 선인의 말을 들었는데, 천기가 이미 찾아왔으니 사람을 제물로 바치는 인제(人祭)만 마치고 작룡진을 바로 펼치면 손가를 모조리 멸할 수 있다고 했네. 그러고 나더니 다음 날 장순이 죽더군. 그것도 위림의 부인과 똑같은 수법으로 말일세."

소한은 섬뜩한 생각이 불현듯 떠올랐다.

"설마…… 장순과 위림의 부인이 모두 작룡진에 필요한 사람 제물이었단 것이오?"

"내 생각도 그렇네."

장청이 목소리를 낮췄다.

"자네도 알다시피 진법을 펼치려면 제수용품을 준비해야 하지 않나? 보통 진법이라면 채소나 과일, 술 같은 것으로 충분하지만, 진법이 커지면 이야기가 달라지네. 큰 진법을 쓸 때나 육축(六畜)과 삼생(三牲: 소·양·돼지)을 사용하지. 그런데 이 작룡진은 사람을 제물로 바치니, 분명 수법이 음험하고 악랄하며 그 위력이 막강할 것이네. 이 진법이 시작되면 손가를 멸족시키지 못한다 해도, 그 원기를 크게 손상시키고도 남을 걸세."

"작룡진에 필요한 사람 제물이 몇 명이나 되오? 제물로 쓰일 자들의 조건이 뭡니까?"

"그걸 누가 알겠는가? 작룡진이 뭔지도 모르는 판에……. 어쨌든 아까도 말했지만, 자네가 관부를 도와 우길 선인과 대적하는 게 조금도 두렵지 않은가?"

소한이 웃으며 말했다.

"장 형은 우길 선인을 팔아넘기면서 하나도 겁이 안 나오?"

장청이 너털웃음을 터뜨렸다.

"이보게, 내가 말로 자네를 어찌 이기겠는가? 하나 내 짐작컨대, 자네 쪽에서 삼원 도단을 친다 해도 우길 선인은 잡을 수 없을 걸세."

"관부가 태평도와 싸워 이길 수 없을 것 같소? 우길이 아직 살아 있을 때 손책이 그자의 목을 손쉽게 베어 죽이고 육칠십 개가 넘는 도단을 무너뜨렸는데도 말이오. 하물며 우길이 죽은 지 20년이 넘는 판에, 설사 누군가 그를 사칭하며 다시 살아났다고 망언을 퍼뜨리고 다닌다 한들 손가가 그들을 두려워할 것 같소?"

"자네는 우길이 다시 살아났다는 말을 안 믿는 건가?"

"내 지난 몇 년 동안 태평도 선사 노릇을 해왔는데, 그 안에서 무슨 수작질들을 꾸미고 있는지 모를 것 같소? 사람이 다시 살아난다는 게 말이나 되오?"

장청이 말했다.

"우리야 사기꾼이니 그리 말할 수 있겠지. 하지만 우길에게 선술(仙術)이 없다고 어떻게 단언할 수 있겠는가? 예전에 천공장군 장각을 생각해보게. 그자도 콩을 뿌려 병사를 만들고 바람을 불어 비를 일으키는 엄청난 신통력을 발휘하지 않았는가?"

소한은 그와 말이 통하지 않자 차라리 다른 질문을 했다.

"그때 우길한테 무슨 이상한 점이라도 있었소?"

"그를 보자마자 놀라서 혼비백산한 판에, 자세히 살필 정신이 어디 있었겠는가?"

장청이 잠시 주저하다 입을 열었다.

"한데 그를 따르던 그 도사가 예전에 혜덕 선사를 찾아왔을 때 우리랑 몇 마디를 주고받았던 사람이었네. 말투가 우리랑 비슷한 듯한데 조금은 생경한 것이, 확실히 오나라 사람이 아니었네."

"오나라 사람이 아니다?"

소한이 혼잣말처럼 그의 말을 곱씹었다.

"우길이 그쪽 도단 말고 다른 도단과도 연계가 되어 있소?"

"아닐 걸세. 어쨌든 도위 부인과 장순 사건은 모두 우리 도단이 이래저래 뒤에서 도움을 주며 손을 쓴 일이네. 이런 일은 관부에 발각되는 순간 바로 목이 날아가니, 연루된 사람이 적을수록 좋을 수밖에."

장청이 무언가 생각난 듯 말을 꺼냈다.

"아, 며칠 전에 어떤 상단에서 도단으로 마차 가득 싣고 온 물건을 후원 곁채에 쌓아두었네. 혜덕 선사가 사람을 보내 밤낮없이 보초를 세워 지키고 있지. 내 생각에 작룡진에 필요한 물건들이 아닐까 싶네."

소한이 고개를 끄덕이며 화제를 바꿨다.

"장 도존, 이 황금 열 냥으로 먹고사는 데 걱정은 없겠지만, 더 큰 돈을 벌어볼 생각은 없으시오?"

"물론 있지. 문제는 자네가 얼마를 더 주느냐 아니겠는가?"

소한의 얼굴에 희미한 미소가 떠올랐다.

장청이 그를 힐끗 쳐다보며 막 말을 하려는데, 느닷없이 병풍 뒤에서 소리가 들려왔다.

"우길이 아직 삼원 도단에 있는가?"

장청이 자리에서 벌떡 일어나 촛대를 움켜쥐고 소한을 가리키며 욕설을 퍼부었다.

"망할 자식, 네놈이 감히 날 함정에 빠뜨려?"

가일이 병풍 뒤에서 성큼성큼 걸어 나오며 웃었다.

"장 도존, 황금 열 냥이 너무 적다면 백 냥은 어떤가?"

장청이 그 말에 흠칫 놀라며 침을 꿀떡 삼켰다.

"백 냥?"

"우선 열 냥을 먼저 줄 테니 삼원 도단으로 돌아가 얌전히 지내게. 무슨 소식이 있으면 소한을 통해 알려주면 되네. 자네가 약속만 해주면 나머지 백 냥도 줄까 하네. 어떤가?"

"도대체 그쪽이 누구길래 그렇게 많은 돈을 준다는 겁니까?"

"해번영 익운교위 가일일세. 아마도 들어본 적이 있을 테지. 내 뒤를 봐주는 곳이 바로 군주부니, 백 냥 정도야 대수로울 것도 없네."

장청이 잠시 주저하다 말했다.

"싫소. 만일 우길 선인에게 들키는 날에는 돈이 다 무슨 대수겠습니까?"

"우길은 이미 죽었네."

가일이 말했다.

"정말 우길이 다시 살아났다면 그 대단한 신통력으로 자네가 이곳에 밀고하러 왔다는 걸 간파했어야겠지. 안 그런가? 해번영에서 알아본 결과 그들은 외지에서 온 태평도인이 분명하고, 누군가의 명을 받고 무창성에 들어와 민심을 어지럽히려는 것뿐이네. 그런데 뭐가 두렵단 말인가?"

장청은 마음이 살짝 흔들렸지만 여전히 결정을 내리지 못했다.

가일이 나지막이 말했다.

"장 도존, 살면서 자신의 운명을 바꿀 수 있는 기회는 그리 자주 오지 않으니 잘 생각해보게. 이 백 냥만 있다면 자네는 앞으로 부귀영화를 누리며 살 수 있을 걸세. 지금 그 기회가 눈앞에 찾아왔는데 주저하느라 그냥 놓쳐 버린다면, 지난 20여 년간 도박판에서 잔뼈가 굵은 자라 할 수 없겠지.”

장청이 고개를 들어 물었다.

“지금 그 말을 책임질 수 있습니까?”

“군주부가 고작 황금 백 냥을 떼어먹겠는가? 그런 소문이 새어 나가면 군주부의 체면이 뭐가 되겠는가?”

장청이 이를 악물고 소리쳤다.

“좋소! 그 일을 내가 하겠소. 하나 조건이 있습니다. 나는 정보만 줄 뿐, 위험을 무릅쓰는 일 따위는 하지 않을 것이오!”

가일이 고개를 끄덕였다.

“취선거가 지금은 자네 것인가?”

장청이 소한에게 물었다.

“여기 있는 금은 그곳에 맡겨둘 테니 동전으로 바꿔놓게. 내 돈이 떨어지면 다시 찾으러 감세.”

“당분간은 너무 흥청망청 쓰지 마시오. 그러다 도단 사람들의 의심을 살 터이니.”

소한이 당부를 했다.

“그야 당연하지. 나도 그 정도의 머리는 있으니, 앞으로 갑절은 더 조심하겠네.”

장청이 가일을 힐끗 쳐다보더니 아무 말 없이 뒤돌아 건들건들 걸어 나갔다.

장청의 발소리가 멀어지고 나자 소한이 물었다.

“가 교위가 큰 물고기를 낚기 위해 긴 줄을 놓았으니, 이제 참고 기다려 봐야겠군. 그런데 저자가 워낙 도박을 좋아하고 호색한이라 걱정이군. 충의와는 거리가 먼 자라 안심을 해도 될지 모르겠네."

"저자는 바보가 아닐세."

가일이 말했다.

"예전에 조조가 초현령(招賢令)을 반포했을 때 오직 재능만 보고 인재를 등용하겠다고 했네. 설사 인품에 흠이 있다 해도 상관하지 않겠다는 것이지. 이들이 탐내는 것을 간파해 돈·미색·허명으로 유인하니, 마치 야생마에 고삐를 매서 길들이는 것과 같다고나 할까?"

"하지만 조심하게. 만일 고삐가 끊어지기라도 하면 그 야생마한테 내동댕이쳐질지도 모르니."

소한이 웃으며 말했다.

"그건 그렇고, 황금 백 냥이 적은 돈도 아닌데, 손 군주를 어찌 설득할 작정인가?"

"그분께 아직 말도 못 꺼내봤네."

가일이 자리에서 일어났다.

"시간이 늦었군. 손몽과 도위부에 가기로 약속을 했으니, 취선거에는 식사를 하러 들르지 않을 걸세."

두 사람이 앞서거니 뒤서거니 찻집을 나왔다. 가일이 맞은편의 운치가 넘치는 경화수월을 바라보며 물었다.

"기루를 이리 점잖게 꾸며놓고 돈을 벌 수 있겠는가?"

"걱정 마시게. 앞으로 한 달 동안은 고전을 면치 못하겠지만, 명성만 얻으면 매달 만 냥은 족히 벌어들일 것이니."

소한이 팔꿈치로 가일을 살짝 치며 음흉하게 웃었다.

"어떤가? 가서 직접 한번 보겠는가?"

그 말이 떨어지기 무섭게 소한이 돌연 앞으로 튕겨 나갔다. 그는 중심을 잃고 비틀거리다 결국 꼬꾸라지며 넘어졌다. 그가 낭패한 표정으로 일어서며 자신을 발로 찬 사람의 득의양양한 얼굴과 마주했다.

"이런 우연이! 손 낭자께서도 구경을 나오셨나 보오?"

손몽이 허리에 손을 얹고 소리쳤다.

"앞으로 가 교위를 기루로 끌고 가는 날에는 발로 차서 장강까지 날려버릴 줄 알아요. 알겠어요?"

소한이 대수롭지 않다는 듯 옷에 묻은 흙을 털며 말했다.

"손 낭자께서 오해를 하신 것 같소. 나는 가 교위에게 이해심 많은 대갓집 규수를 소개해주고 인생 이야기나 좀 나누라 권한 것뿐이니, 나를 너무 나쁜 놈처럼 생각하지 마시오."

손몽이 눈을 흘기며 가일에게 물었다.

"도위부로 갈 거예요, 아니면 저 무슨 수월인지 뭔지에 갈 거예요?"

가일이 헛기침을 하며 말했다.

"당연히 도위부로 가려 했소."

"그럼 왜 아직 여기서 안 가고 있는 건데요? 설마 저기서 여자들이 나와서 업고 들어가주길 기다리는 거예요?"

손몽이 화가 머리끝까지 치밀어 오른 듯 휙 돌아 걸어갔다.

가일은 어쩔 수 없이 소한에게 손짓을 했다. 그런 후 손몽을 따라 도위부로 향했다.

제5장

◆

손책의 죽음

도위부 문 앞에 이르니 대문이 활짝 열려 있고, 때맞춰 미방이 걸어 나오고 있었다. 미방은 장군이고 위림은 도위인지라, 관품의 서열상 미방이 도위부를 나서려 하면 위림이 입구까지 배웅을 해야 마땅했다. 그러나 미방은 투항한 장수이자 관우를 배신하고 형주를 적에게 바친 반역자인 셈이었다. 자연히 동오에서 미방의 명성도 보잘것없었고, 대소 관료들도 그를 하찮게 여겼다. 위림이 그를 배웅하지 않은 것 역시 그리 놀라울 일도 아니었다.

가일은 무언가 번뜩 떠오른 듯 홀로 앞으로 걸어 나가 말을 걸었다.

"미 장군, 또 뵙는군요. 지난번에 백민 골목에서 무례를 범한 것 같아 영 마음이 편치 않았습니다. 이 자리를 빌려 다시 사죄드립니다."

미방의 얼굴이 하얗게 질려 가일을 외면하며 말했다.

"가 교위, 조롱도 그만하면 됐네."

가일이 그에게 다가가 나지막이 말했다.

"미 장군, 저 역시 투항한 사람인데 무슨 자격으로 농을 던진단 말입니까? 제 관품이 장군보다 낮으니 그날 길을 양보했어야 옳았습니다. 다만 군주부 사람이 그곳에서 장군과 맞닥뜨리는 바람에 충돌이 빚어진 것이니, 정말 송구스러울 뿐입니다."

미방의 안색이 많이 누그러졌다. 동오에 투항한 후 2년의 세월 동안 그는 줄곧 멸시와 배척을 당해왔다. 그런데 가일이 이렇게 말해주니 오히려 동병상련의 기분마저 들었다. 그는 의식적으로 소맷자락을 끌어 내리며 말했다.

"가 교위의 말처럼 우리 둘 다 투항한 신분이니, 지난 몇 년간의 고생을 어찌 모르겠나?"

가일이 물었다.

"한데 미 장군, 제 말이 듣기 거북해도 너무 마음에 담아두지 마십시오. 제 생각에 우리 같은 투항자는 하는 일이 많을수록 흠도 쉽게 잡히는 법이지요. 저도 지난 2년 동안 그럭저럭 시간을 때우며 별다른 일을 하지 않다가 이제야 부득이하게 몇 가지 사건을 인계 받게 되었지 뭡니까? 장군께서 요즘 들어 동분서주하고 계시는 걸 보니, 간악한 자들의 모함과 비방을 조심하셔야 할 것 같습니다."

미방이 한숨을 길게 내쉬었다.

"가 교위, 예전에는 나도 그리 생각했네. 그런데 내가 피하고 싶어도 피할 수 없는 일이 너무 많았지. 이렇게 참고만 사는 것도 더는 못 할 짓이라네. 차라리 뭐라도 할 수 있다면 무시를 당하는 일은 없지 않을까 싶네."

가일이 좀 더 캐묻고 싶었지만 미방은 더 이상 아무 말도 하고 싶어 하지 않았다. 그가 가일에게 공수를 하며 말했다.

"가 교위, 이만 가보겠네. 어쩌면 나중에 그자들이 나를 달리 볼 수도 있지 않을까 싶네."

가일은 공수를 한 채 그를 배웅했다. 그는 미방이 마차에 오르는 것을 보며 그의 말을 곰곰이 곱씹어보았다. 지난번 장순의 집 근처에서 미방을 만났을 때부터 가일은 이미 이상한 낌새를 챘었다. 그날 미방은 우청과 함께 있었지만, 대동하고 온 자들은 모두 그의 사람이었다. 하물며 우청은 이미 태평도 사건과 확실히 선을 긋고 있는 자였다. 그런 우청이 장순의 집에 간 것을 보면 미방이 주도한 것이 확실했다. 오늘도 도위부에서 그와 또 맞닥뜨렸다. 일개 무장이자 투항한 장수가 도대체 무슨 일로 이렇게 분주히 오가며 눈에 띄는 것일까?

손몽이 가일의 곁으로 다가와 물었다.

"방금 저 늙은이랑 무슨 말을 그렇게 비밀스럽게 한 거예요?"

"별거 아니오. 그저 몇 마디 해주었을 뿐이오."

"저자에 대해 언급하는 것조차 싫다고 하지 않았어요? 그래놓고 어떻게 먼저 가서 말을 섞을 수 있죠?"

손몽이 의미심장하게 웃으며 물었다.

"설마 뭔가 의심 가는 게 있어서 떠보려고 그런 건 아니죠?"

"과연 당신 눈은 속일 수가 없구려. 아무래도 미방의 움직임이 최근 들어 심상치가 않소. 하나 저자와 평소 교분이 별로 없는 데다 입까지 무거우니 별로 알아낸 게 없소."

"동오에서 저자와 교분이 있는 사람은 아마 한 명도 없을 거예요."

손몽이 가일과 함께 도위부로 들어갔다. 입구를 지키던 종복이 안으로 달려 들어가 도위에게 아뢰었고, 두 사람이 정청에 도착했을 때쯤 위림이 이미 입구까지 나와 꼼짝없이 두 사람을 기다리고 있었다. 지난번 만났을 때보다 위림의 안색은 더 나빠 보였고, 피골이 상접한 듯 여윈 얼굴은 생기라고는 찾아볼 수 없을 만큼 어둡고 창백했다.

그는 두 사람을 상석으로 안내한 후 물었다.

"이리 찾아오신 걸 보면 혹시 제 안사람 사건에 관해 새로운 소식이라도 있으신지요?"

"안타깝게도 아직 별다른 단서가 나오지 않았네."

가일이 입에서 나오는 대로 대답을 하며 위림의 표정을 살폈다.

위림은 별다른 표정 변화 없이 다시 물었다.

"그럼 이번에도 소관에게 물어볼 말이 있으신지요?"

"그건 아니네."

가일이 다시 입을 열었다.

"그저 위 도위에게 알아보고 싶은 게 좀 있어서 왔네. 건안 5년에 일어난 사건의 일지를 도위부에 아직 보관하고 있는가?"

"건안 5년이면……."

위림이 혼잣말처럼 중얼거렸다.

"우리가 지난 10여 년 동안 무창성을 점령하고 있었다 해도, 형주를 손에 넣기 전까지 이곳의 변방은 지세가 험하지 않아 쉽게 공격을 받는 땅이었지요. 그렇다 보니 지금까지 사건 일지를 신경 써 정리할 여력이 없었던 탓에, 확답을 드리기가 힘듭니다."

"도위부에서 지금까지 한 번도 사건 일지를 조사해 정리한 적이 없단 말인가?"

"네."

위림이 거리낌 없이 대답했다.

"도위부에 내내 일손이 부족한 데다, 평소 지난 사건 일지를 들춰볼 필요가 거의 없었습니다. 근데 무슨 일로 그러십니까?"

"일전에 육연의 말을 듣자 하니 건안 5년에 이번 사건과 아주 비슷한 사건이 일어났다고 하더군. 수사에 필요한 단서가 별로 없다 보니, 지난 사건 일지를 좀 보고 싶어졌네."

가일이 자리에서 일어났다.

"사건 일지는 어디에 보관 중인가? 위 도위가 앞장서주게."

곁채에 도착해보니 문에 걸린 자물쇠에 녹이 잔뜩 슬어 있었다. 딱 봐도 아주 오랫동안 아무도 열어본 적이 없는 모양새였다. 서리가 열쇠를 자물쇠 구멍에 집어넣어 몇 번 돌리자 녹슨 자물쇠가 달칵 소리를 내며 순조롭게 열렸다. 나무 문을 밀치고 들어가니 습한 기운과 더불어 곰팡이 냄새가 코를 찔러 연신 기침이 터져 나왔다. 가일이 방 안으로 걸어 들어가 보니 대여섯 줄의 긴 나무 선반이 쭉 가로놓여 있고, 그 위에 목간과 백서들이 어지럽게 쌓여 있었다. 그가 다가가 목간 하나를 집어 드니 먼지가 켜켜이 쌓여 있었다.

위림이 고개를 돌려 소리쳤다.

"여봐라! 이 방을 좀 치우거라!"

가일이 손사래를 치며 말했다.

"필요 없네. 위 도위는 그만 가보게. 사건 일지를 관리하는 서리만 남아 우리를 좀 도와주면 되네."

위림이 양해를 구한 후 곁채에서 물러갔다. 서리가 방구석 곳곳에 놓인 등잔에 기름을 가득 채우고 불을 켠 후 한쪽으로 물러섰다. 가일이 나무 선반 앞을 이리저리 돌아다니며 살펴보니, 다행히 사건 일지가 연도에 따라 분류되어 있었다. 그는 '건안 5년'이라고 쓰인 나무패가 걸린 선반 앞으로 다가가 자세히 살펴보았다.

그런데 선반에 놓인 죽간과 백서를 누군가 옮긴 흔적이 역력했다. 가일은 불길한 예감을 느끼며 코를 막고 위에 있는 물건을 전부 바닥으로 쓸어내렸다. 그는 아예 자리를 잡고 앉아 죽간을 열심히 뒤적이며 자세히 살폈다. 사건 일지 속 내용은 전답이나 점포의 매매, 이웃 혹은 친지 간의 분쟁, 심지어 불륜이나 간통에 관한 것까지 아주 다양하고 잡다했다. 그중 살인 사건은 극히 드물었다. 죽간을 모두 훑어보았지만, 진적 사건에 관한 죽간을 발견할 수 없었다. 손몽도 쪼그리고 앉아 함께 뒤적여보았지만 성과가 없기는 마찬가지였다.

손몽이 서리에게 물었다.

"건안 5년에 일어난 모든 사건을 여기에 다 모아둔 것이 맞느냐?"

서리가 대답했다.

"소인들이 모두 연도에 따라 한 서가씩 나눠 분류해놓았습니다. 분류 후에 다시 꺼내볼 일이 거의 없었으니, 거기 있는 것이 전부이옵니다."

손몽이 물었다.

"그럼 어째서 진적 사건 기록만 없는 것이냐?"

"소인은 작년에 인계를 받은 탓에 그 전의 일에 대해서는 아는 것이 별로 없습니다. 혹시 사안이 너무 미미해 배제시킨 건 아닐는지요?"

"허튼소리! 진적 사건이 도위 부인의 죽음과 똑같을 만큼 기괴했는데, 어찌 사안이 미미하다 할 수 있단 말이냐!"

손몽이 호통을 쳤다.

서리가 고개를 갸우뚱하며 어떻게든 기억을 떠올려보려 애를 썼다.

"그것이…… 소인도 처음 듣는 사건인지라……."

가일이 끼어들었다.

"육연이 말하길, 그 당시 이 사건을 인계 받은 도위가 일이 커지는 것을 원치 않아 대충 처리했다고 했소. 관부에서 손을 써 소문이 새어 나가는 것을 막았으니, 아는 사람이 결코 많지 않을 것이오."

손몽이 말했다.

"설사 그렇다 해도, 육연이 사건 기록을 검토하다 알게 되었다고 분명 말했잖아요? 그런데 어떻게 그 사건 기록이 남아 있지 않은 거죠?"

서리가 그 말을 듣는 순간 뭔가 떠오른 듯 얼른 입을 열었다.

"며칠 전에 어떤 공자가 사건 일지를 봐야겠다고 도위 나리를 찾아왔습니다."

"누구지?"

가일의 미간이 좁혀졌다.

"저도 처음 보는 사람이었습니다. 옷차림이 화려했고, 말투나 행동거지로 봐서 세도가 자제분이 분명합니다. 도위 나리도 깍듯이 예의를 갖춰 대했고, 직접 이곳까지 와 문을 열어주시기도 했습니다."

서리가 살짝 미소를 지었다.

"근데 그 세도가 자제분이 방에 들어설 때 마치 귀신이라도 있을까봐 겁을 잔뜩 먹은 것처럼 옥 사남패를 꽉 쥐고 계시더군요."

"옥 사남패?"

손몽이 물었다.

"그자가 방에서 얼마간 머물다 갔느냐? 뭘 가져갔지?"

"우리를 방 밖에 세워두고 혼자 들어가서 기껏해야 일각 정도 머물다 나왔고…… 근데 나올 때 아무것도 들고 있지 않았던 것 같습니다."

손몽이 실망스러운 듯 추궁했다.

"왜 아무것도 들고 가지 않았다고 확신하느냐?"

"목간이나 백서 정도의 크기라면 얼마든지 소맷자락에 숨겨 가지고 나갈 수 있었을 거요."

가일은 살짝 허탈한 기분마저 들었다.

"아무래도 사건 일지는 볼 수 없을 것 같소. 그자가 왔을 때 신분 문첩을 건넸느냐? 어디 소속이었지?"

"그 사람 역시 해번영에서 직책이 높은 사람 같았습니다. 비록 우리 도위 나리와 관품이 같다 해도, 해번영이지 않습니까? 크크."

서리가 손을 비벼댔다.

"육연?"

손몽이 가일을 쳐다봤다.

"맞소."

가일이 고개를 끄덕였다.

"아주 발 빠르게 움직이고 있군."

손몽이 분개하며 말했다.

"그럼 육씨 가문이 이 사건들과 관련이 있는 게 확실한 거 아닌가요?"

"관계가 있든 없든, 육씨 가문이 지금 해야 할 일은 바로 모든 단서를 손에 넣는 것이겠지. 사소한 실수를 빌미로 잡혀 도리어 큰 화를 초래할 수도 있으니 말이오. 그들이 이렇게 하는 것은 아주 나무랄 데 없는 처신이라 할 수 있소."

육연이 혐의를 뒤집어써가면서까지 진적 사건 일지를 가져가려 했으니, 도대체 가일의 추적 수사를 가로막으려는 건지 아니면 한 발 앞서 육씨 가문을 모함한 자를 찾아내려는 건지 한마디로 단언하기 힘들었다.

손몽이 손을 털며 말했다.

"어차피 육연에게 사건 일지를 달라고 해도 자기가 가져갔다고 인정하지 않을 거예요."

"사건 일지는 죽은 사람의 것이니, 우리는 살아 있는 사람에게 물어보면 되겠군."

가일이 그 서리를 쳐다봤다.

"도위부에서 일한 지 몇 년이나 되었는가?"

그 서리는 어찌 돌아가는 상황인지 간파한 듯 웃으며 말했다.

"나리들, 이런 기밀 사안은 아무래도 저 같은 아랫것들은 끼어들지 않는 것이 좋을 것 같습니다."

서리는 두 사람의 허락을 구하지도 않고 문 밖으로 물러나려 했다.

가일이 그를 불러 세웠다.

"이놈! 해번영이 사건에 대해 묻고자 하는데, 감히 도망을 치는 것이냐?"

서리가 무릎을 털썩 꿇은 채 겁에 질려 웃는데, 그 얼굴이 우는 것보다 더 보기 흉했다.

"나리께서 육씨 가문과 대적하려 하시나 본데, 소인 같은 미천한 신분은 아무런 도움도 되지 못할 것이옵니다."

손몽이 호통을 치며 검을 뽑아 들고 서리의 목에 가져다 댔다.

"묻는 말에 대답이나 하거라! 어디서 감히 함부로 입을 놀리느냐! 지금 당장 네놈의 목을 자르면 육가 따위 두려워할 필요도 없을 텐데, 내 그리 해주랴?"

서리가 온몸을 사시나무 떨듯 떨며 용서를 빌었다.

"제발 목숨만은 살려주십시오. 제가 아는 것을 다 말씀드리겠습니다."

가일이 살살 구슬리며 그를 안심시켰다.

"걱정 말게. 우리는 지존의 명을 받들어 사건을 수사할 뿐이지, 육씨 가문과 대적하려는 것이 아니네. 게다가 자네가 솔직히 대답만 해준다면 비밀을 보장해주겠네."

그가 손몽에게 검을 거두라는 눈짓을 보내며 물었다.

"건안 5년에 도위부에서 일한 서리가 누구고, 어느 관직에 있었느냐? 지금 어디에 살고 있지?"

서리가 침을 꿀꺽 삼켰다.

"나리께서 물으시는 자는 장각(張催)인데, 작년에 병으로 죽었습니다."

"그해 주부는 누구였느냐?"

"임조(林照)일 겁니다. 그자는 벌써 여러 해 전에 관직에서 물러났고, 지금은 동성(東城)에 살고 있습니다. 근데 임조가 이미 일흔 살이 넘은 데다 정신이 오락가락해서 별 도움이 되지 못할 것입니다."

손몽이 퉁명스럽게 물었다.

"그해 도위는 누구였느냐?"

서리가 기어들어가는 목소리로 무어라 말하자 손몽이 버럭 화를 냈다.

"크게 좀 말하거라! 그래서야 무슨 말인지 알아먹겠느냐?"

"육적이옵니다."

서리의 목소리가 살짝 흔들렸다.

"두 분이 좀 전에 말씀하셨던 육씨 가문의 그 육적입니다."

날씨가 갈수록 더워져 장병들은 대부분 갑옷을 벗고 홑옷만 입고 있었다. 올해 정월부터 촉군과 제대로 된 전투를 벌여본 적도 없는 터라 두 나라 병사들의 기강이 조금씩 느슨해졌고, 군영을 순찰하는 군관도 별다른 제재를 하지 않았다. 며칠 전 유비가 병사 수십 명을 보내 군영 앞에서 노골적으로 도발을 했지만, 육손은 여전히 각 군영을 철저히 통제하며 출정을 불허했다.

주연도 몇 번이나 육손을 찾아가 전쟁을 청했지만 모두 허사로 끝나버렸다. 불같은 성격의 주연이었지만, 그 역시 육손의 결정에 반기를 들지는 않았다. 어쨌든 고(顧)·육(陸)·주(朱)·장(張) 4대 성씨는 강동파를 이끄는 4대 호족 세력이었고, 그중 주연은 육손과 사적으로도 교분이 두터워 가장 중요한 순간이 오면 아무래도 한배를 타기 마련이었다. 한당·서성·반장 같은 회사파 출신의 장령들이 암암리에 완곡한 비난을 쏟아냈지만, 앞장서서 문제를 일으키는 사람은 아직 없었다. 지난번 오왕의 명이 전달된 후 나름 선을 지키고 있는 것이 분명했다.

외부인이 보기에 지금 오군 대영은 풍랑조차 없이 잔잔한 상태였다. 그러나 육손은 지금이야말로 폭풍 전야라는 것을 누구보다 잘 알고 있었다. 앞에서는 유비의 대군이 호시탐탐 기회를 엿보고 있고 뒤로는 육씨 가문을 겨냥한 음모가 도사리고 있으니, 조금이라도 방심하는 순간 패가망신하고 멸족의 화를 당할 판이었다. 다행히 육모가 노련한 결단력으로 일 처리를 잘하며 후방이 흔들리지 않도록 잘 뒷받침을 해주고 있었다. 그러나 육연이 살짝 골칫거리였다. 육연이 육모를 통해 시체의 문신을 확인한 후 그 진실을 손권에게 직접 상주했기 때문이었다. 만약 육모가 시체를 직접 검시해 진실을 밝히지 않았다면 그 일이 어떤 식으로 확대되었을지 모를 일이었다.

지금 손권이 그를 건드리지 않는 것은 육씨 가문이 모반을 꾀하고 있다는 확신이 없기 때문이고, 또 하나는 이간책에 걸려들 것을 우려했기 때문이다. 손권이 강동파와 손을 잡은 지 몇 년이 되지 않은 마당에 강력한 수단으로 압박을 가한다면 더 이상 쓸 만한 사람이 남아 있지 않게 되니, 내우외환에 시달리다 몇 년도 버티지 못할 것이다. 그러나 손권이 육씨 가문을 그의 왕위를 위협하는 존재로 여기고 있다면, 설사 임시방편으로 문제를 덮는다 해도 결국 머지않아 육씨 가문에 칼날을 휘두를 수밖에 없다. 지금 육씨 가문의 가장 좋은 대처법은 사건에 개입하지 않고 해번영에게 맡기는 것이다. 가일은 그동안 크고 험한 사건을 두루 거친 경험이 있으니, 육씨 가문이 이 사건의 진범이 아닌 이상 확실하게 결백을 밝혀줄 만한 인재였다. 만약 육씨 가문이 계속 이 사건에 개입하면 문제가 더 복잡해지고, 결국 자기 무덤을 스스로 파는 꼴이 되고 말 것이다.

육손이 피곤한 듯 물었다.

"어찌 된 일이냐? 지난번 내 너를 통해 연이에게 전하라고 했던 말을 그 아이가 끝내 듣지 않았느냐?"

육안이 나지막이 대답했다.

"연 공자는 가일의 능력을 못 미더워합니다. 그가 진상을 밝혀낼 거라고 생각되지 않으니, 이대로 손 놓고 있는 건 가만히 앉아서 죽기를 기다리는 거라 여기고 있습니다."

육손이 한숨을 내쉬었다.

"그 아이가 가일의 능력이 못 미덥다고 했느냐? 자기 주제를 알고 그런 말을 하는 것이냐? 됐다! 아비로서 아들을 제대로 키우지 못한 탓이겠지. 그 아이에게 전하거라. 연이가 무슨 일을 하든, 죽든 말든 상관하지 않겠지만, 육씨 가문이 연루되는 날 구천에서 조상들의 얼굴을 어찌 볼 것인지 생각하고 행동하라 이르거라!"

육안이 난처한 듯 물었다.

"나리, 그 말을 정말 연 공자에게 전해야 할까요?"

"이 말이 심하다는 것이냐? 내 이 말을 면전에 대고 하지 못하는 것이 한스럽구나!"

육손이 말했다.

"우리 육씨 가문이 지난 몇 년을 고생해 간신히 잡은 이 기회가 그 아이 때문에 실패로 끝난다면, 내가 바로 그 원인을 제공한 장본인이 된다. 그리되면 내 어찌 가문 사람들의 얼굴을 볼 수 있겠느냐? 그때가 되면 내 연이를 데리고 함께 황천길로 갈 것이다!"

육안은 감히 아무 말도 못 한 채 묵묵히 옆에 서 있기만 할 뿐이었다.

육손은 눈을 감았다. 육연은 그의 장남이고, 어려서부터 똑똑하고 기민해 가문의 젊은 층 중에서도 눈에 띄게 출중했다. 그러나 육손은 아들이 늘 불안했다. 육연은 생각이 너무 깊고 많아 자칫 잘못된 길로 가기 쉬웠다.

다급한 외침이 점점 가까워지더니, 장막이 걷히고 주연이 이어 뛰어 들어왔다.

"백언(伯言: 육손의 자)! 촉군이 병사 수천을 이끌고 우리 진영으로 곧장 몰려오고 있네! 아무래도 우리 군영을 빼앗을 작정을 한 모양이네!"

육손이 눈을 부릅뜨며 매서운 기색을 드러냈다.

"앞장선 장수가 누구인가?"

"깃발로 보아 오반이 틀림없네. 내 이미 경기병에게 만반의 준비를 하라 일러두었네. 이번에는 통쾌하게 한 방 먹여줘야겠네!"

"조급할 것 없네."

육손이 고개를 돌려 육안에게 말했다.

"너는 지금 당장 돌아가서 그 말들을 연이에게 전하고, 알아서 잘 처신하라 이르거라."

"왜 자꾸 서두르지 말라 그러는가?"

주연이 다가가 육손의 팔을 잡아당겼다.

"백언, 저자들이 우리 중군영 앞까지 몰려와 우리 가문의 조상들을 함부로 모독하고 있네. 내 이 꼴을 보고도 어찌 참을 수 있단 말인가!"

"알겠네. 같이 나가서 동태를 좀 살펴보세."

육손이 일어나 주연과 함께 막사를 나섰다.

효정 부근이 산으로 첩첩이 이어져 있고 하천과 저지대가 많은 것을 감안해, 육손은 중군영 막사를 산등성이 위에 세웠다. 막사 바로 앞이 산골짜기라, 적이 습격해 오면 아래쪽에서 위로 진격을 해야 하므로 지리적으로 유리했다. 게다가 군영 앞에도 너비가 한 장은 족히 되는 참호를 세 개 파서 그 안을 죽창으로 가득 채우고, 땅 위로 뻗어 나온 창끝이 전방을 겨냥하도록 만들어 기병의 습격을 방지했다. 참호 뒤에도 높이가 한 장 하고도 세 척, 너비가 네 척인 제방을 보강했고, 수백 개의 진입로를 통해 후방 병영과 연결시켜 신속하게 병력을 배치할 수 있게 만들었다. 또한 한당·서성이 각각 좌·우 전방 부대를 이끌고 있고 그들의 주둔지가 중군으로부터 고작 산 몇 개를 사이에 두고 있기 때문에, 일단 중군이 습격을 받으면 두 시진 안에 지원을 올 수 있었다.

육손이 망루에 서서, 공격해 오는 촉군을 살펴보았다. 깃발에 '오(吳)' 자가 쓰여 있는 것으로 보아 병력을 이끌고 오는 대장은 오반이 확실했다. 그러나 그 수는 고작 1, 2천에 불과했다. 촉군은 화살의 사정거리 밖에서 행군을 멈춰선 채 늘 하던 대로 욕설을 퍼부으며 도발을 하기 시작했다. 육손은 그들의 도발을 뒤로한 채 더 먼 곳을 내다봤다. 골짜기 양측은 경사가 비교적 완만한 산등성이고, 짙푸른 초목이 울창한 숲이었다.

주연이 목소리를 높였다.

"백언! 내게 기병 5백 명만 내주면 저 오반의 머리통을 가져올 수 있네!"

육손의 목소리가 무겁게 가라앉았다.

"이건 함정이네."

"우리를 끌어내려는 함정이라는 것쯤은 나도 아네. 그래서 더 본때를 보여주려는 것이네."

주연은 조금 조급해졌다.

"자네도 봐서 알겠지만 저놈들은 전부 보병이고, 어디에도 지원군은 코빼기도 보이지 않네. 우리가 군영 문을 열고 5백 명의 기병을 내보내 얼른 치고 들어오면 저들 중 절반을 죽일 수 있네. 설사 저들이 무슨 음모를 꾸미고 있다 한들, 그런 걸 펼칠 틈조차 없을 거라 내 장담하네."

"만에 하나 그럴 수 있다면? 오반이 고작 병사 1, 2천을 대동하고 와서 도발한다는 것 자체가 이치에 맞지 않네. 유비는 전란이 그칠 새 없는 지난 세월 동안 수백 번의 전투를 겪은 자이니만큼, 그를 결코 만만하게 봐서는 안 되네."

육손이 의미심장하게 말했다.

"저길 보게. 오반이 이끌고 온 보병이 고작 1, 2천에 불과하네. 하지만 저들이 저리 많은 나무 수레를 끌고 온 것으로 보아 속임수가 있는 것이 분명하네."

주연이 아래를 내려다보니 병사들의 대오가 느슨했고, 다들 앉거나 누운 채 싸울 의지가 전혀 없어 보였다. 무수히 많은 나무 수레가 그들 사이에 여기저기 흩어져 있고, 그 위로 멍석이 덮여 있었지만 그 안에 무엇이 실려 있는지 전혀 알아볼 수 없었다.

"저 수레에 병사를 숨겨두었다고 의심하는 건가? 설사 그렇다 쳐도 합쳐서 3천 명에 불과하네!"

주연이 목소리를 높였다.

"5백 명이면 저들을 와해시키기 충분하네! 만약 내가 이 싸움에서 이기지 못한다면 그 벌을 달게 받겠네!"

"만약 5백 명의 기병이 적진에 고립되고, 저 뒤에 있는 산등성이에 복병이 더 있다면 내 무슨 수로 자네를 지원할 수 있단 말인가?"

육손도 목소리를 높였다.

"백언, 그런 일이 생긴다면 모든 책임을 내가 다 떠안을 테니, 나를 구하러 올 필요 없네!"

주연이 소리쳤다.

"나 주연은 전쟁터를 피로 물들일지언정, 자네처럼 비겁하게 죽음을 두려워하며 근본을 망각한 채 비굴하게 살지 않을 것이네!"

이전에도 촉군이 여러 차례 진영 앞에서 욕을 하며 도발을 했고, 그때마다 육손을 표적으로 삼았다. 이번에는 어찌된 일인지 그 표적이 주연으로 바뀌어 있었다.

육손은 잠시 침묵하다 다시 입을 열었다.

"알겠네, 자네 뜻대로 하게."

주연이 외투를 벗어 던지고 허리춤에 찬 환수도에 손을 얹은 채 빠른 걸음으로 망루를 내려갔다. 그는 조금의 지체도 없이 기병 5백 명을 군영 문에 집결시켰다. 육손이 교위 한 명을 불렀다.

"명을 전하거라. 궁수 2천 명은 제방에 올라 상노(床弩)를 장전하고 화살촉에 기름천을 싸매 촉군의 양 측면을 조준하라 이르거라. 또한 주연이 출영하고 나면 정예 보병 천 명은 칼과 방패로 무장하고 군영 문에 집결해 명을 기다리라 이르거라."

명을 듣고 있던 교위가 나지막이 물었다.

"주 장군께서 모든 책임을 떠안겠다고 하시며 후방 지원까지 거부하시고 나서는 일이 아니옵니까? 그런데 도독께서는 어찌 이리하시는 것이옵니까?"

"적을 상대하는 것은 나라의 중대사이거늘, 어찌 사사로운 감정에 휘둘릴 수 있겠느냐? 명에 따라 병력을 배치하고, 일단 위험한 상황이 벌어지면 즉각 지원하도록 하거라."

사병들이 군영 문 앞에 겹겹이 설치된 녹각을 옮기고 두 개의 병영 문을 밀어서 연 후 가동교를 놓았다. 주연이 긴 창을 번쩍 들며 기병 5백 명을 이끌고 병영을 빠져나갔다. 말발굽이 땅을 차며 일으키는 요란한 소리와 흙먼지가 금방이라도 촉군을 집어삼킬 듯 위협적이었다. 아직 적진에 도달하기도 전에 촉군 진영에서 이미 징 소리가 울려 퍼지며 산발적으로 후퇴를 시작했다. 주연이 더욱더 득의양양해져 긴 창을 들어 뒤로 젖히는 순간 기병의 쐐기 진형이 촉군 진영으로 깊숙이 치고 들어갔고, 마치 날카로운 칼로 물고기의 배를 가르는 것처럼 다들 알아서 그들을 피했다. 기병대가 이미 진영의 한가운데까지 들어오자, 돌연 묵직한 호각 소리가 울려 퍼졌다. 그러자 나무 수레 옆에 있던 사병들이 민첩하게 멍석을 걷어 올리고 품에서 화절자를 꺼내 불을 붙이더니 그것을 수레에 던지고 바로 사방으로 흩어졌다.

갑자기 엄청난 굉음과 함께 지축이 흔들리며 노란색 화염이 수레에서 뿜어져 나와 사방으로 튀었다. 주연이 타고 있던 말이 화염과 굉음에 놀라 미친 듯이 울부짖으며 두 발을 들고 솟구쳐 올랐고, 그 바람에 그는 말 등에서 나가떨어져 나뒹굴고 말았다. 그 순간 옆에 있던 촉군이 창을 겨누며 몰려오기 시작했다. 주연은 바닥에서 몸을 굴려 창을 피하며 환수도를 뽑아 코앞까지 다가온 촉병을 베어 쓰러뜨렸다. 그가 몸을 일으켜 사방을 둘러보자, 수레가 여기저기서 폭발하며 보이는 곳이 온통 불바다였다. 휘하에 있던 기병 5백 명 중 대다수가 이미 놀란 말에서 떨어져 바닥에 나뒹굴었고, 심지어 미친 듯이 날뛰는 말에 밟혀 죽은 자들도 있었다. 그가 오른팔을 높이 치켜들고 소리치며 부하들을 자기 주위로 불러 모으려 했다. 그렇지만 그의 고함은 폭발음과 말의 울부짖는 소리, 비명에 묻혀버린 채 누구에게도 들리지 않았다.

주연을 발견한 촉병 소부대의 도백이 북을 치고 큰 소리로 함성을 질러대며 대오를 이끌고 몰려왔다. 주연은 잡히는 대로 단철 창을 집어 들고 포효하며 앞으로 달려 나갔다. 그는 용처럼 창을 휘두르며 단숨에 촉병을 모두 쓰러뜨리고 주위에 흩어져 있는 휘하들을 불러 모았다.

기병 한 명이 당황해 물었다.

"장군, 저 나무 수레에 대체 뭐가 있는 겁니까?"

주연은 아무 말도 하지 않았다. 그 역시 모르기는 마찬가지였다. 아무리 값비싼 폭약이라 할지라도 이렇게 큰 폭발음과 엄청난 화염을 만들어내기 힘들었다. 아무래도 그 늙은 제갈량(諸葛亮) 놈이 성도에서 또 뭔가를 만들어낸 모양이군. 기병들은 말에서 굴러떨어진 후, 무거운 갑옷을 입은 채 장병(長兵: 긴 무기)으로 단병(短兵: 짧은 무기)을 든 자들과 싸우려니 상황이 여간 불리한 게 아니었다. 게다가 수적으로도 한 명당 네 명이 붙는 꼴이니, 그 야말로 설상가상이었다. 주연이 창을 들고 주위를 둘러보니, 휘하의 기병들이 사방에 흩어져 포위된 채 고전을 면치 못하고 있었다. 차 한잔을 마실 만한 시간조차 채우지 못한 채 기병 5백 명이 절반으로 줄어들었다.

주연의 머릿속에 오만 가지 생각이 스쳐 지나갔다. 출정 진에 큰소리를 치며 승리를 장담할 때까지만 해도 이렇게 빨리 위험에 빠질 거라고 상상조차 하지 못했다. 그가 대오를 정비하고 앞장서서 긴 창을 휘두르자 사방의 적군이 초개처럼 연이어 쓰러졌다. 그의 주위로 결집한 병사들의 수도 점점 많아졌다. 그런데 이것이 도리어 촉군의 주의를 끌고 말았다. 오반의 사령기 아래로 펼쳐진 각기(角旗: 방위를 표시하는 깃발)가 주연이 있는 방향을 가리키자 전군이 일제히 그를 포위하며 몰려들었다.

주연은 자신의 어리석음을 비웃을 수밖에 없었다. 지난 10여 년 동안 전장을 종횡무진하던 자신이 이곳에서 목숨을 잃게 될 판이었다. 바로 이때 등 뒤에서 돌연 요란한 북소리가 울려 퍼졌다. 주연이 놀라 돌아보자, 병영의 문이 서서히 열리면서 칼과 방패를 든 병사 천여 명이 사방진을 짜고 일제히 몰려나오고 있었다. 그 선두에서 펄럭이는 깃발은 놀랍게도 '육'이라고 쓰인 사령기였다.

"장군! 육 도독께서 직접 병사를 이끌고 지원을 나왔습니다!"

기병 한 명이 기뻐하며 소리쳤다.

주연은 숨을 깊게 들이마셨다 내뱉으며 마음을 가다듬었다. 그는 수많은 전쟁을 겪은 노장답게, 지금이야말로 괜한 고집을 부리며 자존심을 세울 때가 아니라는 것을 알고 있었다. 만약 그가 이곳에서 죽는다면, 그렇지 않아도 사기가 떨어져 있던 오군에게 심각한 타격을 초래할 것이다. 살아 돌아갈 수 있으면 끝까지 버텨 병사들과 함께 귀환해야 마땅했다. 군영으로 돌아간 후 어떤 처벌을 받든 그것은 육손의 손에 달린 문제다. 기병 5백 명이 절반으로 줄었으니 지금 이 병력에 의지해 중군영으로 퇴각하는 것은 이미 불가능했고, 지원군을 기다리는 수밖에 별도리가 없었다. 그가 창을 세우고 휘하들을 이끌며 근처의 경사지로 돌진해 지원군을 기다릴 준비를 했다. 대영에서 지원을 나온 병사 천여 명이 전장에 가까워지고, 오군마저 더 이상 싸울 기미를 보이지 않자 촉군은 서둘러 퇴각을 했다. 이제 선향이 한 대 탈 정도의 시간만 버티면 무사히 대영으로 돌아갈 수 있을 듯했다.

주연의 이런 생각을 비웃기라도 하듯, 양옆의 울창한 숲속에서 뜬금없이 묵직한 호각 소리가 울려 퍼지더니 촉군 병사들이 함성을 지르며 우르르 몰려나왔다. 게다가 원래 후퇴했던 촉군이 이미 전선을 한 바퀴 우회해 지원군 천 명을 에워싸는 형국이 펼쳐졌다. 주연의 심장이 철렁 내려앉았다. 사실 그는 촉군이 천 명 넘는 병사를 미끼로 그와 기병 5백 명을 낚으려 한다고 생각했었다. 그런데 지금 와 보니 미끼는 다름 아닌 그 자신이었고, 그들의 진짜 목표는 바로 지원을 나온 오나라 병사 천여 명과 대도독 육손이었다. 산골짜기에서 들려오는 비명과 함성이 지축을 흔드는 가운데 주연은 순간 눈앞이 캄캄해졌다. 그가 이곳에서 죽게 되면 병사들의 사기를 떨어뜨리는 것으로 끝나겠지만, 육손이 죽으면 문제가 달라진다. 중군영이 무너지는 순간 유비는 파죽지세로 강을 따라 곧장 내려올 것이다. 그렇게 되면 동오를 멸망의 길로 끌어들인 원흉은 바로 주연이 될 판이었다.

'육'이라고 쓰인 사령기가 이미 비탈까지 돌진해 오는 것을 보며 주연은 미친 듯이 달려 내려가 깃발을 든 도백을 향해 소리쳤다.

"육 도독은 어디 있느냐? 육 도독에게 당장 후퇴하라 전하거라! 지체할 시간이 없다!"

그 도백은 주연의 말을 아랑곳하지 않은 채 깃발을 내리고 '주(周)' 자가 적힌 장수의 깃발을 들어 올렸다. 주연이 어리둥절한 눈빛으로 물었다.

"어찌 된 것이냐? 육 도독이 온 것이 아니었느냐?"

주윤(周胤)이 장검을 휘두르며 앞으로 달려 나와 소리쳤다.

"주 장군! 정신 차리고 빨리 따라 나서시오!"

주연이 주윤과 함께 몇 걸음을 달리자 중군영의 원문 쪽에서 '육'이라고 쓰인 사령기가 또 서서히 올라가는 것이 보였다. 이와 동시에 제방 위에서 바람을 가르는 날카로운 소리가 들려왔다. 잠시 후 팔뚝만큼 굵은 수십 개의 상노에서 쏘아 올린 화살이 전진 양측을 향해 날아가 촉군 복병 앞으로 우르르 떨어지며 진흙 위에 박혔다. 화살촉을 감싼 기름천에 붙은 불길이 주변 초목을 삽시간에 집어삼키며 불기둥을 둘러쳤고, 그 덕에 촉군 복병의 포위를 저지할 수 있었다.

"서둘러라!"

주윤이 앞으로 돌진하며 소리쳤다.

"불길이 약해지면 촉군을 막을 길이 없다!"

육손은 일찌감치 이 모든 것을 준비하고 있었다. 당초 망루에서 주연이 적을 과소평가했을 때도 육손은 이미 촉의 연환계(連環計)를 간파하고 있었다. 주연은 양심의 가책을 느끼며 이를 꽉 문 채 중군영 쪽으로 달려갔다. 사방의 거센 불길은 촉군 매복의 진압으로 점점 꺼져갔고, 적잖은 촉군이 불의 방벽을 뚫고 추격전을 벌이기 시작했다. '주(周)' 자 깃발을 중심으로 뭉친 천여 명의 병사들은 칼과 방패를 들고 공격과 수비를 반복하며 서서히 중군영 쪽으로 후퇴해 나갔다.

이것 역시 어쩔 수 없는 선택이었다. 퇴각 병사는 도망만 쳐서는 안 되며, 철수와 동시에 접전을 벌여 추격해 오는 적을 물리쳐야 했다. 무조건 뒤돌아 철수만 하게 되면 뿔뿔이 흩어져 도망치다 결국 전군의 몰살로 이어지고 만다.

주연이 양측 산기슭으로 눈을 돌렸다. 촉군이 끊임없이 몰려나오고, 심지어 풍습(馮習)과 장남의 깃발도 보였다. 주연은 그제야 이번에 매복한 병사의 수가 적어도 만 명은 될지 모른다는 생각이 퍼뜩 들었다. 촉군은 이미 천 명에 달하는 오군을 궁지로 몰아넣고 단숨에 중군영까지 돌진하고 있었다. 이제 그들은 여세를 몰아 병영을 공격해 들어갈 것이다. 지금 이런 상황을 막을 방법은 딱 한 가지뿐이었다. 그것은 바로 그들이 병영을 침입해 궁노의 사정거리 안에 들어왔을 때 아군과 적군을 가리지 않고 무차별적으로 화살을 발사하는 것이었다. 그러나 육손은 성격상 자신의 부하들까지 함께 죽일 만한 배짱이 없었다. 그 순간 주연은 몸서리를 쳤다. 유비는 일찌감치 육손의 성격을 간파하고 이런 매복 공격을 감행한 것이다. 그렇다면 주연이 기병 5백 명을 이끌고 대영을 빠져나왔을 때부터 패국은 이미 정해진 수순이었다.

그렇지만 변수는 늘 존재하기 마련이었다. 제방 위에서 다시 북소리가 울려 퍼지며 하늘을 뒤덮은 화살 비가 머리 위를 지나 전장을 향해 곧장 날아갔다. 촉군과 오군은 모두 화살의 공격에 속수무책으로 당했고, 사방에서 비명이 터져 나오며 아비규환이 펼쳐졌다. 주연이 정신을 차리기도 전에 두 번째 화살 비가 또 쏟아져 내리고 수백 명의 목숨을 앗아갔다. 연이어 세 번째 불화살이 쏟아져 내리며 아직 살아 있거나 이미 죽은 자의 시체 위로 내리꽂히자 살이 타는 냄새가 빠르게 퍼져 나갔다. 세 번째 화살 비가 지나가고 나자 전장은 그야말로 아수라장이 되었다. 촉군이 뒤쪽에 남은 오군 병사를 베어 죽이며 다시 집결해 돌진했지만, 쏟아지는 화살 비 앞에 속수무책으로 고립되었다.

주윤은 혼비백산한 주연을 끌고 영문으로 돌진해 들어가며 흙바닥에 처박혀 나뒹굴었다. 주연이 뒤를 돌아보며 병사 수를 확인했다. 대영으로 들어온 자는 3백여 명에 불과했다. 바꿔 말하면 족히 천백여 명이 밖에 남겨져 있는 셈이었다. 그의 눈앞에 진흙투성이의 군화가 멈춰 섰다. 눈을 들어 보니 육손이 냉엄한 표정으로 그를 내려다보고 있었다.

주연이 벌떡 일어나 육손의 멱살을 잡으며 포효했다.

"육백언! 네 이놈! 나의 형제들이 아직 밖에 있단 말이다!"

육손의 눈빛이 서릿발처럼 차가웠다.

"주의봉(朱義封: 주연)! 네놈 때문에 천 명이 목숨을 잃었다."

분노에 떨며 멱살을 잡고 있던 주연의 두 손이 이내 힘없이 아래로 떨어졌다. 주윤이 자리에서 일어나 뒤로 몇 걸음 물러서며 아무 말 없이 고개를 숙였다.

"여봐라!"

육손이 큰 소리로 외쳤다.

도위 두 명이 빠른 걸음으로 걸어 나왔다. 주연은 모든 것을 체념한 듯 두 눈을 감았다. 육손이 어떤 처결을 내리든 그는 할 말이 없었다.

"주연은 교만하고 방종하여 자기 고집대로 출정했고 그 결과 매복의 공격을 받아 아군의 참패를 초래했으니, 태형 서른 대로 그 대가를 치르라."

육손의 목소리가 묵직하게 가라앉았다.

주연이 고개를 번쩍 들었다. 그가 생각해도 처벌이 너무 가벼웠다. 설사 두 사람의 교분이 깊다 해도, 회사파 무리에게 군의 기강을 들먹이게 만들 만한 처분이었다. 오왕 쪽에는 어떻게 보고를 올릴 것인가? 그가 항변을 하려는 찰나 주윤이 그의 소맷자락을 살짝 잡아당겼다.

육손이 목소리를 높였다.

"나는 도독으로서 무모한 출정을 막지 못하고 제때 손을 쓰지 못해 천 명의 장병을 적의 손에 죽게 만들었다. 그 죄가 중해 당장이라도 파직을 당하고 무창으로 압송되어야 마땅할 것이다. 하나 적의 대군이 눈앞에서 호시탐탐 우리를 노리고 있으니, 누후(婁侯) 작위를 파하고 진서장군(鎮西將軍) 직에서 내려오는 대신 이번 전쟁을 승리로 이끌 때까지 도독의 자리에 남아 있게 해줄 것을 지존께 간곡히 청하였다. 이제 나는 지존과의 약속대로 잠시나마 이 자리를 지키며 유비를 상대하고 이 전쟁을 승리로 이끌 것이다!"

사방을 둘러보는 그의 눈빛과 목소리가 서릿발처럼 차갑고 매서웠다.

"각 군영에 명을 전하거라! 오늘부터 명을 어기고 함부로 출정을 입에 올리는 자는 지위 고하와 장소를 막론하고 그 즉시 참형으로 다스릴 것이다!"

위림은 가일과 손몽이 도위부를 나서려 하자 그들을 문밖까지 배웅했다. 입구에 도착하자 위림이 대충 말을 얼버무리며, 미방이 수차례 찾아와 사건과 관련해 자꾸 물어보는 통에 여간 귀찮은 게 아니라고 푸념을 했다. 그 역시 거절하고 싶어도 관품의 차이를 무시할 수 없어 차마 그럴 수 없었을 것이다.

가일은 그에게 고생이 많다는 말만 건넨 후 곧바로 갈 길을 가버렸다. 남겨진 위림은 문 앞에서 황당하다는 표정으로 그를 바라보았다. 위림은 미방을 막아달라고 꺼낸 말이었지만, 가일은 그런 일에 개입할 생각이 전혀 없는 듯했다. 현재 사건의 단서가 너무 적은 데다, 미방이 도대체 무슨 짓을 벌이며 돌아다니는 것인지 그도 알 길이 없었다. 그러나 미방이 움직일수록 이 물이 점점 혼탁해질 테니, 결국 물고기도 살기 위해 스스로 떠오를 수밖에 없을 것이다.

손몽과 길을 걸어가는 동안 가일은 무언가 꺼림칙한 기분을 떨쳐버릴 수 없었다. 도위부에서 나왔을 때부터 누군가 그들을 주시하고 있는 기분이 들었다. 최근 들어 출행을 할 때면 늘 효위를 대동했기 때문에 갑작스러운 습격을 받을 일은 없었다. 오늘 도위부로 가는 김에 그는 손몽과 포석을 깔아보기로 하고 효위들을 몰래 뒤따라오게 했다. 과연 또 누군가 따라붙었고, 일전에 그를 습격했던 바로 그 패거리 같았다.

가일은 손몽에게 눈짓을 보냈다.

"나는 어제 소한과 식사하기로 약속을 한 터라 가봐야 하니, 먼저 돌아가 보시오."

손몽이 그의 의중을 알아채고 화난 척을 했다.

"밥을 먹어요? 설마 거기 가서 여자들이 따라주는 술을 마시고 놀 생각은 아닌 거죠?"

"남자들의 일이니 참견 좀 그만하고 먼저 군주부로 돌아가 있으시오. 오늘 밤에는 안 들어갈지도 모르겠소."

"흥, 오든지 말든지 맘대로 하세요!"

손몽이 고개를 치켜들고 휙 돌아서 가버렸다.

가일이 뒷짐을 진 채 느릿한 걸음으로 유유히 외진 곳으로 돌아 들어갔다. 청석이 깔려 있던 길이 점점 흙길로 변해가고 인적도 드물어질 때쯤, 그가 비로소 뒤돌아서서 뒤따라 붙은 그자와 마주했다. 그는 무명옷을 입은 거구의 사내였는데, 머리에 삿갓을 쓰고 있어 얼굴을 제대로 볼 수 없었다. 그런데 이 사내의 모습이 왠지 눈에 익었다. 게다가 이 상황에서 무기도 지니고 있지 않았다.

가일이 한 발자국을 성큼 내디디며 물었다.

"누구냐? 왜 나를 미행하는 것이냐?"

그 사내가 삿갓을 벗어 저 멀리 내던지며 쩌렁쩌렁한 목소리로 가일의 이름을 불렀다.

"가일! 내가 다시 돌아올 줄 몰랐겠지!"

조금 낯이 익은 얼굴이었지만 어디서 봤는지 기억이 나지 않았다. 어느새 손몽이 사내의 뒤에 버티고 서 있었다. 효위들도 골목 입구를 지키며 그의 퇴로를 모두 막아버렸다.

사내가 주위를 둘러본 후 경멸의 눈초리로 가일을 쳐다보았다.

"계집까지 동원한 것이냐? 이런 소문이 퍼져 나가면, 그 낯짝을 참으로 잘도 들고 다니겠구나?"

그 순간 가일은 그가 누구인지 번뜩 떠올랐다. 그가 손뼉을 치며 웃는 낯으로 아는 체를 해주었다.

"이런, 누군가 했더니, 진풍, 진 대협이었군. 듣자 하니 깊은 밤에 군주부로 숨어 들어가 꽃을 꺾으려 했다지? 성문 도처에 네 얼굴이 붙었거늘, 어찌 여기까지 굴러들어 온 것이냐?"

진풍이 그 말에 버럭 화를 냈다.

"교활한 놈이 어디서 함부로 주둥이를 놀리느냐! 내 월권사에서 꼬박 하루 동안 네놈을 기다렸다. 약속을 어긴 것도 모자라 이런 비열할 수단으로 나를 함정에 빠뜨리는 것이냐!"

"네놈을 함정에 빠뜨린 건 가일이 아니라 나다!"

손몽이 이죽거리며 말했다.

진풍이 의혹에 가득 찬 눈빛으로 손몽을 쳐다봤다.

"그럴 리 없다. 내 너와 일면식도 없는데……."

"우리 둘 다 사건을 수사하느라 정신이 없는데, 네놈을 찾아가 싸울 틈이 어디 있겠느냐? 그래서 내가 네놈에게 죄를 뒤집어씌워 성 밖으로 쫓아내 근처에 얼씬도 못하게 하자고 수를 쓴 것이다. 하나 시집도 안 간 내가 네놈의 생김새를 낱낱이 고하자니 행여 행실에 문제가 있다고 흠이라도 잡힐까봐 가일의 이름을 빌린 것뿐이다."

진풍의 얼굴이 일그러졌다.

"계집이 어찌 이리 비열할 수 있단 말이냐? 사내대장부가 세상을 살아가려면……."

"닥쳐라!"

손몽이 짜증을 냈다.

"내가 사내도 아니거늘, 네놈과 그런 도리를 논해 무엇 하겠느냐? 어쨌든 네놈이 성안으로 이리 기어들어온 걸 보니, 가일과 한판 붙을 생각인 것이냐?"

진풍은 어쩔 수 없이 하던 말을 멈추고 그녀의 말에 대답을 할 수밖에 없었다.

"그렇다! 내 저자와 정정당당하게 한판 겨루러 온 것이다!"

가일이 시큰둥한 표정으로 고개를 가로저었다.

"내 이미 말했듯이 한빈은 내가 죽인 것이 아니니, 나와 싸워봤자 아무 의미가 없다."

진풍이 냉소를 지었다.

"지금 겁을 먹은 것이냐?"

가일이 손몽을 향해 턱짓을 했다.

"갑시다. 긴히 처리해야 할 일이 아직 남아 있소."

손몽이 진풍을 에둘러 가일의 뒤를 따라갔다.

진풍이 격분해 고함을 치며 가일을 따라가 공격을 하려 했다. 그때 등 뒤에서 그를 막아서는 소리와 함께 밝은 빛이 측면을 스쳐 들어왔다. 진풍이 몸을 틀자 연갑을 입은 여인 몇 명이 그를 포위해 들어왔다. 그가 짜증스럽다는 듯 소리쳤다.

"여인이면 집에 가 아이나 돌볼 것이지, 어디서 감히 밖에 나와 칼과 창을 휘두르느냐? 저리 비켜라!"

효위들은 아무 말 없이 발 빠르게 자리를 잡으며 검을 들고 진풍을 완전히 둘러쌌다. 진풍이 한 발 움직이자 순식간에 검이 그의 얼굴을 공격했다. 그가 고개를 옆으로 비끼며 협박을 했다.

"당장 비켜서지 않으면, 설사 여인이라 해도 내 칼끝에 인정을 두지 않을 것이다!"

효위들은 여전히 아무 말 없이 검 끝을 겨냥하며 진풍과의 거리를 좁혀왔다. 진풍은 점점 멀어지는 가일과 손몽을 보자 마음이 다급해져 앞에 있는 효위 하나를 맨손으로 공격했다. 효위는 검을 거두고 뒤로 물러섰다. 그녀는 진풍의 공격권에서 벗어났다고 생각했지만, 바로 그 순간 순식간에 오른팔을 가격당하고 말았다. 그녀는 휘청거리며 뒷걸음질 치다 간신히 중심을 잡을 수 있었다.

진풍이 주먹을 거두고 몸을 옆으로 돌리며 목소리를 깔았다.

"변화무쌍하고 형태도 없으니, 부드럽기는 세찬 파도를 타는 듯하고 강하기는 우레가 터져 천지를 휘젓는 것과도 같다. 내 이 통배권(通背拳)으로 최고의 경지에 올랐으니, 너희는 내 상대가 되지 못한다. 물러나거라!"

그 말이 떨어지기 무섭게 그는 몸을 돌려 가일을 쫓아갔다. 바로 그때 귀 뒤에서 바람 소리가 들려오자 진풍은 얼른 허리와 머리를 숙이고 검을 머리 위로 휘둘렀다.

"여자라고 봐줬더니, 기어코 나를 매정한 사내로 만들어야 직성이 풀리겠느냐?"

효위들은 끝까지 말 한 마디도 하지 않은 채, 10여 명이 단숨에 진풍을 포위해 들어왔다. 순식간에 검광이 물 흐르듯 원을 그리며 진풍을 한가운데로 몰아갔다. 진풍은 당황하지 않고, 허리를 뒤로 꺾고 등을 숙이며 마치 뱀이 기어가듯 검광 사이사이를 미끄러지듯 오갔다. 눈 깜짝할 사이에 그의 손에 효위 네다섯 명이 쓰러졌다. 더 많은 효위가 그를 포위해 들어왔지만, 여전히 그의 털끝 하나 건드리지 못했다.

저 멀리 걸어가던 가일이 뒤돌아보며 말했다.

"예상 밖이군. 저 진 대협의 무공이 저 정도일 줄은 몰랐소. 이대로는 효위들이 버티지 못할 듯싶은데, 우리가 가서 도와야 하는 것 아니오?"

손몽이 코웃음을 쳤다.

"저 멍청한 놈이 무공은 뛰어날지 몰라도 치명적인 약점이 있으니 걱정할 것 없어요. 저자는 효위의 적수가 못 되네요."

가일이 다시 뒤돌아보더니 수긍이 가는 듯 고개를 끄덕였다.

"무슨 말인지 알겠소. 효위들은 목숨 걸고 싸우는 반면에 저자는 공격에 여지를 남겨두니, 아마도 조만간 쓴맛을 볼 듯하오."

또 한 번 선향을 하나 다 태울 정도의 시간이 흐르고 난 후 효위 한 명이 진풍에게 어깨를 맞아 휘청거렸다. 바로 그때 옆에 있던 효위가 진풍을 향해 검을 날렸다. 하지만 공교롭게도 그 순간 옆에서 휘청거리던 효위가 진풍 쪽으로 쓰러지고 말았다. 그 일촉즉발의 순간에 진풍이 두 팔을 벌려 그녀의 팔을 잡으며 끌어당겼다. 그러자 효위는 그의 품에 안기는 틈을 놓치지 않고 팔꿈치로 그의 갈비뼈를 있는 힘껏 가격했다. 진풍이 뒤로 뛰어오르며 멀리 떨어지려 해봤지만, 착지하기도 전에 무릎 뒤쪽이 칼집에 맞아 꺾이며 그대로 바닥에 드러눕고 말았다. 그가 일어나려 해봤지만, 서늘한 빛을 띤 장검 몇 자루가 어느새 목을 겨냥하고 있으니 꼼짝달싹도 할 수 없었다.

진풍의 얼굴이 붉으락푸르락했다. 그동안 수없이 무술을 연마했고, 홀로 많은 수의 적을 상대해본 적도 한두 번이 아니었다. 그러나 이번처럼 이렇게 빨리, 그것도 여자한테 무너져보기는 또 처음이었다. 물론 적을 얕잡아 본 것도 패인 중 하나일 것이다. 사실 이 여인들은 서로 한몸처럼 움직이며 놀랄 만큼 합이 잘 맞았다.

효위들이 쇠사슬을 꺼내 진풍을 묶었다. 손몽은 뒤도 돌아보지 않은 채 손을 흔들었다.

"죄인을 도위부 감옥으로 압송하고, 위림에게 우리가 찾아갈 때까지 독방에 가두어 잘 먹이고 푹 쉬게 하라 전하거라!"

진풍이 코웃음을 쳤다.

"여러 명이 한 사람을 공격하는 것도 모자라 은혜를 원수로 갚다니, 너희 여자들은 무도(武道)라는 것도 모르느냐?"

그가 계속해서 가일을 비웃으며 심기를 건드리는 말을 내뱉으려 하자, 누군가 천으로 입을 막아버렸다. 그러자 그가 웅얼웅얼 괴성을 지르며 눈을 부라렸다.

가일이 그에게 공수를 하며 말했다.

"미안하지만 억울해도 며칠만 기다려주게. 내 조만간 직접 찾아가 사죄를 하겠네."

효위들에게 끌려가는 진풍을 바라보며 손몽이 한심한 듯 웃었다.

"순진한 건지 멍청한 건지 모르겠어요. 지금 세상에 의협심만 가지고 입신을 하려 들다니, 그게 말이 되나요? 설마 도와 의리를 목숨처럼 지키며 살았던 협객의 시대가 일찌감치 막을 내렸다는 걸 모르는 건 아니겠죠?"

가일은 아무런 대답도 하지 않았다. 그는 고개를 들어 이미 어둠이 내려앉은 하늘을 올려다보다 이내 다시 갈 길을 재촉했다. 그들은 원래 오후에 동성에 가서 예전에 도위부에서 일했던 주부 임조를 찾아가려 했다. 그런데 중간에 진풍을 만나 시간을 지체하는 바람에 이미 저녁이 되고 말았다. 동성에 사는 사람은 대부분 평민이었고, 임조의 집은 그 일대에서도 어중이떠중이들이 모두 모여 사는 곳이었다. 임조처럼 관직에 몸담았던 자가 이런 곳까지 흘러들어온 것도 드문 일이었다. 듣자 하니 슬하에 자식이 없는 데다 늙고 우매해 이리된 것이라고 했다.

손몽이 뒤쫓아 가며 말했다.

"아무래도 임 주부 집에 가봤자 별 도움이 안 될 것 같아요. 그 서리 말로는 임조가 오래전부터 정신이 온전치 못하고 이사도 여러 번 했다는데, 뭘 물어볼 수 있겠어요?"

"그자를 찾아가지 않고 달리 사건을 수사할 뾰족한 수라도 있소?"

손몽이 대답했다.

"장청이라는 자한테 삼원 도단에 가서 지키고 있으라고 했다면서요? 그자랑 접선해서, 밤에 잠복했다가 몰래 들어가서 단서를 좀 찾아보는 건 어때요?"

"장청이 아무 소식도 전하지 않는 걸 보면 우길이 안 다녀간 것이 분명하오. 이럴 때 우리가 무모하게 잠입을 하면, 단서를 찾기는커녕 괜히 저들의 경계심만 높이게 될 것이오."

"그러면 어때요? 일단 발각되면 단번에 삼원 도단을 싹 쓸어버리면 되잖아요?"

손몽이 가일을 쳐다보다 불현듯 무언가 떠오른 듯 물었다.

"아, 이제 알겠어요. 삼원 도단이 없어지면 우길이 다른 도단을 거점으로 삼을 테고, 그렇게 되면 그의 동향을 파악하기 어려워지게 될까봐 주저하는 거죠?"

"그럴 수도 있겠지."

가일이 마지못해 대답을 했다.

길 양옆으로 야트막하고 궁색한 집들이 쭉 늘어서 있었다. 황토로 다져 만든 담벼락이 울퉁불퉁하고, 지붕도 짚으로 얼기설기 엮여 있었다. 오수가 담 밑 도랑을 따라 흐르고, 채소 잎과 오물이 간간이 떠다니며 악취가 진동을 했다.

손몽이 코를 막으며 물었다.

"아직 멀었어요?"

"다 와가오."

가일이 골목을 하나 더 돌았다. 그는 이런 풍경이 왠지 눈에 익었다. 지난날 부친이 사마의에게 참수당한 후 모친은 시댁에서 나와 그와 함께 이런 곳으로 이사를 왔었다. 숙공 가후(賈詡)가 모자를 거두어준 덕에 그곳에서 산 시간은 고작 몇 개월에 불과했다. 그런데도 그때의 시간은 그의 뇌리 속에 깊이 각인되어 잊히지 않았다.

그러고 보면 사람의 운명은 정말 한 치 앞을 알 수 없을 만큼 기묘했다. 집안이 몰락하지 않았다면 그는 숙공의 추천으로 진주조에 들어가지 못했을 것이다. 만약 진주조에서 일하지 않았다면 한선의 진상을 밝히려 수사에 매달리지 않았을 테고, 한선의 객경이 되는 일도 없었을 것이다. 일찍이 형주에 있을 때 그는 영원히 빛을 볼 수 없는 세월을 살아야 하는 것처럼 견디기 힘든 건 없을 거라고 부진에게 말한 적이 있었다. 마음속에 비밀을 감춘 채 시시각각 살얼음판을 걷는 첩자의 삶을 사는 것은 칼날 위를 걷는 것처럼 아슬아슬하고 위험한 것이었다. 그러나 그는 두려움보다 외로움을 느끼며 산 시간이 훨씬 많았다. 그럴 때면 뼛속 깊숙이 파고드는 외로움에 한기가 느껴지고 그 고통이 뼈를 에는 듯했다.

가끔은 자신이 왜 한선이 내린 이 신분을 받아들였는지 후회스러울 때도 있었다. 이름도 신분도 감춘 채 깊은 산속으로 들어가 다시 시작해보고 싶다는 생각도 들었다. 그런데 그럴 때마다 그와 연결된 붉은 실 한 가닥이 계속해서 그를 잡아당기며 놔주지 않았다. 가일 역시 그 붉은 실이 자신의 억측에 불과하다는 것을 모르지 않았다. 하지만 그는 그 끈을 쉽게 끊어낼 수 없었다. 전천은 손몽이 아니고, 손몽은 전천이 아니다. 그는 수도 없이 속으로 이런 말을 되뇌었지만 아무 소용이 없었다. 손몽과 서로 알고 지낸 지 이미 2년이 넘었으니, 따지고 보면 전천과 보낸 시간보다도 훨씬 길었다. 그와 전천은 이승과 저승으로 나뉘어 더 이상 만날 수 없는 사이였다. 손몽과의 미래 역시 한 치 앞을 알 수 없었다. 그럼에도 이 익숙한 얼굴을 계속해서 보고 싶은 마음이 더 간절했다.

"아직 멀었어요?"

손몽이 그를 툭 치며 물었다.

"악취가 이거 너무 심하잖아요? 이럴 줄 알았으면 따라나서지도 않았을 거예요."

가일이 웃으며 말했다.

"다 왔소. 서리가 말한 곳이 바로 저 집이오."

그곳은 다 허물어져가는 흙벽돌집이었다. 방문은 이미 삭고 낡아 형체가 틀어진 채 옆으로 기울어져 있었다. 가일이 화절자를 밝히며 방 안으로 들어갔다. 손몽도 내키지 않는 듯 불만스러운 표정으로 그를 따라 문턱을 넘었다. 바로 그 순간 그녀의 몸이 넘어질 듯 아슬아슬하게 휘청거렸다. 알고 보니 방바닥이 바깥보다 훨씬 낮아 몸이 중심을 잃은 탓이었다. 방 안에는 습하고 부패한 냄새가 진동했고, 쉰내도 섞여 있었다. 화절자의 불빛을 빌려 안을 둘러보니 사방에 잡동사니들이 널려 있고, 방구석에 누더기에 싸인 듯한 무언가가 미미하게 꿈틀거리는 것이 보였다. 손몽은 눈을 가늘게 뜨고 자세히 살펴보고 나서야 그것이 바싹 마른 노인의 형체라는 것을 알아챘다. 두 사람이 찾고 있던 임조가 분명했다.

가일이 화절자를 손몽에게 넘기고 한쪽 무릎을 꿇고 앉아 물었다.

"어르신 성함이 임 자, 조 자 되십니까?"

노인은 눈꺼풀조차 깜빡이지 못한 채 아무런 반응이 없었다. 손몽은 화절자를 들고 방 안을 두리번거리다 잡동사니 틈에서 간신히 기름등 하나를 발견할 수 있었다.

기름이 이미 굳고 먼지가 잔뜩 쌓여 있었지만, 다행히 심지가 젖지 않아 불을 붙이는 데 큰 문제가 없어 보였다. 그녀가 등을 가일 옆에 두고 화절자로 불을 붙였다. 검은 연기가 피어오르며 방 안이 조금은 밝아졌다.

가일이 목소리를 조금 높였다.

"건안 5년, 진적 사건을 기억하십니까?"

임조가 입을 실룩거리며 알아들을 수 없는 말을 웅얼거렸다. 그러다 가일이 귀를 가까이 대자 또 말을 멈췄다. 손몽은 악취를 참아가며 방 안을 쭉 둘러보았지만 별다른 것을 발견할 수 없었다. 그녀의 시선이 다시 임조에게 향했을 때, 노인의 오른손이 오른쪽 옷깃을 꼭 움켜쥐고 있는 것이 보였다. 그녀가 가일에게 입짓으로 신호를 보내자, 가일이 손을 뻗어 오른쪽 옷깃을 더듬어보았다. 그러자 노인이 갑자기 몸을 뒤로 움츠리며 놀라 소리를 질러댔다.

"사람 살려! 사람 살려!"

가일이 부드러운 목소리로 그를 진정시켰다.

"어르신, 두려워 마십시오. 우리는 지존께서 보내서 온 사람들입니다."

임조가 놀란 눈으로 그를 보다 이내 눈빛이 다시 흔들렸다. 가일이 임조의 어깨를 가볍게 두드리며 그의 손을 치우고 옷깃을 만져보았다. 임조가 자주 움켜쥔 탓에 너덜너덜해진 천을 만져보니 도톰하게 무언가 잡혔다.

"안 돼!"

임조가 갑자기 옷깃을 다시 단단히 움켜쥐며 소리쳤다.

"거짓말이다! 주공께서는 이미 돌아가셨다!"

"주공께서는 살아 계십니다."

가일이 작은 소리로 그를 달래듯 타일렀다.

"아니다!"

임조의 흐릿했던 눈동자가 점점 초점을 찾으며 맑아졌다.

"주공은 살해당하셨다!"

그 순간 가일은 임조가 말하는 주공이 지금의 지존이 아니라는 것을 깨달았다. 그렇다면 그가 말하는 주공은 손권이 아니라 바로 손책이었다. 임조는 손권이 손책의 뒤를 이어받았다는 사실조차 잊을 만큼 정신이 오락가락하는 것이 분명했다.

가일이 나지막이 그를 위로하며 말했다.

"선대 주공 손책께서는 불의의 사고로 돌아가셨고, 지존 손권께서 이미 그 뒤를 이어받아 작년에 왕위에 오르셨습니다. 이제 얼마 후에 위나라 사신단이 찾아와 책봉식을 거행하면 오왕으로 정식 책봉되실 겁니다."

"손권? 아니! 넌 지존이 보낸 자가 아니다! 넌 육씨 쪽에서 보낸 자다!"

"육씨?"

임조가 가일을 힘껏 밀치며 포효하듯 소리쳤다.

"장순, 장순! 어가를 호위하라!"

가일은 의혹이 커져가는 가운데 재빨리 물었다.

"장순은 객조 조연에 불과한데, 그런 자가 어찌 어가를 호위할 수 있단 말입니까?"

임조가 멍하니 가일을 바라보며 입가에 침을 주르륵 흘렸다. 가일이 어쩔 수 없이 다시 그의 옷깃을 잡아당겼다. 천이 이미 해져 한 번 잡아당긴 것만으로도 금세 찢어졌다. 안을 더듬자 작게 접은 비단 천 같은 것이 만져졌다. 가일이 그것을 꺼내려 하자 임조가 그의 손목을 꽉 움켜잡았다. 가일이 고개를 들자 임조가 생기조차 없는 눈빛으로 그를 응시하고 있었다.

가일이 한숨을 내쉬었다.

"놓으십시오. 전 해번영 사람입니다."

"지존께서 만약 자신이 오늘 밤을 넘기지 못하면 권 공자에게 뒤를 잇게 하라 했네."

임조의 목소리가 쉬어 갈라졌다.

"공자가 육씨와 결탁을 했든 안 했든, 그 세 명의 자객은 그가 보낸 이들이 아니네. 이 강동 패주의 자리에 가장 적합한 자는 그 사람뿐이야."

가일이 흠칫 놀라며 물었다.

"그게 무슨 말입니까?"

"이 일에 관해 우리는 아무런 증거도 가지고 있지 않네. 그러니 죽고 싶지 않으면 죽을 때까지 입을 닫아야 해."

임조의 혼탁한 두 눈에 강한 집념이 드러났다.

"알겠습니다. 죽을 때까지 입을 다물겠습니다."

가일이 그의 말에 장단을 맞춰주었다.

"우리가 육씨 가문을 조심해야 하는 것이 맞습니까?"

"육씨 가문뿐 아니라 태평도도 조심해야 하오! 권 공자! 진적은 이미 살해당했소. 제발 조심하시오!"

가일은 등골이 오싹해지는 것을 느꼈다. 한기가 독사처럼 빠르게 등을 타고 기어가는 듯했다. 사건을 인계 받은 후 셀 수 없이 많은 의문이 그를 괴롭혔지만, 진실에 단 한 발자국도 다가가지 못했다. 그런데 지금 이 노인의 몇 마디 말 속에서 20여 년 전 사건에 관한 끔찍한 추측이 머릿속을 가득 채우고 있었다.

손책과 진적은 건안 5년에 죽었고, 장순은 어가를 호위했고, 진적은 진실을 은폐하기 위해 죽임을 당했고, 육가와 태평도를 조심해야 하고……. 임조는 건안 5년에 주부 직에 있었고, 육적은 건안 5년에 무창 도위였다. 그렇다면 장순은? 장순은 건안 5년에 무슨 직책에 있었던 거지? 진적의 진짜 신분은 거상이 아니었던 건가? 육씨 가문은 건안 5년에 어떤 역할을 했던 거지? 20여 년이 지나 도위 부인 오민과 장순도 진적과 마찬가지로 주술에 걸려 죽고 말았다. 이것이 도대체 무엇을 의미하는 것일까? 지금 세상에는 우길이 다시 살아났고, 하늘에 불길이 타올라 글자가 내려왔으니 손권이 반드시 죽을 거라는 소문이 파다하게 퍼지고 있었다. 만약 지금 태평도가 주술로 죽이려는 자가 지존 손권이라면, 건안 5년에 손책도 태평도의 주술에 걸려 죽은 것이 아닐까? 손책의 죽음이 육씨 가문, 그리고 손권과 대체 무슨 관계가 있는 것일까?

임조의 손은 여전히 옷깃을 꽉 움켜쥐고 있었다. 가일의 눈빛이 갑자기 매서워졌다. 그의 시선이 어깨 위에 붙어 있는 황갈색 털에 가 닿으며 불길한 예감도 함께 찾아왔다. 가일이 임조의 옷깃에서 그의 손을 힘껏 잡아떼고 그 안에 감춘 물건을 끄집어냈다. 임조는 물건을 빼앗기지 않기 위해 두 팔을 마구 휘둘러댔고, 가일은 그의 공격을 피해 뒤로 두어 걸음 물러서 얼른 접힌 종이를 펼쳤다. 그 순간 그가 숨을 훅 들이마셨다. 그것은 오민의 손에서 발견했던 것과 똑같은 부적이었다.

갑자기 임조가 부적을 빼앗아 방구석으로 도망쳐 몸을 한껏 웅크리고 숨었다. 가일이 그것을 빼앗기 위해 다가가는데, 임조의 몸이 돌연 뻣뻣하게 굳고 두 눈의 핏발이 서며 순식간에 붉은색으로 변해버렸다. 가일이 흠칫 놀라며 무의식적으로 뒤로 물러섰다. 뒤이어 임조의 머리카락이 벼락이라도 맞은 것처럼 솟구쳐 오르고, 온몸의 뼈마디가 우두둑 소리를 내며 움직이더니 부들부들 떨며 바닥에 쓰러졌다. 이 모든 일이 눈 깜짝할 사이에 벌어졌고, 가일이 정신을 차렸을 때 뼈만 앙상하게 남은 이 노인의 숨은 이미 끊어져 있었다. 그 부적 역시 노인의 손에서 저절로 불이 붙어 잿더미로 변한 채 사라졌다.

가일은 한동안 아무 말 없이 서 있다 백지장처럼 창백해진 손몽을 돌아봤다.

"어떻게 생각하오?"

가일이 물었다.

"내가 정말 미치지 않고서야, 당신과 같이 이 사건을 수사하겠다고 나섰을 리 없어요."

손몽이 잠시 후 다시 입을 열었다.

"이런 기막힌 헛소리가 밖으로 새어 나가면 어떤 결과가 초래될지 모르진 않겠죠?"

"뭐가 헛소리라는 것이오? 저자가 방금 무슨 말을 했소?"

손몽이 고개를 갸웃거렸다.

"이 일의 경중을 아직 모르는 듯하군요."

"효위들 중에 나처럼 귀신의 존재를 믿지 않는 이들이 있소?"

"왜요?"

손몽이 물었다.

"시체를 의장(義莊)까지 가져가서 오늘 밤 그곳 밖에서 기다릴 생각이오."

"뭘 기다리죠?"

"시변(尸變: 시체가 갑자기 벌떡 일어서는 괴이한 현상)이오."

삼원 도단은 무창성에서 가장 잘나가는 태평도단이었다. 명성이 자자한 선사만 예닐곱 명이고, 신도 수도 만여 명에 달할 정도로 영향력이 컸다. 얼마 전에 오왕은 무창성에 있는 모든 도단의 폐쇄를 명했고, 천사(天師) 한 무리를 잡아들이고 심지어 그중 몇 명을 참수했다. 한동안 무창성 안에 긴장감이 감돌았고, 태평도 신도들은 두려움에 떨며 몸을 사리기 시작했다. 삼원 도단도 문을 닫았지만, 관부에 연줄이 있다 보니 그동안 실질적인 피해를 입지 않았다. 요 며칠 감시가 조금 소홀해진 틈을 타 삼원 도단도 밤에 다시 문을 열어, 신도들이 어둠을 틈타 복을 빌러 올 수 있도록 했다.

장청이 높은 대(臺)에 올라 부적수가 든 병을 신도들에게 나눠주고 돈주머니를 건네받았다. 그가 무의식적으로 무게를 가늠해보니 가볍지 않은 것이 족히 열 냥은 되는 듯했다. 그는 신도들이 공손하게 예를 올리고 떠나가는 모습을 지켜보며 돈주머니를 옆에 있는 불전함에 대충 던져 넣었다. 원래 장청도 이 도단에서 명망 높은 선사로 지내며 위풍을 떨쳤다. 그러다 거액의 도박 빚 때문에 빚쟁이들이 수차례 도단에 찾아오는 일이 벌어졌고, 결국 혜덕 선사의 눈 밖에 나면서 선사 직에서 물러나 밤에 번을 서는 처지로 전락하고 말았다. 장청이 이런 처사에 불만을 품는 것도 당연했다. 그러나 홧김에 삼원 도단을 나간다 해도 당장 갈 곳이 마땅치 않았다. 태평도는 전승(傳承)을 가장 중요하게 따지기 때문에, 무창성을 떠나 다른 태평도단에 가도 그 안에 끼이지 못한 채 무시를 당하기 십상이었다. 게다가 그는 소한처럼 모아둔 돈도 없으니, 다른 길을 모색하기도 힘들었다. 아무리 이런저런 궁리를 해봐도, 밥이라도 배불리 먹고 살려면 그냥 삼원 도단에 남는 편이 나았다.

만약 그날 우연히 우길 상선과 마주치지 않았다면 장청은 자신이 평생 이 정도 밥그릇으로 살다 죽었을지 모른다는 생각이 들었다. 하늘이 그를 불쌍하게 여겨 이렇게 좋은 기회를 잡게 해주었으니, 이제 벼락부자가 될 일만 남아 있었다. 그는 정신을 가다듬고 등불을 환하게 밝힌 대전을 바라보았다. 무슨 일인지 모르겠지만, 혜덕 선사가 오늘밤 이곳에서 기다리고 있으라고 했다.

"장 형, 언제 떠날 작정이오?"

옆에 있던 도우(道友)가 물었다. 장청은 그와 계속 당직을 서며 그럭저럭 친하게 지내왔다. 그런데 사람이 영 어수룩했다.

"가긴 어딜 간다는 건가?"

장청이 황당하다는 투로 말했다.

"지난번에 형님이, 여기서 더는 있을 수 없으니 떠나야겠다고 하지 않으셨소?"

도우가 푸념을 터뜨렸다.

"사실 내가 봐도 이 도단이 얼마나 갈까 걱정이 되오. 요즘 들어 복을 빌러 오는 이들도 점점 줄고 있는 데다, 손가 놈이 헛소리를 해대며 감히 우리 태평도에 맞서려 하고 있지 않소? 아, 얼마 전에 우길 상선이 현신(現身)했다는 소문을 들어보셨소?"

"들었네. 왜 그러는가?"

"그분이 만인 앞에서 하늘의 불꽃을 일으키고 글자를 내려 손가의 죽음을 예언하자 해번영 관리들이 모두 바닥에 넙죽 엎드려 목숨만 살려달라고 빌었다 하더이다. 만약 우길 상선의 현신이 직접 오왕부로 가 손권을 죽이면, 이 강동에서 누가 감히 우리 태평도를 건드릴 수 있겠소?"

"그 우길 상선이 왜 그렇게 하지 않을까?"

장청이 하품을 하며 물었다.

"나 같은 졸개 따위가 그런 걸 어찌 알겠소? 머리 좋은 장 형은 아시오?"

"개소리 집어치우게! 이런 천기를 우리 같이 미천한 자들이 어찌 안단 말인가?"

장청이 무언가 떠오른 듯 말했다.

"참, 지난번에 이곳을 떠나고 싶다고 했던 건 답답해서 그냥 해본 말이니 신경 쓰지 말게. 만에 하나 혜덕 선사에게 이 말이 들어가 쫓겨나기라도 하면 정말 골치 아파지네."

"음, 알겠소. 우리 같은 사람이야 밥걱정 없이 지내는 것만도 감지덕지죠. 이곳을 떠나면 뭘 해서 먹고살지 깜깜합니다."

도우가 품에서 육포를 하나 꺼내더니 쭉 찢어서 장청에게 건넸다.

"부엌에서 하나 가져왔는데, 씹다 보면 요기가 됩니다."

장청이 육포를 받아 드는데, 대전에서 도동(道童: 도사의 심부름을 하는 아이)이 나오며 그의 이름을 불렀다.

"혜덕 선사께서 들어오라십니다."

장청이 육포를 도우에게 다시 건네며 도동을 따라 대전으로 들어갔다. 문 앞에 오자 도동은 입구에 서서 더 이상 움직이지 않았다. 장청이 고개를 숙이고 정전을 지나 후문 쪽으로 걸어갔다. 그런데 오늘따라 이상하게 후문이 열려 있었다. 보통 후문은 늘 잠겨 있다가 귀인이 오는 날에만 뜰로 들어갈 수 있도록 열어두었다.

장청이 깊이 숨을 들이쉬고 높은 문턱을 성큼 넘어 후원으로 들어섰다.

후원은 그리 크지 않았지만 상당히 운치 있게 꾸며져 있었다. 후문과 바로 마주보는 곳에 기둥과 대들보를 채화(彩畵)로 화려하게 장식한 곁채가 있고, 그 앞에 복숭아나무가 몇 그루 심겨 있었다. 나무에서 떨어진 분홍색 꽃잎이 바닥에 깔린 푸른 돌판 위에 소복이 쌓여, 마치 속세를 초월한 무릉

도원에 와 있는 듯 착각을 불러일으켰다.

장청이 천천히 정원으로 걸어 들어가 곁채 입구에 섰다. 그러고는 나지막이 고했다.

"선사님, 제자가 왔습니다."

"들어오너라."

방 안에서 노인의 목소리가 들려왔다.

장청이 문을 밀고 들어서자 폐부 깊이 스며드는 단향(檀香) 냄새가 느껴졌다. 그가 문을 닫고 고개를 숙인 채 몇 걸음 앞으로 걸어가 절을 올렸다.

"스승님께서 무슨 일로 제자를 부르셨는지요?"

"고개를 들거라."

고개를 드니 앞쪽에 주렴이 걸려 있는 것이 보였다. 혜덕 선사는 바로 주렴 뒤에 서 있었고, 그의 곁에 또 한 사람이 앉아 있었다. 비록 주렴에 가려 얼굴을 제대로 볼 수 없었지만, 그 차림새만 봐도 우길이 확실했다.

장청이 얼른 무릎을 꿇고 바닥에 넙죽 엎드려 절을 올리며 떨리는 목소리로 말했다.

"제자 된 자로서 상선의 왕림을 알지 못해 멀리 마중을 나가지 못했으니, 죽을죄를 지었나이다."

혜덕 선사가 코웃음을 쳤다.

"상선께서는 그림자도 없이 오셨다 흔적도 없이 가시거늘, 네가 어찌 알 수 있단 말이냐? 일어나거라. 네가 공을 세웠으니, 상선께서도 그 죄를 탓하지 않으실 것이다."

"제자가 어찌 감히 일어나겠사옵니까?"

우길이 입을 열자 그 목소리가 쇳소리처럼 귀에 거슬렸다.

"내 허락할 터이니, 개의치 말고 일어나도록 하게. 자네 또한 태평도의 제자거늘, 지나치게 예를 차릴 필요 없네."

장청이 그제야 일어나 고개를 숙인 채 어깨를 움츠리고 우길의 말을 기다렸다.

"태평도 문하로 들어온 지 몇 해가 되었느냐?"

"상선께로 돌아온 지 이미 21년이 되었습니다."

"지난 21년 동안 태평도에 대해 의심을 품은 적이 있느냐?"

"아니오, 없습니다."

장청이 서둘러 부인을 했다.

"어째서지? 대현량사 장각의 난이 실패로 끝난 후 우리 태평도는 관의 탄압을 받아 와해되고 뿔뿔이 흩어져 각자 세력을 키우며 살아남았다. 지난 여러 해 동안 태평도의 위엄과 명성은 여전히 건재하게 이어져 왔지만, 사리사욕에 눈이 먼 제자들이 태평도의 명예에 흠집을 내는 일도 적지 않았지. 심지어 태평도 제자들 중 절반이, 우리 태평도가 무지한 여인을 우롱해 재물을 뜯어낸다고 여기고 있다. 장청, 그런데도 감히 단 한 번도 태평도를 의심해보지 않았다 말할 수 있느냐?"

장청이 감히 대답을 하지 못했다.

우길이 다시 입을 열었다.

"본존(本尊)이 다시 세상에 모습을 드러낸 것은 우리 태평도를 정화하고 새롭게 나아갈 황천(黃天)의 길을 재정비하기 위해서다. 이 일이 이루어지고 난 후 자네가 신선의 반열에 오를 수 있을지는 자네 운에 달려 있겠지. 하나 세상의 부귀영화만큼은 반드시 누리게 될 것이다. 혜덕의 말을 듣자 하니, 요즘 들어 자네가 일을 아주 잘하고 있다더군. 내 계속 지켜보겠네."

장청이 기쁨을 감추지 못하며 또 한 번 바닥에 넙죽 엎드려 연신 절을 올렸다.

혜덕 선사가 옆에서 물었다.

"관부 사람이 의심을 하기 시작했느냐?"

장청이 고개를 들자, 그의 얼굴에 득의양양한 표정이 드러났다.

"안심하십시오. 소한과 가일은 아직도 자신들이 저를 매수했다고 착각한 채, 정보를 줄 때만 기다리고 있습니다. 역시 스승님의 예상이 적중했습니다. 관부에서 상선의 행적을 수소문할 테니 그자들과의 접촉을 준비하라 하셨는데, 그 말이 딱 맞았습니다. 그자들이 우리 도단에 첩자를 심어둘 작정을 한 듯한데, 스승님께서 먼저 알아채시고 방비를 해두신 덕에……."

"그런 식의 아첨으로 상선의 귀를 더럽히지 말거라."

혜덕 선사가 그의 말을 끊었다.

"오늘 오후에 소한을 만났을 때 무슨 말을 묻더냐?"

"도단의 동정에 대해 묻기에 스승님의 가르침대로 알려주었습니다. 그리고 그자가 이곳으로 옮겨 온 나무 상자에 흥미를 보이며, 제게 그 안에 뭐가 들어 있는지 알아봐달라 했습니다."

장청이 계속 말을 이어갔다.

"제가 그자와 말을 나누다 알게 된 사실이 하나 있는데, 해번영 가일이라는 자가 건안 5년에 일어났던 진적이라는 자의 피살 사건을 캐고 다니는 듯합니다. 아무래도 그 사건이 지난번에 일어난 두 사건과 관련이 있다고 여기는 것 같습니다."

"다른 것은 더 없느냐?"

혜덕 선사가 추궁했다.

"아, 가일이 오늘 오후에 동성에 간다는 말도 들었습니다. 진적 사건을 조사하러 가는 게 분명합니다."

혜덕 선사가 옆에 있는 우길에게 예를 행하며 말했다.

"상선, 감축 드리옵니다. 모든 것이 상선의 예상을 벗어나지 않으니, 손가를 멸할 날도 머지않은 듯하옵니다!"

우길이 대답했다.

"이제 막 시작일 뿐이니 경거망동하지 말게. 가일은 교활하고 의심이 많은 데다, 어디로 튈지 종잡을 수 없는 자이네. 절대 정체를 드러내지 않도록 신중하게."

장청이 연신 고개를 끄덕였다.

"다음번에 또 소한을 만나게 된다면 어떻게 대답을 해야 하겠습니까?"

혜덕 선사가 대답했다.

"상선이 말씀하시지 않았느냐? 너는 실제 상황을 그대로 전하기만 하면 된다. 그리고 그 나무 상자에는 초석과 유황, 주사가 잔뜩 들어 있었다고 말하거라."

장청이 주저하며 말했다.

"제가 그리 말했다가 상선의 계획을 그르치게 되는 것은 아니겠지요?"

"너는 아무 걱정 말고 시키는 대로만 하면 된다."

혜덕 선사가 웃으며 말했다.

"무창성 안에 우리를 돕는 자들이 있고, 서쪽에서도 높은 사람이 우리를 도우러 오고 있다. 관부에도 우리 편이 있으니 걱정할 것 없다. 저들은 사방에서 적의 공격을 받고 있다는 것조차 인지하지 못한 채, 결국 때가 되면 죽게 될 것이다."

장청이 몸을 숙이고 또 절을 올리며 자신이 잘못된 길로 가지 않은 것에 내심 안도했다. 일전에 가일이 황금 백 냥을 미끼로 그를 유인했을 때 마음이 살짝 흔들렸던 것도 사실이었다. 본래 소한과의 만남은 혜덕 선사의 계획에 있는 것이었고, 우길 상선의 신통력이 뛰어나니 속이는 것 자체가 불가능했다. 지금 와서 생각해보니 소한과 가일의 행보는 늘 우길 상선의 손바닥 위에 있었다. 그들은 절대 우길의 적수가 아니었다.

장청이 고개를 들었을 때, 주렴 뒤로 보이는 사람은 혜덕 선사 한 명뿐이었다. 그가 의아한 눈빛으로 물었다.

"우길 상선은 언제 가신 겁니까?"

혜덕 선사가 주렴을 걷고 나오며 코웃음을 쳤다.

"한심한 놈. 상선께서는 흔적을 남기지 않는 분이시거늘, 뭘 그리 호들갑을 떨며 놀라느냐?"

장청이 민망해하며 대답했다.

"제자가 어리석었습니다."

"대사가 마무리되면 나는 우길 상선을 따라 천하를 주유해야 하니, 이 삼원 도단은 네가 맡도록 하거라."

혜덕 선사가 장청의 곁으로 다가갔다.

"똑똑하게 굴거라. 중요한 시기에 어리석은 짓을 범해서는 안 된다."

장청이 쿵쿵 소리가 날 정도로 연신 바닥에 머리를 박으며 절을 올렸다.

"그 말씀을 따를 것이니, 스승님께서는 안심하십시오!"

의장은 보통 외진 곳에 있기 마련인데, 이곳 무창성의 의장도 예외가 아니었다.

효위들은 흰 천을 구해다가 임조의 시체를 몇 겹으로 싸매 달구지에 실었고, 반 시진 정도를 끌고 나서야 이곳에 도착할 수 있었다. 이곳은 가운데 두 개의 뜰을 가진 날 일(日) 자 모양의 가옥으로, 일찍이 거상을 지냈던 자의 장원이었다. 하지만 귀신이 나온다는 이유로 방치되었고, 오랜 세월이 흐른 뒤에야 폐가를 수리해 의장으로 쓰기 시작했다.

효위들이 임조의 시체를 방 안으로 옮기고 사방에 놓인 등불을 밝힌 후 물러갔다. 가일이 어슴푸레한 불빛에 의지해 시체를 자세히 살펴보았다. 도위 부인 오민처럼 시체의 몸에는 상처 하나 없었고, 오관(五官)에서도 피의 흔적이 전혀 보이지 않았다. 다만 차이점이 있다면 피부색이 훨씬 회백색을 띠고 건조했다.

"순식간에 쓰러져 죽다니, 우길의 주술이 그리 대단한 걸까요?"

손몽이 멀찍이 떨어져서 물었다.

"아직도 주술 때문에 죽었다고 생각하오?"

"아니면 뭔데요? 어쨌든 난 지금까지 이렇게 강력한 독약을 본 적이 없어요. 게다가 이자는 당신과 말을 하다가 갑자기 죽은 거잖아요? 두 사람이 그렇게 가까이 붙어 있었고, 또 그 부적 때문에 몇 번이나 서로 밀고 당기며 실랑이를 벌였다고요. 만약 독약이었다면 당신이 이렇게 멀쩡할 리가 없잖아요?"

"나도 아오. 하지만 주술 때문에 죽었다는 건 정말 말이 안 되오."

"왜 말이 안 되죠?"

"우길이 천 리 밖에서도 주술로 사람을 죽일 수 있는 자라면 왜 직접 지존을 죽이지 못하는 것이오? 설사 지존이 구중궁궐에 살아 주술로 죽이기 힘들다면, 나나 당신은 죽일 수 있는 것 아니오?"

"쳇! 나까지 끌어들이지 말아요! 내가 이런 걸 얼마나 무서워하는지 알아요?"

손몽이 버럭 화를 냈다.

가일의 시선이 다시 시체 위에 머물렀다.

"난 귀신을 믿지 않고 숭상하지도 않소. 이 세상에 정말 귀신이 있다면 억울한 일을 당하는 자들이 그렇게 많을 리 없겠지."

"그건 당신이 몰라서 하는 소리예요. 귀신들도 그들만의 규칙이라는 것이 있어서 함부로 인간사에 끼어들지 않을 수도 있죠."

"인간사에 함부로 간섭하지 않는 이상, 내가 그들을 믿고 숭상하는 게 또 무슨 소용이 있겠소?"

손몽은 그 말에 말문이 막혀, 어떤 반박을 해야 할지 순간적으로 떠오르지 않았다. 효위 한 명이 빠르게 다가왔다.

"손 낭자, 육연 공자께서 뵙기를 청합니다. 지금 의장 밖에서 기다리고 있습니다."

손몽이 귀찮다는 듯 손을 내저었다.

"보기 싫다. 그자가 사방에서 우리를 엿 먹이고도 이리 찾아오다니, 참으로 낯짝도 두껍구나."

가일이 물었다.

"잠깐! 그자가 왜 찾아왔다고 하더냐?"

효위가 대답했다.

"임조의 시체를 좀 보고 싶다고 했습니다. 그리고 일이 생기면 빨리 대처할 수 있도록 화유탄과 지난번에 드셨던 탕약을 가져왔다고도 했습니다."

"들어오라고 해서 사건에 대해 좀 물어보는 편이 낫겠소."

가일이 손몽을 쳐다봤다.

"당신 생각은 어떻소?"

손몽이 불만스러운 듯 입을 씰쭉거렸다.

"내가 싫다고 해도 하고 싶은 대로 할 거면서, 묻기는 왜 물어요?"

가일이 효위를 보며 말했다.

"육 공자를 들여보내게."

하지만 효위가 꼼짝도 하지 않은 채 손몽을 쳐다봤다.

가일이 난감한 듯 손몽에게 말했다.

"손 낭자, 직접 한마디 해줘야 할 듯싶소."

손몽이 퉁명스럽게 명을 내렸다.

"가서 그놈을 들여보내라."

효위가 뒤돌아 나가서 육연을 데리고 들어왔다. 며칠 못 본 사이에 육연은 살이 좀 빠진 듯 보였다. 오늘 그는 가벼운 갑옷 차림에 투구를 쓰고 장검을 차고 있었다. 특히 눈에 띄는 것은 그의 왼쪽 허리춤에 걸린 옥 사납

패와 오른쪽 허리춤에 달린 면 주머니였다. 그 안에 화유탄이 들어 있는 것이 분명했다.

손몽이 비웃듯 말했다.

"육 공자의 차림새를 보아하니, 이릉 전선에 가서 촉군과 한판 붙을 태세로군요?"

육연은 창피해하기는커녕 정색을 하며 말했다.

"손 낭자, 이 시체가 다시 살아날지 어떨지 아직 아무도 모르는 일이오. 지난번에는 나와 가 교위가 구사일생으로 살아났지만 이번에도 그럴 거라 보장할 수 없으니, 알아서 살 길을 찾아야 하지 않겠소? 내가 갑옷 두 벌을 더 가져왔으니, 두 사람도 갈아입는 편이 좋겠소."

손몽이 냉소를 지었다.

"지금 와서 사람 좋은 척 하기엔 너무 늦지 않았나요? 얼마 전까지만 해도 그쪽 사병들이 큰길에서 함부로 사람을 죽이려 한 걸 잊어나 보죠?"

육연이 서둘러 변명을 했다.

"손 낭자, 그건 정말 오해요. 그들이 우리 가문의 문신을 하고 있었다 해도, 절대 우리 쪽 사람이 아니오."

"그런 사람이 가일 몰래 지존께 보고를 올렸나요?"

육연의 안색이 살짝 붉어졌다.

"상황이 급박해 어쩔 수 없었던 거니 부디 양해해주시오."

손몽이 또 비아냥거리려고 하자 가일이 얼른 손을 내저으며 막았다.

"육 공자는 세도가 자제이니 나름의 고충이 많았을 거요."

가일이 육연을 향해 말했다.

"나는 이해하네. 다만 우리가 오늘 도위부에 가서 건안 5년에 일어난 진적 사건 기록을 찾아보았으나 보이지를 않더군. 육 도위, 자네가 가져간 것인가?"

육연이 고개를 끄덕였다.

"솔직히 말하자면, 모(瑁) 숙부께서 가져오라 시키셨소."

"좀 보여줄 수 있겠는가?"

육연이 난색을 표했다.

"사건 기록은 이미 숙부께 전했으니, 다시 가지고 나올 핑계가 없소. 하지만 그 내용을 빠짐없이 다 기억하고 있어서 하는 말인데, 딱 한 가지만 빼고 그때 가 교위가 들은 얘기랑 비슷했소."

"그것이 무엇인가?"

"진적은 상업에 종사하기 전에 선주 손책의 곁을 지키던 친위병이었소."

"뭐라?"

가일이 믿을 수 없다는 듯 물었다.

"나도 좀 이상하다 느꼈소. 선주께서 당시 강동을 통일하지 않았다 해도, 어쨌든 패주가 아니었소? 선주께서는 분명 스무 명 정도 되는 친위병에 대한 신임이 두터웠을 것이오. 이들이 그 자리에서 물러나게 되면 대부분 군영 안에서 교위 직을 맡거나, 아무리 못해도 지방 도위로 가는 것이 일반적이지 않겠소? 내 지금껏 친위병을 그만두고 장사에 나섰다는 자는 듣도 보도 못했소."

진적은 이미 죽여 입을 막아버렸고, 장순에게 어가를 호위하라 소리치고, 권 공자가 뒤를 이어야 한다 하고……. 가일은 임조가 두서없이 내뱉었던 말들을 떠올려보았다. 그제야 가일은 장순이 암시한 '건안 5년'의 숨겨진 뜻을 손권이 알면서도 왜 그렇게 이상한 반응을 보였는지 어렴풋이 짐작이 되었다. 건안 5년, 손책, 손권, 진적, 장순, 태평도……. 이 가운데 비밀이 깊숙이 숨겨져 있는 것이 분명했다.

육연이 물었다.

"가 교위, 뭔가 알아낸 게 있소?"

"없네."

가일이 속내를 숨기며 말했다.

"육 도위가 이왕 왔으니, 가서 시체를 좀 살펴보게. 내가 확인해보니 도위 부인 오민의 시체와 비슷하고 별다른 단서가 없었네."

육연이 시체 주위를 한 바퀴 돌아본 후 실망스러운 표정으로 고개를 가로저었다.

"그쪽이 보기에 이 사람이 독살된 것 같나요, 아니면 주술에 걸려 죽은 것 같나요?"

손몽이 옆에서 물었다.

"그게…… 주술로 죽은 거 같소. 하지만 예전에 내 이런 말을 했다가 숙부와 부친께 혼이 난 적이 있소. 그분들도 가 교위처럼 귀신을 믿지 않으시니 그럴 것이오."

"두 사람이 주술에 죽었다고 여기든 말든, 그런 건 상관없네. 만약 독살된 거라면 이제 어찌해야 하겠는가?"

가일이 묻자 손몽이 대답했다.

"그럼 검시관을 불러 시체의 배를 가르고 위장에 든 것을 직접 확인해봐야겠죠."

육연이 놀란 눈을 치켜뜨며 물었다.

"부검을 하겠다고요? 가 교위, 그때 도위부 곁채에서 일어난 일을 잊어버린 것이오? 가 교위가 검으로 시체를 찌르자마자 주술의 봉인이 풀리지 않았소? 시체가 다시 살아나고, 갑자기 얼음 동굴에 떨어지기라도 한 것처럼 방 안이 꽁꽁 얼어붙어 하마터면 우리 둘 다 거기서 죽을 뻔했소."

"다시없을 기회네."

가일은 단호했다.

"오민과 장순의 시체는 불에 타버리는 바람에 아무런 단서도 찾을 수 없었네. 그런데 지금 훼손되지 않은 시체가 눈앞에 있는데, 이런 절호의 기회를 그냥 놓칠 수야 없지 않은가?"

손몽이 기겁을 하며 말했다.

"미치지 않고서야, 그걸 말이라고 해요? 시체의 배를 가르고 나서 만에 하나 또 시변이 일어나면 어쩌려고요?"

육연도 극구 말렸다.

"가 교위, 아무래도 신중하게 다시 생각해보는 것이 좋겠소."

"신중하게? 이것 말고 다른 방도라도 있는가?"

가일이 반문했다.

손몽과 육연 둘 다 아무런 반박도 하지 못했다.

"육 도위, 화유탄과 탕약을 가져왔다 하지 않았는가? 그것만 있으면 만에 하나 시변이 일어나도 믿을 구석이 있으니, 너무 걱정할 것 없네."

가일이 손몽에게 부탁했다.

"손 낭자, 효위들에게 검시관 몇 명을 수소문해 데려오라 해주시오."

"정말 욕심이 끝이 없네요. 우길의 주술에 걸려 죽은 자인데, 어느 검시관이 부검을 하겠다고 나서겠어요?"

가일이 고개를 끄덕였다.

"맞는 말이오. 그럼 어쩔 수 없이 내가 직접 해야 되겠군."

그가 허리춤에서 날카로운 비수를 꺼내 들고 시체 쪽으로 가려 하자 육연이 막아섰다.

"가 교위, 우리 두 사람이야 상관없다 쳐도, 손 낭자처럼 금지옥…… 아무튼 귀한 몸이 다치기라도 하면 손 군주의 얼굴을 어찌 보려 그러시오?"

육연이 손몽을 보며 말했다.

"아무래도 손 낭자는 밖에서 기다리다 이상한 징후가 보이면 그때 도움을 주는 것이 좋겠소."

손몽이 불쾌한 기색을 드러냈다.

"왜죠? 이봐요, 설마 내가 겁이라도 먹을까봐 그래요? 난 여기서 꼼짝도 하지 않을 거니까, 그런 줄 알아요."

육연이 난감해하며 말했다.

"내 말은 그런 뜻이⋯⋯."

가일은 두 사람의 신경전을 뒤로한 채 비수로 시체의 배를 가르기 시작했다. 비수의 날카로운 칼날로 피부를 가르는 동안 별로 힘들이지 않고도 막힘없이 그어질 만큼 피부의 탄성이 전혀 없었다. 그는 손목에 힘을 싣고 임조의 복부 쪽을 크게 절개했다. 놀랍게도 절개한 부위에서 피나 점액 같은 게 전혀 흘러나오지 않았다. 시체는 조금만 힘을 줘도 파사삭 부서져 가루가 될 것처럼 수분이 하나도 없이 딱딱했다. 도리어 이런 점이 부검을 훨씬 수월하게 만들어주었다. 가일이 절개 부위를 넓혀 내장 속에서 위를 찾아냈다. 그는 하얀 천을 시체 옆에 깔고 잘라낸 위를 꺼내 그 위에 놓았다.

육연과 손몽은 시체에 아무런 변화가 없는 것을 확인하고 나서야 가까이 다가갔다. 가일이 위를 절개해 안에 있는 내용물을 끄집어냈다. 별다른 음식물은 나오지 않았고, 위벽이 심각하게 마모된 것으로 보아 오랫동안 굶주린 듯했다. 그런데 위장 하단에 보이는 반짝이는 형광 가루가 가일의 시선을 붙잡았다. 그는 위장을 세워 비수로 조심스럽게 형광 가루를 긁어냈다.

"이게 뭐죠? 왜 빛이 나는 거예요?"

손몽이 호기심에 손을 내밀어 그것을 만지려 하자 육연이 잽싸게 그녀의 손을 낚아챘다.

"안 되오!"

손몽이 휘청거리다 간신히 중심을 잡으며 화를 버럭 냈다.

"그렇게까지 세게 잡아당길 건 없잖아요! 일부러 그런 거죠?"

육연이 헛기침을 하며 말했다.

"이 형광 가루가 뭐에 쓰이는 물건인지 아직 확실치 않으니, 조심하는 게 상책이오."

가일이 조심스럽게 그 가루를 천에 싸며 말했다.

"육 도위의 말이 맞소. 확실해지기 전까지 이런 건 함부로 만지면 안 될 듯싶소."

손몽이 콧방귀를 뀌었다.

"근데 그걸 누구한테 보여줄 작정이죠? 해번영에 당신을 돕겠다고 나서는 자가 없고, 군주부에도 저게 뭔지 아는 사람은 아무도 없어요."

"내가 알아서 하겠소."

가일은 천을 겹겹이 접고도 안심이 안 되는지 육연의 허리춤에 찬 비단 주머니를 쳐다보며 말했다.

"육 도위, 그걸 좀 빌려주겠는가?"

육연이 비단 주머니를 풀어 가일에게 건넸다. 가일은 접은 천을 비단 주머니에 넣고 조심스럽게 손에 들었다.

손몽이 시체를 힐끗 쳐다보며 말했다.

"이제 저 시체를 태울 건가요?"

가일이 대답했다.

"나중에 또 쓸데가 있을지 모르니, 여기에 그냥 둘 생각이오."

"그럼 볼일 다 봤으니 나가도록 하죠."

손몽이 코끝을 문지르는 척하다가 손등으로 귀밑머리 가에 배어 나온 땀을 은근슬쩍 닦아냈다.

가일은 그녀의 행동을 못 본 척 넘기며 입구로 걸어가 문을 열었다. 밝은 달빛이 쏟아져 들어오자 속이 다 후련해졌다. 손몽은 얼른 방을 걸어 나갔고, 육연은 혹시나 시체가 다시 일어나 앉지 않을까 싶어 자꾸 뒤를 힐끗힐

굿 돌아보았다. 두 사람이 다 나가고 나자 가일은 방 안을 휘둘러보며 입가에 옅은 미소를 지었다.

그가 돌아서서 문을 닫으며 말했다.

"육 도위, 이곳은 별문제가 없는 듯하니, 나와 손 낭자는 먼저 군주부로 돌아가겠네. 자네는 여기에 남을 텐가?"

육연은 잠시 주저하다 말했다.

"오늘 밤 시체를 보러 왔다는 건 핑계일 뿐이고, 사실은 가 교위와 손 낭자에게 사죄를 하고 싶었소."

손몽이 말했다.

"글쎄요. 육 공자가 한 짓이 모두 강동 육씨를 위해서였는데, 굳이 외부인인 우리 두 사람한테 사과를 할 필요까지 있나요?"

"손 낭자, 부디 양해를 좀 해주시오. 사실 부친께서 내가 이 사건에 개입하는 것을 극구 반대하고 계시오."

육연이 쓴웃음을 지었다.

"얼마 전에 받은 서신에서도 나를 불초자식이라 호되게 꾸짖으셨소. 모숙부도 두 사람과 왕래를 자제하라고 당부하셨소. 지금 육씨 가문의 권세가 커졌지만, 작은 변고에도 크게 흔들릴까 걱정하시는 듯하오."

손몽이 눈만 깜박일 뿐, 더는 아무 말도 하지 않았다.

가일이 물었다.

"그런데도 육 도위는 왜 굳이 계속해서 이 사건에 개입하는 것인가?"

육연이 한숨을 내쉬었다.

"솔직히 말하자면 나는 육씨 집안, 아니 강동 사족의 젊은이들 중에서 가장 촉망받는 인재라는 말을 들으며 자라왔소. 그런데 부친께서는 포부만 크고 재능이 모자라 큰일을 이루기 힘들다며 늘 내게 별다른 기대를 품지 않으셨지요. 물론 지금 부친께서 벼랑 끝에 선 심정이라는 것을 나도 잘 아오. 엄청난 공훈을 세워야만 지존의 신임을 얻을 수 있을 테니 더 그럴 테지요. 다들 알다시피 지존께서 강동파의 손을 들어준 건 그들의 도움을 받아 유비와 조비에게 맞서기 위함이오. 이번 이릉 전쟁에서 승리하면 부친의 벼슬이 높아질 거고, 육씨 집안의 기반도 탄탄해질 것이오. 하나 패하면 회사파의 반격이 광풍처럼 몰아칠 테고, 지존께서도 육씨 집안의 재산을 몰수하고 멸족을 시켜 국부를 채우지 않겠소? 하필 이런 때 내가 입을 잘못 놀려, 우리 가문이 태평도와 모종의 관계가 있다고 지존께서 의심하도록 만들어버렸소. 비록 부친과 모 숙부께서 내 죄를 크게 탓하지 않으셨다 해도, 아들로서 어찌 손 놓고 모른 체할 수 있겠소? 나 때문에 벌어진 일이니 내가 나서서 해결하는 것이 맞다고 생각했소."

가일이 물었다.

"그리 고집스럽게 사건에 개입한 것도, 내가 사건을 제대로 해결하지 못한다고 생각해서였겠군."

"솔직히 말하자면 그런 마음도 좀 있었소. 가 교위의 능력을 못 믿어서가 아니라, 이 사건이 천 명에 달하는 우리 육씨 가문의 목숨 줄과 이어져 있기 때문이었소. 아, 그리고 문신에 관해서라면, 내 이미 영남으로 사람을 보내 누가 그런 특수 염료를 구입했는지 알아보라 시켰으니 조만간 실마리가 잡힐 것이오. 사실이 밝혀지면 가 교위에게 하나도 빠짐없이 알려주겠소."

"그 말은, 내가 수사한 것도 자네에게 알려주길 원한다는 건가?"

가일이 눈을 가늘게 뜨고 그를 주시했다.

"염치없는 부탁이라는 걸 알지만, 가 교위가 좀 도와줬으면 하오."

육연이 허리를 깊숙이 숙여 읍을 올렸다.

"가 교위는 해번영에서 누구의 도움도 없이 혼자 움직이니, 우리가 서로 도우면 이 사건을 푸는 데 도움이 많이 될 것이오."

"그래서 오늘에서야 진적이 선주 손책의 친위병이었다는 사실을 알려준 것이로군. 나 역시 육씨 가문이 태평도 반역 무리와 큰 관련이 없다고 생각해왔네. 이 사건에 관해 알려줄 사실이 있으면 앞으로 가능한 다 얘기해주도록 하지."

육연이 다시 공수를 하며 절을 올리고 나서야 말을 타고 떠났다. 손몽이 꺼림칙한 표정으로, 멀어지는 육연의 뒷모습을 지켜보았다.

두 사람은 말에 올라탄 후 효위들과 함께 성을 향해 천천히 이동했다. 절 반쯤 왔을 때 손몽이 대뜸 물었다.

"요즘 들어 갈수록 교활해지고 있는 거 알아요?"

가일이 어리둥절한 표정으로 물었다.

"그게 무슨 말이오?"

"속으로는 여전히 육씨 집안을 경계하면서 말은 아닌 척 그럴싸하게 하는 걸 보니, 얼굴이 점점 두꺼워지고 있잖아요?"

"말도 안 되는 소리! 당신이야말로 소인배의 마음으로 군자의 깊은 속을 함부로 재려 들지 마시오."

가일이 미소를 지었다.

"정말로 육연과 허심탄회하게 지내기로 했다면 임조가 한 말이나 우리가 알아낸 것들, 삼원 도단에 첩자를 심어놓은 일에 대해 왜 한 마디도 하지 않는 건데요?"

가일이 콧잔등을 비비며 말했다.

"지금은 그 어떤 소식도 진위를 알 수 없으니, 그에게 말한다 한들 아무 소용이 없소. 더군다나 나 역시 육연이 진심이라고 생각되지 않소."

손몽이 약간 놀란 듯 물었다.

"육연이 아까 한 말과 행동이 모두 거짓이라고 의심하는 건가요? 나도 육연이 싫기는 하지만, 그 정도로 교활한 자는 아닐 거예요."

가일이 목소리를 낮췄다.

"전에는 육씨 가문과 태평도가 한통속일 수도 있다는 사실을 믿기 힘들었는데, 지금은 또 그럴 수도 있다는 생각이 드오. 아직 확실히 밝혀진 것도 없는데, 어찌 단서를 모두 육연에게 알려줄 수 있겠소? 설사 육연이 교활한 자가 아니라 해도, 그의 뒤에는 육모와 육손이 있지 않소? 원래 학식과 덕행이 높은 자는 대부분 외로운 법이라오. 만약 한 사람의 행동 하나, 말 한 마디가 가문의 이익을 넘어 생사와 연관되어 있다면 그것이 바로 약점이 되는 법이지. 육연 혼자라면 정의를 위해 목숨을 바치고 덕을 구하는 일에 맘껏 뛰어들 수도 있겠지만, 가문이 자기 때문에 매장될 판이라면 말이 달라지지 않겠소?"

손몽은 한동안 말이 없었다.

"지난 2년 동안 참 많이 변했어요. 그는 마음속에 많은 걸 숨기고 있는 것 같아요."

"나같이 하릴없이 노는 교위가 무슨 숨길 게 있겠소?"

"이번 사건 수사만 해도 그래요. 당신이 알아낸 정보는 소한이나 다른 자들이 알아낼 수 없는 것들이었어요. 게다가 아까 주머니에 담은 그 형광 가루는 누구한테 조사를 맡길 거죠?"

"별걱정을 다 하오."

가일이 넉살 좋게 말했다.

"내가 무창에서 산 세월이 2년이나 되는데, 혼자 다닌다고 해서 처세술까지 터득하지 못한 것은 아니라오. 예전에 진주조에 있을 때도 느낀 거지만, 돈이면 안 되는 것이 없소."

손몽이 살짝 웃으며 더 이상 추궁하지 않았다. 가일이 화제를 돌렸다.

"열흘에서 스무 날 정도 사이에 위나라 사신단이 무창성에 도착한다고 들었소. 지존이 책봉되는 중대사인데, 손 군주는 돌아오셨소?"

"돌아온 지 벌써 며칠 됐어요."

가일이 황당하다는 표정으로 물었다.

"근데 왜 한 번도 못 본 것이오?"

"성안이 어수선하다며 줄곧 성 밖에 있는 별장에 머물렀거든요. 왕부에 몇 번 들른 것 말고는 거의 출타를 하지 않았으니, 손 군주가 돌아온 걸 아는 사람이 별로 없어요."

"왕부에 갔다면 지존을 만났을 텐데, 무슨 얘기를 나눴는지 아오?"

손몽이 화를 내며 말했다.

"갈수록 정도를 벗어나는 거 알고 있어요? 군주의 행적과 내막까지 속속들이 조사라도 하겠다는 건가요?"

가일이 억지웃음을 지으며 고개를 들었다. 그는 성문이 눈앞에 보이자 더 이상 아무것도 묻지 않았다. 손 군주가 돌아온 것은 오왕이 '건안 5년'의 그 목함을 본 후 며칠 지나지 않아서였다. 신임 운운하더니, 결국 오왕이 믿는 사람은 역시 그의 친여동생이었다. 이 해번영 초대 도독이 왕부로 갔다면 분명 '건안 5년'과 관련이 있을 것이다. 다만 손상향이 돌아온 후 무엇을 조사할지, 누구에게 칼날을 들이댈지, 자신이 추적 수사하는 사건과 연결되어 있을지 도통 알 길이 없었다. 그러나 한 가지 확실한 것은, 오왕과 손 군주는 건안 5년에 벌어진 사건을 더 이상 공론화시키길 원하지 않고 있다는 점이다. 그렇다면 모든 사건을 '건안 5년'부터 추적해 수사해야 하는 것일까? 만에 하나 그 과정에서 새로운 단서를 찾게 된다면 오왕과 손 군주에게 어떻게 보고해야 하지?

가일이 한창 생각에 잠겨 있을 때 갑자기 손몽이 채찍으로 그를 쿡쿡 눌렀다. 그가 고개를 들자 아침 안개가 자욱한 거리에 서 있는 해번위(解煩衛) 두 명이 보였다. 아무래도 그를 기다리고 있는 듯했다.

"한판 붙으러 온 거면 상대하지 말고 그냥 효위들한테 맡겨요."

손몽이 나지막이 말했다.

그사이 해번위 한 명이 재빠르게 다가와 큰 소리로 고했다.

"가 교위, 우 부독께서 뵙기를 청합니다."

우청? 가일의 미간이 좁아졌다. 해번영에서 지낸 지난 2년 동안 우청에게 수도 없이 수모를 당해왔다. 사실 공안성에서도 수도 없이 가일을 음해하려 했지만 뜻을 이루지 못한 자였다. 그 후 상황이 바뀌면서 직접적인 위해를 가하지 못했지만, 그렇다고 괴롭힘이 사라진 것은 아니었다. 지금도 이른 아침부터 길을 막고 그를 불러들이는 걸 보면 그리 좋은 일은 아닐 듯싶었다.

가일이 말에서 내릴 생각조차 없는 듯하자 그 해번위가 다시 한번 입을 열었다.

"가 교위, 우 부독께서 그동안 태평도 사건 때문에 고생하는 가 교위에게 몇 가지 소식을 알려주고 싶다 하십니다."

가일은 일전에 장순의 집에 가던 길에 우청과 미방을 만났던 일이 퍼뜩 떠올랐다. 미방은 암암리에 무언가를 조사하고 있는 듯했다. 우청은 사건에 개입하기를 원치 않았으면서, 왜 그와 동행한 걸까? 가일은 잠시 그런 생각을 하다 말에서 뛰어내렸다.

"들어가려고요?"

손몽이 물었다.

"그럼 우리가 밖에서 기다릴게요."

"필요 없소. 하루 종일 고생이 많았는데, 다들 그만 돌아가서 쉬는 게 좋겠소. 이곳은 군주부에서 고작 반 리밖에 떨어져 있지 않고, 이제 곧 거리가 사람들로 북적일 테니 걱정 마시오. 나를 죽이려 작정했다면 이런 장소를 택하지도 않았을 거요."

가일이 손에 든 채찍을 손몽에게 건넸다.

"우 부독이 아무리 나를 싫어해도 내 뒤에 있는 군주와 지존을 무시할 수야 없소. 미치지 않고서야 함부로 행동하지 못할 거요."

손몽이 잠시 주저하다 아무 말 없이 효위들을 이끌고 떠나갔다.

가일은 해번위를 따라 길가에 있는 찻집으로 향했다. 그곳에 들어서니 우청이 머리를 틀어 올려 비녀와 장신구를 꽂고, 비단으로 만든 유군(襦裙: 짧은 저고리와 치마로 이루어진 옷)을 입고 있었다. 가일은 콧등을 비비며 자기도 모르게 또 고개를 돌려 이미 저 멀리 사라진 손몽을 바라봤다.

우청이 손짓을 하자 해번위들이 전부 밖으로 나가 문을 닫았다.

가일이 웃으며 인사를 했다.

"우 부독, 남녀가 유별한데, 이리 한 곳에 둘만 있다가 소문이라도 나면 어쩌려 그러시오?"

"해번영을 상대로 감히 그런 망언을 지껄이고 다닐 자는 없을 것이네. 자네 역시 헛생각 따위 집어치우게. 내가 남자를 고른다면 자네 따위는 안중에도 없을 테니."

가일이 멋쩍게 웃으며 우청의 맞은편에 앉았다.

"우 부독이 그리 말해주니 안심이 되는군요. 무슨 소식 때문에 나를 여기까지 부른 것이오?"

"나와 손을 잡지 않겠는가?"

가일이 어리둥절한 표정으로 그녀를 쳐다봤다. 그는 악랄하기 그지없는 해번영 좌부독의 입에서 이런 말이 나올 거라고 전혀 예상하지 못했다.

"자네에게 지난 원한이 있으니, 죽일 수만 있다면 당연히 그랬을 것이네. 하나 지금 자네 뒤에 손 군주와 지존이 버티고 있는 한 자네를 죽일 수 없어졌지. 그래서 그 마음을 접었네."

가일이 헛기침을 했다.

"단지 그런 이유 때문이오?"

"헛된 일에 괜한 정력을 쏟아부을 필요가 없겠지. 멍청한 자든 똑똑한 자든, 이런 간단한 이치를 알면서도 결단을 내리지 못해 결국 사달이 나는 것 아니겠는가?"

그 말을 듣고 보니 나름 일리가 있었다. 이 세상에는 쉽게 단념을 하지 못해 똑같은 실수를 반복하다 결국 만회하지 못할 지경까지 가는 경우가 많다. 포기하는 게 버티는 것보다 더 어려울 때가 많기 때문이다.

"내가 지금 상대해야 할 자는 여일이네. 비록 자네의 뒷배가 든든하다 하나, 권력에 눈이 먼 것은 아니니 내 적은 아닌 게지. 하나 여일은 다르네. 그는 원래 속이 좁고 편협한 데다 야심으로 똘똘 뭉친 자일세. 여일은 자네가 지금 수사 중인 사건에서 손을 뗐으면서도, 지존을 찾아가 수사가 늦어지는 것이 자네의 무능 때문이라며 은근슬쩍 깎아내리기에 여념이 없네. 결국 지존께서 노해 그의 반년 치 녹봉을 삭감하셨다지? 자네도 이미 들어서 알고 있겠지?"

가일이 금시초문이라는 듯 물었다.

"정말 그런 일이 있었소?"

우청이 코웃음을 쳤다.

"가일, 해번영에서 가장 신경 써야 하는 건 사건 수사가 아니라 자신을 지켜내는 것이네. 이 소식이 사방에 다 퍼진 마당에, 당사자가 아직 그걸 모르고 있었다는 것인가?"

가일이 멋쩍게 웃었다. 그는 이것 또한 오왕이 주변에 보여주기 위해 한 일이라고 생각했다.

여일은 오왕의 총애를 받는 신하다. 오왕이 그런 여일을 따끔하게 혼냈다는 것은 가일에 대한 자신의 신임을 보여주기 위한 것에 불과했다. 여일은 오왕을 10여 년 동안 따라온 충신이었다. 그에 대한 오왕의 신임은 진주조에서 도망쳐 나온 가일과 비할 바가 아니었다. 그는 여일이라는 돌을 빌려 가일이라는 칼을 연마했을 뿐이다.

우청이 말했다.

"적의 적은 설사 벗이 아니라 해도 적보다 나은 법이지."

"소관이 우 부독에게 실망을 안겨드려야 할 것 같소. 나는 해번영 좌·우 부독의 싸움에 전혀 관심이 없고 개입하고 싶지도 않소."

"그럴 거라 예상 못 한 것도 아니네. 하지만 지존이 왜 자네를 선택했는지, 그 머리로 모르지 않을 테지. 자네의 최대 가치는 바로 아무 데도 속해 있지 않다는 것이니, 자네가 어느 한쪽으로 기울게 된다면 죽음을 자초하는 길이 될 것이네. 그래서 내가 오늘 자네와 손을 잡고자 하는 것은, 자네를 끌어들이거나 여일을 상대하게 만들려는 것도 아니네. 내가 자네에게 정보를 주는 이유는 단 한 가지 때문이지. 가능한 빨리 사건 수사를 끝내 지금보다 더 지존의 신임을 받도록 만들려는 것이네. 그렇게 되면 여일은 자네를 끌어내리지 못해 안달이 날 것이고, 그럼 난 가만히 앉아서 어부지리를 얻을 테니, 이보다 좋은 수가 또 있겠는가?"

과연 악랄한 여인으로 소문난 우청다운 발상이었다. 가일이 담담하게 말했다.

"우 부독의 말이 길어진 걸 보니, 나에게 주려는 정보가 꽤 가치가 있는가 보오? 도대체 무슨 정보길래 이리 뜸을 들이는지, 어서 말해보시오."

"그러지. 그동안 자네는 두 번의 습격을 받았고, 그자들의 몸에 육씨 가문 사병의 문신이 있었다지?"

가일이 고개를 번쩍 들었다. 이 정보를 아는 사람은 손몽과 오왕 외에 육씨 가문의 몇 명뿐이었다. 육씨 가문은 소문이 새어 나가는 것을 극도로 경계하고 있고, 오왕도 신중하게 사건을 지켜보고 있는 상황이며, 손몽이 함부로 입을 놀릴 사람도 아니었다. 그렇다면 우청이 어떻게 알게 된 거지?

설마 그자들과 연관이 되어 있는 건가?

"이 세상에 숨길 수 있는 비밀이란 없는 법이지. 하지만 지금 이 사실을 아는 자는 몇 명 되지 않고, 모두 전해 들었을 뿐 직접 본 적은 없으니 너무 긴장할 것 없네. 앞뒤 안 가리고 이 사실을 이용해 문제를 일으킬 자는 없을 테니."

우청이 다시 입을 열었다.

"내가 자네에게 알려주고 싶은 것은, 육씨 가문의 문신을 한 그자들이 어쩌면 그 집안과 정말 관련이 있을지도 모른다는 것이네. 문신의 문양이 복잡하다 해도 솜씨 좋은 직공들이라면 충분히 모방이 가능하니, 그 집안의 사병과 구분 짓는 물증이 될 수 없네. 육씨 가문이 문신 때문에 이리 긴장하는 건 그 문양뿐 아니라 염료까지도 똑같기 때문이지. 문신에 사용하는 염료는 다양한 재료를 정해진 비율에 맞춰 배합해 사용하니, 그 집안 사람이 아니라면 절대 알 수가 없네. 이 문제에 대해 생각해봤는가?"

"내부자의 소행이겠군요. 육연이 이미 영남으로 사람을 보내 누가 똑같은 염료를 샀는지 조사 중이오."

"하나 태평도가 반역을 꾀한 것은 근자에 일어난 일이고, 자네를 습격한 자들의 문신은 적어도 반년 전에 새긴 것이네. 내부자가 태평도와 결탁을 했다면 왜 반년 전에 포석을 두려 했는지 이상하지 않은가?"

"우 부독이 하려는 말이 대체 무엇이오?"

가일은 대충 감이 잡히는 듯했다.

"건안 5년, 선주 손책이 죽었을 때 이상한 소문이 돈 적이 있네. 선주의 죽음이 우길과 관련되어 있다는 소문이었지. 바로 그 건안 5년에 무창성에도 우길의 주술에 걸려 죽은 살인 사건이 한 건 발생했고, 근자에 일어난 사건들과 아주 흡사했네. 그때 무창 도위가 바로 육씨 가문의 육적이었지. 그 당시 지존은 막 대업을 계승해 정사와 개혁에 주력하느라 그런 작은 사건에 관심을 가질 여력이 없었네. 3년 전까지 해번영이 지존의 밀명을 받아 선주의 죽음을 철저히 조사 중이었고, 그 결과 모든 단서가 육적을 가리키고 있었지. 그런데 우리가 본격적인 수사를 준비 중일 때 육적이 갑자기 병으로 죽는 바람에 모든 것이 흐지부지 끝나버렸네. 그리고 한 달 후에 육씨 가문의 사병 중 백여 명이 소리 소문 없이 사라져버렸지. 육손의 말로는 늙고 병든 자들을 편히 정착해 살도록 고향으로 돌려보냈다고 했지만, 그 또한 사실이 아니었네. 고향으로 돌아갔다던 그자들을 본 사람들이 단 한 명도 없었으니까. 그러다 얼마 후 실종된 그 백여 명의 사병과 육적이 육씨 가문의 손에 죽임을 당했다는 소문이 퍼지기 시작했네."

"굳이 그들을 죽일 이유라도 있소?"

가일이 추궁하며 물었다.

"그거라면 가 교위가 직접 알아보게. 하나 내가 보기에 또 다른 가능성도 배제할 수 없을 것 같네. 만약 육적과 백여 명의 사병이 죽지 않고 어떤 목적을 위해 비밀 장소에서 숨어 지낸 거라면 그 문신의 비밀도 풀리는 셈이겠지. 가 교위를 급습했던 그자들이 실종된 그 백여 명의 사병일지도 모른다는 생각이 들지 않나?"

"그건 우 부독의 억측에 불과하오."

"만약 작년에 누군가 단양에서 육적을 보았다면?"

우청이 툭 내뱉듯 말했다.

가일이 잠시 고심하다 입을 열었다.

"우 부독은 지금 육적과 그 백여 명의 사병이 태평도와 결탁해 역모를 꾀하고 있다는 말을 하고 싶은 것이오?"

"그건 내가 한 말이 아니네. 내가 자네에게 전한 모든 정보는 그저 주워들은, 검증되지 않은 이야기일 뿐이지. 이걸 검증하는 게 바로 자네의 할 일이네."

만약 육적이 정말 살아 있고 그가 태평도의 역모와 관련이 있다면, 육씨 쪽에서 결백을 주장한다고 빠져나갈 수 있는 문제가 아니었다. 그게 사실이라면 손권은 육손을 경질해서라도 조야의 압박에서 벗어나려 할 것이다. 그런 후에 강동파를 다시 육손의 자리에 앉혀 회사파의 계획을 무산시킨다면 두 파벌 간에 내분이 다시 촉발될 테고, 이릉 전선에서의 승리는 운에 맡길 수밖에 없어진다.

다만 우청의 말을 어느 정도까지 믿어야 할지 가일로서도 확신이 서지 않았다. 게다가 우청이 이런 정보를 그에게 전하는 이유가 단순히 여일에 대적하기 위해서라는 말도 믿기 힘들었다. 이 여인은 하찮은 원한이라도 반드시 갚아야 직성이 풀릴 만큼 모질고 악랄해서 쉽게 마음을 놓을 만한 상대가 아니었다. 만약 우청이 육적에 관해 거짓 정보를 흘렸다면, 일부러 가일의 수사에 혼선을 주려는 수작이 분명했다. 설사 그와 육씨 가문의 갈등을 격화시키지 못하더라도, 수사 속도를 늦추기에 충분하기 때문이다.

가일이 미소를 지으며 말했다.

"우 부독이 지난 감정을 따지지 않고 이리 중요한 정보를 내게 귀띔해주다니, 먼저 감사를 드려야 마땅할 것 같소. 하나 한 가지 짚고 넘어가고 싶은 것이 있소."

"말해보게."

"일전에 장순의 집 근처에서 우 부독과 미방을 마주친 걸 보면, 그곳 객조에 볼 일이 있었던 듯한데……."

가일이 우청을 쳐다보며 물었다.

"우 부독도 암암리에 이 사건들을 조사하고 있었던 것이오?"

"아니네. 그날은 미방이 나와 제갈근 장군을 연회에 초대해 식사를 하고 같이 돌아가던 길이었네."

그녀의 말이 거짓말이라는 것을 알면서도 가일은 더 이상 추궁하지 않왔다. 그는 자리에서 일어나 우청에게 공수를 하고 밖으로 걸어 나갔다. 입구에 도착했을 때 갑자기 우청의 목소리가 들려왔다.

"손몽과 전천은……."

가일이 휙 돌아서 우청을 쳐다봤다. 하지만 찻잔에서 모락모락 피어오르는 김 때문에 그녀의 표정을 제대로 볼 수 없었다.

"우 부독, 아직 할 말이 남아 있는 것이오?"

가일이 참지 못하고 먼저 물었다.

우청이 차를 한모금 맛보며 말했다.

"자네는 진주조와 해번영에 섞여 들어가 여러 해를 보내는 동안 많은 것을 보고 깨달았을 테지. 그런데 이 세상에서 가장 다루기 힘든 것이 무엇인지 아는가?"

"사람의 마음?"

"여인의 마음이네."

제6장

◆

반서

이미 한여름에 접어들어, 날이 저물었는데도 산속은 여전히 참을 수 없을 만큼 무더웠다.

육손은 볼록한 바위에 서서 먼 곳을 내다봤다. 오늘 밤은 달빛이 밝고 구름과 안개가 거의 없어 오군의 군영이 한눈에 보이고, 저 멀리 있는 촉군의 초소까지 어렴풋이 눈에 들어왔다. 그 사이로 며칠 전 전투가 벌어졌던 산골짜기도 보였다. 시체는 이미 모두 끌고 가 묻어주었고, 붉은 피는 흙에 스며들어 흔적만 남았다. 여기저기 어지럽게 널려 있던 투구와 갑옷, 무기도 다 치워졌다. 지금 그 땅에는 어느새 풀이 올라오고, 이름 모를 들꽃이 자라고 있었다. 만약 문인이나 시인이 지금 막 이곳을 찾아왔다면 아마도 이 풍경에 젖어들어 시를 한 수 읊었을지도 모른다. 그들이 찾은 골짜기가 얼마 전에 천여 명의 목숨을 삼킨 곳이라고 과연 누가 생각이나 하겠는가?

육손의 뒤로 10여 개의 향로가 쭉 놓여 있고, 그 안에서 선향이 피어오르고 있었다. 살구 빛이 도는 노란색 팔괘 도포를 걸친 상청파(上淸派) 도사 두 명이 향로 양옆에 앉아 염불을 하고 있었다. 주연이 산속 오솔길에서 걸어 올라와 가쁜 숨을 몰아쉬며, 순찰 중인 친위병을 지나 향로 앞에 섰다.

그가 옷섶을 풀어 헤치고 산바람에 땀을 식히며 허리에 손을 올렸다.

"백언, 그날 촉군 수레에 실린 물건은 초석이 확실하네."

육손은 별다른 반응을 보이지 않았다.

"초석이란 게 남만(南蠻) 지역에서만 나오는 데다, 채굴은 물론 운송도 쉽지 않은 광물이네. 촉군이 그렇게 많은 초석을 옮겨 왔다면 그사이 많은 사람이 죽어나갔을 테지. 아마도 앞으로 전투가 벌어질 때마다 초석 걱정은 안 해도 될 정도의 양을 가지고 있을 듯하네."

주연이 잠시 숨을 돌리고 다시 입을 열었다.

"회사파 놈들 사이에서 여기 제단을 만든 걸 두고 이런저런 말들이 나오고 있네. 전쟁에서 사람이 죽는 거야 피할 수 없는 일인데, 이렇게 제단까지 만들었으니 그러는 거겠지."

육손이 돌아서며 냉혹한 얼굴로 그를 쳐다봤다.

주연은 그의 시선을 피하지 않았다.

"나도 아네. 자네가 죽은 장병 천여 명의 제사를 지내는 건 그들을 죽게 만든 것에 가책을 느껴서겠지."

육손이 종이돈을 집어 바람에 날려 보냈다. 그 종이돈이 텅 빈 절벽 아래에서 휘날리며, 마치 주인 없는 외로운 영혼이 하늘과 땅 사이를 떠도는 것처럼 보였다.

"백언, 자네 같은 사람이 이런 계략을 꾸밀 줄은 몰랐네. 지금은 나까지도 언제 버려질지 모르는 패가 된 것 같아 쓸쓸하군."

육손이 피곤한 듯 한숨을 내쉬었다.

"의봉, 내가 왜 그런 계략을 꾸며야 했는지 생각해보았는가?"

"위엄을 세우기 위해서였겠지. 자네는 전공과 경륜, 출신만으로 더는 장병들을 설득할 힘이 없었네. 휘하의 장수들은 출정을 청할 때마다 번번이

묵살당했고, 그로 인해 그들의 불만이 극에 달하고 있었으니 더 그랬겠지. 자네는 나의 실패와 천 명의 목숨을 이용해 자네의 판단이 옳았다는 것을 증명하고 싶었던 거네. 그날의 패배를 통해 장병들은 더 이상 촉군을 얕잡아 보지 않게 되었고, 함부로 싸우러 나가자는 말도 하지 않고 있네. 자네의 목적이 달성된 셈이지. 하지만 이것이 병사들의 사기와 군심에 어떤 영향을 미칠지 생각해보았는가? 그 천여 명의 병사가 죽어서도 눈을 감지 못했을 거란 생각은 해봤는가?"

주연의 표정이 차갑게 돌변했다.

"백언, 자네도 알다시피 나는 권력을 자기 마음대로 휘두르는 사람을 평생 가장 증오하며 살아왔네. 지난날 내가 알던 대범하고 당당했던 육씨 가문의 공자는 어디로 갔는가? 왜 이리도 세상의 때를 온몸에 묻히며 살려 하는가?"

"충고 고맙네, 의봉. 나도 자네에게 물어보지. 그날 내가 끝까지 출정을 허락하지 않고, 심지어 군대의 기율까지 동원했다면 따랐을 텐가? 그 후에도 내 명을 들었을 텐가? 그때도 적이 도발하면 내 허락을 구하지 않고 몰래 출정을 하지 않을 자신이 있었는가?"

육손이 바위에 앉아, 주연에게 앉으라는 듯 옆자리를 손으로 툭툭 쳤다.

주연이 콧방귀를 뀌며 건들건들 책상다리를 하고 앉았다.

"자네 성질대로라면 그리했을 테지. 설사 자네가 어쩔 수 없이 내 명을 따른다 해도, 한당은? 서성과 반장은? 그들이 촉군의 도발에 넘어가 위험에 빠지면 내가 구할 것 같은가? 그들을 구한다면 유비의 연환계에 걸려들어 중군 대영의 안전을 보장할 수 없을 거네. 구하지 않는다면 좌우 양군을 잃게 되니 유비를 견제하던 힘의 균형이 깨지면서 불리한 상황에서 어쩔 수 없이 결전을 앞당겨 치러야 할 테지. 자네는 내 수법을 경멸하겠지. 만약 입장 바꿔 자네가 이 자리에 앉았다면 어떻게 하겠나?"

"당연히 한당을 불러들여 그 상황에 대해 논의해보고 함께 이해관계를 따져볼 것이네. 그들이 바보가 아닌 이상, 어디 그런 것조차 간파하지 못하겠는가?"

"간파? 자네들은 나를 경시하는 것도 모자라 촉군을 얕잡아 보고 있군. 그동안 나는 그 이해관계를 근거로 여러 차례 자네들을 설득했네. 그럴 때마다 자네들 중 누구 하나 귀담아들은 적 있는가? 적이 두려워 겁을 집어먹은 거라고 생각하지 않은 적이 단 한 번이라도 있었나?"

주연이 입을 꾹 다물며 아무 변명도 하지 못했다. 육손의 말이 맞다. 한당·서성은 차치하고라도, 자신 역시 백면서생이 군대를 다스리니 겁약하고 무능하기가 하늘을 찌를 정도라고 불평을 터뜨릴 때가 한두 번이 아니었다. 냉정하게 돌아보니, 며칠 전 그 전투에서 패하지 않았다면 그는 확실히 육손의 말을 절대 귀담아듣지 않았을 것이다.

"머리를 맞대고 생각하다 보면 늘 방법이 있기 마련이네."

좀 전과 달리 주연의 목소리에 힘이 실리지 않았다.

"방법을 생각해내지 못한다면? 가만히 앉아서 촉군이 이기고 강동의 문호를 열어젖히는 것을 기다릴 텐가?"

"승리도 중요하지만, 자기 사람을 수단으로 삼아 승리를 거두는 것만큼은 동의할 수 없네. 대장부라면 정도를 지키고 지모와 용맹으로 승리를 거둬야 마땅하네."

육손이 또다시 종이돈을 집어 들고 허공을 향해 뿌렸다. 종이돈이 바람을 타고 눈꽃처럼 흩날리며 낭떠러지 아래로 떨어졌다.

"전쟁은 속임수라고 했네. 전쟁터에서 중요하게 생각해야 할 것은, 어떻게 해야 최소의 대가로 최대의 이익을 얻을 수 있느냐일세. 이 대가가 적이 될 수도 있고 내 편이 될 수도 있겠지. 때로는 다수를 살리기 위해 소수를 희생하는 일도 피할 수 없네. 전쟁은 이렇게 잔혹한 것이고, 함께 죽고 함게 산다거나 영욕이 공존하는 따위는 있을 수 없어. 패배하면 중군의 철수를 위해 일부 병력을 남겨 적을 막아야 하니, 이들은 버리는 패가 되겠지. 승리한다 해도 그 전에 죽은 이들은 그 어떤 보상도 받을 수 없네. 때로는 다수를 위해 소수의 희생을 피할 수 없는 게 전쟁이지. 의봉, 자네가 장군으로 지내온 긴 세월 동안 지존께서는 단 한 번도 자네에게 대군의 통솔권을 쥐여주지 않았네. 그 이유가 무엇이라고 생각하는가?"

이 말이 급소를 가격한 셈이었다. 주연은 이 문제로 남몰래 불만을 품고 있었고, 오왕이 보는 눈이 없다며 원망을 한 적도 여러 번이었다.

주연이 잠깐 동안의 침묵을 깨고 입을 열었다.

"내가 내 형제들을 배신하고 싶지 않은 것이 그 이유라도 된다는 말을 하고 싶은 건가?"

"자비심으로는 군대를 장악할 수 없네. 자네라면 휘하 장병들을 이끌고 적진으로 뛰어든다 해도 승리를 위해 그들을 죽음으로 몰아넣는 일을 주저하겠지. 총사령관 자리에 앉은 자는 전쟁에서 인정을 남겨두어서는 안 되네. 승리를 위해서라면 그 어떤 이의 희생도 불사해야 한단 말일세. 평소에 아들처럼 아끼던 병사도 일단 전쟁터에 나가면 승리를 위한 수단이자 바둑돌에 불과하니, 절대 감정에 휘둘려서는 안 되네. 지존이 원하는 것은 승리뿐이고, 그것이 어떤 식의 승리든, 얼마나 많은 이가 죽어나가든 그런 것은 전혀 중요하지 않네. 오로지 이 전쟁에서 이겨야만 지존께서 강동에서 입지를 굳힐 수 있고, 우리 강동 사족도 백 년 동안 가문을 이어갈 수 있게 되네."

"만약 이 전쟁에서 정말 승리한다면 백언 자네는 대단한 영웅호걸로 칭송받을 테고, 이런 비열하고 악랄한 수법들도 자연히 기억 속에서 지워지겠지."

주연이 고개를 내저으며 말했다.

"정말이지 군자를 소인배로 몰아가는 세상이로군. 백언, 자네는 승리와 출세·영달을 위해서라면 기꺼이 소인배가 될 것인가?"

육손이 탄식을 내뱉었다.

"출세·영달? 나는 본시 자유롭고 유유자적하게 살고자 했던 사람이었네. 육씨 가문을 위해서가 아니라면 공명과 이익을 다투는 이 참혹한 전쟁터에 뛰어들었겠는가?"

그가 종이돈을 또 한 움큼 집어 허공에 뿌렸다. 그 순간 불어오는 맞바람에 종이돈이 멀리 날아가지 못한 채 다시 제자리로 날아와 두 사람 주위로 하늘하늘 떨어져 내렸다. 얼핏 보면 땅이 온통 새하얗게 변해 눈이 내린 듯 착각이 들 정도였다.

"자리에 가득한 이들의 의관이 눈처럼 희구나."

시 구절 한 대목을 읊는 육손의 목소리가 무겁게 가라앉았다.

"그다지 좋은 징조라 할 수 없군."

한낮이라 거리는 오가는 사람들로 북적였다.

가일은 주위 시선 따위는 전혀 아랑곳하지 않은 채 길을 걸었고, 그의 뒤로 갑옷을 갖춰 입은 효위 네 명이 뒤따랐다. 지난번 거리에서 매복의 공격을 받은 후 외출을 할 때마다 효위들이 따라붙어 호위를 했다. 손몽에게도 사내가 여인들의 호위를 받으니 체면이 서지 않는다며 거절했지만, 그녀는 손 군주의 지시라며 고집을 꺾지 않았다. 몇 차례 설득에도 아무런 소용이 없자, 가일도 더는 이 일을 문제 삼지 않기로 했다. 어차피 무창성의 백성들도 이런 모습에 이미 습관이 된 듯 더 이상 수군거리는 일도 없었다.

가일은 발길 닿는 대로 한 주루에 들러 대충 아무 자리에나 앉았다. 오늘 손몽이 손상향을 보러 성 밖으로 나간 탓에 그 혼자 모처럼 여유를 즐기는 중이었다. 효위들도 그와 마주 보이는 자리를 찾아 멀찍이 떨어져 앉았다.

그들은 가일과 가까이 지낼 생각이 전혀 없는 듯, 늘 이렇게 거리를 유지했다. 그러고 보면 군주부 안에서 가일에게 잘해주는 사람은 역시 손몽뿐이었다. 이 효위들은 맡은 바 임무만 수행할 뿐, 가일에게 늘 차갑게 대하며 말조차 섞으려 들지 않았다.

밥상 위에는 보리밥 한 그릇, 볶은 야채 한 접시, 절인 무 한 접시가 전부였다. 고기나 생선은 눈 씻고 찾아봐도 없었다. 그 이유는 간단했다. 그의 주머니 사정이 시원치 않았기 때문이다. 지난 2년 동안 가일은 사건 수사에서 거의 배제되다 보니 뒷주머니를 채울 일이 없었고, 해번영의 다른 동료들과 비교해봐도 정말이지 수중에 돈이 별로 없었다. 비록 최근 들어 군주부에서 지내며 손상향에게서 거액의 돈을 받기도 했지만, 그는 지금까지의 생활을 바꿀 생각이 전혀 없었다. 절제된 생활이 조금 고달플지는 몰라도, 느슨해질 수 있는 마음을 다잡는 데 도움이 되었다. 검소하게 살다가 사치스러워지는 것은 쉬워도 사치스럽다가 검소해지기는 어려우니, 일단 생활 습관이 느슨해지면 심리적으로도 서서히 긴장이 풀릴 수밖에 없다. 더구나 한선의 객경으로 사는 동안 사소한 결점 하나로 파국을 초래할 수도 있으니, 늘 행동거지를 조심해야 했다.

가일이 야채볶음을 한 젓가락 집어 먹는데, 씹을수록 닭 육수 맛이 어렴풋이 느껴졌다. 그가 무심한 척 주위를 살폈지만 별다른 특이점은 보이지 않았다. 효위 네 명이 앉은 자리에는 고기 찜과 닭구이 같은 음식이 한 상 차려졌고, 거기에 더해서 대나무 술도 한 동이 올라갔다. 내가 예민한 건가? 아니면 한선의 암시인가? 가일은 확신이 서지 않았다. 그는 밥을 한 젓가락 퍼 올리며 아무 일 없었다는 듯 일단 기다려보았다.

입구에 아무도 없는 틈을 타 몰래 숨어 들어온 거지가 효위들 자리로 가서 기어들어가는 목소리로 음식을 구걸했다. 효위 한 명이 눈살을 찌푸리며 닭다리를 뜯어 주자, 그 거지가 그 틈을 노려 닭구이 한 마리를 통째로 낚아채 도망을 쳤다. 효위들이 검집을 휘두르며 거지를 바닥에 쓰러트렸다. 거지가 발버둥을 치며 일어나 도망치려 했지만, 달려 나온 술집 주인에게 또 멱살이 잡히고 말았다. 그 거지가 닭고기를 죽어도 손에서 놓지 않는 바람에 주인과 밀치락달치락 몸싸움이 벌어졌고, 결국 거지가 실수로 바닥에 넘어지고 말았다. 그 순간 거지의 손에서 떨어져 나온 닭고기가 포물선을 그리며 공교롭게도 가일의 품에 정확히 떨어지고 말았다. 그의 잿빛 비단옷에 기름얼룩이 묻어 반질거렸다. 가일이 아무렇지도 않은 듯 웃으며 대나무 젓가락으로 품에 떨어진 닭고기를 찍어 상에 올려놓았다.

그와는 달리 효위들은 이미 검을 뽑아 들고 공격 태세를 갖췄다. 주인장이 너무 놀라 하얗게 질린 얼굴로 효위들에게 연거푸 읍을 올리며 사죄를 했고, 가일에게도 달려가 거듭 용서를 빌며 어찌할 바를 몰라했다.

가일이 손을 내저으며 말했다.

"됐네, 자네들 잘못이 아니니, 더는 문제 삼지 않겠네."

그가 거지 옆으로 걸어가 물었다.

"정말 배포 하나 끝내주는구나. 어찌 효위들의 것을 빼앗아 갈 생각을 하느냐?"

거지가 털썩 무릎을 꿇고 연신 절을 올리며 울며불며 하소연을 했다.

"나리, 제 아우가 다리가 부러져 다 쓰러져가는 절에서 두세 달을 누워 지내는데, 지금껏 초주검 상태입니다. 오늘 내내 동생의 불쌍한 모습이 머릿속을 떠나지 않았습니다. 그래서 뭐라도 먹이고 싶은 마음이 간절하던 차에 저 닭을 보는 순간 무언가에 홀린 것처럼 저도 모르게 손이 나갔습니다. 나리, 제게 죄를 물으신다면 당연히 그 벌을 받겠으나, 제가 없으면 제 아우를 돌봐줄 사람이 없으니 혼자서 밖으로 나오지도 못한 채 굶어 죽을 것입니다. 나리, 한 번만 이 목숨을 살려주신다면 다음 생에 소와 말이 돼서라도 그 은혜에 꼭 보답하겠나이다."

가일이 효위들에게 말했다.

"그래도 아우를 생각하는 마음이 갸륵하니 놓아주는 편이 낫겠네. 자네들의 밥값은 내가 낼 테니, 한번 눈감아주는 것이 어떤가?"

효위 한 명이 절도 있는 말투로 대답했다.

"가 교위, 우리 역시 사리 분간은 할 줄 압니다. 지금 와서 이 거지와 뭘 더 따져 무엇 하겠습니까? 또한 가 교위는 군주부의 귀빈이신데, 대신 밥값을 내시는 건 말이 되지 않습니다. 자칫 우리 군주부가 손님 대접을 형편없이 한다고 비웃음을 살 수 있으니, 그 말은 안 들은 걸로 하겠습니다."

거지가 닭고기를 다시 집어 들고 효위와 가일에게 감사의 인사를 연신 전한 후 눈물을 훔치며 술집을 빠져나갔다. 주인은 그제야 활짝 웃으며 다가와 효위들에게 말했다.

"손님들이 식사를 하시는데 이런 일이 벌어지다니, 정말 면목이 없습니다. 제가 사죄의 의미로 닭고기를 다시 구워 상에 올릴 테니, 부디 넓은 도량으로 오늘 일은 잊어주십시오."

그가 또 가일을 향해 돌아서며 말했다.

"손님께서는 옷에 기름때가 잔뜩 묻었으니, 후원으로 가시면 갈아입을 만한 옷을 준비해드리겠습니다. 그리하시겠습니까?"

가일이 옷자락을 잡아당겨 매무새를 정리하며 살짝 주저하는 기색을 보였다.

"그 옷은 저희가 깨끗이 빨아 손님 댁으로 보내드리겠습니다. 이 음식들도 다시 데워 후원으로 가져다드릴 테니, 적당한 옷을 찾는 동안 식사를 하고 계시면 시간을 지체하는 일은 없을 겁니다."

"그러는 게 좋겠군."

가일이 효위들을 향해 고개를 끄덕였다.

"나는 후원에 가서 옷을 좀 갈아입고 오겠네."

그가 주인을 따라 나서며 복도를 지나 후원에 도착했다. 후원에서 기다리고 있던 하인이 비단옷을 들고 두 사람을 향해 다가왔다. 두 사람은 가일이 옷을 갈아입도록 도운 후 오른쪽에 있는 곁채로 그를 데리고 갔다. 가일이 손을 뻗어 방문을 살짝 밀자 방 안에 크고 작은 술 단지가 가득했다. 그가 소맷자락을 뒤로 치며 안으로 성큼성큼 걸어 들어갔다.

"가일, 시간이 촉박하니 짧게 말하겠다."

목소리가 술 단지 안에서 들려왔다.

소리가 좀 이상하기는 했지만, 그래도 무슨 말인지 충분히 알아들을 수 있었다.

이것은 청옹(聽甕)이었다. 말하는 사람은 이 방 안에 없고, 심지어 이 술집 안에도 없을 수 있다. 술 단지 바닥에 대나무 관을 관통시켜 땅속에 묻으면 10여 장 정도 떨어진 곳의 소리도 전달이 되었다. 가일은 공간을 뛰어넘어 대화를 나눌 수 있는 이 장치를 2년 전에 처음 보았다. 그때만 해도 이 물건이 그저 신기하고 믿기지 않았는데, 자꾸 보다 보니 이제 그리 놀랍지도 않았다. 처음에는 이런 접선 방식이 지나치게 조심스럽다고 느껴졌지만, 지금은 오히려 사람들의 이목을 자연스럽게 피할 수 있으니 아주 편리하다는 생각이 들었다.

가일이 술 단지 옆으로 바싹 다가갔다.

"우청의 수하들이 아직도 저를 미행하고 있습니까?"

"맞네."

가일이 허탈한 듯 웃었다.

"그자가 조금은 달라졌을 거라고 여겼는데, 나에게 했던 그 말들이 전부 거짓말이었군요. 그렇다면 육적이 살아 있기는 한 겁니까? 우청 말로는 단양에서……."

"그는 죽었네. 관을 땅에 묻을 때 우리가 암암리에 시체를 검시해 육적이 확실한지 확인까지 마쳤었지. 우청의 말을 믿지 말게."

가일이 궁금한 듯 물었다.

"육적은 3년 전에 죽지 않았습니까? 그때 왜 군이 육적의 시체를 검시하신 겁니까?"

"당시 우청이 육씨 가문을 조사하는 중이었고, 우리도 육적이 손책의 죽음과 연관되어 있는지 알고자 곳곳에서 촉각을 곤두세우고 있었네."

"육씨 가문이 정말 손책의 죽음과 연관이 있는 겁니까?"

가일의 낯빛이 어두워졌다. 그는 '건안 5년'을 본 후 달라졌던 손권의 표정을 떠올렸다.

손책은 건안 5년에 죽었고, 같은 시기에 무창성에서 진적이라는 거상도 죽었다. 그리고 진적은 손책의 곁을 지키던 친위병이었다. 임조는 죽기 직전에 두서없는 말을 쏟아내며, 진적을 죽여 비밀 누설을 막은 거라고 넌지시 암시했다.

"지금까지도 손책의 죽음은 풀리지 않는 수수께끼네. 하나 확실한 것은, 그를 암살한 세 사람이 허공의 문객이 아니라는 걸세. 지금은 이 일에 매달릴 때가 아니네. 자네가 지금 해야 될 일은 앞서 발생한 세 가지 살인 사건을 해결하는 것임을 명심하게."

"네. 그리고 임조의 위에서 약간의 형광 가루를 발견했는데, 좀 전에 옷을 갈아입을 때 설(薛)씨에게 건넸으니 무엇에 쓰이는 물건인지 알아봐주십시오. 아무래도 오민과 장순, 임조의 혈액이 응고되어 급사한 것이 모두 이 가루와 연관이 있을 거라는 생각이 듭니다."

"알겠네. 곽홍의 일은 이미 조사를 끝냈고, 관련된 소식은 반서에 적어두었으니 나갈 때 잊지 말고 받아가도록 하게."

"네."

가일이 대답했다.

"또 한 가지 이상한 점이 있습니다. 이 세 가지 살인 사건은 모두 자정 전후에 일어났고 살인의 형태도 똑같아, 혹시 제물이었을지도 모른다는 강한 의구심이 듭니다. 일전에 태평도에 심어놓은 내부 첩자의 입에서도 작룡진이라는 말이 나왔는데, 혹시 아십니까?"

"작룡진? 장각이 반란을 일으켰을 때 이 진을 이용해 한나라 영제를 주살했다는 말이 전해지기는 하네."

그의 목소리가 살짝 흔들리는 것으로 보아, 코웃음을 치는 게 분명했다.

"지난번에 자네가 말했던 천화강자나 피가 응고하는 그런 속임수가 모두 장각이 난을 일으켰을 때 써먹은 것들이었지. 이미 그 안에 숨겨진 비밀을 알고 있을 법한 자의 윤곽이 어느 정도 잡혔네. 그자를 찾아 자세히 알아보고 난 후 반서를 통해 연락하겠네."

가일이 대답했다.

"그럴 필요 없습니다. 그자가 어디 있는지만 알면 제 쪽에서 사람을 물색해 조사를 시키겠습니다. 이렇게 중요한 정보일수록 어디서 얻었는지 그 통로가 불분명하면 사람들의 의심을 사기 쉽습니다."

"일리 있는 말이군. 하나 그자가 결코 평범하지 않으니, 일단 시도해보고 안 되면 다른 방도를 찾도록 하게."

가일이 고개를 끄덕이며 계속 물었다.

"아, 지난번에 세 번째 살인 사건이 서촉 군의사와 연관이 있을지도 모른다고 말씀드렸는데, 조사를 좀 해보셨습니까?"

"자네의 의심이 맞았네. 성도에 있는 간객(間客)이 알아보니 모든 태평도의 역모는 군의사가 배후에서 판을 짠 것이고, 제갈량이 직접 이 판을 진두지휘하며 극비리에 밀정을 동원했다고 하더군. 이 일이 극도의 기밀 사안이다 보니 우리 쪽 간객도 정보에 더 깊이 접근할 방도가 없을 정도였네. 이제 남은 일은 자네의 능력을 믿어볼 수밖에."

"군의사…… 제갈량……."

가일이 한숨을 내쉬었다.

"제가 어떻게 해야 합니까?"

"손권이 죽어서도, 동오가 멸망해서도 안 되네."

"저 혼자 말입니까?"

"우리도 있네."

"일단 우청부터 해결해주실 수 없습니까? 무창에서 지낸 지난 2년 동안 우청은 저에 대한 감시를 멈추지 않고 있습니다. 어떻게 해서든 제 흠을 찾아내 사지로 몰아넣으려고 혈안이 되어 있는 자입니다. 이런 상황에서 제 운신이 제약을 받을 수밖에 없습니다."

"그건 안 되네."

"왭니까?"

가일이 미간을 찌푸렸다.

"우청은 앞에 나선 자에 불과하고, 그 뒤에 손권이 있네."

가일이 잠시 생각에 빠졌다.

"그 말은, 나를 감시하는 것이 손권의 뜻이라는 겁니까? 손상향이 천거를 했는데도 나를 전혀 믿지 않는다는 겁니까?"

"이 강동의 주인이 누구를 신임할 수 있겠는가? 세력의 균형을 위해서라면 서로를 제압하도록 하는 것이 그의 일관된 수법이네. 매사에 조심하고, 절대 약점을 잡혀서는 안 되네. 그러지 않으면 우리도 자네를 구해줄 수 없게 되네."

"알겠습니다."

가일의 대답에 허탈함이 묻어났다.

술 단지에서 들리던 목소리가 잠시 멈췄다 다시 입을 열었다.

"자네가 여길 나가고 나면 설씨도 바로 무창성을 떠날 거고, 술집 안에 있던 사람들도 전부 흩어질 걸세. 그러니 자네도 더 이상 이곳을 찾아오지 말게. 다음에 만날 시간과 장소는 음부(陰符)를 이용해 또 전하겠네.”

가일은 자리에서 일어나 잰걸음으로 방을 빠져나왔다. 밖으로 나오자 아까 절반 정도 먹다 남긴 음식이 상 위에 차려져 있었다. 상 옆에는 그가 육연에게서 빌린 그 비단 주머니가 놓여 있었다. 가일이 그것을 집어 들어 보니 안에 형광 가루를 쌌던 천은 보이지 않고, 대신 다른 물건이 들어 있었다.

비록 방 안에서 머문 시간은 길지 않았지만 이미 적잖은 핵심 정보를 파악했고, 그 정도라면 적어도 눈앞에 있는 그 일을 당장 해결할 수 있었다. 그는 비단 주머니를 허리춤에 끼고 방을 한번 힐끗 본 후 발길을 돌려 앞마당으로 다시 돌아갔다.

육연은 찻잔을 들어 입에 가져다 대고 나서야 잔이 비어 있는 것을 알아챘다. 서안에 놓인 기름등의 불꽃이 ‘치익’ 소리를 내며 흔들리다 이내 꺼져버렸다. 육연이 찻잔을 내려놓고 손을 더듬어 가위를 집어 들었다. 그는 어둠 속에서 달빛에 기대 이미 까맣게 타버린 심지를 자르고 부싯돌로 불을 붙였다. 그제야 어느새 방 안에 들어온 육모가 보였다.

육연이 일어나 공손하게 절을 올렸다.

“숙부께서 어인 일이십니까?”

육모가 물었다.

“네 부친께서 이미 세 통의 서신을 보내 최근 불거진 사건에서 손을 떼라고 엄히 꾸짖으셨거늘, 어찌 자꾸 고집을 피우는 것이냐?”

“이 가문을 위해서입니다.”

육연이 고개를 숙였다.

“육씨 가문을 위해서라?”

육모가 말했다.

"그 말이 너의 동년배들에게서 나왔다면 세상 무서운 줄 모르고 앞뒤 생각 없이 행동한다고 생각했을 테지. 하지만 너라면 그런 말을 할 자격이 충분히 있다는 걸 나도 안다."

"숙부님, 저를 말리기 위해 오신 거라면 아마 원하는 답을 드릴 수 없을 것입니다."

육모는 별다른 말 없이 화제를 돌렸다.

"요즘 누군가 단양 인근에서 적(績) 족숙을 봤다는 소문이 돌고 있더구나. 알고 있느냐?"

"얘기는 들어서 알고 있지만, 그분은 이미 돌아가시지 않았습니까?"

육연이 물었다.

"어떻게 돌아가셨느냐?"

"숙부께서 모르시는 일을 제가 어찌 알겠습니까?"

"그리 단언할 수야 없겠지. 네가 얼마 전에 도위부에 가서 진적에 관한 수사 일지를 가지고 나오지 않았느냐? 그 사건이 발생했을 때 적 족숙은 무창 도위였으니, 분명 그 안에 무슨 정보라도 적혀 있었을 것이다."

둘 사이에 잠시 동안 침묵이 흘렀다.

"숙부께서는 어찌 그리 생각하십니까?"

"당시 진적의 죽음은 해괴하기 짝이 없었다. 선주 손책도 같은 해에 돌아가시면서 두 사건이 우길과 관련이 있다는 소문이 돌기 시작했지. 적 족숙은 성격이 강직한 사람이라 평생 귀신으로 사람들을 현혹하는 무리들을 가장 혐오했으니, 그 사건을 끝까지 파헤치려 들었을 것이다. 설사 당시 압박에 밀려 수사를 중단했다 해도, 나중에라도 누군가 진상을 밝힐 수 있도록 수사 일지에 단서를 남겨놨을 테지. 3년 전 해번영에서 돌연 선주 손책의 죽음을 다시 파헤치더니 놀랍게도 적 족숙과의 관련을 의심하기 시작했다. 다행히 족숙이 갑자기 병으로 죽으면서 수사도 난항을 겪게 되었지. 사건 수사는 그렇게 흐지부지 종료되었지만, 나는 그 속에 반드시 숨겨진 비밀이 있을 것 같아 늘 마음이 편치 않았다.”

“수사 일지는 그날 손에 넣었지만, 자세히 볼 새도 없이 해번영의 가일이 다시 가져갔습니다. 숙부께서도 가일이라는 자를 알지 않습니까? 어느 파벌에도 속하지 않은 채 지존의 신임마저 두터우니, 저로서도 거부할 길이 없었습니다. 게다가 며칠 전에 그 수사 일지를 달라고 요구해봤지만 완강히 거절하는 바람에 저로서도 어찌해볼 도리가 없었습니다.”

“해번영이 적 족숙을 조사하고 있느냐?”

육모의 표정이 굳었다.

“그건 아닙니다. 가일이 조사하는 것은 요 근래 일어난 사건들인데, 그게 하필 진적 사건과 흡사해 수사를 하는 중이라 들었습니다. 문신에 관해서는 더 이상 신경 쓰지 않고 있고, 우리가 태평도와 결탁할 리 없다는 걸 인정하는 듯 보였습니다.”

“그렇다면 잘됐구나. 적 족숙이 죽은 사유가 불분명하니, 만약 정말 선주 손책과 무슨 연루라도 되어 있다면 해번영의 수사를 견뎌낼 수 없을까 그것이 걱정이구나.”

“예전의 일에 대해선 제가 잘 알지 못합니다. 숙부께서 아버지께 물어보신 적이 없으십니까?”

육연의 기색이 매우 차분했다.

육모가 쓴웃음을 지었다.

“물었다. 하나 아무 말도 해주질 않더구나. 그런데 그럴수록 더 무언가 알고 있다는 생각을 지울 수 없더구나. 형님은 감정을 드러내지 않고 늘 신중하게 일을 처리하는 분이 아니더냐? 내 솔직히 털어놓자면, 네 부친이 우리 육씨 가문의 가주가 된 것이 과연 이 집안의 복이 될지 아니면 화가 될지 늘 생각해왔었다. 지금 네 부친은 육씨 가문 전체를 손가의 전함(戰艦)에 묶어두고 도박을 하고 있는 셈이다. 만약 이릉 전투에서 형님이 이기면 손권은 이를 계기로 우리 가문에 힘을 실어주며 강동파와 회사파가 미묘한 세력 균형을 이루도록 할 것이다. 하나 손권은 겉으로야 덕망이 있고 점잖아 보이지만 실제로는 간교하기 이를 데 없는 자니라. 육씨와 손씨의 오랜 악연이 고작 한 번의 전쟁에서 승리했다고 해서 풀릴 수 있겠느냐?"

"숙부께서 생각해두신 더 좋은 방법이라도 있으십니까?"

육연이 물었다.

육모가 순간 당황한 기색을 내비쳤다.

"없느니라."

"저는 있습니다. 그리고 지금 그걸 하고 있는 중입니다."

육연이 대답했다.

"형님이 걱정하는 게 바로 그것이다. 만약 실패하면 가문 전체가 연루될 것이야."

"퇴로를 생각해두었으니, 가문에 화가 미치는 일은 없을 것입니다."

"네가 생각해둔 퇴로에 대해 얼마나 자신할 수 있느냐?"

"자신은 없습니다. 손권은 누구나 생각할 수 있는 수단으로 움직일 수 있는 자가 아니지 않습니까? 저는 그저 제가 생각해둔 방향으로 그를 끌어들일 뿐이고, 그가 어떤 결단을 내릴지 여부는 제 능력 밖입니다."

육연이 말을 이어갔다.

"사실 숙부께서 아버지의 결정을 그리 마음에 들어 하지 않는다는 걸 알고 있습니다. 그게 아니라면 제 결정과 행동을 일일이 반대하며 제약하셨을 겁니다. 숙부께서도 저와 마찬가지로 육씨 집안의 미래를 손씨의 신임에 좌지우지되도록 만들고 싶지 않으신 겁니다. 육씨와 손씨 사이에 존재하는 오랜 세월 피맺힌 깊은 원한의 고리가 그리 쉽게 끊어질 리 없겠지요.

258

더구나 적 족조부께서 도대체 손책의 죽음에 어떤 식으로 개입되어 있는 지도 알 수 없으니 계속 마음이 안 놓이셨을 겁니다. 토사구팽(兎死狗烹)이라 는 말처럼, 숙부께서는 언젠가 육씨 가문의 이용 가치가 사라지면 손권에 게 멸문지화를 당할까 두려우신 겁니다."

육모는 아무 말 없이 가위를 들고 등의 심지를 돋웠다.

"이제 어찌하시겠습니까? 제가 이렇게까지 말씀드렸는데도 아버지의 뜻 에 따라 계속해서 저를 막으실 생각이십니까?"

육모가 침묵을 깨고 입을 열었다.

"육백언의 아들은 육백언이 알아서 가르쳐야겠지. 아비도 아닌 내가 너 를 어찌해볼 힘이 어디 있겠느냐? 더구나 지금으로서는 두 부자 중 누가 옳고 누가 그른지 나로서도 확신이 서지 않는구나."

"그렇다면 저와 함께 모험을 한번 해보시겠습니까?"

육연이 웃어 보였다.

"물론 저야 자신이 있지만, 일의 결과는 자신감으로 결정되는 것이 아니 겠지요."

"이 모든 것이 육씨 가문을 위해서겠지."

육모도 미소를 지었다.

"네 부친의 뜻이 가장 온당해 보이기는 하나, 그것만으로 육씨 가문이 지 켜지는 것은 아니다. 육씨 가문은 지난 3백 년 동안 강동에서 군림해왔고, 단 한 번도 남의 세력에 의지해 목숨을 연명하는 구차한 길을 걸어본 적이 없느니라. 단 한 번의 실수로도 모든 것을 잃을 수 있다는 것을 명심해야 한다. 네가 가문을 위해 위험을 감수하고자 하는데, 육씨 가문의 어른으로 서 내가 무슨 낯으로 그것을 막을 수 있겠느냐?"

그가 자리에서 일어나 하얀 비단 천을 꺼내 서안 위에 펼쳐놓고 옆에 있 는 붓을 들어 이렇게 써 내려갔다.

'뜻을 이루지 못하면 자신을 희생해 인(仁)을 이루어야 한다.'

옥리가 이상한 시선으로 가일을 쳐다봤다. 사실 이해가 안 되는 것도 아니었다. 효위들이 젊은 사내를 호위하는 모습을 처음 보았을 테니 이상하게 생각할 만도 했다. 손상향 군주가 군주부에 온 후 효위들이 호위한 남자는 딱 두 명뿐이었다. 가일이 두 번째고, 첫 번째는 손권이었다.

그래서인지 손권이 하사한 옥패를 가일이 막 꺼내들었을 때 옥리는 이미 주저 없이 옥사 문을 열고 있었다. 가일이 민망한 듯 웃으며 옥패를 다시 품에 집어넣었다. 사실 가일은 이 손권의 증표를 외출할 때마다 늘 몸에 지니고 다녔지만, 지금까지 단 한 번도 사용해본 적이 없었다.

통로 안은 어둡고 음습했으며, 역한 냄새가 코를 찔렀다. 양옆으로 이어진 옥사 안에 갇힌 죄수들은 모두 어둠 속에서 몸을 웅크린 채 아무런 기척도 없었다. 가일은 안으로 걸어 들어가는 동안 문득 허도의 진주조 감옥에 와 있는 듯한 착각마저 들었다. 그때나 지금이나 옥사 안 모습은 비슷했지만, 기분은 지금과 확연히 달랐다. 진주조의 위세를 등에 업고 깊은 밤에 위풍(魏諷)을 찾아가 심문을 했던 그때가 마치 어제 일처럼 또렷하게 떠올랐다. 그때만 해도, 고작 3년의 시간 동안 이렇게 엄청난 변화를 겪게 될 줄 누가 상상이나 해봤겠는가?

3년의 세월 동안 부친의 원수를 갚기는커녕, 우여곡절 끝에 한선의 객경이 되어 살아가게 되었다. 사실 가일은 지금의 이런 생활에 전혀 흥미가 없었지만, 그렇다고 해서 벗어날 길도 없었다. 허도에서 도망쳐 나온 후부터 그의 운명을 쥐고 있는 자는 바로 한선이었다. 그가 이렇게라도 살아남을 수 있었던 것은 온전히 한선 덕이었고, 그 대가로 그는 한선이 마음대로 움직이는 패가 되어야 했다. 형주에 있을 때 길을 잃고 방황한 적도 있었지만, 결국 부진처럼 일단 살고 보자는 결심을 하게 되었다. 어쨌든 살아남아야 미래를 볼 수 있는 기회도 생길 것 같았다.

"여깁니다."

옥리가 멈춰 서며 감옥의 문살을 두드렸다.

몸집이 우람한 사내가 서슬이 퍼래져서 일어나 앉았다.

"잠 좀 자려는데, 왜 두드려!"

그가 가일을 보자 악을 썼다.

"망할 놈! 재수가 없으려니 네깟 놈한테 걸려들어서! 죽이든 말든 맘대로 하거라! 그러나 한 가지만은 기억해야 할 것이다. 내 죽어 귀신이 되어서라도 한빈 형님의 핏값은 꼭 받아낼 것이다!"

"진 대협과 할 말이 있으니 다들 나가 있게."

가일이 말했다.

그 말에 옥리가 먼저 허리를 굽히고 물러갔다. 그러나 효위들은 서로를 쳐다보며 꼼짝도 하지 않았다.

"손 낭자께서 가 교위 곁을 떠나지 말고 지키라 하셨습니다."

"안심하게. 이자의 손발이 내게 닿을 수도 없고, 하물며 족쇄를 차고 있는데 무슨 위험한 일이 생길 수 있겠는가? 만에 하나 일이 생기면 내 지체 없이 소리를 질러 알려주겠네."

가일이 헛기침을 하며 말했다.

"솔직히 말하자면, 진 대협과 아무에게도 알리고 싶지 않은 사적인 이야기를 좀 나눠야 해서 그런다네."

효위들은 그가 이렇게까지 말하자 어쩔 수 없이 공수를 하고 뒤돌아 나갔다.

가일이 앞으로 걸어 나가 물었다.

"다시 한번 묻겠네. 한빈이 진주조의 손에 죽었다는 말을 정말 곽홍이 서신으로 알려주었는가?"

진풍이 대꾸할 가치도 없다는 듯한 표정으로 대답했다.

"내가 거짓말이라도 했다는 것이냐? 네놈이 직접 그에게 알려줘놓고, 지금 와서 발뺌을 하려 드느냐?"

"나를 찾아가 복수하라고 곽홍이 서신으로 알려주었나?"

"그렇다. 나는 인신(印信)이 없어 강을 건널 수 없는 몸이다. 그 말만 아니었다면 네놈을 찾아올 생각도……."

"곽홍이 평소에도 자네와 자주 서신을 주고받았는가?"

진풍이 그 말에 순간 멈칫했다.

"자주라고 할 수는 없다."

"이번 말고 최근에 서신을 주고받은 게 언제였는가?"

진풍이 눈을 감고 기억을 더듬었다.

"2년…… 아니, 3년 전인가? 그런 건 왜 묻느냐?"

가일이 품에서 비단 주머니를 꺼내 그 안에 든 백서를 진풍에게 건넸다.

"좀 보게."

진풍이 백서를 받아 힐끗 보더니, 황당하다는 듯 가일을 쳐다봤다.

"쭉 읽어보게."

가일이 뒷짐을 지며 말했다.

"다 읽고 나면 자네가 속았다는 것을 알게 될 것이네."

백서에 쓰인 익숙한 필적은 의심의 여지 없이 곽홍의 것이었다. 그러나 내용을 읽어 내려갈수록 진풍의 표정이 굳어갔다. 이 서신에는 전혀 다른 내용이 적혀 있었다. 곽홍은 한빈에 관한 일로 진풍에게 서신을 보낸 적도, 가일에 대한 복수를 언급한 적도 없다고 했다. 그는 가일에 대해 별다른 감정이 없고, 일 때문에 약간의 교류가 있었을 뿐이라고 전했다. 또한 간악한 자들에게 이용당할 수 있으니, 더 이상 가일을 찾아가 문제를 일으키지 말라고 충고했다.

"이게 어찌 된 것인가? 내가 정말 속기라도 했단 말인가?"

진풍이 의혹에 가득 찬 표정으로 가일을 쳐다봤다.

"자네 생각은?"

진풍이 머리를 긁적이며 말했다.

"그럴 리 없네. 내가 받은 편지의 필적도 이것과 똑같았고, 분명 곽 형의 필적이었네."

"필적이라는 것은 얼마든지 모방이 가능하네. 내가 진주조에 있을 때 열 명이 넘는 사람의 필적을 모사하는 재주를 지닌 자가 있었지. 심지어 진짜 필적의 주인조차 분간을 못 할 정도였다네."

진풍은 기가 막힌 듯 벌린 입을 다물지 못했다. 그는 자신이 속았다는 것을 거의 인정하는 듯했다. 그러다 갑자기 무언가 떠오른 듯 말했다.

"잠깐, 필적을 그리 똑같이 흉내 내서 쓸 수 있다면, 이 서신도 자네가 사람을 시켜 만든 것일지도 모르지 않는가?"

"그런 의심을 품는 게 당연하겠지."

가일이 비단 주머니에서 금착도(金錯刀)를 꺼냈다.

"이걸 기억하는가?"

금착도는 왕망(王莽)이 한나라를 찬탈한 뒤 주조한 칼 모양의 화폐였다. 화폐의 모양은 둥근 고리가 달린 칼자루와 칼날로 이루어져 있고, 청동으로 만들었다. 둥근 고리는 엽전처럼 가운데 사각형이 뚫려 있고, 칼날에는 '일도평오천(一刀平五千)'이라고 현침(懸針: 수직 획을 그을 때 바늘이 매달린 것처럼 아래가 뾰족하게 내려쓰는 붓글씨체) 전서(篆書)체로 명문을 새겨 넣었다. 게다가 그 글씨를 황금으로 상감해 무척이나 아름다웠다. 그러나 눈앞에 있는 이 금착도는 모양이 허접하고, 칼날 아래쪽에는 딱딱한 물체에 부딪히기라도 한 듯 아주 작게 이 빠진 부분까지 있었다.

"당시 자네가 곽홍에게 도움을 청하면서 5천 냥을 사례금으로 준비했지.

하나 일이 성사된 후 곽홍이 단 한 푼도 받지 않자 자네가 집안 대대로 내려오던 이 금착도를 그에게 선물했네. 진 대협, 아직도 이 서신이 가짜라고 의심하는가?"

진풍이 얼굴을 붉히며 시원하게 자신의 실수를 인정했다.

"내가 멀쩡히 눈 뜨고도 속는 바람에 엄한 사람을 잡을 뻔했네. 가 교위, 내가 어찌 사죄하면 좋겠는가?"

"그럴 필요 없네. 자네 때문에 귀찮은 일이 벌어지기는 했지만, 나 또한 자네를 며칠 동안 이곳에 가둬두었으니 서로 손해 본 것은 없는 셈이겠지."

진풍이 어리둥절한 표정으로 가일을 쳐다봤다. 그가 알기로 해번영은 인정을 따지지 않는 곳으로, 그들을 건드리는 자는 잔혹하게 그 대가를 치러야 한다고 들었다. 게다가 눈앞에 있는 이 해번영 교위는 오왕의 신임을 받는 자였다. 진풍은 그런 자가 이리 관대하게 나올 거라고 상상조차 하지 못했다.

"좋네. 가 교위가 그리 말한 이상, 내가 신세를 진 셈 치겠네. 나중에 내 도움이 필요하면 언제든지 분부를 내려주게."

가일이 손을 내저었다.

"신세랄 게 뭐가 있다 그러는가? 나중에 필요하면 도움을 청할 수야 있겠지만, 원치 않으면 거절해도 상관없네. 분부라니, 가당치도 않네."

진풍이 씩 웃으며 말했다.

"이리 성격이 시원시원할 줄은 생각지도 못했네. 앞으로 나와도 죽이 잘 맞을 것 같네."

"하나 몇 가지 일에 대해서는 지금 당장 확실히 말해주어야 할 것 같네. 그날 아침 내가 백운관에서 돌아오는 시각을 어찌 알고 때맞춰 거리에서 나를 찾아낸 건가?"

"아, 내가 무창성에 도착하자마자 자네에 대해 알아보려고 해번영으로 갔는데, 아무도 날 상대해주지 않았지. 화가 머리끝까지 치밀어 올랐을 때쯤 죽간을 하나 받았는데, 바로 거기에 자네가 언제 어디에 나타날 거라고 쓰여 있더군. 그때도 이상하다는 생각은 했지만, 밑져야 본전이라는 생각으로 가본 것이네. 그 길 어귀에 막 도착해보니, 자네가 병사들과 싸우고 있는 것이 보였네."

가일은 순간 등골이 오싹해졌다. 만약 진풍이 의협의 자존심 때문에 기회를 틈타 공격해 오지 않았기에 망정이지, 그는 그곳에서 퇴로가 막힌 채 옴짝달싹 못 하고 당했을 게 분명했다.

"그렇다면 곽홍이 보낸 서신 두 통은 어떻게 받았는가?"

지금 동오는 몹시 위태로운 상황으로 변경을 물샐틈없이 봉쇄하며 지키느라 촉한과의 통신이 늦춰져 어려움을 겪고 있고, 위나라와도 마찬가지였다. 곽홍의 글씨체를 모사한 그 두 통의 서신이 별 탈 없이 오가려면 역참처럼 일반적인 통로를 거치지 않았을 것이다.

"위·오 두 나라를 오가는 상인이 내게 전해줬네."

그랬다. 역참의 통과 심사가 엄격하다 해도, 장사꾼들이 두 나라 땅을 오가며 변방 수비대에게 뇌물을 쥐여주는 경우가 허다했다. 더구나 서신이 무슨 금지 품목도 아니다 보니 왕래가 훨씬 수월할 수밖에 없었다.

"그 상인이 자네를 어찌 찾아냈지?"

"우리는 동향 사람이라, 원래 친하지는 않아도 알고 지내는 사이였네."

진풍이 무언가 생각난 듯 말을 꺼냈다.

"말하다 보니 이상하긴 하군. 요 몇 년 사이에 그와 연락을 한 적은 있어도 무슨 물건을 인편에 가져다달라고 부탁해본 적이 한 번도 없었네. 그때 그자가 나를 찾아왔을 때 곽 대협과 어떻게 아는 사이냐고 물었더니, 곽 대협이 그를 찾아가 나에게 서신을 전해달라 부탁했다고 얼버무렸네. 지금 생각해보니 그 서신에 딱히 긴요한 일은 하나도 없었는데, 왜 군이 힘들여서 나에게 전하려 한 것인지 이해가 되지 않는군."

"곽홍에게 답장을 쓸 때도 그자를 통해 전했는가?"

가일이 물었다.

"그렇네. 그자 말로는 곽 대협이 답장이 있으면 돌아오는 길에 가져다 달라고 부탁했다고 했네."

진풍이 자신의 이마를 치며 말했다.

"제길! 생각해보면 사방이 허점투성인데, 멍청하게 아무것도 눈치를 못 채다니!"

"그 상인의 이름이 무엇이고, 어디 사는지 아는가?"

"호기(胡紀)라 하네. 성 서쪽에 살고 있고, 사통(四通) 창고에 자주 들르네."

진풍이 살짝 난처해하며 말했다.

"한데 두 번째 서신을 받은 후로 그를 본 적이 한 번도 없어, 아직도 그곳에 사는지 확실치가 않네."

가일이 고개를 끄덕였다.

진풍이 말했다.

"호기가 곽 대협의 서신을 위조한 사람이 아니라 해도, 누가 위조했는지 분명 알 것이네. 내가 그곳까지 함께 가겠네. 내 무창성을 이 잡듯이 뒤져서라도 그 개자식을 찾아내고 말 것이네!"

"그럴 필요 없네."

가일이 대답했다.

"이름과 신분을 알았으니, 내가 사람을 데리고 조사를 나가면 되네."

진풍이 물끄러미 가일을 쳐다봤다.

"그럼 난 무얼 하면 되는가?"

"내가 사람을 시켜 좋은 곳으로 안내할 테니, 가서 목욕도 좀 하고 좋은 음식도 먹으면서 한숨 푹 자두도록 하게."

가일이 장난스럽게 눈을 깜빡였다.

"어쩌면 가무를 즐길 수 있을지도 모르겠네."

밤이 깊어지고 먹구름이 드리워졌다.

주위 민가에는 일찌감치 불이 꺼졌고, 거리에는 가끔 고양이와 개 한두 마리가 귀신처럼 나타났다 어느 틈에 어둠 속으로 사라져버렸다. 동성과 다르게 서성에 거주하는 백성의 대부분은 장사꾼들로, 집안은 부유했지만 지위는 높지 않았다. 전 왕조 때부터 관은 농사를 부국강병의 기틀이자 천하의 근본으로 여겼다. 그러다 상업이 상당히 높은 수익을 올리자 백성들이 몰릴 것을 우려해 상인들에게 세금을 무겁게 부과하고, 그 서열을 사·농·공·상 중 가장 끝에 놓았으며, 그들의 옷차림과 씀씀이에도 모두 제약을 두었다. 그래서 서성은 밖에서 보면 넓은 대저택이 적지 않지만, 집집마다 담장이 한 장도 채 되지 않고 높이도 1층을 넘기지 않아 세도가의 대저택 같은 화려하고 웅장한 분위기를 찾아볼 수 없었다.

가일이 호기의 저택 문 앞에 서서, 효위들이 손몽의 지휘 아래 일사불란하게 움직이며 뒷문까지 포위하는 것을 지켜보았다. 그가 오른손을 무심코 허리춤에 찬 패검 위에 두며 말했다.

"상인 하나 잡는 것뿐인데 효위가 백 명이나 출동했으니, 너무 과한 것 같지 않소?"

손몽이 한소리를 했다.

"필적을 그 정도로 감쪽같이 모사한 놈이에요. 그게 과연 평범한 상인이 할 수 있는 일이라고 생각해요? 게다가 그자는 진주조에서 일어난 지난 일은 물론 곽홍과 진풍의 관계까지 알고 있었어요. 이런 일이 기밀은 아니지만 쉽게 알아낼 수 있는 일도 아니죠. 이 호기라는 자의 뒤에 만만치 않은 세력이 숨어 있다는 걸 당신도 이미 눈치 채고 있잖아요?"

"그래서 더더욱 이렇게 많은 인력이 필요 없다는 거요. 호기는 그저 한 번 쓰고 버리는 패에 불과하오. 진풍도 두 번째 서신을 받은 후 그를 본 적이 없다고 하지 않았소? 만약 내가 그의 뒤에 있는 세력이라면 그를 죽여 기밀이 새어 나가는 걸 막거나, 그를 무창성 밖으로 이주시켜, 우리가 붙잡으러 찾아올 때까지 이곳에 내버려두지는 않았을 거요."

"그럼 왜 나한테 효위를 이끌고 이리 오라 한 거죠?"

손몽이 의아한 듯 물었다.

"단순히 무슨 단서가 있는지 보러 온 거면 당신 혼자 와서 찾아보면 되잖아요?"

가일이 콧등을 만지작거리며 말했다.

"길에서 매복의 공격을 당한 뒤부터 간이 작아져서 그런가 보오."

"당신은 자신의 추정에 별로 확신이 없으면서 억지로 아닌 척하는 게 분명해요."

손몽이 옆에 있는 효위를 향해 고갯짓을 하며 말했다.

"열거라."

효위 여덟 명이 두 줄로 나뉘어 허벅지 굵기의 당목(撞木)을 메고 나무 문 양옆으로 가서 섰다. 그리고 힘을 합쳐 당목을 뒤로 젖힌 다음 다시 앞으로 밀어냈다. 둔탁하게 울리는 '쿵' 소리와 함께 나무 문이 뒤로 넘어갔다.

"끝내주는군."

가일의 입꼬리가 올라갔다. 그가 벼슬길에 오른 후 여러 해 동안 해번영은 물론이고 권세가 하늘을 찌르던 진주조에서조차 이렇게 호기롭게 문을 열어보기는 처음이었다.

손몽은 이미 효위들을 이끌고 저택 안으로 쳐들어갔고, 가일이 그 뒤를 따라 장검을 뽑아 들고 문턱을 넘었다. 뜻밖에도 저택 안은 여느 평범한 집처럼 잘 가꾸어져 있었다. 비밀 누설을 막기 위해 일가족을 죽인 흔적도 없고, 도망친 후 버려진 물건들이 어지럽게 나뒹굴고 있지도 않았다.

잠시 후 곁채에 등불이 켜지고, 중의를 입은 바싹 마른 사내가 게슴츠레한 눈으로 창문을 밀쳐 열며 짜증스레 고함을 질렀다.

"한밤중에 누가 잠도 안 자고……."

그는 뒷말을 억지로 집어삼키며 벌어진 입을 다물지 못했다. 손몽의 명이 떨어지기도 전에 효위들이 곁채로 들어가 그자를 끌어내 그녀 앞에 무릎을 꿇렸다.

"네놈이 호기냐?"

손몽이 몸을 낮추어 그의 얼굴을 확인하며 물었다.

"나리! 나리! 누가 찾아왔습니다! 높으신 분이 찾아오셨습니다!"

그자가 목청이 찢어져라 나리를 부른 후 바로 몸을 한껏 낮췄다.

"소인은 이 집을 관리하는 하인일 뿐입니다. 저희 나리께서는 후원에 머물고 계십니다. 제가 이렇게 소리를 쳐 알렸으니, 바로 나오실 겁니다."

손몽이 가일을 돌아보며 웃었다.

"호기가 도망가지 않은 걸 보니, 당신이 추측한 것과 차이가 좀 있는 것 같네요."

가일은 약간 의심스럽기는 했지만, 일단 검을 들고 후원 쪽으로 걸어갔다. 그와 손몽이 월문을 막 지나자, 뚱뚱한 체구의 사내가 심의를 입고 투덜거리며 본채에서 걸어 나오고 있었다. 그는 뜰에 서 있는 효위들을 보자 안색이 급변하며 얼른 돌아서서 방으로 뛰어 들어갔다. 가일이 단숨에 따라잡아 뚱보의 어깨에 검집을 '탁' 소리가 날 정도로 올리며 물었다.

"자네가 호기인가?"

뚱보가 벌벌 떨며 연신 애걸을 했다.

"가 교위, 살려주십시오! 살려주십시오!"

가일이 이상하게 여기며 물었다.

"나를 아느냐?"

"당신을 모함하라고 시킨 건 제가 아닙니다. 저는 그저 서신을 전했을 뿐이고, 이 일과 아무런 관련이 없습니다!"

가일이 그의 무릎 뒤를 툭 쳐 바닥에 꿇어앉혔다. 가일이 날카로운 미소를 지으며 말했다.

"단지 서신을 전했을 뿐이라면서, 어찌 다른 사람이 나를 모함하려 한다는 걸 알고 있느냐?"

호기가 겁에 질려 울먹이며 대답했다.

"제가 업성(鄴城) 창고에 있을 때 촉 땅의 객상(客商)을 한 명 알게 되었는데, 가 교위가 형주에서 관우 장군을 죽게 만들었으니 가만두지 않을 거라고 했습니다."

가일이 미간을 찌푸렸다.

"관우의 죽음이 대체 나와 무슨 상관이 있단 말이냐? 그는 부사인(傅士仁)과 미방의 모함을 받아 죽었거늘, 왜 두 사람을 놔두고 애먼 사람을 잡으려 드느냐?"

"그게…… 저도 그게 좀 이해가 되지 않았습니다. 그런데 그자가 곽홍의 명의를 빌려 서신을 전달해주기만 하면 5백 냥을 준다고 했습니다."

호기가 침을 꿀꺽 삼켰다.

"그 순간 돈에 눈이 멀어서 그러겠다고 한 것입니다."

"그러면 그 촉 땅의 객상이 네가 진풍과 아는 사이라는 것을 어찌 알고 있었느냐?"

가일이 물었다.

"소인이 이런저런 이야기를 나누다 무심코 내뱉은 걸 듣게 되었다고 했는데, 사실 소인도 잘 기억이 나지 않습니다. 하지만 그자가 그리 말하니 제가 전에 말한 적이 있는 게 분명합니다. 제가 서신을 진풍에게 주니, 보자마자 화를 내며 곽홍에게 전하는 답장을 써서 주더군요. 제가 다시 업성에 간 후 그 촉 땅의 객상을 찾아갔습니다. 그러자 그가 5백 냥을 꺼내며 서신 한 통을 또 전해달라고 했습니다. 그때까지만 해도 진풍이 서신을 본 후 가 교위에게 복수를 하러 찾아갈 줄 생각지도 못했습니다. 소인도 도망칠 생각을 했지만 이 가업을 차마 버리고 떠날 수 없었고, 그렇게 시간이 흘러 상황이 잠잠해지니 일이 잘 마무리된 줄로만 알았습니다. 가 교위께서 이 한밤중에 효위를 이끌고 들이닥칠 줄 누가 알았겠습니까?”

“고작 서신 몇 통을 전했을 뿐인데 천 냥을 주었단 말이냐? 그 객상 손이 참 크기도 하구나. 전부터 알고 지내던 사이더냐?”

가일이 물었다.

“알고 지낸 지 10여 년이 됩니다. 다만 그자는 저와는 달리 관상(官商)입니다.”

호기가 대답했다.

현재 상인은 세 종류로 나뉘는데, 하나는 호기처럼 자기 능력으로 먹고 사는 사람이고, 또 하나는 세도가에서 자기 가문의 자제가 상업에 직접 종사하는 것을 원치 않아 그들을 대신해 일 처리를 하도록 고용한 사람이다. 그리고 관상은 관청에서 개설한 상호로, 재원이 가장 풍부할 뿐 아니라 정보를 염탐하고 수집하는 역할도 겸했다.

“촉 땅의 관상이라면…… 설마 군의사?”

손몽이 끼어들었다.

“그 촉 땅의 관상과 만난 게 언제였느냐?”

가일이 의심에 가득 찬 눈빛으로 물었다.

“한 석 달 전쯤일 겁니다.”

호기가 물었다.

“구체적인 시간은 정말 기억이 나지 않습니다.”

석 달 전이라면 도위 부인 오민의 살인 사건이 발생하기 전에 이미 누군가 이 일을 계획하고 있었다는 의미이기도 했다. 또한 그를 습격했던 그들의 문신은 반년 전에 새겨졌다. 만약 이 두 가지 일이 모두 촉한의 군의사가 벌인 일이라면, 나를 겨냥하는 목적이 무엇이지? 도위 부인 사건을 인계 받기 전까지 나는 주변을 맴돌던 해번영 교위에 불과했거늘, 저 멀리 떨어져 있는 성도의 군의사가 왜 나를 상대로 손을 쓰려고 했지? 설마 내가 이 일련의 사건을 인계 받아 수사하게 될 거라고 확신하고 있었던 걸까?

가일이 의혹에 휩싸여 있을 때, 돌연 허공을 가르는 날카로운 소리가 들려왔다. 찰나의 순간에 가일이 본능적으로 검을 들어 방어를 했다. '창' 소리가 들리더니 어둠 속에서 불꽃이 번쩍이고, 가일은 팔이 마비될 정도로 강한 힘에 뒤로 몇 발자국을 밀려났다. 그가 그 틈을 이용해 바닥에 엎드리며 소리쳤다.

"흩어져라! 자객이다!"

다들 재빨리 땅에 엎드렸고, 달빛이 사방 벽으로 둘러싸인 건물에 가려 땅까지 빛이 미치지 못하니 자객도 손쓸 도리가 없었다. 그러나 호기는 여전히 바들바들 떨며 그곳에 무릎을 꿇고 앉아 있었다. 다행히 번쩍이는 빛이 그의 머리 위로 스쳐 지나가며 운 좋게 위기를 모면할 수 있었다. 방금 쇠뇌에서 쏘아 올린 화살의 위력을 보건대, 촉한에서 제조한 궐장노(蹶張弩)가 틀림없었다. 이런 종류의 쇠뇌는 사정거리가 길고 위력이 강하지만, 화살을 장전하기까지 시간이 오래 걸렸다. 자객이 다시 화살을 쏘아 올릴 때까지 기다려야 적의 정확한 위치를 알아낼 수 있고, 적을 급습하려면 다시 화살을 장전하는 틈을 노려야 했다.

그러나 미처 막을 틈도 없이 호기가 소리를 지르며 일어나 달리기 시작했다. 아마도 그는 자객이 죽이려는 자가 가일이라고 생각해 위험을 무릅쓰고 도망칠 작정을 한 듯했다. 자객은 사건을 수사하는 자를 죽일 수 없으니, 당연히 모든 상황을 아는 사람을 죽여 입을 막으려 할 것이다. 호기는 멍청하게도 이런 이치를 깨닫지 못한 채 어리석은 선택을 했다. 가일은 그를 막기 위해 소리를 지르지 않았다. 호기가 그를 믿는다고 보장할 수 없고, 자신의 위치가 발각될 수 있기 때문이었다. 잠시 후 또 한 번 날카로운 소리가 하늘을 가르더니 호기의 몸이 멈칫했다. 잠시 후 그의 몸이 그대로 바닥으로 쓰러졌다. 가일은 소리를 듣고 대략적인 방향을 감지한 후 품에서 정교하게 만들어진 작은 놋 구슬을 꺼내려다 이내 다시 집어넣었다. 손몽과 효위들이 있는 곳에서 이렇게 눈에 띄는 암기를 다시 쓰게 되면 의심을 받기 딱 십상이었다.

그가 어떤 방법으로 위기에서 벗어날지 고민하는 사이에, 눈앞이 갑자기 환해지며 불붙은 화절자 10여 개가 머리 위로 날아갔다. 알고 보니 효위들이 방금 어둠 속에서 서로에게 신호를 보내 화절자를 꺼내 들고 자객이 다시 화살 쏘기를 기다리고 있었던 것이었다. 화절자가 저 멀리 벽까지 날아갔다. 그 과정에서 절반은 바람 때문에 허공에서 불이 꺼졌지만, 나머지는 벽 주위에 떨어져 희미하게나마 불을 밝혀주었다. 불빛 속에서 사람의 그림자가 어슴푸레하게 드러났다. 그 순간 공격을 알리는 소리와 함께 수전(袖箭) 10여 개에서 화살이 발사되었다. 자객은 더는 머물지 못한 채 외벽을 타고 내려가 도망쳤다. 효위 몇 명이 곧바로 달려가 인간 사다리를 타고 담을 넘어 추격했다.

가일이 일어나 호기의 시신 옆으로 가보니 화살이 그의 가슴을 관통해 몸이 땅에 박혀 있고, 그의 몸에서 흘러나온 피로 주위 땅이 흥건히 젖어 있었다. 보아하니 호기는 더 이상 살 가망이 없었다. 그가 고개를 가로저으며 잰걸음으로 앞마당으로 걸어갔다. 그곳에 있던 하인도 이미 죽은 채 쓰러져 있었다. 그를 지키던 효위 역시 화살이 목을 관통한 상태였다.

손몽이 치를 떨며 말했다.

"네놈을 잡기만 하면, 사는 게 죽는 것만 못하게 만들어주마."

가일이 화살을 뽑아 보니 모양과 길이, 무게가 모두 호기를 죽인 그 화살과 똑같았다. 그런데 두 사람의 상처를 자세히 살피고 두 시체의 거리를 따져보던 가일의 표정이 심상치 않았다.

손몽이 물었다.

"왜요? 뭔가 알아냈어요?"

"효위와 하인의 시체 두 구가 이렇게 가까운 걸 보면 동시에 죽은 게 분명하오. 게다가 이들은 호기보다 먼저 죽었소."

가일이 머리를 가로저었다.

"이건 뭔가 이치에 맞지 않소."

손몽이 수긍하듯 고개를 끄덕였다.

"맞아요. 궐장노는 화살을 장전하기까지 시간이 꽤 걸리죠. 자객이 먼저 누구를 죽였든 나머지 한 명이 그 상황을 보았다면 분명 반응이 있어야 했는데, 우리 역시 아무것도 알아채지 못했어요. 그렇다면 자객이 동시에 두 개의 궐장노를 발사했거나, 자객이 한 명이 아니라는 결론이 나올 수밖에 없네요. 하지만 후원에서 우리가 본 건 분명 자객 한 명과 궐장노 한 개뿐이었어요."

"어쩌면 우리가 그렇게 생각하도록 만든 것일 수도 있소."

손몽이 고개를 갸우뚱거리며 물었다.

"그게 무슨 말이죠?"

"만약 아까 두 개의 궐장노에서 화살이 동시에 발사되었다면 나는 이미 죽은 목숨이었을 거요."

가일이 말했다.

"게다가 이해가 되지 않는 점이 하나 더 있소. 그가 이 하인까지 죽인 걸 보면 우리가 막 호기를 찾았을 때 그의 입을 막을 시간이 충분히 있었소.

그런데 왜 호기가 모든 사실을 거의 다 말할 때까지 기다렸다가 손을 썼을 것 같소?"

"그 자객이…… 사실은 당신을 죽이거나 사건 조사를 막을 의도가 없었다는 건가요?"

손몽이 느끼기에도 이치에 맞지 않았다.

"그럼 뭐 하러 온 거죠? 왜 굳이 사람을 죽인 거죠?"

"나도 그 점이 이해가 안 되오. 굳이 그 이유를 찾아내자면 한 가지 가능성밖에 없소."

가일이 쓴웃음을 지었다.

"그게 뭐죠?"

"이 자객은 내가 계속 사건을 수사하고, 호기의 입에서 원하는 답을 찾기를 바란 것이오. 다만 호기 입을 통해 다른 것을 추론할 만한 정보가 너무 많이 새어 나가기를 원하지 않았을 테지. 그래서 그를 죽여버린 것이오."

가일이 말을 이어갔다.

"사실 호기가 도망치지 않은 것도 예상 밖이었소. 지금 와서 생각해보니, 이 일들을 발설하게 하려고 일부러 그의 목숨을 살려준 것이 아닌가 싶소."

"그런 식으로 군의사가 뒤에서 술수를 부리고 있다는 것을 알게 됐다고 쳐요. 하지만 그게 군의사 쪽에 무슨 이득이 되죠?"

"맞는 말이오. 그게 군의사에 무슨 이득이 되지? 사실 나도 이해가 잘 되지 않소."

소한이 책상 앞에 앉아 장부를 뒤적이며 흡족한 미소를 지었다. 그의 경화수월에서 드디어 이익이 나기 시작했다. 비록 예전과 비슷한 수준이지만, 그는 길게 잡아 반년이면 이윤이 배로 뛸 거라고 자신했다. 이것 말고도 그가 매입한 도박장은 내부를 새롭게 단장하고 구색을 잘 갖춰놔서 그런지 손님이 눈에 띄게 늘어났다. 게다가 취선거는 이미 무창성에서 가장 잘나가는 음식점이 되었다. 방에서 식사를 하고 싶으면 적어도 사흘 전에 예약을 해야 할 정도였다.

소한은 자신이 장사에 천부적 소질이 있다는 생각이 들었다. 하지만 자신의 출신이 미천하고 상인의 지위가 낮다 보니, 지금이야 잘나간다 해도 언젠가 세도가 탐관오리들의 먹잇감이 되기 쉬웠다. 그들이 교묘한 수법으로 그의 돈을 빼앗으려 든다면 그가 아무리 잔꾀를 부려 빠져나가려 한들 결국 당하는 수밖에 없었다. 그래서 그는 어쩔 수 없이 든든한 뒷배를 찾아야 했다. 지금 가일이라는 뒷배는 꽤나 든든하게 그의 방패막이가 되어주고 있었다. 가일의 동의를 얻은 후 그는 가일을 대신해 명함 10여 개를 근사하게 만들어 가게 세 곳에 두었다.

지금까지 여러 패거리가 찾아와 행패를 부리기도 했지만, 다들 이 명함에 쓰인 해번영 익운교위라는 글자를 보는 순간 꼬리를 내리고 얼른 줄행랑을 쳤다. 물론 이것은 표면적으로 드러난 일에 불과하고, 암암리에 이곳을 노리는 자들이 훨씬 많았다. 그러나 소문이 이미 퍼져 나간 이상, 이 세 가게를 건드리려면 가일이라는 존재를 고려하지 않을 수 없게 되었다. 평소 세도가 관리들에게 해번영은 쉽게 건드릴 수 있는 대상이 아니었다. 게다가 권세가 있는 자들이라면 가일이 오왕의 심복이라는 정보를 이미 손에 넣었을 테니, 이 세 가게를 건드려 그와 적이 되는 일을 만들 리 없었다.

그래서인지 지금까지 그의 가게는 별 탈 없이 승승장구하고 있었다. 소한은 매월 말 이윤의 4할을 가일의 몫으로 떼어놓았다. 사실 이것 때문에 진전에게 몇 차례나 귀에 못이 박이도록 불평을 들어야 했다. 그는 가일이 아무것도 하지 않고 태평도를 조사하는 일까지 자신들에게 맡기는 판에, 이윤의 4할을 가져가니 욕심이 끝이 없다며 화를 냈다. 그럴 때마다 소한이 인내심을 가지고 잘 설명을 해주었지만 진전의 귀에 그 말이 들어올 리 없었다. 게다가 며칠 전에 가일이 데려다놓은 공짜 손님이 매일 술안주를 한상 가득 주문해 다 먹어치운다며 불만이 이만저만이 아니었다.

"진풍이라는 그 대협은 도대체 여기 얼마나 머무는 것이냐?"

소한이 장부에서 눈을 떼며 말했다.

"그리 오래 있지는 않을 것이오. 왜 그러시오?"

진전이 무슨 말을 하려다 이내 꾹 참으며 다시 입을 닫았다.

소한이 그 속내를 다 읽은 듯 웃으며 말했다.

"진풍이라는 자가 유협이라 말과 행동이 건들건들하고 거친 것이니, 속이 터져도 당분간 형님이 이해해주시오."

"그런 것 때문이 아니다. 그자의 성질이야 그럭저럭 괜찮으니 참을 만한데, 그리 먹고 마셔대면서 단 한 푼도 내지 않는 게 말이 되느냐?"

"그자가 가 교위의 벗이라면 우리의 벗이기도 한 셈입니다. 친구 사이에 그런 걸 너무 따질 수야 없지요."

소한이 말했다.

"아우야, 소문을 들어보니 가 교위라는 자가 음흉하고 교활하다고, 평판이 별로 안 좋더구나. 네가 친구로 지낼 만큼 믿을 만한 자라고 보느냐?"

진전이 걱정 가득한 눈빛으로 물었다.

"걱정 붙들어 매시오. 내가 태평도에서 빠져나온 지 하루 이틀 된 것도 아니고, 그 시간 동안 내내 누구를 사귀는 것이 가장 유리한지 고민해봤소. 가일은 성품과 도덕성은 물론이고 신분과 지위로 따져봐도 우리에게 딱 맞는 사람이 확실하오. 밖에서 사람들이 지껄이는 소리는 한 귀로 듣고 한 귀로 흘려버리시구려. 이 아우의 안목이 그들보다 낫지 않겠소?"

소한이 자리에서 일어났다.

"참, 그 장청이라는 자는 요즘 들어 수상쩍은 점이 없었소?"

"여전히 도단과 도박장을 오가며 지내고 있고, 별다른 점은 없었다. 네가 말한 대로 우리 쪽 도박장에 지시를 내려놨으니, 그자가 이기고 지는 것을 조작하는 것쯤이야 식은 죽 먹기지. 그런데 그자가 우리 도박장에 만족을 못 하는지, 최근 들어 몇 차례 다른 도박장을 찾더구나. 그리고 장부상에서 가일이 그에게 준 황금 열 냥 가운데 이미 일곱 냥 닷 돈을 환전해 갔고, 군주부의 손 낭자가 어제 사람을 시켜 황금 백 냥을 보내왔다.”

진전이 말을 이어갔다.

“아우야, 너야 듣기 싫겠지만, 내 이 말을 안 할 수가 없구나. 지금까지 장청이 별다른 소식을 전하고 있는 것도 아닌데, 그 큰돈을 그의 손에 쥐여 주는 게 억울하지 않느냐?”

소한은 아무 말이 없었다. 당초 삼원 도단을 조사하는 과정에서 내부 첩자로 쓸 만하다고 판단한 서너 명의 사람 중에서 장청이 가장 확신이 서지 않았다. 이자는 도박을 좋아하고 탐욕스러우며 전혀 신뢰할 만한 자가 아니었다. 각지 도단에서 들은 그의 평판도 그다지 좋지 않았다. 가일이 장청을 선택했을 때 소한은 자신이 우려하는 바를 솔직히 말했지만, 가일은 자신의 뜻을 굽히지 않았다. 당시 가일은 충분한 미끼만 있으면 그런 자를 마음대로 부릴 수 있으니 걱정할 것 없다고 했다. 그러나 문제는 충분하다는 것의 정의였다. 백 냥이 비록 거액이기는 하지만, 정말 충분히 많은 돈이라고 할 수 있을까?

“어쨌든 군주부의 돈을 쓰는 것이니 우리와 상관도 없는 일이오. 게다가 얼마 전에 그자가 삼원 도단에서 수상한 상자들을 발견하고 그 안에 무엇이 들었는지 우리에게 알려오지 않았소?”

소한이 다시 말을 이어갔다.

“이렇게 하는 게 좋겠소. 우리끼리 너무 장청에게 매달리지 말고, 사람을 써서 돌아가면서 감시하도록 합시다. 지금 성안의 대다수 태평도단이 문을 닫았다고 해도, 단속이 느슨해진 틈을 타 도단 사람들이 사방에서 다시 활

동을 시작했소. 형님도 시간이 나면 선물을 들고 그들을 찾아가 뭐 알아낼
게 없는지 얘기를 좀 나눠보는 게 좋을 것 같소."

"알겠다."

진전이 고개를 끄덕이며 말했다.

"근데 며칠 동안 생각해봐도, 너에게 이 말을 해야 할지 말아야 할지 판
단이 안 서는구나."

소한이 웃으며 말했다.

"우리 사이에 못 할 말이 어디 있다 그러시오? 그런 일로 괜한 앞뒤 재지
말고 어서 말해보십시오."

"가일이 사건을 마무리하고 나면 그자와 더 이상 얽히지 않는 것이 좋을
듯하다. 해번영의 일을 도와주는 일은 너무 위험하고, 너나 나나 피를 보며
사는 사람들이 아니지 않느냐? 그렇게 사는 건 우리랑 어울리지 않아."

소한이 더는 왈가왈부하고 싶지 않아 대충 원하는 대답을 들려주었다.

"알겠소. 이 일이 마무리되면 더 이상 그자와 너무 가까이 지내는 일은
하지 않겠소. 그때 가면 형님이 먼저 돈을 좀 가지고 시골로 내려가서 농사
를 지으며 기다리시구려. 나는 이 무창성에서 몇 년만 더 지내다 돈이 더
모이면 그때 형님 곁으로 가서 떵떵거리며 살 생각이오."

진전이 고개를 저으며 말했다.

"그건 안 된다. 우리 형제는 죽어도 같이 죽고 살아도 같이 살 것이니, 그
때가 되면 함께 갈 것이다."

"알겠소. 형님 말대로 하겠소."

진전이 나가는 것을 본 후에야 소한이 자리에서 일어나 있는 힘껏 기지
개를 켰다. 그가 창문을 밀어젖히고 고개를 내미니, 시원한 바람이 불어와
마음이 조금은 후련해지는 느낌이 들었다. 사실 진전이 없는 편이 일을 처
리하기에 훨씬 수월할 때가 많았다. 하지만 그는 진전을 버리겠다는 생각

을 한 적이 단 한 번도 없었다. 두 사람이 서로 의지하며 살아온 세월 동안, 만약 진전의 보살핌이 없었다면 그는 이미 굶어 죽거나 맞아 죽었을 것이다. 그러나 문제는 진전의 생각이 너무 순진하고 짧다는 것이다. 설사 돈을 손에 쥐었다 한들, 권세가 없으면 다 무슨 소용이겠는가? 시골로 내려가 떵떵거리며 마음 편하게 살겠다는 생각은 그야말로 망상에 지나지 않는다. 그들 같은 태평도 출신은 본래 근본이 깨끗하지 않아 권세를 믿고 횡포를 부리는 자들에게 재산을 빼앗기거나, 관청의 먹잇감이 되어 결국 모든 것을 잃게 된다.

성과 이름을 숨기고 남은 생을 조용하고 평범하게 살아가는 길도 물론 있을 것이고, 진전이 바라는 것도 그런 것일지 모른다. 하지만 소한은 그렇게 사는 것이 죽는 것보다 싫었다. 그는 무미건조하게 사는 것보다 늘 흥미롭고 재미있는 일과 사람들을 보고 겪으며 살고 싶었다. 늙고 병들어 자리를 보전하고 누웠을 때 떠오르는 생각이 고작 매일 반복되는 지루한 일상뿐인 인생을 살고 싶지 않았다. 당장 어떻게 되는 것도 아니니, 그때 일은 그때 가서 생각하면 되겠지. 만남이 있으면 헤어짐이 있기 마련이듯이, 생사를 함께한 형제라 해도 결국 각자의 길을 가는 날이 오겠지.

서로의 발목을 잡으며 힘들게 붙어 지내느니, 서로를 잊고 모른 체하며 지내는 편이 나을지도 모른다.

등 뒤에서 문을 두드리는 소리가 들려왔다.

"나리, 가 교위께서 진 대협과 상의할 일이 있어 찾아오셨는데, 가보셔야 할 것 같습니다."

소한이 하던 생각을 접고 대답했다.

"알겠다. 내가 가보마."

그가 방을 나오니, 저 멀리 회랑에 서 있던 진풍이 그를 향해 손을 흔들었다.

"어이, 소한! 이쪽이네."

진풍은 사교성이 좋아서인지, 요 며칠 취선거에 머물면서 이미 소한을 격의 없이 부르며 지냈다. 소한이 잰걸음으로 걸어가 진풍과 함께 방으로 들어갔다. 가일은 금로주(金露酒) 한 단지를 상 위에 내려놓던 중에 두 사람이 들어오는 것을 보자 웃으며 말했다.

"두 사람 다 먹을 복을 타고났군. 오늘 북방에서 온 좋은 술인데, 같이 마셔보세."

가일이 단지 주둥이에 씌워진 뽕나무 껍질로 만든 종이를 뜯어내고 잔 세 개에 그 술을 가득 따라 건넸다.

"북방의 술은 강동 것보다 독하니, 입맛에 맞을지 모르겠네."

그는 잔을 들어 단숨에 다 마셔버리고 상 위에 빈 잔을 탁 소리 나게 내려놓았다. 소한은 술잔을 들어 한 모금 맛본 후 바로 미간을 찌푸렸다. 그러나 이내 아무 말 없이 술을 입 안에 털어 넣고 소매로 입가를 닦았다.

진풍은 목을 젖히고 절반만 마셨는데도 목구멍에서 복강까지 화끈거리고 따끔한 느낌이 들어 사레가 들린 듯 기침을 토해냈다. 그는 가일과 소한이 한 잔을 다 마신 것을 보자마자 결심한 듯 눈을 감고 남은 술을 몽땅 입에 털어 넣었다. 그가 탁 소리가 나게 술잔을 내려놓으며 큰 소리로 칭찬을 했다.

"술맛이 끝내주네! 사내대장부라면 이 정도 술은 마셔줘야지!"

가일이 미소를 지으며 술 단지를 들고 다시 술잔을 다 채웠다.

"나와 이 금로주의 인연이 말하자면 아주 깊다네. 조조가 살아 있을 때 조식이 조인(曹仁)을 따라 함께 번성으로 가서 관우와 대적하고자 했지. 그런데 조식이 출정을 앞두고 술에 잔뜩 취하는 바람에 부대가 그를 기다리다 시간을 지체하게 되었네. 그러자 조조가 그에게 크게 실망했고, 조비가 그 틈을 타 세자 자리를 굳건히 할 수 있었지."

진풍이 절로 탄식을 내뱉었다.

"항간에 떠돌던 소문이 거짓이 아니었군. 그런데 그게 자네와 무슨 관계가 있다는 건가?"

"그때 가 교위는 진주조에 있었네. 듣자 하니 조식이 세자비 견락이 가져온 금로주를 마시고 대군이 출정할 때까지도 깨어나지 못했다지? 그런데 그 이면에 또 다른 사연이 있었던 게군."

소한이 담담하게 말했다.

"그 말은, 당시 자네가 그 술에 뭔 짓이라도 했다는 것인가?"

진풍이 눈을 부릅뜨며 말했다.

"정말인가?"

"만약 그 일이 일어나지 않았다면 조식도 세자 싸움에서 그리 처참하게 패하지는 않았을 테지. 어쩌면 조조가 죽고 난 후 조비와 한 판 겨루다 원담(袁譚)과 원상(袁尙), 유기(劉琦)와 유종(劉琮)처럼 조씨 가문도 형제의 난으로 그렇게 무너져 내렸을지도 모를 일이지."

소한이 비꼬듯 말했다.

"어떤 의미에서 보면 가 교위가 천하의 대세를 바꾼 셈이군."

가일이 고개를 가로저었다.

"조조는 한 시대를 이끈 효웅이니, 원소나 유표(劉表)와 똑같은 실수를 범할 자가 아니네. 설사 조식이 술에 취하는 일이 벌어지지 않았다 해도, 그가 죽기 전에 뒷일을 모두 준비해두었을 테지. 게다가 조비 역시 만만히 볼 자가 아니네. 물론 조식은 당세의 재자(才子)이기는 했으나, 풍류를 알고 호방할 뿐 음모와 계략, 권력과 이익을 다투는 방면으로 절대 조비의 적수가 될 수 없네. 천하의 대세는 세월이 흐르고 나면 무수한 우연이 모여 만들어진 필연과도 같고, 그중 하나의 우연이라도 없었다면 완전히 다른 쪽으로 방향이 틀어졌을 것처럼 보이지. 그러나 사실 반드시 그런 것도 아니네.

천하대세는 아주 강한 관성을 가지고 있어서, 설령 그중 하나의 우연이 빠졌다 해도 또 다른 우연이 그 자리를 채우면서 결국 그 방향으로 집요하게 몰고 가는 경향이 있거든."

"그러니까 천하의 대세를 바꾸는 일이 결국 가망이 없다는 말인가?"

소한의 눈빛이 반짝였다.

"다 그런 것도 아니라네. 우연이 넘쳐나면 천하대세 역시 변할 가능성이 생기는 것이겠지."

가일이 의미심장한 대답을 했다.

진풍이 입을 다물지 못하고 한참을 멍하니 서 있다 말을 꺼냈다.

"그런 알다가도 모를 얘기를 백날 한다 한들 나는 전혀 관심이 없네. 누가 황제가 되든 말든, 우리 같은 백성들이 하루하루 먹고살아야 하는 현실은 똑같은 거 아니겠는가?"

"맞는 말이네. 역시 진 대협이 제대로 봤군."

가일이 잔을 들었다.

"자, 벗들끼리 다시 한잔 쭉 들이키세."

가일이 또 술잔을 비웠다. 소한이 씩 웃으며 술잔을 들고 쭉 들이켰다. 진풍은 방금 마신 술로 목구멍과 속이 화끈거리며 쓰라렸지만, 약한 모습을 보여주기 싫어 눈을 질끈 감고 또 한 잔을 들이켰다. 두 번째로 독한 술이 들어가자 온몸이 타는 듯 뜨거워지고 순간적으로 몸이 휘청했다. 가일이 또다시 술잔을 들자 진풍이 얼른 그를 막으며 말했다.

"잠깐! 이렇게 좋은 술을 안주도 없이 급히 마시기만 해서야 되겠는가?"

"그도 그렇군."

소한이 상 위에 있는 종을 울리자 얼마 후 하인의 목소리가 들렸다.

"나리, 시키실 일이라도 있으십니까?"

"주방에 가서 새로운 요리를 몇 개 내오라 하거라."

하인이 나가고 나자 진풍이 눈을 부릅뜨며 말했다.

"새로운 요리가 또 있었다는 건가? 자네 정말 이러긴가? 내가 이곳에서 며칠째 공짜로 먹고 자는 동안 벽에 붙어 있는 요리를 모두 시켜 먹었는데, 이런 식으로 진짜배기를 따로 숨겨놓았던 건가?"

소한이 헛기침을 하며 설명을 했다.

"진 대협, 벽에 걸려 있는 그 음식들은 모두 우리 가게에서 가장 자신 있게 내놓는 요리이고, 내가 방금 내오라 한 것은 요리사들이 새로 내놓으려고 준비 중인 것들이라 아직 완벽하지가 않네. 서둘러 상에 올렸다가 괜히 우리 가게 이름에 먹칠이라도 하면 어쩌겠는가?"

진풍이 물었다.

"아직 완성된 것도 아니라면서 왜 하필 지금 내놓는 것인가?"

"때마침 두 사람이 와 있으니 입맛에 맞는지도 보고, 이런 저런 평도 해 주면 조금씩 문제점을 고쳐나갈 생각이네."

한창 이야기를 나누는 사이에 하인들이 음식을 상 위에 모두 차려놓았다. 가일이 쭉 둘러보니 닭과 생선 요리, 그리고 누에콩 한 접시가 전부였다. 진풍이 웃으며 말했다.

"무슨 산해진미라도 올라오는 줄 알았더니, 이게 전부인가?"

소한이 대답했다.

"일단 맛을 보고 얘기하게."

진풍이 누에콩을 하나 집어 입에 넣고 몇 번 씹어보니, 지금까지 느껴본 적이 없는 향이 이 사이로 퍼지며 마치 멋진 비경 속을 유유히 걷고 있는 듯한 기분이 들었다.

누에콩 하나를 꼭꼭 다 씹고 나서도 혀로 이를 한번 훑으며 떠나보내기 아쉬운 듯 삼켜야 했다.

진풍이 입을 닦으며 감탄을 금치 못했다.

"이게 누에콩인가? 내 스무 해를 넘게 사는 동안 이렇게 맛있는 누에콩은 처음 먹어보네."

소한이 웃으며 말했다.

"그야 당연하네. 전 왕조 때 장건(張騫)이 서역에서 누에콩을 가지고 들어온 후에 보통 소금물에 삶거나 약한 불에서 굽는 식으로 이 콩을 먹었지. 하지만 우리는 교주의 정향, 익주(益州)의 계피와 붉은고추, 형주의 회향 등 몇 가지 향료를 정성껏 배합해서 약한 불에 삶아 만든 것이라네."

"정향? 계피? 또 뭐라 했는가?"

진풍은 그 맛의 유혹을 참지 못하고 또 누에콩을 집어 입에 넣었다.

"이 향료들은 꽤 비싸지 않은가?"

"잘 아는군. 이 누에콩을 삶는 데 드는 향료로 누에콩을 열 근은 넘게 살 수 있다네."

소한이 싱긋 웃으며 말했다.

진풍이 하나를 집어 가일의 손에 쥐여주며 말했다.

"자, 얼른 먹어보게, 이곳에서나 맛볼 수 있는 귀한 것이니. 이런 건 먹어봐야 하네."

가일이 누에콩을 집어 들고 한참을 들여다보고 나서야 입에 넣었다. 그가 고개를 끄덕이며 맛을 칭찬했다.

"확실히 맛이 좋군. 얼마에 팔 생각인가?"

"아직 생각중이네. 하지만 한 가지 확실한 건, 맥적보다 비쌀 것이네."

"음식 하나로 온 세상을 먹는 기분이 들겠군."

가일이 말했다.

"이제 이 삶은 누에콩으로 취선거의 명성을 더 높이고 싶은 건가? 하나……."

"하나 결국 지나치게 비싼 가격 때문에 시키는 사람이 별로 없을 테니,

더 많은 돈을 벌기는 어려울 테지. 그래서 이 누에콩 요리를 만드는 비법을 알려줄 생각이네."

소한이 씩 웃으며 말했다.

"소한, 미쳤는가?"

진풍이 황당한 듯 물었다.

그러나 가일은 잠시 그의 말을 곱씹어보더니 이내 고개를 끄덕였다.

"과연 장사꾼답군. 장사로는 내 자네를 따라갈 수가 없겠네."

"맞는 말이네. 가 교위는 사건 수사에 일가견이 있고, 나는 돈 버는 데 재주가 있으니 말일세."

소한이 웃으며 말했다.

"배합 비법은 향신료 한두 개의 맛이 살짝 덜 나게 하는 식으로 약간 다르게 알려주게 될 것이네. 그런 후에 이 몇 가지 향신료를 가루로 만들어 취선거에서 대량으로 팔아 폭리를 취하고, 오로지 무창성, 아니 강동 전체, 오나라 땅에서 웬만큼 사는 이들이 모두 이 누에콩을 먹을 수 있게 만들 것이네."

옆에서 듣고 있던 진풍은 눈이 휘둥그레진 채 입을 다물지 못했다.

"나머지 두 요리 중 닭고기는 소금에 절였고 생선은 기름에 튀겨, 늘 먹던 닭튀김이나 생선찜과는 완전히 다른 맛이 날 거네. 물론 이 요리의 비법은 절대 외부에 알려주지 않을 생각이네."

소한이 술잔을 들었다.

"자, 다 같이 한잔 하세."

세 사람이 술잔을 부딪치고 또 한 번 쭉 들이켰다. 진풍은 술에 취해 이미 혀가 풀려버렸고, 몽롱한 눈빛으로 닭다리를 한 입에 베어 물며 그 맛에 반해 또 칭찬을 아끼지 않았다. 가일이 생선을 한 점 집어 음미해보니 껍질이 바삭하고, 어육은 입에 들어가자마자 녹을 만큼 부드럽고 은은하게 단맛이 풍겼다. 그가 술잔을 가득 채우며 기분 좋게 한마디를 했다.

"모처럼 자네가 신경을 써준 덕에 이런 훌륭한 요리로 진 대협의 송별회를 할 수 있게 되었으니, 이 자리가 더 빛나는 것 같네."

진풍은 맛있게 닭고기를 씹고 있다가 갑자기 '송별회'라는 말을 듣는 순간 하마터면 사레에 걸릴 뻔했다. 그가 먹던 고기를 퉤 뱉어내며 다급하게 소리쳤다.

"잠깐! 송별회라고? 내가 갑자기 어디로 간단 말인가?"

"요 며칠 동안 일어난 일을 자네들도 잘 알 걸세. 이건 결코 단순한 살인 사건이 아니고, 그 뒤에는 태평도와 군의사가 버티고 있네. 소한은 출신을 씻기 위해 어쩔 수 없이 이 일에 가담했다 쳐도, 진 대협은 사건과 별로 관계가 없네. 지금 호기가 이미 살해당했으니, 만에 하나 그 화가 진 대협에게도 미친다면 내 면이 서지 않을 것 같네. 이 식사 자리는 진 대협이 며칠 동안 감옥에 갇혀 지내게 한 것을 사죄하는 의미이자 송별회를 겸해 마련한 것이니 맘껏 들게."

소한이 아무 말 없이 술이 담긴 잔 세 개를 각자 앞에 슬쩍 밀어놓으며 눈을 살며시 감고 마음의 준비를 했다.

진풍이 탁자를 치며 벌떡 일어났다.

"이보게! 이건 나를 무시하는 처사네! 아무리 험난하고 위험한 상황에서도 나 진풍이 두렵다고 피할 자로 보이는가?"

가일이 그를 진정시켰다.

"진정하게. 난 자네가 겁을 먹을까봐 그리 말한 것이 아니네. 상관없는 일에 휘말려 위험한 상황에 내몰릴까봐 그러는 것이네."

"왜 상관없는 일인가? 내가 누군가 꾸민 사기극에 걸려들어 자네에게 복수를 하러 찾아왔는데도 상관이 없다고 할 수 있는가? 나는 도대체 누가 배후에서 나를 속인 것인지 밝혀내기로 마음을 굳혔네. 이런 비열한 소인배는 우리가 합세해서 잡아내 흠씬 두들겨 패줘야 내 직성이 풀린단 말일세! 그러지 않으면 내 체면이 구겨지니, 앞으로 무슨 낯짝으로 강호를 활보하고 다닐 수 있겠는가?"

진풍이 분을 참지 못하며 말했다.

"이 일에 나도 이미 발을 담근 셈이니, 차서 내쫓을 생각일랑 꿈도 꾸지 마시게!"

소한이 손등으로 진풍을 치며 앉으라는 시늉을 했다.

"가 교위, 어차피 다들 이 일에 연루되어버린 판에, 이제 와서 발을 빼라는 게 말이 되나? 설사 우리가 이 일에서 빠지고 싶다 한들 그쪽에서 우리를 가만둘 거라는 보장도 없지 않은가? 그럴 바에야 좀 더 조심하며 하루라도 빨리 진실을 밝히는 것이 진짜 위험에서 벗어나는 지름길일 듯싶네."

가일은 고민에 빠진 채 아무 말이 없었다. 진풍이 술잔을 들고 큰 소리로 외쳤다.

"어찌 이리 답답한가! 이게 무슨 주저할 거리라도 되는가?"

"좋네. 이리된 이상 나도 더 이상 이러쿵저러쿵하지 않겠네."

가일이 술잔을 들었다.

"자, 이 술을 마시고 다 같이 한마음으로 귀신을 가지고 농간을 부리는 자들을 색출해 일망타진하세!"

취선거에서 나왔을 때 진풍은 이미 고주망태가 되어 있었다. 가일과 소한은 그를 객방까지 데려다준 후 헤어졌다. 밖은 이미 어두컴컴해져 있었고, 입구에는 언제나처럼 갑옷을 입은 효위 여섯 명이 손을 장검 위에 얹은 자세로 그를 기다리고 있었다.

그런데 뜻밖에도 손몽 역시 그곳에 서 있었다.

가일이 작은 천에 싸인 물건을 손몽의 손에 쥐여주었다.

"먹어보오."

손몽이 의심스러운 눈빛으로 그것을 풀어보니 누에콩이 한 움큼 나왔다. 그녀가 실망스러운 듯 말했다.

"무슨 근사한 물건인 줄 알았더니, 고작 이거예요? 이게 무슨 귀한 물건이라도 돼요?"

그녀가 한 알을 집어 입에 넣고 몇 번 씹더니 고개를 갸우뚱하며 호기심 어린 눈빛으로 그를 쳐다봤다.

"이게 뭐죠? 어쩜 이렇게 맛있어요?"

"소한이 만든 것이오. 지금은 취선거에서만 맛볼 수 있다오."

손몽이 한 움큼 집어 든 후 나머지를 효위들에게 넘겼다.

"다들 맛 좀 보거라. 정말 맛이 끝내주는구나."

"왜 이리 늦은 시각에 날 찾아왔소? 무슨 일이 있소?"

가일이 물었다.

"밤에 돌아오지 않고 경화수월로 갈까봐 그러죠."

손몽이 장난스럽게 웃으며 말했다.

가일이 헛기침을 했다.

"사실 그곳은 당신이 생각하는 것처럼 그런 곳이 아니라 노래를 듣고 춤을 보는 곳에 불과하오."

"그렇게 말하는 걸 보니, 벌써 가본 거죠?"

"그건 아니오. 나 역시 소한한테서 들었소."

가일이 난감해 어쩔 줄을 몰라했다.

"그건 됐고, 손 군주께서 성으로 돌아와 당신을 만나고 싶어 하세요. 지금 당장요."

"손 군주께서?"

가일은 당황스러웠다. 손상향은 줄곧 성 밖에서 사냥을 하며 지내다 지존의 부름을 받고 무창으로 돌아왔었다. 하지만 여전히 성 밖에 있는 저택에서 거의 스무 날 정도를 머무르고 있었다. 오늘 성에 들어와 가일을 보고자 했다면 사건 수사가 얼마나 진척되었는지 물어볼 요량일 것이다. 가일은 장순의 그 목함을 건넬 때부터 무언가 변화가 시작되었다는 것을 어렴풋이 느끼고 있었다. 그전까지 손권은 이 일련의 사건에 대해 관심을 두며 이를 계기로 성안의 태평도를 소탕할 생각이었다. 그가 도단을 봉쇄하고 도사와 신도들을 잡아들이거나 죽이자, 그야말로 폭풍 전야와 같은 분위기가 성안을 감쌌다. 그런데 목함을 건넨 후부터 태평도를 소탕하던 기세가 서서히 꺾이기 시작했다. 비록 금령은 여전히 시행 중이었지만 예전만큼 힘을 발휘하지 못했다. 가일은 손권이 '건안 5년'을 보았을 때 그의 얼굴에 드러났던 미묘한 변화를 떠올리며 깊은 생각에 잠겼다.

이 일련의 기괴한 급사 사건과 건안 5년의 유일한 연결 고리는 바로 진적 사건이었다. 그때와 마찬가지로 온몸에 피가 응고되고 우길의 주술에 걸려 죽는 등 상식적으로 믿을 수 없는 일이 똑같이 일어났다. 한선이 전한 소식에 따르면 지금의 이 사건들은 촉한 군의사가 태평도와 연합해 벌인 일이고, 그 목적은 아직 확실하지 않지만 건안 5년과 관련이 없다고 했다. 어쨌든 건안 5년에 '의대(衣帶)에 숨긴 황제의 비밀 조서 사건'이 발생했고, 유비는 여전히 다른 사람의 울타리 안에서 지내며 원소와 유표 사이에서 고군분투하고 있었다. 군의사는 당시 존재하지 않았고, 유비도 진적 사건에 개입할 틈이 없었다.

도위 부인 오민, 객조연 장순, 주부 임조에 이르기까지, 이 세 사람은 모두 이른바 우길의 주술에 걸려 죽었다. 오민의 거처에서 육연과 나는 다시 살아난 시체의 습격을 받았고, 절체절명의 순간에 육연이 화유탄을 이용해 여자의 시체를 태웠다. 장순의 시체도 시변이 일어날까봐 겁을 먹은 해번영 도위의 손에 불타버렸다. 임조의 시체는 의장에 이레 동안 방치해뒀지만 결국 시변이 일어나지 않았다. 왜 똑같이 주술에 걸려 죽었는데 누구는 시변이 일어나고 누구는 안 일어나는 것일까? 건안 5년 진적의 시체에는 과연 시변이 일어났을까?

가일은 귀신의 존재를 믿지 않지만, 이 일련의 살인 사건이 상식적으로 이해가 가지 않는 것도 사실이었다.

그러나 그 실체만 알면 분명 상식적인 설명이 가능해질 것이다. 어릴 때 허도에서 그 역시 아무 상처도 내지 않았는데 피가 흘러나오거나 맹물을 술로 바꾸는 등의 마술을 본 적이 있었고, 막상 비밀을 알고 나니 너무나도 단순한 눈속임에 불과했다. 지금이야 피가 어떻게 응고되었는지 아무런 단서도 찾지 못하고 있지만, 임조의 위벽에서 발견한 그 형광 가루와 관련이 있을 가능성이 높았다. 다행히 한선이 뒤에서 도움을 주고 있으니, 그 뛰어난 능력자들이 그를 실망시킬 리 없었다.

이런 불가사의한 일은 일단 제쳐두고 단지 그것을 평범한 사건으로만 바라본다면, 지금 손에 쥔 명확한 단서는 태평도와 육씨 가문의 문신 이 두 가지뿐이었다. 태평도와 관련해서는 소한의 도움을 받아 이미 삼원 도단을 예의주시하고 있다. 당초 손몽이 그곳을 일망타진하자고 주장했지만, 가일은 긴 낚싯줄을 놓아 큰 물고기를 잡을 작정이었다. 가일은 겉으로 드러난 태평도가 아니라 그 뒤에 숨어 있는 진짜 실체 군의사에 주목했다. 비록 군의사가 어떤 수단으로 우길의 부활을 꾸몄는지 아직 알 길이 없지만, 그들이 천화강자와 세 건의 살인 사건을 일으켜 일부 도단의 신뢰와 맹신을 얻어내는 데 성공한 것만은 확실했다. 이때 삼원 도단은 물론 성안의 모든 태평도단을 토벌하는 것은 그들을 양지에서 음지로 밀어 넣어 수사를 더 힘들게 만들 뿐이었다. 지금 장청을 내부 첩자로 매수해놓은 이상, 태평도의 동향은 이미 가일의 손안에 있었다. 그들이 최근 작룡진에 필요한 물건을 구매한 것만 봐도 이미 거의 모든 준비가 끝난 듯했다. 그런데 우길이 그 후 한 번도 도단에 나타난 적이 없었다. 이제 우길을 잡기만 하면 그 뒤에 숨어 있는 군의사의 실체를 파악할 수 있을 것이다.

반면에 육씨 가문 쪽은 골치를 좀 썩는 중이었다. 문신의 진위가 밝혀지지 않았고, 우청은 속마음을 털어놓는 척하며 여전히 그에 대해 앙심을 품고 있었다. 그의 허튼소리들은 가일과 육씨 가문의 갈등을 더 부추기려는 수작이 분명했다. 오왕 손권은 사람을 조종하는 능력이 뛰어나, 표면적으로는 가일을 신임하는 것처럼 대하지만, 암암리에 가일에게 앙심을 품은 우청을 이용해 지난 2년 동안 끊임없이 감시를 해왔다. 만약 한선의 정보가 없었다면 그 사실을 알기까지 참으로 먼 길을 돌아가야 했을 것이다. 지금의 관건은 육씨 가문이 도대체 이 일련의 사건과 무슨 관계가 있는지, 그들을 믿어도 되는지 여부였다. 세도가 자제 육연은 똑똑하고 능력도 갖춘 인재로, 오만하기는 하지만 인품은 그럭저럭 괜찮은 편이었다. 만약 그가 백운관에서 그 도사의 몸에 새겨진 육씨 가문의 문신을 알아보지 못했다면 육씨 가문이 이 일에 연루되는 일도 없었을지 모른다. 그 말은 이 일련의 사건이 시작되었을 때 그는 전혀 관련이 없었다는 의미이기도 했다. 그러나 시체를 육씨 가문으로 운반해 간 후 가일은 매복의 습격을 당했고, 그 자들의 몸에서도 그 집안 사병의 문신이 나왔다. 그런 기막힌 우연이 가일의 의혹을 불러일으켰다. 뒤이어 육연은 혐의를 벗기 위해, 육씨 가문이 관여하지 않았고 이미 영남으로 사람을 보내 조사 중이라고 방어적 입장을 취했다. 이런 말을 믿든 안 믿든, 가일은 육씨 가문에 대해 수사를 진행할 방도가 없었다. 그 집안의 가주 육손이 동오의 병력 절반을 이끌고 이릉에서 유비의 대군과 맞서고 있고, 오왕도 육씨 가문을 함부로 건드릴 수 없는 판에 고작 해번영 교위가 할 수 있는 일은 더더욱 없었다.

이 두 개의 드러난 단서 외에도 가일은 비밀리에 조사 중인 또 다른 단서 두 가지를 손에 쥐고 있었다. 그중 하나는 소한에게 조사를 맡겼고, 나머지 하나는 진풍이 조사 중이었다. 그러나 이 두 가지 단서가 어떤 결과를 도출해낼 수 있을지 가일도 자신이 없었다. 잠시 후 손 군주가 묻는다면 일단 묻어두는 편이 나았다.

"며칠 전에 진적의 호첩(戶牒)을 조사하겠다고 효위들을 데리고 도위부로 갔다가 허탕을 쳤다면서요? 무창성은 변경에 있는 성이고 지난 몇 년 동안 떠도는 사람들의 왕래가 잦아서, 호적을 정리하고 관리하는 일이 제대로 이루어지지 않았어요. 일반인이라면 이런 상황에 속수무책이겠지만 나라면 다 방법이 있죠. 내가 오왕부에 아는 사람을 찾아가서 지금까지 왕을 호위했던 친위대의 명부를 확인하고 왔거든요. 진적은 오군(吳郡) 부춘(富春) 출신으로 선주와 동향인 데다, 흥평(興平) 2년에 근위병에서 왕의 호위로 발탁이 됐어요. 그는 사람됨이 충직하고 성실해서 주변의 평판도 아주 좋았어요. 그런데 건안 4년에 죄를 짓고 궁에서 쫓겨나 상인으로 전락하게 됐더군요."

가일이 고개를 끄덕였다.

"그 말을 듣고 보니 육연이 정확한 소식통이 맞긴 한가 보오. 아, 그때 임조가 진적에게 어가를 호위하라고 소리친 것 말고도, 장순의 이름을 부른 것 같은데……."

"나도 그 점이 마음에 걸렸어요. 그래서 진적을 조사할 때 그 사람에 대해서도 좀 알아봤죠. 내가 뭘 알아냈는지 알아요?"

가일이 물었다.

"장순도 선주의 호위를 맡았던 거요?"

"아뇨. 장순은 선주의 수군서좌(隨軍書佐)였어요. 그 역시 건안 4년에 궁에서 쫓겨나 무창에서 현령의 막료로 지내다가 객조 조연 자리에 올랐어요."

아주 가느다란 실 한 올이 임조가 말한 그 몇 마디를 하나로 꿰어내면서 가일의 추측을 점점 확실하게 만들어주었다. 건안 5년 선주 손책은 조조와 원소가 관도에서 대치하는 틈을 타 비밀리에 군대를 결집시켜 북상했다. 그는 허도를 기습해 한제를 모셔오려 했으나 단도산(丹徒山)에서 자객을 만나 암살당하고 말았다. 같은 해 진적이 무창성에서 우길에 대해 불손한 말을 한 후 아무 이유 없이 급사했다. 이 사건에 세 사람이 연루되어 있는데, 그중 한 명은 당시 무창현 현령의 막료 장순이고, 또 한 명은 무창 도위부 주부 임조, 남은 한 명은 바로 무창 도위 육적이었다. 그리고 20년 안팎이 지난 후 비슷한 사건이 또 일어났다. 한 명은 살해당했고, 한 명은 미쳤으며, 또 한 명은 병으로 죽었다. 가일은 이상한 냄새를 맡았다.

군주부에 도착하자 가일은 고개를 들어 입구에 걸려 있는 10여 개의 대오리 등롱을 쳐다봤다. 그 불빛이 주위를 대낮처럼 환하게 밝히고 있었다. 이것은 딱 봐도 손상향이 지시한 게 분명했다. 그녀가 돌아오기 전만 해도 입구에 걸린 등은 고작 두 개뿐이었다. 사실 불빛이 필요하면 등 두 개로도 충분했다. 그럼에도 이렇게 열 개가 넘게 걸어놓은 걸 보면, 위엄과 풍채를 드러내고 싶은 마음이 작용했을 것이다. 지난 수년 동안 손상향은 일을 벌이기 좋아하고, 재물을 아끼지 않으며, 거만하며 자긍심이 강하고, 마음먹은 바를 꼭 해야 직성이 풀린다는 인상을 남겼다. 그녀는 해번영 도독 자리에서 물러난 후 자주 성 밖으로 사냥을 나갔고, 정무에 참여하는 일이 거의 없었다. 오왕 손권이 자신의 여동생을 여전히 두둔하고 있지만, 손상향이 이미 권력의 핵심에서 멀어졌다고 보는 사람들이 적지 않았다. 심지어 누군가는 내우외환의 시기에 손상향의 사치가 극에 달하고 자주 외유를 즐기니 민심이 돌아서고 있다는 상소문을 올리기도 했다.

그러나 오왕은 그런 글을 보고도 그저 담담히 웃어넘길 뿐, 크게 신경 쓰지 않았다.

외부인은 간파하지 못했을지 모르지만, 가일은 제멋대로인 듯 보이는 손 군주가 그리 단순한 인물이 아니라는 것을 누구보다 잘 알고 있었다. 손몽을 따라 널찍한 문을 통과하자, 처음 와보는 군주부 대전이 보였다. 바닥에 호산석(湖山石)이 깔려 있고, 문과 창은 모두 청단목(靑檀木)으로 만들었으며, 담조차 한백옥(漢白玉)을 조각해 쌓아 올려 오왕부와 비교가 되지 않을 정도로 화려하고 압도적인 분위기를 자아냈다. 대전 정문 양측으로 갑옷을 입고 창을 든 효위 여섯 명이 각각 서 있고, 그 옆에서 시녀 한 명이 손을 모으고 서 있었다. 손몽이 시녀에게 고갯짓을 하자 그녀가 몸을 옆으로 돌려 문을 두드린 후 두 사람을 안으로 안내했다.

대전에 들어서는 순간 눈에 확 들어오는 것은 작열하는 듯한 붉은색이었다. 손상향은 허리띠를 매는 모양의 주홍색 연갑을 입고 있었다. 허리춤에 가늘고 긴 청천(淸泉) 장검을 근사하게 차고, 등 뒤로 화려하고 정교하게 만들어진 기다란 횡강(橫工) 활을 매고 있었다. 여기에 어깨에 걸친 촉나라 비단으로 만든 큼직하고 붉은 외투까지 어우러져, 그야말로 영웅의 늠름한 자태를 여지없이 보여주었다. 보통 여자들과 다르게 손상향은 정성 들여 화장을 하지 않았고, 머리도 간단하게 묶어 올려 관을 썼을 뿐 아무런 장식도 하지 않았다. 아직 멀리 떨어져 있고 처음 본 것도 아니었지만, 가일은 여전히 그녀에게서 범접하기 힘든 예기(銳氣)를 느꼈다. 그가 앞으로 두 걸음 걸어 나가 공수를 했다.

"소인 가일이 군주 전하를 알현하옵니다."

손상향이 차갑게 말했다.

"가일, 듣자 하니 자네가 독단적으로 황금 백 냥을 내어달라고 했다지?"

가일이 순간 고개를 돌려 손몽을 힐긋 쳐다봤다.

"난 분명 자네에게 물었는데, 왜 손몽을 쳐다보는가?"

손상향이 말했다.

"황금 백 냥이면 좋은 말 30필을 살 수 있는 돈이네. 누굴 믿고 이런 대담한 짓을 벌인 건가?"

"손 군주입니다."

가일이 웃으며 대답했다.

"군주께서 성 밖으로 사냥을 나가시기 전에 소관에게, 군주의 얼굴에 먹칠을 하는 일이 없도록 최선을 다해 직무를 수행하라고 지시하셨습니다. 지금 이 일련의 사건을 수사하려면 거금을 동원해서라도 내부 첩자를 매수해야 하니, 황금 백 냥은 아주 적절한 곳에 쓰이는 셈입니다. 하물며 돈을 주겠다고 약속만 했을 뿐 아직 건넨 것은 아니니, 군주께서 돈의 쓰임이 적합하지 않다 하시면 그 약속을 파기할 수도 있습니다."

"하! 자네가 이미 말을 뱉은 마당에 내가 그 돈을 다시 가져오라고 하면 나를 얼마나 인색한 사람으로 보겠느냐?"

가일이 웃으며 말했다.

"군주께서 그리 생각하신다면 소인도 어쩔 수 없이 군주의 뜻을 따를 수밖에요."

"결국 돌고 돌아 내가 내 발등을 찍게 만든 것인가? 그간 자네가 약삭빠른 장사치와 손잡고 기생집이며 도박장을 열어 정신없이 바쁘다 들었네. 돈도 꽤 많이 벌어들였을 텐데, 황금 백 냥을 왜 내게 요구하는 것인가?"

가일이 짐짓 놀란 척을 하며 말했다.

"저는 군주와 해번영을 위해 사건을 수사하고 있고, 이는 공무에 해당하니 군주께서 그 돈을 쓰시는 게 당연한 일이겠지요. 자기 돈으로 공무를 처리한다는 말은 지금껏 보지도 듣지도 못했나이다."

손상향이 정색을 하며 가일을 죽일 듯 노려보았다. 가일은 미소를 지으며 손상향의 시선을 되받아쳤다. 두 사람이 한참 동안 기 싸움을 벌이는데, 손상향이 돌연 '푸훕' 하고 웃음을 터뜨리며 한바탕 호통을 쳤다.

"네 이놈! 반년 만에 만났는데도 그 건방진 태도는 어찌 변한 게 하나도 없느냐? 됐다, 황금 백 냥은 거지한테 적선한 셈 치겠다."

가일은 미소만 지을 뿐 아무 말이 없었다. 눈앞의 이 손 군주는 상대하기에 오왕보다 훨씬 조심스러웠다. 어쨌든 그녀는 가일이 동오에서 기댈 수 있는 유일한 뒷배고, 오왕도 손상향의 천거가 아니었다면 가일을 받아들이지 않았을 터였다.

손상향은 대범하고 자유분방한 성격이라, 고지식하고 융통성 없는 사람을 싫어했다. 만약 오왕을 상대할 때처럼 지나치게 신중하고 조심스럽게 행동했다면 그녀의 마음을 사기 힘들었다. 사실 황금 백 냥은 씀씀이가 화끈한 손 군주에게 그리 큰 액수가 결코 아니었다. 그럼에도 그녀가 이 일을 언급했다는 것은, 농담처럼 가일과 말장난을 친 것에 불과할 확률이 훨씬 컸다.

손상향은 선홍색 외투와 횡강 장궁을 벗어 곁에 있는 시녀에게 건넸다. 그녀가 비스듬히 앉으며 물었다.

"얼마 전에 자네가 왕께 목함을 드렸다지? 어찌 된 일인가?"

가일이 대답했다.

"최근에 벌어진 몇 가지 사건을 알고 계십니까?"

"알고 있네. 그 사건에는 흥미가 없네. 내가 물어보고 싶은 건 목함에 적힌 '건안 5년'이라는 네 글자네."

"목함은 이미 죽은 객조연 장순의 부인 진예가 바친 것입니다. 그녀 말로는 장순이 죽기 전에, 만에 하나 무슨 변고라도 생기면 목함을 폐하께 전해달라고 했다더군요. 장순의 집에서 소인이 감히 목함을 열어보니, 그 안에 밀랍 환이 하나 들어 있을 뿐이었습니다. 그 당시에는 장순이 폐하께 전하고자 했던 것이 밀랍 환이라고 생각했습니다. 그러다 폐하께서 밀랍 환 속에서 찾아낸 것은 아무것도 안 쓰인 백서였고, 그제야 상자에 쓰인 '건안 5년'이라는 네 글자에 눈을 돌리게 된 겁니다."

가일은 이 대답을 하면서도 마음속으로 약간의 의심이 들었다. 당초 오왕이 좌우를 살피며 말을 회피한 것으로 미루어 볼 때, 가일에게 너무 많은 것을 말할 생각이 없다는 뜻을 드러낸 것이었다. 그런데 지금 손상향이 도대체 왜 이 문제를 또 거론하는 것일까?

"그렇다면 진예도 '건안 5년'에 담긴 뜻을 전혀 모른다는 것이냐?"

손상향이 물었다.

"모르는 게 확실합니다. 알았다면 그때 소인에게 말해줬을 겁니다."

손상향이 말했다.

"그것 참 이상하구나. 그럼 진예가 도대체 누구에게 잡혀간 것이지?"

손상향의 목소리는 크지 않았지만, 가일의 귀에 그 소리가 천둥처럼 쩌렁쩌렁 울려 퍼졌다. 그의 머릿속에서 짧은 순간에 무수히 많은 생각이 떠올랐다가 사라지기를 반복했다. 우길의 주술 때문에 벌어진 살인 사건들 중 무창 도위 위림의 유족들에게는 아무 일도 벌어지지 않았다. 그런데 어째서 아무것도 모르는 과부를 잡아갈 생각을 한 거지? 설마 진예의 실종이 그 목함과 관련이 있는 것인가? '건안 5년'이 도대체 무슨 의미이고, 이 일련의 사건들과 무슨 관계가 있는 거지?

"진예가 언제 실종됐습니까?"

"그제부터 사라졌다."

가일이 순간 주저하다 입을 열었다.

"진예에게 아들이 하나 있었는데, 혹시……."

"어제 이미 찾아냈느니라."

손상향이 목소리를 높여 지시를 내렸다.

"데리고 오너라."

효위들이 무명옷을 입은 소년을 데리고 들어왔다. 왜소한 체격의 소년은 나이에 걸맞지 않게 담담한 표정으로 두 손을 가지런히 모으고 한쪽에 서 있었다. 가일은 그날 효장 옆에서 무릎을 꿇고 앉아 있던 소년을 기억해냈다. 틀림없는 장순의 아들이었다.

"장겸(張謙), 나이는 열네 살이다. 효위들이 진예가 실종된 후 동성 사창가에서 찾아냈다고 하더구나."

가일이 마른침을 삼키며 약간 양심의 가책을 느꼈다. 그는 목함을 바친 후에도 한동안 이 모자를 주시했었다. 하지만 별다른 이상 징후가 보이지 않자 더 이상 관심을 두지 않았는데, 그사이 이런 불상사가 생겼을 줄 상상도 하지 못했다. 그런데 목함을 바친 사실을 아는 이는 나와 손몽·오왕뿐인데, 어떻게 정보가 새어 나간 거지?

"소인이 직무를 소홀히 한 죄를 용서하십시오."

가일이 소년에게도 허리를 굽혀 읍을 하며 양해를 구했다.

그러자 소년이 답례를 올리며 말했다.

"이 일로 가 교위를 원망하지 않습니다. 마을 사람들은 아버지가 우길의 주술에 걸려 죽었다고 생각해 여러 차례 찾아와 모욕을 주었고, 불길하다며 우리를 마을에서 쫓아내려고 했습니다. 어머니께서는 체면을 중요하게 생각하시는 분이라 더는 참지 못하고, 해번영에서 이미 살인 사건으로 결론을 내렸고 다른 사람에게 부탁해 오왕께도 증거를 올렸다고 하셨습니다. 그리고 얼마 후 누군가 찾아와 어머니를 데려갔습니다."

"어떤 사람이 데려갔느냐?"

가일이 캐물었다.

"저녁 무렵에 열 명이나 되는 사람이 찾아왔는데, 다들 비단옷을 입고 허리춤에 왕부 우림위의 요패를 달고 있었습니다."

"우림위?"

가일이 어리둥절한 눈빛으로 자기도 모르게 손상향을 쳐다봤다. 만약 정말 오왕 손권이 그녀를 데리고 갔다면 손상향이 모를 리 없고, 이 일에 대해 물어볼 필요도 없을 것이다. 손상향은 아무런 말도 없이 고갯짓으로 가일에게 계속 물어보라는 뜻을 전했다.

"그자들이 네 어머니를 데려간 후 너에게는 별일이 없었느냐?"

"네. 어머니가 그렇게 간 후 하루가 지나도록 돌아오지 않으시니 뭔가 이상하다는 생각이 들었습니다. 그래서 동성 사창가로 도망을 쳤고, 거지들을 따라다니며 지냈습니다."

소년의 어조는 꽤나 차분했다.

"집에 돌아가지 않은 탓에, 그자들이 나중에 또 찾아왔는지는 저도 잘 모르겠습니다."

손상향이 물었다.

"어린 나이에 이런 변고를 겪었는데, 왜 관에 보고를 하지 않고 도망을 쳐 숨었느냐?"

소년이 읍을 하며 말했다.

"제 나이가 어리기는 하나, 일의 경중과 이해관계를 판단할 만한 머리는 있습니다. 우림위가 어머니를 데리고 간 사실을 관에 보고했다면 도위부와 해번영 모두 상관하려 하지 않았을 것입니다. 만약 우매한 관원이 이 일을 맡게 되면 오왕의 비위를 맞추려고 저를 붙잡아 가두거나 죽여서 입을 막았을지도 모릅니다."

"그자들이 지존께서 보낸 사람이라 여기느냐?"

가일이 물었다.

"그들이 차고 있던 우림위의 요패는 예전에 아버지를 찾으러 객조에 갔을 때 본 적이 있습니다."

소년이 고개를 들고 확신에 찬 어조로 말했다.

"잘못 볼 리 없습니다."

"그럼 여기가 어딘지 아느냐?"

"군주부입니다."

"만약 네 어머니를 정말 지존께서 잡아가신 거라면 군주부가 왜 너를 이리 예우해주겠느냐? 당연히 너를 죽여 입을 막거나 비밀리에 붙잡아다 가둬야 하지 않겠느냐?"

"그건 저도 모르겠습니다. 제게 알려주실 수 있으십니까?"

가일이 손상향을 힐끗 보며 말했다.

"됐다. 아는 게 적을수록 더 안전한 법이지."

손상향이 손을 흔들었다.

"일단 데리고 가거라."

효위가 소년을 다시 데리고 나갔다. 가일이 기다렸다는 듯 물었다.

"전하의 뜻은?"

"자네도 폐하께서 저 아이의 모친을 잡아갔다고 생각하는가?"

손상향이 가일을 비스듬히 보며 물었다.

"전하는 어찌 생각하십니까?"

"내가 묻고 있는데 다시 에둘러 나에게 되묻다니, 내 채찍 맛을 보고 싶은 것이 아니라면 조심하거라."

옆에 있던 손몽이 웃음을 터뜨렸다.

"만약 폐하께서 내린 명이었다면, 왕부의 명을 받들어 무창 현령이 앞장서 우림위를 장순의 집으로 안내하고 진예를 가마에 태워 왕부로 데려갔을 겁니다. 설사 폐하께서 은밀히 움직였다 해도, 우림위에게 진예와 장겸을 같이 데려오라 했을 테지요. 아이를 남겨두고 어미만 데려가는 것은 누가 봐도 이치에 맞지 않습니다. 어미가 돌아오지 않으면 아이가 사방으로 찾아다니게 되고, 결국 진실을 숨기려다 마각을 드러내는 꼴이 될 수 있기 때문입니다."

"누군가 우림위를 사칭했다는 건가?"

가일의 눈빛이 반짝였다.

"전하께서는 성 밖에서 스무 날 동안 정양을 하시는 사이 사람을 시켜 장순의 집을 감시하시지 않으셨습니까?"

"왜 그리 생각하느냐?"

"만약 그게 아니라면 전하께서는 진예의 실종을 알 수 없고, 하루 만에 아이를 찾아내지도 못했을 겁니다."

"효위를 배치해 암암리에 감시를 시킨 것은 맞다. 가짜 우림위가 진예를 데려갔을 때 한 명은 돌아와 보고를 했고, 나머지 한 명은 암호를 남기고 미행을 했지만 결국 남성(南城) 외곽에서 살해당하고 말았지."

손상향이 물었다.

"누가 어떤 목적으로 벌인 일이라고 생각하느냐?"

"민심을 어지럽히려는 것이겠지요."

가일이 대답했다.

"소인은 아무래도 태평도와 군의사의 소행 같습니다. 진예가 마을 사람들에게 그런 말을 했다는 것은 그녀의 남편이 우길의 주술에 걸려 죽었다는 말을 부인한 것이고……."

"왕은 그렇게 여기지 않는다. 왕은 이 일이 건안 5년과 관련이 있다고 여기고 있지. 진예를 잡아간 자들이 누구든, 모두 장순이 진예에게 건안 5년에 얽힌 비밀을 말해줬을 거라고 의심하고 있네."

손상향이 가일의 말을 끊었다.

"자네는 왕께서 목함에 적힌 '건안 5년'이라는 글자를 보고 왜 그리 불안해하시는지 아는가?"

지금과 비슷했던 진적 사건 때문에? 선주 손책 또한 우길의 주술에 걸려 죽었을지 모른다는 소문 때문에? 가일이 이런 생각을 하고 있을 때 손상향의 목소리가 들려왔다.

"선주를 죽인 자가 지금의 왕이라는 소문이 있네."

"폐하께서…… 선주를요?"

가일이 황당한 듯 웃었다.

"황당하기 짝이 없는 말입니다. 어떻게 그런 일이 가능하단 말입니까?"

가일 역시 이 가능성을 생각해본 적이 있고, 임조를 찾아갔을 때의 광경이 지금도 생생하게 떠올랐다. 다만 더 깊숙이 파고들어 생각하기에는 위험 부담이 너무 커 적당한 선에서 그 생각을 접어두었다. 하물며 선주는 이미 죽었고, 손권은 모두의 기대를 저버리지 않은 채 지난 몇 년 동안 자신의 내공을 키우고 이전보다 더 강한 통치력으로 지금의 오나라를 이끌어가고 있었다. 그때 도대체 무슨 일이 있었는지는 더 이상 중요하지 않았다. 가일은 어쩔 수 없이 짐짓 아무것도 모르는 척을 했다.

손상향의 표정이 살짝 이상해지는 것을 보며, 가일은 안 되겠다 싶어 얼른 쐐기를 박았다.

"지난 몇 년 동안 암암리에 떠돌던 소문에 불과한 말을, 설마 믿는 사람이 얼마나 되겠습니까?"

"맞는 말이네. 사실 선주께서 누구를 후계로 정했는지는 훗날 주유 쪽에서 흘러나온 말에 불과하지. 선주는 중군 막사로 돌아왔을 때 이미 혼수상태였네. 그날 밤 장소 쪽 자들이 폐하의 동생 손익(孫翊)을 후계자로 적극 내세웠지만, 주유와 노숙(魯肅) 쪽에서 적극 반대하고 나섰네. 그때 손익은 저 멀리 시상(柴桑)에 있었던 반면에 폐하는 선주의 병상 앞에 있었으니, 주유와 노숙 휘하가 막사를 포위하고 장소 일행을 압박하기 시작했네. 결국 장소는 어쩔 수 없이 폐하를 호위하며 군대를 순시하고, 그의 대권 승계를 한실과 강동 전역에 널리 알려야 했을 거네."

가일의 안색이 점점 어두워졌다. 손권의 대권 승계를 둘러싼 배후에 이런 비밀이 숨어 있을 거라고 생각조차 하지 못했다. 만약 이 유언비어가 피지기라도 하면 오나라에 가해질 타격을 예측하기 어려웠다. 당시 손권의 표정이 바뀌었던 것도 분명 이런 이유 때문이었을 것이다.

"당시 황제의 비밀 조서를 의대에 숨겨 나오는 일이 발생했고, 조조는 민심을 회유하고 권위를 세우기 위해 폐하를 토로장군(討虜將軍)으로 책봉하고 회계태수(會稽太守)를 맡겨 오군(吳郡)을 지키게 하라고 한제에게 상소문을 올렸네. 하지만 이렇게 했는데도 강동 땅은 여전히 혼란스럽고 불안했지. 여강태수(廬江太守) 이술(李術)은 반역을 저질렀고, 폐하의 사촌들인 손보(孫輔)·손호(孫暠)는 폐하를 인정하지 않으며 권력을 탈취하려 기도했고, 손익과 손하(孫河)는 이유 없이 살해당했네. 예장(豫章)과 회계 등지의 수만에 이르는 산적들도 기회를 틈타 난을 일으켰지."

손상향의 시선이 가일의 어깨를 넘어 훨씬 먼 곳을 바라보는 듯했다.

"3년이네. 꼬박 3년의 시간이 지나서야 비로소 안정을 되찾았네. 그런데 지금 이 일련의 사건들이 또다시 해묵은 지난 일을 들추어내고 있으니, 이게 무슨 의미라고 생각하는가?"

가일이 고개를 끄덕였다. 비록 지금 회사파와 강동파가 이미 힘의 균형을 이루고 있다 해도, 그 안에서 중재 역할을 하는 인물은 오왕이었다.

회사파 중신들 중 주유·노숙·여몽 등은 이미 세상을 떠났고, 지금은 장소·우번만이 남아 있었다. 당초 선주 손책이 붕어할 즈음에 그들이 추거한 인물이 손권이 아니라 손익인 이상, 그 마음의 응어리는 여전히 남아 있는 셈이었다. 비록 20여 년 동안 군신 관계를 유지하고 있다 해도, 결정적인 순간이 오면 이들이 어떤 반응을 보일지 알 수 없다. 어쨌든 적벽대전 당시 장소·우번은 조조에게 항복할 것을 강력히 주장했었다. 강동파는 또 어떤가? 비록 고·육·주·장 네 개의 세도가 가문이 표면적으로 오왕의 편에 섰지만, 암암리에 여전히 완곡한 비평을 일삼고 있다. 지금 오군의 절반에 가까운 병력을 이끌고 이릉에서 유비와 대치하고 있는 육손으로 말하자면, 그의 종조부 육강이 여강을 굳건히 지키며 선주 손책과 반년 동안 악전고투를 벌였다. 그 당시 육씨 가문의 자손들이 수도 없이 죽었으니, 이런 오랜 원한이 과연 말 한마디에 없던 일이 될 수 있을까? 힘의 균형이 겉으로야 평온하고 안정적으로 보일지 몰라도 매우 취약한 경우가 대부분이다. 만약 손권이 손책을 죽였다는 유언비어가 사실로 밝혀지면, 그의 죽음으로 그 균형은 한순간에 무너지고 새로운 판이 짜일 것이다. 그때가 되면 회사파나 강동파는 물론이고 위나라와 촉한까지 대의를 명분 삼아 세력 다툼에 끼어들 테고, 결국 손씨 가문은 내우외환에 휩싸여 오래지 않아 무너질 수밖에 없다.

"왕께서는 목함에 쓰여 있던 '건안 5년'을 보는 순간, 누군가 건안 5년의 대권 승계를 두고 일을 꾸미고 있다는 것을 바로 알아차리셨네. 그래서 바로 나를 불러들여 몇 차례 논의를 했고, 이 일을 계속해서 자네에게 맡기기로 결정했네."

손상향의 눈빛이 날카로웠다.

"가일, 왜인지 아는가?"

가일의 마음에 한 차례 파문이 일었다. 하지만 그의 표정은 여전히 평온했다.

"알고 있습니다."

"정말 알고 있는가?"

"이 일을 회사파나 강동파에 맡길 수 없으니, 저처럼 어디에도 소속되어 있지 않은 사람이 가장 적임자일 수밖에 없을 겁니다. 물론 중립적인 인물 중에 제갈근이나 보즐(步騭)·엄준(嚴畯)·시의(是儀) 같은 이들도 있지만, 저와는 달리 다들 요직에 앉아 공무에 바쁘다 보니 사건을 깊이 있게 수사할 여력이 없을 겁니다. 하지만 저는 사건을 수사해본 경험과 능력을 갖추고 있고, 또 어쩔 수 없는 상황이 닥쳤을 때 죽여서 입을 막아도 큰 탈이 생길 리 없지 않습니까?"

가일이 담담히 말했다.

대전 안에 무거운 침묵이 흐르는 가운데 손몽이 갑자기 끼어들었다.

"그건 오해예요. 지존께서 손 군주께 당신의 능력을 얼마나 칭찬한 줄 알아요? 그런 인재를 함부로 버릴 리 없죠."

"그렇지 않다. 손에 쥔 패를 버리고 안 버리고는 그 사람의 능력이 아니라 오왕에게 이득이 되는지 여부에 따라 결정되는 것이다."

손상향이 말했다.

"가일, 이런 것까지 간파하고 있다니, 과연 오왕의 신임을 받을 인재로구나. 이 일을 어떻게 수사할지 계획을 세워두었느냐?"

가일이 대답했다.

"'건안 5년'은 조사하지 않을 것입니다. 그해 대권이 도대체 어떻게 넘겨졌는지, 선주의 죽음이 도대체 어떻게 된 일인지, 이런 것들에 대해 일체 조사하지 않겠습니다. 상대가 이 사건들을 이용해 건안 5년의 일을 끄집어내려는 이상, 그 수에 말려들 생각이 없습니다. 최근에 일어난 일련의 사건들을 모두 조사해서 이들을 찾아내, 죽일 자는 죽이고 잡아들일 자는 잡아들이겠습니다."

손상향이 안도의 한숨을 내쉬는 듯했다.

"발본색원을 하겠다는 건가?"

"그렇습니다. 문제를 해결할 방도가 없다면, 문제를 만든 자를 손봐야겠지요."

"그들이 누구인지, 어떻게 처리할지 생각해둔 것은 있는가?"

"태평도와 군의사입니다."

가일이 잠시 주저했다.

"어쩌면 육씨 가문도 포함될 수 있습니다."

"설사 확실한 증거가 있다 해도, 육씨 가문은 쉽게 건드릴 수 없네."

손상향이 말했다.

"자네가 수사를 하는 동안, 내 명을 내려둘 테니 효위들을 대동해 함께 하도록 하게. 하지만 '건안 5년'과 관련된 사실을 찾아내면 최대한 그 흔적을 지우고, 진상을 밝혀낼 필요 없이 그렇게 일을 체면치레하듯 마무리 짓도록 하게. 만약 일이 통제 범위를 벗어날 것 같으면 모든 사람의 주의를 다른 곳으로 돌리기 위해 그 진상이라는 것을 던져버려야 하네. 사람들은 진상에 관심이 있는 게 아니라 그들이 믿고 싶은 것만 믿게 된다는 걸 명심하게."

"명 받들겠습니다."

손상향이 웃으며 말했다.

"단양 호족이 자네를 벼슬길에 오르게 하려고 나에게 8천 묘의 좋은 밭과 광산 두 곳을 바쳤지. 지난 2년 동안 자네는 해번영에서 그들을 위해 약간의 골칫거리를 해결해주기야 했지만, 그들이 자네를 위해 내게 건넨 재물만큼의 잇속은 챙겨주지 못했네. 자네가 그들과 도대체 어떤 관계인지는 모르겠으나, 내 한 마디만 충고해주지. 은혜를 갚는 방식에는 여러 가지가 있지만, 상대에게 아무런 이득이 되지 않는 일은 절대 하지 말게."

"그거라면 안심하십시오. 소인도 그 정도의 분별은 하고 있습니다."

"그럼 됐네. 마지막으로 한 마디만 더 하지. 최근 육연이 오왕에게 자꾸 눈도장을 찍고 있는 듯한데, 쉽게 판단하기 힘든 자인 것만은 확실해 보이네. 자네도 정신 바짝 차리고, 그자에게 뒤통수를 맞는 일이 없도록 하게."

손상향이 의미심장한 표정으로 한마디를 덧붙였다.

"육씨 가문에서는 육손 하나만으로도 이미 충분하네."

육안이 중군영 막사 안 병풍 뒤에서 시선을 내리깐 채 숨을 죽이고 앉아 있었다.

보통의 경우 그는 무창성에서 이릉으로 소식을 전한 후, 길어야 하루 정도 쉬고 다시 돌아가야 마땅했다. 그런데 지금 육손이 그를 사흘째 잡아둔 채 돌아가라는 지시를 내리지 않고 있었다. 육안은 점점 마음이 불안해지고 있었다. 무창성에서 육연이 계속해서 암암리에 사건을 조사하고 있고, 육모까지 육손을 속이기로 결정을 내렸다. 이번에 그는 거짓으로 소식을 전했고, 이것은 어찌 보면 육손에 대한 배반이자 그들과 공범이 된 것을 의미했다. 만약 이 일이 들통 나면 그는 분명 중벌을 면치 못할 판이었다.

육씨 가문은 강동 호족으로 천여 명에 달하는 혈족을 거느리고 있다. 그 중에는 승승장구하는 집안이 있는가 하면 뜻대로 풀리지 않는 집안도 있기 마련이었다. 육안의 집안이 바로 후자에 해당했다. 그의 집은 어릴 때 아버지가 돌아가시는 바람에 어머니 혼자 생계를 책임지며 근근이 살아야 했다. 다행히 그는 커가면서 타고난 재능과 똑똑한 머리로 차근차근 기회를 잡아 대갓집 울타리 안으로 들어갈 수 있었다.

그의 뒤를 봐주는 사람은 육모였다. 그는 가주(家主)를 속이느냐 아니면 육모를 배신하느냐 두 가지 선택의 기로에서 조금도 주저하지 않고 전자를 택했다. 육모의 말이 맞았다. 이것은 육손과 그의 아들 육연 사이의 일이고, 그들은 제삼자에 불과했다. 그러나 육씨 가문의 입장에서 보면 그들이 하는 일이 반드시 좋은 일만은 아니었다. 병풍 앞에서 벌어지던 논쟁의 목소리가 멈추었다. 여러 장수들은 전과 다름없이 육손의 뜻을 계속 따르기로 했고, 육안은 내심 감탄을 금치 못했다.

오늘 책략 회의에서 장수들은 손환을 도울지 여부를 논의했다. 얼마 전에 유비가 전부독(前部督) 장남을 정예 부대와 함께 이도로 보내 손환을 포위 공격했다. 손환은 수적으로 밀리자 닷새 동안 급보를 세 번이나 보내 육손에게 지원을 요청했다. 손환은 오왕의 조카로, 평소 오왕이 아끼던 인물이었다. 그가 위험에 처하자 육손 휘하의 장수들이 끊임없이 지원을 요구했지만 모두 묵살당하고 말았다.

육손은 이것이 성을 포위해 지원군을 격파하는 '위성타원(圍城打援)' 계책이라면 분명 도중에 매복의 습격을 받게 될 거라고 판단했다. 게다가 이릉의 병력이 분산되면 촉군이 맹공을 퍼부을 가능성이 컸다. 이도는 지키기는 쉬워도 공격은 어렵고, 손환 역시 수비에 능한 장수로 지원군이 없어도 한 달 정도 버틸 능력이 충분했다. 한당·서성·반장 등의 장수가 뜻을 굽히지 않았지만, 주연은 모두의 예상을 깨고 육손의 편에 섰다. 요 며칠 책략 회의가 몇 차례 열리는 동안 지원을 위한 최적의 시기가 자꾸 미뤄지고 있었다. 그러나 손환 쪽에서 더 이상 지원을 요청하는 급보를 보내오지 않는 것을 보면 육손의 예측이 적중한 셈이었다. 육안은 이미 육손의 안목과 판단을 믿기 시작했다. 무창성에서 벌어지고 있는 그 일들을 속이는 것이 과연 잘하는 일일까?

책략 회의는 이미 끝이 났고, 장수들이 모두 막사를 빠져나가고 나서야 육안이 병풍 뒤에서 걸어 나와 육손 옆에 섰다.

육손이 오른손으로 이마를 짚으며 한참을 침묵하고 나서야 물었다.

"모와 연이가 이 태평도 사건을 수사하는 데 끝까지 개입하기로 결단을 내렸느냐?"

육안은 순간 심장이 쿵 내려앉았다. 육모의 회신은 허점을 찾을 수 없을 만큼 완벽했고, 게다가 육연이 이 일에서 손을 떼지 않은 사실은 극소수의 사람만 알고 있으니 육손에게 그 소식이 전해질 리 없었다. 이 찰나의 순간에 그는 육손이 자신을 떠보고 있다고 생각했다. 하지만 그 순간이 지나가자 육손이 무언가 허점을 발견했다는 느낌이 확 들었다.

"연이의 성격에 비추어 볼 때, 그 일에서 정말 손을 뗐다면 불평불만이 가득 차 서신에 자신의 생각을 장황하게 늘어놓아야 맞다. 또한 모가 연이를 제대로 설득했다면 그 일을 상세히 보고해 공을 드러내려 했겠지. 그런데 지금 한 명은 아무 말이 없고, 한 명은 간단하게 그 상황을 보고하는 것으로 끝을 냈더구나.”

육손이 한숨을 내쉬었다.

“내가 그리 일렀건만, 여전히 자신들의 판단이 옳다고 여기는 것인가?”

육안이 용기를 내서 말을 꺼냈다.

“나리, 어째서 본인의 결정이 반드시 옳다고 생각하시는 겁니까? 설사 나리께서 옳다 해도, 왜 연 공자는 반드시 틀렸다 하십니까?”

“좋은 질문이로구나. 이 세상사는 결과적으로 놓고 보면 옳다고 할 수 있는 일들이 많이 있지. 네 나이에 이 점을 깨닫는다는 건 결코 쉽지 않은 일이다. 하나 옳은 일이라고 해서 반드시 자기에게 유리한 결과를 가져다주는 것만은 아니란다. 관우는 한실을 다시 일으켜 세우기 위해 위나라를 토벌하는 데 모든 힘을 쏟아부었다. 이것은 옳은 일이 아니었느냐? 그 결과 그는 죽고 군대는 패한 데다, 형주 땅을 모두 잃어 촉한에 엄청난 손실을 안겼느니라.”

육안이 얼어붙은 듯 서서 그를 쳐다봤다.

“나리의 뜻은…….”

육손이 말을 꺼내기도 전에 밖에서 긴박한 북소리가 울려 퍼지고, 그 사이사이에 짧고 힘찬 전령 소리가 섞여 들려왔다. 육손이 즉시 일어나 막사 밖으로 뛰쳐나갔고, 육안도 그 뒤를 따라 나갔다. 군영 앞쪽으로 하늘에 떠 있는 별처럼 무수한 횃불이 밀물처럼 쏟아져 들어오고 있었다.

“열아홉 번째 야간 습격이군.”

주연이 어느새 당도해 육손의 곁에서 담담하게 말했다.

“촉군 놈들은 지겹지도 않은가 보네.”

육손이 말했다.

“군영이 아니라 마음을 공격하는 것이 목적이니, 이는 군대를 지치게 하려는 계책이네."

주연이 긴 창을 뽑아 들며 말했다.

"나는 상관없네. 방어 임무를 교대한 병사들이 후방 군영으로 가서 쉬고 있고, 전방 군영을 잘 지키기만 하면 굳이 나가서 적을 상대할 일은 생기지 않을 걸세. 백언, 자네는 망루에 올라가보게. 전방 군영은 내가 맡아 처리하겠네."

육손이 고개를 끄덕인 후 망루 쪽으로 몸을 돌렸다. 육안도 그를 따라 망루로 올라가 앞을 내다보니, 군영 문 앞에 높이 매달려 펄럭이고 있는 '주(朱)' 자 깃발이 보였다. 셀 수 없을 정도로 많은 횃불이 길을 따라 방어용 제방 위로 결집하고, 투석거(投石車)와 상노가 일제히 움직이는 소리가 울려 퍼졌다. 촉군의 횃불이 점점 가까워지고 나서야 육안은 그것이 횃불을 가득 채운 전차 백여 대라는 것을 알아챌 수 있었다.

묵직한 호각 소리를 따라 하늘을 뒤덮은 돌덩이가 치솟아 올라 날아가며 전차를 무자비하게 박살냈다. 대다수 마차가 산산조각이 났으며, 그 가운데 상당수가 제방 참호 앞으로 돌진하며 죽창을 무너뜨리고 그 안에 처박혔다.

"일부러 약한 말만 골라 마차를 몰고 돌진해 참호를 매립할 작정이었군."

육손이 고개를 가로저으며 말했다.

"군영을 공격하는 유비의 계책이 끝도 없으니, 과연 반평생 동안 전쟁터에서 뼈가 굵은 노장답구나."

제방 앞으로 불빛이 한 점도 없이 일사불란하게 발자국 소리만 울려 퍼지고 있었다. '주' 자 깃발 아래서 짧고 묵직한 호각 소리가 울렸다. 그 뒤를 이어 상노의 시위를 당기는 둔탁하고 거친 소리가 여기저기서 들리더니, 굵은 화살이 어둠 속으로 날아가기 무섭게 비명이 터져 나왔다. 곧바로 불화살이 제방 위에서부터 참호 쪽으로 발사되며 일찌감치 그 안에 깔아놓은 기름 묻힌 천에 불을 붙였고, 순식간에 만들어진 불의 벽이 전선을 대낮처럼 환하게 밝혔다. 촉군은 참호에서 10여 걸음 정도 떨어진 곳에서 더 이상 앞으로 나아가지 못했다. 제방 위로 화살이 발사되면서 불 벽 앞을 배회하던 촉군 병사들을 모조리 쏘아 쓰러뜨렸다. 주저할 틈도 없이 산골짜기에서 징이 울리자 촉군이 신속히 후퇴했고, 이 야간 습격은 이렇게 끝이 났다.

"우리가 지켜냈군요."

육안이 안도의 한숨을 쉬었다.

"오늘 밤은 그런 셈이지."

육손이 한동안 아무 말 없이 저 멀리 산골짜기를 바라봤다.

육안이 그제야 한숨 돌리며 물었다.

"나리께서 아까, 옳은 일을 했다고 해서 반드시 유리한 결과를 얻을 수 있는 것은 아니라고 하신 말씀은……."

"세상이 혼탁해 나를 알아주지 않으니, 나는 높이 날아올라 돌아보지 않으리라."

육손이 굴원(屈原)의 시를 읊조리며 실의에 빠진 듯 말했다.

"이 말을 한 사람은 이미 멱라강(汨羅江)에 투신해 물고기 밥이 되었느니라. 내가 성인군자도 아니고 타고난 충신도 아니니, 이 난세에 옳은 일을 하는 것이 무슨 의미가 있겠느냐? 세상이 혼탁해지면 매미의 날개는 무겁다 하고 천균(千鈞)이나 되는 무게는 가볍다 하니, 나는 매미의 날개가 될지 언정 천균은 되지 않겠노라."

육안이 크게 놀라며, 믿을 수 없다는 듯 육손을 바라봤다. 그가 지금까지 알고 있던 육손은 점잖은 군자이자 늘 인의와 도덕을 강조하며 처신해온 인물이었다. 그랬던 그가 지금 이런 말을 하자 육안은 자신의 귀를 의심할 수밖에 없었다.

"너는 무창으로 돌아가 모와 연이에게, 두 사람이 무슨 일을 하든 가주는 바로 나라는 것을 명심하라 전하거라. 언젠가 두 사람이 한 일이 육씨 가문의 존망을 위협하는 날이 온다면, 나는 두 사람이 무엇을 위해 그 일을 했든 상관하지 않을 것이다."

육손이 고개를 돌리자 그 눈빛에서 한기가 뿜어져 나올 듯 매서웠다.

"일을 돌이킬 수 없게 되기 전에, 내가 직접 두 사람을 황천길로 보낼 것이다."

육연이 재채기를 한 후 네모난 수건을 꺼내 코끝을 살짝 닦아내며 술자리를 둘러봤다.

시선이 닿는 곳마다 모두 아수라장이 따로 없었다. 탁자는 뒤집어지고 그릇과 접시는 바닥에 흩어져 나뒹굴고 있었다. 세도가 자제 10여 명이 사방에 널브러져 누워 있고, 코 고는 소리가 여기저기서 들려왔다. 장온(張溫)의 종손 장균(張筠)이 추천을 받아 녹봉 3백 석의 좨주(祭酒) 관직을 받은 것을 축하하기 위해 모인 자리였다. 사실 녹봉도 많지 않은 말단 관직이었다. 하지만 어쨌든 관직에 올랐으니 그 핑계로 술이나 진탕 마시고 놀면 그뿐이었다.

열한두 살 정도의 나이 때부터 육연은 이런 생활에 익숙해졌다. 그러나 지금까지도 여전히 이런 자리가 즐겁지 않았다. 그럼에도 그는 물고기가 물을 만난 듯, 즐거운 척 그들의 기분을 맞춰주었다. 어쨌든 육씨 가문의 장자로 태어난 이상, 이런 세도가 자제들을 잘 알고 지내려면 그 무리 속에 녹아들 수밖에 없었다.

어떤 세도가 자제는 자신의 출신이 마음에 안 들고, 가족에게 얽매인 탓에 천지를 마음껏 유람하며 인간 세상의 고통을 두루 보고 느낄 수 없다고 늘 불만을 터뜨렸다. 이런 말을 들을 때마다 육연은 인의를 아는 진정한 군자의 풍모를 지녔다며 칭찬을 아끼지 않았다. 하지만 마음속으로는 그를 경멸했다. 난세에 가문의 비호를 벗어나 과연 살아남을 수 있을지 의문인 자들이 천하를 걱정하는 척 유세를 떠는 모습이 가소롭기 짝이 없었다.

육연은 자신이 교만하다는 것을 모르지 않았다. 하지만 그는 자신의 교만을 다른 사람 앞에서 드러낸 적이 거의 없었다. 그는 진정한 교만은 자신에 대한 타인의 평가를 두려워하지 않고, 자신이 남보다 한 수 위라는 것을 아무 데서나 드러낼 필요 없이 스스로 위안으로 삼으면 그것으로 족한 것이라고 생각했다.

육씨 가문을 통틀어 그가 가장 존경하는 인물은 문무를 겸비한 부친 육손이 아니라 청렴하고 고고했던 종증조부 육강이었다. 하지만 존경한다고 해서 그가 육강의 뜻을 따른 것은 아니었다. 육강은 육씨 가문의 자손들을 이끌고 여강에서 고립된 성을 지키며 2백 일 가까이 손책과 맞섰다. 결국 성이 함락되면서 육강은 화병으로 죽었고, 육씨 가문도 절반의 혈족을 잃고 말았다. 그때 육씨 가문에 일어났던 이 일을 두고 강동 일대에서 칭송이 자자했다. 그렇지만 고작 20년의 세월이 흐르고 나자 이 일을 언급하는 사람도 드물어졌고, 심지어 이 일을 들먹이며 육강이 고집불통이고 하룻강아지 범 무서운 줄 모르고 무모하게 굴었다며 비웃는 이들도 생겨났다. 피와 목숨으로 바꾼 모든 도의를 아무 가치 없는 일로 치부해버린 것이다. 결국 핏줄을 이어가고 권세를 장악하는 것이야말로 한 가문을 지켜내는 가장 중요한 일이었다.

육연이 일어나 답답한 방을 나와 회랑으로 걸어갔다. 그는 난간에 기대 몸을 내밀고 밖을 내다봤다. 밤이 깊어 거리에는 지나다니는 사람도 없고 불빛 한 점 없어, 무창성 전체가 쥐 죽은 듯 고요했다. 바람 한 점 불지 않는 후덥지근한 날씨마저 그의 마음을 더 답답하게 만들었다. 그는 돌아서서 방 안에 널브러져 자고 있는 세도가 자제들을 쳐다보며 고개를 가로저었다. 육연은 자신이 육씨 가문 출신이라는 것에 긍지를 느꼈다. 세상 천하에 사족과 호족이 많다 해도, 인재를 배출한 방면으로 강동의 육씨와 견줄 만한 가문은 영천(潁川)의 순(荀)씨 가문뿐이었다. 그런데 위나라가 세워진 후부터 순씨 가문마저도 점점 내리막길을 걷고 있었다.

그가 육씨 가문을 좋아하는 것은 자신이 가주의 장자이기 때문이 아니었다. 그는 육씨 가문의 거의 모든 사람을 좋아했다. 그는 대가 댁 안에서 권력 다툼이 벌어지고 형제의 난이 일어나는 경우를 자주 듣고 보며 자라 왔다. 그러나 육씨 가문에서는 이런 기미를 단 한 번도 본 적이 없었다. 아침저녁으로 늘 같이 지내는 집안의 자제들이나 가끔씩 보는 먼 친척들에 이르기까지, 서로 불편해하거나 갈등을 빚는 모습을 본 적이 없었다. 천여 명의 구성원이 다들 화기애애하게 지내는 가문은 강동, 아니 천하를 통틀어 육씨 가문이 유일하지 않을까 싶을 정도였다.

모든 것이 육씨 가문을 위해서다. 그는 그날 밤 숙부 육모에게 했던 이 말이 문득 떠올랐다. 사실대로 말하자면 그는 마음속에 생각해둔 뾰족한 수가 전혀 없었다. 이 일련의 사건은 물론 문신에 이르기까지, 그는 반드시 진실을 밝히고 싸워 이길 거라는 확신이 없었다. 앞서 영남으로 문신 염료를 조사하기 위해 보낸 자가 이미 돌아왔지만, 그가 전한 소식이 도리어 장로들을 더 골치 아프게 만들었다. 자객의 몸에 새겨진 문신의 염료가 육씨 가문에서 사용하는 것과 똑같고, 심지어 육씨 가문의 증표를 내밀고 그 염료를 사 갔다니 귀신이 곡할 노릇이었다. 이것은 육씨 내부에 첩자가 있다는 의미이기도 했다. 그러나 이 첩자가 도대체 누구인지 알 길이 없었다.

해번영 가일 쪽에서는 이 일련의 사건에 대해, 태평도가 서촉 군의사와 결탁해 꾸민 것이라고 소식을 전해 왔다.

요 며칠 동안 육모가 오왕의 부름을 받아 여러 차례 입궁해 엄하게 문책을 받았다. 지금이야 오왕도 육씨 가문을 뿌리 뽑을 마음이 없는 듯하지만,

군의사와의 관계가 사실로 밝혀지면 상황이 달라질 것이다. 그때가 되면 오왕은 육손이 이릉에서 유비와 대치하고 있다 해도 절대 인정을 남겨둘 리 없다. 그래서 육씨 가문의 일족들은 모두 이 일련의 사건에 육연이 개입하고 있는 것을 알면서도 묵인하고 있는 중이었다. 그들은 육손의 처사가 너무 수동적이어서 갈수록 혐의를 가중시킬 뿐이라고 여겼다. 더구나 육손은 아무도 수사에 개입하지 못하게 한 채, 가일이 진실을 밝힐 때까지 기다리기를 원했다. 가일은 어느 파벌에도 속해 있지 않은 인물이기는 하지만 육씨 집안과 두터운 교분이 없으니, 만에 하나 불리한 수사 결과가 나온다 해도 덮어줄 자가 아니었다. 이 상태로 나간다면 가만히 앉아서 죽기를 기다리는 것과 다르지 않았다.

회랑 좌측에서 묵직하고 어지러운 발자국 소리가 들려왔다. 육연이 오른손을 허리춤에 찬 패검에 올리고 몸을 돌렸다. 그의 시선이 향한 곳에 홑옷 차림의 여인이 어둠 속에서 걸어 나왔다. 그녀는 뜻밖에도 우청이었다. 육연은 허리를 숙여 인사를 올렸다.

"우 부독, 오셨습니까?"

우청이 살짝 고개를 끄덕이며 방 안을 힐긋 쳐다보고 나서야 물었다.

"그간 문신의 염료를 조사하러 사람을 보냈다 들었다. 무슨 단서라도 찾았느냐?"

육연은 아무 대답도 하지 못했다.

"하, 나에게조차 숨기는 것인가?"

우청이 말했다.

"그럼 앞으로는 어찌할 생각이지?"

"가능한 한 빨리 이 사건의 진상을 확실히 밝혀내야겠지요."

"사건의 실마리는 찾았느냐? 가일 쪽에서 무슨 소식이라도 듣고 있는 것이냐?"

"그자가 경계심을 품고 있어 더 이상 무언가를 알아내기가 쉽지 않습니다. 하지만 사건을 수사하는 일이라면 저도 그자 못지않고, 지금까지 수사한 것만으로도 이미 어느 정도 실마리를 잡았습니다."

우청이 흥미를 보였다.

"그래? 들어나 보자구나."

육연이 대답했다.

"이 일련의 사건은 가일의 말처럼 태평도와 군의사가 손을 잡고 벌인 일이 확실합니다. 태평도 쪽은 별다른 연줄이 없어 수사가 더디지만, 군의사 쪽은 제가 손을 써서 약간의 단서를 건질 수 있었습니다. 무창은 군사상 요충지답게 곳곳에 방비가 삼엄합니다. 임조 사건은 그렇다 쳐도, 도위 부인 오민과 객조연 장순 사건은 내통한 자가 없다면 절대 불가능한 일이라고 할 수 있죠."

"듣자 하니 가일이 우길과 꼭 닮은 도인을 만났다고 저잣거리에 소문이 파다하게 났다고 하더구나. 다들 우길이 다시 살아났고 주술로 사람을 죽였다고 한다던데, 자네는 그 말을 안 믿는가?"

"소인은 믿지 않습니다."

육연이 단호하게 말했다.

"귀신은 허무맹랑한 망상에 불과합니다. 비록 육씨 가문 안에서 도대체 누가 이 사건에 개입되어 있는지 아직 찾아내지 못했지만, 육씨 가문 밖에 있는 내부의 적에 대해서는 어느 정도 단서를 잡았습니다."

"누구지?"

우청이 캐묻듯 물었다.

"지금은 의심만 할 뿐 확실한 증거가 아직 없습니다."

육연이 담담하게 대답했다.

"우 부독께서 비밀을 누설할까 두려워 이러는 것이 아닙니다. 이 일은 육

씨 가문의 안위와 관련되어 있는 문제라 신중을 기하는 것뿐이니, 너그럽
게 용서해주십시오."

우청이 희미하게 미소를 지었다.

"괜찮다. 나는 근처에서 술을 마시다 자네가 여기 있다기에 궁금해서 잠
시 들러본 것뿐이다. 지존께서 이 사건들을 가일에게 전적으로 맡기신 터
라 그다지 관심이 없었다. 다만 가일은 진주조에서 도망쳐 나와 해번영에
들어온 데다, 교활하고 술수에 능해 원래부터 별로 믿을 만한 자가 아니었
다. 내 그자와의 사적인 원한을 형주에서 끝내지 못한 것이 이리 발등을 찍
을 줄은 몰랐구나. 그자가 이곳에 나타나 지존의 심복이 될 줄 누가 알았겠
느냐? 이제 죽이고 싶어도 함부로 건드릴 수가 없게 되었다. 자네 또한 그
자를 특히 경계하고, 가일이 공을 가로채기 위해 자네 육씨 가문에 죄를 뒤
집어씌우는 일이 없도록 하게."

"그리 일깨워주시다니, 감사드립니다."

육연의 말투 속에 못마땅한 기색이 살짝 드러났다.

"가일이 제아무리 지모가 뛰어나고 교활하다 해도, 강동에서 군주부의
도움을 받는 것 외에 더 이상 의지할 뒷배가 없습니다. 하지만 제 뒤에는
육씨 가문이 있고, 인맥과 재력 방면으로도 그와는 비교가 되지 않지요. 지
금까지 그는 제게 전혀 위협적인 존재가 아니었습니다."

"기개 넘치는 모습을 보니, 과연 내가 지존께 늘 추천해온 인재답구나."

우청이 갑자기 목소리를 높였다.

"만약 자네가 가일보다 앞서 사건을 해결해 지존의 총애를 받는다면 반
드시 가일을 밀어낼 수 있을 것이네. 그가 지존의 눈 밖에 나야 군주부도
더 이상 그를 비호하지 않을 테고, 그때가 되면 해묵은 원한과 새로운 원한
을 한꺼번에 끝낼 수 있겠지."

사실 육연은 가일에 대해 아무런 감정의 응어리도 없었고, 도리어 그 재

능을 아끼는 마음이 있는 것도 사실이었다. 어쨌든 동년배들 사이에서도 가일만이 그와 가장 필적할 만했다. 다만 세도가 자손으로 태어난 이상, 친구와 적을 판단할 때는 개인의 사적인 감정보다 가문의 이익을 가장 먼저 고려해야 한다.

　미안하게 됐소, 가 교위. 육연은 무겁게 내려앉은 어둠 속에서 한참을 묵묵히 서 있다 가볍게 탄식을 내뱉었다.

　모든 것이 육씨 가문을 위한 것이오.

제7장

◆

비술(秘術)

진전이 도박장 구석에 서서, 저포 놀이에 빠져 있는 장청을 곁눈질로 감시하며 속으로 혀를 끌끌 찼다. 이 태평도 도박꾼은 도박장에 머문 지 거의 두 시진이 되는 동안 단 한 번도 이긴 적이 없는데도 떠날 기미를 보이지 않았다. 진전은 이런 도박꾼들이 한심하게 느껴졌다. 그는 운에 기대 돈을 버는 것이 옳지 않다고 늘 생각해왔다. 하물며 계속 지면서도 왜 미련을 버리지 못하고 도박에서 손을 못 떼는지 도무지 이해가 되지 않았다.

고작 10여 일 만에 장청은 취선거 장부에 맡겨둔 황금 열 냥을 모두 도박으로 날렸다. 그 정도면 중인 계급 정도 되는 집에서 3년 동안 생활비로 넉넉히 쓸 수 있는 금액이었다. 그런 돈을 나무토막 다섯 개에 전부 걸고도 장청은 조금도 후회하는 기색이 없었다. 군주부에서 또 황금 백 냥을 보내왔고, 장청은 오늘 거액을 빼내 바로 이곳으로 달려왔다. 해번영의 가일은 고작 이런 자를 한사코 첩자로 쓰려고 했다. 진전은 세상에서 가장 믿을 수 없는 사람이 바로 도박꾼이라고 생각하며 살아왔다. 그들은 이익을 위해 달라붙었다가도 그 이익 때문에 상대를 팔아넘길 수도 있는 자들이었다.

아우 소한은 어찌 된 일인지, 장청이 믿을 만한 자가 아니라는 것을 알면서도 가일의 뜻을 따랐다.

진전이 혼자 속으로 불만을 터뜨리고 있는 사이에 장청이 갑자기 손에 들고 있던 나무 막대를 던져버리고 도박장을 나섰다. 진전도 어쩔 수 없이 옆에 있던 도박꾼들을 밀치고 나가 멀찍이서 그를 쫓아갔다. 아우 소한은 행여 장청에게 들키기라도 할까봐 미행을 매일 붙이지 않았다. 게다가 미행하는 사람도 매번 바꿔가며 의심의 눈을 피했다. 사실 진전이 보기에 그럴 필요조차 없었다. 장청은 보통 삼원 도단에서 정오까지 자고 일어나 대충 한 끼를 해결하고 도박장에서 반나절을 보낸 후 다시 도단으로 돌아갔다. 그는 경계심이 높지 않아, 여러 날 동안 미행이 붙었는데도 전혀 눈치를 채지 못했다.

장청은 고개를 숙이고 어깨를 들먹이며 길을 걸어갔고, 가끔 멈춰 서서 뒤쪽을 힐긋힐긋 쳐다보았다. 이럴 때마다 진전은 조심스럽게 몸을 숨겼다. 그와 소한은 백로 도단에 있을 때 늘 미행과 정탐을 하며 지내다 보니 이런 일에 단련이 되어 있었다. 장청처럼 멍청한 자를 미행하는 일은 그야말로 식은 죽 먹기처럼 쉬운 일이었다.

장청이 어슬렁거리며 일각 정도를 걸어가다 재빠르게 뒷골목으로 들어갔다. 진전은 경멸하듯 콧방귀를 뀌며 골목 어귀에서 멈춰 섰다. 지금 장청은 뒷골목에 있는 그 사창가를 또 찾아가는 게 틀림없었다. 소한이 사람을 시켜 그 사창가를 조사했고, 그곳은 그들이 장청을 매수하기 전부터 알고 있던 곳이었다. 진전은 뒷골목 맞은편에 있는 버드나무 옆으로 걸어가 그늘에 쭈그리고 앉았다. 지금까지 장청은 이곳을 다섯 번이나 찾아왔고, 그때마다 한두 시진이나 지나야 나왔다.

여인이라……. 그의 머릿속에서 돌연 이런 생각이 튀어나왔다. 양갓집 규수를 하나 찾아서 아우에게 소개를 시켜줘야 하나? 아우가 혼인해서 가정을 이루면 가일을 멀리하고 이런 위험한 일을 안 하지 않을까? 그러다 아이라도 생기면 더 좋고.

장청이 문을 세 번 두드리고 잠시 기다렸다 다시 두 번을 또 두드렸다. 문이 열리고 용모가 빼어난 여인이 웃으며 그의 손을 잡고 안으로 끌어당겼다. 문이 닫히자마자 여인이 두 손으로 그의 목을 끌어안고는 투정을 부렸다.

"자기야, 아직 날짜도 안 됐는데 왜 왔어요?"

장청이 아무 말 없이 그녀를 끌어안고 안으로 들어갔다. 장청이 방 안을 쭉 훑어보더니 살짝 망설이는 기색을 드러냈다.

여인이 웃으며 말했다.

"안심해요. 오늘은 당신 말고 다른 손님은 없어요."

장청이 머리를 긁적이며 어찌 된 일인지 혼자 고민하기 시작했다. 오늘 오전에 삼원 도단에서 나오기 전에 혜덕 선사가, 이곳에 와서 우길 상선을 만나라고 했다. 그는 평소 습관대로 반나절을 도박장에서 보내고 나서야 이곳에 왔지만, 조금도 다른 점을 발견할 수 없었다.

여인이 그를 톡 치며 말을 건넸다.

"뭘 보는 거예요? 오늘따라 왜 이렇게 이상하게 구실까?"

장청은 이 여인에게 태평도 사람을 본 적이 있느냐고 물어보고 싶은 마음이 굴뚝같았다. 하지만 이 말만큼은 무슨 일이 있어도 입 밖으로 내면 안 된다는 것을 그도 잘 알고 있었다. 그가 턱을 문지르며 한창 고심하고 있을 때, 앞에 있던 여인이 눈이 뒤집힌 채 꼿꼿하게 쓰러지는 것이 보였다. 장청이 깜짝 놀라 코에 손을 대보니 다행히 아직 숨이 남아 있었다. 바로 이때 뒤에서 옷자락 움직이는 소리가 들려왔고, 장청은 자기도 모르게 뒤돌아 그곳을 바라봤다. 놀랍게도 방 중앙에 어느새 우길이 나타나 있었다.

장청은 앞으로 몇 걸음 다가가 바닥에 엎드려 쿵쿵 소리가 날 정도로 머리를 박으며 절을 올렸다.

"제자가 상선께서 납신 걸 모르고…….."

"됐네."

우길의 목소리는 여전히 갈라지고 거칠었다.

"왜 삼원 도단에서 너를 보지 않고 이리로 부른 줄 알고 있느냐?"

"상선의 깊은 뜻을 제자가 어찌 감히 헤아릴 수 있겠나이까?"

장청이 공손하게 대답했다.

"최근 며칠 동안 삼원 도단 부근에 변복 차림의 해번위들이 빈번하게 출몰하고 있으니, 이미 인력을 배치해 감시를 하고 있는 것이 분명하네. 이런 상황에서 본선(本仙)은 더 이상 도단으로 가기 힘들어졌고, 어쩔 수 없이 다른 곳에서 대사를 도모하게 되었네. 하나 혜덕의 신분이 지나치게 눈에 띄니 한번 나오면 해번영의 미행을 피하기 어렵고, 결국 자네가 소식을 전달하는 역할을 해줄 수밖에."

장청이 깜짝 놀라며 물었다.

"어떻게 가일이 도단에 감시를 붙인 걸까요? 제자는 그에게 새로 물건이 몇 상자 들어왔다는 것 말고는 아무것도 알려준 것이 없습니다."

"가일이 아니네. 가일은 해번위를 움직일 수 없으니, 분명 우청이나 여일 중 한 명일 테지."

우길이 말했다.

"하오나 상선, 최근 벌어진 일련의 사건을 가일이 줄곧 수사해오지 않았습니까? 그런데 왜 해번영이 또 끼어드는 겁니까?"

"자네가 작룡진에 관한 정보를 가일에게 흘렸으니, 그자가 손권에게 보고를 올려 그의 주목을 끌었을 가능성이 크네."

우길이 말했다.

"좋은 징조일세. 손권이 이미 자네들이 놓은 덫에 걸려든 것이네."

장청이 안도의 한숨을 쉬었다.

"모든 것이 상선의 계획대로 순조롭게 진행되고 있는 것 같습니다. 이제 제가 무슨 일을 해야 합니까?"

"계속해서 도박을 하고 여인을 사러 다니며 다른 일은 아무것도 하지 말게. 소한이 이미 사람을 시켜 자네를 미행한 지 꽤 되었네."

"그럴 리가요? 저는 그런 낌새를 전혀……."

"노련한 자를 붙인 데다 매번 사람을 바꿔 미행을 시키니, 당연히 알아채지 못했을 테지. 진전이라는 자가 지금도 문 밖에서 자네를 감시하고 있네. 알아보니 소한과 의형제를 맺은 사이더군."

장청이 입술을 축이며 물었다.

"상선, 소한이 저에게 미행을 붙이다니, 설마 제가 실수해서 비밀이 탄로라도 난 것일까요?"

"그건 아니네."

우길이 말했다.

"소한이라는 자가 의심이 많으니, 가일보다 상대하기 쉽지 않을 것이네. 아마도 처음부터 자네를 믿지 않았거나, 그자에게 건넨 미끼가 너무 작은 탓일 수도 있겠지. 수레에 실려 있던 그 물건들만으로는 그의 의심에서 완전히 벗어나기 힘들 것이네. 지금 그자가 또 다른 첩자를 심어두었는지 알 수 없으니, 매사에 조심하도록 하게. 자네는 돌아가서 혜덕에게, 작룡진에 필요한 물자를 가능한 한 빨리 옮기라고 전하게. 만약 필요하다면 본선이 도단 근처에 암호를 남겨 만날 장소를 알려주겠네."

장청은 그제야 혜덕 선사가 왜 자세한 상황 설명도 없이 이곳으로 가보라고 했는지 이해가 되었다. 한정된 암호로 정보를 전달하다 보니, 고작 장소와 시간밖에 알릴 수 없었던 것이다.

"상선, 저를 미행하는 자를 처치해야 할까요?"

"아직 때가 아니니, 경거망동하지 말게."

잠깐의 침묵이 이어진 후 우길이 다시 입을 열었다.

"장청, 이번 일에 우리 태평도의 생사존망이 걸려 있는 만큼, 큰 위험이 따르고 언제 목숨을 잃게 될지 알 수 없네. 물론 태평도를 위해 속세를 떠나는 것이니 자연히 선인의 반열에 오를 것이고, 이런 기회는 누구에게나 오는 것이 아니네. 자네는 결심이 섰는가?"

장청이 황급히 대답했다.

"상선, 그런 거라면 안심하셔도 됩니다. 도를 닦는 사람은 두려울 것이 없고, 어떤 위험이라도 감당할 자신이 있습니다."

그가 또 땅에 이마를 치며 절을 올린 후 납작 엎드려 우길의 대답을 기다렸다. 그렇지만 잠시 후에도 여전히 아무 소리도 들리지 않았다. 장청은 고개를 살짝 들어 곁눈질로 상황을 살핀 후에야 우길이 어느새 사라지고 없다는 것을 알아챌 수 있었다. 그는 안도의 한숨을 내쉬며 자리에서 일어나자마자 기분이 좋아 덩실덩실 춤을 추었다. 사실 그의 자질과 배경만으로는 언감생심 천겁(天劫)을 거쳐 선인이 될 자격을 꿈도 꿀 수 없었다. 그런데 지금 우길 상선의 말 한마디는 그에게 날개를 달아준 격이었다. 만약 훨훨 날아올라 선인의 반열에 오르는 데 성공하면 불로장생은 물론 세상을 호령하며 살 수 있을 것이다. 장청은 그런 생활을 생각하는 것만으로도 절로 흥분이 되었다.

장청은 바닥에 누워 있는 여자를 안아 침상에 내려놓았다. 지금처럼 중요한 시기에 대의를 그르칠 만한 일은 절대 일어나서는 안 됐다. 그는 여자를 깨우기 위해 밖에서 물을 퍼 와 끼얹었다. 여자가 깨어나더니 어리둥절한 표정으로 도대체 무슨 일이 일어난 거냐고 물었지만, 장청은 기혈이 부족해 잠시 기절했을 뿐이라고 거짓말을 쳤다. 그는 적잖은 돈을 그녀에게 쥐여주며 몸보신을 좀 하라고 선심을 썼다. 여자는 감동해 어쩔 줄을 몰라

하며 감사의 말을 잔뜩 늘어놓았다.

장청은 이 정도면 시간이 거의 되었다고 생각해 여자의 집을 빠져나왔다. 그는 골목 어귀에 도착하자 곁눈질로 뒤를 살폈고, 큰 나무 아래 서 있던 우람한 체구의 사내가 자신을 따라나서는 것을 알아챘다. 딱 봐도 자신을 미행하는 자가 분명했다. 장청은 코를 비비며 모른 체 가던 길을 계속 갔다. 쳇, 소한이라는 자를 만만히 봤다가 큰코다칠 뻔했군. 이런 걸 보면 가일이 순진한 게지.

진풍이 구운 양고기 다리를 한입 크게 물고 살점을 뜯어냈다. 그가 혀로 고기 덩어리를 말아 안으로 밀어 넣다, 여전히 절반이 밖에 남아 있자 아예 손으로 욱여넣었다. 그는 입을 최대한 벌려 위아래 이로 마치 맷돌을 갈듯 우적우적 씹어 잘게 다진 다음, 목구멍을 열어 전부 꿀꺽 삼켜버렸다. 그러더니 술잔을 들어 한입에 털어 넣으며 만족스러운 듯 추임새를 넣었다.

말을 몰고 북쪽으로 아홉 시진 동안을 내리 달리다 처음으로 멈춰서 먹는 음식이었다. 그는 양고기 다리 두 개와 죽엽청(竹葉靑: 대나무 잎을 담가 만든 술) 한 근, 전병 열 장을 시킨 후 정신없이 먹어치웠고, 어찌나 게걸스럽게 먹는지 사람들의 시선이 모두 그에게 쏠릴 정도였다.

이 호기심 어린 눈빛 속에 원망 가득한 눈빛도 섞여 있었다. 이자는 무창성에서 출발해 진풍의 뒤를 계속 쫓는 바람에 덩달아 아홉 시진 동안 쉬지도 못한 채 말을 달려야 했으니, 엄청난 체력을 소모했을 터였다. 너무 떨어지면 놓치기 쉽고 너무 가까우면 발각되기 쉬우니, 적당한 거리를 유지하며 쫓는다는 것 자체가 중노동이었다. 아무것도 먹지 못한 채 말을 타고 한나절을 달리는 것만으로도 체력의 한계에 부닥쳤는데, 심지어 날이 저물어서까지 네 시진을 더 달리고 나서야 끝이 났다. 이자의 능력이 아무리 뛰어나다 해도, 벌써부터 기진맥진해 몸을 바들바들 떨고 있었다. 진풍은 그 모습을 보며 더 득의양양해져, 전병을 하나 집어 보란 듯이 거칠게 한입 뜯어 물었다. 유협으로 살아오면서 그는 이미 풍찬노숙에 익숙해 있었고, 아홉 시진 정도야 그에게 별것도 아니었다. 만약 말의 상태를 고려하지 않았다면 몇 시진 정도 더 달려도 거뜬했다.

그날 취선거에서 가일은 수사를 위한 두 가지 선택지를 제시했다. 진풍이 자진해서 택한 길은 거록(鉅鹿)에 가서 소한이 이미 연락해둔 자를 찾아내 천화강자의 비밀을 푸는 것이었다. 오고 가는 거리가 3천 리는 족히 되고, 밤낮없이 달린다 해도 최소 보름은 걸렸다. 게다가 가는 내내 무슨 험악한 일을 당하게 될지 알 수 없었다. 그의 뒤를 미행하는 것이 태평도든 군의사든 간에, 이 길을 떠나는 이유를 알고 나면 무슨 수를 써서라도 그를 죽이려 들 것이다.

그럼에도 진풍은 이 일을 반드시 해내고 싶었다. 그가 가장 적임자라는 이유도 있지만, 그의 마음속에 응어리진 분노를 풀기 위해서라면 이렇게라도 해야 했다. 유협 진풍은 천하를 종횡무진하며 명성을 쌓아온 인물이었다. 그랬던 그가, 화를 남에게 전가하는 그런 졸렬한 수작에 놀아나 계속 가일을 찾아다니며 하마터면 큰 잘못을 저지를 뻔했다. 만약 상대방에게 멋지게 반격할 수 없다면 진 대협의 체면이 말이 아니게 될 판이었다. 우길이 다시 살아나고 주술로 사람을 죽이는 따위의 말은 진풍에게 일고의 가치도 없었다. 배짱이 있으면 당당하게 얼굴 보고 한판 겨루면 그만이지, 그런 귀신 속임수 따위로 사람을 현혹하는 것 자체가 우습고 별 볼일 없어 보였다. 그러고 보면 '천공장군' 장각의 측근을 찾아내다니, 소한이 난놈은 난놈일세. 이 측근이 천화강자의 비밀을 나에게 털어놓을지는 모르지만 말이야. 다행히 길을 떠나기 전에 가일이 진풍에게 비단 주머니 세 개를 건네며, 그 측근이 비밀을 말하려 들지 않으면 그때 가서 열어보라고 했다.

눈 깜짝할 사이에 그는 상에 차려진 음식을 몽땅 먹어치우고 기지개를 켜며 밖으로 걸어갔다. 그를 미행하던 사내는 밥을 반도 먹지 못한 채, 진풍이 일어서자 서둘러 몸을 옆으로 돌리며 시선을 피했다. 진풍이 씩 웃으며 곧장 그에게로 가서 어깨를 툭툭 쳤다.

"급할 것 없으니 천천히 먹게. 이 형님은 여관에 가서 좀 쉬어야겠네. 두 시진 후에 다시 달려보세!"

그자는 밥을 먹다 사레에 걸린 듯 연신 기침을 하며 손을 내저었다.

"사람을 잘못 보셨소!"

진풍이 껄껄 웃으며 주막을 나섰다. 거리에 나선 진풍은 부른 배를 만족스럽게 두드리며 발길 닿는 대로 아무 여관이나 들어갔다. 그는 좋은 방을 하나 얻어 들어가 빗장을 단단히 채우고 물 항아리를 문까지 밀어다 받쳐놓았다. 그리고 난 후 창턱에 도자기 잔 두 개를 놓고, 나무 침상의 이부자리를 마치 사람이 안에 누워 있는 것처럼 만들어놓은 후에야, 자신은 방구석에서 옷을 입은 채로 누웠다.

처음에 가일은 진풍의 강직한 성격 때문에 또 화를 자초하게 될까봐 걱정을 했다. 진풍은 오히려 호탕하게 웃으며 가일의 노파심일 뿐이라고 단언했다. 비록 그동안 연이어 계략에 걸려들어 체면을 구겼지만, 그렇다고 해서 그가 바보라는 의미는 아니었다. 어쩌면 음모와 계략에 맞서 대처하는 방면으로 진풍의 능력이 못 미치는 것도 틀린 말이 아닐지 모른다. 그러나 미행에 대비하고 따돌리거나 목숨 걸고 싸우는 이런 일에 있어서는 그의 능력을 따라올 자가 없었다. 설사 해번영과 효위들 중의 고수라 해도 이 방면으로 그와 견줄 만한 이가 없을 정도였다. 이것은 다년간 유협 생활을 하며 피와 땀의 대가로 얻은 경험과 촉으로, 보통 사람은 절대 배울 수 없는 것들이었다.

진풍이 하품을 하며 눈을 가늘게 떴다. 설사 아홉 시진을 달려왔다 해도 그는 깊은 잠에 들 수 없었다. 그는 호흡을 균일하게 하며 얕은 잠을 청했다. 그렇게 한 시진이 되지 않아 진풍은 잠에서 깨어났다. 달빛이 창틀을 통해 쏟아져 들어오는 가운데, 아직 제자리를 지키고 있는 두 개의 도자기 잔이 어렴풋이 보였다. 그가 소리를 죽이며 창가로 다가가 조심스레 창틀을 밀고 밖을 내다보았다. 지금은 인시(寅時: 새벽 3시에서 5시 사이)로, 사람들이 깊은 잠에 빠져들 시각이었다. 사방이 고요하고, 노새와 말 울음소리만 가끔 들려올 뿐이었다. 진풍이 도자기 잔을 치우고 봇짐을 등에 멘 후 창문을 열고 훌쩍 뛰어내렸다. 뜰 안에는 여전히 별다른 인기척이 없었다. 진풍은 재빨리 마구간으로 가 묶어놓은 줄을 풀고 말에 올라타 문을 나섰다.

대부분의 경우 성 밖에서 밤에 이동하는 것은 결코 좋은 선택이 아니었다. 이런 관도(官道)들은 오랜 세월 전란을 거치는 동안 방치된 탓에 길이 울퉁불퉁하거나 움푹 패어, 밤에 지나가다 보면 말이든 사람이든 발을 헛디뎌 넘어지기 십상이었다. 진풍은 이런 위험을 알고 있기에, 전속력으로 길을 재촉하기보다 북쪽으로 가다가 동쪽으로 방향을 꺾어 한 시진 남짓을 서두르지 않고 이동했다. 이제 곧 동이 틀 때쯤이 되자 그는 숲 쪽으로 걸어가 말을 큰 나무 옆에 묶어두었다. 진풍이 등 뒤에 멘 봇짐 안에서 콩깻묵 덩어리 몇 개를 꺼내 옆에 던져놓으며 말이 씹어 먹는 것을 지켜보았다. 그는 또 입고 있던 겉옷을 벗어 말 옆에 걸쳐놓고, 얼핏 보면 누군가 자고 있는 것처럼 보이게 만들어놨다. 그런 후에 민첩한 손놀림으로 20보 정도 밖에 작은 함정 몇 개를 만들었다. 이 모든 것을 다 끝내고 나서야 그는 나무줄기를 타고 가장귀로 기어 올라가 자리를 잡은 후 잠시 눈을 감고 한숨을 돌렸다.

여관을 나설 때 감시자를 발견하지 못했지만, 진풍은 여전히 경계를 늦추지 않았다. 미행을 붙이는 자들 중 고수는 보통 낮과 밤으로 나눠 두 명을 붙이기 마련이었다. 그를 미행하는 자가 군의사든 태평도든, 쉽게 벗어날 수 있는 상대가 아니었다. 그가 여관에서 나와 어둠을 틈타 이 숲으로 들어온 것은 그를 쫓는 또 다른 자가 있는지 확인하기 위해서였다. 만약 그 존재가 또 있다면 분명 숲까지 그를 따라 들어올 것이다. 어쨌든 아직 어둠이 걷히지 않아 숲이 시야를 가리니, 숲속으로 들어오지 않으면 진풍의 행방을 알 길이 없었다.

일각 정도의 시간이 흐르고 나자 오른쪽에서 바스락 소리가 들려왔다. 눈을 뜨니 어스름한 하늘 빛 아래로 관목이 가볍게 흔들리는 것이 보이고, 곤줄박이 우는 소리가 들려왔다. 진풍은 허리춤에 찬 환수도를 조용히 뽑아 들고 꼼짝도 하지 않은 채 아래쪽을 주시했다. 이자는 날쌘 몸놀림으로 주위의 함정을 잘도 피해 다녔지만, 치명적인 실수를 하나 저지르고 말았다. 곤줄박이는 날이 밝기 전에 활동하는 경우가 거의 없고, 설사 그렇다 해도 교목 가지 끝에 앉아 있지 관목 숲속으로 들어올 리 없었다.

얼마 되지 않아 관목 덤불 속에서 사람의 그림자가 튀어나오더니 어둠 속을 더듬어 말을 향해 다가갔다. 진풍은 쥐 죽은 듯 숨어 또 다른 일행이 없는지 지켜봤다. 그자는 이미 말이 있는 곳까지 다가가더니 몽둥이를 치켜들고 외투를 내리쳤다. 몽둥이가 외투를 치는 순간 딱딱한 나무줄기에 닿아 다시 튕겨 나왔다. 그는 주저하듯 외투를 들춰보고 나서야 계략에 당했다는 것을 알아채고 돌아서 도망을 치려 했다. 이자에게 일행이 없는 것이 확실해졌다. 그렇지 않으면 분명 주위를 수색하고 있는 또 다른 이를 불렀을 것이다. 진풍의 상황 판단은 번개처럼 빨랐다. 그는 확신이 서는 순간 나무에서 뛰어내렸고, 날카로운 칼날이 허공을 가르며 바람을 일으켰다. 사람의 그림자가 황급히 몽둥이를 들어 공격을 막아봤지만 이내 우지끈 소리와 함께 두 동강이가 났고, 그의 가슴에서 피가 뿜어져 나왔다.

진풍은 그제야 땅 위로 착지한 후 칼을 털며 거둬들였다. 칼날에 파인 혈조(血槽: 좁은 홈)를 타고 흐르던 핏방울이 막 떠오르는 아침 태양을 향해 튀며 영롱한 진홍빛을 띠었다. 그가 칼을 다시 칼집에 넣고 허리를 숙여 쓰러진 자를 살폈다. 좀 전에 진풍이 휘두른 칼날이 왼쪽 어깨 쇄골에서부터 오른쪽 가슴 늑골까지 긋고 내려가 이미 숨이 끊어져 있었다. 진풍이 몸수색을 해보니, 물이 든 호리병과 말린 식량 외에 신분을 밝힐 만한 것이 아무것도 없었다.

진풍이 말에 올라타 숲 밖으로 향했다. 이제 잠시나마 미행을 벗어난 셈이고, 설사 그자들이 아무리 날고 기어도 오늘 하루만큼은 그를 따라잡아 감시하기 힘들 것이다. 눈 깜짝할 사이에 그는 숲을 벗어나 막 떠오르는 아침 해를 맞으며 전속력으로 질주했다.

태평도와 군의사, 우길의 부활과 육씨 가문의 문신, 손책의 죽음과 건안 5년……. 가일이 글자가 새겨진 나무패를 하나하나 앞으로 던졌고, 얼마 안 가 열 개가 넘는 패가 탁자 위에 흩어져 있었다. 그는 몸을 뒤로 젖히고 입가에 희미한 미소를 지었다. 이 일련의 일들은 그가 20년이 넘게 살아오면서 겪은 가장 기괴하고 가장 다루기 힘든 사건이었다. 귀신이나 주술만이 아니라 지존이 꺼리는 문제까지 얽혀 있어, 사건 수사 자체가 고난의 연속이었다. 비록 손상향 앞에서 건안 5년에 벌어진 사건을 조사하지 않겠다고 약속했지만, 그것은 그 상황을 일단 벗어나기 위해 내뱉은 말에 불과했다. 태평도와 군의사가 우길의 부활로 술수를 부리며 이 일련의 사건을 벌이고 건안 5년의 진적 사건과 연관시키려는 목적 중 하나는 바로 '건안 5년'을 다시 공론화시키려는 것이다. 육연의 말이 진실이라면 문신 역시 오왕이 육씨 가문을 의심하게 만들려는 치밀한 계획일 가능성이 높다. 그렇다면 이 모든 것이 육손의 경질로 이릉 전선의 군심을 흔들고 유비의 동진을 돕기 위한 것일까?

아마도 이렇게 간단한 문제는 아닐 것이다. 육연이 과연 믿을 만한 사람일까? 태평도가 왜 그자들을 죽이려 했고, 군의사가 어느 정도까지 개입해 들어간 걸까? 게다가 오왕은 손책의 죽음과 정말 관계가 없는 것일까? 그 어느 것도 확실한 답을 낼 수 없었다. 억측을 해서 판단한들 사건을 더 미궁으로 빠지게 할 뿐이었다. 가일이 또 다른 목간을 끌어다가 다시 읽기 시작했다. 이것은 효위들이 조사한 오민·장순·임조의 본적과 나이, 내력 등에 관한 자료로, 이미 수십 번도 더 보았지만 여전히 아무런 단서도 찾을 수 없었다.

기름등의 불꽃이 홀연 흔들리자, 가일이 고개를 들어 소한이 들어오는 것을 쳐다봤다. 이 간사한 장사치는 만면에 웃음을 띠며 누에콩을 상 위에 던졌다.

"좋은 소식이네."

가일이 손을 들어 관자놀이를 가볍게 눌렀다.

"장청 쪽에서 뭔가 알아낸 건가?"

"맞네. 그자가 오늘 밤 삼원 도단 안채에 몰래 들어가 『작룡보감(斫龍寶鑑)』을 찾아냈네."

소한이 아쉬운 듯 무릎을 치며 말했다.

"근데 아쉽게도, 가지고 나오지는 못하고 대충 훑어보기만 했다더군."

가일이 물었다.

"뭐라 적혀 있다고 하던가?"

"작룡진은 장각이 처음 만들었는데, 대진(大陣)을 짤 때 득도한 상선 및 바람과 물이 만나는 곳이 필요하고, 여기에 황금빛 깃발과 유황·주사·백릉(白綾)·흑수(黑水)와 같은 걸 준비해야 한다더군. 거기다가 음기가 가장 성할 때 태어난 일곱 명을 찾아내 똑같이 음기가 가장 성할 때 연이어 죽이고, 천지의 음기가 극에 달하는 순간 천자를 주살한다고 되어 있었다네. 내 지금까지 이런 기괴한 것들을 믿어본 적이 없지만, 아무래도 삼원 도단 쪽은 이런 걸 맹신하는 듯하네. 어쨌든 당시 영제도 이 장각의 작룡진 때문에 죽었다는 소문이 있기는 하니 말일세. 일전에 장청도 뒤뜰에 물건을 잔뜩 실은 수레가 여러 대 있었다는 말을 하지 않았는가? 그자가 그중 하나를 몰래 훔쳐보니, 그 안에 유황과 주사가 실려 있었다고 하더군. 작룡진을 위해 준비한 것들이 분명하네.”

“음기가 가장 성할 때라면 한밤중 자시(子時: 밤 11시부터 1시 사이)를 가리키는 거겠군. 음…… 오민·장순·임조는 모두 자시에 죽었고, 자시에 태어난 사람이라면…….”

그가 손에 든 죽간을 펼쳐 세 사람의 생시를 확인해보니 모두 동짓달 자시에 태어난 것을 알 수 있었다. 이것 역시 지나친 우연이었다. 오민은 상관없다 쳐도, 장순과 임조는 건안 5년과 관련이 있었다. 그런데 왜 이들의 생시가 다 똑같은 거지? 설마 이 모든 것이 건안 5년에 이미 모두 계획된 것이었나?

가일이 누에콩 한 알을 집으며 물었다.

“이 소식을 상청이 전해 왔는가?”

소한이 피식 웃으며 말했다.

“난 그자를 의심해왔고, 지금도 완전히 믿는 건 아니라네. 하지만 우리 쪽 사건 수사는 여전히 오리무중이니, 단서가 될 만한 것이 있으면 일단 뭐라도 더듬거려서 조사를 해보는 수밖에.”

가일이 고개를 끄덕였다.

소한이 말했다.

“이제 무창성에서 자시에 태어난 자들을 일일이 찾아내서 조사를 해야 하는데…….”

“무창성에만 7만 명에 가까운 사람들이 있고, 성 밖에 사는 농민들, 오고 가는 상인들까지 합치면 10만이 넘을 테니, 적어도 석 달은 족히 걸리겠군. 오민·장순·임조가 9일 간격으로 죽었으니, 시간이 턱도 없이 부족하네.”

가일이 말했다.

"그렇지만도 않네. 임조는 이미 13일 전에 죽었고……."

소한이 불현듯 무언가를 깨달은 듯 놀라 물었다.

"임조가 죽고 난 후 다음 사람이 이미 죽었고, 우리가 그 사실을 아직 모르고 있을 뿐이라는 건가?"

"아마 그럴 걸세. 게다가 임조는 세 번째 제물이 아닐지도 모르네."

가일이 일어나 뒤에 있던 병풍을 돌렸다. 그러자 양피지에 그린 무창성 지도가 나왔고, 그 위에 검은색 쇠못이 꽂혀 있었다.

소한이 일어나 자세히 살펴보니 쇠못 세 개가 도위부와 객조, 동성 임조의 집에 꽂혀 있고, 그것을 하나로 이은 모양새가 왠지 눈에 익었다.

가일이 물었다.

"자네는 왜 작룡진을 펼쳐 자시에 태어난 자들을 죽이려 하는지 생각해봤는가?"

소한이 대답했다.

"부끄럽게도 태평도 선사로 10여 년을 사는 동안 사람을 속이는 데만 도통했지, 이런 진법에는 관심을 둔 적이 없네."

"태평도 교의 중에 남두(南斗)는 삶을 관장하고 북두(北斗)는 죽음을 관장한다는 말이 있지. 자시에 태어난 일곱 명은 북두칠성과 딱 맞아떨어지네."

가일이 쇠못 세 개가 꽂힌 곳을 가리켰다.

"이 세 사람은 서로 다른 장소에서 죽었고, 방위와 거리로 볼 때 북두칠성 중 거문(巨門)·녹존(祿存)·문곡(文曲)에 해당하네."

소한이 미간을 좁히며 손가락을 펼쳐 쇠못 세 개의 거리와 각도를 재보다 한숨을 내쉬었다.

"내 살면서 머리 회전만큼은 빠르다고 자부해왔는데, 이런 건 생각지도 못했네. 가 교위, 정말 대단하네."

가일이 남몰래 고개를 가로저었다. 만약 한선의 반서가 아니었다면 그는 지금까지 아무런 단서조차 얻지 못했을 것이다. 가일은 쇠못 두 개를 꺼내 하나를 도위부 동북 방향에 꽂고 또 하나를 동성 임조의 집에서 서북 방향으로 꽂았다. 그것은 북두칠성 중 탐랑(貪狼)과 염정(廉貞)의 대략적인 위치였다.

"이 두 곳을 조사해 이상한 점이 있는지 확인해본다면 우리의 예상이 맞는지 알 수 있을 걸세."

가일이 말했다.

"내가 당장 조사하러 가겠네."

"아니네. 효위들을 시키는 것이 가장 좋겠네. 얼마 전에 손 군주께서 나를 불러들여 효위 지휘권을 허락하셨네. 잠시 후 손몽을 찾아가 효위들과 움직일 생각이니, 조사를 마치고 나서 다시 이야기하세."

소한이 잠시 머뭇거리다 말을 꺼냈다.

"만약 그 추측이 맞는다면 오민은 첫 번째가 아니라 두 번째 제물이겠군. 다시 말해서 지금까지 이미 다섯 명이 죽었고, 그럼 앞으로 보름 정도면 작룡진이 완성되는 것 아닌가?"

가일은 아무 대답 없이 쇠못 두 개를 또 꺼내 양피지 지도 위에 꽂았다.

소한이 눈을 가늘게 뜨며 말했다.

"가 교위의 생각은, 우리가 무곡(武曲)과 파군(破軍) 이 두 곳을 파악하기만 하면 작룡진을 깰 수 있다는 건가?"

"태평도는 작룡진을 성공시키면 지존을 시해할 수 있다고 믿고 있네."

가일이 대답 대신 물었다.

"자네는 이걸 믿는가?"

소한이 고개를 가로저었다.

"당연히 믿지 않네."

"나도 마찬가지네."

가일이 미간을 좁히며 말했다.

"자네나 나처럼 정신이 제대로 박힌 사람은 절대 이런 말에 현혹되지 않겠지. 그럼에도 왜 군의사가 태평도를 도와 이런 작룡진을 일으키는 데 쓸데없이 힘을 들이고 있다고 생각하는가? 게다가 호기를 죽인 자는 일부러 그가 군의사의 개입을 누설하게 만들었지. 도대체 무슨 목적으로 그런 것인지, 아무리 생각해봐도 명확한 답을 찾을 수 없군."

소한의 눈빛이 반짝였다.

"그래서 효위들을 대동하고 대대적으로 조사를 나가 그들의 반응을 살펴려는 것인가?"

"그렇네. 우리는 양지에 있고 저들은 음지에 있으니, 암암리에 수사를 한다는 것은 거의 불가능하네. 풀을 베어 뱀을 놀라게 하듯, 저들을 경계하게 만드는 것도 좋은 방법이겠지."

가일이 조금 피곤한 기색을 드러내며 말했다.

"아마도 자네가 모르는 일이 또 한 가지 있네. 오늘 오전에 지존께서 나를 불러들여 사건의 경과에 대해 물으셨네. 그런데 말씀을 하는 중간 중간에 육연에 대한 칭찬을 아끼지 않으시더군."

소한이 그 의중을 이해하고 말했다.

"그 말은, 육씨 가문의 문신과 관련해서 지존께서 여전히 별다른 의심을 하지 않는다는 것인가? 그럼 자네의 사건 수사가 더 난항을 겪게 되지 않겠나?"

"육씨 가문의 마음을 안정시키기 위해 일부러 그러는 것일 수도 있네. 하지만 어찌 됐든 이 몇 가지 사건이 너무 많은 일과 연루되어 있다는 것 자체가 수사를 내내 힘들게 하는 것도 사실이네."

가일이 정색을 하며 화제를 돌렸다.

"소한, 자네가 나를 친구로 삼은 것은 단지 의지할 뒷배가 없어서였네. 내가 이 자리를 빌려 다시 한번 분명히 말하는데, 이 사건을 계속 수사하게 되면 나 역시 목숨을 잃게 되는 화를 당할 수 있고, 자네 역시 그 화에 연루될 수 있네."

소한이 손을 내저었다.

"처음에야 그런 계산으로 접근한 것이 맞네. 하지만 시간을 흐를수록 자네라는 사람 자체에 흥미가 생겼고, 기민하고 과감한 결단력도 마음에 드네. 앞으로 걸어갈 길이 아무리 위험천만하다 해도 자네라면 너끈히 헤쳐나갈 거라는 생각도 늘 가지고 있지. 하물며 이제 와서 중간에 발을 빼면 나중에 사건이 다 마무리되고 나서 무슨 좋은 꼴을 볼 수 있겠는가?"

"그 말은, 나와 끝까지 가보겠다는 건가?"

가일이 물었다.

"군자는 도를 같이하는 사람과 벗이 되고, 소인은 이익을 함께하는 사람과 벗이 된다고 했네. 우리처럼 도와 이익을 같이하는 사이를 지기(知己)라고 부르지 않으면 뭐라 하겠는가?"

소한이 웃으며 말했다.

"우리가 가는 이 길이 끝까지 어둠뿐일 리 없고, 우리 역시 동이 틀 때까지 버틸 수 있을 거라 생각하네."

가일은 더 이상 아무 말도 하지 않았지만, 마음이 영 석연치가 않았다. 그는 자기도 모르게 형주에 있을 때 만났던, 긴 창을 등에 멘 젊은이를 떠올렸다. 비록 소한의 성격은 부진과 완전히 다르지만, 가일은 두 사람에게서 비슷한 느낌을 받았다. 마치 외롭고 추운 밤에 갑자기 한 줄기 빛이 보이는 듯한 그런 느낌이었다.

희미한 미소가 드디어 가일의 얼굴에 떠올랐다. 그는 소한에게 말하는 것 같기도 하고, 또 얼핏 들으면 혼잣말처럼 중얼거리는 듯도 했다.

"맞네. 우리는 동이 틀 때까지 버틸 수 있을 것이네."

오후의 햇볕이 따갑게 내리쬐니 어느새 옷이 땀에 젖어 끈적끈적하게 몸에 달라붙었다.

가일이 손으로 부채질을 해보지만, 그래봤자 더운 바람만 살짝 일으킬 뿐 아무 소용이 없었다. 눈앞에, 큰불이 난 후 폐허가 된 집이 거의 뼈대만 남아 있었다. 기울어질 듯 늘어선 검게 타버린 대들보와 기둥이 언제 무너져 내릴지 아슬아슬해 보였다. 타다 남은 가구들은 원래의 모양을 잃은 채 기와 더미 위에 어지럽게 흩어져 있었다. 이곳은 작룡진 중 탐랑의 위치이자, 첫 번째 사람 제물이 바쳐진 장소였다.

가일이 폐허 위에 서서 사방을 둘러보니 푸른 벽돌로 쌓은 담장만이 보였다. 이 집은 서성에 위치해 있고, 집주인은 오와 촉을 자주 오가는 행상으로 지금은 무창에 살고 있지 않았다. 효위들이 사방으로 흩어져 이웃들을 찾아다니며 그날 밤 불이 났을 때의 상황을 물어보니, 이 집 문 앞에서 불을 끄던 자들이 이웃들의 접근을 막았다고 했다. 이웃들은 불길이 어느 정도 잡히자, 괜한 참견으로 이 흉포한 자들에게 화를 당할까 두려워 각자의 집으로 돌아갔다. 이 마을의 주민은 중인 계층이 대부분이었고, 집으로 들어가 대문을 걸어 잠그면 외부와 차단이 되기 때문에 인정이 더 각박했다. 대다수가, 자신과 이해관계가 얽힌 일이 아니라면 굳이 위험을 무릅쓰고 나와 다른 사람 일에 대해 알아보고자 하지 않았다.

"여기 오면 무슨 단서라도 얻게 될 줄 알았는데, 결국 또 허탕을 쳤네요."
손몽이 투덜거렸다.

"염정은 비단 점포가 있는 곳이던데, 그쪽으로 가보는 건 어때요?"

"당신은 똑똑하기는 한데, 사건 수사에는 영 재주가 없는 듯하오."
가일이 말했다.

손몽이 인정할 수 없다는 듯 콧방귀를 뀌었다.

가일이 폐허 속으로 들어가 재를 한 줌 집어 손가락으로 비벼보고, 또 코에 대고 냄새도 맡아봤다. 그런 후 잘려나간 벽을 발로 찼다. 그러자 벽이 몇 번 흔들리더니 바로 우르르 무너져 내리며 먼지가 잔뜩 피어올랐다. 그가 사방을 둘러보다 담장에 온통 검은 흔적이 남아 있는 것을 발견했다. 큰 불로 검게 그을린 자국이 분명했다.

"뭐 하는 거예요?"

손몽이 호기심이 들어 물었다.

"잿더미에서 기름 냄새가 나는 걸 보니, 사고로 화재가 난 건 아니오. 게다가 집의 측면 벽이 다 탔는데도 이웃집으로 불길이 번지지 않은 걸 보니, 불길을 아주 빠른 시간 안에 잡은 게 분명하오."

"불을 내 이 집을 태우려고 한 건 시체를 훼손해 흔적을 없애려고 그런 거고, 사방으로 불길이 안 번진 건 방화범이 그걸 막았기 때문일 거예요. 불길이 지나치게 커지면 도위부에서 조사를 나올 테니까요."

"그리 빨리 알아챈 걸 보니 역시 똑똑하오."

가일이 칭찬을 해주었다.

"어째서 도위부에서 아무도 안 오는 것이오?"

"이미 효위들이 두 번이나 가서 재촉을 했어요. 이 위림이라는 자가 해번영을 우습게 보더니, 이제는 우리 군주부까지 안중에 없나 보네요. 내가 아주 벼르고 있으니 두고 봐요."

가일은 아무 말 없이 대문 가에서 고개를 내민 채 이곳을 훔쳐보고 있는 열몇 살짜리 소년을 쳐다봤다. 그 소년은 온통 기운 자국투성이인 짧은 옷을 입고 구멍이 난 해진 신발을 신고 있었다. 어찌나 말랐는지, 바람이 불면 휙 날아갈 것만 같았다. 소년은 가일이 다가오는 것을 알면서도 도망가기는커녕 태연하게 서서 코를 문질렀다.

"이놈! 관부에서 나와 사건을 조사하는 것을 보고도 주위를 어슬렁거리다니, 잡혀가 감옥에 갇히고 싶은 것이냐?"

가일은 옷섶으로 손을 넣어 돈을 꺼내면서도 입으로는 일부러 험상궂게 혼을 냈다.

소년이 고개를 뻣뻣하게 쳐들고 말했다.

"전 구경하러 온 것이 아니라 수사에 도움을 주려고 온 것인데, 어찌 잡아간단 말입니까?"

"수사에 도움을 준다 하였느냐?"

"이 집에 왜 불이 났는지 조사하러 오신 거 아닙니까? 제가 그날 여기 있었습니다!"

소년이 이 말을 하는 내내 가일의 손에 있는 돈에서 눈을 떼지 못했다.

가일이 동전 석 냥만 집어 그에게 던지며 물었다.

"우리가 이 주변 이웃들에게 물어봤을 때도 다들 아무것도 모른다고 했다. 그런데 네가 뭘 볼 수 있었다는 것이냐?"

"그들이야 돈도 재산도 있으니 이것저것 재고 따지며 가진 걸 지키느라 감히 보지도 묻지도 못했을 테죠."

소년의 눈빛에서 그 나이 또래와 어울리지 않는 교활함이 드러났다.

"난 달라요."

"그럼 뭘 봤느냐?"

손몽이 물었다.

"어린아이라도 거짓말은 용서하지 않을 것이다."

"손에 있는 돈을 전부 제게 주시면 말씀드릴게요."

소년은 손몽을 상관하지 않고 여전히 가일의 손에 있는 돈에서 시선을 떼지 못했다.

가일이 온통 천으로 덧대 기운 소년의 옷섶을 끌어당겼다 놓자 짤랑짤랑 소리가 나더니 동전이 모두 소년의 품 안으로 떨어졌다.

"일단 이 돈을 주마. 네가 얼마나 자세한 정보를 주느냐에 따라 한 움큼을 더 줄 것이다."

소년이 품에서 동전을 하나하나 집어 꺼내며 세어본 후 허리춤에 찬 주머니에 집어넣었다.

"그날 밤에 제가 여기서 멀지 않은 곳에 있는 지붕에 엎드려 있다가 불빛이 환해지는 걸 보고 용마루를 따라 이곳까지 뛰어왔습니다. 이 근처까지 오니까 물동이를 든 사람, 모래주머니를 짊어진 사람들이 이 불난 집을 에워싸고 있는 게 보였습니다. 그런데 그 사람들이 불을 끌 수 있는 것들을 들고도 아무도 움직이려 들지 않았어요. 정말 이상하지 않습니까? 그래서 지붕에 엎드려서 어떻게 된 일인지 지켜봤습니다. 좀 있으니 해골처럼 마른 도사가 걸어왔는데, 웃긴 게, 어깨에 원숭이가 한 마리 앉아 있었어요. 그 사람이 거드름을 피우며 집을 한 바퀴 돌고 알 수 없는 말을 중얼거리더니 그 사람들에게 불을 끄라고 지시를 내렸어요. 불을 끄고 나서 몇 사람이 이 폐허 더미로 들어와 검게 탄 시체를 하나 들고 나오더니, 흰 천으로 감싸 마차에 실어 어디론가 갔어요."

가일이 놀란 눈빛으로 아이를 추궁했다.

"시체를 운반해 갔다고?"

"네, 시체를 가져가고 나자 어깨에 원숭이를 앉혀놓은 그 도사도 떠나갔어요. 남은 몇 사람들이 집집마다 돌아다니며 문을 두드리고 소리치며, 누구라도 관에 보고하면 모두 씨를 말려버리겠다고 협박했어요."

소년이 시시덕거리며 말했다.

"그랬더니 마을 사람들이 벌벌 떨며, 절대 아무 말도 하지 않겠다고 하더군요. 다음날 내가, 누군가 조사를 나오면 돈을 좀 빌 수 있겠다 싶어 이 근방을 한 바퀴 어슬렁거리며 돌아다녔는데, 아무도 안 오더군요."

"그 말은, 집에 불이 나고 지금까지 한 달 보름이 지나도록 관부에서 아무도 조사를 나오지 않았다는 것이냐?"

손몽이 물었다.

"그렇다니까요? 오늘 해번영에서 조사를 나온다고 전해 듣지 못했다면 이 돈도 날아갈 뻔했지 뭡니까?"

소년이 가일에게 손을 뻗었다.

"다 말했는데, 나머지 돈은 안 주실 겁니까?"

"기다리거라."

손몽이 막아서며 말했다.

"관부에서 조사하러 나오지 않았는데, 왜 네가 직접 가서 보고하지 않았느냐?"

"관에 보고를 하라고요?"

소년이 비꼬듯 말했다.

"관부에서 나온 나리들 같은 분은 자기가 어떤 사건을 조사해야 할 때만 돈을 주고 정보를 사려 안달을 하죠. 내가 관부로 직접 가서 보고를 하면 다들 나를 귀찮아하고 곤장을 쳐서 내쫓았을 걸요?"

가일이 돈을 또 한 움큼 꺼내 소년에게 주며 물었다.

"그날 밤 지붕에 엎드려 뭘 했느냐?"

"도둑질이지 뭐겠습니까? 어떤 집들은 부엌문을 잠가놓지 않는 데다 안에 남은 밥과 반찬, 고기가 넉넉히 있어서 배를 채우기 딱 좋거든요."

소년이 대수롭지 않다는 듯 말했다.

손몽이 정색을 했다.

"어린아이가 좋은 걸 배워야지, 도둑질을 해서야 되겠니? 앞으로 다시는 도둑질을 하지 말거라. 그러지 않으면 이 누나가 널 잡아다 감옥에 가둬줄 테니!"

소년이 코를 문지르며 말했다.

"에잇, 나리는 좋은 것 입고 맛있는 음식만 먹으면서 옳은 말만 하시네요. 근데 전부 들을 수만 있고 먹을 수는 없지 않습니까? 우리 패거리가 몇십 명인데, 그중 가장 어린 아이가 다섯 살이고 가장 나이가 많아봐야 다제 또래라, 힘쓰는 더러운 일을 하겠다고 해도 아무도 쓰지를 않습니다. 도둑질이라도 하지 않으면 가만히 앉아서 굶어 죽으라는 거 아닙니까?"

손몽은 말문이 막혀 아무 반박도 할 수 없었다.

그 소년이 돌아서서 몇 걸음을 옮기다 다시 고개를 돌려 가일을 보며 말했다.

"이렇게 많은 돈을 주셨으니, 마지막으로 한 가지만 더 알려드리겠습니다. 예전에 구걸을 할 때 그자들 중 몇 명을 본 적이 있는데, 삼원 도단 사람들이었습니다."

"삼원 도단."

가일은 별로 놀라울 것도 없다는 듯한 목소리로 무표정하게 그 말을 반복할 뿐이었다.

"소한과 함께 그곳 사람을 첩자로 매수했다고 하지 않았어요? 장청이라고 했나? 근데 왜 이 사실을 알려주지 않은 거죠?"

손몽이 물었다.

"우리가 그를 매수한 지 한 달이 되었고, 이 집은 한 달 반 전에 불이 났으니 그가 참여하지 않은 이상 상황을 모르고 있을 수도 있소. 사실 내게 신경 쓰이는 부분은 불에 탄 시체를 왜 다시 옮겨 갔느냐는 것이오."

"그게 왜 이해가 안 되는데요? 도사들이 불을 지른 건 단서를 없애려는 거잖아요? 집이 불에 타면 안에서 무슨 일이 있었는지 제대로 알아낼 수 없으니까요. 그리고 불을 끈 것 역시 관부의 주의를 끌고 싶지 않아서겠죠. 집을 한 채 다 태우고 난 후에 순찰을 도는 자가 관에 보고만 올리면 그걸로 끝이니까요. 그런데 집에 시체가 있으면 반드시 도위에게 보고를 올려야 하잖아요?"

"설마 그리 단순할 리 없소. 이곳은 탐랑이고 모든 작룡진의 첫 번째 별자리가 위치한 곳이니, 일 처리가 더 깔끔하고 완벽해야 마땅하오. 만약 작룡진을 위해 필요한 배치라면 장소를 바꿀 수 없었을 테고, 그렇다면 강도의 침입이나 실수로 사람을 죽이는 등 불의의 사고로 위장하면 될 일이었소. 그런데 왜 굳이 이렇게까지 일을 크게 벌였을 것 같소?"

가일이 그 이유를 나름 추측해보았다.

"어쩌면 시체의 모습이 평범한 사망 현장으로 보이기에 적합하지 않았을지도 모르오."

손몽의 눈빛이 반짝였다.

"우리가 이미 조사한 세 건의 사건에서 오민·장순·임조는 모두 우길의 주술에 걸려 죽었고, 온몸의 피가 응고되었잖아요? 게다가 오민은 다시 살아나기까지 했어요."

가일이 고개를 끄덕였다.

"다시 말해서 작룡진을 펼치는 데 필요한 사람 제물은 위치상으로 북두칠성 자리에 있어야 하고, 사인도 반드시 혈액을 응고시키는 그런 독약이어야 하오."

"독약이 아니면 우길의 주술이겠군요."

손몽이 허리춤에서 부적을 꺼내 가일에게 건넸다.

"손 군주가 내게 준 부적이에요. 장(張) 천사를 통해 받은 것이니, 태평도를 상대할 때 도움이 될 거예요."

가일이 받을 의사가 없다는 듯 손을 내저었다.

손몽이 다급히 말했다.

"손 군주가 그러는데, 귀신 같은 건 없다고 생각하느니 있다고 믿는 편이 낫다고 했어요. 앞으로도 계속 사건을 수사해야 하는데, 이거라도 몸에 지니고 있으면 없는 것보다 마음이 든든해질 거예요."

가일이 물었다.

"이걸 내게 주면 당신은 어쩌려고 그러오?"

손몽이 기가 막힌 듯 그를 타박했다.

"그자들이 상대하려는 건 당신이지 내가 아닌데, 뭘 상관이에요!"

"이 부적이란 게, 그걸 처음 지닌 사람에게만 효력이 있다 들었소. 그러니 나는 걱정하지 마오. 나중에 나도 하나 만들어서……."

"누가 걱정했다고 그래요? 나는 그냥 손 군주가 당신한테 무슨 일이라도 생겨 사건을 해결하는 데 지장이 생길까봐 걱정하니까 그런 거죠."

손몽의 얼굴이 살짝 붉어졌다.

"왜 혼자 착각해서 사람을 이상하게 만들고 그래요!"

가일이 난처해져 해명을 하려는데, 위림이 드디어 마당 문을 통해 걸어 들어오는 것이 보였다. 그가 헛기침을 하며 그에게 말을 걸었다.

"위 도위, 드디어 얼굴을 보게 되는군."

위림이 공수를 하며 인사를 올렸다.

"두 분의 마음을 상하게 했다면 용서하십시오. 위나라 사신단이 머잖아 도착할 예정이라, 요 며칠 연회장 주위에 배치한 호위들을 순시하느라 정신이 없어서……."

"지금 어느 안전이라고 그 따위 한물간 평계를 들먹이느냐?"

손몽이 비꼬듯 말했다.

"조비 쪽의 사신단이 이미 날짜를 연기했다는 걸 모르는 것이냐, 아니면 모른 척하는 것이냐?"

"손 낭자께서 아직 소식을 못 들으셨나 봅니다. 일전에 위나라 사신단이 방문을 연기했다가 그저께 일정을 다시 재개해 곧 도착할 예정입니다."

위림이 말했다.

"위나라 사신단이 다시 오기로 했다는 것인가?"

가일이 끼어들어 물었다. 그렇다면 손권과 조비가 한 달 가까이 신경전을 벌이다 드디어 서로 원하는 것에 합의를 한 것일까?

"그 말은, 조위 사신단을 맞을 준비를 하느라 바빠서 효위가 두 번이나 가서 재촉을 했는데도 이제야 억지로 시간을 내서 왕림했다는 것인가?"

손몽이 그를 책망하며 말했다.

위림이 고개를 숙이며 해명을 했다.

"손 낭자, 소인의 관직이 비천하나 무창성의 치안을 책임져야 하니, 일의 경중을 분명히 따져야 마땅할 줄 압니다. 그러니 죄가 있더라도 부디 너그러이 이해해주십시오."

손몽이 눈썹을 치켜떴다.

"지금 태평도가 유언비어를 퍼뜨리며 역모를 꾀하는 일을 가벼운 사건으로 치부하는 것이냐?"

"위나라 사신단이 지존을 왕으로 책봉하기 위해 오는 것은 지금 위나라와 손을 잡고 촉나라에 대항하는 중대사와 관련이 되어 있습니다. 해번영의 우청 부독과 여일 부독께서, 군의사가 이번 책봉식을 깨기 위해 혈안이 되어 있으니 반드시 대소사를 구분하지 말고 모든 일에 완벽을 기하라고 거듭 강조하며 지시를 내리셨습니다. 폐하께서도 친히 소인을 불러들여, 진행 중이던 모든 사건에서 손을 떼고 이 일에만 집중하라고 말씀하셨습니다."

위림의 목소리에 불만이 살짝 섞여 있었다.

"소인이 이런 이유로 안사람의 사건조차 제대로 조사하지 못하고 있는 마당에, 손 낭자에게 불려 민가의 화재 사건 현장에 와 있는 걸 만약……"

"만약 지존께서 아시면 처벌을 피하기 어려울 테지."

가일이 끼어들어, 화가 머리끝까지 난 손몽을 막았다.

"위 도위, 자네가 공무로 바쁜 건 알겠으나, 이왕 이렇게 왔으니 더 이상 불평은 삼가도록 하게. 이쪽 일이 빨리 해결될수록 자네도 서둘러 돌아가 중대사를 치를 준비를 하지 않겠는가?"

"가 교위께서 무슨 긴요한 일로 저를 부르신 겁니까?"

"이 민가에 불이 나 조사를 나왔다 들었는데, 도위부에도 보고가 올라갔는가?"

"알고 있었습니다. 이 민가는 수십 일 전에 불이 났고, 인명 피해가 없는 데다 피해를 입은 집주인이 이곳에 없어 잠시 보류를 해둔 상태였습니다."

"만약 내 추측이 맞는다면, 요 며칠 사이에 비슷한 화재 사건이 나지 않았는가?"

"그게……."

위림이 대답을 제대로 하지 못했다.

"위 도위가 최근 조위 사신단을 영접하는 막중한 일을 처리하느라 바빠 이런 사소한 화재 사건에 신경 쓸 틈이나 있었겠어요?"

손몽이 비꼬듯 쌀쌀맞게 말했다.

위림이 손몽의 말을 애써 무시했다.

"가 교위, 무창성에서는 화재 사건이 한 달에도 여러 건이 일어나고 있고, 집주인이 신고를 하지 않으면 도위부가 처리할 필요가 없습니다."

"그런 것도 모르고 공연한 발걸음을 하게 했군. 이제 가서 일을 보도록 하게."

위림이 가일에게 공수를 하고 뒤돌아 걸어갔다.

손몽이 불만을 터뜨렸다.

"고작 그 몇 마디 물어보고 보내는 거예요?"

"그의 마음이 다른 곳에 가 있으니, 이곳에 오래 붙잡아둔들 무슨 소용이 있겠소? 도위부는 기대하지 맙시다. 이 사건은 우리 힘으로 해결해야 할 것 같소. 자, 여기는 일단 놔두고 염정 위치로 가보도록 합시다."

두 사람이 효위들을 이끌고 말을 몰아 길을 떠났다. 가는 내내 가일은 무슨 생각에 잠긴 듯 아무 말도 하지 않았다. 손몽은 손에 그 부적을 쥐고 계속해서 경계하며 좌우를 살폈다. 염정에 거의 다 이르렀을 때, 그녀의 시야에 흰말을 타고 정면에서 다가오는 육연의 모습이 얼핏 들어왔다. 오늘따라 육연은 평소와 다르게 평복을 입고 있었다. 빳빳하게 물을 먹인 심의와 허리춤에 걸린 옥 사남패, 금사로 테두리를 수놓은 검은 비단 신발에 이르기까지 온몸에서 세도가 자제의 기품이 느껴졌다.

육연이 손몽 일행을 보고 고삐를 당기며 물었다.

"손 낭자, 가 교위와 함께 어딜 가는 것이오?"

"저 앞에 있는 비단 점포에 가는 중이에요."

"불이 났다던 그 가게 말이오?"

손몽이 의아한 듯 물었다.

"그걸 어떻게 알죠?"

"나도 방금 그곳에 들렀다 오는 길이오. 그 점포가 전매되어 일꾼들이 집을 치우느라 정신이 없더군요. 아마 새로운 점포가 들어설 모양이오."

"전매? 언제 그리된 건가?"

가일이 정신을 차리고 물었다.

"그제 그리됐소."

육연이 대답했다.

"근데 왜 거길 찾아가는 것이오?"

"당신은 왜 거길 찾아간 거죠?"

손몽이 반문했다.

"그게, 말하자면 좀 길죠. 그 점포에서 사건이 일어났는데 아무래도……

우리가 수사 중인 사건들과 연관이 있는 것 같소. 여기서는 말하기가 좀 그러니, 일단 비단 점포에 갔다가 장소를 옮겨 자세한 이야기를 나누는 게 좋겠소."

드디어 도착했다.

유협으로 살면서 진풍은 위·촉·오 세 나라 땅을 두루 돌아다니다 보니, 거록에 처음 와봤다고 해서 그리 불편할 것도 없었다. 이곳은 평범한 북방의 작은 마을로, 동서·남북으로 두 개의 길이 나 있고 인구는 2, 3천 명 정도 되었다. 마을에 주둔하거나 순시하는 병정들이 하나도 없이 오로지 이장(里長)을 중심으로 유지되고 있었다. 만약 추적하는 사람이 이곳에서 그를 공격하려 들면 무고한 생명까지 적잖게 다칠 것이 뻔했다. 비록 가일이 절대 조심해야 한다고 당부를 했지만, 그는 결국 속전속결을 결심했다. 그는 사방을 둘러보다 닥치는 대로 지나가는 행인 하나를 잡아 길을 물어본 후 불어오는 흙먼지 바람을 헤치고 곧장 달려갔다.

열려 있는 대문 안을 들여다보니, 혈색 좋은 중년 사내가 마당에 앉아 콩깍지를 까고 있었다. 그는 진풍이 대문으로 들어서자 의아한 듯 쳐다봤다. 진풍이 곧장 안으로 걸어 들어가 털썩 앉으며 사내를 향해 씩 웃어보였다.

사내가 물었다.

"댁은……."

진풍이 거만하게 물었다.

"댁이 장현(張賢)이오?"

"제 부친을 찾아오셨습니까?"

사내가 즉각 경계의 눈초리를 보냈다.

"예전에 장현이 장각을 따랐다길래, 지난 일을 좀 물으러 왔소."

사내가 크게 놀라며 자리에서 일어섰다.

"선생께서 사람을 잘못 찾아오신 것 같습니다. 부친께서는 평범한 농사꾼이고 지금은 연로하셔서 문 밖 출입을 거의 하지 않으시는데, 어찌 태평도와 관련이 있겠습니까?"

"이곳에 오기 전에 형제들에게서 이미 다 듣고 왔소. 장현의 본명은 장철(張澈)이고, 열두 살 때 타고난 총기를 인정받아 태평도의 도동이 되었소. 그후 장각을 따라 여러 지역을 전전하며 포교를 하고 약을 베풀며 누차 신통력을 드러냈소. 중평 원년에 장각이 황건적의 난을 일으키자 장현은 말없이 그를 떠나갔고, 그해 말에 장각은 거사에 실패한 채 광종(廣宗)에서 병사했소. 소문에 따르면 장현이 밤을 틈타 광종으로 들어가 장각의 셋째 아우 장량(張梁)에게 투항을 권했으나 성 밖으로 추방됐다고 하더군. 다음날 황보숭이 광종성을 함락시켰고, 장량과 3만 명의 신도가 난리 중에 죽었소. 중평 5년 2월, 태평도의 곽태(郭太)가 장현을 찾아가 그를 수장 자리에 앉히고 다시 봉기를 일으키려 했지만 결국 장현에게 거절을 당했고……."

"선생은 태평도 사람이십니까?"

사내가 진풍의 말을 끊고 매서운 눈빛을 보냈다.

"아니오. 그렇다고 관부 사람도 아니오. 나는 유협이고, 벗의 부탁을 받아 어떤 일을 좀 알아보러 왔소."

진풍이 자리에서 일어나 곧장 방으로 들어가려 했다.

"장현은 이 방에 있소?"

뒤에 있던 사내가 갑자기 나서서 진풍의 뒤통수를 향해 두 주먹을 날렸다. 진풍이 몸을 살짝 옆으로 돌려 그의 공격을 피하며 팔을 굽혀 뒤꿈치로 그의 턱을 가격했다. 사내는 휘청거리며 몇 발자국을 뒤로 밀려났고, 놀란 눈으로 진풍을 보며 품에서 비수를 꺼내 들었다.

"그만하거라."

방 안에서 노인의 목소리가 들려왔다.

"의(疑)야, 내가 너에게 말해왔던 그때가 드디어 온 것 같구나. 너는 그들을 데리고 여기를 떠나거라. 나는 이 소협과 나가서 좀 걸어야겠다."

사내가 비수를 거두고 차마 발길을 돌리지 못한 채 말했다.

"아버지……."

"때가 되었으니 더 이상 지체해서는 안 되겠지."

등이 살짝 굽은 늙은 농사꾼이 방문을 열고 나와 진풍을 불렀다.

"소협은 나를 따라오게."

진풍도 주저하지 않고 노인을 따라 마을을 나섰다. 노인은 아주 평범해 보였다. 그는 기운 자국이 가득한 검은색 홑옷 차림에 짚신을 신고 있었고, 구부정한 몸으로 적당한 보폭을 유지하며 앞에서 걸어갔다. 진풍이 그를 따라잡으려고 해봤지만 아무리 애를 써도 되지 않았다. 그가 속도를 늦추면 노인도 느리게 걷고 그가 빨리 걸으면 노인도 빨라져, 늘 몇 발자국의 간격이 일정하게 벌어졌다. 진풍은 몇 차례 시도를 해보고 나서야 노인이 그를 마을에서 멀리 떨어진 곳으로 데려가려 한다는 것을 알아채고 묵묵히 그 뒤를 따라갔다. 오후부터 해가 막 질 무렵까지 걸어 토산 기슭에 당도하고 나서야 노인이 비로소 뒤돌아섰다. 진풍은 그제야 노인의 주름 가득한 얼굴에 흐르는 땀방울을 보게 되었다.

"이제 늙어서 체력이 예전 같지 않아."

노인이 땀을 닦아냈다.

"자네만큼 젊은 시절에는 이곳까지 걸어와도 힘이 든 줄을 몰랐는데 말일세."

"어르신이 정말 장현이십니까?"

진풍이 물었다.

"내 여기서 여유 부릴 시간이 없습니다. 수천 명의 목숨이 달린 일이니, 여기서 빙빙 돌려 말할 생각 따위는 마십시오. 나도 그리 참을성이 있는 놈이 아니외다."

"모든 일에는 정해진 때가 있으니, 재촉한들 무슨 소용이겠는가?"

노인이 돌 위에 앉았다.

"앉게. 진 소협."

진풍이 놀라며 물었다.

"제가 누구인지 아십니까?"

"소한의 사부는 젊은 시절에 나와 인연이 좀 있었지. 자네들 쪽 일에 대해서는 얼마 전에 소한이 보낸 서신을 통해 들어 잘 알고 있네. 자네들이 추측한 대로 천화강자와 피를 응고시키는 두 가지 법술(法術)에 관한 걸 내가 다 알고 있네."

장현이 고개를 가로저었다.

"지금 세상에 무슨 법술이니 뭐니 떠들어봤자 전부 속임수에 불과할 뿐이지."

"알고 계신다니 다행입니다."

진풍이 이내 머리를 가로저었다.

"그렇지도 않겠군요. 어르신께서 이 두 가지 비밀을 말해주실 생각이 있었다면 가일과 소한이 나를 이곳에 보낼 필요 없이 직접 서신으로 전해 들었을 테죠."

"맞네. 이 두 가지 사실은 모두 태평도의 주술 비법이니, 하늘이 선택한 사람에게만 전수할 수 있다네. 지난 세월 동안 내 아들에게조차 알려주지 않았지. 서신을 받은 후 자네들에게 알려줄지 말지를 두고 한참을 주저하며 마음의 갈피를 잡지 못했다네."

진풍이 그를 떠보았다.

"어르신은 우리가 거짓말로 이 비밀을 훔치려 할까봐 두려우신 겁니까?"

진풍이 품에서 가일이 준 비단 주머니를 꺼냈다. 오는 길에 호기심을 참지 못하고 이미 '일(一)'이라고 쓰인 것을 열어봤다. 안에 들어 있는 건 해번영에서 보관하던 기밀 문서로, 천화강자와 혈액 응고에 관한 사건 기록이 쓰여 있고 선홍색 낙관이 찍혀 있었다.

가일은 장현이 서신 내용을 믿지 않을 수도 있다는 것을 귀신같이 예상하고 미리 이 모든 것을 준비해두었다. 진풍은 문서를 장현에게 건네고 팔짱을 낀 채 그의 대답을 기다렸다.

장현은 대충 훑어보기만 하고 진풍에게 다시 돌려주었다.

진풍이 답답한 듯 물었다.

"제대로 잘 보셨습니까? 이것은 해번영의 기밀 문서로, 위에 모든 내용이 적혀 있고 낙관도 찍혀 있습니다."

"나는 관부를 믿지 않네. 설사 위에 손권의 옥새가 찍혀 있다 해도 믿지 않을 것이네. 지난 몇십 년 동안 천하의 분쟁이 끊이지 않고 백성들이 고통을 받은 것이 모두 그들의 사리사욕 때문이 아니었는가? 관부에서 이 두 가지 비법을 가져간다면 이걸 이용해 무슨 짓인들 못 하겠는가?"

진풍이 치밀어 오르는 화를 꾹 참으며 두 번째 비단 주머니를 열었다. 그 안에는 5만 냥이라고 쓰인 태환 지폐가 들어 있었다. 지금 이 순간만큼은 왠지 가일이 미덥지 않게 느껴졌다. 그는 지폐를 손에 쥐고 건네지 않았다. 지금 눈앞에 있는 이 노인은 돈으로 움직일 수 있는 자가 아니었다.

과연 장현이 태환 지폐를 힐끗 보더니 말했다.

"내가 재물을 탐했다면 지난 세월 동안 이름까지 숨겨가며 왜 이렇게 살고 있었겠는가?"

진풍의 손에는 이제 마지막 비단 주머니만 남아 있었다. 진풍이 그것을 열려고 하는 순간 장현의 목소리가 들려왔다.

"진 소협, 내가 왜 자네를 여기까지 데려왔는지 아는가?"

"어르신의 생각을 제가 무슨 수로 알겠습니까?"

진풍이 툴툴거렸다.

"사실 나는 이미 반년 전에 무창성에서 천화강자와 혈액 응고 같은 일이 일어날 것을 알고 있었다네."

장현이 말했다.

"어르신도 점을 칠 줄 아신단 말입니까?"

진풍이 비꼬듯 물었다.

"그건 아니네. 이 세상에 아직 일어나지도 않은 일을 정확히 맞힐 수 있는 자가 어디 있겠는가? 내가 그걸 알게 된 건 그들이 반년 전에 나를 찾아왔기 때문이네."

"그들이 누굽니까?"

"바로 지금 무창성에서 우길을 사칭하고 귀신을 부리는 척 술수를 쓰고 있는 그자들이지."

장현이 한숨을 내쉬었다.

"당시 그자들이 태평도를 다시 일으켜 세울 기회가 생겼다며 어떻게든 나를 그들 편에 세우려 했지만 내가 거절했네. 일찍이 장각이 반란을 일으켰을 때 나는 이미 그곳과 상관없는 사람이 되었네. 태평도가 추구하는 것은 인간 세상의 태평성대지, 인간 세상을 연옥으로 만드는 것이 아니라 생각했기 때문이지."

진풍이 물었다.

"그자들이 왜 어르신을 찾아온 겁니까? 어르신이 그자들의 요구를 거절했는데도 왜 죽이지 않고 살려둔 겁니까?"

"자네 머리도 그리 나쁜 편은 아닌가 보군."

장현이 웃으며 말을 이어갔다.

"아까 마당에서 자네가 했던 말을 듣자 하니, 몇 가지 잘못 알고 있는 것이 있더군."

"그게 뭡니까?"

"내가 만약 장각의 도동에 불과했다면 어떻게 천화강자와 혈액 응고 같은 비술을 알 수 있겠는가? 내가 어떻게 감히 장량을 찾아가 투항을 권할 수 있겠는가? 투항을 권유하러 간 자를 왜 죽이지 않고 쫓아내기만 했다고 생각하는가? 곽태가 왜 백방으로 나를 찾아내 우두머리로 추대하려 했겠는가?"

진풍은 어리둥절한 표정으로 장현을 바라보다 불현듯 한 가지 가능성을 떠올렸다.

"설마 어르신이 장각의……."

"맞네. 내가 바로 장각의 아들이네."

"어르신을 찾아온 건 태평도 안에서 어르신이 차지하는 존재감과 인망 때문이고, 어르신을 죽이지 않은 것은 부친이 직접 만든 태평도를 배반할 리 없다고 판단했기 때문이겠군요."

진풍은 순간 기운이 쫙 빠졌다. 장현이 장각의 아들이라면 절대 이 두 가지 비밀을 누설할 리 없었다. 소한과 가일이 아무리 머리를 짜내 대비를 했다 해도 이것까지는 차마 예상하지 못하고 말았다. 이번 거록행은 아무런 소득 없이 빈손으로 돌아가는 수밖에 달리 방도가 없을 듯했다.

"그때부터 꽤 긴 세월이 흘렀군……."

장현이 칠흑처럼 어두워진 하늘을 올려다보며 혼잣말처럼 중얼거렸다.

"당시 선친께서 종남산(終南山)에서 수행 끝에 득도를 한 후 숙부들과 태평도를 세우셨네. 본래는 병을 치료하며 세상을 구제하고 선을 행하도록 권고하는 데 큰 뜻을 두었지. 그들이 함께 산에서 내려와 가난하고 고통받는 백성들의 병을 치료해주고 부적과 부적수를 나눠주며 포교 활동을 시작했네. 그런데 각지를 두루 돌아다니며 탐관오리와 세도가들이 백성을 착취하고 탄압하는 것을 수도 없이 보게 되면서 선친의 생각이 변하게 되네. 지금의 세상이 이미 썩을 대로 썩어, 평등이니 호혜니 이런 것들은 불가능하다는 것을 깨닫게 되신 거겠지. 이 세상을 부수고 또다시 새로운 세상을 세워야만 태평도의 교의를 실현할 수 있었네. 그래서 선친께서 두 숙부와 함께 푸른 하늘이 죽고 황금빛 하늘이 도래한다는 구호를 내걸고 황건의 난을 일으키신 거네. 그런데 그것은 그저 그분들의 일방적인 바람일 뿐, 낡은 세상을 깨는 것이 어디 그리 쉬운 일인가? 수많은 생명과 피눈물을 대가로 치러야 하는 일이었네. 설사 그 일이 성공했다 한들 또 뭐가 달라지겠는가? 새로운 세상이 된들 평등과 호혜가 반드시 가능하다고 그 누가 장담하겠는가? 이 또한 지난 악인들을 새로운 악인들로 교체하는 것에 불과하네."

진풍은 얼빠진 표정으로 입을 벌린 채 아무 말도 하지 못했다. 이런 기괴한 논리는 그로서도 처음 듣는 말이었다.

"인간의 본성은 본래 악하다네. 무릇 사람들은 어느 정도 공통점을 가지고 있으니, 배가 고프면 먹고 싶고, 추우면 따뜻해지고 싶고, 힘들면 쉬고 싶네. 이익을 쫓고 손해를 싫어하네. 인간의 성정은 본래 소인배와 다르지 않아서, 스승이 없고 예법이 없다면 오직 이로움만 보고 들을 것이네."

장현이 말을 하다 말고 또 고개를 가로저었다.

"자네와 이런 말을 하는 게 다 무슨 소용이겠나? 그때 선친께도 이런 말을 드렸지만 전혀 들으려 하지 않으신 채, 상궤(常軌)를 벗어나 도리를 어기는 말로 사람을 현혹하려 든다며 크게 호통을 치셨지."

"만약 내 형제인 가일과 소한이 여기 있었다면 그런 말을 절대 수긍할 리 없을 겁니다."

진풍이 인정할 수 없다는 듯 말했다.

장현도 더 이상 아무 말도 하지 않은 채 하늘을 응시했다.

"더 이상 말하기 싫으신 듯하니, 이만 일어나봐야겠습니다. 그럼 저는 서둘러 돌아가서……."

"내가 자네들에게 알려줄 수 없다고 말한 적이 있었나?"

장현이 돌연 고개를 틀어 진풍을 쳐다봤다.

"아니, 어르신이 아까 분명 계속 망설였다고 하지 않으셨습니까?"

"며칠 전에 깨달은 바가 있었네. 나는 그동안 이 두 가지 비술을 누설하고 난 후 행여 나쁜 일에 쓰일까봐 계속 걱정이 되었네. 그런데 곰곰이 생각해보니, 이미 누군가 이 비술로 민심을 현혹하고 있는 이상, 관부에 알려 비술의 비법을 만천하에 드러내는 편이 도리어 세상에서 그것을 믿는 어리석은 자들에게 경종을 울리는 셈이 되겠더군."

진풍이 살짝 주저하며 물었다.

"만약 그렇게 하면 어르신의 부친께서 세운 태평도와 적이 되는 것이 아닙니까?"

"낡은 것을 파괴하지 않고 어찌 새것을 세울 수 있겠는가? 지금의 태평도는 이미 사리사욕의 늪에 빠져 선친의 초심과 멀어진 지 오래되었네. 이런 태평도라면 사라진다 한들 전혀 문제 될 것이 없겠지. 어쩌면 천 년 후에 누군가 태평도의 진짜 교의를 찾아내 깨우치고 다시 일으켜 세울지도 모를 일이지."

장현이 품에서 편평한 목함을 꺼내 진풍에게 건넸다.

"이 안에 두 개의 비술이 어떻게 펼쳐지고 무엇이 필요한지 상세히 기록된 것이 들어 있으니, 몸에 꼭 지니고 있게. 자네가 무창으로 돌아갈 수 있다면 이것을 소한에게 전해주게."

진풍이 목을 꼿꼿이 세우고 반박을 했다.

"무창성에 돌아가지 못할 이유가 뭐가 있다고 그런 말을 하십니까? 앞으로 엿새에서 이레 정도면 도착할 겁니다!"

"내가 이 물건을 자네에게 주는 건 나의 결정이네. 자네가 이것을 무창으로 가지고 돌아갈 수 있을지 여부는 하늘의 뜻에 달려 있겠지."

장현이 알 수 없는 미소를 지으며 진풍을 쳐다봤다.

"내가 일찍이 그들에게 약속하기를, 누군가 이 두 가지 비술을 알아보러 나를 찾아오면 이곳으로 데려올 테니 알아서 처리하라고 했네. 방금 이곳을 지키던 첩자가 이미 거점으로 돌아가 소식을 보냈을 테니, 아마 곧 도착할 걸세."

진풍이 자리에서 벌떡 일어나 주위를 살피니, 언제부터인지 모르지만 어둠 속에서 검은 옷을 입은 무리들이 나타나 주위를 천천히 에워싸고 있었다.

"무슨 이런 말도 안 되는 일을 벌이다니, 제정신입니까?"

"내가 자네들에게 기회를 한 번 줬으니 태평도에게도 기회를 주는 게 당연한 거라 생각하네. 나는 내가 하고자 하는 일을 했고, 그 결과가 어찌 될지는 하늘의 뜻에 달린 것이라고 보네."

장현이 또 고개를 들어 하늘을 바라봤다.

"하나 결과가 어찌 되든 나는 볼 수가 없게 됐군. 그 물건을 자네에게 주었으니 그들의 눈에 비친 나는 반역자와 다를 바 없을 테고, 이제 나를 죽일 구실이 생겼을 거네. 그들이 움직여 가족들에게 화를 미치게 하느니 차라리 내가 먼저 가는 편이 낫네."

진풍이 돌 위로 뛰어올라 사방을 훑어본 후, 여덟 명 정도의 사람이 주위를 둘러싸고 있다는 것을 알아챘다. 그가 허리춤에서 환수도를 뽑아 들며 소리쳤다.

"어르신! 그렇게 겁먹을 것 없습니다. 내가 있는 한 아무도 못 건드릴 겁니다."

돌아오는 대답이 없자 진풍이 다시 돌 아래로 뛰어내려 장현의 코에 손을 가져다 대봤지만 호흡이 느껴지지 않았다. 죽는다고 말하자마자 바로 죽을 수 있는 것도 도가에서 말하는 우화등선(羽化登仙: 날개가 돋아서 하늘로 올라가 신선이 되다)이 아닐까? 그는 고개를 내저으며 이런 황당한 생각을 머릿속에서 털어냈다. 진풍은 한손으로 마지막 비단 주머니를 열어 안에 든 백서를 꺼냈다. 그 위에 공격을 의미하는 '타(打)' 자가 크게 쓰여 있었다.

그가 입가가 씩 올라갔다.

"역시 자네는 나랑 죽이 잘 맞아. 점심도 두둑이 먹었으니, 이제 슬슬 몸 좀 풀어볼까?"

그가 파풍도(破風刀)로 검은 옷의 자객들을 겨냥하며 쩌렁쩌렁한 목소리로 소리쳤다.

"어디 한판 붙어보자!"

가일이 무의식적으로 누에콩을 만지작거리며 육연이 방금 한 말을 곱씹었다.

육연의 말대로라면 그가 육씨 집안의 내부 첩자를 아직 찾아내지 못했지만, 이미 또 다른 내부 첩자를 알아낸 셈이었다. 이자는 표면적으로 이 사건들과 아무런 관계가 없지만, 도위부는 물론 장순의 집에도 찾아가는 등 행적이 아주 의심스러웠다.

육연은 사람을 시켜 이자의 뒤를 밟게 했고, 그가 이 비단 점포에도 찾아왔다는 것을 알아냈다. 그래서 육연도 도대체 어떻게 된 일인지 알아보기 위해 이곳을 찾아왔다. 손몽이 그자의 이름을 대라고 계속해서 다그쳤지만, 육연은 아직 때가 아니라며 대답을 회피했다.

가일은 두 사람이 한참 동안 티격태격 말싸움을 벌이는 동안 깊은 생각에 빠져들었고, 문득 정신을 차려보니 누에콩이 어느새 껍질이 벗겨진 채 잘게 쪼개져 있었다. 그는 이 부스러기들을 바닥으로 휩쓸어버리며 육연을 쳐다보았다. 가일은 이 육씨 가문의 공자에 대해 확신이 서지 않았다. 겉으로 보기에 오만하고 고지식한 면도 있지만 나름 능력이 출중했다. 하지만 가일은 시종일관 육연이 무언가를 숨기고 있다는 생각을 지울 수 없었다. 원래 육연이 한 몇 가지 일을 보면, 앞에서는 호형호제하면서 뒤로는 발본 색원의 냄새를 풍기고 있어 가일의 경계심을 부추겼다. 설사 나중에 성 밖 의장에서 육연이 속마음을 솔직히 털어놓았다 해도, 가일은 여전히 경계를 늦추지 않았다.

"자네가 말하는 그자가 미방인가?"

가일이 불쑥 끼어들었다.

육연이 얼떨떨한 표정으로 물었다.

"가 교위도 이미 눈치 채고 있었소?"

"장순의 집에 갔을 때 그를 우연히 만났고, 도위부에서도 마찬가지였지."

손몽이 되물었다.

"미방요? 그날 우리한테 길을 양보하라고 했던 그자 말인가요? 그자는 겉모습과 달리 나약하고 겁이 많은 데다 투항해 온 장수인데, 어떻게 감히 여기서 문제를 일으키려 들겠어요? 그런 자가 내부 첩자 노릇이나 할 수 있겠어요?"

육연이 난감한 표정으로 말을 꺼냈다.

"나도 그런 점 때문에 확신이 서지 않아 차마 말할 수 없었던 것뿐이오. 자, 가 교위 생각은 어떠시오? 미방이 이 일련의 사건과 별다른 연관은 없다 해도 행적이 영 수상쩍은 것도 사실이오. 게다가 이번 태평도 사건 배후에 군의사가 있다면 촉한의 투항 장수인 그가 자연히 가장 미심쩍을 수밖에요."

"그 말은, 그자도 그 비단 점포에 갔었다는 건데, 그게 언제인가?"

"바로 그저께였소."

"그렇다면 미방이 이 세 곳을 찾아간 시기가 살인 사건이 난 후였네. 어떻게 생각하는가? 그가 정말 이 사건과 관련이 있다면 사건이 발생하기 전에 가야 하지 않겠는가?"

"가 교위의 말도 일리가 있소. 하나 예전에 형관에게서 범죄 심리에 대해 들은 적이 있는데, 범인은 사건 현장에 반드시 다시 나타나게 되어 있다고 하더군요. 관부의 수사가 어느 정도 진행됐는지 보거나, 자신이 현장에 단서를 남기지 않았는지 확인하기 위해서 말이오. 그런 의미에서 미방을 계속 주시할 필요가 있을 것 같소."

가일이 고개를 끄덕였다.

"그럼 비단 점포에서 자네는 무엇을 발견했는가?"

"비단 점포가 이미 다 타서 남아 있는 게 없었지만, 잿더미 속에서 기름 냄새를 맡을 수 있었소. 게다가 이상한 건, 당시 불길이 워낙 세서 적어도 서너 개의 점포를 다 태워버리고도 남았을 텐데 주위 점포들은 전혀 피해를 입지 않았더군요. 주변 사람들에게 물어보니, 불이 난 후 금세 관부에서 사람이 와 불길을 잡았다고 했소."

손몽이 의미심장한 눈빛으로 가일을 힐끗 쳐다봤다.

"관부 사람? 어느 조서였는가?"

가일이 물었다.

"도위부 옷을 입었다 하더군요. 그래서 지금 막 도위부로 위림을 찾아가 자세히 물어볼 작정이었소."

"그럴 필요 없어요. 도위부를 사칭한 자들이 분명해요. 위림은 이 일을 전혀 모르고 있거든요."

"어쩐지 이상하다 했소. 도위부 사람들이 그렇게 빨리 올 리 없을 테니 말이오."

가일이 물었다.

"그럼 도위부로 가장한 그자들이 점포 안에서 무언가 들고 나온 것이 없었는가?"

"그건 모르겠소. 주변 사람들 말로는, 도위부 사람들이 오자마자 안전을 이유로 아무도 화재 현장에 접근하지 못하게 막았다고 하더군요. 그런데 가 교위는 왜 그들이 점포에서 무언가를 들고 나왔을 거라 생각하시오? 무언가 알아낸 것이라도 있소?"

"별거 아니네. 오민·장순·임조는 모두 사람을 상대로 한 살인 사건이었는데, 비단 점포 쪽은 고작 건물만 탔다는 게 이상해서 그러네. 지금 수사 진행 상황은 태평도와 군의사의 개입을 밝혀냈을 뿐이고, 그들의 목적이 지존을 겨냥한 듯하지만 천화강자나 혈액 응고처럼 아직 풀리지 않은 수수께끼가 많이 남아 있네."

"그런 게 왜 중요하죠? 범인을 잡아내 날개를 잘라버리고 지존을 안전하게 지키면 되는 것 아니오? 그런 것들은 교활한 술수로 사람을 현혹하는 잔재주에 불과하오."

"만약 그런 것들을 제대로 밝혀내지 못한다면, 표면적으로야 태평도의 음모를 파헤쳐 타격을 주었다 해도 여전히 많은 사람이 그들을 믿게 될 것이네. 그렇게 되면 머지않아 태평도가 다시 부활할 테지."

가일이 손몽을 향해 웃었다.

"당신 생각은 어떻소?"

손몽은 가일을 노려볼 뿐 아무 말도 하지 않았다.

육연이 공수를 하며 말했다.

"가 교위가 멀리 내다보고 사건을 수사한다면, 난 지금 당장 이 사건을 해결해 지존의 근심을 없애는 것이 더 중요하오."

오왕의 근심은 아마도 이 일련의 살인 사건이 아니라 '건안 5년'일 걸세. 가일은 이 말을 입 밖에 내지 않은 채 그저 미소를 지으며 육연을 쳐다볼 뿐이었다. 선주 손책이 허공 문객의 손에 죽었다고 다들 말하지만 지금 일어난 사건들이 어렴풋이 가리키는 것은 또 다른 가능성이었고, 그 안에 육씨 가문도 연루되어 있었다. 계속 수사를 해나가다 보면 육연도 결국 무언가를 발견하게 될 것이고, 그때가 돼서 어떻게 행동할지 가일 역시 궁금해졌다. 그러나 세도가 자제로 태어난 이상, 그가 어떤 갈등을 겪든 마지막에는 결국 가문의 뜻을 따르게 될 것이다.

"그럼 지금은 태평도와 미방이라는 단서 외에 새롭게 알아낸 것이 없다는 거군."

육연이 한숨을 내쉬었다.

"위나라 사신단이 곧 도착할 테니, 지금은 지존은 물론 각 조서의 관심이 온통 사신단을 맞이하는 일에 집중되어 있소. 이 사건도 무슨 큰 움직임이 일어나지 않는 한 서서히 관심 밖으로 밀려날까 걱정이오."

"위나라 사신단이 도대체 언제 오는 것인가? 일전에 지존께 듣기로는 객조에 그들을 맞을 준비를 하라 일렀으나 연기가 되었다고 했네. 지금 다시 온다는 말이 사실인가?"

가일이 물었다.

"확실하오. 12일 후면 사신단이 무창에 도착할 것이오."

"그게 무슨 말인가?"

가일의 표정이 확 바뀌며 엉겁결에 말이 툭 튀어나왔다.

육연이 의아한 듯 가일을 쳐다보며 물었다.

"가 교위, 왜 그러시오?"

"아, 별거 아니네."

가일이 얼른 감정을 숨기며 아무렇지도 않은 척 대답했다.

"이 책봉식이 이리를 쫓고 호랑이를 잡으려는 위나라의 계책일 뿐이라고 줄곧 생각했었네. 그런데 정말 사신단을 보내 올 줄은 몰랐군."

"그게 또 그렇지가 않소. 위나라는 기꺼이 지존을 오왕으로 책봉할 것이오. 위나라는 한제의 선양으로 대통을 얻었는데, 하필이면 촉한이 또 한실 정통을 계승하려는 깃발을 내걸며 위제의 죄를 폭로하고 있소. 그들과 촉한이야말로 철천지원수와 같으니, 우리와 맹약을 맺으면 서쪽으로 세력을 확장해 유비에 대처하는 일에 집중할 수 있겠지요.”

육연이 계속 말을 이어갔다.

“사신단이 일정을 늦춘 건, 당초 조비가 세자 등(登)을 낙양으로 데려가 인질로 삼으려 했으나 지존께서 수락하지 않으면서 그리된 것이오. 그 후 지존께서는 이릉의 전황이 갈수록 긴박해지는 것을 보시고 결국 조비의 요구에 동의하셨소. 지금 위나라 사신단이 이미 출발을 했고 그에 앞서 일정을 보내왔으니, 12일이 지나고 나면 무창에 도착할 예정이오.”

“12일 후에 무창에 도착하면 관례에 따라 도착 첫날에 관련 문서를 교환하고, 둘째 날에 책봉식이 거행되네. 다시 말해서 앞으로 13일 후면 책봉식이 열리겠군.”

“책봉식이 끝나면 세자는 낙양으로 가야 하나요?”

손몽이 물었다.

“손 군주가 왜 그런 말을 해주지 않은 거죠?”

“세자가 낙양으로 떠날 날이 아직 정해지지 않았소. 하나 그가 낙양에 가지 않으면 위나라는 절대 군대를 보내 도움을 주려 하지 않을 것이오. 그럼 이 책봉식이 우리에게 아무 의미가 없어지겠지. 내 생각에 시간이 그리 오래 걸리지 않을 것 같소.”

육연이 탄식을 내뱉으며 말했다.

“어쨌든 이릉 쪽은 내 부친께서 유비를 막고 계시지만 별로 눈에 띌 만한 성과를 내지 못했으니, 이대로 계속 대치가 이어진다면 우리에게 아주 불리해질 것이오.”

가일은 무슨 생각에 골몰하는지 육연이 작별 인사를 하는 것조차 귀에 들어오지 않는 듯했다. 손몽이 육연을 배웅하고 다시 돌아와 가일을 툭 치며 부르고 나서야 그는 퍼뜩 정신이 든 듯 그녀를 쳐다봤다.

가일이 고개를 가로저으며 말했다.

"상황이 갈수록 더 이해가 되지 않소. 우리가 추정한 대로라면 이 사건은 태평도가 지존을 주살하기 위해 치밀하게 펼치는 작룡진이었소. 지금까지 다섯 명이 제물로 바쳐진 셈이오. 그런데 이 다섯 건의 사건이 좀 괴이하오. 첫 번째와 다섯 번째는 사람들의 주의를 끌지 않기 위해 어떻게든 흔적을 감추려 한 반면에, 두 번째 오민 사건과 세 번째 장순 사건은 정반대였소. 더 이상한 건 네 번째 일어난 임조 사건이오. 마치 우리가 그날 그를 찾아갈 걸 정확히 알고 있는 듯했고, 임조의 사망 시각이 작룡진에서 인간 제물을 바쳐야 할 시각과도 딱 맞아떨어졌소. 게다가 건안 5년에 똑같은 수법으로 죽은 진적과 최근에 죽은 장순·임조는 선주 손책의 죽음과 연관이 되어 있소. 당신이 생각하기에도 너무 수상쩍지 않소?"

손몽도 수긍이 가는 듯 고개를 끄덕였다.

"그렇기는 해요. 똑같이 인간 제물로 삼기 위해 죽인 건데, 다섯 건의 사건을 저지른 수법이 서로 맞아떨어지지를 않는 데다 우연의 일치가 너무 많아요."

"그리고 방금 육연이 말한 책봉식 거행 시각이 공교롭게도 작룡진에서 마지막 제물을 바치는 시각과 일치하오. 물론 가설이기는 하지만, 태평도의 작룡진이 정말 효험이 있다면 지존께서 오왕으로 책봉되는 그때가 바로 하늘의 죽임을 당할 때와 정확히 맞아떨어지오."

손몽의 눈이 휘둥그레졌다.

"그런 건 정말 생각지도 못했어요. 근데 알아보니 작룡진은 적어도 두 달 전에 준비에 착수했는데, 그때는 위나라 사신단이 올지 안 올지 아직 확정되지도 않은 상태였어요. 시간상으로 겹쳐져서 그렇게 보일 뿐, 별거 아닐 거예요. 어쩌면…… 이 모든 게 우연의 일치 아닐까요?"

"이 세상에 우연은 없다오. 모든 우연은 치밀한 계산 끝에 나온 것들에 불과하오."

가일의 목소리가 서늘해졌다.

"지금 닥친 상황은 천 리 밖에 있는 조위는 물론 20년이나 지난 사건, 높은 지위와 막중한 권력의 무게를 짊어진 지존, 막대한 가산을 가진 육씨 가문, 그리고 조심스럽게 수사를 벌이고 있는 우리와도 연관되어 있소. 만약 이것 역시 계산된 것이라면, 과연 누가 이 모든 걸 계산에 넣을 만큼 그런 대단한 능력을 가진 거지?"

그가 자리에서 일어나 아무 말 없이 문 밖으로 나갔다. 날이 이미 저문 가운데 언제부터인지 보슬비가 내리고, 길에는 지나다니는 사람이 아무도 없었다. 황혼 무렵의 하늘빛이 빗줄기 사이를 통과해, 조금은 괴이할 정도로 적막한 거리에 쏟아져 내리며 몽롱한 분위기를 자아냈다.

"설마 이 세상에 정말 귀신이 있는 것인가?"

그가 혼잣말처럼 중얼거렸다.

이미 6월 말이라, 산속은 열기로 가득 차 무더위가 기승을 부렸다.

오나라 군대의 대영이 산비탈 쪽에 세워져 있는 데다 바람 한 점 불지 않아, 가만히 앉아 있어도 땀이 줄줄 흐를 지경이었다. 일부 사병은 더위를 견디다 못해 이미 웃옷을 벗고 지냈고, 순찰을 도는 병사들조차 속바지만 입고 있었다. 주연은 이 상황을 보며 여러 차례 엄하게 꾸짖어도 보았지만 여전히 별다른 변화가 없었다. 심지어 몇몇 장군들까지 그들을 따라 하기 시작했다. 하지만 군영 안에 더위를 먹고 쓰러진 사람이 나오면서 주연도 더 이상 이런 풍조를 제약하지 않았다. 그러나 그 자신은 여전히 가벼운 연갑을 입고 칼과 창을 찬 채 영웅의 기개와 용맹한 모습을 잃지 않았다.

이날 육손이 명의(名醫) 두신(杜汎)을 불러들여 병사들을 위해 더위를 물리치는 해서탕(解暑湯)을 다리게 했다. 그 소식을 들은 주연이 흥분해서 중군 막사로 달려갔다. 그가 막사 문을 열자, 홀로 지형도 앞에 앉아 있는 육손의 모습이 눈에 들어왔다. 그가 다가가 보니 육손은 미간을 좁힌 채 지형도를 응시하며 깊은 생각에 잠긴 듯했다.

주연이 짧게 헛기침을 하자 육손이 그제야 고개를 들고 메마른 목소리로 물었다.

"의봉, 무슨 일인가?"

"두신을 좀 만나볼까 하고 왔네. 그의 사부 장기(張機)가 예전에 내 부친의 병을 치료한 적이 있어 감사의 인사를 좀 하려고 말일세. 근데 아까부터 계속 지형도를 쳐다보고 있던데, 무슨 고민이라도 있는 건가?"

"위나라 사신단이 이미 출행을 했으니, 조만간 무창에 도착해 책봉식을 거행할 거네. 해번영 쪽에서도 소식을 보내왔는데, 조비가 이미 조휴(曹休)·장료(張遼)·서황(徐晃)·장패(臧霸) 등에게 명을 내려 군대를 정비하고 남하해 양양에서 유비를 제압할 준비를 하고 있다더군. 그런데 이상한 것은, 조인·조진(曹眞)·하후상(夏侯尙)·장합(張郃)에게 군대를 이끌고 합비(合肥)로 가라 명했다는 거네."

"합비? 그곳은 여기서 아주 가까운 곳이 아닌가? 음, 하나 책봉식을 거행하기로 한 이상, 오-위 연맹이 맺어지는 건 기정사실이 되었네. 그가 장강 변경에 군대를 주둔시키는 건 우리가 이릉을 지키지 못하고 패배할 경우 우리를 도와 강을 따라 내려오는 촉군을 저지하기 위해서가 아니겠는가?"

"조비처럼 음흉하고 교활한 자가 그렇게 인의를 앞세워 행동할 리 없네. 게다가 합비의 위치가 동부 쪽에 있으니, 촉군이 그곳을 치면 우리는 동맹으로서의 가치를 잃게 되지."

육손의 근심 가득한 두 눈에 핏발이 섰다.

"나중 일은 그때 가서 생각하게. 요 며칠 촉의 수군이 전함을 버리고 모두 육지로 이동했네. 하나 그쪽 지형이 험준해 병영을 세울 만한 곳이 마땅치 않자 몇백 리에 걸쳐 곳곳에 군영을 설치하다 보니 병력 분산을 피할 수 없게 되었네. 게다가 요즘 들어 저들의 공세가 다소 약해졌고 횟수도 전보다 훨씬 줄어들었더군. 혹시나 의심이 들어 정탐을 보냈더니, 일부 군영에서 매일 시체를 태우고 있는 듯했네. 아무래도 촉군 쪽에 역병이 돌고 있는 것이 아닌가 싶네. 그게 사실이라면 이참에 기회를 봐서 저들을 급습해야 하네."

"우리를 유인하려는 계책이네."

순간 주연은 뒤통수를 맞은 듯했다.

"그럴 리가? 자네가 지나치게 조심하는 것 아닌가?"

"일찌감치 저들의 낌새를 알아채고 해번영에 염탐을 해달라 요구했네."

육손이 고개를 들자 두 눈에 핏발이 가득 서 있었다.

"하지만 해번영이 촉중과 주변에 심어놓은 첩자들이 모두, 촉군 내에 약재를 대량으로 구입한 기미가 전혀 없다고 보고를 올렸다더군. 군에 역병이 도는데 약재를 대량으로 사들이지 않았다는 것도 있을 수 없는 일이겠지. 게다가 저들의 군영이 분산되어 있다 해도, 모두 수로를 끼고 세워졌으니 전함을 통해 신속하게 지원이 가능하네."

"그렇다면…… 설마 우리가 앞으로도 계속 여기를 지키고 있어야 한다는 건가? 이곳을 지킨 지 벌써 1년이 넘다 보니 이제는 마음이 조급해지고 짜증이 날 지경이네. 이대로 더 가다가는 군의 사기도 떨어지고 군심마저 흔들릴 수밖에 없네."

"이번 전투는 장기전이니만큼 인내가 관건이네. 아군의 사기가 꺾일 수야 있겠지만, 촉군은 우리보다 더 위험한 상황에 내몰릴 걸세. 저들은 공격에 치중하고 있고, 고향에서 멀리 떨어진 이곳까지 와 있네. 게다가 단번에 강동을 치고 들어올 요량으로 이곳까지 왔는데, 이 험준한 산에서 1년을 넘겨 시간을 지체하고 있는 셈이니 처음과 달리 그 기세가 절반은 꺾여버렸을 것이네. 이대로 더 버티면 결국 무너지는 쪽은 저들이 될 것이네. 바로 그때 우리는 적당한 기회를 노려 단번에 촉군을 무너뜨리면 되네."

"문제는 도대체 언제까지 그 시기를 기다려야 하느냐는 것이네."

"이제 거의 다 왔네. 무창 쪽에서 소식을 전해오기를, 위나라 사신단이 이미 일정을 잡아 대략 열흘 후면 책봉식이 거행될 거라고 하더군."

주연이 그 소식에 흥분한 듯 손뼉을 치며 기뻐했다.

"그거 정말 잘됐군! 책봉식을 하겠다고 해놓고 꾸물거리며 두 달을 미루더니, 이제야 드디어 확정이 되었군. 책봉식이 끝나면 바로 오-위 연맹이 결성되니, 이제 두 나라가 힘을 합쳐 유비를 끝장내버리세!"

육손이 억지웃음을 지으며 말했다.

"의봉, 우리가 이릉에서 유비를 무찌르고 나면 그다음에 무엇을 해야 하는가?"

"당연히 그 승세를 몰아 성도를 함락해야겠지!"

"그렇게 단언하기 어렵네. 촉한 강주 부근에는 만 명에 달하는 조운의 병력이 주둔해 있고, 한중에는 위연의 만 명 가까운 병력이 있네. 성도·재동(梓潼)에도 오의(吳懿)·왕평(王平)·마대(馬岱)·진도(陳到)·요화(廖化) 같은 명장들이 진을 치고 있지. 하나같이 단번에 해치울 만한 상대들이 아니네."

육연이 한참 동안의 침묵 끝에 다시 입을 열었다.

"적당한 시기를 봐서 물러서는 것에 대해 어떻게 생각하는가?"

주연의 표정이 순간 굳었다. 그는 피곤에 지친 육손의 얼굴을 쳐다보며 말을 잇지 못하다 이내 또 고개를 가로저었다.

"누굴 바보로 아는가? 백언, 자네가 뭘 걱정하는지 나도 다 아네. 자네는 일이 정말 그 지경까지 나빠질 거라고 생각하는가?"

주연의 성격이 직선적이기는 하지만, 상황을 누구보다 잘 꿰뚫고 있었다. 2년 전 형주 전투의 목적은 회사파를 제압하고 강동파에게 힘을 실어주는 것이었다. 그러나 손권은 육손에게 후퇴 중인 촉군을 추격해 강릉(江陵)·공안을 점거하게 하고, 관우를 붙잡은 공을 여몽에게 나눠주었다. 만약 이번에 육손이 이릉에서 유비를 상대로 승리한다 해도 손권은 강동파가 촉중 한가운데로 돌진하도록 내버려두지 않을 것이며, 회사파 장수들에게 다시 공을 나눠주거나 강동파를 제압할 구실을 찾아낼 것이다. 오왕은 자애롭고 소박해 보이지만 아랫사람을 부리는 술수와 힘의 균형을 조율하는 능력만큼은 이미 최고의 경지에 올라 있고, 누구보다 냉혹하고 매정했다.

"듣자 하니 내 아들 연이가 요즘 들어 특히 지존의 환심을 사고 있다더군. 그 말을 듣는 순간 섬뜩한 느낌마저 들었네."

육손이 쓴웃음을 지었다.

"만약 우리가 승리한 후 내가 철군을 결정한다면 다른 장군들을 제압하기 위해 자네의 도움이 절대적으로 필요하네."

주연이 단호하게 대답했다.

"백언, 우리 두 가문은 대대로 교분을 이어온 사이네. 우리 두 집안의 관계를 봐서라도 나는 자네를 무조건 지지하겠네. 그때 가서 누구라도 반기를 들고 소란을 피우면, 전공과 지위를 막론하고 나 주의봉이 그의 목을 베어 모두의 입을 막아버릴 것이네!"

그가 돌아서서 막사 밖으로 나가며 말했다.

"나는 지금 당장 나랑 뜻을 같이하는 장군들을 찾아가 미리 계획을 세워둬야겠네. 걱정하지 말게. 군영 전체가 회사파와 강동파로 나뉜다 해도, 내가 그중 적어도 절반을 자네 편으로 만들어줄 테니!"

육손은 무슨 말을 하려는 듯 입술을 들썩이다 끝내 아무 말도 하지 않았다. 그는 눈을 감고 길게 한숨을 내쉬었다. 사실 지금 전쟁에서 이긴 후의 상황을 고민한다는 것 자체가 조금은 우습기도 했다. 그러나 일단 유비를 상대로 승리를 거두면 장병들의 사기가 하늘을 찌르게 되니, 그 상태에서 장수들을 설득할 자신이 없었다. 그렇다면 이런 일은 사전에 계획을 도모할 수밖에 없다. 어쨌든 지금은 대부분의 사람이 오와 위가 연맹을 맺으면 뒷걱정이 없을 거라 여기고 있다. 또한 토끼를 다 잡고 사냥개를 버릴지도 모른다는 걱정은 절대 겉으로 드러내서는 안 된다. 자칫 잘못하면 회사파의 비방과 공격의 구실이 될 수 있기 때문이다.

무창에서 전해 온 소식이 또 떠오르자 육손의 미간 주름이 더 깊어졌다. 그가 반대 의사를 거듭 밝혔는데도 육연은 여전히 그 일련의 사건에 더 깊이 개입하고 있고, 심지어 오왕의 인정까지 받고 있었다. 지금 와서 육연의 사건 조사를 막기 위해 금령을 내린다면 공공연하게 오왕과 맞서는 것이나 다름없었다. 게다가 육모도 서신을 보내, 육연이 이미 사건의 수사 방향을 육씨 가문의 문신에서 태평도와 군의사 쪽으로 돌리는 데 성공해 그나마 일이 육씨 가문에 유리하게 풀리고 있다고 알려주었다. 그럼에도 육손은 이 일이 그렇게 순조롭게 풀릴 리 없을 거라고 직감하며 걱정의 끈을 놓지 못했다. 만약 이런 식으로 수사가 계속 진행되다 만에 하나 건안 5년의 기밀을 건드리기라도 하면 오왕의 태도가 언제 돌변할지 알 수 없었다.

육손은 막사 안이 점점 열기로 가득 차 참을 수 없이 후텁지근해지자, 막사를 나와 발길 닿는 대로 걸음을 옮겼다. 저 멀리 하늘을 보니 긴 띠처럼 보이는 검은 구름이 병영 쪽으로 서서히 몰려오고 있었다. 그의 옆에 있는 깃발도 희미하게 흔들리고, 알아차리기 힘들 정도의 서늘한 기운이 피어올랐다. 한 달여 만에 드디어 비가 내리려 하고 있었다.

육손이 도위를 불러 물었다.

"후영(後營)으로 가서 그 물건들을 제대로 덮어두었는지 한번 확인하고 오거라."

도위가 명을 받들어 후영으로 향했다. 육손은 한참을 그 자리에 서 있다가, 도저히 안심이 안 되는 듯 결국 후영으로 발길을 돌렸다. 며칠 전에 수레 몇십 대에 나눠 실어 들여온 화유(火油: 등유)·송명(松明)·유전(油氈: 등유를 칠한 방수포)이 비에 젖어 습기가 차면 최적의 전투 기회를 놓치게 된다. 이미 이릉 일대에서 1년이 넘게 버텨왔고 언젠가는 그 끝을 피할 수 없으니, 이 중요한 시기에 한 치의 방심도 허용할 수 없었다.

진전은 이상한 낌새를 챘다.

진전은 장청을 오랫동안 미행하면서 그가 지나치게 규칙적으로 움직이고 있다는 것을 알게 되었다. 처음에는 그가 온종일 하는 일 없이 빈둥거리고 지내는 거라며 대수롭지 않게 생각했었다. 그런데 시간이 지날수록 조금씩 의심이 들기 시작했다. 장청이 도박을 하는 시간은 매일 차이가 나봤자 고작 일각 정도였고, 밥을 먹는 장소도 늘 같았다. 심지어 사창가 그 집에 가는 시간대도 늘 일정했다. 이것 외에 다른 일을 하는 걸 거의 본 적이 없었다.

의식적으로 반복하지 않는 이상 이 정도까지 매일 똑같은 일상을 살아갈 수 있는 사람은 없다. 미행이 이미 발각되었을 가능성이 높았다. 진전은 당장 소한에게 가서 이 사실을 알리고 싶었지만, 또 한편으로 확신이 서지 않았다. 지금까지 대여섯 명이 돌아가면서 장청을 미행했지만, 그중 누구도 이상한 기미를 눈치 채지 못했다. 게다가 소한과 가일이 무슨 용진인가 뭔가에 대처할 계획을 세우느라 애쓰고 있는데, 행여 착각한 거면 괜히 일을 방해하는 꼴이 될 수도 있었다.

진전은 자신이 먼저 자세히 알아보고 나서 알려도 늦지 않을 거라 생각했다. 그는 장청을 미행할 차례가 되자 이전보다 더 신경을 쓰며 조심을 했다. 예전 같으면 날이 저물어 장청이 도단으로 돌아가고 나면 그날의 미행은 끝난 셈이었다. 그런데 이날 장청의 움직임이 평소와 달랐다. 그는 마음이 줄곧 딴 데 가 있는 것처럼 보였고, 도단에 돌아가는 시각도 평소보다 한 시진 빨랐다. 진전은 모퉁이를 찾아 바닥에 쭈그리고 앉아 도단 입구를 뚫어져라 감시했다. 날이 완전히 저물어 사방에 어둠이 내려앉고 두 다리에 마비가 올 때쯤이 되어서야 도단에서 삿갓을 쓴 사내가 나오는 것이 보였다. 비록 장청과 완전히 다른 차림새였지만, 진전은 단번에 그가 장청이라는 것을 알아챘다. 오랫동안 미행을 하다 보니 그의 체형과 걸음걸이의 특징을 누구보다 잘 알고 있었기에, 절대 잘못 볼 리 없었다.

진전은 잠시 기다렸다가 비로소 미행을 시작했다. 장청의 걸음 속도는 종잡을 수가 없었다. 갑자기 빨리 걷다가 또 어느 순간 천천히 걸으며, 시도 때도 없이 뒤를 돌아보고 주위를 살폈다. 이 때문에 진전은 몇 차례 발각될 위기에 처하기도 했다. 고작 일각도 안 되는 시간을 미행했을 뿐인데 진전은 이미 온몸이 땀투성이가 될 정도였다. 밤이라 시야가 좋지 않고 행인들도 적어, 낮보다 미행하기가 훨씬 어려웠다. 다행히 얼마 안 가 장청이 걸음을 멈추고 사방을 둘러보더니 옆에 있는 한 민가로 꺾어 들어갔다. 민가는 겉으로 보기에 무척 평범했고, 담장도 높지 않은 데다 그 폭이 10여 걸음 정도밖에 되지 않았다. 입구에 남루한 옷차림의 소년이 달빛 아래서 혼자 투호 놀이를 하고 있었다.

진전이 재빨리 소년에게 다가가 물었다.

"애야, 여기가 누구 집인지 아느냐?"

소년이 눈을 치켜뜨며 그를 보더니 시큰둥한 표정으로 가는 나무 막대기를 항아리로 던졌다. 대충 던졌을 뿐인데도 막대기가 정확하게 항아리 안으로 들어갔다. 진전이 잠시 주저하다 품에서 동전을 몇 개 꺼내 손바닥에 놓고 세어본 후 그중 두 개를 집어 소년에게 건넸다.

소년은 손가락으로 동전을 잠시 만지작거리다 허리춤에 집어넣었다.

"이 집 주인은 상인인데, 촉 땅에 가서 석 달이 넘도록 돌아오지 않고 있습니다."

"방금 들어간 사람이 누군지 아느냐?"

"모르죠. 근데 그건 왜 묻습니까?"

진전이 헛기침을 했다.

"나는 관에서 나온 사람인데, 방금 이리로 들어간 도둑놈이 다른 도둑놈들을 만나러 여기 온 것 같아 이리 쫓아온 것이다. 내가 지금 들어가 염탐을 좀 해볼 테니, 네가 망을 좀 봐주겠느냐?"

소년이 손을 내밀었다.

"그럼 돈을 주셔야죠."

진전의 눈이 휘둥그레졌다.

"방금 주지 않았느냐?"

"방금 준 돈은 물어본 말에 대답한 값이고, 망을 보는 건 따로 돈을 더 주셔야 하지 않겠습니까?"

소년은 무척이나 당돌했다.

진전은 어쩔 수 없이 눈 딱 감고 남아 있던 동전 네 개를 전부 소년에게 주었다. 그 소년은 돈을 받고 나서 다시 투호 놀이를 시작했다. 진전이 문틈 사이로 안을 들여다보니 마당은 텅 비어 있고, 유일하게 불이 켜져 있는 방의 창문으로 두 명의 그림자가 어른거리며 무슨 이야기를 나누고 있는 듯했다. 그는 잠시 주저하다 담을 기어올라 훌쩍 넘은 후 본채의 벽 밑으로 바싹 붙어 불이 켜진 방 쪽으로 이동했다. 진전은 벽에 바싹 붙어 숨을 죽인 채 두 사람이 무슨 이야기를 나누는지 귀를 기울였다.

"상선, 혜덕 선사께서 대신 가르침을 청하라 하셨습니다. 진풍이 상선의 법술을 푸는 비법을 캐러 거록으로 갔는데, 그 결과가 어찌 됐는지 모르십니까?"

이것은 장청의 목소리였다. 진전은 심장이 철렁 내려앉았다.

보아하니 태평도가 이미 진풍이 거록에 간 것을 알아챈 듯했다. 그런데도 장청은 소한에게 그 사실을 알려준 적이 없었다. 장청이 왜 태평도를 위해 그 사실을 숨긴 것일까?

"그자를 미행하는 사람 중 한 명이 떨어져나갔고, 또 한 명이 죽었네."

귀에 거슬리는 쉰 목소리가 들려왔다.

"그렇다 해도 걱정할 것 없다. 그가 찾아간 자는 일찍이 나와 인연이 깊은 사람이네. 진풍이 그를 만나기만 하면 그가 진풍을 우리가 쳐놓은 함정으로 끌어들여줄 것이네."

진전은 너무 놀란 나머지 자기도 모르게 몸을 일으켜 창가에 바싹 붙은 채 창살 틈으로 새어 나오는 소리에 귀를 기울였다.

"상선께서는 과연 그 능력이 미치지 않는 곳이 없으십니다."

장청의 목소리에서 경외심이 느껴졌다.

"진풍은 더 이상 걱정할 필요가 없어졌으니, 작룡진이 예정대로 펼쳐질 수 있겠는지요? 상선께서 시키신 대로 며칠 전에 소한에게 약간의 기밀을 누설하기는 했는데, 그자들이 그 기밀을 근거로 우리 일을 밝혀내면 어찌합니까?"

"그들은 이미 많은 것을 알아냈네."

쉬고 갈라진 목소리에 약간의 우려가 섞여 있었다.

"가일이라는 자가 무슨 수를 썼는지 모르겠으나, 이미 작룡진이 북두칠성에 따라 배치되어 있다는 것을 밝혀냈고, 심지어 손몽과 함께 탐랑과 염정까지 조사를 나갔네. 만약 내 예상이 틀리지 않다면 그자가 이미 무곡·파군 두 곳마저 알아낸 것이 확실하네. 아니, 아마 인간 제물을 바치는 시각까지도 이미 추정해냈을 테지."

"네? 그럼 상선의 작룡진에 걸림돌이 생기는 것 아닙니까? 그자부터 먼저 죽여야 하는 거 아닙니까?"

"아니네. 당황할 필요 없네. 가일은 본래부터 작룡진에 필요한 바둑알에 불과했고, 그가 이렇게까지 빨리 알아낼 거라고 예상하지 못했을 뿐이네. 진주조를 거쳐 해번영까지 들어온 자의 능력을 본선이 너무 우습게 본 게지. 하나 아무리 날고 기는 자라 해도, 무곡 쪽의 제물을 막지 못할 것이네. 파군 쪽은 더더욱 되돌릴 수 없을 것이고."

우길이 쇳소리가 섞여 귀에 거슬리는 웃음소리를 냈다.

"자네는 안심해도 되네. 운명은 거역할 수 없고, 하늘의 뜻은 바꿀 수 없는 법이지. 가일은 혼자 힘으로 하늘의 죽음을 막을 수 있을 거라 헛꿈을 꾸고 있겠지만, 이는 자기 분수도 모르고 덤벼드는 것에 불과하네!"

장청이 아첨하듯 따라 웃으며 말했다.

"과연 상선이십니다. 가일과 소한 같은 것들은 당연히 상선의 적수가 아니지요. 또 한 가지 혜덕 선사께서 여쭤보라고 한 것이 있습니다. 지난번 상선께서 우화등선의 때가 곧 올 거라고 하셨는데, 구체적으로 언제인지요? 또 무슨 준비를 해야 할까요?"

"며칠만 지나면 곧 올 것이네. 우리 도가에서는 평상심을 중히 여기니, 지나치게 신경을 쓰는 것도 하늘의 도에 어긋나는 것이네. 그에게 아무것도 신경 쓰거나 준비할 필요가 없다 전하게. 기회와 인연의 때가 되면 모든 것을 자연히 알게 될 것이니."

"상선께서 지난번에 말씀하시기를, 저도 우화……."

"자네는 도행이 아직 부족하니, 적어도 10년을 더 수행해야 하네. 그렇다고 당황할 것 없네. 이 일이 마무리되면 자네도 큰 공덕을 세운 셈이고, 그 공덕이 적어도 5년의 수행과 맞먹을 것이니."

"그럼 혜덕 선사께서 며칠 후에 우화등선하신다면 작룡진은 누가 계속 맡아 처리하게 되는지요? 그때 가면 저는 누구를 따라야 합니까?"

우길이 누군가의 이름을 대는 순간 진전은 정신이 멍해졌다. 이 사람은 그와 소한이 모두 알 뿐 아니라 한때 교류가 있던 자였다. 이자도 이 일과 연관되어 있을 줄 꿈에도 생각해본 적이 없고, 심지어 혜덕보다 더 깊이 개입되어 있는 듯했다. 이 문제는 나중에 더 생각하고, 지금은 이 모든 사실을 서둘러 아우에게 전해주는 게 급선무겠지. 아우는 장청을 매수해 삼원도단에 첩자를 심어두었다고 안심하고 있다가 뒤통수를 맞게 된 셈이군. 태평도가 장청을 반간으로 삼았을 줄 생각지도 못했을 테지. 가일은 또 어떤가? 혼자 다 아는 듯 잘난 척을 해대더니, 장청에게 철저하게 놀아난 꼴이라니. 아우는 가일이 뒷배가 돼줄 거라 기대했는데, 목숨을 잃을지도 모를 재앙이 코앞에 닥칠 줄 누가 알았겠는가! 진전이 조심스럽게 발걸음을 옮기며 이곳을 뜰 생각을 하는데, 안에서 소한을 언급하는 소리가 어렴풋이 들려왔다. 그는 숨을 죽이고 다시 창가로 바싹 붙어 귀를 기울였다.

"상선, 진풍이 이미 죽은 게 확실한 이상, 이제 가일과 소한만 남아 있지 않습니까? 그자들을 어찌 처리하실 건지요? 가일은 무공이 보통이 아닌 데다 관에 속한 자라 상대하기가 쉽지 않습니다. 저희가 소한을 먼저 죽이는 건 어떻겠습니까?"

"그럴 필요 없네. 두 사람이 서로를 죽이게 만들 수 있는 묘안을 내 이미 마련해두었네."

"제자가 우둔하여 그 뜻을 헤아릴 수 없으니, 상선께서 가르침을 주십시오."

방 안에서 음침하고 새된 웃음소리가 새어 나왔다.

"그 두 사람은 모두 머리가 영특하나, 그것이 오히려 독이 되어 서로 반목하게 될 것이네. 똑똑한 자들일수록 근심이 많아지고, 다른 사람에게 함부로 물어볼 수 없는 일이 많아지는 법이지. 이 두 사람 사이에 치명적인 오해가 생기기만 하면 서로를 오해하고 의심하다 결국 함께 망하게 되는 걸세.”

장청이 이해가 잘 안 가는 듯 물었다.

“상선, 그 두 사람이 모두 그렇게 똑똑하다면 오해라는 것이 어떻게 생길 수 있겠습니까?”

“그래서 더 쉬운 것이네. 지금 밖에서 몰래 우리 말을 엿듣고 있는 자가 가일의 손에 죽었다고 믿게 만들면 되네.”

진전은 마치 머리를 쪼개 그 안에 얼음물을 한 바가지 쏟아부은 것 같은 충격에 몸서리를 쳤다. 그가 무의식적으로 뒷걸음질을 치다 뒤돌아 도망치려는데, 옆구리에 통증과 함께 열기가 느껴졌다. 그가 다소 힘겹게 고개를 숙여 내려다보니, 새빨갛게 빛나는 칼날이 ‘쑥’ 소리를 내며 뽑혀 나가는 것이 보였다. 진전이 비틀거리며 돌아서자 얇은 옷차림의 그림자가 손에 움켜쥔 단검으로 또 한 번 있는 힘껏 그를 찔렀다. 살을 에는 통증이 그제야 온몸으로 퍼져 나가고, 주체할 수 없을 만큼 온몸이 떨리기 시작했다. 진전의 두 손이 힘없이 허공을 휘젓다 그림자의 어깨를 짚었다. 창백한 달빛이 가소로운 듯 비웃고 있는 그 얼굴을 비추고 있었다. 그 순간 그의 눈에 들어온 자는 바로 입구에 서 있던 그 소년이었다.

진전이 입을 벌려 소리를 내보려 했지만, 미약하고 거친 숨소리만 들릴 뿐이었다.

소년이 단검을 뽑아 들고 고통으로 일그러진 진전의 창백한 얼굴을 쳐다보더니 이내 씩 웃으며 다시 복부 깊숙이 찔러 넣었다. 진전의 몸이 무너져 내리듯 주저앉고, 그의 두 손이 소년의 어깨에서 미끄러지듯 떨어져 나갔다. 소년이 단검을 휘두르자 날카로운 칼날이 진전의 목을 그었다. 소년이 뒤로 한 발자국 물러서더니 옆차기로 진전을 바닥에 쓰러뜨렸고, 그가 땅에 풀썩 엎어지면서 흙먼지가 한바탕 일어났다.

진전은 온몸이 갈수록 차갑게 식어가는 것을 느꼈다. 그의 눈에 장청이 방에서 나오는 것이 보였다. 그 뒤로 음험한 기운이 느껴지는 피골이 상접한 도인이 따라 나왔다. 그의 어깨에는 가죽밖에 안 남은 듯 바싹 마른 원숭이 한 마리가 웅크리고 앉아 있었다. 저자가 바로 우길인가? 이렇게 죽을 수 없어. 당장 가서 아우에게 이 사실을 알려줘야 해. 그는 어떻게든 일어나보려고 애를 쓰며 떨리는 몸을 이끌고 밖을 향해 기어 나갔다. 그 순간 등에서 또 한 번 극심한 통증이 전해졌다. 소년이 다시 칼을 휘둘러 그의 등을 찔렀다. 진전이 이를 악물고 계속 앞으로 나가봤지만, 이 사이로 피가 계속 뿜어져 나오며 사지가 풀리는 듯 온몸이 무너져 내렸다. 소년이 나지막이 욕지거리를 내뱉으며 진전의 머리통을 밟고 목에 단검을 관통시켜 땅에 박아버렸다. 진전의 의미 없는 발버둥도 결국 점점 잦아들었다.

장청은 그 끔찍한 광경에 입이 바싹 타 들어가고 목소리마저 떨릴 지경이었다.

"상선, 일단 저자는 죽였지만, 앞으로 소한과 가일이 오해를 하게 만들려면 어떻게 해야 합니까?"

"그건 자네가 걱정할 필요 없네. 본선이 이미 묘책을 생각해두었네."

우길이 소년에게 명을 내렸다.

"잠시 후 사람을 시켜 도위부에 알리게. 그리고 위림이 조사를 나오도록 만들게."

장청이 무슨 말을 하려다 침을 꿀꺽 삼키며 입을 꾹 다물었다. 그는 우길이 좀 전에 한 말을 떠올렸다. 혜덕 선사가 며칠 안에 우화등선하고 나면 삼원 도단은…… 내 손에 들어오는 거 아니겠어? 이런 생각이 들자 그는 왠지 모르게 흥분이 되기 시작했다. 소한, 내 너와 친분이 좀 있었다 하나, 너는 결국 나의 진가를 알아보지 못하는 하찮은 안목에 네 목숨을 저당 잡히고 내가 신선이 되는 길에 좋은 발판이 되어주겠구나!

가일이 서둘러 도착했을 때, 진전의 시체는 이미 싸늘하게 식어 있었다.

소한은 초점 잃은 두 눈으로 시체 옆에 앉아 아무 말도 하지 않았다. 가일이 한숨을 쉬며 걸어가 소한과 나란히 앉았다. 시체는 도위부 사람이 발견했고, 위림은 오지 않은 채 도백을 보내 형식적으로 조사를 마쳤다. 관원의 사건 보고를 들어보니 진전은 길거리에서 싸움을 하다 죽었고, 그 도백이 싸움에 가담한 사람의 생김새만 물어본 후 바로 피해자의 연고를 찾기 시작했다. 그때 누군가 그를 알아보고 경화수월의 둘째 주인이라고 알려주자 곧장 소한에게 알린 후 이 사건을 마무리 지어버렸다.

가일은 소한과 함께 한참을 앉아 있다 날이 점점 밝아오는 것을 보고 나서야 말을 꺼냈다.

"도위부가 이렇게 사건을 마무리 짓는 걸 받아들일 수 있겠는가?"

소한이 쓴웃음을 지었다.

"안 그러면 뭘 또 어쩌겠나? 지금 위림은 책봉식에만 목을 매고 있으니, 다른 사건은 안중에도 없을 것이네. 하물며 누가 한 짓인지 이미 알고 있지 않은가?"

가일이 한동안 말을 잇지 못했다.

"너무 상심하지 말게."

소한이 쓸쓸하게 대답했다.

"사실 우리 형님이 좀 우직하고 고지식해서 세상 이치에 어두운 면이 좀 있네. 원래 형님은 시골로 내려가 논밭을 사서 떵떵거리며 편히 사는 게 꿈이었지만, 난 든든한 뒷배가 없으면 세도가들에게 괴롭힘을 당할 것을 알기에 이 혼탁한 물속으로 형님을 끌어들인 거네. 아니, 이것도 어쩌면 내 핑계에 불과할지 모르지. 사실 우리가 가진 돈이면 관원들을 매수해 얼마든지 누리며 살 수 있었을 테니 말이네. 지금 이 지경까지 되고 보니 모두 내 탓인 것만 같네. 나는 너무 뻔하고 식상하게 살다 가는 인생이 참 싫었네. 내 능력이면 이 난세에 흥미로운 일을 두루 경험하고 재미난 사람들을 만나 맘껏 즐기다 갈 수 있을 거라 늘 생각했거든. 난 평범하게 살다 자리 보전하며 죽는 인생이 너무 싫었고, 그런 내 욕심이 결국 형님을 죽게 만들고 말았네. 정말 기가 막힌 모순 아닌가?"

가일은 아무 말이 없었다.

소한이 계속 말을 이어갔다.

"일전에 내가 형님에게 먼저 시골로 가 있으라고 했지만, 형님이 그럴 수 없다고 하더군. 아마도 내가 이 일에 개입하는 게 너무 위험해 보여 마음이 안 놓였던 게지. 장청을 미행하는 일도 형님이 먼저 나서서 하겠다고 우기는 바람에 어쩔 수 없이 수락을 한 거였네. 그냥 장사에만 신경 쓰게 했더라면 이런 일은 일어나지 않았을 테지."

가일은 소한에게 누에콩을 건네며 자신도 한 알을 입에 넣고 천천히 씹었다. 소한은 오래전 일이 떠오르기라도 한 듯, 손에 놓인 누에콩을 멍하니 바라만 보았다.

"저들이 형님의 시체를 발견했을 때, 마치 배를 쥔 것처럼 오른손이 동그랗게 굽어 있었다고 하더군. 그 말을 듣고 아주 오래전 일이 떠올랐네. 우리가 고아였을 때 서로 의지해 구걸을 하며 살았네. 한번은 내가 병이 났는데, 유난히 배가 먹고 싶어 형님에게 그 얘기를 했지. 근데 내가 생각해도 말이 안 된다고 느꼈는지, 헛웃음이 나오지 뭔가? 그 당시 밥도 제대로 못 빌어먹는 판에 배가 가당키나 한가? 그런데도 형님은 나에게 배를 꼭 구해다 주겠다고 약속을 했네. 그리고 그날 밤에 형님이 정말 배 하나를 가지고 돌아왔더군. 근데 형님의 얼굴이며 몸이 온통 상처투성이인 것이 이상해서 내가 훔쳐온 거냐고 물었네. 그랬더니 그런 거 아니니 걱정 말고 먹으라며 날 안심시켜주더군. 알고 보니 형님은 품팔이꾼을 찾아가 가장 더럽고 힘든 일이라도 하겠다고 사정을 했던 모양이네. 우리처럼 구걸을 하며 사는 아이들은 품팔이꾼을 따라가 하루 일을 하고 품삯을 받으면 한 끼 밥으로 바꿔 배불리 먹으면 그걸로 끝이었지. 그날 형님도 품팔이꾼을 따라가 어느 집 돼지우리를 청소하고 품삯을 받았네. 문을 나선 후 품팔이꾼이 돈을 내놓으라고 했지만 형님은 끝까지 주지 않았던 거지. 품팔이꾼이 형님의 몸을 뒤졌지만 도저히 돈을 찾을 수가 없었네. 결국 그는 화가 나 형님을 흠씬 두들겨 패고, 다시는 일에 데리고 가지 않겠다고 으름장을 놓고 갔네. 형님은 품팔이꾼이 저 멀리 가고 나자 품삯을 가지고 가서 배를 샀고, 그걸 품에 넣고 몰래 내게 가져다주었던 거네. 내가 배를 다 먹고 나서야 형님은 기분이 좋아져 자신이 품삯을 혀 밑에 넣어 숨겼을 줄 아무도 몰랐을 거라며, 그날 있었던 일을 무용담처럼 들려주었지. 이미 아주 오래전 얘기인데도 그때 일이 마치 어제처럼 생생하네.”

소한의 목소리에서 슬픔이 점점 걷히고 있었다.

“만약 그때 형님을 잘 설득해서 시골로 보내거나 이 일에서 배제시킨 채 장사에 전념하라고 했다면 지금과 같은 결말은 없었을 테지. 생각이 짧아 잘못된 선택을 하는 바람에 형님이 목숨을 잃었으니, 모든 것이 헛되고 헛될 뿐이네.”

“그는 형제를 위해 죽은 것인데, 어찌 가치가 없다 하겠는가? 인생에는 참으로 많은 만약이 존재하네. 그 만약은 모두 한 번의 선택을 의미하기도 하지. 우리가 어떤 선택을 하느냐에 따라 가는 길이 달라지네. 현실이 뜻대로 풀리지 않을 때 어떤 사람은 자신의 선택을 후회하기도 하네. 만약 그때 다른 선택을 했다면 이런 결과는 생기지 않았을 거라고 말일세. 사실 그들은 어떤 선택을 했든 그에 상응하는 변수가 늘 존재한다는 걸 모르고 있는 거지. 설사 자네가 심사숙고해서 최선으로 보이는 선택을 했다 해도 일이 진행되는 과정에서 기대와 달리 아주 미묘한 차이가 생기거나 예기치 못한 변수가 생기니, 결국 최선의 선택마저도 가치 없고 하찮게 전락할 수 있는 것이네. 진전의 죽음은 자네가 그를 이 일에 개입시켰기 때문에 일어난 일이 아니네. 세상만사는 변화무쌍하니, 어떤 선택을 해야 원하는 결과를 얻을 수 있다고 확신할 수 있는 사람은 아무도 없네."

문 밖에서 효위 한 명이 다급히 걸어와 두 사람에게 공수를 하고 보고를 올렸다.

"진 대협이 돌아왔습니다. 지금 경화수월에서 두 분을 기다리고 있는데, 두 분께 급하게 아뢸 일이 있다고 합니다."

가일이 고개를 끄덕인 후 자리에서 일어나 밖으로 걸어가다 뒤를 돌아보았다. 소한은 여전히 진전의 시체 옆에 앉아 꼼짝도 하지 않았다.

"먼저 가게. 나는 혼자 좀 조용히 있고 싶네."

"죽은 사람은 보내주게. 산 사람은 또 살아가야 하니 말일세."

가일은 그날 차가운 피로 물들었던 그 골목길을 다시금 떠올렸다.

"계속 슬픔에 잠겨 있느니, 그를 죽인 흉수를 서둘러 잡아 그의 죽음을 헛되이 만들지 않는 편이 더 나을 걸세."

소한이 고개를 끄덕이다 갑자기 물었다.

"자네의 옷자락이 왜 뜯긴 건가?"

"며칠 전에 해번영 관서로 문서를 확인하러 갔을 때 옷을 벗어 외실에 두었는데, 군주부로 돌아와 보니 옷이 뜯겨 있더군. 아마 어딘가에 걸렸거나 쥐가 물어뜯어 간 것이겠지. 갑자기 그건 왜 묻는가?"

"별거 아니네. 그 옷을 꽤나 오래 입고 다니는 것 같던데, 나중에 사람을 시켜 새것으로 한 벌 준비해놓겠네."

"그럴 필요 없네. 아직 멀쩡하니, 대충 기워서 입으면 되네."

가일이 다시 물었다.

"정말 괜찮은 건가?"

"괜찮네."

소한의 표정이 차분했다.

"진풍이 목 빠지게 기다리고 있을 텐데, 어서 가보게."

가일이 두어 걸음 걸어가다 다시 돌아보며 물었다.

"진전의 손 모양이 그리되어 있었다면, 혹시 자네에게 무언가 알려주려던 것일 수도 있지 않은가?"

"내가 형님의 입을 열어 확인해봤는데, 아무것도 없었네. 그건 그렇고, 그동안 진풍에 대해 전혀 걱정을 안 하는 것 같던데, 설마 처음부터 그가 살아 돌아올 걸 알고 있었던 건가?"

"진풍은 무공이 뛰어나고 강호를 누비며 살아온 자이니, 무슨 변고가 있을 거라 생각지 않았네."

가일이 아무런 내색도 하지 않은 채 대답했다.

"그건 또 왜 묻는 건가?"

"가끔 자네를 알다가도 모르겠다는 생각이 드네. 그간 일어난 많은 일이나 소식을 왠지 미리 알고 있는 것처럼 느껴져서 말일세."

소한이 실없이 웃으며 고개를 가로저었다.

"아무래도 내가 생각이 너무 많은 탓이겠지."

가일은 그 말을 묵묵히 듣기만 할 뿐 아무런 변명도 하지 않았다.

"자네가 상심이 클 터인데, 어서 털고 일어나길 바라네. 그럼 나는 먼저 가보겠네."

소한이 기지개를 켜며 돌계단에 기대, 아침 안개 속으로 점점 사라져가는 가일의 뒷모습을 바라보았다. 그렇게 한참이 지나서야 그는 품에서 가늘고 긴 천 조각을 꺼내 이미 떠오른 태양을 마주하고 천천히 펼쳐 밝은 빛을 가렸다.

이 천 조각은 진전의 혀 아래 눌려 있던 것으로, 가일의 옷과 색이나 재질이 똑같았다.

진풍은 웃통을 벗고 앉아 있었다. 그의 가슴과 오른팔 위로 흰 천이 동여매여 있었지만 몸 상태는 그럭저럭 괜찮아 보였다. 그는 앞에 놓인 탁자 위에 납작한 목함을 올려놓았다. 그 위로 칼자국이 잔뜩 나 있어 금세라도 부서질 것만 같았다.

"예순한 명이었네."

진풍이 씩 웃으며 말했다.

"여기로 오는 동안 내 갈 길을 가로막았던 예순한 명을 모두 해치워버렸네. 물론 하마터면 골로 갈 뻔한 적도 몇 번 있었지만, 하늘은 역시 내 편이었어. 운이 정말 좋았네."

가일이 탄식을 내뱉었다.

"그래서 그때 효위 스무 명과 같이 가라고 한 걸세. 그 험한 길을 요행히 살아 돌아왔으니 망정이지, 만에 하나 혹 실수라도 생겼다면 어찌할 뻔했는가?"

"스무 명의 효위와 같이 갔다면 지금쯤 그들과 내 시체가 장강에 둥둥 떠다니고 있을 것이네. 사람이 너무 많으면 속도가 늦어지고 쉽게 발각이 되는 데다, 적이 전력으로 달려들게 만드는 맹점이 있지."

진풍은 득의양양해져 한바탕 무용담을 펼쳐놓았다.

"내가 그자들을 상대할 때마다 여력을 좀 남겨뒀거든. 그자들로 하여금 조금만 더 인원을 보충하면 나를 죽일 수 있을 거라고 착각하게 만들었지. 그 수에 넘어가서 결국 내가 연속으로 세 번의 승리를 거두지 않았겠는가? 마지막으로 팽택(彭澤) 나루터에서 싸웠는데, 저들이 그제야 내 작전을 깨달은 듯 스물네 명이 한꺼번에 나를 포위했네. 다행히 그날 큰비가 내려 활을 쏠 수 없게 됐으니, 내가 파풍도와 통배권으로 그곳을 피바다로 만들어버렸지. 안 그랬으면 천화강자와 혈액 응고의 비술을 절대 알아내지 못했을 것이네!"

여기까지 말하고 나서야 그는 소한이 오지 않았다는 것을 알아챘다.

"아, 소한은 어디 있는가?"

가일이 그의 맞은편에 앉으며 말했다.

"진전이 죽었네."

"뭐?"

진풍은 너무 놀라 순간 멍해졌다.

"왜 죽은 건가?"

"뻔하지 않은가? 삼원 도단이 손을 쓴 것 같네."

가일이 탄식을 내뱉었다.

"내가 너무 무심했네. 그들이 진전에게 손을 쓸 줄은 생각지도 못했으니 말일세. 앞으로 자네와 소한도 특히 더 조심하도록 하게. 내 돌아가면 손 군주에게, 자네들에게도 효위를 몇 명 붙여달라고 청을 넣겠네."

"나는 필요 없네. 어떤 놈이든 덤비기만 하면 내 전부 다 작살을 내줄 터이니!"

진풍이 격앙된 듯 주먹으로 탁자를 내리쳤다.

"소한 쪽은 아무래도 호위를 좀 붙이는 것이 낫겠네. 싸울 실력이 안 되니 표적이 되기 쉬울 것이네."

"좀 이따 그가 오면 내 말해두겠네."

가일이 손을 뻗어 목함을 자기 쪽으로 끌어당겼다.

"이 안에 무엇이 있는지 열어보았는가?"

"안 열어보았네. 이건 자네한테 전하는 물건이니, 당연히 자네가 먼저 열어봐야지."

진풍의 표정이 무척이나 진지했다.

가일의 마음이 복잡해졌다. 당초 술을 마신 뒤 일부러 진풍을 부추겨 그가 자진해서 거록으로 가게 만든 것은 사실 오왕과 다른 사람에게 보여주기 위한 나름의 계책이었다. 장현이 사는 곳은 한선이 이미 알아냈고, 그를 통하면 천화강자와 혈액 응고의 비술을 은밀하고 빠르게 밝혀낼 수도 있었다. 하지만 이렇게 하면 그가 어떻게 그 비밀을 풀어냈는지 설명할 도리가 없고, 도리어 불필요한 의심만 사기 쉬웠다. 지금 손몽과 소한이 살짝 의심을 하는 듯하니 앞으로 더 조심해서 일을 처리하는 수밖에 없었다.

그에게 진풍은 처음부터 이용 대상에 불과했다. 이것은 진주조에 있을 때 곽홍을 이용했던 것과 다르지 않았다. 그러나 지난 몇 년 동안 너무 외로웠던 탓일까? 그와 몇 번 만나고 난 후부터 가일은 자신의 방법이 조금 비열하다는 생각이 가끔 들기도 했다. 소한에 대한 태도도 마찬가지였다. 만약 그가 소한의 안전을 진심으로 고려했다면 진전도 태평도에 살해되지 않았을지 모른다. 아까 넋을 잃은 소한의 모습을 보면서 가일은 심지어 모든 것을 그에게 다 털어놓고 싶은 충동마저 느꼈다. 그러나 한선의 객경은 너무나 많은 비밀을 끌어안고 살아야 하는 자리였다. 그 역시 이 점을 누구보다 잘 알기에, 마음을 터놓고 생사고락을 함께할 수 없었다. 유일한 방법은 장제처럼 그들을 한선의 객경으로 추거하는 것뿐이었다.

그러나 한선의 객경이 그리 쉽게 해낼 수 있는 일이던가? 비록 소한이 주도면밀하다 해도, 천애고아에 벼슬도 없는 데다 호신술조차 배우지 못했다. 진풍은 무공이 뛰어나기는 하지만 서로 속고 속이는 암투에 무지하다. 한선의 전객(典客)이 그들을 시험하는 데 동의할 리도 없지만, 설사 한다 해도 통과는커녕 목숨을 잃을 게 뻔했다.

"이보게, 무슨 생각을 그리 하는가?"

진풍이 가일의 생각을 끊어냈다.

"어서 목함에 무엇이 있는지 열어보게."

가일이 조심스럽게 목함을 열었다.

그의 눈에 들어온 것은 백서 두 장과 봉랍으로 입구를 봉인한 정교한 모양의 구리 병 몇 개였다. 가일이 백서를 펼치자 위에 아무런 글씨도 쓰여 있지 않았다. 그가 고개를 들어 진풍을 쳐다보니, 그 역시 너무 놀라 입을 다물지 못하고 있었다.

"설마 그 늙은이가 날 가지고 논 것인가?"

진풍이 격분해 씩씩거렸다.

"만약 자네를 속인 거라면, 왜 이런 구리 병을 준비했겠는가?"

가일이 물었다.

"바꿔치기 한 것도 아닌 것 같네. 태평도가 똑같은 목함을 다시 만들 필요는 없었을 테지."

그가 잠시 생각에 잠기는가 싶더니, 이내 탁자 위에 있는 찻잔을 가져다 손가락에 찻물을 묻히더니 하얀 비단 위에 발랐다. 잠시 후 비단에 빼곡하게 적힌 작은 글씨들과 그림이 나타났다. 가일이 그 내용을 훑어보니 비술에 관한 내용이 확실했다. 그는 진풍의 몸에 감긴 흰 천을 대충 찢어 붓을 들고 서둘러 그것을 베끼기 시작했다.

진풍이 안도의 한숨을 내쉬었다.

"역시 자네는 난놈일세. 그 노인도 제대로 말해주지 않은 걸 이리 척척 해내는 걸 보니 말일세. 이 방법을 몰랐다면 이걸 가져왔다 한들 아무짝에도 쓸모가 없을 뻔했어. 도대체 물로 적시면 글자가 나타난다는 걸 어찌 알았는가?"

가일이 대충 얼버무렸다.

"이건 반서라는 것인데, 예전에 진주조에 있을 때 본 적이 있네. 다른 데가서 함부로 말하지 말게. 내가 아직 진주조와 연결되어 있다고 괜한 트집을 잡는 사람들이 생길지도 모르니."

"그런 거라면 나도 다 아니 걱정 말게."

진풍이 문 쪽을 보며 반갑게 인사를 했다.

"손 낭자, 잘 지냈소?"

가일이 고개를 드니 안으로 들어서는 손몽이 보였다.

"내가 천화강자와 혈액 응고에 관한 비술을 가지고 돌아왔다오. 지금 가교위가 베끼고 있으니, 잠시 후면 태평도가 어떤 농간을 부렸는지 알게 될 거요."

손몽이 믿을 수 없다는 듯 물었다.

"정말이에요? 천화강자와 혈액 응고는 우길의 신통력 아니었나요? 소한이 태평도에서 10여 년을 먹고살았는데도 모르는 걸 두 사람이 알아냈다고요?"

가일이 대답했다.

"원래 비술이라는 게 그 실체를 모르면 그런 능력을 가진 자의 신통력을 경외하고 숭배하는 마음이 생기지만, 일단 그 진상이 밝혀지면 속임수에 불과하다는 것을 알게 되니 보고도 현혹될 리 없소. 천화강자는 우선 촉중 재동에서 생산되는 가벼운 누에고치 실을 감아 글자 모양을 만들고, 오동나무 기름에 일주일을 담갔다가 꺼낸 후 누에고치 실에 요동 현도(玄菟)에서 생산되는 인(磷)을 한 층 칠하고 그 위에 석랍을 칠하오. 그런 후 이 비술을 드러내야 할 때 가느다란 삼베 실을 무게중심에 묶어 연처럼 허공에 날리는 거요. 그러면 누에고치 실에 칠해진 석랍이 바람에 흔들려 벗겨지면서 그 안에 있던 인이 드러나고, 그렇게 얼마의 시간이 지나면 인이 저절로 타오르게 되오. 근데 이걸 멀리서 보면 하늘에서 갑자기 불길이 타올라 글자 모양이 드러나는 괴이한 현상으로 착각하게 되는 것이오. 이 하얀 비단에 적힌 또 다른 내용을 보면, 이 천화강자 비술은 그 과정이 매우 복잡해서 성공이 쉽지 않으니 자주 사용되지 않는다고 했소. 내가 기록을 조사해 보니, 장각이 전도를 시작할 때부터 지금까지 천화강자가 나타난 적이 딱다섯 번에 불과했소."

"그러니까 그날 우리가 본 천화강자 역시 운이 좋아서 성공했다는 건가요?"

손몽이 물었다.

"그럼 그때 실패했다면……."

손몽은 반박을 하려다 말고 입을 다물었다. 그녀는 이미 그 답을 찾은 듯했다. 천화강자의 비술을 펼치기 전에 우길이라는 자는 이미 모든 것을 말로 드러냈다. 설사 '손권필사, 황천당립'이라는 글자가 타오르지 않는다 해도 크게 문제될 것이 없었다. 비술이 성공한다면 마치 하늘에서 계시라도 내린 듯 우길의 말을 기정사실로 받아들이게 만드니, 그 소문이 빠른 시간 안에 더 멀리 퍼지게 될 것이다. 실패해도 웃음거리로 전락하는 일은 생길 리 없다. 어쨌든 허공에 화염이 일어난 것만으로도 백성들은 심상치 않은 기운으로 받아들였을 테니 말이다.

그녀는 그래도 인정하고 싶지 않은 듯 반박했다.

"그래요. 천화강자는 그렇다 쳐요. 그럼 혈액 응고는 뭐로 설명할 거죠? 당신은 줄곧 중독됐을 거라고 했는데, 이 세상에 그런 희귀한 독약이 있겠어요?"

"놀랍게도 있소. 경주(瓊州) 밀림에 사는 옥색 날개를 가진 형광나비인데, 산란 시기가 되면 형광 가루를 만들어낸다오. 그걸 긁어내서 서역 대월지(大月氏)의 박달목서(銀桂) 꽃가루와 혼합해 복용하면 온몸의 혈액이 일각 안에 빠르게 응고되오."

가일이 손에 들고 있던 백서를 보란 듯이 흔들었다.

"이 위에 아주 상세히 적혀 있소. 장각이 이 독약을 만든 후 중상시 봉서를 매수해 영제를 독살하려 했지만 일이 틀어져 정보가 새어 나가고 말았소. 그 후 봉서는 살해되었고, 장각도 어쩔 수 없이 급작스럽게 반란을 일으켜야 했던 거요."

손몽이 웃으며 말했다.

"그렇다 해도 진짜 중요한 걸 놓치고 있다는 걸 알고 있나요? 그때 당신 입으로 분명히 오민과 장순의 방은 문과 창이 다 닫혀 있고 사람이 드나든 흔적이 전혀 없었다고 하지 않았나요? 아무도 드나든 사람이 없는 이상, 이 독이 제아무리 대단하다 한들 그들에게 먹일 수가 없잖아요?"

가일이 희미하게 웃으며 말했다.

"그 상황이라면 당연히 독약을 먹인 자가 없을 수밖에. 하지만 사람이 하지 못하는 일을 귀신이 못 하라는 법은 없겠지. 당신은 평소에는 그리 똑똑하게 굴면서 그 방에 통풍창이 있다는 걸 생각하지 못했소? 오민·장순·임조의 거처에서 모두 황갈색 털을 발견했던 거 기억 안 나오?"

손몽은 순간 당황해 입술을 깨물었다.

"그 말은, 우길의 어깨 위에 있던 그 원숭이가 독을 집어넣었다는 건가요? 설마…… 그렇게 간단하게요?"

"그렇소. 비술이라는 것이 원래 겉으로 보면 도저히 짐작할 수 없을 만큼 기괴하지만, 그 실상을 파헤쳐보면 우스울 정도로 단순한 법이라오. 하나 이 두 가지 비술이 기가 막힐 정도로 단순하다 해도, 그 재료 중 몇 가지는 보통 사람이 마음대로 구해서 만들기 힘든 어려움이 있소."

가일이 작은 구리 병을 집어 자세히 들여다보니, 밑바닥에 출처를 나타내는 아주 작은 글씨가 새겨져 있었다. 그가 병을 손몽에게 건넸지만, 그녀는 만지고 싶지 않다는 듯 손을 내저었다. 진풍이 한 발 앞으로 나가 병을 집어 손대중을 해보며 말했다.

"이것이 바로 온몸의 피를 굳게 만드는 요물인가?"

"그 병은 천화강자의 재료 중 하나고, 혈액을 응고시키는 것은…… 여기 있네."

또 다른 구리 병에 '옥 날개 형광 가루'라고 쓰여 있었다.

"이제 됐네. 진전의 복수를 위해 이걸 손권에게 넘기고 그가 직접 군대를 동원해 태평도를 치게 만드세!"

진풍이 신이 나서 말했다.

"아직 때가 아니네."

가일이 병을 목함에 넣었다.

"가장 기괴했던 두 가지 수수께끼를 모두 파헤쳤는데, 어째서 아직 때가 아니라는 건가?"

진풍이 눈을 부릅뜨며 말했다.

"설마 그 무슨 용진인가를 완성할 때까지 기다려야 한다는 건가?"

"이 두 가지 비술은 밝혀냈지만, 태평도와 군의사가 도대체 무엇을 하려는 건지 아직 아무런 단서도 찾지 못했네. 사람은 잡기 쉽네. 설사 이 두 가지 비술을 밝혀내지 못했다 해도, 우리는 얼마든지 삼원 도단을 쳐서 그자들을 검거할 수 있네. 하나 우길을 사칭하는 그자와 그들의 뒤에 숨어 있는 군의사의 첩자라면 얼마든지 미리 정보를 빼내 숨지 않겠는가? 저들 세력을 뿌리째 뽑아내지 않으면 일을 더 악화시킬 뿐이니, 이런 방법은 피해야겠지."

"그래서 줄곧 장청을 첩자로 심어두고 삼원 도단에서 모든 사람을 한꺼번에 색출해낼 생각이었는가? 그런 식으로 어느 세월에 이 사건을 끝장내겠나? 나 같으면 하나하나 붙잡아다가 다 토설할 때까지 족쳐버리겠네. 어쨌든 온갖 나쁜 짓을 일삼은 자들이니, 아무리 가혹한 형벌로 자백을 강요한들 양심에 거리낄 게 전혀 없네."

"그러니 자네는 정정당당한 강동의 유협이고, 나는 음흉하고 교활한 해번영 교위인 게지. 사실 이것보다 더 기괴한 일이 있는데, 아직까지도 그 비밀을 풀지 못했네."

손몽이 끼어들었다.

"죽은 자가 살아난 거요?"

"맞소. 내가 인계 받은 오민 사건이 두 번째 사람 제물이었네. 당시 그녀는 분명 숨이 끊어졌고, 나와 육연이 함께 그 시체를 확인했지."

진풍이 머리를 긁적였다.

"정말 다시 살아난 것 맞는가? 나는 그저 소문인 줄로만 알았네."

가일은 부적이 잔뜩 붙어 있던 문과 창, 얼음 굴처럼 냉기가 돌았던 방 안, 갑자기 벌떡 일어나 앉았던 여자의 시체, 전혀 승산이 없었던 싸움을 또다시 떠올렸다. 모든 것이 어제 일처럼 너무 생생해, 그때의 한기와 고통이 그대로 느껴지는 것 같았다. 이 일련의 살인 사건 중에서 가일이 유일하게 이해할 수 없는 부분이 바로 시체가 다시 살아난 것이었다. 한선조차 그 비밀의 단서를 찾아내지 못했다.

"당신은 장청을 이용해 긴 줄을 드리워 큰 물고기를 잡을 심산이었겠지만, 아마 뜻대로 되지 않을 듯싶네요. 그 일 때문에 알려줄 게 있어서 온 거예요."

손몽은 마치 남의 재앙을 보고 기뻐하듯 눈을 반짝이며 말했다.

가일이 고개를 들어 의혹에 찬 눈빛을 보냈다.

"육연이 삼원 도단을 쳤고, 혜덕 선사도 잡아다 옥에 가뒀어요."

제8장

◆

첩자

소한이 상길 도단의 대전에 서서 연신 사방을 둘러보았다. 그가 소 선사의 신분을 버리고 나온 후 처음으로 도단을 다시 찾은 셈이었다. 모든 것이 익숙하면서도 낯설었다. 대전 앞에 놓인 향로에서는 여전히 향촉이 피어오르고 있었지만, 지난날 북적북적하던 신도들이 더 이상 보이지 않으니 무척이나 한산해 보였다.

오왕이 도단을 폐쇄시키면서 무창성에 있던 도단 중 거의 8할이 이미 문을 닫았고, 도인들도 뿔뿔이 흩어졌다. 남은 도단들도 문을 걸어 잠그고 신도들을 받지 않았으며, 가끔 저녁에 찾아오는 맹신도들을 위해 잠깐 문을 열어주고 부적과 부적수를 나눠주었다. 상길 도단은 오왕의 본처 반 부인이 뒤를 봐주는 덕에 누구도 함부로 건드리지 못했지만, 그래도 드러내 놓고 활동을 할 수 없어 신도들의 출입을 사절했다. 오래전에 소한은 진전에게 현호 선사 쪽을 통해 외부에서 찾아온 태평도 도인들의 행방을 알아보게 했고, 그렇게 해서 삼원 도단을 감시하기 시작했다. 당시 현호는 대외적으로 무창을 떠나 천하를 주유할 거라고 공공연히 말했지만, 무슨 이유에서인지 도단을 계속 지킨 채 꼼짝도 하지 않았다. 그리고 오늘 또 자청해서 소한을 이리로 부른 것도 조금은 이상했다.

소한이 발길 닿는 대로 대전을 나서 안채로 가보니, 땅에 무언가 오고간 흔적이 남아 있었다. 그가 허리를 굽혀 손가락으로 땅을 찔러보니 주변 흙이 이미 다져진 것을 알 수 있었다. 어제 막 비가 내린 탓에 빗물이 스며들어 축축해진 땅 위로 네모지고 묵직한 무언가가 누르고 지나간 흔적이었다. 주변에 수레바퀴 자국이 몇 개 남아 있는 것으로 보아, 그 묵직한 물건들도 옮겨간 지 얼마 안 된 듯했다.

"나리, 선사께서 들어오라 하십니다."

도동이 등 뒤에서 그에게 말했다.

소한이 몸을 일으키며 도동을 따라 내실로 들어갔다. 현호 선사의 모습은 예나 지금이나 여전했다. 몸은 수척해 보일 정도로 말랐지만, 정정하고 눈빛과 정신이 맑으니 마치 세속을 초월한 선인의 모습 같았다.

"현호 선사께서 저를 이리 불러주시다니, 무슨 긴한 일이라도 있으신 겁니까?"

"오늘 오전에 해번영이 삼원 도단에 쳐들어간 걸 자네도 이미 알고 있을 거라 생각하네."

현호의 말투가 무거웠다.

"오왕이 도대체 어디까지 하려는 건지, 뭐 알고 있는 거라도 없는가?"

소한이 잠시 침묵했다.

"왜 제가 알고 있을 거라 생각하십니까?"

"자네가 가일을 뒷배로 삼아 함께 기방·도박장·술집을 차렸다는 걸 무창성에서 모르는 이가 있는가? 가일은 오왕의 심복이니, 그 정도는 알아낼 수 있겠지."

소한이 대답했다.

"죄송하게도 그에게 그런 걸 물어본 적이 없습니다."

"그에게 물어보지 않은 건가, 아니면 자네가 이미 손을 털고 나가 더 이상 예전에 한솥밥 먹고 살던 도우들을 도울 생각이 없어진 건가?"

현호 선사가 한숨을 내쉬었다.

"예전에 자네 사부가 아직 살아 계셨을 때 우리 두 도단 사이에 왕래도 잦았고, 자네가 도단에서 차근차근 자리를 잡아가는 걸 내 쭉 지켜봐왔지. 설사 자네가 막판에 문제를 일으켜 우리 도우들의 얼굴에 먹칠을 했다 해도, 내 자네 갈 길을 막거나 그런 적이 없고……."

"이런 걸 물으려고 오늘 절 불러들이신 게 아닐 것 같습니다만?"

소한이 눈을 가늘게 떴다.

"반 부인이 도단의 신도라 매달 선향과 등불을 밝히는 데 드는 비용으로 큰돈을 시주하고 있고, 베갯머리송사도 적잖이 해주지 않겠습니까? 오왕의 속내를 알아보고자 했다면 저보다 더 확실한 연줄을 잡고 계신 걸로 압니다."

현호 선사가 어떤 사람인지 소한은 10년 전에 이미 완벽하게 파악하고 있었다. 도덕군자인 척 점잔을 떨지만 악습에 물들어 온갖 전횡을 일삼고, 세 치 혀를 놀려 만 명이 넘는 신도들을 끌어모았으니 반 부인조차 그를 믿어 의심치 않았다. 무창성에서 지난 몇 년 동안 그는 재산을 모으기 위해 적잖은 신도들을 패가망신하게 만들었다. 그런데도 반 부인을 등에 업은 덕에 관에서도 보고도 못 본 척 눈을 감아주었다.

"음, 자네가 모르는 게 있네. 이번에 오왕이 누구의 참언을 곧이들었는지, 태평도를 완전히 뿌리 뽑아버리려고 작정을 한 듯하네. 반 부인도 우리 도문(道門)을 위해 오왕을 설득하다 결국 외출 금지령을 받고 말았네. 나도 더는 어찌해볼 방도가 없어 자네에게 물어보려고 이리 부른 것이네. 아, 자네의 형 진전이 살해당했다지? 누가 그런 짓을 했다고 생각하는가?"

소한이 그 말에 바로 고개를 들어 날카로운 눈빛으로 현호 선사를 쳐다 봤다.

"모릅니다. 무슨 단서라도 있으십니까?"

"얼마 전에 도우 한 무리가 나를 찾아왔던 일을 진전이 자네에게도 말해 주어 알고 있을 거네. 당시 그들이 작룡진을 펼쳐 손권을 주살하고자 했네. 하지만 나도 나이가 들고 이미 이리 많은 돈을 손에 쥐고 있다 보니, 자칫 목이 달아날 일에 손을 대고 싶지 않았네. 그래서 그들을 잘 구슬려 간신히 돌려보냈지. 그 후 그들이 삼원 도단에 가서 혜덕을 끌어들여 작룡진을 펼 치고, 그 가일이라는 자 눈앞에서 천화강자의 비술까지 드러냈더군. 솔직 히 말하자면, 비록 나는 개입하지 않았지만 그들의 일이 성사되기를 바라 고 있네. 오왕이 강동에 있는 모든 태평도를 섬멸할 준비를 하고 있다는 말 을 들은 마당에, 어찌 이런 마음이 생기지 않겠는가?"

"오왕이 태평도를 섬멸하려고 하는 건, 그들이 이런 일을 저질렀기 때문 이겠지요. 일의 전후 관계를 전도하신 듯합니다."

"그건 자네가 잘못 알고 있는 거네. 그들이 작룡진을 시작하기 전에 오왕 이 이미 그런 결심을 하고 있었다는 걸 반 부인을 통해 여러 차례 들어왔 네. 그렇지 않으면 천화강자가 나타난 지 두세 시진 만에 그렇게 빨리 무창 성 안의 대부분의 도단을 봉쇄할 수 있었겠는가? 일찌감치 도단을 겨냥해 물밑 작업을 해온 것이 틀림없네! 그런데도 자네는 이 점을 간파하지 못한 채 가일을 도와 우리 태평도와 맞서고 있으니 참으로 안타까울 뿐이네. 그 런다고 자네의 과거를 씻어내고 해번영의 신임을 얻을 수 있을 거라 여기 는가?"

소한이 가라앉은 목소리로 말했다.

"그 말 속에 다른 뜻이 숨어 있는 듯하군요."

"맞네. 나는 자네의 형 진전의 죽음이 영 미심쩍었네. 혹시 그가 시도 때도 없이 자네에게 무창을 떠나 이런 시빗거리에서 멀어져야 한다고 자꾸 말해 가일의 심기를 건드리지 않았는가? 생각해보게. 지금 가일은 사건 수사를 전적으로 자네에게 의지하고 있네. 만약 자네가 수사에서 발을 빼면……."

"무슨 증거라도 있습니까?"

소한이 반문했다.

"없네."

현호 선사는 깔끔하게 인정했다.

"하나 반 부인 쪽에서 새어 나온 정보는 있네. 오왕이 가일을 불러들였을 때, 자네 같은 태평도 선사와 함께 사건을 수사하는 걸 탐탁지 않게 생각했다더군. 그때 가일이 어떻게 대답했는지 아는가? 도둑으로 도둑을 잡고, 일이 성사되면 그 도둑을 죽이면 그만이라고 했다더군. 이래도 자네는 그를 자기편이라고 믿는 건가?"

"난 그런 말을 믿지 않습니다."

현호 선사가 비웃듯 말했다.

"내가 아닌 가일을 더 믿는다는 건가?"

"난 아무도 믿지 않습니다."

소한의 눈빛이 차갑게 빛났다.

지난번 오왕을 알현한 후 꽤 긴 시간이 흘렀다. 그동안 육연이 오왕을 여러 차례 알현했다는 말이 들려왔다. 지금은 육연이 가일의 자리를 대신하고 있다는 소문이 이미 은연중에 돌기 시작했다. 얼마 전까지 호의를 보이던 세도가들이 가일을 대하는 태도도 예전처럼 적극적이지 않았다. 가일은 이런 변화에 별로 신경 쓰지 않았다. 지난 몇 년 동안 외톨이처럼 살아온 생활에 익숙해져서인지, 가까이 다가오는 사람이 없으니 도리어 더 홀가분했다.

지난번과 달리 이번에는 밖에서 하릴없이 기다리는 일 없이 곧바로 대전으로 불려 들어갔다. 그러나 손권은 안채에서 무슨 일이 지체된 듯했고, 가일은 또 어쩔 수 없이 대전에서 기다리는 수밖에 없었다. 그는 탁자에 놓인 찻잔을 들어 한입 대보는 순간, 오왕이 여전히 검소하다는 것을 알 수 있었다. 차 맛이 밍밍해 깊은 맛을 거의 느낄 수 없었다. 맞은편에 앉아 있는 육연이 반갑게 웃으며 아는 체를 하려 했지만, 가일은 그에게 그럴 기회조차 주지 않은 채 외면했다.

사실 손몽의 말처럼 육연은 살짝 오만한 것을 제외하면 세도가 자제들 중에서 가장 눈에 띄는 군계일학이었다. 자질과 능력 면에서 육연이 소한과 진풍보다 더 전방위적이라는 것을 가일도 모르지 않았다. 그러나 가일은 그에게 알 수 없는 거리감을 느껴, 너무 가깝게 지내고 싶지 않았다. 왜 이런 느낌을 갖게 되었는지 가일도 알 길이 없었다. 어떤 때는 손몽에게 환심을 사려는 듯한 육연의 태도가 거슬려서인 것도 같고, 또 가끔은 딱히 그것 때문만은 아닌 것 같기도 했다.

병풍 뒤에서 힘찬 발걸음 소리가 들려왔다. 가일이 고개를 들어보니, 손권이 편복을 입고 기분이 좋은 듯 환하게 웃으며 걸어 들어오고 있었다. 그는 서안 앞에 놓인 보고서를 펼쳐보며 연신 고개를 끄덕였다. 거기에는 육연이 삼원 도단을 수색해 증거품과 재산을 몰수하고 혜덕 선사를 잡아들인 일에 관한 상세한 경과가 적혀 있었다. 이 일에 대해 손몽이 이미 사실보다 더 과장되게 알려주었고, 가일이 육연에게 선수를 빼앗겼다고 줄곧 불만을 드러냈다.

육연의 행동은 가일의 계획을 망쳐놨고, 그로서도 미처 손쓸 틈이 없어 당황스러웠던 것도 사실이었다. 지금 혜덕 선사를 잡아들이고 삼원 도단을 쑥대밭으로 만들어놨다는 것은 태평도와 연결되어 있던 끈을 잘라버린 것과 같았다. 군의사는 줄곧 어둠 속에서 모습을 드러내지 않으니, 도저히 조사할 방도가 없었다. 다행히 장청과 우길이 잡히지 않았으니, 아직 만회할 기회가 남아 있었다.

손몽의 말에 따르면, 그날 육연은 두 사람을 만났을 때 모든 걸 다 이야기하지 않았다. 가일과 마찬가지로 그 역시 무언가를 숨기고 있었던 것이다. 그는 비단 점포로 찾아가 미방의 행적을 수사할 때 한 소년을 만났다. 이 소년은 비단 가게에 불이 난 걸 우연히 보게 되었고, 방화범이 삼원 도단의 태평도 사람인 것도 알아봤다. 육연은 아무런 내색도 하지 않고 암암리에 밤을 틈타 해번위를 삼원 도단에 잠입시켰다. 그들은 후원에 쌓여 있던 상자를 발견했고, 그 안에는 등유와 무기들이 잔뜩 들어 있었다. 또한 곁채에서는 불에 탄 시체 두 구가 발견되었다.

그래서 육연은, 손권은 물론 우청에게도 알리지 않고 직접 해번위 3백 명을 이끌고 삼원 도단에 쳐들어가 혜덕 선사를 붙잡아 들였다. 그날 오후에 육연은 혜덕 선사를 심문한 지 한 시진도 채 안 돼 모든 자백을 받아냈다. 그는 외지에서 온 태평도 사람들에게 현혹되어 무창성에서 마구잡이로 사람을 죽이고 공포심을 조장해 함부로 대란을 꾀했으며, 더 많은 신도들의 재물을 강탈했다고 털어놓았다. 혜덕은 자신이 저지른 악행은 물론, 오민·장순·임조 살인 사건에다 해번영과 도위부가 알아채지 못한 나머지 사건 두 개까지 자백했다.

인적 증거와 물적 증거, 자백과 서명 등 모든 것이 갖추어져 겉으로 보기에 완벽한 사건 처리 그 자체였으니, 오왕이 기뻐하는 것도 어쩌면 당연했다. 그러나 가일은 육연이 공을 차지하기 위해 적잖은 의문점을 덮어버렸다는 것을 잘 알고 있었다. 자신이 그 의문점을 지금 이 자리에서 거론해야 할지 말아야 할지 여전히 결심이 서지 않았다. 오왕은 이 일련의 사건들에 별로 관심이 없고, 오로지 '건안 5년'과 관련된 지난 일에 연루될까 노심초사하며 가능한 빨리 사건을 종결하고 싶은 마음뿐이었다. 만약 가일이 지금 그 의문점을 거론한다면 오왕의 심기를 거스르는 일이 될 것이다. 게다가 지금 그에게는 별다른 증거가 없으니, 오왕에게 그의 말을 믿게 할 방도도 없었다.

"아주 훌륭하네."

손권이 보고서를 덮었다.

"육연 자네가 이렇게 빨리 사건을 해결할 줄은 몰랐군. 이럴 줄 알았으면 애초에 자네도 함께 이 사건을 처리하게 할 걸 그랬네."

"사건을 수사하는 과정에서 가 교위도 많은 도움과 단서를 제공해주었나이다."

육연이 웃으며 말했다.

"훌륭하네! 공을 세우고도 그 공을 다른 사람과 함께 나누려 하다니 말일세. 자네의 앞날이 아주 기대가 되는군."

손권이 가일에게 시선을 주었다.

"가일도 뛰어난 인재이기는 하나, 이번에는 육연에게 밀리고 말았군. 하나 이 일로 너무 낙담할 것 없네. 앞으로 이 강산과 사직은 자네들 같은 젊은이들이 힘을 합쳐 지켜내야 할 것이니 말일세."

가일은 아무 말이 없었다.

손권이 계속 물었다.

"육연, 이 사건들은 이제 마무리가 되었으니, 잡아들인 태평도의 그 간악한 자들을 어찌 처리할 생각인가?"

"신은 단지 사건을 해결했을 뿐이며, 죄인을 어찌 처리할지는 지존의 뜻에 따라야 마땅할 줄 아옵니다."

손권이 살짝 고개를 끄덕이며 흡족해했다.

"음, 사건을 어찌 수사해야 하는지도 알고, 나서야 할 때와 물러서야 할 때도 아니, 참으로 뛰어난 인재일세. 앞으로 열흘 후면 위나라 사신단이 당도할 것이네. 그 죄인들은 잠시 가둬두었다가 책봉식이 끝나고 나면 자네와 가일이 함께 태평도의 남은 독을 말끔히 제거해버리게."

육연은 여전히 담담한 표정으로 고개를 숙인 채 명을 받들었다.

"앞으로 며칠 동안은 자네들이 위나라 사신단을 맞이하는 일에 총력을 기울여야 할 것이네. 도위부는 외곽을, 해번영은 성안의 치안을 책임져야 하고, 위림과 여일은 이 기간 동안 이번 책봉식을 위해 준비를 해야 하니, 자네들도 가서 도와줄 것이 없는지 알아보도록 하게."

손권이 잠시 후 무언가 생각난 듯 입을 열었다.

"가일 자네는 그들과 함께 일을 해본 적이 없으니, 껄끄럽고 불편하다면 이참에 좀 쉬는 것도 좋겠지."

가일은 살짝 고개를 끄덕일 뿐 여전히 아무 말이 없었다. 그는 오왕의 태도가 오늘따라 왠지 이상하게 느껴졌다. 손권은 자신의 속을 감추는 데 능수능란했다. 상황을 보는 눈이 예리하고 의심이 많으며, 과감하고 결단력이 있을 뿐 아니라 그 수단이 음험하고 악랄한 자였다. 설사 사건을 해결한 육연을 높이 평가한다 해도, 자신까지 불러들여 면전에 대고 이렇게 쓸데없는 말을 해댈 리 없었다.

"아, 자네와 손몽의 혼약은 어찌 되어가고 있는가?"

손권이 목소리를 살짝 높였다. 그의 시선은 육연을 향해 있고, 그의 오른손은 무심한 척 서안을 두드리며 가일을 가리켰다.

가일은 어리둥절한 채 그 말이 무슨 뜻인지 선뜻 이해가 되지 않았다. 육연과 손몽의 혼약? 언제 그런 일이 있었지?

"그건 소신이 어릴 때 부모님께서 농담처럼 하신 말이니, 크게 유념치 마십시오."

육연이 웃으며 말했다.

가일은 이제야 그간의 상황이 이해가 되기 시작했다. 그동안 육연은 깍듯하게 예의를 갖춰 손몽을 대했고, 때로는 그 모습이 환심을 사려는 것처럼 보이기도 했다. 그런데 그 뒤에 이런 비밀이 숨어 있을 줄 가일은 상상조차 하지 못했다. 게다가 그때 송학루에서 만난 그 세도가 자제들이 왜 손몽의 비웃음을 당하고도 한마디 반박조차 하지 못했는지 오늘에서야 그 이유를 알 것 같았다. 당시 가일은 그들이 군주부를 꺼려서 그런 거라고 지레짐작했다. 그런데 지금 생각하니, 두 사람의 혼약도 그 원인 중 하나인 듯했다. 가일은 갑자기 왠지 마음이 조급해지고, 말로 표현할 수 없는 감정들로 머릿속이 혼란스럽기까지 했다. 그가 고개를 들어 손권의 의미심장한 얼굴과 마주했다. 손권은 오늘 마치 가일을 자극하려고 작정한 듯이 그의 앞에서 육연을 치켜세우며 혼약을 언급하고 있었다. 도대체 왜일까? 짧은 시간 안에 모든 가능성이 꼬리에 꼬리를 물고 그의 머릿속을 휘저었다.

"그리 말하면 되겠는가? 내가 보기에 두 사람이 아주 잘 어울리네. 이번 책봉식이 다 마무리되고 나면 자네는 두 사람의 혼인에 대해 육손의 생각을 좀 들어보게. 나는 상향에게 물어볼 터이니."

손권의 얼굴은 웃고 있었지만, 그의 눈에는 웃음기가 전혀 없었다.

"지존, 신은 타당하지 않다고 사료되옵니다."

가일이 결국 입을 열었다.

"아? 이 혼약에 무슨 문제라도 있다고 보는가?"

손권은 여전히 웃고 있었다.

"신은 태평도의 역모 사건이 아직 종결되지 않았다고 생각합니다."

가일이 눈 딱 감고 말을 꺼냈다.

"어디 한번 말해보게."

손권은 마치 육연에게 반박의 틈을 주지 않으려는 듯 재빨리 그의 말에 응수했다.

"신이 조사한 단서에 의하면 이 일련의 사건은 단순히 태평도의 소행으로만 몰아갈 수 없으며, 그 뒤에는 서측 군의사가 개입되어 있습니다. 게다가 그들의 목적 역시 재물을 갈취하려는 것이 아니라 지존을 겨냥하고 있습니다. 육 도위가 말한 것처럼 그들은 지금까지 이미 다섯 건의 살인을 저질렀고, 모든 사건이 동일한 수단, 동일한 시간 간격으로 벌어졌습니다. 신이 알아낸 정보에 의하면 이것은 태평도의 작룡진입니다. 이 작룡진은 그 우길을 사칭한 자가 주도한 것이며, 삼원 도단과 혜덕 선사는 모두 앞에 세워둔 꼭두각시에 불과합니다. 이 가짜 우길과 군의사가 무창성에 심어놓은 첩자를 잡기 전까지 이 사건은 절대 끝난 것이 아니옵니다."

가일은 단숨에 이 모든 사실을 쏟아냈지만, '건안 5년' 등 몇 가지 사안은 일부러 피한 채 언급하지 않았다. 그는 오왕이 이 일련의 사건을 이렇게 종결짓고 싶어 하지 않는다는 것을 이미 눈치 채고 있었다.

"자네의 말도 일리가 있군. 육연이 비록 사건을 신속하게 해결했지만, 아직 의문이 다 풀린 것은 아니지."

손권의 얼굴에 여전히 웃음이 걸려 있었다.

"예를 들면, 그때 두 번의 사건에서 드러난 육씨 가문의 문신은 도대체 어찌 된 일인지도 여전히 의문이네."

가일은 간담이 서늘해져 자기도 모르게 육연을 힐끗 쳐다보았다. 육연이 공을 다투었던 것도 따지고 보면 이 사건과 육씨 가문의 연결 고리를 끊고 싶어서였다. 하지만 손권은 여전히 그 사실을 잊지 않고 있었다. 육연의 입가에 걸려 있던 웃음이 점점 억지스럽게 변해가고 있었다. 그는 지나치게 조급히 굴다 도리어 손권의 의심을 불러일으키고 말았다.

"지존께 아뢰옵니다. 육씨 가문의 문신이 비록 두 사건에 모두 나타났지만, 조사 결과 육씨 가문의 것이 아니라……."

"설명할 필요 없네."

손권이 육연의 말을 끊었다.

"나는 육씨 가문을 아주 신뢰하네. 그렇지 않았다면 절반의 병력을 자네 부친에게 넘겨 요지에서 유비와 대적하게 하지 않았을 테지. 이런 의문점들을 반드시 철저히 조사해 자네 육씨 가문의 결백을 밝혀내고, 회사파들이 더는 나를 찾아와 왈가왈부하지 못하도록 만들게."

육연이 고개를 숙이며 감사의 인사를 올렸다.

"가일."

손권이 갑자기 목소리를 높였다.

"자네가 의문이 든다고 하니, 계속해서 사건을 수사해 그 뒤를 캐내도록 하게. 자네가 말한 작룡진이 똑같은 시간과 간격에 따라 사람을 죽인다면, 다음 살인은 언제 일어나는 것인가?"

"오늘 밤 자시(子時)입니다."

"지금이 미시(未時)이니, 고작 네댓 시진밖에 안 남은 셈이군. 준비는 해두었는가?"

"신이 태평도에 심어둔 첩자를 통해 알아낸 바에 따르면, 작룡진은 북두칠성을 모방해 만든 것이기 때문에 음기가 가득 찬 시각에 태어난 일곱 명을 제물로 바쳐야 합니다. 신이 다섯 건의 살인 사건이 벌어진 위치에 따라 이미 오늘밤 제물이 바쳐질 대략적인 위치를 알아냈습니다. 군주부의 손몽 낭자가 효위들을 이끌고 그곳에 가 매복 중이고, 신의 벗들도 함께 그곳으로 갈 것입니다. 의외의 사고가 일어나지 않는 이상, 분명 무언가 수확이 있을 겁니다."

"지존, 신이 수사 과정에서 무리하게 성과에 급급해 가 교위에게 괜한 골칫거리를 떠안긴 듯하옵니다. 신이 해번위를 이끌고 가 교위를 도와 공을 세워 속죄할 수 있도록, 지존께서 허락해주십시오."

육연이 끼어들어 말했다.

"해번위 대다수가 위나라 사신단을 영접하는 일로 정신없이 바쁠 터이니, 많은 인력을 차출하지는 못할 것이네. 자네 마음이 정 그렇다면 가능한 인력을 대동해 가일을 돕도록 하게."

오왕의 웃는 얼굴이 심상치 않았다.

"가일, 자네 말대로라면 작룡진이 북두칠성을 근거로 만들어졌고 오늘밤이 여섯 번째 제물이 바쳐지는 날이네. 그렇다면 태평도가 남은 두 번의 제물을 바치는 데 모두 성공하면 내가 죽게 되는 것인가?"

"태평도는 사특한 말로 백성을 현혹하고 있을 뿐이니, 지존께서는 그런 일로 너무 마음 쓰실 필요가 없사옵니다."

육연이 또 끼어들었다.

"하나 군의사가 태평도처럼 이 무슨 작룡진인가 하는 것을 믿을 수도 있지 않은가? 제갈량처럼 지모가 뛰어나고 귀신같은 술책을 부리는 자가 어찌 이런 어리석은 짓을 한단 말이지?"

손권이 혼잣말처럼 중얼거리다 물었다.

"마지막 제물은 9일 후에 바쳐지는 것인가? 그날은 책봉식이 거행되는 날과 맞물리지 않는가? 이 둘 사이에 무슨 연관이라도 있는 것인가?"

가일이 몸을 살짝 굽히며 일어서서 대답을 하려는데, 손권이 손을 내저었다.

"됐네. 귀신을 부리는 척 농간을 부리는 술수에 불과하니, 자네들이 알아서 수사하도록 하게. 시간이 늦었으니 물러가서 준비를 하게."

가일과 육연이 차례대로 대전을 나올 때, 그들 뒤로 손권이 혼잣말처럼 하는 소리가 들려왔다.

"손도 안 대고 주술만으로 사람을 죽인다? 이렇게 졸렬한 속임수를 믿는 자들이 있다니, 정말 이해가 되지 않는군."

가일은 왕부를 나온 후 지체 없이 군주부 방향으로 걸어갔다. 결국 마지막에는 그가 우위를 점했지만, 여전히 마음은 편치 않았다. 손몽에 대한 마음이 무엇이냐고 묻는다면 가일 자신도 명확히 대답할 수 없었다. 그럼에도 육연과 손몽의 혼약이 계속 그의 마음에 걸렸다. 어쩌면 가일은 마음속 깊은 곳에서 이미 손몽을 전천과 동일시하며 누구도 절대 건드릴 수 없는 존재로 여기게 되었고, 그런 이유 때문에 육연이 손몽에게 호의를 베풀 때마다 강한 거부감을 갖게 되었을지 모른다. 그러나 오왕의 말 속에 담긴 의미는 또 다른 측면에서 그의 신경을 건드렸다. 오왕은 가일이 다른 사람의 정혼자에게 남몰래 마음을 품은 부도덕한 자라는 느낌을 받게 했고, 이 예상치도 못한 타인의 시선을 도저히 받아들일 수 없었다.

"가 교위, 잠깐만요."

육연이 뒤에서 그를 불렀다.

가일이 돌아서며 가능한 한 자신의 말투를 최대한 누그러뜨리려 애를 썼다.

"무슨 일인가?"

"지존께서 부르셔서 내 부랴부랴 서둘러 오느라 밥도 먹지 못했소. 가 교위도 마찬가지 아니오? 자시까지는 아직 시간이 많이 남아 있으니, 어디 가서 뭐 좀 먹는 게 어떻소?"

육연이 호의를 가지고 청했다.

"입맛이 없네."

육연이 살짝 난처한 듯 웃으며 그를 다시 설득했다.

"다른 일로 가 교위와 할 말이 있어서 그러오. 예를 들어 혼약 같은 거 말이오."

가일이 잠시 고심하다 시큰둥하게 대답했다.

"알겠네."

황토를 다져 만든 담장, 칠이 얼룩덜룩해진 나무 문, 녹이 잔뜩 슨 쇠 자물쇠.

이 작은 집 앞에 서자 가일은 묘한 기분이 들었다. 이곳은 술집이나 여관이 아니라 평범한 민가였다. 이곳에서 밥을 먹자고? 육연이 자물쇠를 쥐고 나무 문을 몇 번 두드리고 나서야 열쇠를 꺼내 문을 열었다. 그는 안으로 들어갈 생각이 없는지, 옆으로 몸을 돌려 맞은편 민가를 쳐다봤다. 잠시 지나자 맞은편 나무 문이 '끼익' 소리를 내며 열리더니 한 젊은 여인이 걸어 나왔다. 무명옷 차림에 나무 비녀를 한 청초하고 고운 여인이었다. 그녀에게서 맑고 고아한 기품 같은 것이 느껴졌다. 그녀는 가일을 보자 살짝 놀란 듯 걸음을 멈추었다.

"이 사람은 내 벗이라오."

육연이 미소를 지으며 말했다.

"나처럼 관아에서 밥 벌어 먹고 사는 관리라오."

여인이 가일에게 살짝 머리를 숙여 인사를 했다. 그러고는 죽간을 육연에게 건넸다.

"임(林) 공자께서 지난번에 빌려주신 「자허부(子虛賦)」는 이미 다 읽어서 그만 돌려드릴게요."

육연이 친절하게 물었다.

"이해가 안 가는 부분은 없었소?"

"몇 군데 이해가 잘 안 가는 부분이 있기는 해요. 공자께서 언제 편한 시간이 되시면 그때 제가 다시 여쭤볼게요."

여인이 쑥스러운 듯 가일을 힐끗 쳐다봤다.

육연이 말했다.

"일단 여기서 좀 기다리시오."

그가 뒤돌아 집으로 들어가자 가일과 여인만이 문 앞에 덩그러니 남겨졌다. 여인은 가일을 몰래 힐긋 쳐다보더니 이내 자기 집으로 들어갔다. 가일 혼자 그곳에 서 있자니 어디로 가야 할지 조금은 난감해졌다. 다행히 얼마 지나지 않아 두 사람이 모두 나왔다.

육연이 또 다른 죽간을 가져와 여인에게 건넸다.

"이건 조식이 새로 쓴 「낙신부(洛神賦)」인데, 한번 읽어보시오."

"그 안향후(安鄕侯) 조식, 조자건(曹子建)요?"

여인의 눈빛이 반짝였다.

"그가 올해 이미 견성왕(鄄城王)으로 새로 봉해졌고, 이 「낙신부」는 그가 봉지로 돌아가는 길에 쓴 것이라오. 며칠 전에 강동에 막 도착한 책이오. 낭자가 분명 기뻐할 거라 생각해, 바로 그것을 필사해 가져왔소."

"임 공자께 너무 감사드려요."

여인의 미소가 환하게 빛났다. 그녀는 죽간을 품에 넣고 네모난 검은 천을 건넸다. 거기에는 계란 네 개가 담겨 있었다.

육연이 연신 손을 내저었다.

"별것도 아닌 일인데, 이런 건 필요 없소. 계란은 가져가서 낭자 어머니의 몸보신에 쓰도록 하오."

"그제 노(魯)씨 댁 주인마님께서 상으로 주신 한 냥으로 돼지고기를 샀어요. 요 며칠 계란을 먹지 않아도 될 만큼 어머니랑 같이 잘 먹고 있는걸요."

여인이 수줍게 웃으며 계란을 담은 검은 천을 다시 내밀었다.

"임 공자께서 가져가세요. 간만에 친구분도 오셨는데, 뭐라도 좀 해서 대접해야 하지 않겠어요?"

육연이 그것을 받아 들고 따뜻한 눈빛으로 고개를 끄덕이며 가일을 데리고 안으로 들어갔다. 집으로 들어설 때 가일은 무의식적으로 뒤를 돌아보았고, 그때까지도 여인은 문 앞에 서서 두 사람을 바라보고 있었다. 그녀는 가일이 뒤돌아보자 수줍게 돌아서서 자기 집으로 들어갔다.

집 안은 아주 간결했다. 부뚜막은 동쪽에 있고, 가운데 둔 탁자 두 개와 오른쪽에 자리 잡은 나무 침상이 전부였다. 부뚜막의 아궁이는 이미 검게 그을려 있고, 긴 탁자와 침상은 금이 가고 빛이 바래 있었다. 보아하니 꽤 오랫동안 사용한 듯했다. 육연이 부뚜막 옆으로 가더니 계란을 깨 그릇에 담고 소름을 뿌린 후 골고루 휘저었다. 그는 그릇을 솥에 넣고 물을 좀 부은 후 허리를 굽히고 부싯돌을 부딪쳐 아궁이에 있는 땔감에 불을 붙였다. 연기가 피어오르자 육연은 기침을 하며 허리를 폈다. 그는 나무통에서 찧은 보리를 조롱박 바가지로 떠서 작은 자기 항아리에 쏟아붓고 물을 부었다. 그러고 난 후 청경채를 썰어 그 안에 넣었다.

가일이 미간을 좁히며 물었다.

"지금 밥을 짓고 있는 건가?"

"그렇소. 이렇게라도 해야 주린 배를 채우지 않겠소?"

육연이 돌아서며 웃었다.

"금방 되니까 조금만 기다리십시오."

가일이 고개를 절레절레 흔들며 말했다.

"군자는 주방을 멀리해야 한다고 들었네."

"내가 또 무슨 군자도 아니니 상관없소."

"저 여인을 좋아하는가?"

"그렇소."

"하지만 자네는 손몽 낭자와 혼약을 맺은 사이가 아닌가?"

"가 교위는 손 낭자를 좋아하시오?"

가일은 한참 동안 아무 대답도 하지 못했다.

"그럼 내가 가 교위보다 더 나은 셈이군요."

육연의 표정이, 모락모락 피어오르는 김에 가려 잘 보이지 않았다.

"군자는 주방을 멀리하고 여인을 멀리하라는 말은 모두 미친 개소리요.

가 교위, 군자불기(君子不器: 군자는 모양이 고정된 그릇이 아니다)라는 말을 들어보았 나요?"

"부끄럽군."

"손 낭자와의 혼약은 어른들 사이에서 농담처럼 나온 말일 겁니다. 사실 그런 일이 진짜 있었는지도 의문이오. 우리 같은 세도가에서는 혼인도 집 안끼리의 거래라 할 수 있죠. 두 집안의 수준이 어느 정도 맞아야 축복받는 혼인이 이루어지는 거죠. 만약 한쪽 집안의 가세가 기울면 혼약은 언제라 도 파기하면 그만일 만큼 아무 쓸모 없는 말장난에 불과해지죠."

육연이 한숨을 내쉬었다.

"맞은편에 사는 저 낭자도 태어나기기도 전에 나와 혼사가 정해져 있었소. 하지만 그녀가 태어나기도 전에 집안이 풍비박산 나면서 이곳으로 이사를 와야 했죠. 만약 숙부께서 실수로 이 말을 흘리지 않으셨다면 나 역시 정혼 자가 있었다는 사실을 까맣게 몰랐을 겁니다. 열네 살 되던 해에 내가 호기 심을 못 이기고 그녀를 보러 이곳으로 찾아왔었소. 근데 감정이라는 게 참 묘한 거더군요. 가 교위가 사는 동안 많은 사람을 좋아할 수야 있겠지만, 단 한 사람, 그 사람만큼은 그 누구도 대신할 수 없다는 걸 아시오? 그녀를 처음 보는 그 순간부터 가 교위의 눈에 비친 그녀는 밤하늘을 가득 채운 별이 되고, 평생 가 교위의 밤하늘을 아름답게 수놓으며 빛날 것이오."

가일은 전천을 떠올렸지만 이내 고개를 저었다.

"미안하네만 나는 도통 이해가 안 되네. 그녀가 그리 좋다면서 왜 집안에 확실히 얘기를 하지 않는 건가? 정실 자리는 아니더라도, 첩으로 들이면 되지 않는가?"

"저 여인은 허(許)씨 성을 가지고 있소."

육연이 쓴웃음을 지었다.

잠시 어리둥절해하던 가일은 자기도 모르게 목소리가 높아졌다.

"허공?"

"맞소. 허공은 손책의 손에 죽었고, 손책은 또 허공의 문객에게 살해당했지요."

육연의 목소리가 서늘하게 느껴졌다.

"그녀와의 혼인은 차치하고, 그녀와 만나는 것만으로도 육씨 가문 전체가 연루되어 지존의 의심을 살 수 있소."

"그래서 이 허름한 민가를 사서 가짜 신분으로 그녀와 알고 지내는 건가? 자네 집에서도 아는가?"

"아직 모르오. 하나 얼마나 더 속일 수 있을지 모르겠군요."

육연이 솥뚜껑을 열고 젓가락으로 그릇 안을 찔러보았다.

"계란찜은 익었고, 보리밥도 다 되어갑니다."

육연이 잠시 후 다시 말을 이어갔다.

"가 교위가 손 낭자를 좋아하든 말든 상관없이, 손 낭자와 나는 함께할 수 없소. 비록 학식이나 가문은 물론 외모도 허 낭자가 손 낭자만 못하겠지만, 그래도 나는 그녀가 좋소."

"왜인가?"

가일은 이 말을 뱉는 순간 바로 후회가 되었다.

"손 낭자가 싫다는 말이 아니라, 그저 나와 어울리지 않기 때문이오. 더 중요한 건, 그녀 역시 나를 좋아하지 않소."

육연은 꽤나 진지하게 해명했다.

"이게 바로 자네가 내거는 패인가? 원하는 것이 무엇인가?"

"우리 사이에 이렇게까지 선을 그을 필요가 있겠소?"

육연이 난감한 듯 물었다.

"가 교위는 소한과 진풍은 벗으로 삼았으면서, 어찌 나와는 벗이 될 수 없다고 선을 긋는 거요?"

"나는 이곳에 뿌리와 파벌이 없는 일개 관리이고 자네는 세도가 자제이니, 처음부터 벗이 된다는 건 불가능하네."

육연이 고개를 끄덕였다.

"맞는 말이군요. 서로 벗이 될 수 없다면 거래는 할 수 있겠죠. 나는 혼약을 깰 터이니, 가 교위는 사건을 해결할 기회를 나에게 넘기시오. 어떻소?"

"그 말은, 내가 물러서면 자네가 사건을 조사하겠다는 건가? 자네가 진상을 파헤칠 수 있겠는가?"

가일이 물었다.

"만에 하나, 진상을 밝히지 못하더라도 지존을 흡족하게 할 방도쯤은 알고 있소. '건안 5년'을 건드리지 않고 지존이 우려하는 부분만 해결한다면, 진상이 무엇이든 개의치 않을 것이오."

가일이 눈을 치켜뜨며 육연을 쳐다봤다. 가일은 육연이 '건안 5년'을 언급할 거라고 예상하지 못했다.

"그렇게 놀랄 것 없소. 이번에 일어난 몇 건의 살인 사건이 건안 5년의 진적 사건과 흡사하다고 말했던 것도 바로 나였소. 이 단서를 따라 더듬어가다 보면 선주 손책의 죽음, 그리고 우길의 저주와 맞닥뜨리게 되지요."

가일이 무언가 번뜩 떠오른 듯 물었다.

"오늘 지존께 사건의 종결을 보고해도 그분이 동의하지 않으리란 걸 미리 알고 있었던 건가?"

"지존은 관대하고 인자해 보이지만, 사실 날카롭고 예리하며 의심이 많은 분이시오. 지존 같은 분은 약간의 위험한 냄새를 감지하기만 하면, 날카로운 발톱을 절대 거둬들일 분이 아니오. 내가 이렇게 한 것은 당신 때문이었소, 가 교위."

"나 때문이라고?"

"나는 왜 가 교위가 계속해서 나에게 경계심을 품고 있는 건지 이해가 되지 않았소. 어쩌면 손 낭자 때문일 거라고 생각도 했었소. 내가 가 교위와 허심탄회하게 이 사건에 대해 의논을 하고 싶을 때마다 가 교위는 늘 나에게 많은 것을 감춘 채 선을 그었소. 그러니 내가 가 교위 면전에서 공을 빼앗아야 오왕이 가 교위에게 아직 밝혀지지 않은 의문점을 말하도록 무언의 압박을 가할 거고, 그래야 나도 가 교위의 사건 수사 과정에 참여할 기회를 얻지 않겠소?"

육연은 여전히 미소를 짓고 있었다.

가일의 등줄기에 식은땀이 배어 나왔다. 그는 육연이 공을 가로채 간 것이 사건을 가능한 빨리 종결시키고 육씨 가문을 혐의 선상에서 배제시키기 위한 술수라고만 생각했다. 그가 오왕의 본모습을 모두 간파하고 있을 줄은 꿈에도 생각하지 못했다. 그의 계획은 정확히 맞아떨어졌다. 오왕은 육연이 공을 세우는 데 급급한 것에 불만을 품고 있었다. 그러나 추궁하는 과정에서 육연 스스로 밝힌 사건의 정황과 진행 과정에 대해 이제껏 오왕에게 보고를 올린 적이 없었으니, 그가 어찌 의심의 눈초리를 거둘 수 있었겠는가? 이런 상황에서 육연이 사건 해결에 참여할 수 있도록 청을 넣자, 오왕은 자연스럽게 물 흘러가는 대로 노를 저어 두 사람이 서로를 감시하도록 만들었다.

육연의 속마음은 가일이 생각하는 것보다 훨씬 깊어 그 끝을 알 수 없었고, 그의 수단 역시 상상 이상으로 노련했다. 가일은 그가 결코 만만한 자가 아니라는 것을 새삼 깨달았다.

"사건을 어느 정도까지 수사했는가?"

가일이 물었다.

육연은 아무 말 없이 솥뚜껑을 열고 소맷자락으로 손을 감싸 자기 항아리와 그릇을 집어 올린 뒤 탁자 위에 내려놓았다. 그런 후 초절임 채소 한 접시를 또 가져왔다. 가일도 사양하지 않고 젓가락으로 야채를 집어 밥 위에 얹고 밥을 한 술 떴다. 보리밥 알갱이가 푹 익어, 초절임 채소와 곁들이니 그럭저럭 먹을 만했다.

"면목이 없소. 내 지금의 신분이 관아에서 문서를 필사하며 실의에 빠져 사는 유생이다 보니, 찬거리로 고기나 생선 같은 것을 올릴 수가 없다오."

가일이 젓가락으로 몇 차례 계란찜을 집어보려 했지만 너무 물컹해 드는 순간 부서지기 일쑤였다. 육연이 웃으며 그에게 수저를 건넸다.

"작룡진은 들어본 적이 없지만, 가 교위가 아직 파악하지 못한 단서를 나도 가지고 있소. 군의사의 첩자 같은 것 말이오."

"미방을 말하는 것인가?"

"미방이 이 일련의 사건에 개입되어 있는 건 확실하오. 하지만 군의사의 첩자는 또 다른 인물이오. 내 수사망이 좁혀지고 있고, 며칠 안에 확실한 증거를 입수하면 바로 그를 잡아들일 수 있을 것이오."

육연이 확신에 차서 말했다.

가일은 육연이 그의 이름을 알려주지 않을 것을 알기에 더 이상 묻지 않았다.

"가 교위는 태평도 쪽을 수사하고 나는 군의사 쪽을 수사하면, 길은 달라도 도달하는 곳은 같을 테니, 누가 먼저 결승점에 도달하는지 봅시다."

육연이 한숨을 내쉬었다.

"사실 가 교위가 왜 군이 나와 싸우려 드는지 정말 이해가 안 가오. 도위부인 오민 사건 때부터, 따지고 들자면 그 사건은 원래 내 사건이었소."

"그거라면 우청에게 가서 물어봐야 하는 것 아닌가? 그녀와 여일이 그 사건을 나에게 떠넘겼으니 말일세."

가일이 대답했다.

"나는 단지 이 일련의 사건을 파헤쳐 육씨 가문에 대한 오왕의 의심을 잠시나마 거둬내고 싶었을 뿐이오. 그런데 가 교위는 어떻소? 이 사건들을 해결하는 게 가 교위에게 무슨 의미가 있는 거요? 정말 아무리 생각해봐도 그 답을 찾을 수가 없소.”

육연이 침묵을 거두고 다시 물었다.

“다시 한번 묻겠소, 가 교위. 정말 나에게 이 사건을 양보할 생각이 없으시오?”

가일이 계란찜을 몇 수저 떠서 밥 위에 올려놓고 골고루 섞은 후 먹기 시작했다. 계란의 부드럽고 고소한 맛과 향이 보리밥의 거친 식감을 보완해 예상외로 꽤 맛이 좋았다. 잠시 후 그가 식사를 마치고 주머니에서 동전 다섯 닢을 꺼내 탁자 위에 놓았다.

육연이 고개를 내저었다.

“이럴 필요까지 있겠소?”

“손 낭자와의 혼약을 군이 취소할 필요까지 없네. 만약 그녀가 혼인을 원한다면 나 역시 두 사람의 백년해로를 빌어줄 생각이네.”

가일이 다시 말을 꺼냈다.

“사건에 관한 건, 나에게도 확실하게 대답해줄 수 없는 나름의 고충이 있다는 것만 알아주게. 그 이유 때문에 나로서도 절대 사건을 내려놓을 수 없네.”

“왜죠? 누가 하든 사건만 해결하면 되는 거 아니오? 가 교위가 하는 거랑 내가 하는 게 무슨 차이가 있다고 그러는 거요?”

가일이 자리에서 일어섰다.

“육 도위, 나는 자네가 사건의 진상을 있는 그대로 사람들 앞에 드러낼 수 있을 거라고 생각하지 않네. 자네가 밝혀낸 진상은 분명 육씨 가문에 가장 유리한 진상이 될 테지. 하지만 자네의 마음을 생각해, 내 한 가지만 알려주지.”

“말해보시오.”

"내게 정보를 주었던 그 소년은 태평도 사람이 확실하네. 그 아이는 탐랑에서 우리를 찾아내 자네에게 했던 말과 똑같은 말을 해주었지. 그 아이가 입은 누더기 같은 옷, 땟국물이 흐르는 얼굴, 돈을 세는 손동작, 내뱉는 말투는 누가 봐도 거지가 확실했네. 하지만 아무리 숨기려 해도 가려지지 않는 것이 있었네."

육연이 그의 말을 대신했다.

"피부며 사지가 건강한 것이, 오랫동안 제대로 못 먹고 구걸하며 살아온 자의 모습이 아니었겠죠. 안 그렇소?"

가일이 미간을 좁히며 대답했다.

"과연 이미 간파하고 있었군. 그렇다면 성안에 도사리고 있는 그 외지에서 온 태평도 무리들은 아마 모두 무고한 자들일지도 모르겠군. 육 도위, 아무리 자네 육씨 가문을 위해서라지만, 지나치게 수단과 방법을 가리지 않는 것 아닌가? 군자는 해야 할 것과 하지 말아야 할 것이 있다고 했네. 자네가 이렇게까지 한다면 어찌 도의를 논할 수 있겠는가?"

"내가 아주 어릴 때 내 조부께서 이런 말씀을 해주셨소. 네 수중에 권력이 있을 때 절대 약자들을 연민해 잘못된 선택을 해서는 안 된다고 말이오. 당신의 지위와 이 약자들을 서로 맞바꿔야 할 때, 그들도 자신에게 유리한 선택을 할 거라는 사실을 알아야 하오. 가 교위, 끝까지 살아남는 자만이 도의를 논할 자격이 있는 것이오. 그리고 내가 하는 모든 것은 단지 우리 육씨 가문을 끝까지 살아남게 하려는 것뿐이오."

육연이 담담하게 웃으며 말했다.

"가 교위가 도의를 이야기하니, 공안성에서 내 부친께서 우청을 막은 덕에 가 교위가 죽음의 화를 피할 수 있었던 일이 떠오르는군요. 가 교위 역시 도의를 안다면, 육씨 가문이 이 재앙을 벗어날 수 있도록 도와줘야 하는 것 아니겠소? 가 교위, 우리 사이에 무슨 군자인 척 더는 위선을 떨고 살지 맙시다."

가일이 자리에서 일어서며 공수를 했다.

"자네 말이 맞군. 그럼 오늘 밤 자시에 다시 보세. 자네가 나보다 한 발 앞서 사건을 해결하기 바라겠네."

"가 교위가 내게 정보를 하나 주었으니, 나도 가 교위를 빈손으로 보낼 수야 없겠지요."

육연이 잠시 뜸을 들였다 말을 꺼냈다.

"나와 손 낭자는 서로 알고 지낸 지 그리 오래되지 않았소."

가일이 우뚝 멈춰 서서 등을 돌린 채 아무 말이 없었다.

"혼약에 관한 이야기도 몇 년 전에야 듣게 되었고, 그전까지 전혀 알지 못했소. 게다가 내가 어릴 때부터 지금까지 손 낭자를 본 횟수가 그리 많지 않소. 심지어 해마다 열리는 손씨 댁 오 부인의 생신 축하연에서조차 그녀를 단 한 번도 본 적이 없었소. 손 낭자와 이렇게 말을 트고 지내게 된 건 건안 24년에 그녀가 군주부에 들어와 살며 군주를 보필하기 시작했을 때부터였소. 그녀와 내가 혼약으로 얽혀 있다 보니 왠지 호기심이 생겨, 그동안 사람들을 만나면 빙빙 에둘러 그녀에 대해 물어보고 다녔었소. 그런데 다들 그녀가 손 군주와 친척 자매 사이인 것만 알 뿐 그녀에 대해 제대로 아는 이가 한 명도 없었고, 이곳에 오기 전까지 고향에서 오래 살았기 때문일 거라고 추측만 무성하더군요."

육연이 객쩍게 웃었다.

"내가 또 궁금한 것 못 참는 집요한 성격이 있다오. 그래서 계속 기회를 엿보다 군주부에서 오랫동안 일했던 시녀에게 넌지시 물어봤소. 그랬더니 여러 해 전에 한 연회에서 손 군주가 불평을 터뜨리며, 손 낭자가 또 북방에 가서 1년에 얼굴 몇 번 보기도 힘들어졌다고 했다더군요. 그래서 그녀는 손 낭자의 부모가 해번영에서 위나라로 보낸 밀정이라서 강동으로 돌아오기 힘든 거라고 생각했다오."

가일의 마음은 성난 파도처럼 출렁거렸지만, 그의 얼굴은 아무 일도 없다는 듯 여전히 평온했다. 건안 24년은 전천이 백의검객(白衣劍客) 왕월의 손에 죽은 그해이자, 그가 한선의 손을 통해 허도에서 건업으로 도망쳐 해번영에 들어온 바로 그해였다.

"그런데 며칠 후에 내가 좀 더 물어볼 게 있어서 다시 그 시녀를 찾아갔더니 이미 죽고 없었소. 밤길을 걷다가 발을 헛디뎌 군주부 안에 있는 연못에 빠져 죽었다더군요. 정말 웃기는 소리 아니오? 그 시녀가 군주부에서 일한 지 10년이 넘지요. 그 정도면 군주부 안을 눈 감고도 훤히 알 만한 세월인데, 연못에 빠져 죽었다는 게 말이 되겠소?

그 순간, 이 일을 함부로 건드렸다가 육씨 가문에까지 그 화가 미칠지도 모른다는 생각이 들어 더는 관심을 갖지 않기로 했소. 바로 이때쯤 가 교위가 손 군주의 손을 통해 해번영에 들어왔소. 솔직히 말해서, 반역을 저지르고 도망쳐 나온 진주조 교위를 해번영으로 들여보내 요직을 맡긴다는 건 정말 가장 어리석은 결정이었소. 당시 해번영 좌부독 호종(胡綜)과 우부독 서상(徐詳)이 단호하게 반대하며 앞다투어 지존을 알현했소. 하지만 왕부에 다녀온 후 두 사람은 무슨 이유에서인지 모두 입을 다물어버렸소. 얼마 후 가 교위와 손몽·우청이 함께 공안성으로 가 군의사를 교란시키고, 미방에게 투항을 권하고, 형주의 대문을 활짝 열었소. 특히 가 교위는 교묘한 계책으로 부사인을 중심으로 한 형주 세도가 3만여 명을 죽여 그 이름을 강동에 떨쳤소. 이렇게 되자 손 군주와 지존의 결정에 더 이상 누구도 의문을 제기하지 않았소.

그런데 손몽과 가 교위 사이의 미묘한 관계가 자꾸 신경 쓰이더군요. 무창으로 천도한 후 내 일부러 두 사람 사이를 몇 차례 떠보기도 했소. 내가 손 낭자에게 호의를 보이면 가 교위의 태도가 차갑게 변하는 게 느껴지더군요. 물론 티가 날 정도가 아니라 유심히 살피지 않으면 아무도 눈치 못 챘을 테지만, 가 교위의 감정에 변화가 있었던 것만은 확실하오. 그래서 육씨 가문의 사병을 암암리에 북방으로 보내 조사를 해보니, 가 교위의 죽은 정혼자 전천이 손몽과 아주 닮았다는 정보를 얻게 되었죠. 가 교위, 무례함을 무릅쓰고 한 가지만 묻겠소. 가 교위와 손몽은 서로 친밀한 신체적인 접촉이 있는 사이요?"

"도대체 무슨 말을 하고 싶은 건가?"

가일이 차갑게 반문했다.

"가 교위, 당신은 지난 몇 년간 손몽이 전천이 아닌지를 두고 끊임없이 의심을 해오지 않았소? 만약 신체적 접촉이 있는 사이라면 그녀의 발목을 한번 유심히 살펴보시오. 전천 낭자의 발목은 왕월의 칼에 찔려 으깨어질 정도로 다치지 않았소? 설사 치료를 잘 받았다 해도 약간의 흔적은 남아 있을 것이오."

육연의 목소리에 왠지 비웃음이 살짝 담겨 있는 듯도 했다.

"아니지. 가 교위의 그 주도면밀한 성격이라면, 친밀한 신체적 접촉이 없더라도 그녀의 발목을 볼 기회를 만들려고 하면 얼마든지 만들었겠지요. 그러나 3년이 다 되어가도록 가 교위는 단 한 번도 그걸 확인하지 않았소. 당신은 그 사실을 대면할 용기가 없었던 거요. 만에 하나 손몽의 발목에 그 상처가 있고 손몽이 정말 전천이라면, 진주조에서부터 가 교위가 거대한 음모에 휩싸였다는 것이 밝혀질 테니 말이오. 이 음모를 배후에서 조종하는 자가 도대체 얼마나 방대한 세력을 가지고 있기에 위왕, 지존, 손 군주마저도 그의 뜻대로 움직일 수 있단 말이오? 생각만으로도 정말 소름이 돋을 지경이오."

가일이 문으로 걸어갔다.

"육 도위, 자네는 이 사건들을 수사하는 일에만 총력을 기울이는 것이 좋겠네. 궁금해해서는 안 될 것을 너무 궁금해하면 보통 큰 화를 부르게 되어 있으니 말일세."

몇 걸음 만에 그는 이미 대문을 나와 골목에 서 있었다. 날이 막 어두워져 화려한 불빛이 켜지기 시작하는 시각이었다. 골목 양옆에 늘어선 민가에서 희미한 불빛이 새어 나와 어둡고 서늘한 기운을 더했다. 그는 육연의 말을 곰곰이 떠올려보았다. 그 말 속에 손몽이 바로 전천이라는 암시가 가득했다. 심지어 육연은 그가 지금까지 대면하고 싶지 않았던 의혹을 그의 면전에 밀어놨다. 그도 모르지 않았다. 손몽이 전천인지 확인하는 가장 직접적인 방법은 바로 그녀의 발목을 보는 것이었다. 그는 지난 3년 동안 그녀의 발목을 확인할 오만 가지 방법을 고민해봤고, 그중 어느 하나도 실행에 옮기지 못했다.

만약 손몽의 발목에 정말 상처가 있다면 그다음에는 어떻게 해야 하지?

가일은 한숨을 내쉬며 하늘을 올려다봤지만, 그곳에도 역시 끝없이 아득한 어둠만이 펼쳐져 있을 뿐이었다.

무곡의 위치는 한 창고 안이었다.

무창성은 장강에 인접해 해운이 번성한 곳이다. 많은 상인이 부두에서 물건을 내린 후 일정 비용을 지불하고 창고로 물건을 옮긴다. 창고 주인이 소달구지로 물건을 창고로 옮겨다 보관하고 필요할 때마다 빼낸다. 이 창고의 면적은 그리 넓은 편이 아니어서 길이와 너비가 40장을 넘지 않고, 부지는 10묘가 채 되지 않았다.

날이 아직 저물기 전에 효위들이 창고 안에 있는 사람들을 쫓아냈다. 창고 주인은 현지 지방 유지로, 소식을 듣자마자 부리나케 달려왔다. 하지만 화물 창고를 수색하고 있던 효위와 해번위들을 보자 더는 아무 말도 못 한 채 그냥 돌아가버렸다. 그는 이 두 조서를 잘못 건드리면 어떻게 되는지 잘 알기에, 설사 창고에 불을 지른다 해도 끽소리도 못 할 판이었다.

가일이 도착한 시각은 자시까지 한 시진 남짓 남아 있을 때였다. 창고 안에는 일꾼은 물론 소와 말조차 모두 내보낸 상태였다. 그가 안을 쭉 둘러보니, 순찰을 도는 효위·해번위들과 어지럽게 마구잡이로 놓여 있는 화물들만이 눈에 들어 들어올 뿐이었다. 창고 안의 경계가 삼엄할 뿐 아니라 주변의 크고 작은 길조차 매복과 보초를 심어두었다. 이 정도로 경계를 한다면 태평도가 어떻게 이곳에 들어와 제물을 바칠지 가일이 생각해도 머리가 지끈거렸다.

"이보게, 이런 식은 좀 아니지 않은가?"

진풍이 기가 막힌 듯 물었다.

"경계가 너무 삼엄하니, 그자들이 들어오고 싶어도 못 들어올 판이네."

"아예 들어오지 못하게 만들려는 거지."

"그럼 그자들과 싸워 잡아들이지도 못하는데, 이게 다 무슨 소용인가?"

진풍이 투덜거렸다.

가일은 말없이 웃기만 할 뿐이었다.

그는 이곳에서 몰래 숨어 그들을 붙잡아 들일 계획이 없었다. 삼원 도단은 이미 육연의 손에 쑥대밭이 되었고 장청은 어디로 갔는지 행방이 묘연해졌으니, 이곳에 와서 제물을 올리려는 자들은 외지에서 들어온 그 태평도 무리들이거나 군의사 첩자가 보낸 사람이 분명했다. 어차피 핵심 인물이 아닐 테고 사사(死士)에 불과하니, 설령 잡는다 해도 전혀 도움이 되지 않았다. 만약 그들이 들어오도록 틈을 내줘 제물을 바치는 데 성공한다면 본전도 못 찾는 꼴이 되고 만다. 그가 창고 쪽을 물샐틈없이 지키도록 지시한 것도 작룡진의 여섯 번째 제물이 나오는 것을 막기 위해서였다. 군의사와 태평도 간의 가장 긴밀한 연계점은 작룡진이다. 군의사가 이것을 믿든 안 믿든 상관없이, 태평도는 한 치의 의심도 없이 작룡진을 믿고 있다. 일단 작룡진이 제지를 받는다면 둘 사이의 협력에도 반드시 변화가 생길 것이고, 이는 태평도에 심각한 타격이 아닐 수 없다.

저 멀리서 손몽이 육연과 말다툼을 벌이다 화가 머리끝까지 치민 듯한 표정으로 걸어오고 있었다.

"왜 그러오?"

가일이 물었다.

"육 도위에게 해번위를 데리고 창고 밖을 에워싸라고 하니까, 나한테 말대꾸도 모자라서 지존까지 들먹이며 협박을 하잖아요? 정말 짜증 나!"

"내가 가서 한 방 먹여주고 오겠소."

진풍이 소매를 걷어붙였다.

"됐네. 곧 자시가 되니, 일을 그르칠 만한 일은 삼가는 게 좋겠네."

가일이 그를 막았다.

손몽이 눈살을 찌푸리며 더 이상 아무 말도 하지 않았다. 가일은 달빛 아래서 점점 더 청초해지는 그녀의 아름다운 얼굴을 바라보며 물어보고 싶은 말이 목구멍까지 차올랐지만, 그는 끝내 아무것도 묻지 않았다. 설사 육연 앞에서 아무렇지도 않은 듯 행동했다 해도, 그는 지금까지도 두 사람의 혼약을 여전히 마음에 두고 있었다. 손몽에 대한 그의 감정은 너무 복잡해서, 좋아하고 싫어하고를 명확히 구분하는 것 자체가 불가능했다. 게다가 그는 지금 한선의 객경 신분으로 살고 있는 상태라 혼인을 거론하는 것 자체가 적합하지 않고, 손몽의 신분 역시 여전히 미궁에 빠져 있었다.

"왜 또 뚫어져라 쳐다보는데요?"

손몽이 화를 내며 그를 힐끗 째려보았다.

가일이 짧게 한숨을 내쉬며 고개를 돌렸다.

진풍은 그 모습이 재밌어 나지막이 웃음을 터뜨렸다. 가일이나 나나 여자한테 젬병인 것은 똑같군. 소한 같으면 어떤 여자한테도 잘 맞춰주고 여자들의 환심을 사는 데 도통했을 텐데. 그러고 보니 오늘 같은 날 소한이 왜 안 보이지? 무슨 일이 그리 바쁜지는 모르겠지만, 그럴 사람이 아닌데? 요 며칠 두 사람 사이가 좀 이상하기는 했어. 둘이 싸우기라도 했나? 무슨 일로 감정이 상했나? 아무리 그래도 벗끼리 그러면 쓰나? 응어리진 게 있으면 얼른 풀어야지. 이 일이 마무리되면 나라도 나서서 두 사람을 화해시켜야 안 되겠어.

진풍이 이런 생각을 하며 고개를 드니, 가일과 손몽이 함께 망루로 올라가는 것이 보였다. 그곳은 창고에서 가장 높은 곳으로, 사방을 관찰하기에 아주 적합했다. 잠시라도 두 사람이 함께 있게 빠져줘야겠군. 아무리 봐도 두 사람은 정말 잘 어울린단 말이지. 둘이 혼인을 하면 더할 나위 없이 좋을 텐데. 그는 환수도를 칼집에 눌러 넣은 뒤 뒷짐을 지고 창고 입구로 향했다. 오늘 밤 이렇게 경계가 삼엄한데, 태평도가 감히 오지 못하겠지.

"기억나요? 2년 전에 우리가 공안성에 있을 때도 망루에서 이렇게 있었잖아요?"

손몽이 난간에 기대 물었다.

"기억나오. 그때는 당신이 우청의 사람인 줄 알았소."

가일이 대답했다.

"어느새 2년이 지났구려."

"그때는 몇 번이고 당신이 틀림없이 죽을 거라고 생각했어요."

손몽이 장난스럽게 말했다.

"당신 명이 이렇게 질길 줄은 몰랐네요."

"이게 다 한 친구 덕분이오."

"부진 말이군요? 참, 그 사람은 나중에 어디로 갔나요?"

"그걸 누가 알겠소? 언젠가 인연이 닿으면 다시 만나게 되겠지."

"아쉬워서 그러죠. 손 군주에게 그 사람 얘기를 꺼냈더니, 여몽과 감녕(甘寧)을 꺾은 사람을 보고 싶다며 관심을 보였거든요."

"부진은 검술의 고수나 이런 사람처럼 그렇게 단순하게 접근할 사람이 아니오."

"나도 알아요."

손몽이 하품을 했다.

"오늘 밤은 날이 샐 때까지 이렇게 기다려야 하는 거겠죠?"

"맞소. 날이 밝을 때까지 태평도가 뜻을 이루지 못하면 맘 편히 돌아가서 한숨 푹 잘 수 있소."

두 사람은 더 이상 아무 말이 없었고, 그렇게 긴 침묵의 시간이 흘러갔다. 사방을 둘러보니 드문드문 불빛이 이리저리 돌아다니고 있었다. 효위나 해변위가 등불을 들고 순시를 하는 모양이었다. 자시까지 길어야 선향이 한 대 탈 정도의 시간이 남아 있었고, 주위는 여전히 고요한 상태로 별다른 이상을 보이지 않았다. 작룡진에서 여섯 번째 제물이 바쳐질 곳이 결국 차단되는 것일까? 그렇다면 앞으로 어떻게 이 복잡하게 엉킨 실타래를 풀어 태평도와 군의사를 잡아낼 수 있을까?

"앞서 죽은 다섯 명의 제물은 그 형광 가루 때문에 혈액이 응고한 거라고 그랬죠?"

손몽이 문득 생각난 듯 물었다.

"근데 도무지 이해가 안 가는 게 한 가지 있어요. 설사 원숭이를 이용해 독을 넣었다고 해도, 어떻게 독이 한밤중 자시에 딱 맞춰 효력을 낼 수 있었을까요? 원숭이를 썼다면 독을 쓸 시기를 정확히 파악하기 힘들지 않았을까요? 어쨌든 대다수 독약의 발작 시간은 고정되어 있어서, 독을 쓴 시각에 따라 발작 시각도 변하지 않겠어요?"

가일도 선뜻 대답을 하지 못했다.

"사실 나도 그리 생각하오. 음일(陰日)·음시(陰時)에 태어난 자를 선택해 자시에 제물로 바친다는 것은 작룡진의 술수에 불과할 가능성이 높소. 오민과 장순이 정말 자시에 죽었는지도 의심해볼 필요가 있소. 비록 임조가 우리 눈앞에서 죽었다 하나, 당시 야경꾼이 돌고 있었던 것도 아니라 그저 우리가 느낌으로 시간을 추정했을 뿐이오. 나머지 두 번의 제물은 더 말할 필요도 없소."

"그래서 안전을 위해서라도 우리가 밤을 새워야 한다는 건가요?"

"맞소. 육연도 그리 여기고 있소. 작룡진의 얘기대로라면 자시가 맞지만……."

가일은 갑자기 이상한 기분이 들어, 하던 말을 멈췄다. 마치 무언가를 놓친 것 같은데 그것이 무엇인지 도무지 떠오르지 않는 느낌이었다. 한바탕 바람이 불어와 망루 전체가 바람에 흔들리며 언제라도 무너져 내릴 것만 같았다. 가일이 무의식적으로 눈을 감자 밀폐된 방, 비좁은 환기창, 황갈색 털, 창백한 시체, 응고된 혈액…… 이 모든 장면이 하나하나 빠른 속도로 스쳐 지나갔다. 눈을 자극하는 밝은 빛이 돌연 머릿속에서 번쩍 터지더니 어지럽게 엉킨 화면이 순식간에 사라져버렸다. 가일은 두 눈을 번쩍 뜨며 자신이 엄청난 실수를 저질렀다는 것을 깨달았다.

그는 창백한 얼굴로 손몽에게 내려간다는 말을 남긴 채 장대를 잡고 미끄러지듯 내려왔다. 가일은 발이 땅이 닿기도 전에 다급하게 큰 소리로 외쳤다.

"모두 대열 맞춰 집합!"

창고에 있던 해번위들은 그의 지휘를 따르지 않은 채 냉랭한 시선으로 그를 쳐다만 볼 뿐이었다. 다행히 손몽도 이미 그를 따라 내려와 있었다. 그녀는 가일이 무엇을 하려는지 잘 몰랐지만, 주저하지 않고 효위들을 모두 집합시키는 중이었다. 가일이 큰 소리로 모두에게 대열을 맞춰 집합하라고 호령을 내렸지만 해번위들은 여전히 들은 체 만 체였다.

육연이 웃으며 말했다.

"가 교위, 지존께서 나와 함께 이 사건을 처리하라 명하셨고, 이 해번위들은 내가 데려왔으니 아마 교위의 호령을 따르지 않을 것이오."

"자네에게 일일이 설명할 시간이 없네. 해번위들을 집합시켜 창고에서 철수시키게!"

"철수라고 했소? 작룡진을 막은 공을 교위 혼자 다 차지하겠다는 거요?"

육연의 얼굴이 살짝 굳었다.

주위의 해번위들이 점점 포위망을 좁혀오며 육연의 뒤에 섰고, 적지 않은 자들이 허리춤에 찬 환수도에 손을 얹고 있었다. 손몽이 상황을 지켜보다 눈살을 찌푸리며 명을 내리자, 효위들이 잇따라 검을 잡고 공격 자세를 취했다.

"육 도위!"

가일이 호통을 쳤다.

"자네가 데려온 이 해번위 중에 음일·음시에 태어난 자가 없다고 장담할 수 있는가?"

육연의 표정이 이내 확 변했다.

"그 말은……."

"맞네!"

가일이 그의 말을 끊어버렸다.

육연이 돌아서 소리쳤다.

"다들 명대로 대열을 지어 집합하라!"

모골이 송연해지는 웃음소리가, 흩어져 있던 병사들 틈에서 들려왔다. 모두의 시선이 그 소리를 따라가니, 해번위 한 명이 성큼성큼 걸어 나오고 있었다. 그의 얼굴은 미치광이처럼 일그러져 있었다. 그의 한 손은 등롱을 높이 들고 있고, 또 다른 한 손은 거무스름한 물건을 하나 움켜쥐고 있었다. 그 물건을 보는 순간 모든 사람이 무의식적으로 뒤로 몇 걸음 물러섰다. 그것은 화유탄이었다. 불꽃이 튀기만 해도 사람을 까맣게 태워버릴 정도로 강력한 무기였다.

"송철(宋轍)! 미쳤느냐!"

육연이 검을 뽑아 들며 불같이 호통을 쳤다.

"화유탄을 내려놓게."

가일이 최대한 차분하고 냉정한 목소리를 내기 위해 극도의 자제력을 발휘했다.

"태평도가 자네를 어떻게 협박했는지 모르겠으나, 자네가 당한 만큼 해번영과 군주부가 갚아주겠네."

가일이 곁눈질로 보니 손몽이 이미 이 해번위 뒤로 조심스럽게 에둘러 가고 있었다.

"협박?"

송철의 얼굴에 이상할 정도로 붉은빛이 감돌기 시작했다.

"손가가 우길 상선을 죽이고 함부로 태평도를 뿌리 뽑으려 했으니, 그 죄를 받아 마땅하다!"

가일의 마음이 무겁게 가라앉았다. 이자는 여러 해 동안 잠복해 있던 태평도 신도이니, 말로 그를 설득할 방도가 없었다. 그가 오른팔을 살짝 들어 올려 수노를 이용해 이자의 손에 들린 화유탄을 맞혀 떨어뜨리고 창고 밖으로 끌어낸다면…… 아니, 이 방법은 위험 부담이 너무 크다. 만에 하나 그가 화살에 맞아 즉사라도 하면 내 손으로 작룡진의 여섯 번째 제물을 바친 꼴이 되는 것이 아닌가?

"네놈들은 이미 늦었다."

송철이 입가를 핥았다.

"자시가 다 되었으니, 우길 상선이 곧 주술을 펼치실 것이다."

손몽이 어느새 송철의 뒤로 돌아가 힘껏 뛰어 오르며 검으로 그의 팔을 찔렀다. 바로 그 순간 송철의 두 눈이 갑자기 혼탁하게 변하더니, 손을 들어 화유탄을 등롱 쪽으로 던져버렸다. 가일은 미처 위험을 알릴 겨를도 없이 몸을 솟구쳐 올려 손몽을 향해 돌진했다. 두 사람이 송철 옆에서 서로 부딪히는 순간 '펑' 소리가 터져 나오고, 화염이 거대한 바위처럼 몰려와 두 사람을 쓰러뜨렸다. 가일은 온몸의 통증을 신경 쓸 여력도 없이 손몽의 안위부터 확인했다. 다행히 옷이 불길에 그을린 것을 빼면 큰 상처는 없는 듯했다.

그렇지만 그의 뒤로, 불길에 휩싸인 자가 고통 속에서 몸부림치며 미친 듯이 목청이 터져라 외쳐대고 있었다.

"손권…… 필사, 황천…… 당립!"

손권은…… 반드시 죽고, 황금빛 하늘이…… 설 것이다!

진풍은 후회가 되는 듯, 경화수월의 시원한 우물에 앉아서 계속 한숨을 내쉬었다. 그는 창고에서 일어난 일을 두고 그의 책임이 크다는 생각이 자꾸 들었다. 비록 그는 가일과 손몽이 잠시나마 둘만의 시간을 갖도록 자리를 피해준 것뿐이지만, 당시 그가 그곳에 있었다면 그 송철이라는 자가 죽지 않았을 것이다.

가일은 오왕부에서 돌아온 후 이미 사흘 동안 방 안에서 두문불출했다. 사흘 동안 그는 방에 틀어박혀, 식사조차 방으로 가져오도록 했다. 진풍이 방으로 몇 번 찾아가 위로라도 해주고 싶었지만, 가일은 묻는 말에 대답조차 하지 않은 채 방 안 가득 펼쳐져 있는 죽간과 종이만 뚫어져라 쳐다볼 뿐이었다. 그 위를 빼곡히 채우고 있는 글자들은 모두 사건과 관련이 있는 듯했다. 이러다가는 큰일이 날 성싶었다. 해결할 수 없는 문제에 계속 집착하고 매달리다 결국 큰 탈이 생길 판이었다. 진풍은 소한에게 부탁해 가일을 설득해볼 요량이었지만, 웬일인지 소한 역시 요 며칠 다른 데 정신이 팔린 듯 경화수월에 좀처럼 들르지 않고 있었다. 진풍은 지금 이 상황이 여간 신경 쓰이는 것이 아니었다. 세 사람 중에서 그가 가장 나이가 많은 데다, 정식으로 의형제를 맺은 것은 아니라 해도 지금까지 큰형님을 자처해온 터였다. 지금 두 사람이 모두 걱정거리가 많아 예전처럼 다 같이 한자리에 모여 술도 마시고 왁자지껄하게 웃고 떠들 분위기가 안 되니, 그의 마음이 계속 편하지가 않았다.

가일은 진풍의 이런 고민을 전혀 개의치 않았다. 창고에서 작룡진을 막는 작전에 실패한 후 그와 육연은 오왕에게 불려갔지만 아무런 질책도 듣지 않았다. 오왕은 태평도의 비술을 처음부터 일고의 가치도 없다고 판단했고, 가일이 천화강자와 혈액 응고의 비밀을 풀었을 때조차 별거 아닌 일로 치부해버렸다. 오왕은 두 사람을 불러들여, 사건을 수사할 때 최대한 몸을 낮춰 조심스럽게 처리하고 며칠 후 위나라 사신단이 무창에 도착했을 때 그 어떤 문제도 일어나서는 안 된다고 당부했다.

최근 들어 가일은 성안에 많은 변화가 있다는 것을 체감 중이었다. 현위부의 하급 관리, 도위부의 군병, 해번영의 해번위, 심지어 왕부의 우림위마저도 성 안팎을 순찰해, 한동안 도둑은 물론 거지들조차 보이지 않을 정도였다. 게다가 성안에 있는 점포들은 문짝을 새롭게 칠하라는 명을 받기도 했다. 경화수월처럼 약간 규모가 있는 점포도 화려한 등롱을 달아 성안의 분위기를 더 화사하게 살리라는 요구에 맞춰 바쁘게 움직여야 했다.

오왕은 위나라 사신단을 맞이하는 일에 모든 관심을 쏟아부었지만, 그렇다고 해서 가일이 감히 경솔하게 굴 수 있는 상황도 아니었다. 지금 거의 모든 사람이 이 몇 가지 사건을, 오왕을 주살하기 위해 태평도와 군의사가 결탁해 벌인 일로 여기고 있다. 그러나 가일은 이 사건을 그렇게 단순하게 결론지을 수 없었다. 오왕 앞에서 그가 밝힌 이야기는 그저 일부에 지나지 않았다. 아직 밝히지 못한 추론이 그의 마음속에 한가득이었다. 경솔하게 말을 꺼냈다가 상대방이 미리 경계할 수도 있고, 아직 아무런 증거도 없으니 일단 신중하게 처신하는 것이 최선이었다.

지금 와서 돌아보니, 이 일련의 사건은 도위 부인 오민이 주술에 살해되면서 시작되었다. 이것은 그와 육연이 만난 첫 번째 사건이자, 작룡진을 펼치기 위해 두 번째 제물이 바쳐진 사건이기도 했다. 혈액 응고와 밀실 살인의 수수께끼는 이미 그 답을 찾았지만, 이 몇 건의 사건 중 유일하게 시체가 다시 살아났던 그 비술만은 여전히 오리무중이었다. 그리고 육연은 건안 5년의 진적이라는 자의 죽음이 오민의 기이한 죽음의 형태와 똑같다고 언급했다. 태평도를 단서로 삼아 뒤를 추적하다 백운관까지 가게 되었지만, 가일이 도착했을 때 그곳에 있던 사람들은 모두 살수의 손에 죽은 뒤였다. 육연은 그곳에서 죽은 살수의 몸에서 육씨 가문 사병의 문신을 발견했고, 이 일을 계기로 육씨 가문마저 이 혼탁한 물속으로 끌려들어가고 말았다. 더 의외의 일은 가일이 무창성으로 다시 돌아오고 난 후 벌어졌다. 그는 길에서 매복의 공격을 받았고, 이들의 몸에서도 육씨 가문의 문신이 발견되었다. 가일이 이 현장을 떠나고 난 후 이들의 시체가 전부 사라지기는 했지만, 그 전에 이미 그 소식이 오왕의 귀에 들어갔다. 비록 오왕은 육씨 가문에 대한 철저한 조사를 진행하지 않았지만, 그의 마음속에서 육씨 가문에 대한 의심의 골은 점점 깊어져만 갔다.

그 후 일어난 장순의 죽음은 모든 것이 오민 사건과 똑같은 궤적을 그리며 벌어졌고, 황갈색의 원숭이 털도 현장에 남아 있었다. 그러나 오민 사건과 비교해봤을 때, 이 사건은 수상쩍은 점이 두 가지 있었다. 우선 사신단을 영접하는 일정 안배와 상세한 계획을 적어둔 문서가 객조 중당에서 사라지자, 그것을 찾기 위해 현장을 엉망진창으로 만들어놓는 바람에 결국 결정적인 단서를 놓치고 말았다. 또 하나는 장순의 미망인 진예였다. 우림위를 가장한 자들이 그녀를 데리고 간 후 행방이 묘연해졌다. 미방의 행적역시 매우 의심스러워, 육연이 그를 주시하고 있는 상황이었다. 게다가 육연은 다섯 명의 제물이 바쳐진 장소에 미방이 모두 다녀간 걸 알게 된 후그를 군의사의 첩자로 의심하기 시작했다. 이번 여섯 번째 제물이 바쳐진후에도 가일은 효위들을 창고 인근에 배치해 감시하도록 했고, 과연 미방의 행적이 또 발견되었다. 그러나 가일은 미방이 군의사의 첩자일 가능성이 크지 않다고 봤다. 그는 늘 제물이 바쳐진 후 현장을 찾아갔다. 만약 그가 첩자라면 제물이 바쳐지기 전에 나타나야 마땅했다. 하물며 미방은 오나라로 투항해 온 자이기 때문에 가는 곳마다 쉽게 의심을 받는 터라, 대부분의 일에 관여하기 힘들었다.

뒤어어 임조가 죽었다. 임조는 이 일련의 사건 중 가장 특수한 경우라고할 수 있었다. 가일은 진적 사건에 근거해 임조를 조사했고, 이 건안 5년에벌어진 사건을 이용해 지금 일어나고 있는 사건들의 내막을 파헤쳐볼 요량이었다. 결국 그날 밤 임조도 혈액 응고로 죽었고, 죽기 전에 그가 뱉은말 속에서 손책의 죽음이 육씨 가문과 연관이 있다는 것을 어렴풋이 느낄수 있었다. 가일은 임조의 시체를 해부해 위장 벽에서 형광 가루를 발견했고, 그 덕에 혈액 응고의 비밀을 풀 수 있었다. 이와 동시에 진풍의 단서를근거로 호기를 찾아냈고, 진풍을 이간질한 자가 바로 서측 군의사라는 것도 추정해냈다.

가일이 사건에 제대로 손을 댄 것은 바로 세 번째 제물이 바쳐질 때였다. 첫 번째와 다섯 번째 제물은 소리 소문 없이 벌어져, 알아채기도 전에 끝이난 상태였다. 여섯 번째 제물은 가일의 어이없는 판단 착오로 태평도의 뜻대로 일이 진행되고 말았다. 전체적인 정황으로 볼 때 이 일련의 사건은 태평도와 군의사가 결탁해 작룡진을 펼쳐 오왕을 주살하는 것이 주된 목적이었다. 그러나 문제는 설사 태평도가 작룡진을 한 치의 의심 없이 확신한다고 쳐도, 군의사조차 작룡진으로 손권을 죽일 수 있다고 정말 믿는지 의문이었다.

게다가 이 모든 사건들을 통틀어서 설명할 수 없는 의혹들이 여전히 산재해 있었다. 예를 들어 첫 번째와 다섯 번째 제물은 일부러 조용히 처리했다면, 두 번째와 세 번째 사건은 어떻게 해서든 떠벌리려고 애쓴 흔적이 역력했다. 왜 육씨 가문의 문신을 한 살수들이 나타났고, 매복을 이용해 한 차례 공격을 한 후 왜 다시 잠잠해졌을까? 일정이 적힌 객조의 중요한 문서를 왜 중당에서 분실해 미방의 주의를 끌고 장순의 집에 가서 묻게 한 것일까? 왜 임조의 시체가 불에 타지 않고, 의장에 수일을 방치해도 다시 살아나지 않은 걸까…….

이런 의문들에 대해 가일은 도처에 주의를 기울이고 대담하게 추측도 해보면서, 점차 어렴풋하게 조각들을 맞춰가며 그림을 완성해가고 있었다. 다만 아직 풀지 못한 의혹들이 적지 않아, 이 그림을 완성하는 데 꼭 필요한 조각들이 없는 것이 문제였다. 방 안에서 사흘 동안 꼼짝도 하지 않은 채 이런저런 추리를 해봐도 여전히 별다른 진전이 없었다.

가일은 눈을 감고 관자놀이를 문지르며 무기력한 기분에 휩싸였다. 예전에 진주조에 있을 때만 해도, 한선이라면 불가능한 것이 없다고 늘 생각했었다. 하지만 지금 한선의 객경이 되고 보니 한 걸음 내딛기조차 힘겨웠다. 비록 사건을 수사할 때 한선의 힘을 빌려 몇 가지 도움을 받은 적은 있지만, 이것도 그에게 부하가 아무도 없는 상황을 감안해 한선이 어쩔 수 없이 준 도움이었다. 어쨌든 한선은 객경의 임무 수행이 목표에 도달할 수 있도록 도움을 줄 뿐, 객경을 위해 도움을 주지 않았다. 그들은 객경을 무소불위의 존재로 만들기를 절대 원하지 않는다. 뛰어난 능력으로 사람들의 시선을 받게 될수록 허점 역시 쉽게 드러나기 마련이었다.

게다가 가일도 이런 점을 모르지 않았다. 설사 한선의 손을 빌려 무언가를 알아냈다 한들, 그것을 어떻게 알아냈는지 밝힐 방도가 없었다. 사건을 수사하다 보면, 무엇을 찾아냈는지가 아니라 어떻게 찾아냈는지에 더 신경을 쓰는 경우가 훨씬 많다. 그 경과를 제대로 설명하지 못하는 순간 바로 의심이 시작된다.

손권이 죽어서는 안 되고, 동오가 무너져서도 안 된다. 가일은 한선의 임무를 떠올리며 씁쓸하게 웃었다. 지금 이 사건을 해결하려면 오로지 한 가지 방법밖에 없을 듯했다.

그는 길게 한숨을 내쉬며 죽간과 종이 더미 속에서 일어나 방문을 열었다. 마당에서 진풍이 벌떡 일어나며 좋아 어쩔 줄 몰라했다.

"드디어 나왔는가? 어서 가세. 가서 우리 둘이 술이나 한잔 마시며 그간의 피로나 쫙 풀어보세."

가일이 대답했다.

"술이라면 소한을 빼놓고 이야기할 수 없지 않겠나?"

"소한은 지금 여기 없지 않은가?"

"그럼 우리가 찾으러 가세. 소한이 장사하는 곳이라고 해봤자 도박장·술집·전장 등이 전부인데, 찾아보면 어딘가에 붙어 있을 거네."

장청이 은구(銀鉤) 도박장 뒷방에 살짝 긴장한 모습으로 앉아 있었다.

혜덕 선사가 잡혀가고 아직 우화등선도 하지 못한 데다, 삼원 도단까지 폐쇄되었다. 그는 삼원 도단을 인계 받을 꿈에 부풀어 있었지만, 그마저도 허사가 되어버렸다. 우길 상선은 그에게 안전하게 숨어 있을 곳을 찾아주고 다음에 해야 할 일을 알려준 후 사라져버렸다.

비록 실망은 좀 되었지만 장청은 여전히 미래에 대한 희망을 품고 있었다. 그는 며칠 전에 효위와 해번위 백여 명이 나섰는데도 작룡진의 여섯 번째 제물을 막지 못했다는 소식을 전해 들었다. 지금 일곱 번째 제물을 바치는 날까지 닷새의 시간이 남아 있으니, 고생 끝에 낙이 올 날도 머지않았다. 우길 상선의 말대로라면, 그가 별 탈 없이 이 닷새의 시간을 넘기고 몇 년 더 덕을 쌓으면 우화등선할 수 있게 된다. 믿는 구석이 있어서인지, 삼원 도단의 다른 도우들이 모두 뿔뿔이 흩어져 도망을 쳤는데도 장청은 여전히 대범하게 은구 도박장까지 와서 소한을 찾았다.

뒷방에서 반 시진 정도 기다리고 나서야 소한이 나타났다. 진전이 죽고 난 후 가일에게 그 죄를 뒤집어씌웠으니, 우길 상선의 말대로라면 소한은 지금쯤 의심으로 가득 차 제정신이 아닐 것이다. 지금이야말로 덫을 놓기에 딱 좋은 시기였다. 그러나 장청은 소한을 보는 순간, 예상과 전혀 다른 모습에 적잖이 당황하고 말았다. 소한은 너무나 여유로워 보였다. 눈빛은 날카롭다 못해 살벌한 기운까지 감돌았고, 위축된 기색이 전혀 없었다. 장청은 마음이 불안해졌다. 소한이 이렇게 멀쩡한데, 우길 상선의 계획이 과연 뜻대로 풀릴까?

"관에서 삼원 도단을 쳤다던데, 장 도존은 어찌 도망쳤소?"

소한이 맞은편에 앉아 물었다.

"나는 그때 도단에 없어서 다행히 화를 피할 수 있었네."

장청이 침을 꿀꺽 삼켰다.

"내가 자네를 찾아온 건, 도단이 폐쇄된 후 외지에서 온 태평도 사람들이 나를 끌어들였기 때문이네."

소한은 냉랭한 시선으로 그를 보며 아무 대꾸도 하지 않았다.

장청이 마른기침을 했다.

"이보게, 진전의 죽음으로 자네 마음이 편치 않다는 걸 잘 아네. 자네가 이 일에 더 이상 끼어들고 싶지 않다면 나는 가일을 찾아가면 그만이네."

"그 태평도 무리들이 어찌할 계획이오?"

소한이 가타부타 말을 하지 않았다.

"닷새 후 자시에 성 밖에 있는 단송강(短松岡)에서 작룡진의 일곱 번째 제물을 바칠 거라 했네."

"그거라면 우리도 이미 짐작하고 있었소."

소한은 여전히 담담한 표정이었다.

"이번에는 저들이 많은 사람을 모으고 무기와 갑옷까지 준비해 자네들과 한판 붙을 계획을 세우고 있네."

장청이 상황을 더 심각하게 보이기 위해 애를 썼다.

"그때 우길도 그곳에 나타날 거라 하니, 작룡진이 펼쳐지는 걸 누구도 막을 수 없을 거라 하더군."

"외지에서 온 태평도 무리들이 몇 명이나 되오?"

소한이 마침내 그의 말에 귀를 기울이는 듯 보였다.

"서촉 군의사도 참여한다고 하지 않았소? 합치면 대략 몇 명 정도 되겠소?"

"맞네. 유비의 지원도 받는다고 들었네."

장청이 입에서 나오는 대로 지껄여댔다.

"내 생각에 합치면 적어도 5백 명 정도 되지 않을까 싶네."

"5백 명이면 상당한 혼전이 예상되는군."

소한은 그 말을 끝으로 다시 침묵했다.

장청은 뭔가 이상하다고 느꼈지만, 어디서 문제가 생겼는지 알 길이 없었다. 그는 불안한 듯 손을 비비며 말했다.

"이보게, 자네가 보기에 병력을 좀 더 배치해 포위해야 할 것 같다고 위에 보고할 생각인가?"

"그건 어렵소. 오왕은 위나라 사신단을 영접하는 데 모든 힘을 쏟아붓고 있으니 해변영과 도위부는 아마 병력을 분산시킬 수 없고, 근방에 주둔하고 있는 군병조차 얼마 빼내지 못할 것이오. 오로지 믿을 만한 건 군주부 효위뿐이겠군."

소한이 홀연 고개를 들며 물었다.

"가일이 찾아왔었소?"

"아니네."

장청이 무의식적으로 대답했다.

"삼원 도단이 그리된 후 나는 성안에서 며칠 숨어 지냈네. 그자들 같은 관가 사람들은 믿을 수 없고, 아무래도 내 입장에서는 자네와 좀 더 가깝지 않은가?"

"나는 가일을 죽일 생각이오."

소한이 장청의 눈을 주시했다.

과연 우길 상선의 말대로 소한은 이미 그들의 수에 넘어가, 진전을 죽인 자가 가일이라고 믿게 된 듯 보였다. 장청은 흥분을 가라앉히며 말했다.

"그거라면……. 하나 가일의 무공이 뛰어나고 곁에 효위들이 늘 따라붙으니 손을 쓰기 쉽지 않을 것이네."

소한이 손을 내저었다.

"어찌 해치울지 내 이미 생각을 해두었소. 태평도가 작룡진을 펼칠 때 장 선사도 그곳에 갈 것이오?"

"당연히 갈 것이네."

"그럼 잘됐소. 장 선사는 돌아가서 그자들에게, 가일이 이미 북두칠성의 마지막 별자리 파군의 위치를 파악하고 마지막 제물이 바쳐지는 걸 막을 만반의 준비를 하고 있다고 전하시오. 그자들에게 더 많은 매복을 심어두라 하고, 그때 가서 내가 가일을 으슥한 곳으로 유인하면 그를 난도질해 죽이라 하시오."

장청은 일이 의외로 순조롭게 풀리자 내심 쾌재를 불렀다. 우길 상선은 본래 소한의 의심을 더 부추기고, 가일 쪽에서 일곱 번째 제물이 바쳐지는 것을 막기 위해 어떤 대처를 하고 있는지 알아볼 작정이었다. 그런데 뜻밖에도 소한이 먼저 가일을 죽이겠다고 자청했다. 그는 일부러 고심하는 척하며 말을 꺼냈다.

"이건 너무 위험하지 않겠나? 가일은 죽일 수 있겠지만, 만에 하나 군주부 효위들에게 발각되면……."

"태평도가 가일을 처리하면 내가 다시 군주부 효위들을 유인해 가서 태평도와 한바탕 혈전을 벌이게 하면 그만이오."

소한의 웃는 표정에서 서늘한 한기가 느껴졌다.

"남의 칼을 빌려 죽이는 것뿐인데, 위험할 게 뭐가 있겠소?"

장청이 안도의 한숨을 내쉬었다.

"역시 주도면밀하니 따로 걱정하지 않아도 되겠군. 내가 지금 당장 가서 저들에게 알리겠네."

소한이 옆에 놔둔 보따리 하나를 탁자 위에 올려놓은 뒤 그에게 밀어 건넸다.

"군주부에서 경화수월에 놓고 간 황금 중 아직 90냥이 남아 있소. 우선 40냥을 주고, 나머지 50냥은 일이 마무리되면 다시 주겠소."

장청이 몸을 숙여 보따리를 집어 들었다. 아마도 나머지 50냥은 그의 손에 들어오지 않을 듯싶었다. 소한이 가일을 함정으로 끌어들이고 나면 그도 이용 가치가 없어지니 단칼에 베어 없애버리는 것이 당연한 수순이었다. 그때가 되면 무창성의 태평도 우두머리는 자연히 장청이 될 터이니, 그 정도 황금쯤이야 대수로울 것도 없었다.

그가 보따리를 등에 메고 소한과 인사를 나눈 후 뒷방을 나섰다. 회랑을 지날 때쯤, 때마침 문을 들어서는 가일과 진풍이 눈에 들어왔다. 그는 조심스럽게 한쪽으로 숨어 두 사람을 피했다. 두 사람은 걸어오는 내내 기분이 좋은 듯 연신 웃으며 이야기꽃을 피우고 있었다. 장청은 고개를 가로저으며 내심 혀를 찼다. 하찮은 범인에 불과한 주제에 감히 우길 상선에게 맞서다니. 죽음이 코앞에 닥친 줄도 모르고 저리 태평하다니 참으로 가련하고 가소롭구나.

가일이 감옥 입구에 서서 넋을 놓고 하늘을 바라보았다.

오늘따라 날씨가 좋아, 가늘고 긴 흰 구름이 파란 하늘에 떠 있었다. 세 사람이 은구 도박장에서 반 시진 정도 술을 마신 후, 진풍은 긴 탁자에 엎드려 쿨쿨 잠이 들었고 소한과 가일은 함께 도위부 감옥으로 왔다. 삼원 도단의 혜덕 선사가 이곳에 갇혀 있었다. 예상대로 육연이 미리 지시를 내렸는지, 옥리는 누구도 면회를 허락하지 않았다. 가일은 감옥 입구에서 잠시 서성이다 몸에 지니고 있던 옥패를 번뜩 떠올리며 얼른 꺼냈다. 옥리는 옥패를 보자마자 태도가 확 바뀌며 얼른 문을 열어주었다.

소한이 뒤에 따라붙은 효위들을 힐끗 보며 옅은 미소를 지었다.

"지금도 문을 나서기만 하면 따라다니나 본데, 어색하거나 불편하지 않은가?"

"어쩔 도리가 없네. 손 낭자의 고집을 누가 꺾겠는가? 성안의 경비가 삼엄하다 해도 태평도들이 궁지에 몰리면 무슨 짓을 할지 모른다며 저리 고집을 피우네. 손 군주 역시 같은 생각이라니 어쩌겠는가? 태평도와 군의 사의 음모를 무너뜨릴 수 있는 자가 나밖에 없다고 굳게 믿고 있어서 그런 거 같기도 하네."

"옆에서 보기엔 육연 쪽이 자네보다 훨씬 더 희망적이네."

"자네는?"

가일이 실눈을 뜨며 물었다.

"나는 이미 자네에게 모든 판돈을 걸었으니, 자연히 자네와 함께 갈 수밖에……."

소한이 담담하게 말했다.

"사실 자네라는 사람이 그리 나쁜 편은 아니라고 생각하네. 육 공자처럼 목적을 위해 수단과 방법을 안 가리는 그런 짓은 하지 않으니 말일세."

가일의 의미심장하게 웃으며 돌아서서 감옥으로 들어갔다. 혜덕 선사가 갇혀 있는 곳은 문 쪽에 가까웠다. 이 또한 육연이 특별히 지시를 내린 것이었다. 그는 감옥 밖에 해번위 한 부대를 매복시키고, 군병을 백여 명 차출해 감옥 밖에서 적이 나타나기를 기다리려 했다. 하지만 태평도는 작룡진에 더 집중할 뿐, 혜덕 선사를 구하러 올 기미를 전혀 보이지 않았다.

어둡고 습한 통로를 얼마 지나지 않아 그가 갇힌 옥문 앞에 도착했다. 가일은 그동안 감옥에 몇 번이나 왔었는지 이제 기억조차 나지 않았다. 이미 이런 느낌에 익숙해져 있는데도 마음은 여전히 불편하기만 했다. 옥졸이 문을 열자, 가일과 소한이 몸을 굽히고 안으로 걸어 들어갔다. 혜덕 선사는 돌벽에 기대 앉아 아무런 소리도 내지 않았다.

"이제 곧 죽게 될 판에, 왜 그자들을 위해 침묵을 지키려 하십니까?"

가일의 목소리가 낮게 가라앉아 있었다.

풀어헤쳐 산발이 된 머리카락이 얼굴을 가렸고, 죄수복은 핏자국으로 얼룩져 있었다. 모두의 예상을 깨고 그는 투옥된 지 열흘 가까이 되는 시간 동안 모진 고문을 받으면서도 아무 말도 내뱉지 않고 있었다. 가일은 이런 모습이 도리어 더 정상적으로 느껴졌다. 사람의 인내력을 무한대로 끌어올릴 수 있는 힘이 바로 신앙이었다. 다른 사람이 보기에 가소롭기 짝이 없다 해도, 신앙에는 그런 무시할 수 없는 힘이 있었다.

"정말 우화등선할 수 있다는 말을 믿습니까? 그것이 사기극이라는 생각은 안 해보았습니까?"

가일이 한숨을 내쉬었다.

귀에 거슬리는 쇠사슬 마찰음이 들리더니, 혜덕 선사가 고개를 들고 경멸의 눈초리로 가일을 쳐다보았다.

"하찮은 미물이 하늘의 깊은 뜻을 어찌 알겠느냐?"

소한이 가일의 어깨를 툭툭 치더니 앞으로 걸어 나가 나지막이 물었다.

"선사님, 언제쯤 우화등선하실 것 같습니까?"

"바로 오늘이다."

가일과 소한의 눈이 마주쳤다. 육연은 혜덕 선사의 입에서 원하는 답이 나오지 않은 이상, 이렇게 빨리 그를 죽일 리 없었다. 설사 죽이려 해도 결정권이 없으니, 오왕에게 보고를 올려야 했다. 그러니 바로 오늘이라는 말은 어쩌면 단지 혜덕 선사의 억측일지 모른다.

소한이 목소리를 낮추어 물었다.

"작룡진이 마지막 제물만 남겨뒀으니, 오왕의 목숨이 경각에 달린 셈이군요. 우길 상선이 왜 손가를 없애려고 하는지 이해가 안 됩니다. 선인이라면 마땅히 속세의 일을 초월해 과거의 원한 따위 훌훌 털어버리고 살아야 하는 것 아니겠습니까?"

"손가? 우길 상선이 뒤집고자 하는 것은 온 세상이며, 손가의 강동은 그저 첫걸음에 불과하다."

혜덕 선사가 바싹 마른 입술을 축였다.

"선인들이 속세의 인간을 없애려 하는 것은 그가 무슨 잘못을 해서가 아니라, 푸른 하늘을 무너뜨리고 누런 하늘을 새로 세우기 위한 것이다."

"그럼 저 같은 속인은 어찌해야 스스로 살아남을 수 있습니까?"

"자네들은 우리 태평도 신도가 아니니, 스스로 살아남을 길이 없다."

혜덕 선사의 두 눈에 광기 서린 빛이 잔뜩 어렸다.

"자네들은 평소 우리 신도들을 어리석은 미치광이쯤으로 치부하며 비웃었으니 죽는 순간 종말이 올 것이고, 그때 가서 후회해봐야 아무 소용이 없을 것이다!"

"그러나 작룡진의 마지막 제물을 바칠 파군의 위치가 성 밖에 있는 단송강이라 들었습니다. 오왕이 이미 그곳에 수천 명의 병력을 보내 삼엄한 경비를 펼치고 있다더군요. 선사께서는 이런 상황에서도 작룡진이 예정대로 펼쳐질 거라 생각하십니까?"

소한이 물었다.

"작룡진이 펼쳐질 진짜 장소는 파군의 위치가 절대 아니네. 설사 수천 명의 병력을 그리 보냈다 한들 우길 선사의 천벌을 막을 수 없을 것이다!"

혜덕 선사가 노기충천하여 말했다.

"그럼 작룡진이 펼쳐질 진짜 장소는 도대체 어디입니까?"

혜덕 선사는 음산하고 섬뜩한 소리로 웃기 시작했다. 그 웃음소리는 마치 손톱으로 쇠를 긁는 것처럼 소름이 돋고 몸서리쳐졌다. 가일이 눈살을 찌푸리며 물어보려는데, 혜덕 선사의 머리가 푹 꺾이고 몸이 힘없이 늘어졌다. 소한이 어리둥절한 표정으로 손을 뻗어 코에 대보더니 이내 고개를 저었다.

"죽었네."

"죽어?"

가일이 기가 막힌 듯 물었다.

"오늘 죽는다고 하더니, 정말 그리된 거란 말인가?"

"이게 바로 저들이 말하는 우화등선인 게지. 진풍의 말로는 장현 역시 이렇게 죽었다고 하더군. 예전에 내 사부님께서, 태평도에 소요산(逍遙散)이라는 약재가 있는데 죽음의 날에 사용하는 것이라고 알려주신 적이 있네. 바로 이런 것이었나 보네."

가일이 혜덕 선사의 얼굴을 들어 올리니, 그의 입가에 하얀색 거품이 흐르고 맛이 쓴 살구씨 냄새가 희미하게 났다. 보아하니 중독으로 인한 사망

징후가 분명했다. 단서가 또 이렇게 사라졌다고 생각하니, 가일은 한숨이 절로 터져 나왔다. 그림을 완성할 수 있는 결정적인 조각 몇 개의 자리가 아직 비어 있는 상태였다.

"저자가 좀 전에 작룡진의 진짜 장소가 일곱 번째 파군의 위치가 아니라고 했지 않은가? 그게 무슨 의미라고 생각하는가?"

소한이 물었다.

"파군은 북두칠성의 일곱 번째 별 자리네. 이치대로라면 그곳이 절대적으로 맞네."

가일이 미간을 좁히며 말했다.

소한도 고개를 끄덕였다.

"그렇지. '칠'이라는 숫자는 태평도 도의(道義)에서 갖는 의미가 아주 특별하네. 칠살(七煞)·칠고(七苦)·칠정(七情)·칠규(七竅)처럼 말일세. 작룡진은 북두칠성을 근거로 하고 있고, 파군의 위치는 일곱 번째 제물이 바쳐질 곳인데, 어찌 가장 관건이 되는 장소가 아닐 수 있겠는가?"

가일이 허리를 굽혀 문을 빠져나왔다. 감옥 안의 냄새는 정말이지 고역스러웠다. 소한이 바로 뒤따라 나오며 말했다.

"이 태평도 무리들의 속내는 정말이지 알다가도 모르겠네. 안 그런가?"

"태평도뿐만 아니라 그들 배후에 있는 군의사도 그러하지."

가일이 말했다.

"군의사가 태평도를 신봉하지 않아도, 오왕을 불리하게 만들려면 얼마든지 다른 방법을 쓸 수도 있을 텐데, 왜 굳이 작룡진을 끝까지 밀어붙이는 건가?"

"나도 그 점이 영 이해가 안 되네."

가일이 무슨 말을 하려다 갑자기 통로에 우뚝 멈춰 섰다. 괴이한 생각이 마음속 깊숙한 곳에서부터 스멀스멀 기어 올라오더니 어느새 그의 생각을 온통 점령해버렸다. 마음속으로 조각을 하나하나 꿰맞추어 놓았던 그림이 평 하는 소리와 함께 산산조각이 나서 흩어지고, 깊은 어둠 속으로 소용돌이치며 떨어졌다. 한 줄기 빛이 머리 위에서 내리 비치며 어둠을 마치 얼음처럼 녹여버렸다. 그가 고개를 들자, 여전히 어둡고 습한 감옥의 통로에 서 있는데도 끝없이 넓은 황야에 있는 것 같은 기분이 들었다.

"이제 우리가 무엇을 해야 하는가?"

소한이 여전히 덤덤하게 말하며 뒤처진 가일을 쳐다봤다.

가일이 숨을 들이쉬며 말했다.

"검증을 좀 해봐야 할 일이 몇 가지 있긴 한데, 이미 늦은 건 아닌지 모르겠네."

소한의 영문을 모른 채 물었다.

"뭐가 늦었다는 건가?"

"혜덕 선사의 말이 맞았네. 관건은 파군에 있는 일곱 번째 제물이 바쳐질 위치가 아니라 위나라 사신단이 성에 들어오는 시각이네. 만약 책봉식 전에 확실히 확인을 마칠 수 있다면 늦은 셈은 아니겠지."

가일이 다시 발을 떼며 말했다.

"그때가 되면 내 앞날과 목숨을 걸고 태평도·군의사와 도박을 한판 할 것이네!"

제9장

◆

화소연영(火燒連營)

감옥을 다녀온 그날 이후 가일은 무척 바빠 보였다. 그는 효위들에게 대량의 공문서를 찾아 오라고 지시한 후 방 안에 잔뜩 쌓아놓고 계속 들춰봤다. 가끔 갑작스럽게 외출을 하기도 했는데 그 시간이 밤낮을 가리지 않았고, 비가 오든 바람이 불든 전혀 개의치 않았다. 그럴 때마다 그는 아무 목적지 없이 무창성 곳곳을 정신없이 돌아다녀 효위들의 원성을 사기 일쑤였다. 며칠 동안 목욕은커녕 세수조차 하지 않았고, 밥도 거의 먹지 않았으며, 머리는 산발에 수염마저 덥수룩했다. 진풍과 소한이 그에게 인사를 해도, 그는 핏발이 가득 선 눈으로 멍하니 두 사람을 바라볼 뿐 한 마디도 하지 못했다. 그 후 진풍이 사석에서 소한에게 가일을 걱정하며 또 며칠 전처럼 그렇게 미쳐서 돌아다니는 거 아니냐고 물어봤을 때 모든 것이 거짓말처럼 뚝 그쳐버렸다.

그날은 닷새째 되는 아침이었다. 이날 위나라 사신단이 나루터에 당도하자 오왕이 문무백관을 이끌고 성을 나와 그들을 영접했다. 육연이 해번위 몇 명을 대동한 채 가일을 찾아왔고, 가일 대신 그를 맞이한 소한과 진풍에게 자신이 이미 이 일련의 사건 진상을 밝혀냈다고 말했다. 두 사람은 그를 일단 경화수월 뜰에 있는 정자로 데려가 자리를 잡고 앉았고, 이 세도가 자제의 자랑을 한참 들어주었다. 바로 이때 가일이 아무런 예고도 없이 나타났다. 그는 말쑥해진 모습으로 회색 심의를 입고 허리에 장검을 차고 있었다.

"가 교위가 요 며칠 사건 조사에 심혈을 기울이고 있다는 말을 들었소. 모든 의혹을 다 파헤쳤는지 모르겠소?"

육연이 점잖게 웃었다.

"거의 다 되어가네."

가일이 담담하게 말했다.

"내가 오늘 이리 찾아온 건, 가 교위에게 이 사건이 이미 해결되었다는 걸 알려주기 위해서요. 오늘 밤 내가 태평도를 일망타진할 것이오."

"그렇다면 육 도위에게 축하를 해줘야겠군."

육연이 웃으며 말했다.

"사실 우리는 친구가 될 수 있었소. 가 교위가 내 말대로만 해주었다면 가 교위와 공을 나눈다 해도 개의치 않았을 것이오."

"동전 다섯 닢이면 보리밥 몇 그릇을 사 먹기에 충분한 돈이네."

가일이 다시 말을 이어갔다.

"혼약과 사건에 관한 선택의 문제를 다시 거론하려니 문득 옛일이 떠오르는군."

육연이 미간을 좁히며 물었다.

"무슨 일이오?"

"내가 진주조에 있을 때, 하루는 한 동료의 아들 돌잔치에 초대받아 갔었네. 가보니 놋 쟁반 위에 목검·옥패·붓·서책 등 여러 가지 돌잡이 물건이 놓여 있더군. 우리는 그 옆에 둘러서서 아이가 어떤 물건을 집을지 흥미진

진하게 내기를 했네. 북소리가 한 번 울리고 나자 아이가 놋 쟁반으로 기어가더군. 그런데 쟁반 앞에서 아무것도 잡지 않은 채 쟁반을 바닥으로 밀쳐 버렸네. 그러더니 어리둥절한 채 쳐다보고 있던 우리를 보며 방싯방싯 웃고 있지 뭔가?"

육연은 아무 말도 하지 않은 채 듣기만 할 뿐이었다.

"육 도위, 살다 보면 우리가 보고 싶은 결과를 다른 사람이 선택해주길 바라는 경우가 참 많네. 하지만 세상일은 십중팔구 뜻대로 되는 법이 없지. 가끔은 그 어떤 선택도 존재하지 않고 결말은 이미 정해져 있는데, 자네만 눈치 채지 못하고 있다는 걸 깨닫게 될 때도 생길 것이네."

가일의 목소리는 담담하면서도 강한 설득력을 가지고 있었다.

"가 교위가 이길 거라 여기는군요."

육연이 말했다.

"사실 이기고 지는 건 중요하지 않네. 중요한 건 자네가 이길 수 없다는 것이지."

"가 교위가 내 속에 들어갔다 나온 것도 아닌데, 어찌 내가 이기지 못할 거라 장담하시오?"

육연이 돌연 웃음을 터뜨렸다.

"육씨 가문을 위해 그럴 만한 가치가 있는가?"

가일이 물었다.

육연이 고개를 번쩍 들었다. 그의 눈빛이 얼음장처럼 차갑고 날카롭게 빛났다. 가일은 낯빛 하나 바꾸지 않은 채 여전히 담담하게 육연을 쳐다봤다. 그의 눈빛에서 안타까움과 위로가 배어 나왔다.

육연이 일어나 가일에게 예를 갖춰 작별 인사를 한 후 뒤돌아 해번위를 대동하고 성큼성큼 걸어 나갔다.

진풍이 이마를 문지르며 말했다.

"자네가 농간을 부려 저 허연 얼굴의 기를 확 꺾어버리다니, 아주 잘했네. 근데 이 사건을 어떻게 파헤칠지 생각해둔 것은 있는가?"

"물론이네."

가일이 소한을 힐긋 쳐다봤다.

"하나 그게 성공할지는 두 사람에게 달려 있지."

소한이 농담처럼 말했다.

"어떤 계획인지 어디 한번 들어나 보세. 만약 지나치게 험한 일이라면 일단 생각 좀 해봐야겠네."

"당연히 작룡진의 파군 위치에 가봐야 하네. 그곳은 태평도의 마지막 제물이 바쳐질 곳이네."

"하지만 자네 입으로 그곳이 관건이 아니라고 하지 않았는가?"

소한이 물었다.

"사건을 통틀어 보면 그곳은 눈속임용에 불과하네. 하나 자네에게 그곳은 그 어느 곳보다 중요한 곳이 될 것이네."

가일이 그다음 말을 꺼냈다.

"진전의 복수를 해야 할 곳이니 말일세."

날이 막 저물어 일을 나갔던 농부들이 모두 호미를 메고 집으로 돌아갔고, 시선이 닿는 곳마다 온통 논밭과 가끔 날아오르는 들새들밖에 보이지 않았다. 장청은 이렇게 적막한 들판의 경치를 본 지 오래였다. 지난 몇 년 동안 그는 줄곧 성에서 지냈고, 이렇게 들판이 끝없이 펼쳐진 교외로 나올 일이 거의 없었다.

그가 밟고 있는 이 땅이 바로 작룡진의 파군 별자리이자 일곱 번째 제물이 바쳐질 곳, 단송강이었다. 사실 단송강으로 말하자면 관목이 울창한 작은 토산에 불과했다. 토산 곳곳에 거의 쓰러져가는 흙집이 흩어져 있기는 하지만, 사람이 살지 않은 지 오래되었다. 멀지 않은 곳에서 소한이, 한쪽이 무너져 내린 담장 위에 앉아 두 눈을 감고 깊은 생각에 잠겨 있었다. 두 사람은 자시가 되기를 기다리는 중이었다. 가일이 약속 시간에 맞춰 이 토산으로 온다면 우길 상선이 미리 심어둔 사람의 손에 죽게 될 것이다. 그러고 나면 일곱 번째 제물이 예정대로 바쳐지고, 손권의 죽음과 함께 누런 하늘의 강림을 영접하게 될 것이다.

장청이 소한의 맞은편으로 걸어가 앉았다. 그는 방금 주위를 유심히 둘러보는 동안 효위의 그림자도 보이지 않자 살짝 이상하다는 생각이 들었다. 창고 쪽에서 이미 예상치 못한 일이 벌어졌으니, 가일의 성격을 감안해봤을 때 이번만큼은 특히나 신중해야 마땅했다. 자시까지 세 시진밖에 남지 않았는데 왜 아무런 움직임이 없는 거지? 우길 상선이 가일과 소한을 이리 유인해 오면 법술로 이들을 모두 죽일 거라 했는데, 왜 주위에 태평도 쪽 사람도 보이지를 않는 거지? 심지어 단송강 안에 그와 소한 단 둘만 있는 듯한 착각마저 들었다.

설마 무슨 착오라도 생긴 건 아닐 테지? 장청은 이런 고민을 하며 자루에서 전병을 두 장 꺼냈다. 그는 그중 한 장을 소한에게 건네고 난 후 자기 것을 한입 덥석 베어 물었다. 전병 안에 양고기 다진 것을 넣었고 소금 간이 배어 있어, 평소 같으면 아주 맛있게 먹었을 터였다. 그런데 지금은 왠지 목이 메어 삼키기가 힘들었다. 그는 허리춤에 차고 있던 호리병에 담긴 술을 몇 모금 마시고 나서야 한결 마음이 편안해졌다.

"이보게, 가일과 함께 나오지 않은 것 때문에 의심을 사는 건 아닌가?"

장청이 물었다.

"괜찮소. 그자가 내게 먼저 가 있으라고 해서 온 것이니. 가일은 군주부에 가서 손몽과 효위들을 이끌고 함께 오느라 좀 늦어지는 것뿐이오. 그건 그렇고, 이쪽은 모두 준비가 돼 있는 것이오? 어째서 그쪽 사람은 아무도 보이질 않는 것이오?"

"확실히 준비해두었네. 이 외지 태평도 사람들이 우리보다 손발이 훨씬 빠르더군."

장청이 대충 얼버무리며 말했다.

"그자들이 설마 군의사 쪽은 아니오?"

장청이 깜짝 놀라며 무의식적으로 물었다.

"군의사? 서촉 군의사 말인가?"

소한이 고개를 끄덕였다.

"서촉과는 전혀 상관없는 일인데 군의사 사람이라니, 말도 안 되네."

장청이 살짝 불만을 드러냈다. 모든 것이 우길 상선의 계획이라고 소한에게 설명할 방도가 없으니 답답할 노릇이었다.

소한은 더 이상 아무 질문도 하지 않았다.

장청이 소한의 손에 들린 전병을 힐끗 쳐다보며 이상하다는 듯 물었다.

"아니 왜 안 먹는가? 자시까지 아직 멀었으니, 배를 좀 채워둬야 하지 않겠는가?"

소한은 아무 말 없이 자리에서 일어나 담 밖으로 걸어 나가 무창성 방향을 바라봤다. 장청도 슬쩍 그 시선을 따라가봤지만, 날이 이미 완전히 어두워져 아무것도 보이지 않았다. 장청은 그렇게 한참을 서서 그곳을 바라보며, 어둠이 자신을 삼켜버릴 것만 같은 느낌이 들었다. 그가 돌아서려는 순간 무창성 방향에서 돌연 붉은 불덩이가 솟아올랐고, 소한의 표정이 순식간에 변했다. 그는 좀 전까지 마음을 짓누르던 근심이 사라지면서 한결 여유로워진 기분이 들었다.

"저…… 저게 뭔가?"

장청이 물었다.

"불꽃이오. 군주부에서 이미 상황을 파악했으니 더는 걱정할 필요가 없고, 가일과 손몽도 이제 출발했겠군."

"출발? 이제야 이곳으로 온다는 말인가?"

"삼원 도단이 폐쇄된 후 그 태평도 무리가 장 선사를 어찌 찾아냈소?"

소한이 생각지도 못한 질문을 했다.

장청은 얼른 머리를 굴리며 대답했다.

"내가 전에 말하지 않았는가? 육연이 도단에 쳐들어왔을 때 나는 밖에 있었고, 그들이 나를 찾아내서……."

"전에 진전 형님이 장 선사를 미행했던 걸 알고 있었소?"

소한이 그의 말을 끊었다.

장청은 잠시 우물거리다 짐짓 화난 척을 했다.

"이보게, 자네도 참 너무했지 뭔가? 그때 두 사람이 나를 끌어들여 무슨 염탐꾼처럼 삼원 도단을 감시하게 하더니……."

"형님이 장 선사를 미행할 때 살해를 당했지."

소한이 다시 한번 그의 말을 끊었다.

장청이 놀란 눈으로 그를 바라봤다. 그는 소한이 지금 이런 말을 꺼낼 거라고 생각조차 하지 못했다. 그가 더듬거리며 말했다.

"하지만 진전은 내가 죽인 게 아니라 가일이 죽인 것이네."

"그걸 어떻게 아시오?"

"그게 무슨 말인가?"

"우리 형님이 가일의 손에 죽었다는 걸 어찌 아느냐고 물었소."

소한은 웃고 있었지만, 그 미소는 얼음장처럼 차가웠다.

"자네가 그리 말했으니 그리 알고 있는 게지. 자네가 진전의 입에서 천 조가리를 발견했고, 그 천이 가일의 찢어진 옷자락……."

장청의 목소리가 점점 작아졌고, 그의 등줄기에서 식은땀이 흘러내렸다. 그는 머릿속에서 소한이 당시 가일을 죽일 거라고만 말했을 뿐 다른 것은 하나도 말하지 않았다는 사실이 불현듯 떠올랐다.

"내 형님이 죽고 난 후 장 선사도 종적을 감췄소. 그러더니 상길 도단의 현호 법사가 나를 찾아와, 모든 것이 강동의 태평도를 뿌리 뽑으려는 오왕의 음모라고 하더군. 그리고 내 형님의 죽음에 미심쩍은 점이 있다며, 가일이 믿을 만한 자가 아니라고 계속 암시를 주었소. 만약 보통 사람이었다면 그런 말을 듣는 순간 치밀어 오르는 분노를 삭이지 못한 채 그 함정에 빠져들었겠지. 하지만 안타깝게도 나는 그들과 달랐소. 현호 같은 늙은 여우가, 외지에서 들어온 태평도 무리가 찾아갔을 때도 깨끗이 발을 빼놓고, 왜 갑자기 나를 도와 오왕을 상대하려 한단 말이오? 만약 모든 것이 태평도를 뿌리 뽑기 위한 오왕의 음모라면, 그 늙은 여우가 금은보화를 들고 멀리 도망쳐도 모자랄 판에 무창성에 가만히 앉아 죽기를 기다렸겠소?"

장청이 당황하며 일어나 담 밖으로 뒷걸음질을 쳤다. 그는 품 안에서 대나무 호루라기를 더듬어 꺼내 입에 물고 힘껏 불었다.

날카로운 호각 소리가 어둠 속 정적을 가르며 날아가는 한 무리의 새를 놀래었다. 언덕 아래쪽 관목 숲에서 백여 명의 검은 그림자가 걸어 나와 이쪽을 향해 빠른 속도로 달려왔고, 그 우두머리는 검은 옷을 입은 소년이었다. 장청은 적잖이 안심이 되었다. 이들은 우길 상선이 가일과 소한을 죽이기 위해 배치한 복병이었다. 그가 고개를 돌려 소한을 쳐다보았다.

"미안하지만 작룡진을 위해 자네가 여기서 죽어줘야겠네."

소한이 고개를 가로저었다.

"장 선사 역시 저들이 둔 바둑돌에 불과하고, 작룡진의 관건은 절대 이곳이 아니오."

검은 옷의 소년이 이미 담 옆까지 다가와 장청의 옆에 서서, 도발하듯 소한을 쳐다봤다.

"작룡진의 관건이 어디에 있건, 죽은 자는 신경 쓸 필요가 없겠지."

452

"고작 백여 명으로 나를 죽일 수 있을 거라고 믿는 것이냐?"

소한은 겁을 먹기는커녕 도리어 웃음을 터뜨렸다.

"우리 쪽 밀정이 이미 소식을 전해 왔습니다. 가일과 손몽이 아직 성을 나오지 않았으니, 그들이 구해줄 거란 희망 따위는 버리십시오. 해번위도 모두 책봉식의 안전을 책임지고 있으니, 이곳에 올 리 없을 겁니다."

소년이 단검을 뽑아 들고 혀를 내밀어 칼날을 핥았다.

"이곳에서 도와줄 자가 진풍밖에 없을 텐데, 우리 백여 명을 상대하는 게 가당키나 하겠습니까?"

소한이 대수롭지 않다는 듯 담을 향해 물러섰다.

"걱정은 마십시오. 너무 빨리 죽지는 않을 것이니. 가일과 손몽이 말을 몰고 온다 한들 반 시진이 넘게 걸릴 테고, 그동안 나리를 이 칼로 베고 또 베어가며 고통 속에서 죽어가는 모습을 그자들에게 선물로 줄까 합니다."

소년은 살수들을 데리고 달려들었다. 아직 어린 티가 가시지 않은 얼굴에 어울리지 않게 냉혹한 미소가 흘렀다. 그는 자기보다 체격이 크고 나이가 많은 사냥감을 사지로 몰아넣고, 그들의 두려워하고 절망하는 모습을 감상하는 것을 즐겼다. 이것은 그에게 무소불위의 힘을 가진 듯한 착각을 불러일으켰다.

"어이, 애송이! 소한의 말처럼 고작 백 명으로 절대 못 죽이니, 건방 떨지 말거라."

담 뒤에서 쩌렁쩌렁한 목소리가 들려왔다.

"지난달 팽택 나루터에서 나 혼자 너희들 스물넷을 해치웠던 걸 잊었느냐?"

그의 뒤로 이삼십 명의 사내들이 드문드문 걸어 나왔다. 키가 크거나 작고 뚱뚱하거나 마른 사내들이 각양각색의 옷을 입고 있고 무기도 가지각색이었다. 심지어 어떤 뚱뚱한 사내는 문짝을 들고 있었다. 이들은 검은 옷의 실수들과 비교해 오합지졸처럼 보였다. 하지만 그들을 보자마자 소년의 동공이 순식간에 커졌다.

진풍이 파풍도를 들고 소한을 등 뒤로 밀어냈다.

"네놈들이 곽홍 대협을 이용해 사람을 죽이려고 비열한 수를 쓴 모양인데, 가일이 곽 대협을 통해 모든 사실을 확인했고, 이 소식이 우리 유협 사이에 이미 쫙 퍼졌다. 고작 썩어빠진 도사 나부랭이들이 그런 사특한 생각으로 우리 협객을 이용하려 들다니, 간땡이가 붓다 못해 배 밖으로 튀어나온 게로구나. 우리처럼 은혜와 원수를 반드시 갚는 사람들이 너희 같은 놈들을 가만히 둘 거라 생각했느냐?"

"무창성에서 10여 일이나 틀어박혀 지내는 동안 우리 진 형이 말리지 않았다면 일찌감치 네놈들의 그 썩어빠질 도단을 쑥대밭으로 만들어놓았을 게다."

기주 억양의 사내가 웃으며 말했다.

"고작 백여 명 정도로는 성에 차지도 않지."

"쳇! '쾌도(快刀)' 오(吳) 형이 또 허풍을 치시네. 그 정도 능력이면 끽해야 열 명이오."

이것은 유주 억양이었다.

"둘 다 헛소리 좀 작작 하시오. 우리가 사람을 죽이러 왔지, 쓸데없이 입씨름하러 온 게 아니란 말이오!"

이것은 양주(涼州) 억양이었다.

"'녹슨 검' 진춘(陳村), 멍청한 소리 좀 작작 하게. 이게 바로 기선 제압이라는……."

백여 명의 살수들을 앞에 두고도 이 오합지졸은 조금도 긴장하는 기색이 없고, 도리어 이 상황을 즐기는 듯했다. 검은 옷의 소년이 마른기침을 하며 크게 소리쳤다.

"대협들! 우리 태평도는 평소 의협을 중시해왔고, 곽홍 대협을 이용한 적이 없습니다! 누군가 음모를 꾸민 것이 틀림없습니다!"

한 노인이 그의 말을 받아 말했다.

"그러니까 네놈의 말은, 우리 유협들을 이간질해 가일이라는 놈을 치라고 수작을 부린 게 너희 태평도의 짓이 아니라는 것이냐?"

소년이 공손히 읍을 올리며 말했다.

"어르신, 그 일들은 우리도 전혀 몰랐습니다."

"어린아이는 보통 거짓말을 하지 않지. 아무래도 이 아이의 말이 사실일지도 모르겠군."

이 노인의 말에 무게가 살짝 실리려는 찰나, 그가 유협들을 둘러보며 말했다.

"하나 우리가 소 공자의 여관에서 여러 날을 공짜로 먹고 자며 신세를 진 마당에, 방금 저들이 소 공자를 죽인다고 하는 말을 듣고도 어찌 상관하지 않을 수 있겠는가?"

진풍이 낮게 웃음을 터뜨리며 그의 말에 동조했다.

"유협의 도란 한 방울의 은혜를 입으면 샘으로 보답을 하는 것이지요! 형제들! 다 같이 저놈들을 칩시다!"

그 말이 떨어지기 무섭게 20여 명의 그림자가 화살처럼 퉁겨 나가며 살수들을 향해 돌진했다. 이들은 천하를 떠돌며 칼에 피를 묻히고 살아온 유협답게 몸놀림이 날쌔고 그 실력이 살수들보다 훨씬 강했다. 순식간에 전세는 완전히 역전되어 백여 명의 살수가 스무 명의 유협들에게 연이어 밀려났다. 유협들은 얼마 안 가 그중 3할을 쓰러뜨렸다.

장청은 검은 옷의 소년과 진풍이 맞붙어 싸우는 틈을 타 몰래 언덕을 뛰어내려갔다. 하지만 그렇게 구르고 기어가며 힘겹게 절반쯤 뛰어내렸을 때, 소한이 어느새 나타나 그의 앞을 가로막았다.

"나랑 상관없는 일이었네."

장청이 침을 꿀떡 삼켰다.

"이보게 소한, 자네를 죽이라고 한 건 우길 상선이 시킨 일이고, 난 그저 그 말에 따라 심부름을 한 것뿐이었네."

"내 형님은 도대체 누가 죽인 것이냐?"

소한의 손에 연노(連弩)가 들려 있고, 그의 표정은 얼음장처럼 차가웠다.

"검은 옷을 입은 저 아이가 죽었네! 나랑은 상관없는 일이네. 내가 봤을 때는 이미 죽은 뒤였어!"

장청의 심장이 두방망이질을 쳐댔다. 소한의 손가락이 움직이는 순간 연노가 발사될 판이었다.

"왜 우리 형님을 죽인 것이냐?"

장청이 공포에 질린 얼굴로 대답했다.

"우길 상선의 말로는, 자네와 가일 사이에 갈등을 부추기고 자네를 이용해 가일을 함정으로 끌어들여야 한다고 했네. 이보게, 제발 나를 원망하지 말게. 자네와 가일이 나를 찾기 전에 혜덕 선사가 나를 우길 선사와 만나게 했네. 자네도 나처럼 태평도에서 오랜 세월을 보냈으니 내 입장을 이해할 것 아닌가? 내 주제에 어떻게 감히 우길 상선의 말을 거역할 수……."

"가게."

소한이 말했다.

장청이 순간 멍하니 그를 쳐다보다 고개를 조아린 후 재빨리 일어나 뛰어갔다. 이게 어찌된 거지? 우길 상선의 짐작이 어떻게 틀릴 수 있지? 작룡진의 마지막 제물을 바치는 의식이 이렇게 깨지고 마는 건가? 과연 손권을 죽일 수 있을까? 나도 과연 우화등선을 할 수 있을까?

그는 홀연 등이 뻣뻣해지는 느낌과 함께 전해지는 극심한 통증으로 더는 꼼짝도 못 한 채 몸을 돌리며 털썩 무릎이 꺾였다. 몸이 힘없이 기우뚱

456

하는 가운데 뒤에 서 있는 소한의 모습이 얼핏 보였다. 소한은 그를 겨냥해 연노의 시위를 당겼고, 잠시 후 장청의 눈앞이 캄캄해졌다.

소한이 다가와 냉혹한 시선으로 발아래 엎어져 있는 시체를 내려다보더니, 그의 뒤통수를 향해 또 하나의 화살을 날렸다. 피가 사방으로 튀면서 소한의 두 손과 옷을 더럽혔지만, 그는 전혀 아랑곳하지 않았다.

그가 돌아서며 연노를 들고 언덕 위로 올라갔다. 선향이 한 대 탈 정도의 시간이었지만, 더 이상 싸움 소리가 들리지 않았다. 바닥에는 시체가 곳곳에 널려 있고, 백여 명의 살수들은 모두 죽거나 흩어졌다. 유협들은 서로의 상처에 붕대를 감아주는 중이었다. 또 누군가는 모닥불을 피워 고기를 굽고 술을 마실 준비를 했다. 진풍이 그 검은 옷의 소년을 포박한 채 소한 앞으로 끌고 왔다.

"여기서 기선을 제압했다고 해서 작룡진을 막을 수는 없을 겁니다."

소년은 입가에 묻은 피를 혀로 핥았다. 그의 표정에서 두려워하는 기색을 전혀 찾아볼 수 없었다.

소한은 그를 아랑곳하지 않은 채, 들고 있던 연노를 던져놓고 진풍에게 물었다.

"어떤가? 손실은 없었는가?"

"하, 이 살수들은 겉만 그럴싸하고 실속이 없었네. 시작한 지 얼마 되지도 않아 뿔뿔이 흩어져버렸는데 무슨 손실이 있었겠는가? 몇 명이 살가죽에 상처를 입기는 했지만, 천으로 잘 동여매면 아무 문제 없을 정도네."

진풍이 대수롭지 않다는 듯 말했다.

소한이 앞으로 나가 유협들을 하나하나 찾아다니며 감사의 인사를 하고, 거리낌 없이 농담을 주고받았다. 그는 내일 경화수월 뜰에 자리를 펴고 최상급 소고기와 술을 준비해놓겠다고 약속해, 모두를 한바탕 웃게 만들어주었다.

얼마 전 진풍이 거록에 가기 전에 저 멀리 위나라 땅에 있던 곽홍이 이미 사방으로 소식을 전한 덕에, 교분이 두터웠던 유협들이 태평도에게 본때를 보여주기 위해 무창성으로 속속 모여들었다. 진풍은 무창성으로 돌아온 후 그들을 하나하나 찾아가 곽홍이 가일에게 보낸 회신을 보여주며 경화수월에서 지낼 수 있도록 뒤를 봐주었다. 당시 가일과 소한은 이들을 어찌 활용해야 할지를 두고 여전히 고민 중이었다. 그런데 오늘 그들이 이렇게 제대로 쓰이게 될 줄은 상상조차 하지 못했다.

진전의 죽음 때문에 소한의 기분이 가라앉아 있었던 것도 사실이지만, 다행히 이성을 잃을 정도는 아니었다. 진전의 입에서 나온 그 천 조각의 절단면이 지나치게 고르고 가지런했다. 그는 암암리에 진전의 행적을 철저히 되짚어보았고, 사건이 발생했을 때 가일이 그 가옥에서 비교적 멀리 떨어져 있어 진전과 맞닥뜨렸을 가능성이 없다는 것을 알아냈다. 만약 가일이 다른 사람의 손을 빌려 진전을 죽이려 했다면 그 천 조각이 왜 진전의 입에서 나온 것일까? 얼마 후 가일이 그를 찾아와 진전의 죽음에 관해 오랜 시간 진지한 대화를 나눴고, 가일은 그 모든 것이 태평도의 이간책이라고 확신하고 있었다.

"그쪽 형님을 내가 죽였으니, 죽일 거면 빨리 죽이란 말이오!"

소년이 또 소리를 지르며 소란을 피웠다.

소한이 곁눈질로 소년을 보며 말했다.

"내가 너를 편히 죽게 내버려둘 성싶으냐? 가짜 우길의 측근이었으니, 네놈이 아는 기밀이 어디 한두 가지일까? 해번영에서도 네놈에게 관심이 아주 많을 것이다."

"해번영?"

소년이 입가가 그 말을 비웃듯 비틀어졌다.

"오늘 밤이 지나면 해번영은 물론 동오의 손권도 더는 존재하지 않을 겁니다."

"그런 생각을 하고 있는 것도 괜찮겠구나. 그런 믿음으로 적어도 오늘 밤은 견딜 수 있을 테니 말이다."

소한의 얼굴에도 조롱기 섞인 미소가 떠올랐다.

"날이 밝으면 너를 해번영으로 넘길 것이니, 그곳에 가면 지금까지 듣도 보도 못한 형벌이 너를 기다리고 있을 것이다."

그가 돌아서서 무창성 방향을 바라보며 혼잣말처럼 중얼거렸다.

"지금쯤이면 현호, 그 늙은 여우가 움직일 때가 되었을 텐데."

상길 도단 안은 칠흑처럼 어두웠다. 현호 선사는 뜰을 가득 채운 2백여 명의 군병들을 바라보며 만족스러운 듯 수염을 쓸어 내렸다.

오늘 밤 손권이 승로대(承露臺)에서 위나라 사신단을 초대해 연회를 열고 정식으로 오왕으로 책봉된다. 성안에는 야간 통행금지령이 내려져, 관에 소속된 사람이 아니라면 누구도 외출을 할 수 없었다. 현호 선사는 도위부에서 내준 영패(令牌)를 들어 올려 달빛에 다시 한번 비춰보고 나서야 허리춤에 집어넣었다. 그동안 관가에 발각되어 모든 재산을 몰수당하고 참형에 처해지는 것은 아닌지 조마조마한 심정으로 이 시간을 기다려왔고, 드디어 이 거사 당일이 찾아왔다. 모든 일이 생각했던 것보다 훨씬 순조롭게 진행되고 있었다.

풀어놓은 정탐꾼들이 전해 온 소식대로라면 장청은 소한을 데리고 단송강에 가서 미리 매복을 배치했고, 가일과 손몽은 이제 막 성을 나서 함정을 향해 가는 중일 것이다. 성안의 군의사 첩자는 죽음을 각오한 저 제자들이 갈아입을 군병의 무기와 갑옷을 공수해주었고, 이들은 잠시 후 문을 나서는 순간부터 아무 제지도 받지 않은 채 곧장 승로대로 돌진할 것이다. 그리고 그곳에 심어둔 자들과 안팎으로 호응해 단번에 동오 신하들과 위나라 사신단을 남김없이 죽이게 되겠지. 무창성에 대란이 일어나면 이릉 전선의 군심도 흔들릴 수밖에 없고, 유비는 그 틈을 이용해 군대를 이끌고 공세를 퍼부을 테니 동오는 그리 오래 버티지 못할 것이다. 그때가 되면 나는 제왕의 대업을 도운 큰 공을 인정받아 삼공의 반열에 오르겠지? 그 군의사 첩자의 말로는, 제갈량과 어깨를 나란히 할 정도는 아니더라도 이엄(李嚴)·허정(許靖) 같은 고위 관료들과 호형호제할 정도는 될 거라고 했다.

이런 생각이 들자 현호 선사의 기분이 또 고조되고 설레기 시작했다. 그는 뜰 안에 있는 제자들을 쭉 둘러보며 깃발을 들고 소리쳤다.

"우길 상선의 강림을 청하옵니다!"

그 순간 갑옷의 마찰음이 한바탕 울려 퍼지며 '군병'들이 앞다투어 무릎을 꿇고 고개를 조아렸다. 현호 선사가 대전 안으로 눈짓을 보내자, 맑은 구리 방울 소리와 함께 우길이 성큼성큼 걸어 나왔다. 월피·성건·예상·하수·구절장·삼청령 그리고 어깨 위에 앉아 있는 작은 원숭이까지 모든 것이 전설 속에 등장하는 우길의 모습과 똑같았다. 이 가짜 우길은 오랜 시간 동안 철저한 준비를 거쳐 군의사 쪽에서 보낸 자로, 복장뿐 아니라 행동거지와 말투까지도 위엄이 넘쳐, 보는 순간 경외심이 느껴질 정도였다.

이것은 그야말로 신의 한 수가 아닌가? 저들은 우길을 이용해 작룡진을 펼치며 민심을 흉흉하게 만드는 데 성공했다. 더 중요한 것은, 대부분의 태평도 신도들이 한 치의 의심도 없이 그 술수에 빠져들어 기꺼이 목숨까지 바치고 있지 않은가? 장청뿐 아니라 늙은 혜덕 선사조차 우화등선의 허황된 유혹에 빠져 그의 방패막이가 되어 가일의 주의를 분산시키는 데 한몫을 해주었다. 그 과정에서 혜덕은 감옥에서 우화등선을 하긴 한 셈인가? 오늘 밤 이 가짜 우길이 가마에 몸을 숨기고 '군병'들에게 둘러싸여 승로대로 향하니, 오왕의 목숨도 이제 경각에 달렸군!

현호는 또 흡족한 눈빛으로, 무릎을 꿇고 도열해 있는 '군병'들을 쭉 훑어본 후 우길을 향해 고개를 끄덕였다. 가짜 우길이 구절장을 들어 올리며 읊조리기 시작하자 힘이 들어간 낮은 목소리가 퍼져 나가며 엄숙하고 장엄한 분위기를 자아냈고, '군병'들 사이에서는 비장감마저 감도는 듯했다.

바로 이때 허공을 가르는 날카로운 소리와 함께 우길의 목소리가 뚝 끊어졌다.

현호가 당황하는 사이, 가짜 우길이 목에 화살이 꽂힌 채 힘없이 털썩 주저앉으며 쓰러졌다. 깃털이 달린 화살은 매우 정교하게 만들어진 것이었다. 그 깃털은 흠 하나 없이 새하얀 검독수리 깃털이었고, 매끄럽고 윤기가 흐르는 화살대는 단단한 박달나무를 갈아 만들었다. 또한 우길의 목구멍을 꿰뚫은 화살촉은 반질반질 광이 나는 순금이었다.

현호의 심장이 철렁 내려앉았다. 무창성 안에서, 아니 동오 전체를 통틀어 이 정도로 값비싼 화살을 쓸 수 있는 자는 오직 그 사람뿐이었다.

제자들이 모두 고개를 들어 의아한 표정으로 쓰러진 가짜 우길을 쳐다보며, 너 나 할 것 없이 서로 귓속말을 주고받으며 수군거리기 시작했다. 그들은 신선의 존재가 화살에 맞아 죽은 이 현실을 받아들일 수 없었고, 이 또한 모종의 법술이 아닌지 나름 추측을 해보는 중이었다.

앞쪽에서 돌연 '툭툭' 소리가 들리더니 벽 근처에서 먼지가 피어올랐다. 그것은 무수히 많은 철제 무기를 벽에 찔러 넣는 듯한 소리였다. 우렁찬 호령 소리와 함께 견고해 보이던 벽이 엄청난 힘에 잡아당겨지며 우르르 무너져 내렸다.

먼지가 빠르게 걷히고 나자 작열하는 붉은색과 눈부신 등불이 한데 섞여, 그 모습을 본 이들이 한동안 눈을 뜰 수 없을 정도였다. 바람결에 펄럭이는 소매 없는 붉은색 비단 외투, 정교하고 반질반질 광이 흐르는 은빛 갑옷, 명마로 불리는 근육질의 거대한 한혈마(汗血馬)와 보름달처럼 휜 긴 활, 그리고 햇불 뒤로 활시위를 당긴 채 대기 중인 효위들.

"손…… 손상향!"

현호가 경악한 표정으로 이 이름을 내뱉는 순간, 화살이 활시위에서 팅겨져 나오더니 한 줄기 금빛이 번개처럼 허공을 가르며 날아오는 것이 보였다.

목구멍에서 극심한 통증이 전해지면서 뜨거운 피가 사방으로 튀었다. 현호는 두 다리의 힘이 풀리며 바닥에 털썩 주저앉았다. 그는 불꽃과도 같은 선명한 붉은빛을 응시하며 의구심을 가졌지만, 끝내 한 마디도 내뱉지 못했다.

"고작 늙은 도사 하나를, 왜 굳이 나한테 죽이라는 것이냐?"

손상향이 말고삐를 잡아당기며 불만을 터뜨렸다.

"가일의 말처럼 지존의 본처 반 부인이 이 도단과 인연이 깊으니, 언니 말고 누가 감히 저자를 죽일 수 있겠어요?"

손몽이 웃으며 말했다.

"언니, 저기 모여 있는 자들을 어찌 처리하실 거죠?"

손상향이 말했다.

"효위들에게 활을 모두 거두라고 하거라."

손몽이 어리둥절한 표정으로 넌지시 물었다.

"어쩌려고요?"

"효위들이 지난 몇 년 동안 전쟁터에서 제대로 싸워본 적이 없지 않느냐? 모두 환수도로 무기를 바꿔 들도록 하고, 포로 따위 필요 없으니 다 죽여도 좋다."

손상향의 명이 떨어지기 무섭게 효위들이 허리춤에서 환수도를 뽑아 들었다.

어둡고 쓸쓸한 달빛 아래서 날카로운 검광이 한 필의 명주실처럼 이어지며, 얼떨떨한 표정으로 이 상황을 지켜보던 '군병' 무리를 향해 달려가고 뒤이어 비명과 함께 핏빛이 터져 나왔다.

　손몽이 말 머리를 돌려 손상향을 따라갔다. 그녀의 예상과 달리 이 방향은 승로대가 아니라 군주부로 가는 길이었다.

　"지존이 계신 곳에…… 가봐야 하지 않나요?"

　손몽이 참지 못하고 작은 소리로 물었다.

　"됐다. 지존께서, 위나라 사신들이 나를 보고 난감해할지도 모르니 책봉식에 오지 말라고 하시더구나. 우청과 여일은 물론 우림위까지 곁을 지키니 아무 걱정할 게 없다고 생각하신 게지. 그런 마당에 내가 더 걱정을 해서 무엇 하겠느냐?"

　손상향이 손몽을 힐끗 쳐다봤다.

　"너는 가일이 걱정돼서 그러느냐?"

　손몽이 민망한 듯 웃어 보였다.

　"근데 생각할수록 화가 나는구나. 그자가 무슨 생각으로 나에게 이런 일을 시킨 것이지? 심지어 나에게 황금 백 냥을 빚고 있는 주제에?"

　손몽도 고개를 끄덕였다. 그녀 역시 그 이유가 궁금했다.

　"그자를 찾아가보거라."

　손상향이 유쾌하게 웃으며 말했다.

　"만약 그자를 보거든 본 군주가 이자로 황금 2백 냥을 받을 것이라고 전하거라."

　오왕이 무창으로 천도한 지 1년밖에 되지 않아 대규모 토목 공사가 이루어지지 않았다. 승로대의 이름은 꽤나 정취가 있어 보이지만, 사실 오왕부 뒷산 꼭대기에 있는 공터에 불과했다. 한 달여 전에 객조에서 인력을 동원해 원래 있던 오솔길을 돌길로 만들고 산꼭대기에 널찍하고 네모진 누대를 지은 덕에 지금은 훨씬 그럴싸해 보였다.

승로대로 가려면 먼저 왕부를 반 바퀴 돌아 공조에서 깐 돌길을 끼고 일 각 정도를 걸어가 산기슭에서 관문을 통과해야 한다. 도위부는 이곳에 삼 중 방어선을 배치해, 통행증을 제시해야 산으로 올라갈 수 있게 만들어놓 았다. 이 길을 통하지 않고 승로대로 가려면 알아서 산을 타고 올라가는 수 밖에 없었다. 다만 그사이에 가시덤불을 통과해야 하고, 매복해 있는 해번 위의 공격을 피해 살아남아야 한다.

이 시각 위림은 세 번째 관문 앞에 서서 산 정상을 올려다보았다. 불이 환하게 밝혀져 있는 그곳에서 위나라 사신단과 동오 군신이 모여 만남의 자리를 가지고 있었다. 이제 길시(吉時)가 되면 책봉식이 거행될 것이다. 그 리고 이 길시 역시 조비의 뜻에 따라 술시 육각(戌時六刻: 저녁 8시 30분)으로 정 해졌다. 사실 이 시각은 딱히 길시라고 할 수 없었으니, 약간의 무시와 비 아냥거리는 의미가 섞여 있다고 봐도 무방했다. 그럼에도 오왕은 기꺼이 그들의 제안을 받아들였다. 이뿐 아니라 책봉식에 관한 모든 일은 위나라 의 요구 조건에 따라 배치되었다. 이 모든 과정을 지켜봐온 위림은 오왕이 유비를 두려워해서 그런 거라고 지레짐작할 뿐이었다. 며칠 전 이릉 쪽에 서 육손이 한 차례 역공을 벌였다가 허무하게 퇴각했다는 소식이 전해져 왔다. 지금 오왕이 위나라와 동맹을 맺고 싶어 하는 절박한 심정을 누구라 도 알 수 있었다.

위림이 돌길 옆에 세워둔 물시계를 보니 이미 술시였다. 그가 손을 흔들 자 도백 한 명이 빠른 걸음으로 다가왔다.

"명령이 전해졌는가?"

위림이 물었다.

"네. 반 시진 전에 이미 앞을 지키는 자들에게 관문을 봉쇄하고 아무도 들이지 말라고 전했습니다."

도백이 잠시 망설였다.

"그런데…… 위 도위님, 통행증이 있는 자는 통과를 시켜도 된다고 위에서 명하지 않았습니까?"

위림이 가당치도 않다는 듯 콧방귀를 뀌었다.

"위에서 우리의 고충을 어찌 알겠는가! 오늘 밤 오왕 책봉식은 오-위가 동맹을 맺느냐 못 맺느냐를 결정하는 일이자, 이릉 전투를 지원하는 것과도 관련된 중대사네. 만약 누군가 통행증을 도용해 일을 그르치기라도 한다면 자네나 나나 그 뒷감당을 어찌 하겠는가?"

위림은 한참 상황을 심각하게 설명했는데도 도백의 대답 소리가 들리지 않자 짜증스럽게 그에게 시선을 돌렸다. 그런데 도백의 표정이 심상치 않았다. 그는 당황한 듯 입을 벌린 채 돌길을 물끄러미 바라보고 있었다. 그의 시선을 따라가자 누군가 계단을 따라 올라오는 것이 보였다. 그의 걸음걸이는 아주 여유로웠다. 심지어 그는 경치를 감상이라도 하듯 주위를 둘러보기까지 했다.

위림은 환수도에 손을 올리면서도 이 상황이 전혀 이해가 되지 않았다. 산기슭에 삼중 방어선이 쳐져 있고, 누구도 입산을 허락하지 말라고 명까지 내린 상태였다. 그런데 이자가 대체 어디서 나타난 거지? 설사 그가 절세 고수라 해도, 삼중 방어선을 깨고 들어오는 동안 어째서 아무런 신호나 기척이 없었지?

위림은 점점 다가오는 그의 얼굴을 보는 순간 경악하지 않을 수 없었다. 놀랍게도 그는 위림이 아는 얼굴이었다. 그 순간 그의 마음속 의혹이 도리어 더 커져만 갔다. 이자가 어떻게 이곳에 나타난 거지? 지금쯤이면 이곳에 있어서는 안 되는 자가 아닌가?

그가 바싹 마른 입술을 혀로 핥으며 물었다.

"가일? 가 교위? 교위는 성 밖으로 작룡진을 막으러 가지 않았습니까? 어째서 여기 계십니까? 관문은 또 어찌 통과한 겁니까?"

"내게 이게 있지 뭔가?"

가일이 비취색의 물건을 들고 흔들어 보였다.

"오왕께서 오래전에 옥패를 하사하시어 계속 지니고 다녔는데, 오늘 이리 쓰게 될 줄은 몰랐네."

오왕의 옥패는 왕을 대신하는 것이니, 군병들도 감히 그를 막을 수 없다.

위림이 낭패를 본 듯한 표정으로 도백에게, 군병들을 이끌고 관문으로 가서 더 이상 아무도 들여보내지 않도록 엄명을 내리라 일렀다.

군병들의 모습이 어둠 속으로 사라지고 나서야 위림이 물었다.

"가 교위, 성 밖에서 자시에 일곱 번째 제물이 바쳐질 거라 하지 않았습니까? 어찌 그곳에 안 있고 여기 있는 것입니까?"

"그건 단지 명분에 불과했네."

가일이 대답했다.

"사실 사람의 생각이라는 것이 참으로 이상하네. 그들 주변에서 계속 똑같은 일이 발생하다 보면, 그런 비슷한 일이 반복해서 나타날 거라고 여기게 되니 말이네. 겪기 전엔 몰랐는데 당하고 보니 일리가 있는 말이란 생각이 드네."

위림은 가일이 무슨 말을 하는지 모르겠다는 듯 미간을 좁혔다.

"작룡진은 북두칠성을 근거로 만들어졌고, 부창성에서 여섯 번의 제물이 바쳐졌네. 9일 간격으로 벌어졌고, 방위는 북두칠성의 여섯 개 별자리와 우연처럼 맞아떨어지고 시각마저도 모두 자시였지. 그렇다면 일곱 번째 제물이 마지막 별자리 파군에서 자시에 바쳐질 것임을 바보 멍청이라도 맞힐 수 있을 테지. 하물며 내가 태평도 내부에 심어둔 첩자가 몰래 훔쳐본 작룡진 비록(秘錄)에 기록된 내용도 내 생각과 완벽하게 일치했네. 이대로라면 내가 오늘 밤 성 밖 단송강에 매복해 제물을 바치러 가는 태평도 무리를 일망타진만 하면 이 사건을 완벽하게 마무리 지을 수 있었네."

가일이 실소를 머금었다.

"하나 애석하게도 이 일은 그리 간단한 문제가 아니었지."

"그게 무슨 소립니까?"

위림이 의혹에 찬 시선으로 그를 쳐다보았다.

"작룡진의 일곱 번째 제물을 바치는 곳이 그곳이 아니었다는 겁니까?"

"작룡진의 일곱 번째 제물 따위는 없다고 말한다면 믿겠는가?"

가일이 말했다.

위림이 고개를 가로저었다.

"말도 안 됩니다. 일곱 번째 제물이 없다면, 지난 여섯 명의 제물이 무슨 의미가 있단 말입니까?"

"왜 의미가 없다고 생각하는가? 이게 바로 사람들이 갖는 생각의 한계라 할 수 있지. 앞서 여섯 번의 제물이 바쳐졌으니, 파군 별자리에서 일곱 번째 제물이 반드시 바쳐질 거라고 생각하게 되니 말일세. 이런 추측과 판단을 뒷받침해준 것이 바로 앞서 일어난 여섯 번의 제물이었네. 위 도위가 이런 점을 명확히 간파했다면 그 추론이 그다지 설득력이 없다는 걸 깨닫게 될 것이네. 더구나 나는 애초부터 태평도에 심어둔 그 첩자를 전혀 믿지 않았네. 그는 내가 돈으로 매수한 자이기 때문이지. 솔직히 이 세상에서 사람의 입장을 바꾸게 만들 수 있는 수단은 수도 없이 많고, 그중 돈의 유혹은 뿌리치기 힘든 법이네. 하나 이 돈의 존재를 뛰어넘는 것이 있으니, 그것이 바로 신앙이라 할 수 있지. 그자의 신앙이 좋든 나쁘든, 옆에서 보기에 어리석어 보이든 신성해 보이든 상관없이, 신앙을 가진 자의 마음은 너무나 견고해 쉽게 무너뜨리기가 힘드네. 중평 원년에 천하를 휩쓸었던 황건적의 난이 바로 그 증거라 할 수 있으니, 돈으로 태평도를 매수하겠다는 생각 자체가 매우 위험한 일인 셈이지. 어쨌든 수많은 태평도 무리들의 눈에 돈과 우화등선은 비교 자체가 불가능한 대상이네."

위림의 미간이 좁아졌다.

"설마…… 그 첩자가 바로 역이용하기 위해 심어둔 명간(明間)이었다는 겁니까?"

"그렇네. 이 첩자를 심어둔 후 일부러 몇 가지 소식을 흘렸더니 태평도 쪽에서 바로 반응이 나타났고, 그렇게 해서 이자가 태평도에서 우리 쪽에 심어둔 이중 첩자라는 것을 확인할 수 있었네. 그러니 그가 우리에게 전해 준 소식 중 믿을 만한 것은 아무것도 없었던 셈이지. 그 작룡진 비록 역시 가짜였네. 그래서 그자를 통해 우리가 태평도의 수에 넘어갔다고 착각하게 만드는 한편, 암암리에 그들의 행적을 조사하기 시작했지."

"외지 태평도인들이 삼원 도단과 결탁해서 벌인 일입니까?"

위림이 물었다.

"얼마 전에 해번영 소속 육연 도위가 삼원 도단을 치고 혜덕 선사를 잡 아 갔지만, 외지 태평도 무리는 빠져 있더군요."

"맞네. 그들은 잡아들이지 못했네. 육연이 삼원 도단을 치고 혜덕 선사를 잡아들인 후 그곳에 있는 도사들을 심문했지만, 그들을 봤다는 자가 단 한 명도 없었지. 그러다 그중 한 명이 고문을 견디다 못해 우길을 봤다고 털 어놨지만, 그 역시 우길 외의 다른 사람은 본 적이 없다고 하더군. 효위들 을 시켜 며칠 동안 성안을 샅샅이 뒤졌는데도 그들이 숨어 지내는 곳을 끝 내 찾아낼 수 없었네. 이치대로라면 삼원 도단과의 연결 고리가 끊어졌으 니 숨을 곳도 마땅치 않고, 설사 어딘가에 꽁꽁 숨어 있다 해도 먹고 마시 는 것을 대줄 사람이 없으니 성에서 숨어만 지낸다는 것은 거의 불가능하 네. 그러다 문득 그동안 간과하고 있던 사실 하나가 떠올랐지. 생각해보니 외지에서 온 이 태평도 무리는 한 번도 사람들 눈에 띈 적이 없고, 누구 하 나 본 사람이 없이 오로지 혜덕 선사의 말 속에서만 존재해왔다는 것이네. 아니, 처음 그들에 관해 듣게 된 건 진전이 상길 도단의 현호 선사 쪽을 염탐하던 중에, 그들이 현호 선사를 끌어들이려고 했지만 거절당했다는 정보를 전해주었을 때였네.

곰곰이 생각해보면 정말 말도 안 되는 일이 아닌가? 태평도 무리가 무창성으로 잠입해 작룡진을 계획하고 천화강자의 비술을 펼치며 지존을 주살하려는 기도를 했네. 그들이 전혀 교분이 없던 상길 도단을 끌어들이려고 찾아갔다가 거절을 당하자 아무 일도 없었다는 듯 떠나갔다? 외지에서 온 태평도인은 비밀 누설을 막기 위해 사람을 죽이지도 않았고, 상길 도단은 그런 일을 당하고도 화를 피하기 위해 관에 보고조차 올리지 않은 셈이네. 쌍방 모두 아무 일도 없었던 듯 그리했다는 것 자체부터가 지나치게 대담하다 못해 무모해 보일 지경이지. 그런데 이때쯤 소한을 통해 어릴 적 진전이 아우에게 배를 사주기 위해 동전을 혀 밑에 숨겼는데, 그 이야기를 아는 사람이 두 사람의 사부뿐이라는 사실을 알게 되었네. 문제는 그 사부라는 자가 생전에 상길 도단의 현호 선사와 교분이 두터웠다는 것이지. 이런 이유 때문에 소한은 진전을 죽이고 나를 모함한 그자가 바로 현호 선사라고 의심하고 있네."

어둠이 짙게 깔린 가운데 저 멀리 주위를 밝히는 불빛이 희미하게 보였다. 두 사람은 그곳이 상길 도단의 위치라는 것을 알고 있었다.

"지금 가 교위 말은, 외지에서 온 태평도 무리는 처음부터 존재하지 않았고 모든 것이 상길 도단의 농간이었다는 것입니까?"

위림이 물었다.

"바로 그것이네. 위 도위, 지금까지 벌어졌던 천화강자, 혈액 응고, 우길의 부활, 작룡진 따위는 모두 상길 도단의 현호 선사가 벌인 짓이었네. 삼원 도단의 혜덕 선사는 그가 눈가림용으로 내세웠다 버린 패에 불과했어. 군의사와 진짜 결탁한 인물은 현호지 혜덕이 아니었단 말이네."

가일의 목소리는 여전히 담담하고 침착했다.

"이미 반 시진 전에 손상향 군주가 효위들을 대동해 가서 상길 도단을 소탕했다 들었네. 우길 상선은 손 군주가 쏜 화살에 맞았다고 하네. 한 마디도 하지 못한 채 그 자리에서 죽었다고 하더군. 참으로 웃기는 일이 아닌가?"

위림의 표정은 한 치의 흔들림도 없었다.

"그렇다면 가 교위에게 축하할 일이 되겠군요. 듣자 하니 이 사건을 누가 먼저 해결하는지를 두고 육연과 경쟁 중이라던데, 아무래도 가 교위가 이긴 듯합니다."

"그렇지 않네. 아직 사건의 진상을 절반밖에 밝히지 못했으니 말일세."

가일이 냉랭하게 대꾸했다.

"우길은 죽었지만 상길 도단 안에 이해할 수 없는 일이 몇 가지 남아 있네. 거사를 앞두고 뜰에 모여 있던 현호의 제자들이 하나같이 군병의 옷차림을 하고 있었고, 현호 역시 통행 영패를 지니고 있었다 들었네. 어찌 된 일인지 알고 있는가, 위 도위?"

"제가 그걸 어찌 알겠습니까?"

"만약 작룡진의 파군 별자리가 명분에 불과했다면, 현호는 제자들에게 설명할 어떤 근거가 있어야 할 것이네. 신앙이라는 것이 사람의 마음을 미혹할 수야 있다 해도, 자가당착에 빠지는 순간 의심을 사기도 쉬운 법이지. 다시 말해서 작룡진을 펼쳐 지존을 주살해야 한다고 말해놓고 작룡진이 명분에 불과하다고 말해서는 안 된다는 것이네. 감옥에서 혜덕 선사를 만나 몇 마디 얘기를 나눈 적이 있었네. 어떤 대상을 한 치의 의심도 없이 깊게 믿는 사람일수록 다른 사람의 비방을 절대 용납하지 못하는데, 혜덕 선사 역시 예외는 아니더군. 혜덕 선사는 연신 내 말을 비웃으며 수사에 도움이 될 만한 결정적인 말을 누설하고 말았네. 바로 작룡진의 관건이 되는 장소가 파군의 별자리가 아니라는 것이었네."

가일이 뒷짐을 지며 말을 이어갔다.

"나는 혜덕 선사의 말을 들으며 두 가지 의미를 깨달았네. 하나는 작룡진이 태평도의 도의를 그럴듯하게 꾸밀 수 있는 근간이 되고, 단순히 급하게 공수해서 꿰어 맞춘 졸렬한 명분만은 아니었다는 것이지. 또 하나는 일곱 번째 제물이 바쳐질 곳이 파군의 위치가 아니라 다른 장소라는 것이네."

"가 교위, 그건 너무 황당하고 비약이 심한 것 아닙니까?"

위림이 고개를 가로저었다.

"위 도위가 진주조나 해번영에서 일한다면 이런 황당하고 비약적인 생각이 절대적으로 필요하다는 걸 알게 될 것이네. 이런 생각을 우리는 직감이라고 부르지."

가일이 웃으며 말을 이어갔다.

"내가 무창성 지도를 펼치고 북두칠성 자리에 표시를 한 후 일곱 번째 제물이 바쳐질 곳을 찾아내느라 한참을 고심했네. 그러다 문득 승로대가 눈에 들어오더군. 지존께서 이곳에서 위나라 사신단을 영접하게 될 것을 알기에, 그곳에도 일단 동그라미를 쳤네. 그런데 바로 그 순간 승로대가 보였네. 일곱 번째 제물이 오늘 밤 승로대에서 바쳐질 것이네."

"왜 그렇게 생각하십니까?"

위림이 물었다.

"혜덕의 말대로 파군의 별자리가 중요한 것이 아니었네. 태평도 도의를 들여다보면, 북두칠성은 죽음을 관장하고 남두육성(南斗六星)은 삶을 관장한다네. 그런데 이 남두와 북두의 존재를 뛰어넘는 또 하나의 별자리가 있으니 이를 십사주성(十四主星)이라 부르더군. 이 별이 바로 북극성이네. 자미(紫微)라고도 부르지. 만약 위 도위가 별자리 모양을 조금이라도 안다면 자미성이 제성(帝星)을 의미하고, 그 제성이 동오에서는 지존을 일컫는다는 걸 알게 될 거네. 내가 일곱 번째 제물이 바쳐질 곳으로 승로대를 가리킨 이유는 지도상에서 그곳의 위치가 바로 작룡진 중 자미성의 방위와 일치했기 때문이네."

시종일관 차분했던 가일의 목소리와 달리, 위림의 표정은 급격하게 변해갔다. 그는 고개를 들어 산 정상을 보며 별다른 이상이 없는 것을 확인하고 나서야 안심한 듯 말했다.

"가 교위의 추리력이 이 정도로 예리할 줄은 몰랐습니다. 그 복잡하게 뒤엉킨 단서들 속에 숨겨진 진실을 이리 찾아내다니 말입니다."

"작룡진의 제물은 9일마다 한 번씩 바쳐졌으니, 오늘 밤이 바로 일곱 번째 제물이 바쳐질 시간이네. 그리고 오늘 밤 지존께서 승로대에서 사신단을 영접해 책봉식을 거행하시지. 이런 우연의 일치는 귀신의 말을 신봉하는 태평도 무리들에게 불가항력의 신력(神力)이라고 할 수 있네. 심지어 천화강자와 우길의 부활 같은 농간조차 그들은 한 치의 의심도 없이 하늘의 뜻이라 믿고 있지. 현호가 그들을 모아 지존을 죽이려 했듯이, 하늘의 뜻이라면 아마도 신과 부처를 죽이는 일도 서슴지 않을 자들이네. 그런 자들이 시작도 해보기 전에 전부 상길 도단에서 죽고 말았으니, 참으로 애석할 따름이지."

위림이 한숨을 내쉬었다.

"그자들이 아무리 영악하게 모략을 꾸몄다 한들 결국 오합지졸에 불과했으니, 가 교위에게 뒷덜미가 잡힌 것도 당연한 일인 듯싶습니다. 오늘 밤을 무사히 넘길 줄 알았더니, 어둠 속에 이렇게 많은 음모가 도사리고 있을 줄 누가 알았겠습니까? 정말 이 모든 게 가 교위의 노고 덕입니다."

"내 노고 덕이라니, 가당치도 않네. 위 도위, 아직 내 물음에 답을 하지 않았네."

가일의 미소가 어느 순간 차갑게 변해 있었다.

"군병의 갑옷과 통행 영패는 도대체 어찌 된 것인가?"

위림이 뒤로 두 발자국 물러서며 나지막이 물었다.

"설마 지금 나를 의심하는 겁니까?"

"위 도위가 방금 태평도를 뭐라 말했지? 아! 오합지졸이라 했는가? 맞네. 자네 쪽 군의사의 수뇌들과 비교하면 그들은 고작 희생양에 불과할 뿐이지."

"가 교위, 중상모략 마십시오!"

위림이 파랗게 질린 얼굴로 소리쳤다.

"내 아내 역시 작룡진의 제물로 죽었고, 저 역시 피해자란 말입니다!"

"맞네. 그게 바로 내가 처음 인계받은 사건이자 작룡진의 두 번째 제물이 바쳐진 사건이었지. 그때 내가 손몽과 함께 자네를 찾아갔던 날이 생각나는군. 자네는 사건에 별로 관심을 보이지 않았고, 심지어 공무가 바쁘다는 핑계로 우리와 함께 백운관에 조사를 나가는 일조차 거부했었네."

"그때는 지존께서 하명하신 일을……."

가일이 그의 말을 끊었다.

"태평도를 이용하기 위해서라도 군의사는 그들과 함께 작룡진을 펼쳐 이 어리석은 일들을 벌여야만 했겠지. 그러나 이런 괴이한 방법은 발각될 위험이 너무 컸네. 그래서 또 한 번의 영리한 결정을 내리게 됐네. 발각되느니 차라리 적당한 때를 봐서 우리를 끌어들이는 편이 적어도 수사 방향에 혼선을 주는 데 낫다고 본 것이겠지. 그렇게 군의사는 도위부를 두 번째 제물이 바쳐질 장소로 선택한 것이네. 자네가 일하는 곳이니 마음대로 현장을 바꿀 수 있고, 죽은 이가 자네 부인이니 누구도 자네를 혐의 선상에 두지 않을 테니 말일세. 해번영이 도착했을 때 자네들은 이미 현장을 치우고 아주 기괴한 모습으로 바꾸어놓았더군. 예상대로 좌·우 부독은 이 사건에 우길이 연루되어 있다는 것을 알고 난 후 서로 손을 미루며 개입하려 들지 않았네. 만약 정상적인 경우였다면 사건을 인계받은 자는 아무런 경험이 없는 풋내기여야 마땅했겠지. 하나 애석하게도 우청과 여일에게 미운 털이 잔뜩 박힌 내가 영문도 모른 채 이 사건 속으로 떠밀려 들어왔고, 자네들의 독장수셈을 어지럽혀놓았지.

군의사 쪽에서는 나란 사람에 대해 그동안 많든 적든 들은 바가 있을 테니 사건이 내 손에 들어온 이상 조만간 진상이 밝혀질 거라 생각했을 거고, 서둘러 나의 판단에 혼선을 줄 수 있는 합리적인 이유를 찾아내야 했을 거네. 당시 내가 함께 백운관에 가자고 했을 때 자네는 다른 핑계를 대며 가지 않았지만, 사실은 그곳에 나를 속이기 위한 판을 미리 짜놓고 있었네. 만약 위 도위가 그곳에 따라갔다면 그 가짜 도사가 자네 부인과 이매 선사의 관계를 제대로 이야기할 수 없었을 테지. 애석하게도 그 가짜 도사는 처음부터 끝까지 온통 허점투성이라 내 눈을 전혀 속이지 못했고, 육연 덕에 어쩌다 보니 진짜 이매 선사를 찾아내는 일까지 생겨버렸네. 게다가 그 가짜 도사의 팔에 새겨진 육씨 가문의 문신도 발견할 수 있었네. 심지어 성에 돌아온 후 나를 공격했던 자들의 몸에도 똑같은 문신이 있었지. 원래는 이 모든 것이 군의사의 이간책이라고 생각했었네. 어쨌든 육손이 이릉에서 유비와 맞서고 있으니, 지존이 그를 의심하게 만들려면 이런 이간책이 필요했을 테니 말일세. 하지만 정말 과연 그랬을 것 같은가? 자네는 그 답을 알고 있겠지?"

위림이 차갑게 대꾸했다.

"가 교위, 고작 그런 이유 하나로 나를 군의사의 첩자로 의심하다니, 지나치게 독단적이란 생각은 안 드십니까?"

가일이 헛웃음을 터뜨렸다.

"고작 하나라고 누가 그러던가, 위 도위? 내 손을 거쳐 갔던 세 건의 사건마다 자네는 허점을 남겨두었더군. 두 번째 사건이었던 객조 조연 장순의 죽음에서 의심 가는 점은 두 가지였네. 하나는 일정을 안배해둔 문건이 이유 없이 사라졌다가 장순의 방에서 다시 나왔다는 것이네. 두 번째는 장순의 부인 진예가 얼마 후 납치되어 행방불명이 된 것이네. 장순은 곁에 '건안 5년'이라고 새겨진 목함을 부인에게 남겼고, 내가 그것을 받아 지존께 전했네. 지존께서는 목함을 본 후 태도의 변화를 보이셨고, 건안 5년의 일이 연상되는 듯 이 사건에 별로 관심을 두고 싶어 하지 않으셨지. 이런 식으로 자네들은 나의 수사에 두 번째로 혼선을 주었네."

위림이 돌연 웃음을 터뜨렸다.

"가 교위, 건안 5년에 도대체 무슨 일이 발생했는지 아십니까?"

"무슨 일이 발생했든, 지금 이 자리에서 우리가 왈가왈부할 필요는 없을 듯하네. 나와 자네 사이에 나눠야 할 이야기는 이 몇 가지 사건으로 충분하네."

가일이 냉소를 띠며 말했다.

"그 후 임조 사건이 터졌지. 나는 건안 5년에 관한 지존의 태도 변화를 보며 진적 사건을 떠올렸고, 그제야 사건 기록을 찾아보기 위해 도위부로 달려갔네. 비록 사건 기록부는 찾을 수 없었지만 자네 밑에서 일하는 서기를 통해 임조에 대해 듣게 됐고, 그가 당시 주부였다는 사실을 알게 됐지. 임조의 집에 도착한 후 입 밖에 낼 수 없는 사실을 듣게 됐고, 그가 온몸의 피가 굳어가며 죽는 과정을 지켜보았네. 이런 식으로 자네들은 내 수사에 세 번째로 혼선을 주었지. 일이 이 지경까지 되고 나니 '건안 5년'은 마치 쇠사슬처럼 내 몸을 휘감아 꼼짝도 할 수 없게 만들어버리더군. 나는 내 자신이 무서운 음모에 접근하고 있다는 것을 깨달았고, 심지어 지존이 이 몇 건의 사건을 배후에서 조종하고 있는 건 아닌가 하는 의심마저 들었네. 건안 5년에 일어났던 어떤 사건을 아는 자들을 하나하나 죽여 그 입을 막기 위해서 말이네.

내가 이러지도 저러지도 못한 채 갈등하는 사이에 손상향 군주가 돌아왔지. 그녀는 내가 의심하고 있던 것들을 직접적으로 모두 거론했고, 지존께서 누군가 이 사건을 이용해 건안 5년의 일을 문제 삼고 싶어 하는 것은 아닌지 의심하고 계신다는 말도 해주었지. 중요한 것은 지존께서 이 사건의 수사권을 나에게 전적으로 일임하셨다는 말을 손 군주의 입을 통해 들었다는 것이네. 그 자리에서 진예의 실종 사실도 알게 되었네. 우림위의 복색을 한 자들이 그녀를 데려갔다고 하더군. 이것 역시 자네들이 나에게 혼선을 주기 위해 한 짓이겠지. 지존이 진실을 아는 자들의 입을 막기 위해 그들을 하나하나 죽이는 거라고 생각하게 만들려고 말일세. 하지만 이 사건 때문에 내 의심은 더 커져버리고 말았네. 진예의 실종이 상식적으로 이해가 되지 않았으니 말일세. 어쨌든 나는 이미 그녀에게 듣고 싶은 말을 다 들었고 장순의 유품도 받아 지존께 전한 마당에, 왜 그녀까지 잡아 갔는지 이해가 되는가?

한참을 고심하다 보니 진예가 처음에 했던 말이 문득 떠오르더군. 그때 그녀는 장순이 그녀에게 밀랍 환을 남겼다고 말했지. 그리고 오왕에게 전해달라는 것 역시 밀랍 환이었을 뿐 목함에 대한 언급은 전혀 하지 않았네! 다시 말해서 그녀에게 목함을 준 건 다른 사람이라는 것이네! 그렇다면 그녀를 납치한 자는 그녀가 그 목함의 출처를 말할까봐 두려워한 그 누군가일 걸세!"

"가 교위, 그걸 말이라고 하십니까? 진예가 세 살짜리 어린아이도 아닌데, 다른 사람이 시켰다고 아무 의심도 없이 그렇게 한다는 게 말이 됩니까? 만약 누군가 그녀에게 목함을 하나 선물하고 그 밀랍 환을 그곳에 넣으라고 했는데, 설마 아무 의심도 안 했을까요?"

가일의 목소리가 높아졌다.

"의심할 리 없겠지. 진예가 밀랍 환을 내게 주었을 때 했던 말은 오랫동안 고심한 티가 역력할 만큼 이치와 도리에 어긋남이 없었네. 하나 내가 밀랍 환을 오왕에게 전하고 난 후 그녀는 평소답지 않게 이웃과 다툼을 벌였고, 오왕에게 억울함을 호소했으니 조만간 집안의 누명을 벗게 될 거라는 등의 말을 했다 들었네. 나와 만나기 전후로 전혀 다른 사람이 되었으니, 그녀가 한 말조차 누군가 일부러 시킨 것이 아닌지 의심이 들 수밖에 없더군. 장순이 죽고 난 후 그녀는 믿을 만한 사람을 찾아가 대책을 의논했을 가능성이 높네. 나에게 밀랍 환을 주라고 한 것도 아마 그자의 머리에서 나왔을 것이네. 그녀가 밀랍 환을 목함에 넣게 하려면 무언가 그럴싸한 핑계가 필요했을 테고, 그런 방법이 적어도 10여 개는 되었을 것이네. 밀랍 환을 그냥 놔두면 손상되기 쉬우니 그것을 안전하게 담아둘 상자를 주겠다고 속이는 게 아마 가장 쉽고 간단한 방법이었을 테지.

그 믿을 만한 사람이 과연 누구겠는가? 진예의 말로는 장순이 죽기 전에 한 가지 일로 고심을 했다고 했네. 그의 옛 벗이 무슨 일을 부탁했는데 그가 거절을 했기 때문이었네. 장순은 그 일에 음모가 있다고 여겼지만 그 사실을 밝혀야 할지 주저했고, 그 결정을 내리기도 전에 살해당하고 말았네. 진예는 장순의 죽음이 그 오랜 벗과 관련이 있다고 어렴풋이 느꼈고, 자신도 음모에 노출되어 있다고 생각해 믿을 만한 사람을 찾아가 상의를 했을 것이네. 하지만 그녀는 그 믿을 만한 사람이 바로 그 옛 친구일 거란 생각을 전혀 하지 못했지.”

가일이 위림을 쳐다보았다.

“효위들이 장순과 진예의 내막을 아주 정확히 파악했더군. 자네와 장순은 일찍이 동료 사이였고, 서로 10년이 넘게 알고 지냈으니 옛 친구라 해도 과언이 아니겠지. 자네와 진예는 한 고향 출신이고, 알고 지낸 지 10년이 넘었네. 여기서 진짜 중요한 건 자네가 그녀의 정부라는 것이네. 자네가 그 밀랍 환을 바꿔치기했고, 또 그것을 목함에 넣어 우리에게 혼선을 야기했지. 그런 후 또 진예를 죽여 입을 막아버렸네. 위 도위, 자기 부인을 죽이고, 그것도 모자라 정인까지 죽이고 나니 기분이 어떻던가?"

"내가 왜 장순을 죽인단 말입니까? 난 그럴 이유가 전혀 없습니다."

위림의 얼굴이 창백해지고, 파란 핏줄이 튀어나온 오른손은 어느새 환수도 손잡이에 얹혀 있었다.

"일정이 담긴 그 문건 때문이겠지. 자네가 장순에게 일정을 변경해달라고 부탁했지만 거절을 당했을 것이네. 장순이 죽고 난 후 유순이 객조 조연 자리를 인계 받으며 그 문건을 중당에 보관했지만 쥐도 새도 모르게 사라졌네. 장순의 시체를 옮겨가고 나자 그들은 대담하게 동상방에 들어가 안에 있던 물건을 엉망으로 어지럽히며 결국 그 문서를 찾아냈지. 처음에는 자네들이 일정 문건을 훔쳐가고, 객조의 서리가 현장을 망가뜨리도록 유도한 거라고 생각했었네. 그런데 내 생각이 너무 짧았다는 것을 깨닫게 되었지. 여섯 번째 제물이 바쳐진 후 나는 유순을 찾아가, 장순이 피살되기 전에 초안으로 잡아놓았던 일정 문건을 모두 가져오라고 했네. 수정을 거친 문건이 무려 서른 개가 넘게 존재하더군. 각 문건마다 내용이 수정과 삭제, 가감을 거친 탓에 비교하는 것 자체가 골칫거리였네. 그런데 다행히 열한 시진 만에 그 안에서 드디어 실마리를 찾을 수 있었네. 이 몇십 건의 문건은 장순의 죽음을 기점으로 아주 미묘한 변화를 보여주었지. 장순이 죽기 전에는 일정 안에 '임상(臨相) 무희'들의 공연이 없었는데 장순이 죽고 나자 이것이 들어갔고, 다른 일정에는 모두 변동이 있었지만 이 공연만은 아무런 변동 없이 남아 있더군. 내가 유순에게 물으니, 예비 문건에 동그라미가 쳐져 있고 옆에 '위쪽'이라고 추가로 기입되어 있었다고 했네. 그런데 이 '위쪽'이 도대체 누구를 가리키는지 유순 역시 전혀 모르더군. 하나 장순이 그렇게 쓴 이상, 쓸데없이 그것을 지웠다가 행여 무슨 문제라도 생길까봐 그 후 몇 차례 일정을 수정하면서도 이 항목만은 한 번도 손을 대지 않았다고 했네.

아무래도 석연치가 않아서 효위들을 통해 암암리에 이 '임상 무희'들에 대해 조사를 시켰네. 중개한 자의 보증도 있고, 관련 문서 기록도 있고, 문건에 나온 내용만 보면 아주 제대로 절차를 밟은 티가 나더군. 하나 그녀들은 장순이 피살된 후에야 임상에서 무창으로 들어왔네. 다시 말해서 그 전에는 장순이 그들을 본 적이 없네. 위나라 사신단을 영접하는 이런 중대사에 책봉식을 축하하기 위해 불러들인 무희들을 객조 조연이 한 번도 본 적이 없다는 것이 말이 되는가? 게다가 이 무희들은 장순이 죽고 난 후 신임 조연이 사람을 보내 공연의 확정 여부를 알리기도 전에 마음대로 무창으로 먼저 와버렸지. 마치 자신들의 공연이 취소될 리 없다고 확신하는 것처럼 말이네. 정말 황당하지 않은가?"

　"참으로 말이 많구나."

　위림이 칼을 뽑아 들었다.

　"장순을 죽이기만 하면 일정을 변경해 그 무희들도 끼워 넣을 수 있을 테고, 그들을 이용해 연회에서 지존을 죽일 수도 있었겠지. 태평도는 지금까지 벌어진 이 일련의 사건들 중 미끼에 불과했네. 성 밖에 있는 파군의 별자리 역시 미끼였지. 나와 손몽·진풍·소한을 끌어들이고, 운이 좋으면 육연과 일부 해번위·효위들까지 해치울 수 있었을 테지. 현호의 태평도 신도들도 미끼였네. 그들이 관문에 도착하고 나면 군병들과 싸움이 붙을 테고, 승로대 쪽에서는 어쩔 수 없이 해번위와 우림위를 차출해 산 아래 관문으로 보내 지원을 할 것이네. 그때가 바로 승로대의 경비가 허술해져 무희들이 나서기 딱 좋은 순간이겠지."

　위림이 휘파람을 불자 어둠 속에서 예닐곱 명의 그림자가 모여들었다. 그가 칼을 휘두르자 그들이 앞으로 몇 걸음 걸어 나와 빛 속에 모습을 드러냈다. 이들은 하나같이 군병의 옷차림을 한 크고 우람한 체구의 사내들로, 딱 봐도 정예 대원이 분명했다.

"네놈이 이 사건에 개입한 그날 밤부터 나는 한시도 마음을 놓을 수 없어, 모든 능력을 총동원해 방해를 해왔다. 그런데도 이렇게 진상을 밝혀내다니, 과연 난놈은 난놈이로구나."

위림이 느긋하게 말을 뱉었다.

"하나 그렇다고 다 끝난 것이 아니니 안심할 것 없다. 무희들은 술시 이각이면 무대에 설 것이고, 이제 남은 시간은 선향이 한 대 탈 정도의 시간도 되지 않는다. 나는 네놈이 진상을 알아채고 나면 분명 많은 병사들을 대동해 나타날 거라 생각했는데, 이리 혼자 올 줄은 몰랐구나. 이곳에서 죽는 것이 두렵지도 않느냐?"

"정말 아무도 없군."

가일이 웃으며 말했다.

"소한과 진풍은 단송강에 갔고, 손몽과 손 군주는 상길 도단에 갔고, 해번위는 내 명을 듣지 않으니, 어쩔 수 없이 이리 혼자 올 수밖에. 게다가 보통 첩자질을 하는 자들은 자신의 신분을 아는 자가 적을수록 안전하다고 생각하니, 자네 역시 혼자일 가능성이 높다고 생각했지. 그런데 이리 예닐곱 명을 끼고 나타날 줄은 몰랐군. 내 계산 착오였네."

그가 물시계를 힐끗 보니 이미 술시 일각이 지나 있었다.

"정말 시간이 많지 않군."

가일이 군병들을 향해 손짓을 했다.

"자, 어서 다들 한꺼번에 덤벼라."

위림의 눈빛이 의혹으로 가득 찼다.

"왜 소리를 질러 도움을 요청하지 않는 것이냐? 산 아래 군병들이 저리 많고 다들 상황을 전혀 모르는 데다, 오왕의 옥패를 지닌 자가 부르면 당연히 도와주지 않겠느냐?"

"자네를 따른 시간이 훨씬 긴 자들인데, 내 말을 믿어줄 거라고 어찌 보장하겠느냐? 설사 내 말을 믿는다 해도, 몇십 명이 혼전을 벌인다면 판이 커지고 소란해질 테니 승로대에서 눈치를 챌 것이다. 우청과 여일은 해번 위를 차출해 내려올 것이고, 그리되면 또 한 번 네 수에 걸려드는 셈이 되지 않겠느냐?"

가일이 검을 뽑아 올리며 말했다.

"오너라! 고작 열 명도 안 되는 자들은 나 하나로도 충분하다."

위림이 손을 내젓자 군병들이 이중으로 대열을 나눠 몰려들었다. 세 사람이 앞에 서고 네 사람이 뒤에 서 대열을 만들었다. 속도와 거리가 흐트러짐이 없으니 호흡이 상당히 잘 맞았다.

가일이 가볍게 뛰어 오르더니, 바람에 날리는 나뭇잎처럼 뒤로 훌쩍 몸을 날렸다. 그가 앞에 있는 세 사람을 향해 손을 살짝 흔들자, 몇 개의 검은 빛이 소리 없이 소맷자락에서 발사되었다. 먼저 두 사람이 신음 소리를 내며 밧줄에 걸린 것처럼 한꺼번에 바닥에 쓰러졌고, 또 한 사람은 바로 몸을 옆으로 피했지만 대신 그 뒤에 있던 자가 맞고 뒤로 넘어가고 말았다.

군병들은 겁에 질린 듯 공격을 멈췄다. 그들은 이런 식으로 소리 없이 날아오는 엄청난 위력의 예리한 암기를 지금까지 본 적이 없었다.

눈 깜짝할 사이에 일곱 명 중 네 명밖에 남지 않았다. 이 네 사람은 부채꼴 모양으로 둘러서서 가일과 일정한 거리를 유지했다. 위림의 안색이 더 창백해졌다. 본래 그는 가일이 일부러 센 척 허세를 부린다고 생각했을 뿐, 이렇게 악랄한 수단을 숨기고 있을 줄 생각지도 못했다. 가일에 대한 군의사의 평가 점수가 해마다 오르고 있었지만 올해까지도 중상(中上)에 머물러 있을 뿐이었다. 그 평가 내용을 살펴보면, 두뇌 회전이 빠르고 일 처리가 주도면밀하며 성격이 조용한 편이고 등등이 대부분이었다. 비록 두뇌 회전이 빠른 점은 높은 점수를 받았지만, 무술 솜씨는 중하(中下)에 머물러 있었다.

위림은 숨을 깊이 마시며 손가락을 입에 대고 휘파람을 불었다. 그러자 네 명의 군병이 몸을 날려 달려 나가며 상·중·하 삼로(三路)에서 가일을 공격해 들어갔다. 가일이 또 손을 흔들자 군병들이 급히 회전하며 몸을 옆으로 비꼈지만, 검은 빛의 습격은 보이지 않았다. 고개를 돌려 가일의 얼굴에 걸린 미소를 보고 나서야 그들은 그것이 눈속임이었다는 것을 알아챘다. 그들이 분노의 일갈을 날리며 다시 가일을 향해 달려들었다. 검광이 번쩍이며 어느새 가일의 옷자락이 잘려나갔다. 그 순간 가일의 몸이 주저앉는가 싶더니 아무 이유 없이 갑자기 흰 연무가 잔뜩 피어올랐다. 군병들은 시야가 흐려지자 무작정 허공을 향해 칼을 휘두를 수밖에 없었다.

머뭇거리는 사이에 뿌연 연기 속에서 날카로운 소리가 들리고, 군병 한 명이 그대로 뒤로 넘어가며 그의 가슴에 화살이 박혀 들어갔다. 남은 군병 세 명이 연무 뒤로 물러서는데, 머리 위에서 '탁탁' 소리가 한바탕 들리더니 번쩍이는 금빛 작은 공이 허공에서 회전하고 있었다. 군병들은 그것이 무엇인지 몰랐지만 본능적으로 위험을 감지했다. 그들은 머리 위로 환수도를 휘저으며, 알 수 없는 공포와 맞서 필사적으로 자신을 방어해야 했다. 그 작은 공이 회전을 멈추자, 몸체가 무수히 많은 아주 작은 비늘 조각으로 분리되어 날아가고, 금속이 서로 부딪히는 소리가 밤하늘을 가득 덮었다.

잠시 후 죽은 듯이 고요한 적막이 흘렀다.

가일은 짙은 안개 속에서 걸어 나왔고, 그의 손에는 아무것도 들려 있지 않았다. 그의 모습은 마치 성 밖으로 바람을 쐬러 나갔다 돌아온 세도가의 자제마냥 여유롭고 가뿐해 보였다. 위림은 온몸에 잔뜩 힘을 준 채 서서히 자세를 잡으며, 마치 시위를 최대한 잡아당긴 활처럼 환수도를 등 뒤로 보냈다.

"보아하니 지금쯤이면 무희들이 이미 무대에 등장했겠군."

가일이 허리를 굽혀 군병의 시체에서 환수도를 집어 들었다.

"자네가 계속 이곳을 지킨 걸 보면 승로대에도 첩자가 한 명 있겠군."

"이제야 알았느냐? 우리에게는 아직 패가 남아 있지만, 너는 이미 모든 패를 다 써버렸다."

위림의 목소리에 긴장감이 감돌았다.

"듣자 하니 지난 몇 년 동안 줄곧 무술을 연마했다던데, 왜 검을 뽑지 않는 것이냐?"

"검을 뽑아?"

가일이 고개를 가로저었다.

"자네는 내 상대가 되지 못하네."

그가 환수도를 들고 무방비 상태로 서 있는 모습을 보니 온몸이 허점투성이였다.

위림은 이때다 싶어, 있는 힘껏 뛰어올라 번개가 내리치듯 검으로 허공을 갈랐다. 단순하고 아무런 변화가 없는 초식이었다. 하지만 이 안에는 그가 10여 년 동안 심혈을 기울여 연마해온 무공이 응집되어 있는 만큼, 빠르고 정확하고 강력했다. 그는 가일이 이 초식을 막아내지 못할 거라고 자신했다.

검광이 번쩍이고 허공을 가르는 바람이 가일의 귀밑머리를 스쳐 지나갔다. 그렇지만 그 찰나의 순간에 가일은 몸을 옆으로 살짝 비꼈고, 검 끝이 그의 코끝을 스쳐 돌길에 내리꽂히며 한바탕 불꽃을 일으켰다. 위림이 검을 들어 올리며 호흡을 가다듬고 다시 힘을 응집해 그를 벨 준비를 했다. 그런데 돌연 다리가 휘청거리고 온몸에서 힘이 빠르게 빠져나가는 느낌이 들었다. 그는 고개를 숙이고 나서야 자신의 복부에서 엄청난 피가 흘러내리며 발아래 석판을 붉게 물들이고 있는 것을 알아챌 수 있었다. 두 사람의 몸이 스쳐 지나가는 찰나의 순간에 가일의 검이 그의 몸을 베었지만, 위림은 전혀 눈치를 채지 못했다.

위림이 휘청거리며 땅에 주저앉더니 갑자기 웃음을 터뜨렸다.

"우리가 너를 과소평가했구나. 네놈의 실력이 이 정도일 줄이야. 도대체 무엇을 위해서 지금까지 그 날카로운 발톱을 숨기고 모욕을 참아가며 산 것이냐? 너의 실력과 머리 정도면 해번영 안에서도 여일·우청을 제치고 부독이 되고도 남았을 것이다."

가일은 아무런 대답도 하지 않은 채 승로대를 바라보았다.

"저 위에 있는 첩자가 누구인가?"

"지금 와서 그런 게 다 무슨 의미가 있겠느냐? 오왕은 이미 죽었을 것이고, 우리 쪽 첩자 역시 승로대를 지키는 해번위와 우림위의 손에 살아남지 못했을 것이다."

위림이 피를 토해내며 기침을 해대기 시작했다.

가일이 고개를 저었다.

"군의사 쪽에서 첩자를 심어놓았다면, 나 또한 대비책을 마련해두었다. 자네는 모든 사람을 계산에 넣은 줄 알겠지만, 딱 한 사람을 빼놓는 실수를 저질렀지."

잠깐 동안의 무거운 침묵이 흐르고, 절망에 가득 찬 목소리가 들려왔다.

"육연인가?"

"맞네."

위림의 동공이 서서히 풀리고 있었다.

"어떻게 그런 일이. 육연이 자네에게 사건과 혼약 중에서 하나를 선택하라고 했었다지? 자네나 나 같은 사람이 어떤 선택을 할지 너무나 뻔했기에 그 결과에 아무런 의심도 하지 않았지. 그런데 결국 그런 사사로운 감정 따위에 흔들려 후자를 선택한 건가? 여자 하나를 위해 그럴 만한 가치가 있었느냐?"

가일은 아무 말도 하지 않았다. 스산한 밤바람이 불어와 돌길 위를 스쳐 지나가자, 피비린내가 바람을 타고 퍼져 나갔다.

"손몽이 자네의 가장 큰 약점이라는 걸 미리 깨달았어야 했는데……. 자네는 조만간 손몽 때문에……."

위림의 목소리가 점점 작아지더니 결국 밤바람 소리와 함께 흩어지며 더 이상 아무 소리도 들려오지 않았다. 위림은 마지막 숨을 거두며 돌길 위로 맥없이 쓰러졌다. 그의 몸에서 흘러나온 붉은 피가 돌길의 계단을 따라 흘러 내려가며 땅을 적셨다.

가일은 환수도를 던져버리고 고개를 들어 등불을 환하게 밝힌 승로대를 올려다보았다.

지금쯤이면 육연이 저곳에서 나라의 대사를 논하며 모든 사람의 부러움과 질투 어린 시선을 한몸에 받고 있겠군. 태평도와 군의사의 음모를 철저히 파헤치고 오왕의 책봉식이 순조롭게 진행되도록 큰 공을 세웠으니, 이제부터 육씨 가문의 자제 육연의 앞길은 눈부시게 빛날 일만 남아 있었다. 지금 이 순간 육연은 분명 세상 모든 것을 다 얻은 듯 기쁘고 자랑스러울 것이다.

그러나 가일은 그런 그가 가련하게 느껴졌다. 그가 어둠 속에서 잠시 서 있는 사이에 위림의 피는 이미 응고되었고, 바람 소리는 어느새 멈춰 있었다. 가일은 뒷짐을 지고, 이곳에 올 때와 똑같이 아무 일 없었던 듯 여유로운 모습으로 혼자 산을 내려갔다.

얼마 후 산기슭에 도착하자, 관문을 지키던 군병들이 약간 주저하며 가일을 바라보았다. 그의 몸에 붉은 피가 잔뜩 묻어 있는 걸 보면 목숨을 걸 만큼 치열한 싸움이 있었던 것이 분명한데, 그의 표정과 태도는 산책이라도 하고 온 것처럼 여유로웠다. 도백이 호각을 불자 군병들이 몰려와 경계하듯 가일을 에워쌌다. 그사이 무슨 일이 벌어졌는지 확인하려는 듯 누군가 산으로 달려갔다.

멀리서 말발굽 소리가 들리는가 싶더니, 누군가 말을 타고 마치 시위를 떠난 화살처럼 빠른 속도로 어둠을 가르며 달려와 관문 앞에서 힘껏 고삐를 잡아당겼다. 말 위에 올라탄 자는 붉은색 갑옷을 입고, 긴 머리카락 위로 투구를 쓰고 있었다. 수려하고 고운 얼굴에는 초조한 기색이 가득했다. 그는 가일이 무사한 것을 확인하고 나서야 안심한 듯 미간의 주름을 펴고 안도의 한숨을 내쉬었다.

한 가닥 미소가 그녀의 입가에 떠올랐다. 바로 군주부의 손몽이었다. 군병들은 서로의 눈을 마주보다 이내 상황 파악이 된 듯 각자의 자리로 돌아갔다.

"손 낭자가, 걱정이 되어 왔나 보오?"

가일이 웃으며 말했다.

"쳇, 누가 걱정을 했다고 그래요? 손 군주께서 지존이 어떠신지 가서 좀 보고 오라고 해서 온 것뿐이라고요."

"승로대에는 우청과 여일이 있으니 아무 문제도 없을 거요. 지금쯤이면 육연이 이미 그 무희들을 모두 죽이고 지존을 위험에서 구한 공을 치하받고 있을 것이오."

"공을 모두 그에게 양보했는데, 괜찮겠어요?"

손몽이 속상한 듯 입술을 살짝 깨물며 물었다.

가일은 아무런 대답도 하지 않은 채 뒤돌아서서 승로대 쪽을 바라보았고, 그의 눈에 옅은 안개가 끼어 있었다.

유비가 말을 몰고 오군 영지로 돌진했고, 위엄이 넘치는 눈빛으로 주위를 훑어보았다. 영지 안에는 버려진 무기와 군수품이 널려 있고, 셀 수 없을 정도로 많은 막사가 무너져 내린 채 불길에 휩싸여 있었다. 유비 군이 영지로 돌진해 들어올 때 산발적인 저항만 있었을 뿐 오군은 전의를 거의 상실한 상태였고, 제대로 싸워보기도 전에 이미 철수를 해버렸다.

평소 같으면 유비는 절대 이렇게 무모한 돌진을 할 리 없었다. 그러나 지금은 상황이 달랐다. 열하루 전에 무창성 밖에 잠복해 있던 군의사 첩자가 승로대 방향에서 풍등이 떠올랐다고 보고를 올렸다. 그것은 무희가 손권을 암살하는 데 성공했다는 암호였다.

또 하루가 지나자 무창성 안에 무슨 큰일이라도 난 듯 모든 성문을 닫아 거마와 사람의 출입을 막고, 성안에도 야간 통행을 금지시켰다는 보고가 올라왔다.

위림과 첩자들이 목적을 달성한 것이 분명했다. 비록 그들은 이미 죽고 없겠지만, 손권의 죽음은 첩자 몇 명의 희생에 비할 바가 아니었다. 그야말로 보잘것없는 대가를 치르고 엄청난 성과를 거둔 셈이었다.

그날 밤 풍습이 군대를 이끌고 육손의 대영을 향해 탐색 공격을 한 차례 개시했고, 의외로 수월하게 중군영 막사까지 쳐들어갈 수 있었다. 붙잡혀 온 포로들의 말을 들어보니, 육손이 하루 전에 군대를 이끌고 철수했고 남겨진 천 명의 병사가 군영을 지키고 있었다고 했다. 보아하니 육손은 일찌감치 손권이 죽었다는 소식을 전해 듣고 무창성으로 철수를 한 듯했다. 손권의 죽음은 동오에서 뭇 용의 우두머리가 없어지면서 강동파와 회사파의 격돌이 본격적으로 시작되는 신호탄을 의미했다. 육손은 유비를 막는 것보다 무창성 안의 세력 다툼을 더 중요하게 생각한 것이다. 지금 회사파가 반란을 일으킨다면 강동파의 수장 육씨 가문은 멸문지화를 피하기 힘들었다.

촉군은 육손의 이릉 대영을 침략해 군영 네 곳을 연이어 함락하며 2백여 리를 뻗어 나갔다.

그렇지만 지나치게 순조로운 공세는 도리어 유비를 불안하게 만들었다. 설사 육손이 권력을 탈환하기 위해 서둘러 무창으로 돌아갔다 해도, 가는 길을 따라 수비 병력을 남겨놓고 방어를 해야 마땅했다. 무창의 권력 싸움에서 승리했다 한들, 촉군이 성 밑까지 쳐들어와 있다면 무슨 의미가 있겠는가?

그는 척후 부대 10여 개 대대를 보내 장강 양옆을 따라 한 차례 샅샅이 훑게 했고, 그 과정에서 오군의 매복은 전혀 발견되지 않았다. 이 모든 것이 사실이라면 촉군은 완전히 마음을 놓아도 될 만큼 안전했다. 하지만 유비는 여전히 마음을 놓지 못했다. 비록 육손에게 내세울 만한 전공이나 명성은 없지만, 유비의 직감은 이렇게 쉽게 무찌를 수 있는 상대가 아니라고 말하고 있었다.

저 멀리서 편장이 탄 말이 빠른 속도로 질주해 오더니, 유비 곁에 멈춰서며 죽통을 하나 건넸다. 죽통의 양끝은 봉랍으로 봉인이 되어 있고, 그 위에 군의사의 인이 찍혀 있었다. 유비는 그것을 받지 않은 채 편장에게 열어 읽도록 했다. 편장이 비수로 죽통의 봉인을 깨고 안에 들어 있던 백서를 꺼내 큰 소리로 읽어 내려갔다. 그것은 승상 제갈량이 보내온 서신으로, 손권의 암살은 속임수에 불과할지 모르니 무모하게 진군하지 말 것을 충고하는 내용이 그 안에 담겨 있었다.

제갈량의 충고가 옳았지만, 유비는 그 말을 듣고 싶지 않았다.

그는 올해 이미 예순두 살이 되었고, 몸도 갈수록 예전 같지 않았다. 그의 둘째 아우 관우와 셋째 아우 장비가 연이어 살해되었으니, 도원결의(桃園結義)를 맺은 삼형제 중 살아남은 이는 머리와 수염이 온통 허옇게 변해버린 그뿐이었다. 인생칠십고래희(人生七十古來稀)라고 했던가? 예로부터 일흔 살까지 사는 이가 드물었으니, 죽을 날이 점점 가까워지고 있었다. 나이 앞에 장사 없으니, 그동안 이루고자 했던 원대한 계획과 패업의 달성도 이렇게 포기해야 하는 것일까? 아니, 절대 그럴 수 없다. 설사 국운을 다 걸더라도 한 번은 위험을 무릅쓰고 도박을 해볼 것이다.

홀연 묵직한 호각 소리가 들려오자 유비가 말머리를 돌려 뒤쪽을 바라봤다. 경기병 한 무리가 빠른 속도로 달려오고 있고, 그 선두에 대장군 장남이 있었다. 유비의 마음이 무겁게 내려앉았다. 장남은 후방에서 백성의 안전을 지키는 자였다. 그가 유비에게 달려올 정도면 뜻밖의 변고가 일어났다는 것을 의미했다. 기마 부대가 점점 다가오더니 어느새 유비 앞에 당도해 있었다. 장남은 병사들과 말에서 내려 한쪽 무릎을 꿇고 앉은 후에도 입을 꾹 다문 채 아무 말도 하지 않았다.

두 눈을 감은 유비의 얼굴에 아무런 표정도 담겨 있지 않았다.

"말해보거라."

"폐하께 신의 무능함을 아뢰옵니다. 어젯밤 후방에 돌연 반장·낙통(駱統)·주윤·손환의 깃발을 앞세운 오나라 대군이 나타났습니다. 그들이 화공을 앞세운 탓에 아군이 미처 방어하지 못했고, 하룻밤 사이에 막사 40여 채가 타버렸으며, 장강 뱃길도 적의 손에 넘어가고 말았습니다."

장남의 갑옷은 누더기처럼 변했고, 얼굴에는 핏자국이 가득했다.

"정찰을 내보낸 10여 대대의 척후 부대는 대체 무엇을 살핀 것이냐? 수만 명의 오군을 발견하지 못했다는 게 말이 되는가?"

유비의 목소리에서 피곤이 묻어났다.

"폐하, 신 등의 불찰이옵니다. 오군이 위나라 땅을 통해 공격해 들어왔습니다."

장남이 치를 떨며 말했다.

"위나라 땅?"

유비는 찰나의 순간에 그 서신에 담긴 말뜻을 이해했다.

제갈량의 추측이 정확히 맞아떨어졌다. 손권의 암살은 과연 사실이 아니었다. 그날 밤 승로대에서 오나라는 위나라와 맹약을 맺었을 뿐 아니라, 장계취계(將計就計: 상대방의 계략을 역이용해 상대방을 공격하다) 전술을 이용해 촉군이 돌진하도록 유도했다. 척후병들이 오군을 발견하지 못한 것도 당연했다. 그들은 위나라 국경까지 물러나 촉군을 최대한 적진으로 끌어들인 후 병력을 총동원해 출격한 것이 틀림없었다.

전방에서 또 한 번의 호각 소리가 울리자 '주'라고 쓰인 깃발이 저 멀리 산등성이에 나타났고, 그 수를 헤아릴 수 없을 정도로 많은 오군이 등성이를 넘어 몰려왔다. 그 선봉에 선 자는 강동의 맹호 주연이었다.

유비가 손을 흔들어 명을 전했다.

"전령을 내려 대열을 짜고 대적하라!"

모든 병사들이 일사불란하게 움직이며 군관의 호령에 따라 대열을 짜고 결사 항전의 각오로 오군을 향해 밀고 나아갔다. 이제 곧 벌어질 수천수만 명의 죽고 죽이는 치열한 싸움을 지켜보며 유비의 마음은 40년 전으로 돌아가 있었다. 햇살이 따스하고 눈부시게 아름다웠던 봄날, 복숭아꽃이 흐드러지게 핀 나무 아래서 세 명의 영웅호걸이 술잔을 들고 의형제를 맺으며, 힘을 합해 나라를 돕고 백성을 구제하자고 하늘에 맹세했던 바로 그날로…….

"어찌하겠느냐? 천명이 나에게 있지 아니한 것을."

한없이 적막한 목소리가 허공 속으로 흩어져 사라졌다.

그는 한 시대가 끝나가고 있음을 직감했다.

넓게 펼쳐진 강의 수면이 달빛 아래 반짝이고, 거대한 누선이 바람을 타고 흘러갔다. 뱃전 양옆으로 일렁이던 물보라가 눈 깜짝할 사이에 지나가며 어둠 속으로 사라졌다.

누선 뒤로 백 척이 넘는 전함들이 바싹 따라붙었고, 셀 수 없이 많은 깃발이 밤바람을 타고 펄럭이며 강 위를 온통 뒤덮었다.

이것은 오왕의 함대로, 무창을 출발해 육손을 맞이하기 위해 강하(江夏)로 가는 중이었다. 이릉 전투에서 오군은 유비군을 격파했다. 장남·풍습·

사마가(沙摩柯)·부융(傅肜)을 포함한 장령 86명을 참수했고, 두로(杜路)·유녕(劉寧) 등 장령 39명을 투항시켰으며, 촉군 8만여 명을 섬멸했다. 만약 진도가 백이(白毦) 정예 부대를 이끌고 와 목숨 걸고 퇴로를 끊어놓지 않았다면 유비 역시 혼전 중에 전장에서 죽었을지 모른다. 지금 촉군은 곧장 서쪽으로 후퇴했고, 육손은 오왕의 명을 받아 강하로 돌아와 보고를 올린 후 다시 승세를 타고 추격전을 벌일 것이다.

이릉 전투의 결과는 많은 이들의 예상을 깼다. 동오의 장수들은 모두 설사 승리하더라도 악전고투 끝에 이길 거라고 여겼고, 이렇게 혁혁한 공을 세우며 대승을 거둘 거라고 생각지 못했다. 그들은 이번 승리가 해번영 육연과 깊은 관계가 있다는 소식도 전해 들었다. 육연이 오왕을 암살하려던 군의사의 음모를 깼고, 장계취계 전략으로 육손이 겹겹이 쳐놓은 포위망 안으로 유비를 유인한 후 군영 8백 리를 불태워버렸다는 것이다.

육씨 가문은 이번 전쟁을 통해 오왕의 신임을 더 얻게 되었다. 이번 교로(郊勞: 성문 밖으로 나가 맞이함)에 육연도 함께했다. 예상은 했지만 역시나 수많은 질시의 눈초리를 피하기 힘들었다. 심지어 육손의 지위가 대도독 주유의 위치까지 오르게 되면 육연 역시 출셋길이 열리게 될 거라는 소문도 돌았다. 그리고 2년 전 공안성에서 뛰어난 능력을 보여주었던 가일은 모든 사람의 기억에서 거의 잊혔다.

서늘한 밤바람이 얼굴을 스치고 지나가니 마음이 한결 후련해졌다. 가일은 난간에 기대서서 출렁이는 물보라를 하염없이 바라보고 있었다. 그역시 오왕의 부름을 받아 교로에 참여하게 됐고, 육연과 함께 누선에 배치되었다. 그러나 가일은 근심이 많은 듯 배에 오른 후에 모습을 드러내지 않았고, 육연과의 술자리도 거절했다.

"가 교위는 피곤하지도 않은가 보오? 이렇게 밤이 늦었는데 아직 잠도 안 자고 뭐 하시오? 강가 풍경이 뭐 그리 볼 게 있다고 나와 있소?"

육연이 미소를 지으며 걸어왔다.

가일이 고개를 가로저었다.

"내일이면 강하에 당도할 텐데, 오늘 밤 어찌 잠이 오겠는가?"

"내일 있을 교로가 신경 쓰이는 거요?"

가일은 미소만 지을 뿐 아무 말이 없었다.

육연도 난간에 서서 아무 말 없이 출렁거리는 강물을 한참 동안 바라보았다.

"고맙소."

"뭐가 말인가?"

"그날 밤 승로대에서 전면에 나선 건 나였지만, 가 교위가 단송강과 상길 도단, 산 아래서 저들을 막아주지 않았다면 일이 그렇게 순조롭게 풀리지 못했을 것이오. 안심하시오. 내 반드시 혼약을 깨고 가 교위와의 약속을 지킬 것이오."

"무슨 약속인지 잘 모르겠군."

가일이 대답했다.

"그날 밤 미방이 나서기 전에 미리 그를 죽이고, 해번위들과 함께 무대로 나온 그 무희들을 모두 죽였다고 들었네."

육연이 고개를 끄덕였다.

"사실 원래는, 적어도 미방은 살려두고 군의사에 관한 일을 좀 물어볼 생각이었소. 그런데 우청 부독이 사안이 중대하다고 느꼈는지, 이들 외에도 다른 첩자가 있을지 모른다고 하더군요. 만에 하나 말이 새어 나가기라도 하면 이릉 전투에 영향을 줄 것이고, 그리되면 모든 일이 수포로 돌아갈 것 같았소."

"우청도 미방이 군의사의 첩자라고 생각한 건가?"

가일이 물었다.

"아니면 누구란 말이오?"

육연이 웃었다.

"내가 아는 한 그자 말고는 군의사 첩자로 혐의 선상에 둘 만한 자가 없었소."

"미방이 의심을 살 만은 했지."

가일이 말했다.

"그는 태평도의 제물이 바쳐졌던 모든 장소에 나타났네. 장순의 집에 가서 일정을 적어둔 문서를 요구했고, 도위부로 위림을 찾아가기도 했지. 하지만 미방의 신분은 촉한 출신의 투항 장군이네. 만약 그가 군의사 첩자라면 그리 눈에 띄게 돌아다니는 건 화를 자초하는 것이 아니겠나? 더구나 미방은 관우를 배신해 형주를 잃게 만든 장본인이네. 한제 유비의 성격으로 보건대, 미방이 다시 항복한다 한들 받아들일 리 없네. 미방의 형 미축이 그의 배신으로 화병에 걸려 죽은 걸 보면, 미씨 가문에서도 그를 용서하지 않을 것이네. 미방은 서촉에서 발붙이고 설 자리가 없는 자인데, 어찌 군의사의 첩자가 될 수 있겠는가?"

"가 교위의 그 말뜻은?"

"미방이 그런 일들을 벌인 이유는 우리와 똑같네. 그 역시 그 사건들을 조사하는 중이었지."

"사건을 조사해?"

육연이 미간을 찡그렸다.

"가 교위, 지금 농담하시오?"

"미방은 여기서 지내는 게 편치 않았을 거네. 그는 촉한의 투항 장군이니 강동에 기반이 전혀 없고, 배신자의 낙인까지 찍혔으니 입지가 더 좁아질 수밖에. 그는 이 사건들을 해결하면 공명을 얻고 동오에서 제대로 발붙이고 살 수 있을 거라고 생각한 거네. 자네도 알겠지만, 그자가 사건 현장에

갔다 해도 늘 사건이 벌어진 후에 갔었지. 그가 장순의 집에 가서 일정 문서를 요구한 건 누군가 손을 댔을 거라고 짐작했기 때문일 거네. 그가 도위부로 위림을 찾아간 건 도위 부인 오민의 단서를 물어보고 싶어서였지."

"가 교위 말은, 미방을 잘못 죽였다는 거요?"

육연이 고개를 가로저었다.

"진짜 군의사 첩자는 아직 찾아내지 못했다는 거요?"

"그날 밤 승로대에는 이미 군의사 첩자가 없었네. 그게 아니라면 유비도 적을 유인하는 계략에 걸려들지 않았을 테지."

"가 교위, 그건 어불성설이오."

육연이 웃으며 말했다.

"가 교위 입으로 직접, 위림이 죽기 전에 또 다른 군의사 첩자가 있다고 말했다 하지 않았소?"

"그것은 그의 생각일 뿐이네."

가일이 대답했다.

"사실 그의 생각도 틀리지 않았네. 만약 모든 것이 순조롭게 진행되어 승로대에 있던 해번영과 우림위를 밑으로 유인해냈다면, 군의사 첩자라는 자가 그 무희들을 데리고 지존을 시해했을 테지. 그러나 안타깝게도 내가 그 판을 휘저어놓고 말았지. 승로대 쪽의 경계는 여전히 삼엄했고, 무희들만으로는 일을 성사시키기 힘들어졌네. 그래서 이 첩자가 기회를 엿보며 계속 잠복해 있었던 것이지."

"그자가 누구죠?"

육연의 표정이 굳어졌다.

"위나라 사신단이 지존을 오왕으로 책봉하고 이미 위나라로 돌아갔네. 조비는 우리 쪽 부대가 위나라 경내로 들어가 숨는 것을 특별히 허락했고, 유비가 미처 손쓸 틈도 없이 당하게 만들었네. 지금 유비는 백제성(白帝城)

으로 퇴각했고, 군신들이 앞다퉈 승세를 타고 추격할 것을 요구하고 있지. 하나 조비가 그저께 명을 내려 정동대장군 조휴, 전장군 장료를 양양으로 보냈고, 대장군 조인은 유수(濡須)로 나갔고, 상장군 조진, 정남대장군 하후상, 좌장군 장합, 우장군 서황이 남군(南郡)으로 향했네. 아직 이 사실을 아는 사람이 거의 없을 거네. 그야말로 사마귀가 매미를 잡으려다 뒤에 있는 참새를 보지 못하는 격이 아니겠는가?"

"그 정보가 사실이오? 만약 내 부친이 군대를 이끌고 서쪽을 정벌하고, 위나라 대군이 그 틈을 이용해 남하하면…… 그럼 큰일이 아니오?"

육연은 얼굴빛이 변했다.

"더 큰일은 위나라 자객들이 오늘 밤 지존을 암살하기 위해 누선에 오를 준비를 하고 있다는 것이네."

가일이 담담하게 말했다.

육연이 획 돌아서며 허리춤에서 장검을 뽑아 들고 주위를 둘러보았다. 갑판 위는 고요했고, 원래 근처에서 경계를 서던 우림위의 행방도 묘연했다. 그가 황급히 난간 아래쪽을 내려다보자, 달빛 아래로 한 무리의 검은 그림자가 헤엄을 치며 이미 누선에 접근해 있었다.

"가 교위, 당신은 망루로 가서 북을 쳐 경계 태세를 갖추게 하시오. 나는 지존을 찾아 당장 누선을 떠나도록 하겠소!"

육연이 돌아서 선실을 향해 달려갔다.

"육 도위!"

가일이 그를 불러 세웠다.

"지존을 찾으러 갈 필요 없네. 지존께서는 한 시진 전에 이미 전함으로 갈아타고 강하로 가셨네."

육연이 그 자리에 우뚝 멈춰 섰다.

"지금 이 누선에는 조타수와 노군만 남아있을 뿐, 그리 중요한 사람은 타고 있지 않네."

가일이 연민의 눈빛으로 그를 쳐다봤다.

"왜 아무도 내게 알리지 않은 거죠?"

육연이 돌아섰다. 그의 손에는 여전히 장검이 들려 있었다.

"그건 자네가 바로 그 군의사 첩자이기 때문이지."

사방의 물소리가 점점 커지고, 검은 그림자들이 이미 뱃머리에 가까워지고 있었다. 갑판 위에는 마치 가일과 육연 두 사람만 있는 듯 정적만이 흘렀다.

한바탕 어색한 웃음소리와 함께 육연이 입을 열었다.

"가 교위, 지금 그걸 농담이라고 하는 거요? 육씨 가문의 장자인 내가 어찌 촉한과 손을 잡는단 말이오? 만약 내가 군의사 첩자라면 어찌 해번영을 대동해 무희들을 죽이고, 유비가 계략에 빠져 참패한 채 돌아가게 만들었겠소?"

"그건 자네의 두 번째 신분이 진주조의 첩자이기 때문이지."

가일은 그를 보며 더는 침묵하고 있을 수 없었다.

육연은 아무 말이 없었다. 그는 당황한 표정을 얼굴에서 재빨리 숨긴 채, 찌를 듯 날카로운 눈빛으로 가일을 쳐다봤다. 주위의 물소리는 이미 사라졌고, 검은 그림자들이 밧줄을 던져 뱃머리를 따라 위로 기어 올라왔다. 그들은 눈 깜짝할 사이에 이미 난간에 모습을 드러냈다. 어둠 속에서 예리한 무기가 허공을 가르는 소리가 들리고, 셀 수 없을 정도로 많은 화살이 비처럼 쏟아져 그들을 향해 날아갔다. 비명이 여기저기서 터져 나오고, 검은 그림자들은 연이어 뱃머리에서 떨어졌으며 묵직한 낙수 소리가 뒤이어 계속 들려왔다.

가일과 육연은 그 자리에서 꼼짝도 하지 않은 채, 마치 처음 만난 낯선 사람처럼 서로를 바라볼 뿐이었다. 한참이 지난 후 모든 소리가 사라지고 불빛도 하나둘씩 꺼지면서 누선은 또 어둠 속에 잠겼다.

육연이 홀연 입을 열어 물었다.

"내가 무슨 허점을 드러냈소?"

"많지는 않으나 충분히 치명적이었네."

"내 가르침을 청해도 되겠소?"

"가르침이라니, 가당치 않네. 처음으로 의심을 시작한 건 도위 부인 오민 사건 때였네. 그 시체가 다시 살아나는 걸 우리 둘이 함께 목격했고, 방 안은 얼음 동굴처럼 꽁꽁 얼어붙었지."

"그게 무슨 문제가 되오?"

"문제는 내가 귀신을 믿지 않는다는 것이네. 나는 죽은 사람이 다시 살아나는 걸 믿지 않았고, 초여름 날씨에 검조차 뽑히지 않을 정도로 사방이 얼어붙을 수 있다는 것도 믿지 않았지. 내가 진주조에 있을 때 맡았던 사건이 하나 있었네. 겉으로 보기에 귀신이 진짜 나타난 것 같지만, 실제로는 술에 마비산(麻沸散)을 타 환각을 보게 만든 것에 불과했지. 오민 사건도 환각 때문이라고 생각하네. 하나 한 가지 문제가 계속 걸리더군. 무엇 때문에 생긴 환각이든, 우리 두 사람이 똑같은 환상을 볼 수는 없다는 것이네. 그런 이유로 나는 자네가 거짓말을 하고 있다고 여길 수밖에 없었네. 당시 상황을 자세히 되짚어보니, 의심이 갈 만한 사소한 점들이 꽤나 되더군. 자네가 그 방에서 한 일거수일투족은 모두 나를 따라 한 것이었네. 방을 뛰쳐나온 후에 자네는 화유탄을 던져 그 방을 모조리 불태워버렸고, 그날 밤 도대체 무슨 일이 일어났는지 더 이상 수사할 수 없게 만들어버렸지. 거기다 자네가 나보다 하루 일찍 깨어난 건 분명 미리 적잖은 해독약을 먹었기 때문일 걸세. 자네는 나의 말과 행동을 보고 환각 증상을 짐작해 세도가 자제들에게 소문을 퍼뜨렸네. 내 귀에까지 그 말이 들어왔을 때 내 기억과 맞지 않는 부분이 좀 있었지만, 말이 옮겨지면서 살이 붙거나 과장도 된 거라고 여겼네. 하지만 이 또한 말을 잘못 전하면 의심을 살 리 없으니 일부러 그리한 것이었네.

내가 이런 의심을 확신하게 된 건 뒤에 일어났던 두 건의 살인 사건 때문이었네. 장순은 객조에서 죽었고, 내가 간 건 이미 하루가 지난 후였네. 만약 오민 사건대로라면 장순은 그날 밤 다시 살아나 객조에 있는 누군가를 습격해야 했네. 하지만 시체가 다시 살아나는 건 나의 환각에 불과했으니 자네는 어쩔 수 없이 검시를 했던 해번위를 시켜 장순의 시체를 불태워버렸지. 그 도백에게 확인해보니, 자네가 화유탄으로 시체를 태우라고 특별히 지시를 했다더군. 그 후 임조가 죽었지. 임조의 시체는 내가 의장으로 옮겨 갔고, 자네는 그 소식을 듣자마자 바로 의장으로 달려왔네. 그리고 환각을 일으키는 약도 가져와 지난번과 똑같이 귀신 소동을 일으킬 작정이었을 것이네. 하지만 의장에 도착해보니 손몽이 계속 현장을 지키며 나가려 들지를 않았지. 만약 그 약물을 쓰게 되면 손몽도 환각을 보게 될 것이고, 그 환각이 나와 다르면 오민의 시체가 다시 살아난 그때의 진실이 들통이 나게 되네. 자네는 어쩔 수 없이 임조의 시체를 그곳에 두고 와야 했지. 그러니 시체가 다시 살아나거나 불에 타는 일이 생기지 않을 수밖에. 환각을 만드는 그 약물이 무엇이었는가?"

"풍가(風茄)라는 유독 식물이오. 도위부에서 풍가를 이용해 가 교위를 환각에 빠지게 한 건, 그 사건에 겁을 집어먹고 알아서 손을 떼게 하고 싶어서였소. 그런데 그게 내 발목을 잡고 말았군요. 이 세상에 가 교위처럼 신념이 확고한 사람이 있을 줄은 생각지도 못했소. 죽은 자가 다시 살아나 목숨을 잃을 뻔했는데도 끝까지 자기 생각을 굽히지 않았지요."

"하나 이것이 다가 아니었네. 두 번째 허점은 호기였지. 진풍이 나를 찾아와 난동을 부린 건 호기의 속임수에 넘어갔기 때문이었네. 군의사라면 뒤끝을 남겨두지 않을 테니, 내가 호기를 찾아냈을 때 이미 그를 죽여 입을 막았어야 마땅하네. 그렇지만 나의 예상과 달리 호기는 멀쩡히 살아 있었고, 나에게 모든 사실을 털어놓더군. 그의 말대로라면 모든 혐의가 군의사를 가리켰네. 그는 그 모든 걸 알려주고 난 후 화살을 맞고 죽었네. 이것이 또 나를 혼란스럽게 만들었네. 지금까지 군의사는 모습을 드러내지 않은 채 태평도를 전면에 내세우며 일을 처리해왔네. 그들이 호기를 죽여 입을 막을 능력이 되면서도 왜 자신들의 음모가 탄로 날 때까지 살려두었을까? 만약 이것이 내가 군의사를 의심하게 만들려고 일부러 판 함정이라면 그 배후에 누가 있을까? 진주조일 가능성이 가장 컸네."

육연이 쓴웃음을 지었다.

"가 교위가 위나라 땅으로 사람을 보내 조사를 시킬까봐 답을 하나 준 적이 있었소. 아무래도 내가 너무 조급했던 것 같소."

"세 번째 허점 역시 결정적이었지. 위나라 사신단이 방문하는 시간이 태평도 작룡진의 마지막 제물이 바쳐지는 시간과 일치했네. 어쩔 수 없는 선택이었을 테지. 두 개의 시간이 맞아야 태평도를 이용해 시선을 분산시키고 승로대의 병력을 비울 수 있었을 테니 말일세. 만약 그날 밤 내가 그 계략에 말려들어 단송강으로 갔다면 현호가 3백 신도들을 끌고 나와 돌길 관문으로 돌진했을 것이네. 설사 양쪽이 서로 호응하지 못한다 해도 자네는 그 무희들을 데리고 지존을 죽일 자신이 있었네. 하나 애석하게도 모든 계책이 수포로 돌아갔고, 자네는 어쩔 수 없이 군의사 첩자의 신분을 포기한 채 진주조 첩자의 역할로 돌아서야 했네."

육연이 고개를 끄덕였다.

"맞소. 그날 밤 산 아래는 무척이나 조용했고, 위림도 산으로 올라오지 않았지요. 무희들이 무대에 올라가기 전에 나는 이미 군의사에 대한 기대를 버렸소. 다행히 그 무희들은 승로대에서 첩자가 그들과 손을 맞출 거라고 알고 있을 뿐, 그가 누구인지 모르고 있었소. 그래서 내가 미리 선수를 쳐 미방을 죽였고, 그를 희생양으로 삼은 후 해번영과 우림위를 이끌고 그 무희들을 사람들 앞에서 모두 죽여버렸소. 그 뒤에 일어난 일은 가 교위도 알 것이오. 유비가 패한 후 부친께서는 본래 서쪽으로 진군해 추격을 하려 했소. 동오의 후방이 비면 위나라 대군이 쳐들어오는 것은 식은 죽 먹기가 되죠. 위제 조비가 이 일석이조의 계책을 무척 마음에 들어했소."

"애석하군. 바로 어제 전장군 여범(呂範)이 이미 전 수군을 이끌고 북상했고, 좌장군 제갈근, 평북장군(平北將軍) 반장, 편장군 양찬(楊粲)이 남군을 지원하러 갔고, 비장군 주환(朱桓)이 유수를 지키고 있네. 위군이 이런 상황을 모른 채 남하한다면 아마 적잖은 손실을 입게 될 테지."

가일이 말했다.

"촉한을 멸하고 익주 땅을 차지하려는 유혹을 이겨내다니, 내가 손권을 너무 얕잡아 봤소."

육연이 말했다.

"그가 언제부터 나를 의심하기 시작한 거요?"

가일이 한숨을 내쉬었다.

"그가 언제 다른 사람을 믿은 적은 있었는가? 육씨 가문의 문신이 백운관에 나타났을 때 그는 자네 가문이 이 사건에 개입하려 든다고 생각해 고의로 술수를 부리고, 자네에 대해 철저히 조사하라는 지시를 내렸네. 설사 내가 자네의 신분을 알아채지 못했다 해도 감시하는 눈이 여러 개 있었으니, 자네의 계획이 성공했을 거라 생각하지 않네."

두 사람 사이에 긴 침묵이 흘렀다.

"나 자신을 너무 과대평가했군요. 부끄럽소."

"왜 이렇게 해야 했는가?"

"육씨 가문을 위해서요."

가일이 고개를 가로저었다.

육연이 웃음을 보였다.

"지금 손권은 강동파의 편에 서 있고 내 부친께서도 큰 공을 세웠으니, 육씨 가문이 앞으로 동오의 호족이 되어 대대손손 근심 없이 살아갈 수 있을 거라 보시오?"

육연은 가일의 대답을 기다리지 않고 먼저 말을 꺼냈다.

"내 부친께서는 대의를 위해 잠시 참고 견디며 최선을 다해 직무를 행하다 보면 건안 5년의 그 은원을 지울 수 있고, 하나하나의 공이 모여 육씨 가문의 명맥을 이어갈 수 있다고 여기시오. 설사 오늘 밤 내가 여기서 죽는다 해도 부친의 이런 생각은 바뀌지 않을 테지요. 안 그렇소?"

"오왕이 자네 부친에게 서신을 보내, 자네는 자네고 육씨 가문은 육씨 가문이라고 자신의 뜻을 전했네. 자네는 죄를 지었고, 육씨 가문은 공을 세웠지. 자네가 죽음으로 그 죄를 갚고, 육씨 가문은 그 공에 걸맞은 상을 하사받을 것이네. 둘을 전혀 다른 별개로 본다는 것이겠지. 자네 부친이 강하성에서 잘못을 인정하고 처벌을 청하기만 하면 육씨 가문에 자네라는 아들은 없는 셈이 될 것이네. 육 도위, 자네 부친은 자네를 위해 아무것도 해주지 않을 것이네. 어쨌든 무창성 안에는 천여 명의 육씨 핏줄이 살고 있으니 말일세. 육씨 가문을 위해 한 일이 결국 이런 결과로 남게 되었는데, 그래도 만족하는가?"

육연이 고개를 들어 하늘의 달을 바라보았다.

"어릴 때 부친께서 내게 원숭이와 물고기에 관한 이야기를 들려주신 적이 있소. 그때 나는 육씨 가문의 아들로서 나만이 할 수 있는 일들이 무엇인지 깨닫게 되었소. 성공하면 가문을 구하고, 실패한다 해도 나 하나만 죽으면 그뿐이오. 사실 이번 일이 성공했다 해도 나는 살아남을 수 없었을 거요. 강동 육씨 가문은 주군을 죽여 영화를 구하고 가문의 명예를 더럽힌 자를 용서할 리 없고, 조비도 군주를 시해한 자를 받아들일 수 없을 것이오."

"그럼 자네는 왜 이 일을 한 건가?"

"내 종중조부 육강께서 여강성에서 손책과 반년이 넘게 대치하며 손책에게 많은 인명 피해를 입혔소. 성이 함락된 후 손책은 육씨 가문을 도와 성을 지킨 자들을 찾아내 모두 죽였지요. 그 일로 육씨 가문의 핏줄 가운데 절반이 죽어나갔소. 그때 부친께서는 나이가 아직 어려 화를 피할 수 있으셨소. 건안 5년에 손책이 자객의 습격을 받아 죽었는데, 그자들이 허공의 문객이라는 소문이 돌았소. 하지만 진실은 밝혀지지 않았소. 몇 년 후 내가 육적 족조께 여쭤보니 지나치게 긴장한 표정으로, 누구에게도 그런 질문을 해서는 안 된다며 호통을 치셨소. 그리고 얼마 후 그분도 영문을 알 수 없는 죽음을 당하셨지요. 가 교위, 당신은 도대체 그 진실이 무엇인지 아시오?"

가일은 여전히 말이 없었다.

육연이 얕은 한숨을 내쉬었다.

"육씨 가문과 손씨 가문의 원한은 사소한 것에 신경을 쓰거나 공을 세워 단번에 없앨 수 있는 그런 성질의 것이 아니오. 손권은 인정이 매우 두터워 보이지만, 사실 음험하고 인정에 휘둘리지 않는 자요. 그가 우리 가문을 잘 대해주는 건 강동파의 힘을 빌려 회사파를 제압하기 위해서요. 그러나 이렇게 되면 육씨 가문의 공이 쌓일수록 그의 시기와 의심도 커질 테고, 결국 부친께서는 좋은 끝을 보기 어려울 것이오. 육씨 가문도 몰락하게 되겠지요. 부친께서도 이런 이치를 아시지만, 천여 명을 책임져야 하는 가주이시다 보니 모험을 하기 힘드셨을 것이오. 가 교위, 당신도 양주(涼州) 고장(姑藏)의 가씨 가문 출신이니 잘 알 것이오. 우리 같은 권문세가에서 어떤 일들은 아비의 고충을 아들이 대신 나서서 해결해야 할 때도 생기는 법이오. 이번 일은 위험해 보이는 만큼 가장 확실한 방법이기도 했소. 일의 성패 여부와 상관없이 죽는 사람은 아들 한 사람뿐이면 되니 말이오.

나는 육씨 가문이 자랑스럽고, 나의 일족에게 여강에서의 일을 다시 겪게 하고 싶지 않았소. 내가 알고 지내던 일가친척이 차가운 칼날 아래 하나하나 죽어가는 모습을 지켜보고, 존엄·영예·행복·미래 등 모든 것이 한순간에 나락으로 굴러떨어지고 끔찍한 절망과 슬픔이 골수까지 파고드는 그런 고통을 또 안겨주기 싫었소.

예전에 이런 꿈을 꾼 적이 있소. 햇살이 따사로운 날에 집안의 일가친척들이 모두 부친의 생신을 축하하기 위해 한자리에 모여 있더군요. 부친께서는 이미 백발노인이 되어 대청 상석에 앉아 자손들이 바쁘게 움직이는 것을 흐뭇한 시선으로 바라보셨지요. 주씨·고씨·장씨 가문에서도 생신을 축하하기 위해 사람을 보내 화려한 예물을 올리고 복을 빌어주었소. 대청 안에 쭉 둘러앉은 육씨 가문의 자손들이 서로 허물없이 이야기를 주고받으며 술잔을 기울이고 있었소. 그곳에 모인 모든 사람이 즐거워하며 환한 미소를 짓고 있었소. 그런데 그 꿈에서 깨어난 후에 왠지 모를 상실감이 나를 괴롭히더군요. 그 꿈속을 아무리 뒤져봐도 내 모습이 보이질 않았소. 그러다 또 대수로울 것도 없다는 생각이 들더군요. 모두가 그렇게 즐겁고 행복해하는데, 나 하나쯤 없으면 또 어떻소?"

가일이 허리춤에서 장검을 뽑아 들었다. 날선 푸른 검이 달빛 아래서 빛나며 희미하게나마 한기를 뿜어냈다.

"육 도위, 내가 자네를 배웅해주겠네."

"부진이 가 교위에게 주었다는 그 검이오?"

육연이 말했다.

"정말 좋은 검이로군."

"육 도위, 검을 뽑게."

"알고 지낸 지 반년이나 되었는데, 가 교위는 아직도 나를 모르는군요."

육연이 미소를 지었다.

"나란 사람은, 다른 방법이 있다면 검에 호소하는 것을 원치 않는다오."

그가 돌아서서 옷자락을 펼치며 강하 방향으로 무릎을 꿇고 앉아 절을 올렸다.

"아버님, 만수무강하옵소서. 불초자 연은 먼저 가옵니다."

가일은 묵묵히 그곳에 서서 밤바람이 귓가를 스치고 지나가는 소리, 파도가 뱃전에 부딪혔다 부서지며 흩어지는 소리, 깃발이 허공에서 펄럭이는 소리, 화로에서 장작이 타는 소리를 듣고 있었다. 한참이 지난 후 그는 검을 거두고 무거운 발걸음을 떼며 육연의 곁으로 걸어갔다. 육연은 여전히 그곳에 앉아 있었고, 두 눈에 희미하게나마 생기가 감도는 듯했다. 가일이 그의 목에 검지를 대보았다. 그 순간 차가운 느낌이 전해졌고, 맥박은 이미 멎어 있었다. 그가 한숨을 내쉬며 손을 뻗어 육연의 두 눈을 감겨준 후 홀로 어둠 속으로 걸어 들어갔다.

황초(黃初) 3년 8월 23일 밤, 진주조 첩자 육연이 장강에서 소요산으로 스스로 목숨을 끊었다.

종장(終章)

위나라 대군은 세 갈래로 나뉘어 남하했지만, 강동을 공격해 들어갈 수 없었다.

그들은 위-오 국경에서 매복의 공격을 받아 선봉 부대 병력의 손실을 보고 나서야 어쩔 수 없이 위나라 땅으로 물러섰다. 오왕 손권은 양주 백월(百越)의 땅에서 오랑캐가 반란을 일으킨 탓에, 위나라의 요구에 따라 병력을 감축할 수 없다고 상서를 올렸다. 또한 세자 손등(孫登)이 몸이 약하고 병이 깊어 허도로 인질이 되어 갈 만한 상황이 아니라는 말도 덧붙였다. 상서를 본 위제 조비는 손권이 겉으로는 겸손한 척 위선을 떨며 자신을 비꼬고 있다고 여겨 대군을 이끌고 완성(宛城)으로 향했다. 강을 따라 정탐을 하던 조비는 물샐틈없이 삼엄한 오군의 경계 태세를 확인한 후 아무 말 없이 중군영으로 돌아갔다. 그 후 위-오 양군은 강을 사이에 두고 대치할 뿐, 그들 사이에 큰 싸움은 결코 일어나지 않았다.

오왕 손권은 강하에서 육손을 맞아 공을 치하했다. 그는 육손을 보국장군(輔國將軍)으로 임명하고, 형주목을 겸임하도록 했으며, 즉시 강릉후(江陵侯)로 바꿔 봉했다. 그 후 육손은 무창으로 돌아가 문을 걸어 잠그고 아무도 만나지 않았다. 육손이 강릉후에 봉해진 후에 손님을 초대해 축하연을 열지 않고 서재에 들어 앉아 가규와 가훈을 새로 정리하고 있다는 소문이 빠르게 돌기 시작했다. 해번영이 육연의 시신을 보내왔지만 그는 눈길 한 번 주지 않은 채 서둘러 매장을 시켰고, 사당에 그의 위패조차 놓지 않았다.

육안이 서재 밖에서 이틀을 기다렸지만, 육손은 매일 삼시 세끼를 들여보냈다 내오는 하인 외에 누구도 보려 하지 않았다. 육안이 더는 기다려봐야 소용이 없다고 느낄 때쯤 드디어 서재 문이 열렸다. 육안이 서재로 들어가 보니 기름등 아래 죽간·백서·종이가 널려 있었다. 하지만 그것들은 소문으로 떠도는 가규나 가훈이 아니라 육연과 육손이 주고받은 서신이었다.

육안이 공손하게 앞으로 걸어가 백서 하나를 전했다. 그것은 육모가 집필한 육연의 일생이었다. 육손의 확인을 거친 후 통과되면 그대로 족보에 기입될 것이었다. 육손은 그 백서를 펼쳐 들고 시종 굳은 얼굴로 한 글자 한 글자 읽어 내려갔다. 백서에 기재된 내용은 육연의 짧은 일생을 조금도 편파적이지 않게 기술한 것이 전부였고, 그 안에 그의 공적과 과실에 대해서는 단 한 글자도 언급되어 있지 않았다.

육손은 눈을 감고 긴 한숨을 내쉬었다. 마지막으로 그는 붓을 들고 그 글을 한 줄 한 줄 그어나갔다. 백서 위로 거친 붓 자국이 지나가고 난 후 육연의 이름 아래 남은 것은 단 두 글자뿐이었다.

'요절.'

오랜 세월이 지난 후 역사서에 기재되든 세인들의 입에 오르내리든 강동 육씨 가문을 빛낸 가장 걸출한 인물은 군영 8백 리를 불태운 육손, 육백언으로 기억될 것이며, 육손의 장자 육연의 삶이나 그가 육씨 가문을 위해 흘린 피와 희생은 누구도 알지 못할 것이다. 어쩌면 호사가들이 나타나 패관 야사를 들척이며 육연에 관한 흔적을 찾아보려 할지도 모를 일이다. 그러나 그들의 시선 끝에 존재하는 육연에 관한 내용은 단 두 글자에 지나지 않을 것이다.

'요절.'

가을이 되자 골목 양쪽에 서 있는 오동나무 잎이 떨어지기 시작해 석판 위에 가득 내려앉았다.

가일은 골목 끝자락에서 한참을 서성이다 결국 발걸음을 옮겼다. 의외로 발아래 낙엽은 밟자마자 그대로 바스러져 아무 소리도 나지 않았다. 그는 천천히 골목 중간으로 걸어가 평범한 작은 집 앞에 섰다.

황토를 다져 만든 벽, 칠이 벗겨지고 얼룩진 나무 문, 녹이 잔뜩 슨 자물쇠가 그의 눈에 들어왔다. 가일은 자물쇠를 들어 올려 나무 문을 몇 차례 세게 두드린 후 뒤로 돌아 맞은편 집을 쳐다봤다. 서둘러 걸어 나오는 발자국 소리가 들리더니 '끼익' 소리를 내며 문이 열리고 아리따운 여인이 얼굴을 내밀었다.

그녀는 살짝 놀란 눈빛으로 가일을 쳐다보다 실망한 듯 고개를 숙였다. 그러다 이내 다시 고개를 들고 눈빛을 반짝이며 아는 체를 했다.

"저번에 오셨던 가 공자시로군요? 관아에서 일하신다고 임 공자께 들었어요."

가일이 고개를 끄덕였다.

"임 공자가 나에 대해 이야기를 해주었소?"

"네."

그녀가 머리카락을 만지작거리며 부끄러운 듯 물었다.

"임 공자를 찾아오셨나요? 집에 안 들어오신 지 꽤 오래 되었어요."

"임 공자는 먼 길을 떠났소. 일이 바빠서 아마 오랫동안 돌아오지 못할 것이오."

여인의 눈동자가 어두워졌다.

"아주 먼 곳인가요?"

"내가 오늘 이리 온 것은 임 공자를 대신해 전할 것이 있어서요."

가일이 품에서 죽간을 꺼내 그녀에게 건넸다.

"조식의 「칠애시(七哀詩)」요. 임 공자가 직접 쓴 것이라고 들었소."

"직접요?"

여인이 기뻐하며 죽간을 받아 들었다.

"그분의 글씨를 한 번도 본 적이 없어요."

가일이 웃으며 품에서 주머니 하나를 또 꺼냈다.

"이것은 황금 닷 냥이오, 임 공자가 전해달라 했소. 그가 간 곳이 서신을 주고받을 만한 곳이 아니고 오래도록 돌아올 수 없으니, 이렇게나마 도움이 되고 싶다 했소."

여인은 그 주머니를 받지 않으며 고개를 저었다.

"그분께 이렇게 많은 돈이 어디서 난 거죠? 전 받을 수 없으니, 가 공자께서 그냥 가지고 계시다 돌려주세요. 전 여기서 그분이 오시길 기다리겠어요."

산들바람이 불어오고, 그 바람에 휩쓸려 나뒹구는 낙엽 소리가 마치 누군가의 한숨 소리처럼 들려왔다.

여인이 이마를 치며 말했다.

"참, 여기서 잠깐만 기다려주세요."

그녀가 집 안으로 뛰어 들어가더니 금세 다시 나와 가일 앞에 주먹을 내밀었다. 그녀가 가일을 향해 웃으며 손바닥을 펼치자 그 안에 동전 다섯 닢이 들어 있었다.

"임 공자께서 지난번에 식사를 대접했는데, 가 공자께서 한사코 돈을 주고 갔다고 하셨어요. 그분이 이 돈을 제게 주시면서, 나중에 가 공자께서 다시 찾아오면 돌려주라고 부탁하셨어요."

여인이 싱긋 웃으며 말했다.

"임 공자께서, 친구 사이에 밥값을 받는 건 너무 정이 없는 거라고 하셨어요."

가일의 눈앞이 약간 흐릿해졌다. 그러더니, 그 웃는 얼굴이 어렴풋이 또 떠올랐다.

그가 아무 말 없이 그 돈을 받아 손에 꼭 쥐고 골목을 빠져나갔다. 등 뒤로 그 여인의 낭랑한 목소리가 들려왔다. 그녀는 죽간을 펼쳐 들고 「칠애시」를 읽어 내려가고 있었다.

"밝은 달이 누각을 비추고, 흐르는 달빛이 그 주위를 맴도네. 그 위에 수심에 겨운 여인이 있어, 비탄 속에 슬픔이 남아 있네……."

날씨가 좋아서인지, 끝없이 펼쳐진 하늘은 푸르고 매끄러운 벽옥처럼 구름 한 점 없었다. 햇볕도 뜨겁지 않아서 적당히 따사로운 햇살이 어깨에 내려앉았다. 오동나무에서 떨어진 잎이 바람을 타고 허공을 선회하다 땅에 내려앉는가 싶더니, 이내 다시 바람에 휩쓸려 굴러갔다.

가일이 골목 끝자락에 다가갈수록 여인의 목소리도 점점 멀어져갔다. 골목 어귀를 나오자 석판이 깔려 있는 큰길을 따라 수양버들이 늘어서 있고, 그 옆으로 맑은 물이 흘러갔다. 손몽이 강가에 앉아 고개를 돌려 그를 보며 미소 지었다. 가일이 다가가 그녀 옆에 앉았다.

"다 끝난 거예요?"

손몽이 물었다.

가일이 고개를 끄덕였다.

"그럼 이제 취선거로 가야죠. 소한과 진풍이 기다리고 있잖아요? 술상을 거하게 차려놓고 코가 삐뚤어지게 마실 거라고 벼르고 있던걸요?"

가일은 아무 말이 없었다. 그의 시선이 물속에 있는 손몽의 발에 머물렀다. 강물이 일렁거려 그녀의 발이 제대로 보이지 않았다.

"좀 전에 진흙탕에 발이 빠지는 바람에 신발은 물론 양말까지 더러워졌지 뭐예요? 어쩔 수 없이 강물에 씻어내고 있는 중이에요."

손몽이 고개를 갸웃거리며 웃었다.

"근데 이제 어떻게 가죠? 아무래도 당신이 날 업고 가는 편이 낫지 않겠어요?"

"그럽시다."

가일은 자신의 목소리가 울리는 것을 들었다.

"업혀서 취선거까지 갈 거니까, 중간에 딴소리하기 없기예요?"

손몽은 한바탕 물장구를 치고 난 후 물에서 발을 들어 올렸다. 가일은 그 하얗고 작은 발 위로 드러난 발목에서, 오래되고 검붉은 흉터 자국이 마치 사나운 불길처럼 타오르는 것을 보고야 말았다.

〈제3권 끝〉

삼국지 첩보전 제3권 화소연영火燒連營

펴낸날	초판 1쇄 2020년 3월 10일

지은이	허무
옮긴이	홍민경
펴낸이	심만수
펴낸곳	(주)살림출판사
출판등록	1989년 11월 1일 제9-210호

주소	경기도 파주시 광인사길 30
전화	031-955-1350　　팩스 031-624-1356
홈페이지	http://www.sallimbooks.com
이메일	book@sallimbooks.com

ISBN	978-89-522-4189-4	04820
ISBN	978-89-522-4191-7	04820 (전 4권)

이 도서의 국립중앙도서관 출판시도서목록(CIP)은 서지정보유통지원시스템 홈페이지
(http://seoji.nl.go.kr)와 국가자료공동목록시스템(http://www.nl.go.kr/kolisnet)에서
이용하실 수 있습니다.(CIP제어번호: CIP2020006795)

책임편집·교정교열 **이재황 서상미**